U0720245

中国古典名著译注丛书

文心雕龙今译

附词语简释

周振甫 著

中华书局

图书在版编目(CIP)数据

文心雕龙今译：附词语简释/周振甫著. —北京：中华书局，
2013.9(2024.3重印)
（中国古典名著译注丛书）
ISBN 978-7-101-09568-5

Ⅰ.文… Ⅱ.周… Ⅲ.①文学理论–中国–南朝时代《文心
雕龙》–译文 Ⅳ.I206.2

中国版本图书馆 CIP 数据核字（2013）第 179689 号

书　　名	文心雕龙今译(附词语简释)
著　　者	周振甫
丛 书 名	中国古典名著译注丛书
责任印制	管　斌
出版发行	中华书局
	（北京市丰台区太平桥西里 38 号　100073）
	http://www.zhbc.com.cn
	E-mail:zhbc@zhbc.com.cn
印　　刷	三河市鑫金马印装有限公司
版　　次	2013 年 9 月第 1 版
	2024 年 3 月第 12 次印刷
规　　格	开本/880×1230 毫米　1/32
	印张 17½　插页 2　字数 409 千字
印　　数	47001-51000 册
国际书号	ISBN 978-7-101-09568-5
定　　价	68.00 元

例　言

一、本书今译《文心雕龙》，是就《文心雕龙选译》三十五篇补译十五篇而成，即就"文之枢纽"中补译《正纬》，"论文"补译《颂赞》以下七篇，"序笔"补译《诏策》以下七篇。刘勰创作《文心雕龙》，是从"论文序笔"入手，即研究前人的著作和创作，按照文体分类，确定各体的选文，探讨各体文的特点，把这些特点归纳起来构成创作论，他的创作论是从研究文体论来的。他的文体论跟创作论密切相关，应该补译。

二、刘勰在《序志》里把原书分为五部分：一，"文之枢纽"，是文学理论的根本部分，即全书总论；二，"论文序笔"，是按照不同体裁来讨论有韵文和无韵文，即文体论；三，"剖情析采"，即探讨内容和形式的创作论；四，《时序》《才略》《知音》《程器》为一组，即从文学史、作家论、鉴赏论和作家品德论的角度来探讨文学评论；五，《序志》是全书的序言。本书就按照这五部分排列，注明总论、文体论、创作论、文学评论、序言，使全书的结构更其明显。又把《梁书·刘勰传》列于全书之首。

三、《文心雕龙》是有严密体系的书，但《物色》的排列似不合适，《物色》似不应排在《时序》的后面。根据《神思》的赞里谈到创作论的次序，"物以貌求"似应排在"刻镂声律"前面。现在因为附了本书的《词语简释》，为了便于检查原文，仍照原来次序排列，不加更动。

四、本书就所分列的各部分，都作了简单说明。有的说明一部分中各篇的逻辑结构，有的说明一部分中所提出的问题和解决的方法，稍作评价。

五、《文心雕龙》原文，本书即用通行的清代黄叔琳辑注本，删去了它的文字校注。原文有误字、衍文、脱字和异文的，根据范文澜同志《文心雕龙注》的校勘，还参考其他各家的校勘加以增补改正。凡是加进去的增补改正的文字一律用小字来和原文区别；原文是多余的、错误的，或有更好的字可换的，一律加上方括号。换言之，加方括号的原文表示是应该删去的，小字表示应该补上或代替删去的原文。如《附会》："是以驷牡异力，而六辔如琴；[并驾齐驱，而一毂统辐]"；译作："因此，驾车的四匹马气力虽然不一样，马缰绳却能拉得像琴弦那样和谐。"这就表示方括号里的话是后人加的，不是原文，要删去，所以没有译。据考证，嘉靖本、五家言本、《御览》五八五引都没有"并驾齐驱"两句。再说正因"驷牡异力"，所以有待于驾驶者的驾驭得"六辔如琴"，与"并驾"和"一毂"完全无关，跟上下文不相应。又如《声律》："故言语者，文章关键，神明枢机"；"夫[商徵]宫商响高，[宫羽]徵羽声下。"这里，原文脱去"关键"两字，补上时用小字来表示。又原文的"商徵"应改作"宫商"，原文"宫羽"应改为"徵羽"。这里在"商徵""宫羽"上加方括号，表示这四字当删去，用小字"宫商""徵羽"来代替。总之，加方括号的表示要删去的原文，小字表示补进去的文字。

六、本书在每篇前对内容作了浅释，有时也稍加阐发，或指出其中不妥处。

七、注释求简，主要参考范文澜同志《文心雕龙注》，兼采杨明照先生《文心雕龙校注拾遗》。凡引用《拾遗》处都注明杨注。

八、译文逐句直译，只是起到句解作用，用来简化注释。因此把段落分得短些，译文就附在每段下，便于对照。

九、译者限于水平，不论在直译或简注上，在各篇的浅释或各类的说明上，一定有不恰当甚至错误处，统希专家和读者加以指教，以便改正。

目　　次

梁书刘勰传

从传看，刘勰出身在没落的官僚家庭。由于他的父亲早死，家境贫困，他在定林寺里跟着僧祐生活了十多年，帮僧祐编定佛教经藏。这是他在南朝齐代的经历。序里说他过了三十岁，曾经梦见孔子，于是想到写《文心雕龙》，说明本书是在他三十多岁时写的。本书写定于齐代末年，约在齐和帝中兴元年（501）前后，上推三十多年，刘勰约生在宋明帝泰始元年（465）前后。刘勰把书送请沈约鉴定，当在齐末梁初，所以梁武帝在天监元年（502）用他做"奉朝请"，是没有实缺的官，当是沈约推重后的事。他在梁代做东宫通事舍人等官，曾上表请改用蔬果来祭天地。按《梁书·武帝纪》，天监十六年（517）十月开始用蔬果祭宗庙，那末刘勰上表当在十六年十月以后。后来梁武帝派他去整理经藏，完成后出家，出家后不满一年去世。他的去世当在梁武帝普通元、二年（520—521）前后。这是根据范文澜同志在《文心雕龙注》的《序志》篇里的说法。

对于刘勰的卒年，有一种新的说法，认为按照南宋和尚祖琇的《隆兴佛教编年通论》里，把刘勰的传附在萧统后面，认为刘勰在萧统死后出家，死在中大通四年（532），较范文澜同志的推算，刘勰该多活十一年。但南宋和尚祖琇并没有掌握新的资料，他引用的还是《南史》。在《南史》里没有刘勰在萧统死后出家的记载。祖琇也没有说刘勰在萧统死后出家。刘勰是萧统的东宫通事舍人，可能因此把他的传附在萧统传后。因此，这样的推算恐不可信。

刘勰的一生经历了宋、齐、梁三代，这三代文风，照刘勰说来，就是"讹滥"（《通变》《定势》《序志》），讹是追求诡异新巧，颠倒字句,违反正体;滥是浮靡。讹滥的文风把创作引入歧途,他要从理论上来加以挽救。他在《序志》里指出文章的作用:"五礼资之以成,六典因之致用。君臣所以炳焕,军国所以昭明。"要用文章来著作国家的大典礼和法制,歌颂君臣的功德,记载国家的军政大事。这样讲,主要是说明文章要有内容,讲实用。目的在反对讹滥的文风。这是他所以笃信佛教而在《序志》里推重儒家的原因。他论文而推重儒家,目的在挽救文风的流弊,并不要求用儒家思想来写作,也不是要用儒家经书质朴的文辞来写作,他推重的是讲究辞藻、声律、对偶的骈文。那末他的《原道》《徵圣》《宗经》,只是对文章内容的要求,要求学习经书写出内容充实的文章来。

刘勰所处的宋齐梁时代,豪门世族过着淫靡的生活,当时淫文破典的浮靡文风正是世族淫靡生活的反映。宋齐两代的君主都出身素族,他们取得政权后,既要依靠豪门世族的支持,又要依靠儒家的礼制来进行统治。刘勰的反对讹滥,不是站在豪门世族一边,不同意他们过着淫靡的生活,这跟他家境贫寒有关。所以他的反对讹滥的文风,有它的积极面。还有,他精研佛家的经书,编定经藏,那要网罗一切佛家的经律论,区别部类。这使他的论文,也要网罗古今文章,分别部类,加以论述,使他写出体大思精的文学批评著作,超越了前人。当时,在文学的形式方面,正向情采、声律、丽辞上发展,但声律还没定型;在内容方面,趋向浮靡。刘勰在这两方面都看到了,看来他比钟嵘高明。钟嵘没有看到声律上的发展,他在《诗品》里说:"今既不被管弦,亦何取于声律耶?"对声律论采取否定态度。刘勰看到了这方面的发展,由于当时声律论还没有定型,所以他作了专篇论述,提出了合理建议,对声律论的发展起到了推动作用。钟嵘的《诗品》写在梁武帝时代,当时的文学正向宫体诗堕落下去。刘勰的《文心雕龙》写在齐代,已经看到了这种堕落的趋势,他在书中反复提出纠正讹滥问题,可是在《诗品》里却没有接触到这个问题。当然钟嵘也有超过刘勰的地方，像他的强调五言诗："五言居文词之要，是众作之有滋味者也。"只是刘勰的地位低，而文学的堕落从统治阶级的上层开始，他不可能扭转这种风气。但他在文学形式和内容上都提出了新的见解，成为当时文学理论上的最高成就。后来文学的发展，一方面使格律诗趋向定型，一方面提出风骨来反对六朝的浮靡文风，正证实了刘勰的文学理论。

刘勰字彦和[①]，东莞莒人[②]。祖灵真，宋司空秀之弟也[③]。父尚，越骑校尉[④]。勰早孤，笃志好学。家贫，不婚娶，依沙门僧祐[⑤]，与之居处；积十余年，遂博通经论，因区别部类，录而序之。今定林寺经藏[⑥]，勰所定也。

①勰(xié 协)：和合的意思，所以字彦和；彦是美才。　②莒：今山东莒县。东晋时莒县已非晋地，东晋明帝在京口(今江苏镇江)侨置南东莞郡，刘勰的祖和父都住在京口。　③司空：位在丞相下，主管治理水土等官。④越骑校尉：武官名，统率材力超越的骑兵，位次于将军。　⑤僧祐：齐代高僧，在定林寺主持搜集校订佛经，编定经藏。　⑥经论：佛说叫经，解释经义的叫论，把经论等编成大丛书叫经藏。

天监初，起家奉朝请[⑦]。中军临川王宏引兼记室，迁车骑仓曹参军[⑧]。出为太末令[⑨]，政有清绩。除仁威南康王记室，兼东宫通事舍人[⑩]。时七庙飨荐，已用蔬果，而二郊农社[⑪]，犹有牺牲；勰乃表言二郊宜与七庙同改。诏付尚书议[⑫]，依勰所陈。迁步兵校尉[⑬]，兼舍人如故。昭明太子好文学，深爱接之。

⑦天监初：当为天监元年或二年（502－503）。　　奉朝请：官名，是一种没有实缺的官，近于虚衔。　　⑧中军：中军将军。　　临川：郡名，治所在江西南城县。　　萧宏：梁武帝弟，官至太尉。　　兼：兼官，以奉朝请兼记室。车骑仓曹参军：在临川王府里做参军，掌管车骑仓库的事。参军，王府属官。仓曹，仓库部。　　⑨太末：今浙江衢县。　　⑩仁威：仁威将军。　　南康：郡名，治所在江西南康县。　　南康王萧绩：梁武帝第四子，官至安右将军。东宫通事舍人：在太子宫执掌呈进文书的官。太子是昭明太子萧统。萧统爱好文学，喜接待名士，编有《文选》，是一部著名的诗文选本。　　⑪七庙：天子的祖庙有七座。　　二郊：祭天地。　　农社：祭社稷，即谷神和土地神。⑫尚书：尚书省，朝廷政务机关之一。　　⑬步兵校尉：京中武官之一，当是兼官，他还在作东宫通事舍人。

初，勰撰《文心雕龙》五十篇，论古今文体，引而次之。其序曰："夫文心者，言为文之用心也。……"⑭既成，未为时流所称。勰自重其文，欲取定于沈约⑮。约时贵盛，无由自达，乃负其书，候约出，干之于车前，状若货鬻者⑯。约便命取读，大重之，谓为深得文理，常陈诸几案。然勰为文长于佛理，京师寺塔及名僧碑志，必请勰制文。有敕与慧震沙门于定林寺撰经⑰。证功毕⑱，遂启求出家，先燔鬓发以自誓。敕许之，乃于寺变服，改名慧地。未期而卒⑲。文集行于世。

⑭这里引的即《序志》篇。　　⑮沈约：在齐官做骠骑司马。入梁，升吏部尚书兼右仆射。他是当时文坛领袖，主张诗文要讲究声律。　　⑯货鬻（yù 欲）：贩卖。　　⑰敕：皇命。　　沙门：和尚。　　刘勰前已编定经藏。这时，佛教的著作又有增加，梁武帝命令他重新修订。　　⑱证功：佛教以编定经藏为功德，所以称证功。　　⑲期（jī 基）：满一年。

总　　论

　　《梁书·刘勰传》里称他编定定林寺的藏经，先是"博通经论"，对佛教的经和论都读通了，"积十馀年"，化了十多年的工夫。"因区别部类，录而序之"，因此把佛教的经和论，分成多少部多少类，作了序录。这几句话，对我们理解刘勰的著作《文心雕龙》是可供参考的。他的编定藏经，要在博通经论以后，区别部类，再加序录。看他对《文心雕龙》，也作了序录，他的《序志》就是全书的序录；也是"区别部类"，分成几部、几类，这在《序志》作了说明，分"文之枢纽"，"论文叙笔"，"剖情析采"，"崇替于《时序》，褒贬于《才略》，怊怅于《知音》，耿介于《程器》"，即把全书分成枢纽、文体论、创作论、文学史、作家论、鉴赏论、作家品德论七部分。在枢纽里分成五篇，文体论里又根据不同文体分成多少类。跟他编佛教藏经的方法一样。这里说明一个问题，就是他著作《文心雕龙》，为什么"体大虑周"远远超过前人，就是后来的文论著作，也很少能跟它比的。即使有的人在论文的见解上可以超过他，但就"体大虑周"这一点上比不上他。这同他具有编藏经的经验有关。他编藏经，化了十多年工夫的研究，博通经论。他著作《文心雕龙》也当是这样，化了很多年工夫，博通经史子集四部书以后。他编藏经，要区别部类，他著作《文心雕龙》也这样。看来他是先博通经史子集，再从文学和文章的角度，论文序笔，研究文体论；再从文体论中剖情析采，研究创作论；再研究文学史、作家论等，最后制定文之枢纽的。文之枢纽最重要，所以列前。现在先看他的文之枢纽。

　　"文之枢纽"，是刘勰文学理论的关键，接触到根本问题。这些根本问题，就是《序志》里说的"本乎道，师乎圣，体乎经，酌乎纬，变乎骚"。这个枢纽，建立了他的文论的体系，即：

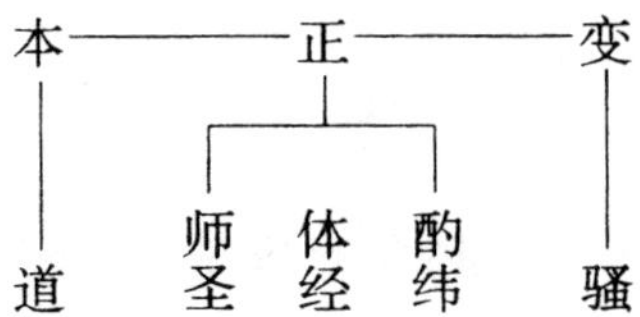

根本是道，作品要本于道，按照对道的认识来创作。刘勰认为"道沿圣以垂文"，圣人能认识道，所以要师圣；"圣因文而明道"，圣人通过经文来说明道，所以要体察经文。纬书被一些人认为是配经的，所以要酌纬，把纬书跟经书分开，只能酌取纬书的辞藻，这样做是给文学指出一条正确的路。文学又跟着时代不同、生活不同而变的，这又要求新变，通过《离骚》和《诗经》的不同，说明文学的新变。在这个体系里，"道沿圣以垂文"，圣指儒家的圣人，文指儒家的经书，所以是以儒家为主来建立体系的。因为论文要靠文献资料，这些文献资料只有儒家有；论文要纠正当时浮靡和矫揉造作的文风，儒家的经书正可用来纠正这种文弊；论文要建立一个准则，儒家的经书有助于建立一个准则；所以依照儒家的经书配合《离骚》来建立文论的体系。

　　再就"本乎道"的道来说，以儒家之道为主，又兼采道家和其他各家。因为论文要靠文献资料，所以建立体系要靠儒家；但创作要纠正矫揉造作，崇尚自然，这就有取于道家；创作要"积学以储宝，酌理以富才"，这个学和理不能限于儒家，就要兼采各家。就《诸子》《论说》来看，兼包道家、佛教和其他诸子，这也是配合封建皇权兼采儒道佛诸子来的。他在《原道》里提出"自然之道"，这是从道家来的。他在《论说》里认为崇有、贵无都有片面性，只有"般若绝境"最全面，最高，这是从佛教来的。他在《诸子》里，对墨家的尚俭,尹文的讲名实,农家的讲地利,驺子的讲天文等,都认为"入道",这是他有取于诸子。因此,他的"本乎道",在道的方面可以兼采道佛和诸子,是适应封建皇权的需要,也是适应创作的需要。

这样看来,刘勰讲文的枢纽,他的突出成就,超过以前文学理论家的,在建立一个文论体系,提出原道这一命题,提出"因文明道",对当时文风具有救弊作用。提出"变乎骚",注意文学的创新和变化。

在救弊方面,他提出明道宗经,反对偏重形式的浮靡的文风。提出自然,反对矫揉造作。提出"变乎骚",指出文学发展要求新变,但要防止它的流弊,使它在正确的道路上发展。

原　道　第　一

　　《原道》一开头提到"文之为德"，这个文德，在《情采》里指出有三种：一叫形文，如颜色的玄黄，形体的方圆；二叫声文，像风吹树林，泉水激石；三叫情文，像抒情达意的文章。就形文声文说，他认为在没有人类以前，就有了"文"，"文"是跟天地一同产生的。

　　刘勰要这样讲，是要给他的文学理论找根据。从《原道》看来，他的理论主要有三点：一是作品要写得自然，反对矫揉造作；二是作品要讲究文采、对偶、声律；三是作品要效法圣人的经典。他这样讲，是要纠正当时作品的"讹滥"。讹滥的形成：一是由于矫揉造作，所以他要提倡自然来纠正它；二是由于偏重形式，忽略内容，造成浮靡的文风，所以他要主张因文明道，以情理为主、文采为次，主张宗经。

　　他在《原道》里给他的三点理论找根据。先说自然，他认为形文、声文、情文都是自然形成的。有了龙凤，自然有鳞羽的文彩；有了泉石，自然相激成韵；有了心意，自然有语言文字。所以既说"自然之道也"，又说"夫岂外饰，盖自然耳"。又说"故形立则章成矣，声发则文生矣"，也是说明文章是自然形成的。在这里，他举出天地、日月、山川、龙凤、虎豹、云霞、花木来说明自然界的一切都有文采，从而说明作品也要有文采。根据林籁、泉石的有音韵，从而说明作品也要讲音韵。从文采和音韵的自然形成，来反对作品的矫揉造作。

　　他由于反对形式主义地追求文采，所以要原道，指出"道沿圣以垂文，圣因文而明道"，提出因文明道的主张。这样，以道为内容

8

的文,就不同于追求形式的文了。这是《原道》在当时所具有的积极性,即用有内容、尚自然的作品来反对追求形式、矫揉造作的文学。

但《原道》里也有不合理的地方,他把自然之文和人文混淆了。他把自然界的天地万物所具有的颜色、形体、声音称为道之文;又把反映社会上政治教化的文章也称为道之文。认为这两种道之文都是自然形成的。其实自然现象所呈现的文彩是客观存在,作家的创作是主观意识,存在不同于意识,把两者等同起来是不对的。他把人文认为自然形成,说"人文之元"即最早的人文是从天地未分以前的太极来的,是神理的作用,像《河图》《洛书》就是神理所造成的。这种先验的神理,被圣人所认识,才有伏牺画卦,孔子作十翼(这是不可靠的)。这是说,最早的人文,是从先验的神理来的,这是客观唯心主义。

总之,刘勰论文提出原道,主要是为当时的封建皇权服务。当时的最高统治者像宋齐两代君主,都出身素族,他们既利用儒家的伦常礼教来济俗为治,又要利用道家和佛教来麻醉人民。所以刘勰的所谓道,具体内容就是以儒家为主兼采道佛等,适应当时封建皇权的需要。当时的世家大族,过着腐化淫靡的生活,不愿受儒家礼教的束缚,浮靡的文风正是反映他们的生活。刘勰提出原道,要用"明道"即以儒家为主兼采百家的道来作文,来反对浮靡的文风,提出了文学革新的主张,所以是积极的。但由于他为封建皇权服务,提出神理设教,所以又有它的消极面。不过本书是讲文学理论的,主要宣扬了他的文学革新主张,这种主张针对当时讹滥文风是起到积极的作用的。

1.1　文之为德也大矣[①],与天地并生者何哉? 夫玄黄色杂,方圆体分[②];日月叠璧,以垂丽天之象[③];山川焕绮,以铺理地之形④：此盖道之文也。仰观吐曜，俯察含章⑤，高卑定位，故两仪既生矣⑥。惟人参之，性灵所钟，是谓三才⑦。为五行之秀⑧，实天地之心。心生而言立，言立而文明，自然之道也。

文章的属性是极普遍的，它同天地一起产生；怎么说呢？有了天地就有蔚蓝色和黄色的不同，圆形和方形的分别；日月像重叠的璧玉，来显示附在天上的形象；山河像锦绣，来展示分布在地上的形象：这大概是大自然的文章。向上看到日星发光耀，向下看到山河有文彩，上下的位置确定，天地便产生了。只有人和天地相配，孕育灵性，这叫做"三才"。人为万物之灵，实是天地的心。心灵产生了，语言跟着确立，语言确立了，文章跟着鲜明，这是自然的道理。

①文：包括颜色、形状、五音、文章。　　德：文本身所具有的属性，即文的形、声、情。像天地的颜色形状就是文。　　②玄黄：是天和地的颜色。方圆：古人误以为天圆地方。　　③叠璧：《尚书·顾命》的《正义》里传说日月曾经一度像璧玉那样重叠起来。　　丽：附著。　　④焕：光彩。　　绮：有花纹的丝织品；指文彩。　　铺：分布。　　理地：使地有文理。　　⑤吐曜：发光，指日、月、星。　　含章：含有文章。　　⑥两仪：指天地。　　⑦参：三。　　性灵：指人的天性灵智。　　钟：聚集。　　三才：天地人。⑧五行：金木水火土，古人认为是天地万物的五种元素。

1.2　傍及万品，动植皆文：龙凤以藻绘呈瑞，虎豹以炳蔚凝姿⑨；云霞雕色，有逾画工之妙；草木贲华⑩，无待锦匠之奇。夫岂外饰，盖自然耳。至于林籁结响，调如竽瑟⑪；泉石激韵，和若球锽⑫：故形立则章成矣，声发则文生矣。夫以无识之物，郁然有彩，有心之器，其无文欤⑬？

推广到万物，动物植物都有文章：龙凤用纹理彩色来显示祥瑞，虎豹用花色来构成丰姿；云霞构成华彩，胜过画家设色的巧妙；草木开花，不需要织锦工人手艺的神奇。这一切难道是外加的装饰吗？是自然形成罢了。再像风吹林木发声，谐和得像吹竽弹瑟；泉水激石成韵，和谐得像击磬打钟：所以形体确立和声韵激发就有文章了。那些无知的东西还有丰富的文彩，有心智的人，哪能没有文章呢？

⑨傍：当作"旁"，指广。　　万品：万类。　　藻：文采。　　绘：彩画。炳：光彩鲜明。　　蔚：色彩繁多。　　⑩贲(bì 必)：装饰。　　贲华：开花。⑪籁：风吹孔窍所发出的声音。　　竽：像笙，有三十六簧，吹奏乐器。瑟：像琴，有五十或二十五弦，弹奏乐器。　　⑫球：玉磬。　　锽：钟声。⑬郁然：状文采盛。　　其：岂。　　欤：表疑问助词。

1.3　人文之元，肇自太极⑭，幽赞神明，《易》象惟先⑮。庖牺画其始，仲尼翼其终⑯。而《乾》《坤》两位，独制《文言》⑰。言之文也，天地之心哉！若迺《河图》孕乎八卦，《洛书》韫乎九畴⑱，玉版金镂之实，丹文绿牒之华，谁其尸之⑲，亦神理而已。

人类文章的开端，起于天地未分以前的一团元气，深通这个神奇的道理，要算《易经》中的卦象最早。那是伏羲开头画的八卦，孔子最后加上辅助性的解释《十翼》。其中的《乾卦》《坤卦》，孔子特地用《文言》来解释。可见语言须要文采，才算是天地的心灵啊！至于说黄河里有龙献图，含有八卦，洛水里有龟献书，含有九类治国的大法,玉版上金字的内容,绿简上红字的文采,是谁造成的呢?
是神秘的启示罢了。

⑭人文:《情采》中作"情文",指五性,即仁义礼智信,五性发而为文章,所以称人文。　　元:始。　　肇(zhào 照):开端。　　太极:天地未分以前的元气。　　⑮幽:深。　　赞:明,通晓。　　神明:神奇的道理。　　《易》象:《易》卦下总释的话称卦辞,分释的话称象辞。　　⑯相传庖牺(伏羲)画八卦,孔子作《十翼》,是十篇解释《易经》的文章。翼,辅佐,作为《易经》的辅佐。　　⑰《乾》《坤》:卦名。相传孔子作《文言》来解释《乾卦》和《坤卦》。⑱迺:同乃。相传黄河里龙献图,伏羲依照图文作八卦;洛水里龟献书,禹依照书制定九畴。　　九畴:九类治国的大法。《河图》《洛书》同玉版丹文是迷信的传说。　　孕、韫:指藏在里面。　　⑲镂:刻。　　牒:竹简。　　尸:主管。

1.4

自鸟迹代绳,文字始炳⑳。炎皞遗事,纪在《三坟》㉑,而年世渺邈,声采靡追㉒。唐虞文章,则焕乎始盛。元首载歌㉓,既发吟咏之志;益稷陈谟,亦垂敷奏之风㉔。夏后氏兴,业峻鸿绩,九序惟歌,勋德弥缛㉕。逮及商周,文胜其质㉖,《雅》《颂》所被,英华日新。文王患忧,繇辞炳曜,符采复隐㉗,精义坚深。重以公旦多材,振其徽烈,剬诗缉颂,斧藻群言㉘。至夫子继圣,独秀前哲,熔钧六经,必金声而玉振㉙;雕琢情性,组织辞令,木铎起而千里应,席珍流而万世响㉚,写天地之辉光,晓生民之耳目矣。

自从用文字来代替结绳,它的作用开始显著。炎帝神农氏、太皞伏羲氏传下来的事迹,记载在《三坟》里,可是年代太遥远,那些文章已无从追寻。唐虞时代的文章,那文采才开始丰富起来。天

12

子大舜开头唱歌,已经发出唱叹的情志,臣子伯益和后稷贡献意见,也传下进言的风气。夏禹兴起来,事业崇高而巨大,各种工作都有秩序,得到歌颂,功德更加丰盛。到了商朝周朝,文采胜过前代的质朴,《雅》乐和《颂》歌,影响所及,英辞华彩越显得新颖。周文王在受难时,所作卦辞爻辞,光彩照耀,像宝玉的文彩,内容丰富含蓄,意义精微,坚实而深刻。加上周公多才多艺,发扬文王的美好事业,制诗作颂,修饰各种文辞。到孔子继承以前的圣人,独自超过他们。他编订六经,一定要像奏乐般打钟开始击磬结束地集大成;他陶冶性情,组织辞语;他的文教像铃声振动,千里响应,他的道德学问像席上的珍品流传下来,万代响应,发扬了天地的光辉,启发了人民的聪明才智了。

㉑鸟迹:相传仓颉仿照兽蹄鸟迹来制造文字。　绳:上古结绳记事。炳;明显。　㉑炎:炎帝神农氏。　皞(hào 浩):太皞伏羲氏。　《三坟》:相传记载三皇的书。三皇即伏羲、神农、黄帝。　㉒渺邈(miǎo 秒):遥远。　靡:无。　㉓元首:指舜。　载:始。　㉔益:伯益。稷:后稷(jì 计):都是舜臣。　陈谟:陈述谋议。　垂:示。　敷奏:进言。　㉕业峻鸿绩:业峻绩鸿;业绩,事功;峻,高;鸿,大。　九序:指水、火、金、木、土、谷、正德、利用、厚生都有秩序。　勋德:功德。　弥缛:更丰富。　㉖逮:及。　商周文胜质:文王作繇辞在商代,雅、颂是周时诗,可以用来说明商周文胜。　文胜其质:文采胜过质朴,指文采有了发展。㉗患忧:指周文王被商纣王囚禁在羑里。　繇(zhòu 宙)辞:《易经》中解释卦和爻(卦由爻组成,如八卦之一的☰〈乾〉,三划即☰爻)的话。　符采:玉的横纹,指文采。　复隐:丰富含蓄。　㉘公旦:文王子周公,名旦。振:发扬。　徽:美。　烈:功。　剬:同制。　缉:辑。　斧藻:修饰;斧指砍削。　㉙熔钧:制作编订。熔,铸器的模子;钧,造瓦的转轮。金声玉振:奏乐时先击钟,结束时击磬,指集大成。　㉚情性、辞令:在《体性》里指出才气本于情性,不同的情性发而为不同风格的文辞,说明两者的关

系。　　　木铎(duo 夺)：用木做舌的大铃，宣扬文教时摇铎。　　　席珍：儒者在坐席上有珍贵的道德学问来供人请教。

1.5　　爰自风姓，暨于孔氏[31]，玄圣创典，素王述训[32]，莫不原道心以敷章[33]，研神理而设教，取象乎《河》《洛》，问数乎蓍龟[34]，观天文以极变[35]，察人文以成化；然后能经纬区宇，弥纶彝宪，发[辉]挥事业，彪炳辞义[36]。故知道沿圣以垂文，圣因文而明道，旁通而无滞，日用而不匮[37]。《易》曰："鼓天下之动者存乎辞。"辞之所以能鼓天下者，乃道之文也。

从姓风的伏羲到孔子，前圣创作典礼，孔子阐述义训，没有不是推求自然的道的精意来写文章，探索神秘的启示来建立教化，从《河图》《洛书》中取得启示的形象，用蓍草龟甲的占卜来探问未来的术数，观察天文来穷究变化，考察人事来完成教化；然后能够治理世界，制定包举一切的经典法制，使事业发扬光大，文辞意义鲜明。所以知道自然的道理靠圣人用文章显示出来，圣人用文章来说明自然的道理，这样贯彻到一切方面没有阻碍，人们每天在运用它而不会感到不够。《易经·系辞传上》说："鼓动天下的在于文辞。"文辞所以能够鼓动天下，就因为它是说明自然的道理的文章。

[31]爰：于是。　　暨(ji 技)：及。　　[32]玄圣：远古的圣人，指伏羲。玄，远。　　素王：空王，汉人认为孔子有王者之德而没有王位，所以称他为素王。　　[33]道心：自然之道的精意。这个"心"，即"天地之心"，相当于"神理"，只有圣人才能体认。　　[34]取象：取法。　　数：术数，指未来的命运。蓍(shī 师)：草名，古时用它的梗来占吉凶。　　龟：龟甲，古时在龟甲上钻孔再烧，看它的裂纹来卜吉凶。　　[35]极变：把变化的道理探索到极点。

14

㊱经纬:织布的经线纬线交织,指治理。　　弥纶:包举;　　彝(yí 益)宪:常法,经久不变的大经大法。　　彪炳:像虎纹般鲜明。　　㊲匮:乏。

1.6　赞曰:道心惟微,神理设教。光采元圣[38],炳耀仁孝。龙图献体,龟书呈貌[39];天文斯观,民胥以俲[40]。

总结说:自然的道的精意是微妙的,圣人依照神秘的启示来进行教化。光采的大圣孔子,明显地宣扬仁孝的伦理道德。黄河里的龙体上呈献图文,洛水里的龟甲上呈献纹理,再观察了天文来制定文字,人民都依照它来行动。

[38]元圣:大圣,指孔子,与上文的"玄圣"指伏羲不同。　　[39]体、貌:形体,图书就附着在龙龟的形体上。　　[40]斯:助词。　　胥:都。　　俲:仿效。

徵 圣 第 二

　　《原道》里指出："道沿圣以垂文，圣因文而明道。"所以论文明道就得向圣人学习，因此要《徵圣》。这里提出政治教化要注重文章，记载事实要注重文章，个人的言论行动要注重文章。那末所谓明道，实际就是对于政治教化、历史事实、个人言论行动，都用文章记下来，就是因文明道了。这样的文章是有内容的，可以用来纠正当时追求形式的浮靡文风。

　　接下去谈到写作，作者以圣人为标准，提出四种不同的表达方法，两两相对，即"简言以达旨"和"博文以该情"相对，"明理以立体"跟"隐义以藏用"相对。"简言"和"博文"，就是写作上的简和繁的问题，"明理"和"隐义"就是写作上的显和隐的问题。这些问题曾经引起长期的争论，《徵圣》里最早把这些问题的相互关系，应该怎样解决，作了扼要的全面的说明，并且举出具体的例证来印证。

　　刘勰指出或繁或简要看当时的需要，或隐或显要适应当前的情况。他并不像后来的作家那样，有的认为简是高古，极力求简，于是苏辙编《古史》，把《史记》里的"母，韩女也。樗里子滑稽多智"。简成"母，韩女也。滑稽多智。"张冠李戴，把樗里子的滑稽多智，变成母的滑稽多智了。有的极力求长，繁琐不堪，像《颜氏家训·勉学》篇里讥讽那样的文字，如博士写卖驴文契，写了三张纸，还没有写到驴字。有的力求隐晦，使人看不懂，像欧阳修笑宋祁好用古字，把"开门大吉"，写成"札闼洪休"；有的力求显露，写得毫无含蓄，一点没有余味。刘勰指出应该根据不同时间不同情况来确定一种写法，提得比较恰当。

　　其次，繁简和隐显的表达方法，究竟各自适宜于怎样的场合，刘勰对这个问题也表示了他的看法。他用四个"或"字，表示四个表达方法用在各自适宜的场合。举出"《春秋》一字以褒贬，丧服举轻以包重"来说明简。《春秋》是古代的大事记，记得非常简单，好比报纸上的新闻标题，比方郑伯处心积虑要赶走弟弟公叔段这一件情节曲折的事件，《春秋》只用一句话来记它，"郑伯克段于鄢"。在这样新闻标题式的记事中，作者还要表示他的态度，是赞成郑伯还是反对郑伯，在这样的场合里，只能用简的表达法，所以孔子只用一个"克"字来表达他的意见。因为战胜敌人叫克，用克字说明郑伯把弟弟当作敌人，这是表达他责备郑伯的意思。再像《礼记》里记"缌不祭"，缌麻是轻的丧服，说穿轻的丧服的人不参与祭祀，那末穿重的丧服的人不参与祭祀就用不到说了。用不到说人家都懂，就不必说，这又是适于用简的场合。像举出《诗经·邠风·七月》和《礼记·儒行》来说明繁。《七月》全面地叙述农民在一年中的劳动和痛苦的生活，叙述面广，内容比较丰富，用简单的话无法表达。《儒行》里要全面而细致地讲述儒者的行为操守等，把它们分为十六种。那样的内容也不是简单的话所能说明的，内容决定了它采用繁的写法。再像《日知录·文章繁简》里引《孟子》的一段话，说有人送一尾活鱼给郑国子产，子产叫人养在池里，那人煮来吃了，回报道："刚放到水里，还不活动，一会儿就活跃了，得意地游走了。"子产说："得其所哉！得其所哉！"那人出来说："谁说子产聪明，我已把鱼煮来吃了，他还说：'得其所哉！得其所哉！'"《日知录》说："此必须重迭而情事乃尽。"这里用了四个"得其所哉"，重复了两次，可以算繁了。可是只有这样重迭，才能把两个人的神情态度表达出来。这个例子可以说明"或博文以该情"，用繁复重迭的写法来完备地表达神情。

　　再看隐显的表达方法适用的场合。先看显，刘勰提出断决和昭晰的要求。像规章契约等文字，要求明确，毫不含糊；像分析事理的文章，要写得洞若观火。这些都需要明显的表达法。再看隐，刘勰提出五例：一，微而显。像《春秋·僖公二十年》："梁亡。"其实是秦灭梁，不写秦灭梁而写"梁亡"，是含有梁国君主暴虐，自取灭亡的意思。这个意思没有说出，所以是微。虽没有说出，但当时人看了"梁亡"都知道这样写的用意，所以是显。二，志而晦。《春秋·宣公七年》："公会齐侯伐莱。"用"会"字，表示鲁公事前不知道，倘事前知道得用"及"字。这样写意义比较隐晦。三，婉而成章。《春秋·桓公元年》："郑伯以璧假（借）许田。"郑国拿田来和鲁国交换许田，因价值不相当，加上块璧。照规矩，诸侯的田不能互相交换，所以写成用璧来借许田。这是避讳的说法。四，尽而不污。《春秋·桓公十五年》："天王使家父来求车。"照礼节，除了规定的贡物外，天子不能向诸侯要东西，这里老实写出，不加隐讳。五，惩恶而劝善。《春秋·襄公二十一年》："邾庶其以漆、闾丘来奔。"邾庶其是个没有名望的人，他的名字没资格写到《春秋》里去，因为他带了土地来投奔，孔子憎恶他出卖祖国的土地，所以记上他的名字显示他的罪状。这五个例子所以写得隐晦，是《春秋》的写法所决定的。《春秋》要通过事实来表达作者的用意，作者的用意并不明白说出，只能通过用字或表达法来透露，所以构成隐晦的写法，成为修辞学上的婉曲格和讳饰格。

　　最后，还得指出繁简和隐显的关系。由于内容丰富，要明显地把丰富的内容表达出来，不得不繁，繁是为了求显。要是没有丰富内容，繁了就噜嗦，完全要不得了。由于要让事实说话，或有的话要含蓄，含蓄了才耐人寻味，所以求简。简是为了求含蓄，和隐有关。这样看来，本篇的微圣，只是向圣人学习四种表达方法，不是向圣人学习怎样认识道；是在认识了道以后，学习根据道的不同内容运用不同的表达法。因此微圣还是论文章写作。

18

2.1　夫作者曰"圣"，述者曰"明"①。陶铸性情，功在上哲。夫子文章，可得而闻②，则圣人之情，见乎文辞矣。先王圣化，布在方册，夫子风采，溢于格言③；是以远称唐世，则焕乎为盛④；近褒周代，则郁哉可从⑤：此政化贵文之徵也。郑伯入陈，以文辞为功⑥；宋置折俎，以多文举礼⑦：此事迹贵文之徵也。褒美子产，则云"言以足志，文以足言"；泛论君子，则云"情欲信，辞欲巧"⑧：此修身贵文之徵也。然则志足而言文，情信而辞巧，乃含章之玉牒，秉文之金科矣⑨。

创造的叫做"圣"，阐发的叫做"明"。通过教育来改造人们的性情，它的功劳归于圣人。像孔子实施教化的言论文章，是可以看到的，那末圣人的思想感情，在文辞中可以见到了。古代圣王的教化，载在书本上，孔子的风度文采，充满在他的格言里；因此他称赞遥远的唐尧时代，便说文化照耀已很丰富；他赞美较近的周文王武王的时代，便说文化灿烂可以遵从：这是政治教化看重文章的凭证。春秋时代，郑国国君打进陈国，靠文辞收到功效；宋国举行隆重的宴会，因发言富有文采，被记下这次礼节；这是事实著重文章的凭证。孔子赞美子产，便说"言语用来充分地表达心意，文采用来充分地修饰言语"；孔子一般地谈到君子，便说"感情要真实，文辞要美好"：这是个人的修养上著重文章的凭证。那末，意思充实，言语有文采，感情真实，文辞美好，便是讲究文章的根本规律了。

①《礼记·乐记》："作者之谓'圣'，述者之谓'明'。"原意是指能够制礼作乐的是圣人，能够述说圣人的制作的是贤人。刘勰讲文章，要从圣人的创作讲起，所以引了这两句话，主要是用来引起孔子。因为孔子既是作者，又是述

19

者,他的作述表现在教育上,下文的上哲主要指他。　　②陶铸:像陶人冶工制器那样把人教育改造成为有用的人才。陶是制瓦器的,铸是冶工。　　上哲:圣人。　　夫子:老师,指孔子,这是引用孔子学生子贡的话。《论语·公冶长》:"子贡曰:夫子之文章,可得而闻也。"　　③方:木板。　　册:编联的竹简;古代文字写在方册上,指书籍。　　格言:可以作为法则的话。格,法则。　　④焕乎:见《论语·泰伯》:"焕乎其有文章!"焕乎,状光明;文章,指文化。　　⑤郁哉:见《论语·八佾》:"郁郁乎文哉! 吾从周。"郁郁,状富有文采;从周,指遵从周代的文化。　　⑥《左传·襄公二十五年》:郑简公起兵打进陈国,向当时各国的盟主晋国去报告。晋国质问郑国为什么要侵略小国。郑国子产回答,说陈国领了楚国来打郑国,填塞了井,砍了树木,对郑国犯了罪。郑国向晋国报告了,晋国不管,所以要去讨伐。子产的话讲得理由很充足,得到孔子的赞美。　　⑦《左传·襄公二十七年》:宋平公接待晋国贵宾赵文子,在宴会上宾主的发言都很有文采,得到孔子的称赞。　　置:办。折俎(zǔ祖):把牲体的骨节折断(切开)了放在俎上。俎,放牲体的器具。这是一种隆重的礼节。　　举礼:记下这次合礼的事。举,记录。　　⑧孔子赞美子产的话,见《左传·襄公二十五年》,参见上注⑥。　　《礼记·表记》:"子曰:'情欲信,辞欲巧。'"　　⑨含章:蕴藏着文彩。　　秉文:掌握着文章;都指写作。　　玉牒:贵重文件。　　金科:贵重的条例。犹金科玉律,指重要规律。

2.2　夫鉴周日月,妙极机神;文成规矩,思合符契⑩。或简言以达旨,或博文以该情,或明理以立体,或隐义以藏用⑪。故《春秋》一字以褒贬,丧服举轻以包重⑫,此简言以达旨也。邠诗联章以积句,儒行缛说以繁辞⑬,此博文以该情也。书契断决以象夬,文章昭晰以象离⑭,此明理以立体也。四象精义以曲隐,五例微辞以婉晦⑮,此隐义以藏用也。故知繁略殊形,隐显异术,抑引随时,变通[会适]适会⑯,徵之周孔,则文有师矣。

20

　　圣人的观察像日月遍照，好到极点能够看到事物的预兆；所以写成文章，成为模范，他的思想，能够跟客观事物相一致。有的用简练的语言来表达意旨，有的用丰富的文辞来概括感情，有的用明显的理论构成全篇的体式，有的用含蓄的意义来含孕深刻的作用。所以《春秋》用一个字来表示赞美或贬斥，《礼记》里用轻丧服概括了重丧服，这就是用简练的话来表达意旨。《诗经·邠风》里积句成章，联章成篇，《礼记·儒行》里反复申说，文辞繁富，这就是用详尽的文章来包括丰富的感情。文字写得决断，像《易经》用夬卦来表示决断，文章写得鲜明，像《易经》用离卦来表示洞若观火，这就是用明显的理论来构成文章的体式。《易经》里用卦来表示事物的四种现象，它的意义精微而曲折隐晦，《春秋》里记事有五个条例，它的文辞婉转而含蓄不露，这是用含蓄的意义来暗含文章的作用。因此知道繁和简有不同的面貌，隐和显有不同的表达法，加以压缩或引申要适应当时的需要，加以变通，要适应不同的情况，用周公孔子的文章来检验，那末在写作上就有所师法了。

⑩周：普遍。　　机：同"幾"，事物微露苗头叫幾。　　规矩：指文章的法度、规模。　　符契：合同，契约，有两份，对起来完全相合。　　⑪该：兼备。　　体：主体，重要部分。　　用：功用、作用。　　⑫《春秋》里往往用一个字表示赞美或贬斥，像隐公元年："郑伯克段于鄢。"用"克"字，指斥郑伯以弟为敌人，也指斥公叔段与兄敌对。《礼记·曾子问》里说"缌不祭"，缌是用熟麻布制的丧服，穿这种轻丧服的不参加祭祀，那末穿重丧服的不参加祭祀就不言而喻了。　　⑬邠（bīn 宾）诗：《诗经·邠风·七月》分八章，每章十一句，在《诗经》中是一首较长的诗，较全面地讲农业劳动。《礼记·儒行》里讲儒者的行为志节等分为十六种。　　⑭书契：文字。指用文字记事比结绳记事要清楚明确。　　夬（kuài 块）：夬卦，表决断。　　昭晰：明白。　　离：《易经·离卦》用离来象火。　　⑮四象：《易经》六十四卦中有实象，有假象，有义象，有用象。如以乾卦象天，为实象；以乾为父，为假象；以乾为健，为义象；乾

有元、亨、利、贞（始、通、和、正）四德，为用象。四象的含义是曲折隐晦的。杜预《春秋左氏传序》里讲到五种写作条例：一曰微而显，二曰志而晦，三曰婉而成章，四曰尽而不污，五曰惩恶而劝善。见本篇说明。　⑯适会：指适应各种情况。

2.3 是以［子政］论文必徵于圣，［稚圭劝学］窥圣必宗于经⑰。《易》称"辨物正言，断辞则备"⑱；《书》云"辞尚体要，弗惟好异"。故知正言所以立辩，体要所以成辞；辞成无好异之尤，辩立有断辞之义⑲。虽精义曲隐，无伤其正言；微辞婉晦，不害其体要。体要与微辞偕通，正言共精义并用；圣人之文章，亦可见也。颜阖以为："仲尼饰羽而画，徒事华辞⑳。"虽欲訾圣，弗可得已㉑。然则圣文之雅丽，固衔华而佩实者也。天道难闻，犹或钻仰；文章可见，胡宁勿思㉒？若徵圣立言，则文其庶矣㉓。

因此，论文章一定要用圣人的标准来检验，探索圣人的标准一定要以经书作根据。《易经·系辞下》里说："辨明各种事物，给以正确说明，使语言有决断，而辞意完足。"《书经·毕命》里说："文辞著重在体察要义，不只是爱好奇异。"因此知道使言辞正确所以用来建立论点，体察要义所以构成文辞。这样写成的文辞不会有猎奇的毛病，这样建立的论点有措辞明断的好处。纵使精妙的意义写得曲折深隐，也并不会妨碍论述的正确；虽然文辞含蓄婉转，也并不会损害它的体察要义。体察要义和文辞含蓄是相通的，正确的论点和精妙的意义是并存的。这些在圣人的文章里都可以看到。颜阖认为："孔子在有文采的鸟羽上画文采，徒然讲究华丽的辞藻。"他纵使要诋毁圣人，还是诋毁不了的。那末圣人的文章内容正确,文采华丽,原本是有文采有内容的。自然界的道理很难领悟,有的人还要钻研;文章可以看到,为什么不考究呢? 倘使从圣人那里去找标准来立论,那样写成的文章也就可以了。

⑰子政:西汉末期学者刘向,字子政。　稚圭:西汉末期学者匡衡,字稚圭。这里加括号的字当删去。　宗:主,以为主。　⑱辨物:辨明事物。　断:决断。　⑲义:宜。　⑳《庄子·列御寇》里讲到颜阖诋毁孔子的话。　㉑訾:诋毁。　已:语助词。　㉒钻:研究。　仰:向往。胡宁:何乃。　㉓庶:庶几,近乎。

2.4　赞曰:妙极生知,睿哲惟宰㉔。精理为文,秀气成采。鉴悬日月,辞富山海。百龄影徂㉕,千载心在。

总结道:妙到极点的是生知的圣人,智慧的哲理只他掌握。用精微的道理作文章,卓越的才气构成辞采。观察明白得像高挂的日月,文辞繁富得像山和海。满百岁虽然身影消逝,可是经历千年思想精神还存在。

㉔生知:指圣人,其实孔子也不承认是生知。　睿(ruì 锐):智慧。宰:主宰。　㉕影徂:犹形逝,形体消失。徂(cú 殂),往。

宗　经　第　三

　　《原道》说：“圣因文以明道。”圣人是通过经书来明道的，所以要“宗经”。宗经就是宗法经书，写作以儒家的经书为标准，效法五经来作文。刘勰指出“五经”的文章各有特点：(一)《易经》只是讲天道，但它的目的还是致用，谈天还是为了实用，针对一定的目的来说。这是一种写法。(二)《书经》是记录各种文告宣言的，要求意义明白。这是说，像文告、宣言之类的文章，一定要写得意思非常明白。(三)《诗经》的言志，是通过起兴、比喻，运用辞藻的。像《关雎》，就用鸟儿的叫声来起兴，引出男子对少女的想念。像《硕鼠》，就是把贵族老爷比做偷吃庄稼的田鼠。这种手法，适用于表达深切的感情，所以说“故最附深衷矣”。(四)《礼》的规章条例，细密完备。这种文辞极其严密，不能稍有疏漏，更不容许有歧义，是另一种写法。(五)《春秋》是叙事文，叙述严谨，刘勰在这里举了两个例子：一是五石六鹢，一是雉门两观。《春秋·僖公十六年》：“陨石于宋五，六鹢退飞，过宋都。”《公羊传》说明道：“曷为(为什么)先言‘陨’而后言‘石’？记闻，闻其填然(状声)，视之则石，察之则五。曷为先言‘六’而后言‘鹢’？‘六鹢退飞’，记见也，视之则六，察之则鹢，徐而察之则退飞。”先说哪个字，后说哪个字，都有讲究。怎样讲究呢？要靠实地观察。是先听到有东西掉下来，后来看到是石，所以先说“陨”，后说“石”。先看到六只鸟，后来才辨明是鹢，所以先说“六”，后说“鹢”。要这样根据实地观察，极其准确地进行记述。《春秋·定公二年》：“雉门(宫门)及两观灾。”《公羊传》说明用“及”字，表示雉门重要，两观不重要，有分别轻重的用意。这是说明叙述文的方法。

这五种不同的写作方法，适应于不同的内容，不同的场合，构成不同的文体，所以它又是各种文体的渊源。像《易经》里的传，就有论述或说明《易经》的，所以论、说、辞、序是从《易经》里演变来的。这里说的论、说、辞、序，实际只是议论、说明两体；《系辞》是论《易经》的，《序卦》是对《易经》的说明。又诏策是君对臣的，章奏是臣对君的，这两者《尚书》里已有它的开端。赋、颂、歌、赞都是韵文，所以说从《诗经》里来，赋是《诗经》中的一种表达手法，到《楚辞》有了很大发展，逐渐成为一种文体。铭、诔、箴、祝和《礼》有关，纪、传、盟、檄和《春秋》有关。它们是从《礼》和《春秋》以及《左传》中演变出来的。

刘勰又说明效法经书来写作有六种好处，这是概括地提出他的创作标准来。"一则情深而不诡，二则风清而不杂"，这是对作品的思想感情所提出的要求。这里的"情"，指"情志"。《附会》里说："必以情志为神明，事义为骨髓，辞采为肌肤。"情志正跟情深的情相当。《熔裁》里所举三准："设情以位体"，"酌事以取类"，"撮辞以举要"。没有提到思想，原来"情"就指"情志"，已包括思想在内。情深要有深厚的思想感情。风清是对情志的要求。《风骨》里说："情之含风，犹形之包气。""意气骏爽，则文风清焉。"情志要写得有生气，写得骏爽，就是快利爽朗，这就是风清。"三则事信而不诞，四则义贞而不回"，这就是"事义为骨髓"，就是"酌事以取类"。《事类》里说："据事以类义，援古以证今。"就是文中要引事引言来作证，引事引言的意义要和文中的思想相合。事信是引证的事件要可靠的，义贞是引事的意义要正确，所谓"略举人事以徵义者也"。"五则体约而不芜，六则文丽而不淫"。体约指风格精当，《体性》的"八体"就指八种风格。文丽指辞采。刘勰指出这六点，要求注重作品的思想内容，引证确切，反对诡诞、浮夸、芜杂等，这是他针对当时浮靡的文风说的。

刘勰认为"五经"的文章有上述六种优点，此外"楚艳汉侈，流弊不还"，着眼还在流弊上，还在通过宗经来纠正这种流弊。又本篇对《诗经》所赞美的是"温柔在诵"。照现在的看法，《诗经》中最好的作品像《硕鼠》《伐檀》，对贵族老爷的谴责是很激烈的，并不是温柔敦厚的。又说"百家腾跃，终入环内"，是跳不出"五经"的圈子。取法"五经"是"即山而铸铜"。这是不够确切的。就以刘勰所举的各种文体说，像赋，班固说："赋者古诗之流也。"是从诗演变出来的。可是它既独立成为一种文体，就和诗不一样。像传记，是从《春秋》演变出来的，可是《史记》的列传，跟新闻标题般的《春秋》记事，有很大不同。因此不能说各种文体跳不出"五经"的圈子。

刘勰提出"文能宗经，体有六义"，这六义实际上是为救弊而发。所以宗经好像是复古，实际上是革新，以复古为革新，这是他论文的一个特点。这要看他提倡的文章，情深、义贞跟文丽结合，就是在作品的形式上，要讲究辞藻、对偶、声律，不同于"五经"文字的质朴，也可以看到宗经是借复古为革新了。

3.1　三极彝训①，其书言"经"。"经"也者，恒久之至道，不刊之鸿教也②。故象天地，效鬼神，参物序，制人纪；洞性灵之奥区，极文章之骨髓者也③。皇世《三坟》，帝代《五典》，重以《八索》，申以《九丘》；岁历绵暧，条流纷糅④。自夫子删述，而大宝咸耀⑤。于是《易》张《十翼》，《书》标"七观"，《诗》列"四始"，《礼》正"五经"，《春秋》"五例"⑥。义既[极]埏乎性情，辞亦匠于文理；故能开学养正，昭明有融⑦。然而道心惟微，圣谟卓绝；墙宇重峻，而吐纳自深⑧。譬万钧之洪钟，无铮铮之细响矣⑨。

　　讲天地人经久不变的道理的,这种书叫做"经"。"经"是讲永久不变的根本道理,不可改动的大教训。所以经书效法天地,检验鬼神,深究事物的次序,制定人和人的各种伦常关系;深察性灵的秘密,彻底探索礼乐制度的精华。三皇时代的《三坟》书,五帝时代的《五典》书,加上《八索》书,再加《九丘》书;经历的年代过于久远,各种道理变得错综复杂。自从经过孔子的删定阐述,这种宝书都放耀光芒。从此《易经》的意义有《十翼》来发挥,《尚书》中举出了可以看到七种好处,《诗经》里列举四部分作品,《礼记》里规定了五种礼仪,《春秋》里定出五种记事条例。在义理上既经深入到改造人的性情,在文辞上也用心到文理的安排;所以能够启发学习,培养正道,使这一切明白的道理更加显著鲜明。然而道的精意极为微妙,圣人的教训极为高深;正像高墙深宅,它所容纳的自然极为深广。好比千万斤重的大钟,不会发生铮琮的细小声音来。

　　①三极:三才,指天地人。称极,指把三才的道理探索到极点。　　彝(yí 夷):经常的,经久不变的。　　②至道:推究到极点的道理。　　不刊:不可磨灭。刊,削。　　鸿:大。　　③象天地:取象于天地。取象指效法。效:检验。　　参:参究,深研。　　人纪:人伦纲纪,人和人的伦常关系。洞:深通。　　骨髓:精华。　　④《三坟》:伏羲、神农、黄帝这三皇的书;坟,大道。　　《五典》:少昊、颛顼(zhuān xū 专蓄)、高辛、尧、舜五帝的书;典,常道。　　《八索》:讲八卦的书;索,探索意义。　　《九丘》:讲九州的书;丘,聚,九州所聚的东西。　　绵:久远。　　暧:不明。　　糅:杂。　　⑤删述:相传孔子删《诗》《书》,订《礼》《乐》,作《十翼》《春秋》。　　大宝:指经书。⑥《十翼》:十篇对《易经》的解释:《彖(tuán 团)辞》上下、《象辞》上下、《系辞》上下、《文言》、《说卦》、《序卦》、《杂卦》。　　"七观":《尚书大传》说,从《尚书》中可以看到义、仁、诚、度(法度)、事(事物)、治(政治)、美。　　"四始":指《诗经》中的风、大雅、小雅、颂四部分;始,王政兴衰的开始,指四部分中有反映周朝的兴和衰的。　　"五经":指吉礼(祭祀)、凶礼(丧吊等)、宾礼、军

礼、嘉礼(婚冠等)。　　　五例:见《徵圣》注⑮。　　　⑦埏(shān 山):和泥制瓦,指教化。　　匠:工匠,指掌握技巧。　　昭明:明亮。　　融:长。

⑧谟:谋议。　　宇:屋宇。　　重:深。　　峻:高。　　吐纳:双关,一承墙宇,指容纳多;一指言论。　　⑨钧:三十斤。　　洪:大。　　铮铮:金属声。

3.2　夫《易》惟谈天,入神致用;故《系》称旨远辞文,言中事隐⑩。韦编三绝,固哲人之骊渊也⑪。《书》实记言,而训诂茫昧,通乎尔雅⑫,则文意晓然。故子夏叹《书》,"昭昭若日月之明,离离如星辰之行",言昭灼也⑬。《诗》主言志,诂训同《书》,摛风裁兴,藻辞谲喻,温柔在诵,故最附深衷矣⑭。《礼》以立体⑮,据事制范,章条纤曲,执而后显。采掇[生]片言,莫非宝也。《春秋》辨理,一字见义,五石六鹢,以详[略]备成文,雉门两观,以先后显旨⑯。其婉章志晦,谅以邃矣⑰。《尚书》则览文如诡,而寻理即畅;《春秋》则观辞立晓,而访义方隐。此圣[人]文之殊致,表里之异体者也。

《易经》只讲天道,极为神妙,可以实用;所以《系辞上》说它含义深远,文辞精美,话说的得当,只是事理难懂。孔子读《易经》,编竹简的皮带断了三次,它本是圣人探索学问的奥秘的宝库。《尚书》确实是记录宣言文告的,它的语言古奥难懂。只要懂得了古代语言,它的文意便很清楚。所以子夏赞美《书经》,"像日月照耀那样明亮,像星宿排列那样分明",是说记载得非常明白。《诗经》主要是用来表达情志的,它的古代语言跟《书经》一样需要解释,它发扬民歌特点,采用比兴手法,文辞美好,比喻婉曲,诵读时可以体会温柔的风格，所以最能切合深切的情怀。《礼经》用来建立体制，根据事实来制定规范，条例细密详尽，照着实行起来，功效显著。摘取其中的片言只语，没有不是宝贝。《春秋》分别是非，用一个字来显出褒贬，说陨石五块，六只水鸟倒飞，用详密的记载构成文辞，说宫门和门前的两观失火，用排列的先后来显示分别主次的用意。它的文笔婉曲，用意隐蔽，确实是很深刻了。《尚书》看文字好像古奥，探讨它的意义却很明白；《春秋》的文字一看就懂，探讨它的意义却很隐蔽。这是由于经书的文字各有特色，从表到里构成不同的体例所造成的。

⑩《系》：《系辞》，是解释《易经》的。　⑪韦：熟皮。古用熟皮做绳来编联竹简。　骊渊：黑龙潜伏的深潭。龙的下巴有个珠子。此处以得到珠子比喻得到文章的精义。骊，黑龙。　⑫训诂：解释古语，这里作古语解。茫昧：不明。　尔雅：近正，近乎标准，指用通行语来解释。　⑬子夏：孔子的学生。他的话见《尚书大传》。　昭灼：明显。　⑭摛（chī 吃）：发布，指作民歌。　裁：制，指运用比兴手法。　藻辞：使文辞有文彩。谲喻：比喻婉曲。　温柔：儒家认为温柔敦厚是诗教。　附：接近。⑮《礼》：《周礼》《仪礼》《礼记》都可称《礼》，所以这里译作《礼经》。　体：体制。　⑯五石六鹢、雉门两观：见本篇说明。　⑰谅：确实。　邃：深远。

3.3　至根柢槃深，枝叶峻茂⑱，辞约而旨丰，事近而喻远。是以往者虽旧，馀味日新。后进追取而非晚，前修[文]久用而未先⑲，可谓太山遍雨，河润千里者也。

经书中的文章根柢盘结深固，枝高叶茂，语言简练而意义丰富，叙事浅近而喻意深远。因此这些以前的文章虽然是旧的，可是

体会它的无穷意味一天天有新的启发。后辈从中探索并不嫌迟，
前辈长久运用并不见得占先，它可以说像太山上的云气能够使遍
天下都下雨，像黄河的水可以使几千里的原野都受到灌溉。

⑱柢：根。　　槃：蟠，盘曲。　　峻：高。　　⑲这是说它的意义发掘
不完，前辈发掘了后辈还可发掘。

3.4　　故论、说、辞、序，则《易》统其首⑳；诏、策、章、
奏㉑，则《书》发其源；赋、颂、歌、赞㉒，则《诗》立其本；铭、
诔、箴、祝，则《礼》总其端㉓；纪、传、[铭]盟、檄㉔，则《春秋》
为根：并穷高以树表，极远以启疆，所以百家腾跃，终入环
内者也㉕。

所以论、说、辞、序的体裁，是从《易经》开头的；诏、策、章、奏的
体裁，是从《书经》发源的；赋、颂、歌、赞的体裁，是以《诗经》作根本
的；铭、诔、箴、祝的体裁，是由《礼经》开端的；纪、传、盟、檄的体裁，
都以《春秋》为根源：这些经书，都是建立起最高的标准，开拓出最
广阔的领域，所以诸子百家飞腾活跃，到底不能跳出这个圈子。

㉑辞、序：《易经》里有《系辞》《序卦》，都是解释《易经》的话。　　　统：总。
㉑策：策问，天子向臣子所提的各种问题。　　㉒赋：一种铺叙的韵文。
赞：表示赞美的韵文。　　㉓铭：刻在金石上的文字。　　诔(lěi 垒)：哀辞。
箴(zhēn 针)：警戒的话。　　祝：祝告。这些文辞都和《礼经》有关。　　㉔
纪：大事记。　　传：传记。　　盟、檄：各国约会的文辞和宣告，《左传》里记
录了这些文章。　　㉕树表：建立表率。　　环：范围。

3.5　　若禀经以制式，酌雅以富言，是[仰]即山而铸

30

铜[26]，煮海而为盐也。故文能宗经，体有六义：一则情深而不诡，二则风清而不杂，三则事信而不诞，四则义[直]贞而不回，五则体约而不芜[27]，六则文丽而不淫。扬子比雕玉以作器，谓"五经"之含文也[28]。夫文以行立，行以文传，四教所先，符采相济[29]。励德树声，莫不师圣，而建言修辞，鲜克宗经。是以楚艳汉侈，流弊不还，正末归本，不其懿欤[30]？

倘使根据经书来制定体式，参酌通行语来丰富语言，这是好比就矿山来炼铜，熬海水来制盐。所以文章能够效法经书，就各种文体说有六个优点：一是感情深厚而不偏邪，二是风格清新而不混杂，三是引事真实而不虚假，四是意义正确而不枉曲，五是体制精炼而不繁冗，六是文辞美丽而不浮靡。扬雄把用玉雕琢成器物作比方，认为"五经"的文章含有文采。文辞凭德行来建立，德行凭文辞来传播，孔子用文辞、德行、忠诚、信义来教育人，而以文辞为先，可见文采跟其他三者的互相配合。勉励德行，树立声誉，没有不效法圣人的；可是作文修辞，却很少能够效法经书。因此《楚辞》艳丽，汉赋浮夸，它们的流弊越来越发展，纠正末流，回到正路，不就好了吗？

[26]雅：雅言，指经书中较标准的语言，别于方言而说。　　　即：就。
[27]诞：虚妄。　　贞：正确。　　回：邪曲。　　体：体制。　　[28]扬子：汉人扬雄。他在《法言·寡见》篇里用美玉需要雕琢，比语言需要文采。　　[29]《论语·述而》篇："子(孔子)以四教：文，行，忠，信。"　　符采：玉的文采。　　[30]懿：美好。

3.6　赞曰：三极彝[道]训，[训]道深稽古[31]。致化

[归]惟一，分教斯五³²。性灵熔匠，文章奥府。渊哉铄乎³³，群言之祖。

结论说：天、地、人三者推究到极点的经久不变的教训，道理深奥可从古代的经书里去考求。收到教化的目的只有一个，在教育时却分成五经。它像工匠熔铸金属那样可以改造人的性情，它又是文章的深奥的宝库。多么深远美好啊！经书是各种言论、文章的始祖。

㉛稽：考究。　　㉜斯：则。　　㉝渊：深。　　铄：美。

正 纬 第 四

　　织布要把经线跟纬线配合，汉朝人认为论道要把经书和纬书配合。刘勰原道宗经，就发生了对纬书的看法问题。刘勰认为纬书是后人编造的，不能配经，指出纬书是伪造的四点理由。他说纬书经过通儒研讨考核，认为起于西汉末期的汉哀帝、平帝时代，不能同经书相配，只是其中的神话传说，可以用作辞藻，采入文中。这种看法是正确的。

　　这篇里提到谶纬，其实是两种。《四库提要·易纬坤灵图》下说：“其实谶自谶，纬自纬，非一类也。谶者诡为隐语，预决吉凶”；“纬者经之支流，衍及旁义。”谶是一种短短的预言，纬是讲经的书，附会为孔子所著。后来纬书也夹杂妖妄的话，便同谶合一了。谶书在先秦就有，像《史记·秦始皇本纪》：“卢生奏录图书曰：‘亡秦者胡也。’”这一句话就是谶。纬书的文辞比较多，不完全是预言，是后起的。

　　刘勰认为谶纬不是孔子作的，跟经书不同，这是对的。不过他相信《易·系辞》上的“河出图，洛出书”；相信《书·顾命》中的“河图陈于东序”的“河图”就是“河出图”的符命，却是不确的。范文澜注称《书》中的“河图”当是“舆地图之类”，或是可信的。

　　4.1　夫神道阐幽①，天命微显，马龙出而大《易》兴，神龟见而《洪范》耀②。故《系辞》称“河出图，洛出书，圣人则之”，斯之谓也。但世夐文隐③，好生矫诞，真虽存矣，伪亦凭焉。

　　神理深奥要阐明，天意微妙要显露，龙马背着图出来，重大的《易》卦就兴起了，神龟背着书出现，《洪范》中的九畴就显耀了。所以《易·系辞》上说："黄河里出现图，洛水里出现书，圣人仿效它。"就指这些说法。但是年代久远，记载不清楚，容易产生虚伪的假托，真的虽然保存了，假的也靠它出来了。

　　①神道：指《原道》中的"神理"。　　阐幽：与"微显"相对，即幽阐，深奥的要使它明显。　　②马龙：像马的龙，背着河图出来，伏牺照图制成八卦，是《易》的开始。神龟背着雒书出来，禹仿照它制成《洪范》九畴。参见《原道》注⑱。　　③敻（xiòng 诇）：久远。

　　4.2　夫六经彪炳，而纬候稠叠④；《孝》《论》昭晰，而钩谶葳蕤⑤。按经验纬，其伪有四：盖纬之成经，其犹织综⑥，丝麻不杂，布帛乃成；今经正纬奇，倍摘千里⑦，其伪一矣。经显，圣训也；纬隐，神教也。圣训宜广，神教宜约，而今纬多于经，神理更繁，其伪二矣。有命自天，乃称符谶⑧，而八十一篇皆托于孔子⑨；则是尧造绿图，昌制丹书⑩，其伪三矣。商周以前，图箓频见⑪，春秋之末，群经方备；先纬后经，体乖织综，其伪四矣。伪既倍摘，则义异自明，经足训矣，纬何豫焉？

　　六经光彩显耀，纬书繁杂重复；《孝经》《论语》讲得明白，配合它们的纬书却很杂乱。按照经书来检验纬书，它的伪造有四点：纬书的配合经书，好像经线和纬线织成布，丝线或麻线不夹杂，麻布或丝绸才织成；现在经书正确，纬书诡异，差异相去千里，这是它伪造的第一点。经书明显，是圣人的教训，纬书隐晦，是神的教导；圣人的教训应该多，神的教导应该少，现在纬书的文辞多过经书，神讲的道理更为繁多，这是它伪造的第二点。天命要从上天降下来，才称做符命预言，可是纬书八十一篇，都假托是孔子作的；那便是唐尧造了绿图，周文王姬昌作了丹书，这是它伪造的第三点。在商朝周朝以前，符命预言多次出现，到春秋的末了，许多经书才完备；先有纬书，后有经书，违反了织布的先上经线后上纬线，这是它伪造的第四点。纬书既然跟经书相反，那它的意义跟经书歧异自然明白，经书足够成为训导，纬书又参预什么呢！

④纬候：配合《尚书》的纬书有《尚书中候》，所以称纬书为纬候。　　⑤钩谶(chèn 衬)：配合《孝经》的纬书有《钩命诀》，配合《论语》的纬书有《比考谶》《撰考谶》等，钩谶也指纬书。　　葳蕤(wēi ruí 威锐)：草木茂盛，转指杂乱烦多。　　⑥综：配合经线和纬线。　　⑦倍摘：违反，抵触。倍同背。⑧符谶：符命预言，托为天命的预言。　　⑨八十一篇：《河图》九篇，《洛书》六篇，相传是黄帝至周文王所受本文；又别有三十篇，相传孔子等众圣人所增演；《七经纬》三十六篇，说是孔子所作。见《隋书·经籍志》。这是说《七经纬》是孔子作，不说八十一篇都假托孔子。　　⑩《尚书中候握河纪》说尧得绿图，《尚书中候我应》说周文王得丹书。只说"得"，不说"造"。　　⑪图箓：即图谶，像河图、丹书等。

4.3　原夫图箓之见，乃昊天休命⑫，事以瑞圣，义非配经。故河不出图，夫子有叹，如或可造，无劳喟然⑬。昔康王河图，陈于东序⑭；故知前世符命，历代宝传，仲尼所撰，序录而已⑮。于是伎数之士⑯，附以诡术，或说阴阳，或序灾异，若鸟鸣似语，虫叶成字⑰，篇条滋蔓⑱，必假孔氏；通儒讨核，谓起哀平，东序秘宝，朱紫乱矣⑲。

推究河图符箓的出现，是上天的美好命令，这事是用作圣人的祥瑞，它的意义不是配合经书的。所以黄河里不出现河图，孔子有感叹，如果可以编造，就不用叹气了。从前周康王时，把河图陈列在东厢房；所以知道上世的符命，历代作为珍宝传下来，孔子著述，只是把它记下吧了。因此玩弄术数的人，用诡诈的方法来附托，有的用来讲阴阳变化，有的用来讲灾祸变异，像鸟的叫声如同说话，虫蛀树叶成了字，篇章条文滋长蔓延，一定要假托孔子；博通的儒生经过探讨考核，说它是从汉哀帝平帝时起来的。它跟东厢房陈述的宝藏，真假混乱了。

⑫昊(hào 浩)天：上天。　　休：美好。　　命：天命。　　⑬孔子感叹："凤鸟不至，河不出图。"见《论语·子罕》。　　喟(kuì 愧)然：状叹气。⑭东序：东厢房。见《书·顾命》。　　⑮序录：记录，见上文引《系辞》的话。相传为孔子作。　　⑯伎数：技术，指借节气、天象来讲人事吉凶的人。⑰阴阳：《左传·襄公三十年》载，鸟的叫声像"嘻嘻"叹气，宋国大火。汉人认为宋伯姬守节三十多年，积阴生阳，引起火灾。这是讲阴阳成灾。又汉上林苑中柳树叶上，虫蛀成"公孙病已立"，病已是宣帝名，指宣帝即位。这是怪异，见《汉书·五行志》。　　⑱滋蔓：滋长蔓延，指越来越多。　　⑲秘宝：指河图。　　朱紫：朱，正色。紫，间色，即杂色。指真伪相乱。

4.4　至于光武之世，笃信斯术⑳。风化所靡㉑，学者比肩。沛献集纬以通经，曹褒[撰]选谶以定礼㉒，乖道谬典，亦已甚矣。是以桓谭疾其虚伪，尹敏戏其[深瑕]浮假㉓，张衡发其僻谬，荀悦明其诡诞㉔：四贤博练，论之精矣。

到了东汉时代，光武帝深信这种术数。他的政治教化具有压

36

倒的影响，学习术数的人多得肩挨着肩。沛献王刘辅收集纬书来解说经书，曹褒编选符谶来制定礼仪，违反正道，背离经典，也已经太过分了。因此桓谭痛恨它的虚伪，尹敏戏弄它的虚假，张衡揭发它的乖戾谬误，荀悦说明它的荒诞：这四位学者博学精通，评论得已经很精辟了。

⑳笃：深。　　㉑靡：倒，压倒。　　㉒沛献王刘辅作《五经论》，用纬书来解经。曹褒参考经书和纬书来制定礼仪。　　㉓桓谭上书光武帝，称谶纬迷惑贪邪的人，耽误人主，要求罢斥。尹敏对光武帝批评谶书会疑误后生，因仿造道："君无口，为汉辅。"即姓尹的可做汉相，给光武帝开玩笑。　　㉔张衡指斥纬书的谬误，如公输班和墨翟事在战国时，纬书说成在春秋时，益州是汉朝设置的，纬书说春秋时就有。荀悦指出纬书是伪托的。

4.5　若乃羲农轩皞之源，山渎钟律之要㉕，白鱼赤乌之符㉖，黄金紫玉之瑞㉗，事丰奇伟，辞富膏腴㉘，无益经典而有助文章。是以后来辞人，采摭英华㉙。平子恐其迷学，奏令禁绝；仲豫惜其杂真，未许煨燔㉚。前代配经，故详论焉。

至于伏羲、神农、轩辕、少皞的最早传说，山岳、河流、音乐、乐律的重要，白鱼跳入船、火变为赤乌的应验，黄金紫玉的祥瑞，事件丰富奇特，文辞很有藻采，对经书没有好处但可以帮助写作。因此后来作家，采取辞藻。张衡怕它迷惑学者，奏请禁绝；荀悦可惜其中夹杂真实资料，不许把它烧掉。前代用它来配合经书，所以加以详细论述。

㉕羲农轩皞(hào 浩)：伏牺、神农、黄帝轩辕、黄帝子少皞，纬书里都有记

载。　　　山渎(dú 独)钟律：渎，入海的河。钟律，音乐、乐律。纬书里对山渎钟律也讲到了。　　　㉖白鱼赤乌：《史记·周本纪》称周武王伐纣，渡河，有白鱼跳入王船。又有火从上落下，化为赤乌。　　　㉗黄金紫玉：纬书里称，君主乘着金德做天子的，有黄银紫玉出现。　　　㉘膏腴：指文采。　　　㉙摭(zhí直)：拾取。　　　㉚平子：张衡字。　　　仲豫：荀悦字。　　　煨燔(fán 凡)：焚烧。

4.6　赞曰：荣河温洛，是孕图纬㉛。神宝藏用。理隐文贵㉜。世历二汉，朱紫腾沸。芟夷谲诡㉝，[糅]采其雕蔚。

总结说：黄河现出光彩，洛水变得温暖，这些孕育了河图洛书。这种神奇的珍宝里藏有大的作用，道理虽然隐蔽，文采很是可贵。时代到了两汉，真伪像朱色和紫色喧哗混杂。除去诈伪部分，采用其中的藻采。

㉛纬书里称河发光、洛水温时才有河图洛书出现。　　　㉜文贵：指河图洛书上的花纹文采。　　　㉝芟(shān 山)夷：铲平，指除去。

辨 骚 第 五

  《辨骚》，表面上看是辨别《楚辞》哪些合乎经书，哪些不合；实际上如《序志》说的"变乎骚"，从《楚辞》中研究文学的变化的。表面上是宗经，实际上是求变，即研究从《诗经》到《楚辞》的变化，从形式到内容都变了，像"朗丽以哀志""绮靡以伤情""气往轹古，辞来切今，惊采绝艳，难与并能"。这里指出的"气"同"志"和"情"结合，指作品的内容，"采"指文采，指文辞，即从内容到形式都有变化，也就是指出文学有了发展，这种发展可以"轹古"，是超越古代，"难与并能"，无可比并，不正是胜过《诗经》吗？这就是《时序》里指出《楚辞》的"笼罩雅颂"，也是指超过《诗经》。

  既要这样推崇《楚辞》，为什么又要说四事异乎经书，"风杂于战国"，是"雅颂之博徒"呢？这里主要指出文学的发展的条件，《楚辞》有合乎经书的四事，这是指它有所继承说的；有不合乎经书的四事，这是指出它有所变化说的。这种变化，由于"风杂于战国"，即《时序》里说的"出乎纵横之诡俗"，吸取了时代的风尚，构成了"惊采绝艳"，这是从文学发展说的。另一方面，他指出"楚艳汉侈，流弊不还"，《楚辞》的"惊采绝艳"，会产生偏重文采的流弊，所以认为《楚辞》不如《诗经》的纯正，是"雅颂之博徒"。但从文学发展看，《楚辞》又是"辞赋之英杰"。指出《楚辞》会产生流弊，这是指汉赋说的，不指《楚辞》本身说。就《楚辞》说是"惊才风逸，壮志烟高"，是"惊才绝艳，难与并能"的。所以在《诠赋》里称"楚人理赋"是"雅文之枢辖"，即指出《楚辞》是雅文，是雅正之作。

  《楚辞》的"难与并能"，表现在"叙情怨""述离居""论山水"，

"言节候"，都和《诗经》不同。在抒情方面更深沉曲折；在山水方面，描绘得更形象丰富；在节令方面，更显出景物的特点；归结到"酌奇而不失其贞，玩华而不坠其实"，在创作上作出了高度概括的要求。贞就是正，他提出奇正、华实，在《诸子》里也说："览华而食实，弃邪而采正。"在《定势》里说："奇正虽反，必兼解以俱通。"要求"执正以驭奇"。《体性》说："雅与奇反。"雅也是正。《情采》说："故为情者要约而写真，为文者淫丽而烦滥。"他反对"采滥忽真"。大概刘勰把奇正对举，真滥对举。奇正是指新变说的，滥真是指抒情说的。抒情求真，不真容易滥；新变求奇而正，不正则邪。《楚辞》从抒情写景到诡异之辞、谲怪之谈，从内容到形式都是新变。新变是奇，所以要求正。刘勰这个概括，跟"若无新变，不能代雄"一致。从文学发展的角度看，要求新变，新变是奇而华，《楚辞》的奇而华都不同于《诗经》。但要是只追求奇而华，忽略正而实，就容易产生流弊。不仅司马相如以下的辞赋是这样，新变而失正；建安以下的诗，不论是庄老、山水到讲究辞藻对偶声律，都是新变，都不免失正。所以"酌奇而不失其贞，玩华而不坠其实"，成了文学发展史上的重要经验的总结。

那末刘勰提出《楚辞》的四事"异乎经典"是不是失正呢？从刘勰称《楚辞》为"雅文"看，那末所谓"异"是指"奇"说，不是失正。异的四事，诡异之辞、谲怪之谈，他在《诸子》里说，"按《归藏》之经，大明迂怪"。可见诡异、谲怪是异乎经典而不为失正的。再看狷狭之志和荒淫之意，刘勰对此两事是有贬意的。但屈原不忍祖国的危亡，以一死殉国，不能指为狷狭；《招魂》里反映宫廷生活，士女杂坐，娱酒不废，不是什么荒淫。这里显出刘勰宗经的局限。但他在总论《楚辞》时，从内容到形式都是肯定的。

5.1　自风雅寝声，莫或抽绪^①，奇文郁起，其《离骚》

哉！固已轩翥诗人之后^②，奋飞辞家之前，岂去圣之未远，而楚人之多才乎！昔汉武爱《骚》，而淮南作传，以为："《国风》好色而不淫，《小雅》怨诽而不乱^③，若《离骚》者，可谓兼之。蝉蜕秽浊之中，浮游尘埃之外，皭然涅而不缁^④，虽与日月争光可也。"班固以为：露才扬己，忿怼沉江^⑤；羿浇二姚，与左氏不合^⑥，昆仑悬圃，非经义所载^⑦。然其文辞丽雅，为词赋之宗，虽非明哲，可谓妙才。王逸以为：诗人提耳，屈原婉顺^⑧。《离骚》之文，依经立义：驷虬乘鹥，则时乘六龙^⑨；昆仑流沙，则《禹贡》敷土^⑩。名儒辞赋，莫不拟其仪表，所谓金相玉质，百世无匹者也^⑪。及汉宣嗟叹，以为皆合经术^⑫；扬雄讽味，亦言体同《诗·雅》^⑬。四家举以方经，而孟坚谓不合传，褒贬任声，抑扬过实，可谓鉴而弗精，玩而未核者也^⑭。

自从《国风》和小大《雅》的歌声停止了，没有谁来继承下去，有奇文在深厚的积累中挺生出来，是《离骚》啊！它确已高飞在《诗经》的作者以后，奋起在辞赋家以前，大概是离开圣人不久，加上楚人的富有才华吧！从前汉武帝爱好《离骚》，使淮南王刘安作《离骚传》，认为"《国风》写恋情而不过分，《小雅》写怨愤而有节制，像《离骚》那样，可说兼有这两种好处。像蝉蛹从污泥中蜕变出来，在尘土外浮游，皎洁得连染也染不黑，即使跟日月比光明也是可以的。"班固认为：屈原显露才华，宣扬自己，怀着怨恨，投江自杀；《离骚》中讲到后羿、过浇和姚姓两女，跟《左传》中讲的不一致；讲到昆仑山上的悬圃，是经书中所没有记载的。然而它的文辞艳丽雅正，成为辞赋家效法的准则，虽然不能算贤明，可以认为妙才。王逸认为：《诗经》里说要扯耳朵告戒，屈原比起这话来显得态度和顺。

《离骚》的文辞,依照经书来立论:像说驾龙骑凤,那是《易经》中按时驾六龙的说法;说登昆仑经流沙,便是《禹贡》里到各地治理水土的说法。后代著名学者的辞赋,没有不拿他的作品作为榜样的,所谓有金玉的美质,百代无比的。到了汉宣帝赞美《离骚》,认为都合于经书;扬雄吟味,也说体制和《诗经》的小大《雅》相同。四家拿它来比经书,班固却说它不合《左传》,赞美或者指责都只看表面,贬低抬高都超过实际,可以说鉴别得不精当,品评得不核实。

①寝:停息。风雅寝声,指周朝衰败,不再采诗,诗的声音不再被人注意。抽绪:抽出头绪,指继承。　②轩翥(zhù 注):高飞。　③淮南作传:淮南王刘安入朝,汉武帝命他作《离骚传》。　淫:过分。　诽:讥讽。乱:没有节制。　④蝉蜕:蝉蛹在泥里脱皮,蜕化为蝉。　皭(jiào 叫)然:状皎洁。　涅(niè 聂)而不淄(zī 兹):染不黑。涅,染黑;淄,黑。⑤班固:东汉前期作家。班固的话见《离骚序》。　忿怼(duì 对):怨恨。⑥羿(yì 义):后羿,有穷国君。　浇:过浇。　班固《离骚序》:"淮南王安叙《离骚传》,……至羿、浇、少康、二姚、有娀佚女,皆各以所识有所增损。"刘安怎样增损,不清楚。但班固是指刘安,不指《离骚》。刘勰误认为是指《离骚》,说它和《左传》不合,其实《离骚》序事还是和《左传》一致的。《离骚》里讲后羿贪于打猎,没有好结果。浇恃强行暴被杀。在少康未婚,有虞氏的二姚未嫁,想托人去做媒。《左传》说羿贪于打猎,被寒浞所杀。寒浞子浇,为夏少康所杀。有虞氏把二女(二姚)嫁给少康。《离骚》里写的和《左传》并无不合。⑦《离骚》里讲到昆仑。又屈原《天问》里问:昆仑山上的悬圃在哪里?班固认为经书里没有讲到悬圃。　⑧王逸:东汉学者。他在《楚辞章句序》里说《诗·大雅·抑》里有"言(语助词)提其耳"的话,屈原还比诗人和顺。　⑨驷虬(sì qiú 四求):用四条虬龙驾车;驷,四马驾车;虬,龙子,有两角的小龙。乘鹥(yì 义):骑凤凰;鹥,凤凰类。《离骚》:"驷玉虬以乘鹥兮。"《易·乾·象辞》:"时乘六龙以御天。"即时常驾着六条龙巡行天上。　⑩《离骚》里有流沙。《书经·禹贡》里也有昆仑、流沙,并有禹治水土的话。　敷土:治理水土。　⑪仪表:外貌,风度。　金相玉质:金玉为质。相,质地。　匹:

比。　　⑫《汉书·王褒传》说，汉宣帝认为"辞赋大者(好的)与古诗(《诗经》)同义,小者(次的)辩丽可喜,……尚有仁义讽谕,鸟兽草木多闻之观……"。⑬扬雄:西汉末年学者和辞赋家,他这话无考。　　讽:诵读。昧:体会。⑭孟坚:班固字。　　玩:赏鉴。

5.2　将核其论,必徵言焉。故其陈尧舜之耿介,称[汤武]禹汤之祗敬,典诰之体也⑮;讥桀纣之猖披,伤羿浇之颠陨⑯,规讽之旨也;虬龙以喻君子,云蜺以譬谗邪⑰,比兴之义也;每一顾而掩涕,叹君门之九重,忠怨之辞也;观兹四事,同于《风》《雅》者也⑱。至于托云龙,说迂怪,丰隆求宓妃,鸩鸟媒娀女,诡异之辞也⑲;康回倾地,夷羿弊日,木夫九首,土伯三目⑳,谲怪之谈也;依彭咸之遗则,从子胥以自适,狷狭之志也㉑;士女杂坐,乱而不分,指以为乐,娱酒不废,沉湎日夜,举以为欢㉒,荒淫之意也:摘此四事,异乎经典者也。

要核实他们的评论,一定要考查原作中的话。《离骚》中讲尧舜的光明正大,说禹汤的恭敬戒慎,是《尚书》中《尧典》《汤诰》等篇中的含义;《离骚》里讥讽桀纣的狂妄偏邪,哀悼后羿过浇的覆亡,是《诗经》中劝戒讽刺的旨趣;《涉江》里用虬龙来比君子,《离骚》里用云和虹霓来比坏人,是《诗经》中比喻和托物起兴的手法;《哀郢》说每一次回头望都要抹泪,《九辩》里叹息君王的宫门有九道,是《诗经》中忠而怀怨的话:看了这四点,是跟《国风》和小大《雅》一致的。至于《离骚》假托龙和云旗,讲说怪诞的话,使云神丰隆访求宓妃,托鸩鸟去向娀女求婚,是怪异的话;《天问》说共工撞倒天柱使大地倒塌,后羿射下九个太阳,《招魂》说拔树的巨人有九个头,土地神有三只眼，是奇怪的话；《离骚》说依照殷代大夫彭咸投水的做法，《九章》说跟着伍子胥在江水里来求得快意，是褊狭的胸襟；《招魂》说，男女杂坐，混杂不分，认为快乐，不停地喝酒，日夜沉醉，以为欢娱，是荒淫的行为：摘出这四点，是和经书不同的。

⑮《离骚》："彼尧舜之耿介兮，既遵道而得路。"耿介，光明正大。又，"汤禹俨而祗敬兮。"俨，谨严。祗敬，敬戒。　　典诰：《尚书》中的两类文体，如《尧典》记尧舜的事，《汤诰》记汤告诫的话。　　⑯《离骚》："何桀纣之猖披兮，夫唯捷径以窘步。"桀纣，夏和商的末代暴君。猖披，狂妄偏邪。唯，只。捷径窘步，走小路跌交。又，"厥首用乎颠陨。"厥首，他们的头，指羿浇。用，因。颠陨，掉落。　　⑰《九章·涉江》："驾青虬兮骖白螭。"骖，用三马驾车，在两旁的叫骖，即用虬居中，螭居两旁驾车。螭，龙子，无角的小龙。《离骚》："飘风屯其相离兮，帅云蜺而来御。"屯，聚集。离，遭逢。帅，率领。蜺，同霓，是虹。御，迎。　　⑱《九章·哀郢》："望长揪而太息兮，涕淫淫其若霰；过夏首而西浮兮，顾龙门而不见。"太息，长叹。淫淫，状多。霰，雪珠。宋玉《九辨》："君之门兮九重。"《风》《雅》：按以上四事，三件比《诗经》，一件比《尚书》，这里当兼指《诗》《书》。　　⑲《离骚》："驾八龙之婉婉兮，载云旗之委蛇（yí仪）。"委蛇，状飘动。　　迂：不合事理。又："吾令丰隆乘云兮，求宓（fú 福）妃之所在。"丰隆，云神名。宓妃，洛水女神。又："望瑶台之偃蹇（jiǎn 简）兮，见有娀之佚女，吾令鸩（zhèn 振）为媒兮，鸩告余以不好。"偃蹇，状高。佚，美。鸩，鸟名。　　诡：怪异。　　⑳《天问》："康回凭怒，地何故以东南倾？"康回，即共工。共工与颛顼战，共工撞倒作为天柱的不周山，因此天崩地塌。又："羿焉彃（bì 必）日？"焉，在哪儿。彃，射下。尧时十日并出，羿射下九个太阳。　　夷羿：即羿。　　《招魂》："一夫九首，拔木九千些。"些，语音。又："土伯九约……参目虎首。"约，曲。　　㉑《离骚》："愿依彭咸之遗则。"彭咸，殷大夫，谏君不从，投水自杀。遗则，留下的榜样。《九章·悲回风》："从子胥而自适。"伍子胥，战国吴大夫，谏吴王夫差，夫差逼他自杀，把他的尸体装进革囊，投在江里。　　狷狭：急躁褊狭。　　㉒《招魂》："士女杂坐，乱而不分些。"又："娱酒不废，沉日夜些。"废，止。沉，沉湎，沉迷于酒。

5.3　故论其典诰则如彼^㉓，语其夸诞则如此，固知《楚辞》者，体［慢］宪于三代，而风［雅］杂于战国，乃《雅》《颂》之博徒，而词赋之英杰也^㉔。观其骨鲠所树，肌肤所附，虽取熔经意，亦自铸伟辞。故《骚经》《九章》，朗丽以哀志^㉕；《九歌》《九辩》，绮靡以伤情^㉖；《远游》《天问》，瑰诡而［惠］慧巧^㉗；《招魂》［《招隐》］《大招》，耀艳而深华^㉘；《卜居》标放言之致^㉙，《渔父》寄独往之才^㉚。故能气往轹古，辞来切今^㉛，惊采绝艳，难与并能矣。

所以讲到它的合于经书的便像那样，说到它的浮夸荒诞的便像这样。这就确切地知道《楚辞》在内容上效法三代的《书》《诗》，但又夹杂着战国的风气，比起《雅》《颂》来显得低微，是辞赋的杰作。看它用来建立骨骼的主旨，作为附着骨骼的肌肤的文辞，虽然熔化经书的含意，也独自创制卓越的辞采。所以《离骚》《九章》，明朗艳丽来抒写悲哀的心意；《九歌》《九辩》，绮丽细致来抒写哀伤的感情；《远游》《天问》，瑰丽诡异而文思巧慧；《招魂》《大招》，光采照耀而含蕴深沉；《卜居》显出不羁的意旨，《渔父》寄托特立独行的才干。所以能够才气压倒古人，文辞超越今人，文采惊人，美艳绝顶，难以和它比美了。

㉓典诰：属《尚书》，这里兼指《诗经》。　　㉔宪：法，效法。　　三代：夏商周，指《尚书》《诗经》。　　博徒：赌徒，微贱者。　　词赋：指汉赋。
㉕《骚经》：王逸尊称《离骚》为经。《离骚》是屈原自叙生平的长篇叙事诗。《九章》是屈原作的九首诗，都有对自己抱负不能实现的哀叹。　　㉖《九歌》是楚国民间的祭神曲，屈原加以改写的。《九辩》是宋玉作的长篇抒情诗，都抒写哀伤的感情。　　㉗《远游》，旧说屈原作，写他与仙人远游各地，最后思归。《天问》是屈原看到庙里画的神话和故事提出的种种疑问：都写得瑰丽奇

特。瓌(guī 归):奇伟。　　㉘《招魂》是屈原因楚怀王到秦国去被拘留死去，哀悼怀王而作。《大招》，旧说屈原作，屈原大招其魂来讽谏；一说《大招》是景差作。　　㉙《卜居》：写屈原被放逐后，到太卜家去卜问自己行动。　　放言：不羁的话。　　㉚《渔父》：写渔父劝屈原随俗浮沉，屈原表示不愿同流合污。　　㉛轹(lì 历)：车轮辗压，指超过。　　切：切断，绝。

5.4　自《九怀》以下，遽蹑其迹；而屈宋逸步，莫之能追㉜。故其叙情怨，则郁伊而易感㉝；述离居，则怆怏而难怀㉞；论山水，则循声而得貌；言节候，则披文而见时。是以枚贾追风以入丽，马扬沿波而得奇，其衣被词人㉟，非一代也。故才高者菀其鸿裁，中巧者猎其艳辞，吟讽者衔其山川，童蒙者拾其香草㊱。若能凭轼以倚《雅》《颂》，悬辔以驭楚篇，酌奇而不失其[真]贞，玩华而不坠其实㊲；则顾盼可以驱辞力，欬唾可以穷文致㊳，亦不复乞灵于长卿，假宠于子渊矣㊴。

　　从《楚辞》中王褒《九怀》以下各篇，匆忙地跟屈原的脚步前进；可是屈原、宋玉卓越的步调，没有谁能追得上。所以屈宋抒写怨恨的感情，便能使人郁抑而容易感动；叙述离别，便能使人悲哀而难以忍受；描绘山水，便能使人按照声情而得到它的形貌；叙述季节，便能使人披阅文辞而看到时令。因此枚乘、贾谊追随他们的文风取得文采，司马相如、扬雄沿着他们的趋向获得奇伟动人的成就，他们使辞赋家获得的好处，不仅限于一个朝代。所以文才高的从他们的创作中取得巨大的体制，心思巧妙的从中猎取它的文采，吟诵的记住它的描绘山水，学童识得其中写的香草。倘能严肃地遵照《雅》《颂》的准则，有控制地驾驭《楚辞》，采择奇伟的内容而不失去它的正确；鉴赏香花而不失掉它的果实；那末在一回顾间可以发挥文辞的作用，一开口间可以彻底探索文章的情致，不再向司马相如求助，向王褒去借光了。

㉜《九怀》：王褒著。《楚辞》从《九怀》以下，是汉人所作。　　蹑：跟踪。逸：快速。　　㉝郁伊：状抑郁。　　㉞怆怏：状失意悲愁。　　㉟枚贾：前汉初期的枚乘、贾谊都是著名的辞赋家。　　马扬：前汉司马相如、扬雄是汉代辞赋的代表作家。　　衣被：像穿衣盖被，使（才人）受到好处。　　㊱菀（wǎn 宛）：通"挽"（wān 弯），取。　　鸿裁：大的体制。　　猎：取。　　吟讽：诵读。　　衔：读不离口。　　蒙：知识未开。　　拾其香草：记住其中草木的名称。　　㊲凭轼：靠在车前横木上致敬，表严肃。　　悬辔：在马头上加辔头，指控制。　　贞：正，正确。　　㊳顾盼：一回头盼望，指时间短。欬唾：一咳唾间，也指时间短。　　㊴长卿：司马相如的字，他是汉武帝时辞赋家之首。　　子渊：王褒的字，他是汉宣帝时辞赋家之首。

5.5　赞曰：不有屈原，岂见《离骚》？惊才风逸，壮志烟高。山川无极㊵，情理实劳。金相玉式，艳溢锱毫㊶。

总结说：要是没有屈原，哪儿会看到《离骚》？惊人的才华像风那样飘逸，豪壮的志趣像云烟那样高远。像山川那样没有边际，抒写情理确实劳瘁。构成金玉般美好质地，就是极细微处都充溢着艳丽。

㊵无极：无穷。　　㊶金相：金质。　　式：用。　　玉式：犹玉质。锱（zī 兹）毫：微细处；锱重六铢，二十四铢为两。

文　体　论

　　刘勰著作《文心雕龙》，总论里提到他在博通经史子集以后，区别部类，首先研究"论文序笔"，即文体论。因此文体论在《文心雕龙》中是很重要的，研究刘勰的文论，文体论也是很重要的部分。他的创作论，就是从文体论里归纳出来的；他的文学史、作家论、鉴赏论、作家品德论，也是从他的文体论中得出来的。他的文体论是从他的博通经史子集来的。没有博通经史子集，就没有文体论；没有文体论，就没有创作论、鉴赏论等，也没有文之枢纽，没有《文心雕龙》了，所以文体论在全书中是很重要的部分。因此他在《序志》里对文体论也讲得特别详细，说：

> 若乃论文叙笔，则囿别区分；原始以表末，释名以章义，选文以定篇，敷理以举统；上篇以上，纲领明矣。

　　他的论文叙笔，是对所有的文体作了全面的研究。囿别区分，分成多少体。这方面，曹丕的《典论·论文》分为"奏议宜雅，书论宜理，铭诔尚实，诗赋欲丽"，即四科八体，对每科只提出一个字的要求。陆机《文赋》说："诗缘情而绮靡，赋体物而浏亮，碑披文以相质，诔缠绵而凄怆，铭博约而温润，箴顿挫而清壮，颂优游以彬蔚，论精微而朗畅，奏平彻以闲雅，说炜晔而谲诳。"提出十体，用一句话来说明对每一体的要求。后来挚虞的《文章流别论》分为多少体已无从考查。从当时的文体论看，对文体的分类趋向越分越细，这样分，好的方面是便于作深入细致的分析，缺点是分得过于烦琐。刘勰的文体论，它的特点正像他说的四点。

一，"原始以表末"，说明各体文的产生、形成和流变，是分体文学史。如《明诗》是诗歌史，《诠赋》是赋史，其他应用文是散文史。就诗歌史说，从葛天氏的《玄鸟》讲起，一直讲到刘宋时代的山水诗。着重讲的，有《诗经》、汉代古诗、建安诗、山水诗，《离骚》因为有《辨骚》，所以只提一句。对汉代古诗，称它"结体散文，直而不野，婉转附物，怊怅切情，实五言之冠冕也"。着眼在它的特点，在附物切情上。他在创作论中的《物色》里，提到"写气图貌，既随物以宛转；属采附声，亦与心而徘徊"，归到"情貌无遗"，就是从论古诗中来的。再像他讲建安文学，"慷慨以任气，磊落以使才；造怀指事，不求纤密之巧；驱辞逐貌，唯取昭晰之能"。他在创作论的《体性》里提到才气，《风骨》里提到意气才力，就是从论建安文学的才气来的。在《体性》里论繁缛、显附，跟论建安文学的纤密和昭晰是一致的。他论刘宋的山水诗，称"情必极貌以写物，辞必穷力而追新"。他在《物色》里提到："自近代以来，文贵形似，窥情风景之上，钻貌草木之中"，是跟论山水诗的极貌追新一致的。这说明他的创作论是从文体论里概括提高得出来的，可见文体论的重要。

二，"释名以章义"，说明各体文的名称和意义，这里透露出他对各体文的看法。就《明诗》说，《诗大序》称："诗者，志之所之也，在心为志，发言为诗。情动于中而形于言。"这是汉儒诗言志的说法，也提到情动于中而形于言，是情志结合。到陆机《文赋》，提出"诗缘情而绮靡"，只提缘情，不提言志。刘勰在《明诗》里先提到"诗言志"；又说"人禀七情，应物斯感，感物吟志，莫非自然"，也是情志结合。又说："诗者，持也，持人情性。"这样，刘勰对诗提出三个解释：言志，情感物，持情性。这三者是结合的，感物之情里有吟咏之志，这种情志要能持人情性。光讲缘情，背离了言志和持人情性，就可能陷于浮靡淫荡，像"及正始明道，诗杂仙心；何晏之徒，率多浮浅"，浮浅和仙心，背离了刘勰论诗要求。"江左篇制，溺乎玄风”，背离了言志抒情，也不行。只有刘勰所倡导的比较正确。他在创作论的《情采》里提出"辩丽本于情性。故情者文之经，辞者理之纬"，这里的情即情理，也是持人情性、情志结合的意思。

三，"选文以定篇"，还要做好选文工作。如《诠赋》，先提到《离骚》，是赋的拓宇始于《楚辞》。接下来"荀况《礼》《智》，宋玉《风》《钓》"，特点是"述客主"，"极声貌"。讲到各类赋，有"荀结隐语"，"宋发夸谈"，枚乘《菟园》会新，相如《上林》繁类，贾谊《鵩鸟》辨情理，王褒《洞箫》变声貌，班固《两都》雅赡，张衡《二京》宏富，扬雄《甘泉》深玮，王延寿《灵光》飞动。像这样的选文定篇，指出各家在赋的创作上的成就。创作论《体性》里讲作家的风格就和这里的选文有关。像说"长卿傲诞，故理侈而辞溢"，就同相如的"繁类"一致；"子云沉寂，故志隐而味深"，就同扬雄的深玮一致；"孟坚雅懿，故裁密而思靡"，就同班固的雅赡一致；"平子淹通，故虑周而藻密"，就同张衡的宏富一致。再像在《时序》《才略》里，谈到各家在创作上的成就，也跟这种选文定篇有关。因为他不光选文，还对所选的作家作品，作了评价，所以跟创作论等都有关了。

四，"敷理以举统"，提出对各体文的写作要求，提到理论高度，构成系统。像《书记》，刘勰提出："详总书体，本在尽言，言以散郁陶，托风采，故宜条畅以任气，优柔以怿怀；文明从容，亦心声之献酬也。"又提到笺记，说："清美以惠其才，彪蔚以文其响"。这里提到情采，要求条畅优柔，抒写情意，清美而有文采。也提到才气，才清而气畅。这同《体性》里讲的才气有关，也同"气有刚柔"的柔婉有关，"优柔以怿怀"适宜于表达柔婉的风格。跟《养气》里讲的"从容率情，优柔适会"，"清和其心，调畅其气"一致。再像《书记》是应用文看，刘勰对应用文，也用才气和风格以及抒写情志的要求来讲，跟作品的要求一致。他的讲应用文，也是就文学角度来谈的，这是他讲应用文的特点。在"敷理以举统"上，他对各体文的写作都提到理论上的要求，把这些要求结合起来，加以总结，提到创作的理论上来就成了创作论了。这就说明文体论对构成创作论的关系。

刘勰的文体论，分为论文、序笔。论文讲有韵文，共十篇：《明诗》《乐府》《诠赋》《颂赞》《祝盟》《铭箴》《诔碑》《哀吊》《杂文》《谐隐》。其中《诠赋》《诔碑》《哀吊》《杂文》《谐隐》都有韵散相杂的，但以韵为主，故归入有韵文。序笔讲无韵文，共十篇：《史传》《诸子》《论说》《诏策》《檄移》《封禅》《章表》《奏启》《议对》《书记》。

刘勰的文体论说明各体文的特点和要求，使人看到各体文发展的趋势，对纠正当时浮靡的文风和讹滥的文体是有帮助的。在文体论里也贯彻了这种救弊的主张，像《诠赋》的主张"体物写志"和"义必明雅"，《乐府》的崇雅绌郑就是。更由于用文学史的观点来讲各体文，可以和创作论互相补充。像《明诗》里讲四言诗和五言诗的不同风格；讲汉古诗"直而不野"，建安诗"慷慨以任气，磊落以使才"，正始诗风"浮浅"，西晋诗"采缛""力柔"等，是不同时代的不同风格。这些不仅可以和《体性》里讲风格相印证，并补充它的不足，《体性》没有讲各个时代的不同风格。再像《诠赋》里讲到"繁华损枝，膏腴害骨，无贵风轨，莫益劝戒"，可以和《风骨》里讲情辞的风骨要求，《情采》里论情理和文采相参证。讲各体文的演变可以和《通变》相发明。文体论把经、子、史都列入文内，比起萧统《文选》把经、子、史都排斥在文外，是扩大了文的范围。这样，在把文学跟经、子、史分别方面，刘勰的认识虽落后于萧统；但经、子、史与文学不是互相排斥的，经、子、史中也有文学，因此萧统的看法容易造成追求辞藻而忽视内容的缺点，刘勰把经、子、史纳入文内，从而提出以情理为主、辞采为次的论点，在当时有救弊作用。这跟他家境贫寒，反对反映豪门世族腐朽堕落生活的文学有关，跟他要从大量的作品中去探索文体论也有关。

　　但刘勰的文体论也有缺点。他的文体论要为封建统治服务，忽视民间文学，在《乐府》里对汉乐府民歌只字不提；强调中和之音，贬低"怨志诀绝"，把曹操《苦寒行》等名篇都贬低了。为了维护封建礼教，在《史传》里反对给女主立本纪是不对的。对《史记》的评价不够。强调情理，但在《诠赋》里推重缺乏思想性的作品，显得他对思想性的认识不够。在文体分类上繁琐杂乱，把当时的应用文分得极细，如章、表、奏、启、议、对各成一体。有的不必分的也分了。如《杂文》里列举的"对问""七"，可以归入辞赋；把"曲、操、弄、引"，"吟、讽、谣、咏"，归入杂文，其实合乐的可以归入乐府，不合乐的可以归入诗里。在文体的分类上还可斟酌。

明 诗 第 六

　　这篇讲诗。先讲诗的定义，提出言志、持性情，诗还要讲音节，即"歌永言"；还要"舒文"，讲究文采。再加"感物吟志，莫非自然"，要自然流露。这样讲比较全面，更注重思想内容，这是他要挽救浮靡文风的用心，有意不提"诗缘情"的说法。只是他的注意思想内容，要求并不高，主要是反对光追求形式，缺乏真感情，所以他赞美建安诗，指出"怜风月，狎池苑，述恩荣，叙酣宴"，没有提到更重要的同情人民苦难的王粲《七哀》诗，以及曹植的要为国立功的诗。

　　这篇里论述各代的诗，对汉代古诗，称赞它"直而不野，婉转附物，怊怅切情"。对建安诗，赞它"慷慨以任气，磊落以使才"，"不求纤密之巧，唯取昭晰之能"，类似这样的说明，能够抓住了各代诗的特点。刘勰生在追求辞藻的时代，能赏识"直而不野"、"慷慨任气"的诗，能看到富有文采的西晋诗的弱点，这是突出的见解。当然，他受时代的局限，所以把汉五言诗称为冠冕，没有看到建安文学超过汉五言诗。他对于西汉的五言诗虽然提出了后代的怀疑论点，但还是认为西汉已有五言诗。按西汉以前的《沧浪歌》有"兮"字，即有六字句；《暇豫歌》有四字句，不能算五言诗。汉成帝时的邪径童谣才是五言诗，可见五言诗起于民间。民歌的新形式引起文人注意加以采用，使成为一种新的诗体，需要一定时间，所以到东汉的班固《咏史》才是五言诗，但还写得质木无文。从质木到《古诗十九首》那样纯熟，又需要一段时间，所以《古诗十九首》应该是东汉后期的作品。再有，这篇里提到东晋的玄言诗，刘宋的山水诗，评价比较恰当。但从玄言诗到山水诗中间，在东晋末刘宋初，还有陶

54

渊明写田园生活和饮酒等诗,那时影响不及玄言诗和山水诗,但是当时诗歌创作上的最高成就。刘勰把陶诗忽略了,这是他还受追求辞藻的影响,只看到陶诗朴实而不讲究辞藻,没有看到它在朴实中含孕着的"辞采精拔,独超众类"的特点。

本篇的结论里,刘勰讲到诗体的风格,指出"四言正体,则雅润为本;五言流调,则清丽居宗"。由于他要贯彻宗经的主张,称《诗经》的四言诗为正体,这是宗经的局限。从全篇论述看,他还是着重五言诗的。他说四言雅润,五言清丽,他极重视雅,也很看重清,《宗经》里说体有六义,就提到"风清而不杂",《风骨》里提"风清骨峻,篇体光华",说明他是极看重清丽的风格的。

在诗的写作上,他指出"诗有恒裁,思无定位,随性适分,鲜能通圆"。认为各种风格的形成,跟作家的个性有关,所以兼擅写各种风格的作者较少。这就跟创作论的《体性》相结合,正说明创作论是建立在文体论的基础上的。刘勰从各体文的写作要求中,归纳出创作论来。他又指出"妙识所难,其易也将至;忽之为易,其难也方来",对创作难易的看法,具有辩证观点。

在对四言诗和五言诗的认识上,他不如钟嵘。《诗品》里指出:"五言居文词之要,是众作之有滋味者也,故云会于流俗。岂不以指事造形,穷情写物,最为详切者耶!"推重得更确切。对于四言五言以外的形式,他提到三六杂言,没有提出七言来,虽然在联句共韵里提到后人依托的柏梁馀制是七言,但对七言诗的认识还是不足的。

6.1　大舜云:"诗言志,歌永言。"①圣谟所析②,义已明矣。是以"在心为志,发言为诗"③,舒文载实,其在兹乎? 诗者,持也,持人情性;三百之蔽,义归"无邪"④,持之为训,有符焉尔⑤。

《尚书·舜典》里记大舜说:"诗是表达情志的,歌是延长它的音节的。"经过圣人的分析,意义已经很明白了。因此,"在心里的叫情志,用语言文字表达出来的叫诗",运用文辞来表达情志,诗的意义就在这里吧? 诗是扶持端正的意思,要端正人们的性情;《诗经》三百篇用一句话来概括,归结到"没有邪念"上,扶持端正的解释,是符合这个意义罢。

①永:长,拉长。把诗用拉长的音节唱出来就是歌。　　②圣谟:圣训。③《毛诗序》:"在心为志,发言为诗。"　　④蔽:包括。《论语·为政》:"(孔)子曰:'《诗》三百,一言以蔽之,曰:思无邪。'"　　⑤焉尔:于此吧。

6.2　人禀七情,应物斯感,感物吟志,莫非自然。昔葛天[氏]乐辞[云],《玄鸟》在曲;黄帝《云门》,理不空[绮]弦⑥。至尧有《大唐》之歌,舜造《南风》之诗,观其二文⑦。辞达而已。及大禹成功,九序惟歌;太康败德,五子咸怨:顺美匡恶,其来久矣⑧。自商暨周,《雅》《颂》圆备,四始彪炳,六义环深⑨。子夏监绚素之章,子贡悟琢磨之句,故商赐二子,可与言诗⑩。自王泽殄竭,风人辍采;春秋观志,讽诵旧章,酬酢以为宾荣,吐纳而成身文⑪。逮楚国讽怨,则《离骚》为刺。秦皇灭典,亦造仙诗⑫。

人具有喜、怒、哀、惧、爱、恶、欲七种感情,受到外物的刺激发生感应,有了感应唱出情志来,没有不是自然形成的。从前葛天氏的歌辞,有《玄鸟》歌配上乐曲;黄帝的《云门》曲,照理不会光有乐曲而无歌辞。到尧有《大唐》歌，舜造《南风》诗，看这两篇，只是能够达意罢了。到了大禹功德成就，九种工作都有秩序，加以歌颂；传到太康，道德败坏，他的兄弟五人都怨恨作歌：用诗来赞美好的，纠正坏的，它的来源是很久了。从商朝到周朝，《雅》《颂》的体制完全具备了。《诗经》里的《风》、小大《雅》和《颂》极为光辉，它的风、雅、颂三种体制和赋、比、兴三种表达法又周到又深刻。孔门的子夏看到用白粉给采色钩勒的诗句有所启发，子贡想到切磋琢磨的诗句有所悟入，所以孔子赞美他们两人，说可以和他们谈诗。自从周王的教化衰亡，采诗官停止采集民歌；但春秋时外交上还通过念诗来观察各人的意志，念起旧诗来，以应对得体为宾客的光荣，以发言合宜显示本人的才华。到楚国人怀怨讽谏，那便用《离骚》来讽刺。到秦始皇烧书，那时的博士还作了《仙真人诗》。

⑥葛天：葛天氏，传说中的氏族首领。这里的"氏"和"云"两字当删，才与下文相对。　《玄鸟》：是葛天氏时的歌。玄鸟即燕子。　空弦：光弹弦，即有曲无歌辞。按《玄鸟》《云门》都没有歌辞传下来。　⑦《大唐》歌见《尚书大传》，《南风》歌见《孔子家语》，都是后人拟作。　⑧九序没有歌词，见《原道》注㉕。　《五子之歌》见《尚书·伪五子之歌》。　顺美：将顺其美；将顺是顺着做，指歌颂。　匡：纠正。　⑨暨(jì 既)：及。　《雅》《颂》圆备：刘勰认为《诗经》中的《商颂》是商朝作的，所以商朝已经有颂，周朝又有雅和颂。其实商颂是商的后代宋国作的，商朝没有雅颂可考。　四始：见《宗经》注⑥。　六义：风、雅、颂是诗的三种体制，赋、比、兴是诗的三种表现手法，合称六义。　⑩《论语·八佾(yì 亦)》里记孔子学生子夏念了诗"素以为绚(xuàn 眩)兮"，即用白粉来给采饰钩勒，想到人先要有好的本质，后学礼节。孔子赞美他能启发自己，可与谈诗。《论语·学而》记孔子学生子贡从精益求精悟到诗的"如切如磋，如琢如磨"，好像骨角切开了还要磋平，玉器雕刻了还要打磨。孔子也赞美他可与谈诗。商是子夏名，赐是子贡名。　⑪王泽：周王朝的恩泽，指教化。　殄(tiǎn 忝)竭：尽。　风人：古代采诗

的官。　　　　观志：春秋时外交集会，主客双方都要观察各人情意，都要念诗来表示。见《左传·襄公二十八年》。　　　　讽诵：朗诵。　　　　酬酢：指礼节上的应对。酬是主人劝酒，酢是客人回敬。　　　　宾荣：宾客的荣宠。　　　　吐纳：偏义复辞，即吐，指吐辞发言。　　　　身文：言辞是身的文采。　　　　⑫典：典籍，指书。　　　　仙诗：秦始皇三十六年，使博士作《仙真人诗》。

6.3　汉初四言，韦孟首唱，匡谏之义，继轨周人⑬。孝武爱文，柏梁列韵⑭。严马之徒，属辞无方⑮。至成帝品录，三百馀篇，朝章国采，亦云周备⑯；而辞人遗翰，莫见五言，所以李陵班婕妤见疑于后代也⑰。按《召南·行露》，始肇半章⑱；孺子《沧浪》，亦有全曲⑲；《暇豫》优歌，远见春秋⑳；《邪径》童谣，近在成世㉑；阅时取证，则五言久矣。又古诗佳丽，或称枚叔㉒，其《孤竹》一篇，则傅毅之词㉓。比采而推，两汉之作乎㉔？观其结体散文，直而不野，婉转附物，怊怅切情，实五言之冠冕也㉕。至于张衡《怨》篇，清典可味；《仙诗缓歌》，雅有新声㉖。

　　汉朝初年的四言诗，韦孟是最先创作，有救正谏诤的含意，继承周朝人的规范。到汉武帝爱好文学，在柏梁台上按韵联句。严助司马相如这些人，作诗不拘定规。到汉成帝选录品评，共得三百多篇，朝廷的篇章，各地的民歌，也可说完备了；可是诗人留下来的篇章，没有看到五言诗，所以李陵班婕妤的五言诗遭到后代人的怀疑。考《诗经》的《召南·行露》篇，开始有半章五言诗；孩子唱的《沧浪歌》，已是全篇五言诗；优施的《暇豫歌》，早见于春秋时代；童子的《邪径》谣，稍后见于汉成帝世：经历各时代取得证明，那末五言诗的产生已经很久远了。又五言古诗的佳作，有的说是枚乘作的，其中的《孤竹》篇，那是傅毅的诗。比照着文采来推求，是两汉的作品吧？看它们的风格和行文，质直而不朴野，婉转地贴切事物，哀感动人地表达深切感情，确实是五言诗中的第一流。至于张衡的《怨》诗，清丽典雅可以体味；《仙诗缓歌》，颇有新的声调。

⑬韦孟：西汉初期人，作《讽谏诗》是讽谏楚王茂的荒淫的。　　轨：法则。　　⑭相传汉武帝与群臣在柏梁台上联句作诗，每句七字，句句用韵，诗见《古文苑》。顾炎武《日知录》二十一认为诗出后人拟作。　　⑮严助本姓庄，因避汉明帝刘庄名，改姓为严。严助以对策著名，司马相如有《琴歌》，都是骚体诗。　　属辞：缀文，写作。　　无方：没有一定规格。　　⑯品：评价。　　录：编集。　　三百余篇：《汉书·艺文志·诗赋略》说三百十四篇。国采：犹国风，指各地民歌。　　⑰遗翰：传下来的诗篇。翰，笔，指作品。《文选》载李陵《与苏武诗》三首，班婕好《怨歌行》一首，都是五言诗。这些五言诗当出后人拟作。　　婕好(jié yú 节余)：宫中女官名。　　⑱肇(zhào 照)：始。　　半章：一章中有一半是五言。如《诗·召南·行露》："谁谓雀无角(嘴)，何以穿我屋？谁谓女无家(夫家)，何以速(召)我狱？虽速我狱，室家不足(结婚的理由不充足)。"　　⑲全曲：全篇五言。《孟子·离娄上》："有孺子歌曰：'沧浪(水名)之水清兮，可以濯(洗)我缨(帽带)；沧浪之水浊兮，可以濯我足。'"刘勰以为"兮"字语助词，不算，所以算作五言诗。　　⑳《国语·晋语一》记优施对里克唱的歌："暇豫之吾吾(从容悦乐的，里克反不敢亲近)，不如鸟乌(不及乌)。人家集于菀(停在茂树上)，己独集于枯(停在枯树上)。"这歌劝里克不要站在太子申生一边，应该站在晋献公宠姬骊姬一边。这歌有三句五言。　　㉑《汉书·五行志》记成帝时童谣："邪径败良田，谗口乱善人。桂树华不实(花不结果)，黄爵(雀)巢其颠。昔为人所羡，今为人所怜。"　　㉒枚乘，字叔。《玉台新咏》以《古诗十九首》中的《西北有高楼》等九首为枚乘作。　　㉓孤竹：《冉冉孤生竹》，《文选》里列入《古诗十九首》，是无名氏作。傅毅：东汉初期作家。　　㉔《古诗十九首》一般认为不是西汉人作，应该是东汉后期的作品。因为西汉和东汉初期还没有那样成熟的五言诗。　　㉕体：风格。　　散：抒写。　　附：贴切。　　惆怅：惆怅。　　冠冕：帽子，

居首,第一。　　㉖张衡:东汉中作家。　　《怨诗》:是四言诗,是典雅的。
《仙诗缓歌》:已不可考,一说即乐府杂曲的《前缓声歌》,但它不是仙诗。
雅:常。　　新声:指非四言诗。

6.4　　暨建安之初,五言腾踊,文帝陈思,纵辔以骋
节,王徐应刘,望路而争驱㉗;并怜风月,狎池苑,述恩荣,
叙酣宴,慷慨以任气,磊落以使才㉘;造怀指事,不求纤密
之巧,驱辞逐貌,唯取昭晰之能:此其所同也。[乃]及正始
明道,诗杂仙心㉙;何晏之徒㉚,率多浮浅。唯嵇志清峻,阮
旨遥深,故能标焉㉛。若乃应璩《百一》㉜,独立不惧,辞谲
义贞,亦魏之遗直也。

到了建安初期,五言诗蓬勃涌现出来,魏文帝曹丕,陈思王曹
植,在文学的道路上纵马奔驰而有节制,王粲、徐幹、应瑒、刘桢,望
着前路争先赶上去;都是爱赏风月,游玩池苑,叙述恩遇和荣宠,写
出酣乐的宴会,慷慨地逞气势,激越地骋才力;抒写情怀,陈说事
理,不求纤密细巧,运用文辞,描摹形貌,只求显著鲜明:这是一致
的。到了正始时期讲究清谈,诗中混杂着道家思想;何晏这些人,
大多浮泛浅薄。只有嵇康的志趣清高,阮籍的命意深远,所以可举
出来。至于应璩的《百一》诗,独立直言,无所畏惧,措辞诡异,意义
正直,也是魏代传下来的质直之作。

㉗建安:汉献帝年号(196-220)。当时曹操执政,是五言诗极盛时期。
辔:马勒口和缰绳。　　节:节制。　　王徐应刘:指王粲、徐幹、应瑒、刘桢,
建安七子中的四人。　　㉘怜:爱。　　狎:游玩。　　苑:养鸟兽处。
磊落:错杂不平,指音辞激越。　　㉙正始:魏废帝齐王芳年号(240-249)。
当时清谈风气开始兴盛,推崇老庄思想。　　仙心:指道家思想。　　㉚何

晏：正始时清谈的领袖人物。　　　㉛率：大抵。　　　嵇康的诗旨趣高洁，文辞清新。阮籍的《咏怀》诗，含义深刻。　　标：举出。　　㉜应璩（qú qú）的《百一》诗，措辞质朴。　　百一：是百虑一失的意思。　　辞谲：文辞有讽谏意。

6.5 晋世群才，稍入轻绮㉝。张潘左陆，比肩诗衢，采缛于正始㉞，力柔于建安；或析文以为妙，或流靡以自妍㉟：此其大略也。江左篇制㊱，溺乎玄风，嗤笑徇务之志，崇盛[亡]忘机之谈㊲。袁孙已下，虽各有雕采，而辞趣一揆，莫与争雄㊳；所以景纯仙篇㊴，挺拔而为俊矣。宋初文咏，体有因革，庄老告退，而山水方滋；俪采百字之偶㊵，争价一句之奇，情必极貌以写物，辞必穷力而追新，此近世之所竞也。

晋代的许多作家，稍稍流于轻浮绮丽。张载、张协、张亢、潘岳、潘尼、左思、陆机、陆云，在诗坛上不相上下，文采比正始作品繁富，力量比建安作品柔弱；有的剖析辞藻以为精妙，有的追求音节以为流美：这是大概的情况。东晋的创作，陷在清谈风气里，讥笑致力政事的志趣，极力推崇忘却世情的空谈。袁宏、孙绰以下，虽然各人都有些雕饰文采，可是志趣一致，没有谁能够跟他们争为雄长；所以郭璞的《游仙》诗，辞义挺拔成为杰出之作了。刘宋初年的诗，在风格上有继承也有革新，宣扬老庄思想的退出文坛，描写山水的正多起来；讲究全篇的对偶藻采，争取一句的奇突警策，在情景上一定要尽力刻画形貌，在用辞上一定尽力要求新颖，这是近代所追求的。

㉝轻绮：浮华，内容不充实而追求文采。　　㉞衢：大路。　　缛：繁富。

㉟柝：同析。析文，讲究文字的对偶辞藻。　　流靡：讲究音节的流利，用杨注。　　㊱江左：江东，东晋南渡，偏安在江左。　　㊲溺：陷入。　　玄风：谈玄的风气，当时以《老子》《庄子》《易经》为三玄。　　徇务：以身从事政务，致力于政务。　　忘机：忘掉机务，机务即要事。　　㊳趣：志趣。一揆：一道，一致。　　㊴郭璞：字景纯，东晋作家。　　㊵俪：对偶。　　百字：五言诗二十句，指全篇。

6.6　故铺观列代，而情变之数可监；撮举同异，而纲领之要可明矣㊶。若夫四言正体，则雅润为本，五言流调，则清丽居宗；华实异用，唯才所安。故平子得其雅，叔夜含其润，茂先凝其清，景阳振其丽；兼善则子建仲宣，偏美则太冲公幹㊷。然诗有恒裁，思无定位，随性适分，鲜能通圆。若妙识所难，其易也将至；忽之为易，其难也方来。至于三六杂言，则出自篇什㊸；离合之发，则［明］萌于图谶㊹；回文所兴，则道原为始㊺；联句共韵，则柏梁馀制；巨细或殊，情理同致，总归诗囿㊻，故不繁云。

所以总观列代的诗，情志演变的趋势可以看到；总括它们的同异，主要的写作纲领可以明白了。至于四言诗的正宗体制，就以雅正滋润为本，五言诗的流行格调，就以清新艳丽为主；像花和果用处不同，只凭各人的才能来求适应。所以就四言诗说，张衡获得雅正，嵇康具有清润；就五言诗说，张华完成清新，张协发扬艳丽；兼有各种长处的那是曹植、王粲，只具一种长处的那是左思、刘桢。然而诗有一定体裁，情思却没有一定规矩，随着各人的性情来求适应，很少能够兼善各体的。要是巧妙地认识到它的困难，它的容易将要到来；加以忽视把它看成容易，它的困难将要到来。至于三言、六言、杂言诗，它的源头是从《诗经》中来的；拆字诗是从预言里来的;回文诗的兴起,开始于道原;用一个韵来联句,那是柏梁台诗传下来的体制;篇幅大小纵或不同,表达情理是一致的,这一切都属于诗的范围,所以不再啰嗦了。

㊶铺观:纵观。铺,陈列。　　情变:情势变化。　　监:察看。　　撮:总括。　　㊷汉张衡字平子,魏末嵇康字叔夜,两人写四言诗,所以说雅润。西晋张华字茂先,张协字景阳,两人写五言诗,所以说清丽。　　魏曹植字子建,王粲字仲宣,两人四言五言都擅长,所以说兼善。　　魏刘桢字公幹,晋左思字太冲,两人写五言诗,所以说偏美。　　㊸三言、六言、杂言诗,它的来源本于《诗经》,《诗经》在《雅》《颂》中每十篇称为"什"。　　㊹离合诗:拆字诗,开始见于预言的图谶里。　　图谶(chèn 衬):是古代的一种迷信的预言,后来又和纬书结合。如纬书《孝经右契》里称刘秀为"卯金刀",合成刘字,"字禾子",即字季,刘秀字季。　　㊺回文诗最著名的是晋窦滔妻苏蕙作的《回文璇玑图》诗。　　道原:未详,一说即南朝宋的贺道庆。　　㊻诗囿:诗的园地。囿,养鸟兽的园林。

6.7　赞曰:民生而志,咏歌所含㊼。兴发皇世,风流《二南》。神理共契,政序相参㊽。英华弥缛,万代永耽㊾。

总结说:人生下来都有情志,是成为歌咏所表达的内容。歌咏开始在三皇时代,它的风教流播在周南、召南地区。它和神理相契合,还和政教配合。它的文采丰富,为万世的人所永远爱好。

㊼含:含有的内容。　　㊽神理:指道,见《原道》。　　政序:政治秩序。㊾弥:更。　　耽:喜爱。

乐　府　第　七

　　乐府本是汉武帝设立的音乐机关，这个机关搜集各地的民歌，配上音乐，称乐府诗，也称乐府。乐府和诗的区别，就在配不配音乐上，不配音乐的是诗，配上音乐的是乐府。因此，本篇先讲汉以前配乐的诗。先秦时代配乐的诗最著名的是《诗经》，本书里已经把《诗经》列入《宗经》和《明诗》里讲，所以在这里就不谈了。

　　乐府是配乐的诗，所以讲乐府要注意两方面：一是"诗为乐心"，二是"声为乐体"。不过，本书已经有了《明诗》专讲诗，所以本篇比较在"声为乐体"方面讲得多些。刘勰提出"乐本心术"，正由于音乐对人们具有深远影响，所以注意"务塞淫滥"，全篇就是以此立论的。

　　从"务塞淫滥"看，刘勰把音乐分为雅声和溺音。雅声是周王朝的音乐，溺音是郑卫的音乐。雅声是雅止的，溺音是靡靡之音，就这点说，这样立论是正确的。不过，音乐是发展的，到了战国初期，雅声称为古乐。魏文侯听古乐则恐卧，雅声已经不能吸引人了。以后历代的音乐，更吸取民间的、少数民族的音乐，越来越丰富，雅声的古乐更不为人重视。因此，讲春秋时的音乐，推重雅声，反对郑声，是正确的。讲秦汉以后各代的音乐，不能再用周王朝的雅声来作衡量的标准了，应该根据各时代的音乐，分出正音和淫声来。提倡正音，反对淫声，这个原则是不变的。但不能用周王朝的雅声做标准，不能说合于周王朝的雅声的才是正音，不合的就是淫声。

　　刘勰由于宗经，在这篇里有以周王朝的雅乐来作衡量标准的缺点。他把虞舜的《韶乐》，夏禹的《大夏》，周代的雅乐称为雅声，认为汉初"颇袭秦旧"，雅声已经不能恢复。汉武帝立乐府，不用雅声，所以他认为《桂华》曲、《赤雁》曲都不行。他又批评曹操、曹丕的乐府诗，"虽三调之正声，实《韶》《夏》之郑曲也"。按《桂华》是赞美汉朝疆土的辽阔，威德的卓著;《赤雁》是歌颂捉到赤雁是神所赐的福泽。这两曲并不是靡丽不经。刘勰称它们为靡丽不经，可能认为它们不是光扬祖德。但《诗经》中的《周颂·振鹭》是赞美客人的，《周颂·潜》是写鱼的，也不是光扬祖德，那末《桂华》《赤雁》也算不上靡丽不经了。至于曹操的《苦寒行》，反映行军的艰苦生活，曹丕的《燕歌行》，仿效民歌，写思妇的哀怨，是乐府中的名篇，并非靡靡之音。刘勰称它们为哀思、淫荡，由于它们写战士和思妇的哀怨，不符合他提倡的"中和之音"。这是宗经的局限，作品的好坏不能用是否"中和之音"来评定的，不满于封建统治的发愤之作都不合"中和之音"的。

刘勰对乐府诗的选文定篇工作也没有做好，这跟他注重"中和之音"有关。汉乐府诗成就最高的民歌，其中叙事诗的成就更为突出，像《步出夏门行》《孤儿行》《妇病行》《陌上桑》，稍后的《为焦仲卿妻作》更为著名。此外像写爱情坚贞的《上邪》，写战争的《战城南》，也很著名。这些属于乐府诗中最重要的作品，刘勰只字不提。这可能其中多含有怨刺，不符合"中和之音"，所以不被重视吧。这就使《乐府》的论述大为减色了。

再结合刘勰自己的论述看，他在《时序》里指出："幽厉昏而《板》《荡》怒，平王微而《黍离》哀。"那末在昏乱衰微的时代，《诗经》里的诗也是怒而哀，不是"中和之音"了。刘勰宗经，为什么不有取于乱世哀而怒的诗，要提倡"中和之音"呢? 这是为封建统治服务所造成的局限性。封建统治者对于不满于封建统治的怒而哀是要贬斥的。

7.1　乐府者，"声依永，律和声"也①。钧天九奏，既其上帝②；葛天八阕，爰［乃］及皇时③。自咸英以降，亦无得而论矣。至于涂山歌于候人，始为南音；有娀谣乎飞燕，始为北声；夏甲叹于东阳，东音以发；殷整思于西河，西音以兴④：音声推移，亦不一概矣。匹夫庶妇，讴吟土风，诗官采言，乐［盲］胥被律，志感丝篁，气变金石⑤：是以师旷觇风于盛衰，季札鉴微于兴废⑥，精之至也。

乐府诗用五音来摇曳声调，用乐律来配合声音。相传天上的多种演奏，是上帝的音乐；葛天氏的八种歌曲，是在三皇时的乐歌。自从黄帝的《咸池》、帝喾的《五英》以来的乐曲，也已无从考查了。至于涂山氏唱的《候人歌》，是南方音乐的开端；有娀氏唱的《燕燕歌》，是北方音乐的开端；夏王孔甲在东阳感叹，作《破斧歌》，是东方音乐的发端；殷王整迁到西河，怀念旧居作歌，西方音乐因此兴起：各地音乐的兴起转变，也是不一致的。至于男的或女的，歌唱当地民歌，采诗官搜集这些民歌，音乐师给它配上音乐，它的情志影响了弦乐器和管乐器的乐调，它的辞气改变了钟和磬的声韵：因此师旷从在演奏南方民歌中感到北盛南衰，季札从乐歌中鉴别国家的兴亡，是精微到极点了。

①乐府：本是汉朝设立的配合音乐的机关，后来指配乐的歌为乐府。这里指所有配乐的歌，不限于汉乐府。声指五音或七音，七音相当于简谱中的1 2 3 4 5 6 7，去掉4和7，相当于五音。　　永：唱时音调拖长。　　律：十二律，犹音乐中的C调、D调、E调、F调等。　　②钧天：中央的天。九：指多。　　既：及。《史记·赵世家》记赵简子梦到上帝处，听到各种音乐。③八阕：指《吕氏春秋·古乐》里载葛天氏时唱的八首歌。阕，同曲。　　爰：乃。　　④《吕氏春秋·音初》篇载涂山氏女在涂山（在安徽）等候禹回来，唱

"候人兮猗"的歌。有娀氏女唱"燕燕往飞"的歌。夏王孔甲在东阳（在山东）民家领养一个孩子。孩子长大后，脚为斧所伤，成了残废，只能做看门。孔甲感叹作《破斧之歌》。殷王整迁居西河，想念旧处作歌。　　⑤匹夫：指一个普通男子。　　庶妇：众妇人。　　土风：当地民歌。　　诗官：到各地采集民歌的官。　　乐胥：音乐师。　　被律：配上音乐；被，加。　　丝：弦乐器如琴。　　篁：管乐器如箫。　　金石：钟磬。　　⑥相传晋国的音乐师师旷，奏楚国歌，音调微弱，因此知道楚国军力不振。吴公子季札在鲁国听奏各国的民歌，从民歌里听出各国的兴亡来。见《左传·襄公十八年、二十九年》。觇：看。

7.2　　夫乐本心术，故响浃肌髓，先王慎焉，务塞淫滥。敷训胄子，必歌九德⑦；故能情感七始，化动八风⑧。自雅声浸微，溺音腾沸⑨。秦燔乐经，汉初绍复，制氏纪其铿锵，叔孙定其容[与]典⑩；于是《武德》兴乎高祖，《四时》广于孝文⑪，虽摹《韶》《夏》，而颇袭秦旧，中和之响，阒其不还⑫。暨武帝崇礼，始立乐府，总赵代之音，撮齐楚之气，延年以曼声协律⑬，朱马以骚体制歌。《桂华》杂曲，丽而不经，《赤雁》群篇，靡而非典⑭，河间荐雅而罕御，故汲黯致讥于《天马》也⑮。至宣帝雅颂，诗效《鹿鸣》⑯；迩及元成，稍广淫乐⑰，正音乖俗，其难也如此。暨后汉郊庙，惟杂雅章，辞虽典文，而律非夔旷⑱。

音乐根据性情制作，所以它的影响深入骨髓，古先圣王在制作音乐上是很谨慎的，务必要阻止淫荡浮靡的音乐。教育贵族子弟，一定要唱多种功德的歌；所以能够感动天地、四时和人心，影响四面八方的教化。自从雅正的音乐逐渐衰落，淫靡的音乐蓬勃兴起。秦朝把乐经烧掉了，汉朝初年加以继承恢复，音乐家制氏能够记下古乐的音响节奏，叔孙通规定歌舞的制度和仪式；于是《武德舞》在汉高祖时创作，《四时舞》在汉文帝时加以扩充，虽然模仿舜的《韶》乐，禹的《夏》乐，但多沿用秦代的音乐，中正和平的音调，寂寞而不再恢复。到了汉武帝尊重礼乐，开始创立乐府机关，汇总赵国、代国的音乐，搜集齐国、楚国的腔调，李延年因为善于摇曳声腔来给民歌配上音乐，朱买臣、司马相如用《离骚》体制作歌辞。《桂华》等曲歌辞华丽而不合雅乐，《赤雁》等歌音调浮靡而不合正音，河间献王献上古乐，但武帝很少采用，所以汲黯对新作的《天马歌》进行讥讽。到汉宣帝时歌颂功德，效法《小雅》中的《鹿鸣》诗；到了汉元帝、成帝，稍稍扩大浮靡的音乐，雅正的古乐不合世俗爱好，它的推行这样困难。到后汉祭天祭祖庙，夹杂着一些古乐，文辞虽然雅正，可是音律不再是夔和师旷的古调了。

⑦敷训：施教。　　胄（zhòu 宙）子：卿大夫的子弟。　　九德：九功之德，即九序，见《原道》注㉕。　　⑧七始：是一种音乐，是配合天地人和四时的。　　八风：八方的风俗。这里夸张音乐的作用，含有汉朝"天人相应"说的迷信。　　⑨雅声：古代的正音。　　浸：渐渐。　　溺音：别于正音的浮靡、急促、骄夸之音等，使人情志陷溺的。　　⑩燔（fán 凡）：烧。　　乐经：一说诗和乐结合，乐就附在《诗经》上。　　绍：继承。　　制氏：汉代的音乐家，世代做太乐官。　　铿锵：指节奏。　　叔孙通给汉高祖制定各种礼乐。容典：舞容典礼，即乐舞和礼节。　　⑪汉高祖四年作《武德舞》，汉文帝作《四时舞》。　　⑫阒（qù 去）：静寂。　　⑬赵代：在河北、山西一带。齐楚：山东、安徽、湖北、湖南一带。汉李延年任协律都尉，是乐府机关的长官。　　曼声：拉长声音。　　⑭《桂华》曲赞美汉朝功德，内容没有不合经典的。《赤雁》歌讲捉住赤雁，有些浮夸。　　⑮河间：汉河间献王刘德曾向汉武帝献雅乐。　　御：用。　　汲黯：汉武帝时能直言进谏的臣子。汉武帝得到天马(好马)，作歌赞美。　　汲黯进谏，说王者作乐，上承祖宗德教，下要教化万民，现在作《天马》歌，祖宗百姓知道它在讲什么呢？　　⑯汉宣

帝时,益州刺史王襄请王褒作《中和乐职宣布诗》,用古乐《诗·小雅·鹿鸣》的
声调来唱。　　⑰汉元帝成帝时都制作靡靡之音的乐曲。　　⑱郊:祭天。
庙:祭祖。　　雅章:指东平王苍的《武德舞歌》。　　夔(kuí 逵):舜时乐官。
旷:晋国乐官师旷。

7.3　　至于魏之三祖,气爽才丽,宰割辞调,音靡节
平。观其北上众引,秋风列篇⑲,或述酣宴,或伤羁戍,志
不出于[淫]滔荡⑳,辞不离于哀思,虽三调之正声,实韶夏
之郑曲也㉑。逮于晋世,则傅玄晓音,创定雅歌,以咏祖
宗;张华新篇,亦充庭万㉒。然杜夔调律,音奏舒雅,荀勖
改悬,声节哀急,故阮咸讥其离声,后人验其铜尺㉓。和乐
之精妙,固表里而相资矣。

　　到了魏国的太祖曹操、高祖曹丕、烈祖曹叡,意气豪爽,才华富
丽。他们改作的歌辞曲调,音调浮靡,节奏平庸。看到其中《苦寒
行》众曲,《燕歌行》等篇,有的叙述宴会,有的感伤飘泊和远征,情
志不免放荡,文辞离不开哀怨,它们的乐调虽是《平调》《清调》《瑟
调》的雅乐,它们的文辞比起虞舜的《韶》乐和夏禹的《大夏》来,却
成了浮靡的歌曲。到了晋代,傅玄通晓音乐,创作雅正的歌词来歌
咏晋朝的祖宗;张华作的新歌,也用作宫廷舞曲。然而魏杜夔调整
音律,音调舒缓而雅正,晋初荀勖改正悬挂钟磬的距离,声音节奏
凄厉而急促,所以阮咸讥讽它离开正声,后人检验他制作的铜尺。
可见调整乐律要达到精微处,本是形式和内容相配合的。

⑲北上:曹操《苦寒行》"北上太行山"。　　引:乐曲体裁。　　秋风:曹丕
《燕歌行》"秋风萧瑟天气凉"。　　⑳羁:旅寄。　　戍:驻守。　　滔荡:犹放荡。
㉑三调:《平调》《清调》《瑟调》,都是周代的古乐。

郑曲：春秋郑国乐曲，古乐中的靡靡之音。因为三调是古乐，而魏三祖按照三调所作新歌，歌辞并不典雅，所以说是靡靡之音。　　㉒晋傅玄作了祭天地祖宗的雅歌。张华作的歌，作为宫廷舞曲。　　庭：宫廷。　　万：万舞，一种大舞，用盾、斧、羽来舞。　　㉓魏杜夔创作雅乐，比起晋荀勖所改定的音乐来，音节要和缓。古代把十六个钟或磬挂在架上称悬，荀勖改变钟磬的尺寸和悬挂的距离。阮咸认为荀勖把尺寸改小了，因而音节哀急。荀勖认为魏尺比周尺长四分多，所以他制的铜尺比魏尺短四分多，正是周尺。后来有人得古周尺，与荀勖铜尺相合。见《晋书·律历志》。

7.4　故知诗为乐心，声为乐体；乐体在声，瞽师务调其器㉔；乐心在诗，君子宜正其文。"好乐无荒"，晋风所以称远㉕；"伊其相谑"，郑国所以云亡㉖。故知季札观［辞］乐，不直听声而已㉗。

所以知道诗歌是音乐的心灵，声调是音乐的形体；音乐的形体在于声调，音乐师一定要调整他的乐器；音乐的心灵在于诗歌，作者应该订正它的歌辞。"爱好音乐但不要荒废职务"，晋国的民歌所以称用心深远；"互相调笑"，郑国所以被说为要灭亡。因此知道吴公子季札观奏乐，不但听声调罢了。

㉔瞽师：古代用盲人做的音乐师。　　㉕《诗·唐风·蟋蟀》："好乐无荒。"荒，废乱。唐风是晋国的民歌。吴公子季札听了这首歌，赞美它用思深远。㉖《诗·郑风·溱洧》："伊其相谑，赠之以芍药。"伊，语助词。谑，调笑。季札听了，说：郑国难道要先亡吗？　　㉗不直：不但，不仅。

7.5　若夫艳歌婉娈，怨志［诀］诀绝㉘，淫辞在曲，正响焉生？然俗听飞驰，职竞新异㉙；雅咏温恭，必欠伸鱼睨^㉚;奇辞切至，则抃髀雀跃^㉛。诗声俱郑，自此阶矣^㉜。凡乐辞曰诗，诗声曰歌，声来被辞，辞繁难节；故陈思称[李]左延年闲于增损古辞^㉝，多者则宜减之，明贵约也。观高祖之咏"大风"，孝武之叹"来迟"^㉞，歌童被声，莫敢不协。子建士衡，咸有佳篇，并无诏伶人，故事谢丝管^㉟，俗称乖调，盖未思也。

　　至于艳歌婉转缠绵，怨诗措辞决裂，曲调里有不雅正的歌辞，怎么产生雅正的音调？然而世俗听乐曲，心情飞动，主要在争求新奇；古雅的乐曲温和庄重，听了一定打呵欠发愣；对新奇的歌辞感到切当，听了便喜欢得拍着大腿跳起来。歌辞和声调都浮靡，从此越来越利害了。凡是配音乐的歌辞叫诗歌，诗歌的曲调叫歌曲，用曲调来配合歌辞，歌辞繁多了便难以节制；所以曹植称赞左延年擅长增减古代歌辞，歌辞多的应该删去些，说明歌辞重在简练。看到汉高祖的唱《大风歌》，汉武帝的唱《李夫人歌》，让歌童唱，都配上曲调，没有不合乐的。曹植、陆机都有好的乐府诗，都没有请音乐师配乐，所以不能用乐器伴奏，世俗称它们为不合曲调，大概是没有经过仔细考虑的话。

㉘娈(luán 栾)：亲爱。　　诀(jué 决)：分别。　　诶(yì 抑)：没有。当作"诀绝"。　　㉙职：主。　　㉚欠伸：打呵欠。　　鱼睨(nì 逆)：像鱼眼不瞬，指发愣。　　㉛抃髀(bì 避)：手拍大腿；　　雀跃：像雀跳跃；都指喜悦。㉜阶：指通向浮靡的阶梯。　　㉝左延年：是魏国的音乐家。　　闲：熟悉。㉞汉高祖称帝以后回乡，唱《大风歌》，令儿童合着曲子唱。汉武帝的李夫人早死，有方士说能招魂，使武帝在帐中，老远看见一个女子的影子。武帝因作《李夫人歌》，有"偏何姗姗其来迟"句。　　㉟子建：曹植的字。　　士衡：陆机的字。　　伶人：乐工。　　谢：辞，不用。

7.6 至于[斩伎]_{轩岐}鼓吹,汉世铙挽^㊱;虽戎丧殊事,而并总入乐府,缪[朱]_韦所[致]_改,亦有可算焉^㊲。昔子政品文,诗与歌别^㊳,故略具乐篇,以标区界。

　　至于轩辕岐伯的鼓吹乐,汉代的铙歌挽歌;虽然军乐和哀乐不同,都归入乐府诗,像缪袭和韦昭改编汉代乐曲,也有可以列入的。从前刘向分别文体,诗和歌分开,所以约略地作《乐府》篇,来揭举两者的分别。

　　㊱轩:轩辕黄帝。　　岐:岐伯,黄帝臣。　　鼓吹:古代箫笳鼓铙(似铃)合奏的军乐,相传黄帝岐伯作,《乐府诗集》认为是汉班壹时才有。　　铙(náo 挠):短箫和铙合奏的军乐。　　挽:送葬歌。　　㊲缪韦所改:原作"缪袭所致",据杨注改。袭,一作"朱",为韦之误。致,唐写本作"改"。缪:缪袭,三国魏人。　　韦:韦昭,三国吴人。汉代有短箫铙鼓曲,魏使缪袭改了来歌颂魏的功德,吴使韦昭改了来歌颂吴的功德。　　可算:可以计数。㊳汉刘向,字子政。他整理书籍,把诗归入《六艺略》,把歌归入《诗赋略》。《汉书·艺文志》就是根据他的分类。

7.7　　赞曰:八音摛文^㊴,树辞为体。讴吟坰野^㊵,金石云陛^㊶。韶响难追,郑声易启。岂惟观乐? 于焉识礼^㊷。

　　总结说:用八种乐器来作曲,以创作歌辞为主体。有在民间歌唱的,有在朝廷演奏的。古雅的音乐难以继承,浮靡的音乐容易发展。哪里只是听乐呢? 还要从中认识风俗礼制。

　　㊴八音:金、石、丝、竹、匏、土、革、木,如钟、磬、琴、箫、笙、埙(土制乐器,有六孔)、鼓、柷敔(木制乐器,如桶)。　　摛:作。　　㊵坰(jiōng 扃)野:郊

野;坰,远郊。　　㊶金石:奏乐。　　云陛:有云纹的阶石,指宫廷。　　㊷
于焉:于此。　　识礼:指吴公子季札观乐而知道各国风俗礼制。

诠　赋　第　八

　　《诠赋》是讲赋的。《诗经》中赋比兴的赋是一种铺叙手法；先秦时的外交人员赋诗言志的赋是不歌而诵，就是朗诵，都跟文体的赋不同。刘勰因为要追究赋的来源，就提到了赋这两个含义。这两个含义跟文体的赋有关，赋这种文体多用铺叙手法，也是不歌而诵的。但作为文体的赋已不是这两个含义所能概括。因为一篇赋里也可能有赋比兴三种手法，比喻的手法用得更多，不光是铺叙。又赋是不歌而诵，但诗也可以不歌而诵，所以这两个含义已经不能说明赋体的特点。

　　最早的赋像《离骚》，它原是屈原自序生平的一首长诗，那时候诗和赋还没有分家。到了荀子的《赋篇》和宋玉的《风赋》，才独自成为一种体裁。这种体裁的特点，是"述客主以首引，极声貌以穷文"。像荀子的《智》赋，用臣和王的对话来写，宋玉的《风赋》，用宋玉和楚襄王的对话来写，即"述客主以首引"。对"知"和"风"都作了描绘，所谓"极声貌以穷文"。此外，还有押韵和不押韵的结合，诗和散文的结合。如《风赋》的开头："楚襄王游于兰台之宫，宋玉景差侍。有风飒然而至，王乃披襟而当之曰：'快哉此风！寡人所与庶人共者耶？'宋玉对曰：'此独大王之风耳，庶人安得而共之？'"这段是散文化的叙述。再像"然后倘佯中庭，北上玉堂，跻于罗帏，经于洞房，乃得为大王之风也"。前四句押韵，后一句不押韵。这样，赋实是诗和文的结合，在描写叙述上比诗有更多的方便。

　　汉赋有继承屈原抒写情志的，像贾谊赋；继承宋玉的描绘事物再发展成为大篇的，有司马相如、扬雄等赋，后者才成为汉赋的代表作品。它也是主客问答，描写情貌，韵散结合，不过规模更大，并且有些赋还有个诗的结尾，像班固的《两都赋》。除了汉的大赋外，还有写物的小赋。到了汉末，又有抒情小赋，像王粲的《登楼赋》就是。它实际上是一首骚体诗。

刘勰在这篇里举出十家是辞赋之英杰。这十家除荀卿、宋玉两家外，其他八家都是汉人，说明论赋是应该推重汉赋。他所举的十家中，像宋玉是巧谈而淫丽，相如是繁类以成艳，子渊是穷变于声貌，张衡是迅发以宏富，延寿是含飞动之势。他称赞这五家只推重他们文采的艳丽，引事的繁富，描绘的生动等，根本不谈他们的思想感情。那末是不是说作为赋家的英杰，只要有文采，引事富，描绘好就成，不要讲究思想感情呢？原来对于赋的评价，汉朝人本来有两种标准：一是贬低相如这一派重文采轻思想的赋，认为屈原赋是"诗人之赋丽以则"，相如赋是"辞人之赋丽以淫"（《法言·吾子》）。赋的末了往往也有几句讽谏的话，但这几句话是硬加上去的，是抽象的，没有力量。像汉武帝好神仙，司马相如作《大人赋》来讽谏，可是汉武帝读了反而飘飘然有凌云之意。因为讽谏的话是抽象的不起作用；起作用的是前面对游仙的描写。这样表面上在讽谏，实际上是劝他去游仙，是"讽一而劝百"（同上）。这是扬雄的主张。另一种是赞美相如这一派赋的。认为相如虽多虚辞滥说，然而最后归到节俭，这与《诗经》的讽谏何异？这是司马迁的主张（《史记·司马相如传赞》）。

刘勰对赋的要求，提出"风归丽则"，用扬雄说。因此，他要赋"有质""有本"，"义必明雅"，就是以思想为主，辞采为次；贬低"膏腴害骨"，"莫益劝戒"。所以在《才略》里称相如赋"理不胜辞。故扬子以为文丽用寡者长卿，诚者是言也。"可是论到赋的作家，他又赞美相如一派为辞赋之英杰，是用班固说。从刘勰看来，要纠正当时文风趋向浮靡的缺点，所以对赋的要求要用扬雄说；在评价作品时结合汉赋的特点，推重相如有开创之功，用另一说。这就产生矛盾，写作要求与对作品的具体评价不一致。现在看来，就创作说，扬雄的意见是正确的，刘勰对赋的写作要求也是正确的。司马迁意见是不够正确的。就汉代的文学说，汉大赋是一种新的文学样式，这种新的文学样式，适应当时统治阶级的需要，适应汉代大一统的要求，有它的特色。相如对于汉赋有开创之功，这点应该肯定，但他的赋思想性不强，不能给予过高的评价。

8.1　《诗》有六义，其二曰"赋"①。"赋"者，铺也；铺采摛文，体物写志也。昔邵公称："公卿献诗，师箴瞍赋。"②传云："登高能赋，可为大夫。"③诗序则同义，传说则异体④。总其归塗，实相枝干。故刘向[云]明"不歌而颂"，班固称"古诗之流也"⑤。

《诗经》的体制和表现手法有六种，第二种叫"赋"。"赋"是铺叙；铺叙辞藻，创作文辞，体察物像，抒写情志。从前召公说："公卿献诗，乐官献箴，盲人念诗。"毛诗的传里说："登高能够作赋，可以做大夫。"《诗序》讲赋和铺叙说相同；《诗传》讲赋成为另一种体裁。总观赋的趋向，实在是由诗的一枝发展成本干的赋体。所以刘向说明"不唱而朗诵的是赋"，班固称为"赋是从《诗经》中发展出来的一个支派"。

①《毛诗·大序》说诗有六义：风、赋、比、兴、雅、颂。六义可分为风（民歌）、雅（周王朝的乐歌）、颂（舞歌）三体，赋（铺陈）、比（比喻）、兴（托物起兴）三种表现手法。　　②邵公：即召公。召公的话见《国语·周语上》。　　公：王朝最高爵位。　　卿：大夫以上的官。　　师：少师，乐官名。　　箴（zhēn 针）：一种规谏的韵文。　　瞍（sǒu 叟）：没有眸子的盲人。　　赋：念

诗。　　③传:对经文的解释称传。这里指解释《诗·鄘风·定之方中》的《毛传》。　　④《毛诗·大序》里讲的"赋"同于六义之一,即诗的铺叙为赋。《毛传》里讲的"登高能'赋'",是另一种文体,和诗不同。按《毛传》里讲的"登高能赋"还是指作诗,后来班固《汉书·艺文志》引用这话,才用来指作赋,赋才指另一种文体,和诗不同。　　⑤颂:犹朗诵。刘向的话保存在《汉书·艺文志》里,班固的话见《两都赋序》。

8.2　至如郑庄之赋"大隧",士蒍之赋"狐裘",结言揔韵,词自己作,虽合赋体,明而未融⑥。及灵均唱《骚》,始广声貌。然则赋也者,受命于诗人,而拓宇于《楚辞》也⑦。于是荀况《礼》《智》,宋玉《风》《钓》,爰锡名号,与诗画境⑧,六义附庸,蔚成大国⑨。[遂]述客主以首引,极声貌以穷文,斯盖别诗之原始,命赋之厥初也⑩。

至于像郑庄公的诵"大隧",士蒍的诵"狐裘",用少数韵语组成,文辞是自己作的,虽然合于不歌而诵的赋的体裁,只是还没有成熟。到屈原创作《离骚》,开始扩大对声音形貌的描绘。那末赋这种体裁,起源于《诗经》的作者,在《楚辞》里才扩大了疆界。因此荀况的《礼》《智》赋,宋玉的《风赋》《钓赋》,这才给与赋的称号,跟诗划清界限,从诗中"六义"之一的附庸,扩展成为大国。叙述客人主人的对话来开头,极力描写声音形貌来显示文采,这是跟诗分别的开始,称赋的起头。

⑥《左传·隐公元年》,郑庄公恨母亲帮助弟弟作乱,发誓说:"不到黄泉(指死后),不要再见面!"后来反悔,但又不好收回誓言,因此掘地到黄泉,在隧道中与母亲相见。庄公朗诵:"大隧之中,其乐也融融(状和乐)。"《左传·僖公五年》,晋士蒍(wěi 委)看到晋献公宠信骊姬,骊姬和诸公子将发生内争,

因此朗诵道："狐裘尨茸(páng róng 庞荣,杂乱貌),一国三公,吾谁适从。"
赋:指作歌。　　　逗:同短。　　　赋体:指不歌而诵的体裁。　　　明而未融:
即虽是不歌而诵,但未构成赋的另一体。　　　融,大明。　　　⑦灵均:屈原
字。　　拓:扩充　　⑧荀况:战国儒家大师,著有《荀子》。《荀子·赋篇》有
《礼》《智》等。　　　宋玉:稍后于屈原的辞赋家,《文选》中选他的《风赋》,《古
文苑》选他的《钓赋》,《钓赋》当系后人拟作。　　　爰:于是。　　　锡:赐给。
画:划。　　⑨附庸:附属于诸侯的小国。　　　蔚:状繁盛。　　　赋本诗的六
义之一,发展成一种独立文体。　　　⑩荀子《赋篇》用臣和王的对话形式,即
主客对话。　　　命:命名。　　　厥初:开端;厥,语助词。

8.3　秦世不文,颇有杂赋⑪。汉初词人,顺流而作,陆贾扣其端,贾谊振其绪,枚马[同]播其风,王扬骋其势,皋朔已下,品物毕图⑫。繁积于宣时,校阅于成世,进御之赋,千有余首,讨其源流,信兴楚而盛汉矣。

秦代不崇尚文辞,只有不多的杂赋。汉代初年的辞赋家,顺着这种发展来创作,陆贾开了头,贾谊加以展开,枚乘司马相如扩大他们的影响,王褒扬雄发展了这种趋势,枚皋东方朔以下,各种事物都用赋来描绘。在宣帝时大量的赋积累起来,到成帝时加以校订审阅,送请皇帝看的赋有一千多篇,研究它的源流,确实是在楚国兴起而到汉朝达到极盛了。

⑪颇:少。《汉书·艺文志》有秦时杂赋九篇。　　　⑫陆贾:秦汉间作家,
他的赋不传。　　　贾谊:西汉初年作家,他的赋是用《离骚》体。　　　枚乘、司
马相如:西汉中叶作家,他们创立了不同于《楚辞》的汉赋。　　　王褒、扬雄:
西汉末叶作家。　　　枚皋、东方朔:西汉中叶作家,两人的赋不传。《汉书·艺
文志》有陆贾赋三篇,贾谊赋七篇,枚乘赋九篇,司马相如赋二十九篇,王褒赋
十六篇,扬雄赋十二篇,枚皋赋百二十篇。东方朔有《平乐观猎》等赋,见《汉

书·东方朔传》。　　　扣:发声。　　　振:振起。　　　端绪:开头。　　　品物:
物类。

　　8.4　夫京殿苑猎,述行序志[13],并体国经野,义尚光
大[14]。既履端于倡序,亦归餘于总乱[15]。序以建言,首引情
本;乱以理篇,[迭致文契]写送文势[16]。按《那》之卒章,闵马
称"乱",故知殷人辑颂,楚人理赋,斯并鸿裁之寰域,雅文
之枢辖也[17]。至于草区禽[族]旅,庶品杂类[18],则触兴致
情,因变取会,拟诸形容,则言务纤密;象其物宜,则理贵
侧附;斯又小制之区畛[19],奇巧之机要也。

　　汉赋写京都、宫殿、苑囿、打猎,叙述行旅,抒写情志,都要考察
国都体制,观看田野规划,推重重大的意义。这些赋用序言开头,
用总论结尾。序言作为发端,开始引出作赋的情事根由;结论用来
总结全篇,加强文章的气势。按《商颂·那》篇的最后一章,闵马父
称为结论,所以知道殷人编辑《商颂》,楚人作赋,都有结论。这都
是属于鸿篇大文的范围,作为雅正文辞的关键。至于小赋,分别草
木,描绘众多禽兽,刻画各类物品,那是接触景物,起兴抒情,注意
情景变化,要求适合,所以比拟形容,语言务求细密;描状物象,道
理重在从旁比附:这又是小赋的范围,争取奇巧的关键。

　　[13]京殿:京都宫殿,如班固《两都赋》、王延寿《鲁灵光殿赋》。　　苑猎:
苑囿打猎,如司马相如《上林赋》、扬雄《羽猎赋》。　　述行:如班彪《北征
赋》。　　序志:如张衡《思玄赋》。这里指出汉赋中所写各种不同题材。
[14]体国经野:分国界,定田界;这里指考国都体制,观田野规划。按京都宫殿,
属于体国的;苑囿打猎,属于经野的。　　尚:崇尚,推重。　　[15]履端:步历
(推算历法)的开端,指开端。　　倡序:发序,指赋头上的小序。　　归餘:

推算历法每年积馀的时日，指结尾。　　总乱：音乐的尾曲，指总结。
⑯写送：指充足结尾的文势。　　⑰《国语·鲁语下》引鲁国的闵马父说，称
《商颂·那》篇的结尾为"乱"，又《离骚》的结尾也称"乱"。　　殷人：《商颂》是
殷的后代宋人所作。　　鸿裁：大的体裁。　　寰域：指范围。　　枢辖：关
键。　　⑱草区：区别草木。　　禽旅：众禽。　　庶品：众品　　⑲小制：
小赋。　　区畛：范围。

8.5　观夫荀结隐语，事数自环⑳；宋发［巧］夸谈，实
始淫丽㉑；枚乘《菟园》，举要以会新㉒；相如《上林》，繁类以
成艳㉓；贾谊《鵩鸟》，致辨于情理㉔；子渊《洞箫》，穷变于声
貌㉕，孟坚《两都》，明绚以雅赡；张衡《二京》，迅发以宏
富㉖；子云《甘泉》，构深玮之风；延寿《灵光》，含飞动之
势㉗：凡此十家，并辞赋之英杰也。及仲宣靡密，发［端］篇
必遒；伟长博通，时逢壮采㉘；太冲安仁，策勋于鸿规㉙；士
衡子安，底绩于流制㉚；景纯绮巧，缛理有余；彦伯梗概，情
韵不匮㉛：亦魏晋之赋首也。

　　观察荀子《赋篇》，用隐语构成，对事物作回环描绘；宋玉发出
夸大的话，开始显得淫靡艳丽；枚乘《菟园赋》，写得核要而结合新
意；司马相如《上林赋》，描写众多物类，构成艳丽；贾谊《鵩鸟赋》，
辨别怎样以理遣情；王褒《洞箫赋》，在描绘声音形态上形容尽致；
班固《两都赋》，文辞明显绚烂，内容典雅丰富；张衡《二京赋》议论
快利，内容宏大丰富；扬雄《甘泉赋》，构成深沉瑰奇的风格；王延寿
《鲁灵光殿赋》，写出飞动的形势：所有这十家，都是辞赋的杰出者。
到了王粲文辞细密，篇章遒劲；徐幹学识渊博通达，辞赋常常显得
壮丽；左思潘安，在宏大规模上建立功绩；陆机成公绥，在讨论流品
和体制上显示功效；郭璞文辞绮丽巧妙，富有文采和条理；袁宏概

80

括地评论人物,情韵无穷:这些也是魏晋时第一流辞赋家。

㉑荀:指荀子的赋。　　结:结构。如荀子《礼赋》,先由臣对礼加以描摹,不加说明,所以说"隐语";再由王对礼加以描摹,所以是"自环";最后点明是礼。　　㉑《文选》载宋玉《高唐赋》《神女赋》都是淫丽的。　　㉒枚乘《梁王菟园赋》着重在描写景物,是汉赋的开端。　　㉓司马相如《上林赋》分类描写上林苑中景物。　　㉔贾谊《鵩鸟赋》想排遣祸福生死观念来自己宽解。㉕王褒(子渊)《洞箫赋》描绘箫声有妙声、武声、仁声等。　　㉖班固(孟坚)《两都赋》写得明显富丽,张衡《二京赋》议论快利。　　绚(xuàn 券):灿烂。㉗扬雄(子云)赋甘泉宫夸张瑰丽。　　玮:瑰丽。　　王延寿是东汉中叶作家,《鲁灵光殿赋》描写各种雕刻极为飞动。　　㉘王粲(仲宣)《登楼赋》短小有力。　　遒:劲。　　徐幹(伟长)《齐都赋》夸张有文采。　　王、徐是建安七子之二。　　㉙左思(太冲)《三都赋》写魏蜀吴三都,潘岳(安仁)《藉田赋》写晋武帝劝耕,都有规模。左潘都是西晋作家。　　㉚陆机(士衡)《文赋》中讲到文章的各种体制。成公绥(子安)《啸赋》描写啸声的各种变化。两人也都是西晋作家。　　流制:流品体制。　　㉛郭璞(景纯)是东西晋之间的作家。他的《江赋》写江中景物,富丽而有条理。　　袁宏(彦伯)是东晋中叶作家。　　梗概:概括地评论人物。

8.6　原夫登高之旨,盖睹物兴情。情以物兴,故义必明雅;物以情观,故词必巧丽。丽词雅义,符采相胜,如组织之品朱紫㉜,画绘之著玄黄,文虽新而有质,色虽糅而有本,此立赋之大体也。然逐末之俦,蔑弃其本,虽读千赋,愈惑体要㉝;遂使繁华损枝,膏腴害骨,无贵风轨,莫益劝戒,此扬子所以追悔于雕虫,贻诮于雾縠者也㉞。

推求登高作赋的用意,是为了看到景物兴起情思。情思因外物兴起,所以含义一定要明显雅正;外物通过情思来观察,所以文辞一定要巧妙艳丽,巧丽的文辞,雅正的含义,如同玉的美质和文采互相争胜;含义分邪正,像丝织品的分正色间色,文辞求藻采,像绘画的显玄色黄色,文辞虽新而有内容,色彩虽繁复而有正色,这是作赋的大概要求,然而追求形式的人,抛弃它的根本,虽然读了千篇赋,对于体察赋的要义更加迷惑;便让繁多的花叶损害枝干,太多的脂肪损害骨力,对建立轨范没有用处,对规讽劝戒没有帮助,这是扬雄所以要懊悔少时作赋不过是雕虫小技,并嘲笑作赋像织薄纱那样对女工是有害的。

㉜符采:玉的纹理。　　品朱紫:古以朱为正色,紫为间色,加以评比,有分别邪正意。　　㉝逐:追求。　　俦:辈。　　千赋:《西京杂记》卷二记扬雄说读千赋则善赋。　　㉞扬雄《法言·吾子》把作赋说成"童子雕虫篆刻";又把它比做织轻雾般的绉纱,是女工的蛀虫　　縠(hú 胡):绉纱。

8.7　赞曰:赋自《诗》出,分歧异派。写物图貌,蔚似雕画。[枊]抑滞必扬㉟,言[庸]旷无隘,风归丽则,辞剪[美]蕽稗㊱

总结说:赋从《诗经》中分出来,成为分枝和别派。描写物象,绘画形貌,文采丰富像雕刻和绘画,对抑止停滞的一定要加以发扬流动,内容广阔而不窄隘。作风趋向艳丽正则,文辞需要剪裁浮华。

㉟抑滞:抑后,后面抑,即欲抑先扬。　　㊱蕽稗:稗子草,比喻浮而不实的文辞。

82

颂　赞　第　九

　　颂是从《诗经》的风雅颂里来的，所以讲了诗赋后讲颂。颂和赞相近，因此连起来讲。颂本是舞歌，跟音乐和舞蹈结合，所以先讲《诗经》以前的颂，再讲《诗经》中的颂，是宗庙中的正歌。再讲《诗经》外的颂，是颂的发展，是野颂，即民间的颂，它没有配乐，也没有舞蹈，是谣谚一类，口头唱的，所以又称"诵"。它不一定是赞美，也有讽刺。刘勰把它们也称作"颂"，是颂的新体，再有屈原的《桔颂》是咏物，也是新体。把野诵、桔颂归进去，见得颂体的多样化。秦始皇的刻石，三句一韵，又是新体。刘勰看到颂的演变，对这些新体，是肯定的。

　　刘勰对汉以来的颂的新体，却有意见了。他认为班固的《车骑将军窦北征颂》，铺叙事实太多，变成"谬体"；马融的《广成颂》，写得象赋，是"失质"；崔瑗《南阳文学颂》，前有序，序详颂略，挚虞认为序像风雅，是颂文夹杂风雅，被称为"伪说"；陆机《汉高祖功臣颂》，有褒有贬，被称为"讹体"。这样说，未免自相矛盾。就有褒有贬说，像野诵里也有褒贬，秦始皇刻石里也有褒贬，像《会稽刻石文》："妻为逃嫁，子不得母。"就是贬斥。再像《桔颂》，铺叙也不少，刻石文铺叙更多了。因此，对秦以后的颂，是不是可以说：班固的《北征颂》铺叙太多，是颂的新体；崔瑗的《文学颂》，有长叙，也是颂的新体；陆机的《功臣颂》，有褒有贬，也是新体：这三种都有歌颂的话，应加肯定，不必批评。马融的《广成颂》是赋，用来讽谏，不是颂。

　　赞有三种：一是赞美，也包括贬斥，像郭璞的《山海经图赞》。

二是说明或总结，像《汉书》每篇末了的"赞曰"。三是辅助或补充，像《史记·项羽本纪》末的"太史公曰"，即《汉书》的"赞曰"，里面补充了本纪所未载的材料。

9.1　四始之至①，颂居其极②。颂者，容也③，所以美盛德而述形容也。昔帝喾之世，咸墨为颂，以歌九韶④。自商以下⑤，文理允备⑥。夫化偃一国谓之风⑦，风正四方谓之雅⑧，容告神明谓之颂。风雅序人，事兼变正⑨；颂主告神，义必纯美。鲁国以公旦次编⑩，商人以前王追录⑪，斯乃宗庙之正歌，非宴飨之常咏也。《时迈》一篇，周公所制⑫，哲人之颂，规式存焉。夫民各有心，勿壅惟口⑬。晋舆之称原田⑭，鲁民之刺裘鞸⑮，直言不咏，短辞以讽，丘明子[高]顺，并[谍]谓为诵⑯，斯则野诵之变体⑰，浸被乎人事矣。及三间《桔颂》⑱，情采芬芳，比类寓意，又覃及细物矣⑲。

风、大小雅、颂是极好的，颂又是它最好的。颂是容貌，用来赞美大的德行，借舞蹈的容貌来表达。从前帝喾的时代，咸墨作颂来歌唱《九韶》。从《商颂》以来，颂的文辞和意思实是完备了。教化影响到一个诸侯国的诗叫做"风"，影响到端正天下风俗的诗叫做"雅"，用容貌舞蹈来禀告神道的诗叫做"颂"。"风"和"雅"叙述人事，人事兼有正确的和变乱的，故"风""雅"有正和变。"颂"以禀告神道为主，含意一定要纯正美好。鲁国因周公旦的功勋按次序编成《鲁颂》，商朝人因追念先王记下《商颂》，这是用在宗庙里的雅正乐歌，不是宴会上经常唱的歌咏。《周颂》中的《时迈》这一篇，周公创作，圣人的颂，保存着作颂的规范。百姓各有各的想法，不要禁止他们说话。晋国众人的赞美田野，鲁国百姓的讽刺穿着鹿裘和祭服的，直率地说出，不是歌咏，用简短的话来讽喻，左丘明和子顺，都称做诵，这是民间的诵，是颂的变体，渐渐影响到人事上去了。到了楚国三闾大夫屈原作《桔颂》，情感和文采都很美好，用类似的物作比，寄托自己的情意，颂又推广到细小的物品了。

①四始：风、大雅、小雅、颂是王道兴衰的开始，是极好的。　②极：最好。　③容：状貌，指舞蹈，颂是祭神的舞歌。　④帝喾(kù库)：《史记·五帝本纪》中的一帝。他的臣子咸墨作《九招》歌，来歌颂帝喾的功德，见《吕氏春秋·古乐》。《九韶》即《九招》，是乐歌，因它歌颂，所以称"为颂"。　⑤商：《商颂》。刘勰认为《商颂》是商朝人作的，所以先说。按《商颂》是周朝宋国人作，不是商朝的诗。　⑥允：实。　⑦化偃：教化像风，百姓像草，风吹草倒。偃，倒。见《论语·颜渊》。　国：诸侯国。　⑧四方：指天下。⑨变正：治平时的风雅称正，变乱时的风雅称变风、变雅。　⑩周公旦辅佐成王，立了大功，所以作《鲁颂》，编在《周颂》后。　⑪商人：当作宋人，是宋大夫正考父追念商朝先王作的，周封商朝的后代为宋国。　⑫《时迈》，《周颂》篇名，周公作。赞美武王的功德。　⑬壅：筑堤防水。邵公认为百姓要说话，不能像筑堤那样禁止百姓说话。见《国语·周语》。　⑭舆：舆人，众人。　原田：《左传·僖公二十八年》：舆人诵："原田每每，舍其旧而新是谋。"田野里的草茂盛，可以放弃旧好，谋立新功。要晋君放弃楚王的交好，打败楚军。　⑮孔子相鲁，改正坏的风俗，鲁人谤诵道："麑(ní尼)裘而韠，投之无戾。"穿着鹿裘和朝服的，赶走他没罪过。后来百姓了解了，又歌颂孔子。见《孔丛子·陈士义》。韠(bì必)：即韠，朝服。　⑯丘明：左丘明，相传《左传》作者。　子顺：孔子顺，《孔丛子》作者。　⑰野诵：民间的诵，野指民间。　浸：渐渐。　⑱三闾：楚国王族三姓：屈、昭、景，屈原为三闾大夫，管王族的。　⑲比类：借桔来自比。　覃(tàn谈)：推，延。

9.2　至于秦政刻文，爰颂其德⑳，汉之惠景，亦有述

容[21]，沿世并作，相继于时矣。若夫子云之表充国，孟坚之序戴侯，武仲之美显宗，史岑之述熹后[22]，或拟《清庙》，或范《駉》《那》[23]，虽浅深不同，详略各异，其褒德显容，典章一也[24]。至于班傅之《北征》《西[巡]征》，变为序引[25]，岂不褒过而谬体哉！马融之《广成》《上林》，雅而似赋[26]，何弄文而失质乎[27]？又崔瑗《文学》，蔡邕《樊渠》[28]，并致美于序，而简约乎篇。挚虞品藻，颇为精核[29]；至云杂以风雅，而不变旨趣[30]，徒张虚论，有似黄白之伪说矣[31]。及魏晋[辨]杂颂，鲜有出辙[32]，陈思所缀，以《皇子》为标；陆机积篇，惟《功臣》最显，其褒贬杂居，固末代之讹体也[33]。

　　至了秦始皇刻石，于是称颂他的功德。汉朝的惠帝景帝，也有描状容貌的歌舞，沿袭下来，都有创作，一代代继续不断了。像扬雄表扬赵充国的《赵充国颂》，班固称述窦融的《安丰戴侯颂》，傅毅赞美汉明帝的《显宗颂》，史岑称说邓后的《和熹邓后颂》，有的仿照《周颂·清庙》，有的效法《鲁颂·駉》和《商颂·那》，虽然或浅或深不相同，或详或略不一样，它的赞美功德，显示舞容，它的典雅的法则是一致的。到了班固的《北征颂》、傅毅的《西征颂》，变成铺叙，难道不是赞美过头变成破坏体制吗！马融的《广成颂》《上林颂》，要求典雅却写得像赋，为什么玩弄文采却失去它的本质呢？又崔瑗的《南阳文学颂》，蔡邕的《京兆樊惠渠颂》，都是把序文写得美好，却把颂写得简单。挚虞在《文章流别论》里对颂的评价，大都是精确的，至于说到其中夹杂着风雅，却不改变歌颂的旨趣，徒然发挥空论，好像黄铜白锡混杂着可以铸剑的胡说了。到了魏晋驳杂的颂，很少有离开写作规范的，曹植所作，以《皇太子生颂》做标志；陆机积起来的篇章，以《汉高祖功臣颂》最著名，其中赞美的和贬斥的混杂在一起，实是乱世的不正确的体制了。

⑳秦政：秦始皇嬴政。　　爰(yuán 元)：于是。　　㉑述容：指乐舞。见《汉书·礼乐志》汉高祖子惠帝命令夏侯宽把《房中祠乐》改为乐舞，汉文帝子景帝把《武德舞》改为《昭德舞》，也是乐舞。　　㉒汉成帝纪念赵充国的功劳，命扬雄(字子云)作《赵充国颂》。东汉窦融，封安丰侯，谥号戴，班固(字孟坚)作《安丰戴侯颂》来歌颂他。傅毅(字武仲)歌颂汉明帝，作《显宗颂》。显宗，汉明帝庙号。史岑作《和熹邓后颂》。　　㉓《周颂·清庙》，从写祖庙到歌颂祖德。傅毅的《显宗颂》是模仿《清庙》的。《鲁颂·駉(jiōng 扃)》，从赞美马养得好，到赞美鲁君。班固颂窦融学《駉》，当是由物及人。《商颂·那》，从赞美音乐到赞美汤。扬雄的颂，从赞美汉宣帝到赞美赵充国，当是学《那》。㉔典章：犹规范。　　㉕班固《车骑将军窦北征颂》，铺叙窦宪北征，破敌制胜。傅毅的《西征颂》，当与《北征颂》写法一致。　　序引：铺叙事实，把文拉长，不像颂了。　　㉖马融《广成颂》描述苑囿广阔，景物丰富，打猎勇敢，用来讽谏邓太后要废除武功，不打猎。　　雅：正，指讽谏。这篇颂用意正确，写得像赋。马融《上林颂》已失传，写法也像赋。　　㉗失质：失去颂的体制。㉘崔瑗(yuàn 院)：东汉作家，作《南阳文学颂》。　　蔡邕：东汉末作家，作《京兆樊惠渠颂》。这两篇都有较长的序，颂写得短。　　㉙挚虞：晋学者。他在《文章流别论》里讲颂是歌颂帝王功德，是宗庙中的舞歌，讲得精确。㉚挚虞说："傅毅《显宗颂》，文与《周颂》相似，而杂以风雅之意。"颂同风雅不同，说颂夹杂风雅，还像《周颂》，是说错了。　　㉛黄白：黄铜白锡，有人以为白锡使剑坚，黄铜使剑韧，铜锡合铸成良剑。驳者说，白锡使剑不韧，黄铜使剑不坚，合铸不能成良剑。见《吕氏春秋·别类》。　　㉜杂颂：不是宗庙中的舞歌，所以称杂颂。　　出辙：脱离轨道，脱离颂的体制。　　㉝曹植作《皇太子生颂》。陆机作《汉高祖功臣颂》，所颂不止一人，所以称积篇，又篇中有颂有贬，不是颂的正体。　　末代：末世，指乱世。　　讹(é 俄)：错误。

9.3　原夫颂惟典[雅]㉝，辞必清铄㉞，敷写似赋，而不入华侈之区；敬慎如铭，而异乎规戒之域。揄扬以发

藻,汪洋以树义㉟,[唯]虽纤[曲]巧曲致,与情而变,其大体
所厎,如斯而已㊱。

推求颂的写作,只求雅正美好,文辞清澄而有光彩,描写像赋,
但不进入华艳浮夸的范围;庄重谨慎像铭文,但不同于规劝警戒的
含意。用赞美来发挥词藻,用深广的内涵来确立含义,虽细巧曲
达,跟着情意变化,它的大体要求,像这样吧了。

㉞原:推求根源。　　典:典雅,正确。　　懿:美好。　　铄(shuò 硕):
光彩。　㉟揄扬:称扬,赞美。　　汪洋:广大,指内容深广。　　树:确
立。　㊱曲致:曲折地达到。　　厎(zhǐ 志):至,到达。

9.4　赞者,明也,助也。昔虞舜之祀,乐正重赞,盖
唱发之辞也㊲。及益赞于禹,伊陟赞于巫咸㊳,并扬言以明
事,嗟叹以助辞也㊴。故汉置鸿胪,以唱[拜]言为赞㊵,即
古之遗语也。至相如属笔,始赞荆轲㊶。及迁史固书,托
赞褒贬㊷,约文以总录,颂体以论辞;又纪传后评,亦同其
名㊸;而仲[洽]洽《流别》,谬称为述㊹,失之远矣。及景纯
注雅,动植必赞,义兼美恶㊺,亦犹颂之变耳。

赞是说明,是辅助。从前虞舜的祭祀,乐官看重赞辞,大概是
歌唱前说明的话。到益帮助禹说的话,伊陟对巫咸作的赞辞,都是
高声来说明事理,并以感叹来加重语气。所以汉朝设立鸿胪官,用
大声传呼的话为赞,就是古代传下来的说法。到司马相如作文,开
始赞美荆轲。到司马迁的《史记》,班固的《汉书》,借赞辞来赞美或
贬斥,用简练的话来总结,用颂的体制来发议论;又在本纪列传后

88

面加上评语，也同称为赞，可是挚虞的《文章流别论》，错误地称它
为述，错得大了。到了郭璞注《尔雅》，对动物植物都写了赞，含意
兼有赞美和贬抑，也像颂体的变化吧了。

㊲虞舜祭祀，传位给禹，由乐官进赞(说明)，于是百官唱《卿云》歌。这个
说明称为赞。见《尚书大传》。　　　　㊳禹攻有苗，有苗不服，益赞于禹，劝他退
兵修德教，有苗就服了。益帮助禹的话称为赞，见《书·大禹谟》。伊陟(zhì
至)看到桑榖(gǔ 古，乔木名)并生，认为不祥，伊陟赞于巫咸，这个说明称为
赞。见《书序》。　　　㊴扬言：高声说话。　　　嗟叹：指带有感情。　　　㊵鸿
胪(lú 卢)：大声传呼，是汉朝的赞礼官，相当于司仪。　　　唱言：高声喊。
㊶司马相如有《荆轲赞》，《汉书·艺文志》中有《荆轲论》五篇，注称"司马相如
等论之。"可能其中有赞。　　　㊷司马迁《史记·太史公自序》对每篇都有个四
言韵语的说明，这个说明称作，如"作《孝文本纪》第十"；班固《汉书·叙传》的
说明称述，如"述《文纪》第四。"这些说明有褒有贬。用四言韵语，像颂，实是
议论。　　　㊸《史记》本纪、列传末了有个评语称"太史公曰"，《汉书》改称为
"赞曰"，这个赞有的是说明，有的是补充，即辅佐。　　　㊹上面说司马迁称
作，班固称述，述即作。挚虞字仲洽，在《文章流别论》里称"汉书述"，会引起
误解，就不对了。　　　㊺晋朝郭璞字景纯，他注《尔雅》，有《尔雅图赞》，对动
物或植物都用四言韵语，或褒或贬。

9.5　　然本其为义，事生奖叹㊻，所以古来篇体，促而
不广，必结言于四字之句，盘桓乎数韵之辞，约举以尽情，
昭灼以送文㊼，此其体也。发源虽远，而致用盖寡，大抵所
归，其颂家之细条乎？

可是根据赞的意义看，对事物产生赞美，因此从古以来的篇
幅，都短而不长，一定用四字组成句子，回绕在几个韵脚里，简约地
叙尽情事，明白显著地结束文辞，这是它的体制。它的产生虽早，

但实用不多,就大致的趋向看,是颂的一个小支派吧?

㊻奖叹:夸奖赞叹,叹也是赞。　　㊼昭灼:明显。　　送文:结束文辞。

9.6　赞曰:容体[底]底颂㊽,勋业垂赞。镂[彩]影摛[文]声,[声]文理有烂,年积愈远,音徽如旦㊾。降及品物,炫辞作玩。

总结说:舞歌的声容构成颂,对功业的称美传下来成为赞。绘影绘声,文理有光彩。年份积累得越久,美好的德音像初升的太阳。直到咏物的颂,炫耀辞藻来作游戏。

㊽容体:歌舞体制。　　㊾音徽:即徽音,美好的德音。

祝 盟 第 十

　　祝指祝文，是向神祷告的话。盟指盟辞，古代结盟，也要请神来作证，也属于向神祷告，所以连在一起。古代的祝文，是简短的韵语，像诗，所以列在《颂赞》后面。祝文向神祷告，有求福的，有咒敌的，咒敌的诅，所以祝又同诅联系。盟辞向神祷告，要神灵对背盟的惩罚，给以灾祸，也是诅，盟和诅也有联系。

　　刘勰讲祝文，从上古讲起。古人把上古的历史，分为三皇、五帝、三王三段。所以他先讲三皇时，引神农氏的祝文。次讲五帝时，引舜帝的祝文。三讲三王时，引商王汤的祝文。他引这三段祝文，说明上古的祝文，是向神求福消灾，在消灾方面，把一切造成灾祸的罪恶都归于自己。当时候的祝文，是由神农氏、舜帝、汤王自己向神祷告的，还没有祝官。到周朝有了太祝，太祝有向神求福消灾的，还有向祖宗求保祐赐福的，这就由求神到求鬼，把神和鬼联起来了。但祝文的内容，还离不开求福消灾。

　　从春秋下来，刘勰把祝文的范围扩大了。像张老去贺赵武新屋，《楚辞·招魂》要把魂招回来，汉武帝请方士求仙，汉朝的秘祝把灾祸移到臣民身上，善童的驱疫鬼，东方朔的骂鬼，汉朝的祭文、哀策文，都归入祝文，这就有些乱了。周朝的祝文从告神到告鬼，神和仙结合，所以求仙也是祝，赶疫鬼、骂鬼也是祝，祭鬼也是祝。但张老的祝贺跟神鬼无关，招魂也不是告神鬼，这些是不该列入祝文的。这也说明祝文不必成为一体，向神求福的韵语可归入诗，求福的散文可归入杂文。向人祝贺和骂鬼的、求仙的都这样。祭文可以归入《哀吊》，《招魂》可以归入《诠赋》。把《祝盟》作为文体，未免分得过于繁琐了。盟辞同祝文一样，也不必成为一类。

刘勰讲盟辞，认为是春秋时产生的。他推重的盟辞，有臧洪和刘琨的两篇，都是好的。但臧洪同诸侯结盟讨董卓，诸侯各怀私心，没有结果。刘琨和段匹磾结盟想兴复晋朝，结果刘琨因受段匹磾猜忌被杀。这两次结盟都没有结果。因此认为结盟靠诚信，依靠神灵是不行的。

在这篇里，刘勰推重上皇、舜帝、汤王的祝文，但这些都不尽可靠，包括黄帝祝邪也不可靠。《招魂》是好的，但又不是祝文。这篇的论点，有可取的，在于"修辞立诚，在于无愧。"纪昀评："此篇崇实而不论文，是其识高于文士处。非不论文，论文之本也。"指出这篇论点的可取处，这是确实的。

10.1　天地定位①，祀遍群神。六宗既禋②，三望咸秩③，甘雨和风，是生黍稷④，兆民所仰，美报兴焉。牲盛惟馨，本于明德⑤，祝史陈信，资乎文辞⑥。

天上地下的位置确定，众多神灵普遍受到祭祀。六种尊神已经祭祀，山河海的神都按次序望祭，于是风调雨顺，生长谷物，是亿万民众所仰望，才兴起了美好的报答。祭祀的三牲和谷物是美好的，根本在于祭者的美德，祝史祷告是真诚的，那就依靠文辞。

①天地定位，含有尊卑定位的意思，那时已有神灵，要祭祀。　②六宗：六种尊贵的神，指四时、寒暑、日、月、星、水旱。宗，尊敬。　③三望：三种望空遥祭的神，指泰山、河、海。　秩：按次序祭祀。　④黍稷（shǔ jì暑记）：黄米粘的和不粘的。　⑤牲盛（chéng 成）：牲，祭神用的牛羊。盛，放在祭器中的饭。　馨（xīn 新）：芳香。祭的人有明德，神才接受祭祀，所以祭品的是否芳香，由于祭者是否有德行。　⑥祝史：祭祀时对神祝告的

官。他祝告时要唸祝词。

10.2　昔伊耆始蜡，以祭八神⑦。其辞云："土返其宅，水归其壑，昆虫［无］毋作，草木归其泽。"⑧则上皇祝文，爰在兹矣。舜之祠田云⑨。"荷此长耜⑩，耕彼南亩，四海俱有⑪。"利民之志，颇形于言矣。至于商履，圣敬日跻⑫。玄牡告天⑬，以万方罪己，即郊禋之词也⑭；素车祷旱，以六事责躬⑮，则雩禜之文也⑯。及周之太祝，掌六祝之辞⑰。是以"庶物咸生"，陈于天地之郊⑱；"旁作穆穆"，唱于迎日之拜⑲；"夙兴夜处"，言于祔庙之祝⑳；"多福无疆"，布于少牢之馈㉑；宜社类祃㉒，莫不有文：所以寅虔于神祇㉓，严恭于宗庙也。

从前神农氏开始在十二月合祭，祭祀八位神灵。他的祝词说："泥土留在田里，水回到山沟里，害虫不要起来，草树长到沼泽地里。"那末三皇的祝词，就在这里了。虞舜的祭田说："扛着长的掘土器，在那南亩上耕地，天下人都丰收。"为民谋利的用心，很表现在说话里了。到了商汤，德行一天高过一天。用黑牛祭天，把各方面的罪过都归到自己身上，这就是他祭天的祝词；坐着质朴的车子去求雨，用六件事情来责备自己，那是求雨祭的祝词。到了周朝的太祝，主管六种祝告的话。因此用"众物都生长"，在祭天时祷告；"普遍地显得肃穆"，在迎接太阳时拜神的祝词；"早起晚睡"，是在祖庙里祔祭时的祝词；"多福无限"，是用羊豕到祖庙里祭祀时的祝词；出征时祭社神，祭上帝，祭出征地，没有不是有祝词的：因为要对神灵表示虔诚，对祖庙表示恭敬。

⑦伊耆(qí 其):神农氏。　　　蜡:十二月合祭。　　　八神:谷物神,主管百谷神,农神,邮亭神,食田鼠田豕的猫神,虎神,堤神,水沟神,昆虫神。
⑧指田土不流失,无水害,无虫灾,田里无草木。　　　⑨古时把时代分为三皇、五帝、三王,神农氏属于三皇时,故称上皇。　　　爰:于是。　　　⑨舜:五帝之一,即五帝时。　　　⑩耜(sì 四):翻土农具。　　　⑪四海:四海之内,天下。有:丰收。　　　⑫商履:商汤名履,为三王之一。圣敬:圣人之德。跻(jī 机):上升。　　　⑬玄牡:黑色公牛。　　　⑭郊禋:祭天。　　　⑮祷旱:遇旱求雨。　　　六事:汤向天祷告,问何以不下雨,是否因政事不修,民太劳累,宫室太盛,内宠多,贿赂行,谗夫兴,用来责备自己。　　　⑯雩祭(yú yǒng 余永):求雨祭,求晴祭,这里指求雨祭。　　　⑰太祝:主管祭祀读祝词的官。　　　六祝:顺祝,顺民心求丰年;年祝,求长寿;吉祝,求福;化祝,弭兵灾;瑞祝,求风调雨顺;筴祝,远罪疾。　　　⑱天地:指天。　　　郊:祭天。　　　⑲旁作:普遍地显现。指日初出时的肃静。　　　⑳祔庙:把后死的子孙附在祖庙里祭。向祖宗表示勤奋,早起晚睡。　　　㉑少牢:羊和豕。　　　馈:把羊豕送上去祭,是卿大夫到祖庙去祭,请祖上赐福。　　　㉒天子出征时,祭社神称宜社,祭上帝称类,祭军队驻地称祃。　　　㉓寅虔:恭敬虔诚。　　　神祇:天神地神。

10.3　自春秋以下,黩祀谄祭㉔,祝币史辞,靡神不至㉕。至于张老成室,致[善]美于歌哭之祷㉖;蒯聩临战,获祐于筋骨之请㉗:虽造次颠沛㉘,必于祝矣。若夫《楚辞·招魂》,可谓祝辞之组[缛]丽也㉙。汉之群祀,肃其[旨]百礼㉚,既总硕儒之[仪]义,亦参方士之术㉛。所以秘祝移过㉜,异于成汤之心;侲子驱疫,同乎越巫之祝㉝:礼失之渐也。

从春秋下来,有亵黩讨好神灵的祭祀,祝史献神的币帛和祝词,没有一个神前不用到。像晋大夫张老祝贺赵武筑成新屋,表示新屋的美好,要歌唱、哭泣在这里,用以祝祷;卫公子蒯聩亲临战阵,作了请祖先保祐不伤筋骨的祷告:虽在匆忙和困难的时候,一定要祝告了。像《楚辞·招魂》,可以说是祝词中的有文采的。汉朝的多种祭祀,郑重地用了多种礼仪,既已总结了大儒的建议,也参用方士的法术,因此用秘密祝告把过失推到臣民身上,跟成汤把罪孽由自身承担的心不同;用善良童子赶疫鬼,跟越巫的祝告相同:祝祀的礼已经逐渐变质了。

㉔黩祀:不到祭时去祭,祭得太多,是亵黩。　　谄祭:对不该祭的鬼神也祭,是谄祭。　　㉕祝币:祭神用的币帛。　　史辞:祝官的祝词。这些都有规定,现在对每个神前都用。　　㉖张老:晋大夫。　　成室:贺赵武作室成。　　致美:赞美新屋的高大华彩。　　歌哭之祷:"歌于斯,哭于斯,聚国族于斯。"即赵武一族,有喜庆哀吊的事都在这里聚会。见《礼记·檀弓下》。

㉗蒯聩(kuǎi kuì 扤愧):卫公子,在晋国参加对郑国作战。他向祖先祷告:"敢告无绝筋,无折骨,无面伤,以集(成就)大事。"　　㉘造次:匆忙。颠沛:指困难。　　㉙《招魂》:楚大夫屈原招怀王魂归楚,因怀王被秦国拘留。　　组丽:指文采。　　㉚肃:严肃,郑重。　　百礼:多种礼仪。㉛硕儒之义:用儒家说法来祭。方士之术:用方士的法术来祭,指求神仙降临说。　　㉜秘祝:祝官的秘密祷告,求神把灾祸移到臣民身上。　　㉝侲(zhèn 振)子:善童,选十岁到十二岁的童子一百二十人,戴赤头巾,穿黑衣,拿着摇鼓,在宫内赶疫鬼。　　越巫之祝:越地的巫人主张敬鬼求福。

10.4　　至如黄帝有祝邪之文㉞,东方朔有骂鬼之书㉟,于是后之谴咒,务于善骂。唯陈思《诰咎》,裁以正义矣㊱。

又像黄帝有咒邪文,东方朔有骂鬼书,因此后来的谴责咒文,致力于会骂。只有曹植的《诰咎文》,使它合于正道。

㉞黄帝在海边得到白泽神兽,会说,说到天地鬼神的事。黄帝就作了祝

邪文。从下文看,祝邪是咒骂邪神。见《云笈七签·轩辕本纪》。　　㉟王延寿梦与鬼战,得到东方朔送给他的骂鬼书。见《古文苑》王延寿《梦赋序》。㊱曹植碰到风灾,作《诰咎文》,说天帝制止风灾,造成丰年。他不相信风灾是上天降罚,合乎正道。

10.5　若乃礼之祭[祀]祝,事止告飨㊲;而中代祭文㊳,兼赞言行,祭而兼赞,盖引[神]伸而作也。又汉代山陵,哀策流文㊴。周丧盛姬,内史执策㊵。然则策本书赠㊶,因哀而为文也。是以义同于诔㊷,而文实告神,诔首而哀末,颂体而祝仪㊸,太[史]祝所[作]读[之赞]㊹,[因]固[周之]祝之文者也。

又像《仪礼》的祭祀祝词,事情只是请来享受祭品;可是汉朝的祭文,还要赞美死者生前的言行,祭又兼赞,是从祭祀引伸出来的。又汉朝祭皇帝陵墓,用哀策文,成为流行的文体。周穆王盛姬死了,由内史用哀策文致祭。那末哀策本来是写赠谥的,因哀悼而成为哀策文的。因此它的用意跟诔文相同,可是哀策文实是报告神灵,用诔文来开头,用写哀来结尾,体裁像颂,仪式是祝告,太祝读的祝词,本是祝词中的有文采的。

㊲礼之祭祝:《仪礼·少牢馈食礼》讲到祭祖先和祝告。　　告飨(xiǎng想):请来享受。　　㊳中代:指汉魏。　　㊴山陵:皇帝陵墓。　　哀策:祭陵墓用哀策文。　　㊵盛姬:周穆王的姬妾。　　内史:主管爵禄废置等的官。　　㊶书赠:用策来写上对死者的谥号,谥是对死者的称号。　　㊷诔(lěi垒):列举死者德行的哀悼文。　　㊸颂体:指文体简练像颂。　　㊹太祝:主管祝告的官。

10.6　凡群言发华，而降神务实，修辞立诚[45]，在于无愧。祈祷之式，必诚以敬；祭奠之楷[46]，宜恭且哀：此其大较也。班固之祀［濛］涿山[47]，祈祷之诚敬也；潘岳之祭庚妇[48]，奠祭之恭哀也：举汇而求[49]，昭然可鉴矣。

凡是众多言词表现文采。可是请神的话力求朴实，修辞确立在真诚上，在于毫无惭愧。祈祷的仪式，一定要诚心恭敬；祭祀文的模范，应该恭敬而且悲哀：这是大概。班固的《涿邪山祝文》，是诚敬的祈祷文；潘岳的《为诸妇祭庚新妇文》，是恭哀的祭文。列举这些文章来研求，怎样借鉴可以明白了。

[45]修辞立诚：修辞要求真诚，不说虚假浮夸的话。见《易·乾·文言》。[46]楷：模范。　[47]班固有《涿邪山祝文》，是向山神祷告的。　[48]潘岳有《为诸妇祭庚新妇文》。　[49]举：推选。　汇：汇集。汇集众篇来推选。

10.7　盟者，明也[50]。骍毛白马，珠盘玉敦[51]，陈辞乎方明之下[52]，祝告于神明者也。在昔三王，诅盟不及[53]，时有要誓，结言而退。周衰屡盟，以及要［契］劫[54]，始之以曹沫[55]，终之以毛遂[56]。及秦昭盟夷，设黄龙之诅[57]；汉祖建侯，定山河之誓[58]，然义存则克终，道废则渝始，崇替在人，咒何预焉。若夫臧洪歃辞，气截云蜺[59]；刘琨铁誓，精贯霏霜[60]；而无补于晋汉，反为仇雠。故知信不由衷，盟无益也。

盟是报告神明。用赤牛白马祭神，在饰珠的盘里放牛耳，在饰玉的盘里盛血，在四方神明像下说明盟辞，用来向神明祷告。从前夏商周三王，没有盟誓，时常有约誓，约定后退去。周朝衰落，屡次结盟，还连到要挟胁迫，开始是鲁将曹沫胁迫齐桓公退还侵地，后来是赵客毛遂威胁楚王结盟。到秦昭公同夷人结盟，订立了用黄龙作罚；汉高祖封诸侯，定了山盟海誓。然而保存道义才能够贯彻到底，道义废了便改变原来的盟约。盟约的尊崇和废除在人，诅咒的话有什么相干。像汉末臧洪与诸侯歃血结盟，忠义的气焰可以截断云虹；晋代刘琨与段匹磾订立铁的盟誓，精诚感动得天为下霜；可是对汉和晋都没有补救，双方反而成为仇人。所以知道信约不从内心发出，结盟是没有用处的。

㊿《释名·释言语》："盟，明也，告其事于神明也。"　　�51 骍（xīng 星）：赤色。　　敦：盘类。结盟时，杀牛马祭神，用珠盘盛牛耳，由主盟人所执，用玉敦盛牛马血，结盟者都喝血　　52 方明：用六面六色的立方木象征上下四方的神明。　　53 三王：夏商周三代的王。　　诅盟：盟约中规定背盟的要受到诅咒。　　54 要劫：在结盟时，一方要挟或胁迫对方答应自己要求。

55 齐桓公与鲁庄公在柯地会盟，鲁将曹沫执匕首胁迫桓公，要桓公归还所侵鲁地，桓公真的把侵地退还。见《史记·刺客列传》。　　56 赵国都城邯郸被秦军围困，赵平原君到楚国去求救。楚王怕秦，不敢结盟。平原君门客毛遂冲上去，用武力威胁楚王，楚王被迫与赵结盟。见《史记·平原君列传》。

57 秦昭襄王与夷人结盟，说：秦侵犯夷人，罚送黄龙（当是玉石刻的）一双；夷人侵犯秦人，罚送清酒一钟（六斛四斗）。见《华阳国志·巴志》。　　58 汉高祖封侯誓言：使黄河变成带，泰山变成磨刀石，也不夺取侯国。见《史记·高祖功臣侯者年表》　　59 臧洪与诸侯订立《酸枣盟辞》，起兵讨董卓，兴复汉朝。歃（shà 啥）：歃血，结盟时血含口内。　　蜺：同霓，虹霓。　　60 刘琨与段匹磾结盟兴晋，后匹磾疑忌刘琨，把他杀死。

10.8　夫盟之大体，必序危机，奖忠孝，共存亡，戮心力 61，祈幽灵以取鉴，指九天以为正 62，感激以立诚，切至以

敷辞，此其所同也。然非辞之难，处辞为难。后之君子，
宜［在］存殷鉴⑥，忠信可矣，无恃神焉。

盟的主要体制，一定要叙述危机，奖励忠孝，共同存亡，齐心合
力，求神灵鉴察，指上天作证，感激地确立诚意，恳切地写出文辞，
这是一致的。但不是文辞难写，要照文辞写的做起来是难的。后
来的订盟者，应该引以为鉴；保存忠信行了，不要依靠神灵。

⑥戮(lù 路)：同勠，合力。　　⑥九天：中央和八方的天。　　正：同证。
⑥殷鉴：殷人以夏亡为戒，指借鉴。

10.9　赞曰：毖祀钦明⑥，祝史惟谈。立诚在肃，修辞
必甘。季代弥饰，绚言朱蓝⑥。神之来格⑥，所贵无惭。

总结说：谨慎恭敬和明智来祀神结盟，祝官只是说盟辞。确立
真诚在于严敬，修饰辞语一定美好。末世更加修饰，话有文采又正
直。请神灵的到来作证，可贵的在于真诚无愧。

⑥毖(bì 必)：谨慎。　　钦：恭敬。　　明：明智。　　⑥绚(xuàn 渲)：
文采。　　朱蓝：两种正色，正和伪相对，指话说得正直，非浮夸。　　⑥格：
至。

铭箴第十一

铭和箴是对人的，次于告神，所以列在《祝盟》后。铭文刻在器物上，一种是要防止缺点，引起警戒；另一种是用来记功德。这两种铭是有意义的。还有一种题记，意义就不大了。尤其像赵武灵王命工人在山石上刻"主父常游于此"，这同有些游客，在名胜古迹上刻上"某某到此一游"的破坏古迹，同样可笑了。这里讲到"始皇勒岳"，即秦始皇的刻石，是纪功铭；《颂赞》曰："秦政刻文，爰颂其德。"是功德颂。同一刻石，既称颂，又称铭，因为它都是颂功德的韵语，这说明文体分得过于繁碎，免不了一文可以归入两体了。

就铭文的形式说，如《大学》汤的《盘铭》："苟日新，日日新，又日新。"是三言韵语。《说苑·敬慎》的《金人铭》："我古之慎言人也。戒之哉！戒之哉！无多言，多言多败。无多事，多事多患。"是杂言，韵散结合。像《礼记·祭统》的卫孔悝的《鼎铭》："六月丁亥，公假（到）于太庙。公曰：'叔舅，乃（汝）祖庄叔，左右（辅助）成公。'下面叙述孔悝祖和父建立的功勋，要孔悝继承下去。是叙述的散文。秦始皇的《泰山刻石》："皇帝临位，作制明法，臣下修饰。廿有六年，初并天下，罔不宾服。"是以四言为主，三句一韵。班固的《封燕然山铭》，除了有长序外，铭文作"铄王师兮征荒裔，勒凶虐兮截海外。"是用《楚辞》体的韵文。张昶的《西岳华山堂阙碑铭》有长序，铭文作"於穆堂阙，堂阙昭明。经之营之，不日而成。"是四言韵语。后来的铭，以四言韵语为多。那末刘勰说的蔡邕《鼎铭》，"全成碑文，溺所长也"，是不确切的。蔡邕《鼎铭》完全模仿孔悝《鼎铭》，是有根据的。再说铭文是可以不用韵的。这篇里讲了"铭义见矣"，没有讲铭文的形式，所以在这里说一下。

箴文著名的有《虞箴》："芒芒禹迹，画为九州，经启九道。民有寝庙，兽有茂草。各有攸（所）处，德用不扰。"下叙后羿的事。箴文主要是四言韵语。

这篇里对箴铭的要求，"警戒实同"，着重在警戒；两者的分别，"铭兼褒赞，故体贵弘润"。这样说，是抓住这两体的特点的。这里也有不属于文辞，附带提及的，如"仲尼革容于欹器"，欹器是器物，没有文字，这里只是用来对"周公慎言于金人"。说《金人铭》是周公作也不可靠，大约要说明"圣人鉴戒"，就凑上周公孔子了。

11.1　昔帝轩刻舆几以弼违[1]，大禹勒笋簴而招谏[2]；成汤盘盂，著日新之规[3]，武王户席，题必戒之训[4]；周公慎言于金人[5]，仲尼革容于欹器[6]：则先圣鉴戒，其来久矣。故铭者，名也，观器必也正名[7]，审用贵乎盛德。盖臧武仲之论铭也，曰："天子令德，诸侯计功，大夫称伐。"[8]夏铸九牧之金鼎，周勒肃慎之楛矢[9]，令德之事也；吕望铭功于昆吾，仲山镂绩于庸器[10]，计功之义也；魏颗纪勋于景钟，孔悝表勤于卫鼎[11]，称伐之类也。若乃飞廉有石椁之锡[12]，灵公有[嵩]夺里之谥[13]，铭发幽石，吁可怪矣。赵灵勒迹于番吾，秦昭刻博于华山[14]，夸诞示众，吁可笑也。详观众例，铭义见矣。

从前黄帝在车子和矮桌上刻上文句，来帮助自己纠正过错；大禹在乐器架上刻上文句，请人提意见；商汤王的《盘铭》，写上天天新的规戒，周武王的《户铭》《席四端铭》，写上一定要警戒的教训；周公在《金人铭》里提出说话谨慎，孔子看到欹器脸色变了：那末从前圣人注重借鉴警戒，它的来源是很久了。所以铭就是名称，观察器物一定要端正它的名称，考察用途重在美好的德行。臧武仲议论铭文，说："对天子赞扬他的美德，对诸侯计数他的功勋，对大夫称说他的劳迹。"夏朝把九州贡献的金属铸成金属鼎；周朝在肃慎氏进贡的楛木箭上刻字，这是颂扬美德的事；吕望把他的大功刻在冶工昆吾铸的金属版上，仲山甫把他的大功刻在记功的器物上，这是计算大功的事；魏颗把他的劳绩刻在景钟上，孔悝把他的勤劳刻在卫鼎上，这是称说劳绩的事。至于飞廉得到天赐的石制外棺，卫灵公得到夺取圹穴里石椁上的谥号，铭文从地下石头上发现，唉，可怪了。赵武灵王在番吾山上刻上他的游踪，秦昭王在华山上刻上他的赌具，用虚夸的刻石来告诉众人，唉，可笑的。详尽地观察众多例子，铭文的意义可见了。

①帝轩：黄帝轩辕氏。　　　　几：矮桌。　　　弼（bì 必）：辅正，纠正。②笋簴（sǔn jù 损具）：挂钟磬的架子，横木叫笋，竖木叫簴。　　③盘：浴缸。盂：饮食器。　　盘盂，盂是陪衬字，指《盘铭》："日日新，又日新。"见《大学》。④户席：周武王有《户铭》《席四端铭》等，用来表示谨戒。见《大戴礼·武王践阼》。　　⑤孔子在周太庙里看到铜人，背上刻铭："无多言，多言多败。"见《说苑·敬慎》，不说是周公作。　　⑥孔子观于鲁桓公庙，有欹（qī 欺）器，空时倾斜，盛水适中就正，盛水过多就翻倒，引起孔子警惕，自满要翻倒，所以变色。不说欹器上有铭文。见《荀子·宥坐》。　　⑦正名：端正器物的名称。⑧臧武仲：鲁国大夫。　　令德：对天子称他的美德。　　计功：对诸侯计他的大功。　　称伐：对大夫称他的劳绩。见《左传·襄公十九年》。　　　　⑨九牧：九州长，贡金属给夏禹，夏禹用铸九鼎，不说鼎上有铭文，只说鼎上铸有各地怪物。见《左传·宣公三年》。周武王时，东北方的肃慎氏进贡楛木矢和石制箭头，武王在箭干上刻"肃慎氏之贡矢"，见《国语·鲁语》下。　　⑩吕望：姜太公，即吕尚。　　昆吾：冶工名，冶成铜版，吕尚把功勋刻在上面，见蔡邕《铭论》。　　仲山甫：周宣王大臣。　　庸器：铭功的器物。《后汉书·窦宪

传》有仲山甫鼎铭。吕望助周武王建立周朝，仲山甫助周宣王中兴，都建立大功，功绩指大功。　⑪晋国魏颗击退秦兵，捉住秦将，他的勋劳刻在晋景公钟上。见《国语·晋语》七。卫国孔悝的祖和父和自己勤劳国事，把它刻在鼎上。见《礼记·祭统》。这里的勋、勤指功劳。　⑫纣王臣子飞廉在北方，回来时纣王已经灭亡，他掘地筑坛祭纣王向他回报，得石棺，有铭文，说："赐尔石棺以华氏（光大氏族）。"　椁（guǒ 果）：外棺。见《史记·秦本纪》。⑬卫灵公死，葬在沙丘，掘地得石椁，上有铭文，说："灵公夺而（尔）里（住处）。"铭文已称灵公，实为可怪。灵是谥号。见《庄子·则阳》。　⑭赵武灵王使工人挂钩架梯在番吾山上，刻上："主父常游于此。"又秦昭王令工人挂钩架梯登上华山，用松柏心作赌具，投壶的箭长八尺，棋子长八寸，在那里刻石道："昭王常与天神博于此。"见《韩非子·外储说左上》。

11.2　至于始皇勒岳，政暴而文泽⑮，亦有疏通之美焉⑯。若班固燕然之勒⑰，张昶华阴之碣，序亦盛矣⑱。蔡邕铭思，独冠古今⑲；桥公之钺，吐纳典谟⑳；朱穆之鼎，全成碑文，溺所长也㉑。至如敬通杂器，准矱[戒]武铭㉒，而事非其物㉓，繁略违中。崔骃品物㉔，赞多戒少；李尤积篇㉕，义俭辞碎，蓍龟神物，而居博弈之中，衡斛嘉量，而在臼杵之末㉖，曾名品之未暇，何事理之能闲哉！魏文九宝㉗，器利辞钝。惟张载剑阁㉘，其才清采，迅足骎骎㉙，后发前至，勒铭岷汉㉚，得其宜矣。

到秦始皇在山上刻石，他的政治虽然暴虐，但刻石文却写得有光泽，也有通达事理的好处。像班固的《封燕然山铭》，张昶的《西岳华山堂阙碑铭》，序文内容也很丰富了。蔡邕的铭文，独自成为古今第一；像赞美桥玄的《黄钺铭》，吐辞采纳《尚书》；赞美朱穆的《鼎名》，完全写成碑文，是他擅长写碑文而陷进去了。至于像冯衍写各种器物的铭文，模仿武王的铭文，可是讲的内容同各种器物不相应，详略不恰当。崔骃的铭评量各物，多赞美，少警戒；李尤的铭文积了不少，意义浅薄，文辞烦碎，像蓍草和龟甲是占卜吉凶的宝物，却列在赌具和围棋的中间，秤和斛是美好的衡量器，却放在杵臼的末了，对器物名称品第都没有考虑好，怎么能熟悉事物的道理呢？曹丕写了九种宝物的《剑铭》，剑是锋利的，文辞平钝。只有张载的《剑阁铭》，他的文才清丽，像快马奔腾，写作在后，超越前人，把他的铭文刻在蜀汉的岷山，是得当的。

⑮秦始皇在泰山、琅邪山、之罘山等处刻石称颂功德，文辞是李斯写的。泽：润泽。　⑯疏通：通达事理。《礼·经解》："疏通知远，《书》教也。"李斯刻石，多用四字句，受《尚书》影响。　⑰后汉窦宪击败匈奴北单于，登燕然山，命班固作《封燕然山铭》，铭文前有长序，叙述这次战功。　⑱后汉段熲重修华山庙宇，命张昶作《西岳华山堂阙碑铭》，铭文前有长序，叙述段熲的功劳。　⑲后汉末蔡邕最擅长写碑铭。　⑳后汉朝廷赐给桥玄黄钺（yuè月，大斧）。蔡邕作《黄钺铭》，赞美桥玄的功绩。　典谟：《尚书》有《尧曲》《大禹谟》，指铭文摹仿《尚书》。　㉑后汉朱穆死，蔡邕作《鼎铭》，叙述朱穆的功绩和桓帝对他的哀悼，写成碑文，没有铭。　溺（nì逆）：陷进去，指写得不像铭。　㉒后汉冯衍，字敬通，著有《刀阳（正面）》《刀阴（背）》《杖》《车》《席前右》《席后右》《杯》《爵》等铭。　准矱（huò或）：标准，规矩，以周武王的《席四端》《机》《鉴》等铭作标准。　㉓事非其物：铭文和铭物不合。㉔后汉崔骃作《樽》《刀剑》《刻漏》《扇》等铭。　㉕后汉李尤作铭文百二十篇，所以称"积篇"。　㉖指铭文次序排列不当。　㉗九宝：剑三，刀三，匕首二，灵陌刀一。　㉘晋朝张载的《剑阁铭》，写剑阁形势险要，用来告戒，辞理俱美。晋武帝把它刻在剑阁山上。　㉙骎骎（qīn侵）：马跑得快貌。　㉚岷汉：蜀汉的岷山，剑阁属巴山山脉，为岷山山脉的东支。

11.3　箴者，针也，所以攻疾防患，喻针石也㉛。斯文之兴，盛于三代。夏商二箴，馀句颇存[32]。[及]周之辛甲，百官箴阙，唯《虞箴》一篇[33]，体义备焉。迄至春秋，微而未绝。故魏绛讽君于后羿[34]，楚子训民于在勤[35]。战代以来，弃德务功，铭辞代兴，箴文委绝[36]。至扬雄稽古，始范《虞箴》[37]，作卿尹州牧二十五篇[38]。及崔胡补缀，总称《百官》[39]。指事配位，鍫鉴可微[40]，信所谓追清风于前古，攀辛甲于后代者也。至于潘勖《符节》[41]，要而失浅，温峤《[傅]侍臣》[42]，博而患繁；王济《国子》[43]，[引广]文多而事[杂]寡，潘尼《乘舆》[44]，义正而体芜：凡斯继作，鲜有克衷[45]。至于王朗《杂箴》[46]，乃置巾履，得其戒慎，而失其所施[47]；观其约文举要，宪章[戒]武铭[48]，而水火井灶[49]，繁辞不已，志有偏也。

　　箴就是打针，用来治病防患，用针石来作比方。这种文体的兴起，在夏商周三代盛行。《夏箴》和《商箴》保存少数残馀的句子。周朝的辛甲，他的百官箴散失了，只存《虞箴》一篇，体制和用意都完备。到了春秋，箴文衰落还没有断绝。所以魏绛用箴文中的后羿来讽谏晋君，楚庄王用箴文中的"民生在勤"来教训民众。战国以来，抛弃道德，力求有功；铭文代箴文兴起，箴文枯萎绝迹了。到扬雄考古，开始模仿《虞箴》，作卿尹州牧等箴二十五篇。到崔骃胡广又加补充，总称《百官箴》。配合各种官位，指出应该警戒的事项，像镜子那样可以借鉴，确实是上追前古的好风气，在后代仰慕辛甲的作法了。到汉末潘勖的《符节箴》，扼要而失于肤浅，东晋温峤的《侍臣箴》，广博而失于繁杂；西晋王济的《国子箴》，文多事少，潘尼的《乘舆箴》，意义正确，文辞芜杂：所有这些继续创作，很少有写得恰好的。到魏王朗的杂箴，却作《巾箴》《履箴》，文中要警戒谨慎是对的，但用在巾履上就不恰当；看他文辞简练，意义扼要，模仿周武王的铭文，内容谈到水火井灶，文辞繁多不止，是志趣有所偏了。

㉛针石：古代治病的石针。　　㉜《夏箴》见《逸周书·文传解》，《商箴》见《吕氏春秋·应同》，都只剩几句。　　㉝周朝太史辛甲命百官作箴文来纠正王的缺点，《百官箴》散失，只剩《虞箴》一篇。见《左传·襄公四年》。　　㉞晋大夫魏绛引用《虞箴》中讲后羿(yì 义)爱好打猎，不顾国事，用来讽谏晋君的爱好打猎。虞是管山泽苑囿的官。见同上。　　㉟楚王用箴文来告戒国人："民生在勤，勤则不匮(穷乏)。"楚王在周朝封子爵，故称楚子。见《左传·宣公十二年》。　　㊱委绝：即萎绝，衰亡。　　㊲范：以为模范，即模仿。　　㊳扬雄作十二州箴、二十五官箴，共三十七篇，亡四篇，五篇残缺，实存二十八篇。　　㊴后汉崔骃补作七篇，崔骃子崔瑗补作九篇，胡广补作三篇，亡一篇。　　㊵鞶(pán 盘)鉴：大带上装饰的镜子，这里指镜子。　徵：验，即以《虞箴》为借鉴。　　㊶后汉末潘勖作《符节箴》。　　㊷东晋温峤作《侍臣箴》。　　㊸晋朝王济作《国子箴》。　　㊹晋代潘尼作《乘舆箴》，乘舆，天子车，是规戒君主的。　　㊺衷：恰当。　　㊻三国魏王朗作《杂箴》，有《巾箴》《履箴》等。　　㊼施：用。戒慎的话用在鞋上，刘勰认为不恰当。　　㊽宪章：法制，遵守法制，指效法。　　㊾水火井灶：王朗《杂箴》称："俾冬作夏，非灶孰能；俾夏作冬，非井孰闲。"即冬天靠灶火取暖，夏天靠井水取凉，好比一家要靠家长。

11.4　夫箴诵于官，铭题于器，名目虽异，而警戒实同。箴全御过，故文资确切；铭兼褒赞，故体贵弘润：其取事也必核以辨，其摛文也必简而深㊿，此其大要也。然矢言之道盖阙[51]，庸器之制久沦[52]，所以箴铭[异]寡用，罕施[于]后代。惟秉文君子，宜酌其远大焉[53]。

箴是官对君主朗诵的,铭是题在器物上的,名称虽然不同,但引起警戒实是一样的。箴完全是用来抵制过失的,故文词依靠准确切实;铭兼具褒奖赞美,所以体制重在弘大润泽:它的引用事例一定核实和辨明,它的作文一定要简练而深刻,这是大致这样。但是说直话的风气缺少,在器物上记功的制度久废,因此箴铭少用,在后代很少用它。只有掌握文辞的作者,应该酌量采取它们的远大作用。

㊿摛(chī 吃):发布。　51矢言:直言。　52庸器:纪功的器物。庸,功。　53酌:考量。

11.5　赞曰:铭实 [表器] 器表,箴惟德轨。有佩于言54,无鉴于水55。秉兹贞厉56,[敬言] 警乎立履57。义典则弘,文约为美。

总结说:铭实在是器物的表记,箴只是道德的轨范。对箴铭的话要牢记,不要在水里只照见自己。执持纯正勉励的话,警惕地用于行动。意义正确就能弘大,文辞简练是好的。

54佩:挂在身上的饰物,指牢记。　55鉴水,照水只看见自己,应鉴人看到成败。　56秉:执。　贞:正。　厉:勉励。　57立履:立在行动上。

诔碑第十二

这篇是讲诔文和碑文的。就诔文说，刘勰认为是"累其德行，旌之不朽"，首先是表扬死者的德行的。又认为鲁哀公的诔孔子，"古式存焉"。这篇诔文不用韵，表达哀痛的感情，话说得简短，没有表扬孔子德行。柳妻的诔柳下惠，"辞哀而韵长"。如："屈柔从俗，不强察兮。蒙耻救民，德弥大兮。"是表扬柳下惠的德行的，用《楚辞》体。到扬雄的《元后诔》："汉祖受命，赤传于黄；摄帝受禅，立为真皇。"讲汉高祖受天命，把汉（尚赤）传给王莽（尚黄）；王莽接受禅位，立为真皇帝。这是谄媚王莽的话，都写进去，所以烦秽，是不好的。杜笃的《吴汉诔》："勋业既崇，持盈守虚。功成即退，挹而损诸。"写吴汉的品德，是好的。傅毅的《明帝诔》："躬履圣德，以临万国，仁风弘惠，云布雨施。"是写明帝的德行的。因此，刘勰称诔是"传体而颂文，荣始而哀终"。"传体"是经传的传，只要叙述死者的品德就是传体，用韵语来赞美死者的品德，就是荣始，就是颂文。接下去再表示哀悼，就是哀终。不过鲁哀公的诔孔子，就只有哀终而没有颂文、荣始了。

再看碑，如蔡邕的《郭有道碑》："先生讳（名）泰，字林宗，太原界休人也。""先生诞膺天衷，聪叡明哲。""尔乃潜隐衡门，收朋勤诲，童蒙赖焉。""遂辟司徒掾，又举有道，皆以疾辞。"写他姓名籍贯，做过教师，受到征聘，不就。是写了他的传记。所以说："属碑之体，资乎史才，其序则传，其文则铭。"这个传才是史传。

看赞，这个意思更清楚。"写实追虚，碑诔以立，铭德纂行，文采允集。"这篇名曰《诔碑》，为什么这里称"碑诔"呢？原来"碑"指

"写实"，"诔"指"追虚"，碑写生平行事，是实；诔讲其人品德，较虚。"铭德"就诔说，"纂行"就碑说。

刘勰讲诔，反对"烦秽"，赞成"伦序""辨法"，"新切""简要"，叙述要有伦次辨明，文辞要简洁，内容要核要，抒情要新切。这些要求是恰当的。讲碑，要"骨鲠训典"，用辞要挺拔有骨力，"叙事要该而要"，既照顾到全面，又要扼要，要"清词""巧义"，文辞清润，意义工巧。这些也恰当。只是他赞美"周胡众碑"，宋朝王应麟在《困学纪闻》十三讥刺他赞美胡广，胡广迎合权臣梁冀，并无风骨，不免虚美。这篇里称为"清允"，也有些过分了。

12.1　周世盛德，有铭诔之文①。大夫之材，临丧能诔②。诔者，累也；累其德行，旌之不朽也③。夏商以前，其［详］词靡闻。周虽有诔，未被于士④。又贱不诔贵，幼不诔长，其在万乘⑤，则称天以诔之。读诔定谥⑥，其节文大矣⑦。自鲁庄战乘丘，始及于士⑧。逮尼父之卒⑨，哀公作诔，观其慭遗之［切］辞，呜呼之叹⑩，虽非睿作⑪，古式存焉⑫。至柳妻之诔惠子，则辞哀而韵长矣⑬。

周朝的恩德广大，产生了诔文。大夫的材干，碰上丧事要能够写出诔文来。诔就是积累；累计死者的德行，加以表彰，使他不朽。夏朝商朝以前，诔文没有听说过。周朝虽然有诔文，还没有用到士人身上。又低贱的人不能替贵人作诔，小辈不能为长辈作诔，天子死了，只能称说上天来诔他。宣读诔文，确定谥号，在礼仪上是很重要的。自从鲁庄公在乘丘战败，开始对士人作诔。到孔子死了，鲁哀公给他作诔，看他说"上天不愿留下这一老"的话，"呜呼"的感叹，虽然不是高明的作品，古代诔文的格式保存着。到柳下惠妻子的诔柳下惠，那末文辞悲哀、韵语长了。

①铭诔（lěi 垒）：铭是陪衬字。诔是累计死者的德行表示哀悼的文辞。
②对大夫要求他能作诔文。　　③旌：表彰。　　④士：低于大夫、高于民的
人，指下级官吏。　　⑤万乘：能出万辆兵车的大国，指天子。　　⑥谥（shì
市）：君主和大臣死后，根据他一生的事迹给他的称号。　　⑦节文：议式。
⑧鲁庄公和宋人在乘丘（在山东滋阳县西北）作战，马受惊，车翻，庄公掉下
来。庄公说："卜国没有勇！"卜国是在车上保护庄公的。卜国和另一人就冲
入敌阵战死了。事后马夫发现马股间中箭，庄公认为错怪了人，遂对两人作
了诔文。　　⑨尼父：对孔子的尊称。　　⑩慭（yìn 印）：宁愿。鲁哀公诔孔
子："不慭遗一老"，天不愿把这一老留给我。又说"呜呼哀哉！"表感叹。
⑪睿（ruì 瑞）：明智。　　⑫古式：诔文的古代格式。　　⑬柳妻：柳下惠妻。
柳下惠即展禽。柳妻的诔，用韵语，较长。

12.2　暨乎汉世⑭，承流而作。扬雄之诔元后，文实
烦秽⑮，沙麓撮其要，而挚疑成篇⑯，安有累德述尊，而阔略
四句乎？杜笃之诔，有誉前代⑰；吴诔虽工，而他篇颇疏，
岂以见称光武，而改盼千金哉⑱！傅毅所制，文体伦序⑲；
孝山崔瑗，辨絜相参⑳：观其序事如传，辞靡律调，固诔之
才也。潘岳构意，专师孝山㉑，巧于序悲，易入新切，所以
隔代相望，能［微］徽厥声者也㉒。至如崔骃诔赵，刘陶诔
黄，并得宪章㉓，工在简要。陈思叨名，而体实繁缓㉔，文皇
诔末，［旨］百言自陈，其乖甚矣。

到了汉朝，继承以前的趋势来创作。扬雄的《元后诔》，文辞实
在是繁多杂乱，"沙麓"四句只是摘要，可是挚虞疑心它是全篇，哪
有累计德行叙述尊者，却简略得只有四句呢？杜笃的诔文，在以前

的时代很有声誉；他的《吴汉诔》虽写得工巧，可是别的诔多粗疏，难道因为受到光武帝的称赞，就改变看法，都成了千金的贵重啊！傅毅所写的诔，是符合诔文体制和次叙的；苏顺崔瑗所作，内容的辨白，文辞的简洁是结合的：看他们叙事像传记，文辞细密，音律协调，确实是写诔文的人才。潘岳在构思上专学苏顺，很会叙述悲情，容易达到新颖和贴切，所以和苏顺隔代并称，能够得到美好的声名。再像崔骃的诔赵，刘陶的诔黄，都得写诔的规范，好在简练扼要。曹植虚得名声，他的诔文实在辞繁而文气舒缓，在《文帝诔》的末了，用百馀字来说自己，它太背离要求了。

⑭暨(jì 计)：及。　　　⑮扬雄《元后诔》写得烦秽，见前说明。　　　⑯《元后诔》，《汉书·元后传》里引了四句："太阴(月)之精，沙麓之灵。作合于汉，配元(帝)生成(帝)。"元后家正对河北大名的沙麓山。这是摘句，挚虞《文章流别论》疑心它是全篇，非是。　　　⑰后汉杜笃，被美阳县令收捕送京都，笃在狱中作大司马《吴汉诔》，光武帝赞美，把他释放，还赐帛。　　　⑱改盼千金：改变看法，把写得粗疏的作品也像千金般看重呢！　　　⑲后汉傅毅有《明帝诔》，写得有条贯次序。　　　⑳后汉苏顺字孝山，作《和帝诔》。后汉崔瑗也有《和帝诔》。　　辨絜：明白简洁。　　㉑晋朝潘岳有《皇女诔》。　　㉒徽：美。厥声：他的声誉。　　㉓后汉崔骃的诔赵，刘陶的诔黄，都已散失。　　宪章：法度。　　㉔叨名：虚有名声。曹植《文帝诔》后有一百多字是讲自己的，违背诔的体制。

12.3　若夫殷臣［诔］咏汤，追褒玄鸟之祚㉕；周史歌文，上阐后稷之烈㉖：诔述祖宗㉗，盖诗人之则也。至于序述哀情，则触类而长。傅毅之诔北海，云"白日幽光，［氛雾］淫雨杳冥"㉘；始序致感，遂为后式，景而效者，弥取于工矣㉙。

　　再像殷朝臣子歌咏汤王，在《玄鸟》诗中追美上天的降福；周朝史官的歌颂文王，在《生民》诗中追叙后稷的功业。累积地叙述祖宗的功德，是诗人的写法。讲到表达哀情，就接触到相关的事物来发挥。傅毅的《北海王诔》，说到"太阳的光被遮住，大雨使得天地昏暗"；开始叙述就表达感情，便成为后来的样式，仰慕而效法的，更取得工巧了。

　　㉕《诗·商颂·玄鸟》写天使玄鸟（燕子）生蛋，有娀氏女吞了燕子蛋生下契，成为商代的祖先。说明商代祖先，是上天降生的。　　㉖《诗·大雅·生民》写周朝的祖先后稷从小在农业上很有成就。　　㉗诔：积累。　　㉘傅毅《北海静王兴诔》："白日幽光，淮雨杳冥。""淮雨"当作"淫雨"，被人改为"雾雾"，见《练字》注㉟。　　淫雨：长期下雨。　　㉙景：景仰，仰慕。　　弥：更。

　　12.4　详夫诔之为制，盖选言录行，传体而颂文，荣始而哀终。论其人也，暧乎若可觌㉚；道其哀也，悽焉如可伤：此其旨也㉛。

　　详细考究诔文的体制，大概是选择死者的言论，记下死者的行事，体裁像传记，文辞像颂，开始写他的光荣，结尾表达悲哀。讲到他的为人，彷佛像可以看到；讲到对他的悲哀，悽怆地像可以伤痛：这是写诔文的要求。

　　㉚暧（ài 爱）乎：彷佛，好像。　　觌（dí 敌）看见。　　㉛旨：要旨，要求。

　　12.5　碑者，埤也㉜；上古帝［皇］王，纪号封禅㉝，树石埤岳㉞，故曰碑也。周穆纪迹于弇山之石㉟，亦古碑之意

112

也。又宗庙有碑，树之两楹，事止丽牲[36]，未勒勋绩。而庸器渐缺[37]，故后代用碑，以石代金，同乎不朽，自庙徂坟，犹封墓也[38]。

碑是增加；上古帝王记下告天地的话，进行告天地的礼仪，竖立石碑来增加山岳，所以叫碑。周穆王题字在弇山石上，也是古代立碑的意思。又宗庙中庭里有碑，竖立在相当于东西两柱的中间，只是作为祭祀前系牲口用，不在上面刻功勋。可是纪功器渐缺，所以后代用碑来代替，用石来代铜，同样可以不朽，从宗庙转到坟地，好像堆上加高了墓地。

[32]埤(pí 皮)：增加。　　[33]纪号：记告，记下向天地神灵报告功德的话；号，告。　　封禅：祭告天地，详《封禅》。　　[34]树石：竖立石碑。　　埤岳：增加山顶。　　[35]周穆王登上弇(yǎn 眼)山，在石头上题"西王母之山"。见《穆天子传》三。　　纪迹：题字记下名胜处。　　[36]两楹：东西两柱。　丽牲：系牲口。　　[37]庸器：刻功勋器，像钟鼎。　　[38]徂(cú 殂)坟：到坟地，石碑立在坟地上。　　封墓：在坟地上堆土加高。

12.6　自后汉以来，碑碣云起[39]。才锋所断，莫高蔡邕：观杨赐之碑，骨鲠训典[40]；陈郭二文，词无择言[41]；周[乎]胡众碑，莫非清允[42]。其叙事也该而要，其缀采也雅而泽；清词转而不穷，巧义出而卓立；察其为才，自然[而]至矣。孔融所创，有[慕]摹伯喈，张陈两文，辨给足采，亦其亚也。及孙绰为文，志在于碑[诔]，温王[郤]郗庾，辞多枝杂，桓彝一篇，最为辨裁矣。

从后汉以来,头方或圆的石碑风起云涌。锋利的才华所达到的,没有高过蔡邕的:看他的《太尉杨赐碑》,骨力是从《尚书》的训典里来的;他的《陈寔碑》《郭泰碑》两篇,措辞没有失当的;他的《汝南周勰碑》《太傅胡广碑》等篇,没有不是写得清明恰当。他的叙事全面而扼要,他的文采雅正而润泽;清润的文词婉转而不尽,巧妙的用意层出而突立;考察他的文才,自然达到好处。孔融的创作,摹仿蔡邕,他的《卫尉张俭碑铭》和陈碑(已失传)两篇,明辨巧捷,富有文采,也是仅次于蔡邕的作品。到孙绰作文,有志于写碑,他的《温峤碑》《丞相王导碑》《太宰郗鉴碑》《太尉庾亮碑》,文辞繁多,段落杂乱,只有《桓彝碑》一篇,最为明辨有裁剪了。

㊴碑碣(jié 杰):碑头上方,碣头上圆。　　㊵骨鲠:有骨力,刚健。训典:《尚书》中有《尧典》《伊训》。　　㊶蔡邕说:"吾为碑铭多矣,皆有惭德,唯《郭有道》无愧色耳。"见《后汉书·郭泰传》。　　择言:失败的话,过头话。㊷清允:清润恰当。

12.7　夫属碑之体,资乎史才,其序则传,其文则铭。标序盛德,必见清风之华;昭纪鸿懿㊸,必见峻伟之烈:此碑之制也。夫碑实铭器,铭实碑文,因器立名,事[光]先于诔。是以勒石赞勋者,入铭之域;树碑述[已]亡者,同诔之区焉㊹。

创作碑文的体裁,依靠史家的才能,它的叙事是传记,它的韵语是铭文。突出地叙述美好的德行,一定要显示风采清亮的光耀;明白地记载巨大的美行,一定要显示卓越宏伟的功绩;这是碑文的法式。碑实在是刻铭的器物,铭实在是碑的文辞,由于石碑的器物来确立碑文的名称,碑的产生先于诔。因此,刻石记功的归入铭文一类,立碑叙述死者的同于诔文的范围。

㊸昭:明。　　鸿:大。　　懿:美。　　㊹区:域,范围。

12.8　赞曰:写实追虚㊺,碑诔以立。铭德[慕]纂行㊻,文采允集㊼。观风似面,听辞如泣。石墨镌华,颓影岂[忒]戢㊽。

总结说:叙述具体的行事,追写抽象的道德,碑文诔文因而确立。用韵文来叙功德,用散文来纪行事,文采用得恰当。观察他的风采像在当面,听他的话像在悲泣。墨拓石碑上刻的华辞,死者的影象难道能够消失。

㊺实虚:《夸饰》:"夫形而上者谓之道,形而下者谓之器。""神道难摹"是虚,"形器易写"是实。　　㊻纂:编集。　　㊼允:信,确切。　　㊽镌(juān 捐):刻。　　颓影:倒下的影像,指死者的影像。　　忒(tè 特):差错。戢(jí 吉):停止,消失。

哀吊第十三

　　诔是累计死者的德行的，所以接下讲对死者的哀吊。哀是悼念夭折，所以"情主于痛伤，而辞穷乎爱惜。"哀痛的是孩子，所以"誉止于察惠"，"悼加乎肤色"，要写得"情往会悲，文来引泣"。但这里举的哀文，真正传诵的是《诗·秦风·黄鸟》，秦人哀悼三良为秦穆公殉葬。这三良是三位良臣，不是孩子。可见真正成功的作品，还是有深刻意义的。哀悼孩子的，虽这里推重潘岳的《金鹿哀辞》《泽兰哀辞》，也不成为传诵之作。

　　吊文是哀悼成人的，刘勰认为要"正义以绳理，昭德而塞违"，"哀而有正"，根据义理来宣扬德行，堵塞违理，使悲哀而合理。结合他的选文来看，像贾谊《吊屈原文》："鸾凤伏窜兮，鸱枭翱翔。"推崇屈原是鸾凤，批评楚王放逐屈原，任用奸佞。又说："所贵圣人之神德兮，远浊世而自藏。""历九州而相其君兮，何必怀此都也。"认为屈原应该自己隐退，或者到别国去，何必留恋楚国，投江自沉。又像司马相如《哀二世赋》："持身不谨兮，亡国失势；信谗不寤兮，宗庙灭绝。"这是对二世的批评。又称："坟墓芜秽而不修兮，魂无归而不食。"这是对他的哀悼。结合这些吊文来看，正是宣扬德行，批评缺点，使哀而有正，还像贾谊那样指出屈原的不足处。不过这里还可补充的，李善注引应劭《风俗通》称贾谊同邓通都做侍中，贾谊多次讥讽邓通，因此被贬官做长沙王太傅。贾谊哀吊屈原遭谗人放逐，也自伤为邓通谗毁。这点意思刘勰没有点明。再像阮瑀的《吊伯夷文》："东海让国，西山食薇；重德轻身，隐景潜晖。"赞美伯夷的清高，是否要他来讥讽当时的争权夺利者，还说不定。王粲的《吊夷齐文》"从王师以南征"，他从曹操南征。因称"知养老之可归，忘除暴之为念"。批评夷齐，正是为自己跟曹操南征辩护。借吊古以寄托自身的志趣，这点可作补充。

13.1　赋宪之谥，短折曰哀①。哀者，依也，悲实依心，故曰哀也。以辞遣哀，盖[不泪]下流之悼②，故不在黄发，必施夭昏③。昔三良殉秦，百夫莫赎，事均夭[横]枉，《黄鸟》赋哀④，抑亦诗人之哀辞乎？

公布法令中的谥法，称短命死的叫哀。哀是依恋。悲哀确实依恋在心里，所以说哀。用文辞来表达悲哀，大概在悼念幼辈，所以不用在老人，一定用在小孩。从前三个好人为秦穆公陪葬，用一百人换一人也换不回来，事情跟短命枉死相同，《黄鸟》诗里表达这种悲哀，也是诗人的哀辞吧？

①赋宪:公布法令。　　谥(shì 市):死后的称号。　　短折:短命死去。见王应麟《困学纪闻》二引《逸周书·谥法解》。　　②下流:幼辈。　　③黄发:老人，老人发白变黄。　　夭:夭折，短命死。　　昏:未取名死去，古人三月取名，即不满三月死去。　　④《诗·秦风·黄鸟》，写秦穆公死前，要奄息、仲行、针虎三个好人陪葬。秦人哀悼作《黄鸟》诗，说:"如可赎兮，人百其身。"人们愿用百人的身体来赎回他们一个人。　　枉:枉死。

13.2　暨汉武封禅⑤，而霍[子侯]嬗暴亡⑥，帝伤而作诗，亦哀辞之类矣。降及后汉，汝阳[王]主亡⑦，崔瑗哀辞，始变前式。然履突鬼门，怪而不辞⑧，驾龙乘云，仙而不哀；又卒章五言，颇似歌谣，亦彷彿乎汉武也。至于苏[慎]顺张升，并述哀文⑨，虽发其情华，而未极其心实。建

安哀辞，惟伟长差善，《行女》一篇，时有恻怛[10]。及潘岳继
作，实［踵］锺其美[11]。观其虑［善］赡辞变，情洞悲苦[12]，叙事
如传，结言摹诗，促节四言，鲜有缓句；故能义直而文婉，
体旧而趣新，《金鹿》《泽兰》[13]，莫之或继也。

到汉武帝在泰山祭天地，跟去的霍嬗突然死去，武帝哀伤作
诗，也是哀辞的一类了。下到后汉，汝阳公主死了，崔瑗作了哀辞，
开始改变以前的样式。但说脚步突入鬼门，奇怪而不通，驾龙腾
云，是仙家而没有悲哀；又最后一章是五字句，很像歌谣，也跟汉武
帝的哀辞相似。到了苏顺张升，都作哀文，虽然表现出他们的情感
和文采，却是没有反映出内心的真实感受。建安时的哀辞，只有徐
干写得较好，他的一篇《行女》，常有悲痛。到潘岳接下来创作，确
实是聚集了他们的优点。看他的哀文考虑得周到，文辞变化，感情
充满悲苦，叙事像传，组织语言摹仿《诗经》，四字句音节急促，少有
和缓的句子；所以能够做到意义正直，文辞婉转，体裁是旧的，情趣
是新的，他作的《金鹿哀辞》和《泽兰哀辞》，没有人能够继承下去
的。

⑤暨(jì 计)：及。　　　封禅：在泰山祭天地，见《封禅》。　　　⑥霍嬗，字
子侯，霍去病子。跟汉武帝上泰山，突然死去。　　　⑦汝阳主：和帝女汝阳长
公主，名刘广。　　　⑧履突鬼门：公主的脚步冲入鬼门，话说得不近情理。不
辞似当作不情。　　　⑨后汉苏顺张升哀文已失传。　　　⑩徐干字伟长，他的
哀文已失传。　　　恻怛：伤痛。　　　⑪锺：聚集。　　　⑫洞：贯穿。　　　⑬潘
岳爱女金鹿死，作《金鹿哀辞》，又为任子咸妻作《孤女泽兰哀辞》。

13.3　原夫哀辞大体，情主于痛伤，而辞穷乎爱惜[14]。
幼未成德，故誉止于察惠；弱不胜务，故悼加乎肤色。隐

118

心而结文则事惬⑮，观文而属心则体奢⑯。奢体为辞，则虽丽不哀：必使情往会悲，文来引泣，乃其贵耳。

　　推求哀辞的体制，抒情主要表达哀伤，措辞要尽量表达爱惜。死者幼小品德还没有养成，所以赞美只停在聪慧上；年幼不能担任工作，所以悼念只在他的容貌和皮肤上。痛心而作文便情辞切合；为了文辞而表示痛心，便文体浮夸。浮夸的文体写出来的文辞，即使华丽却不悲哀；一定要使感情融合在悲痛里，文辞能够使人下泪，才是可贵了。

　　⑭穷：尽。　　　⑮隐：痛。　　　惬：切当。　　　⑯奢：浮夸。

13.4　吊者，至也。诗云："神之吊矣。"言神至也。君子令终定谥⑰，事极理哀，故宾之慰主，以至到为言也。压溺乖道⑱，所以不吊矣。又宋水郑火，行人奉辞⑲，国灾民亡，故同吊也。及晋筑虒台⑳，齐袭燕城，史赵苏秦，翻贺为吊㉑，虐民搆敌，亦亡之道。凡斯之例，吊之所设也。或骄贵［而］以殒身，或狷忿以乖道，或有志而无时，或美才而兼累，追而慰之，并名为吊。

　　吊就是到。《诗·小雅·天保》说："神之吊矣。"说神灵到了。上等人寿终确定称号，事情重大，情理哀伤，所以宾客的安慰丧主，用来吊为说。压死、淹死不是正常死的，所以不去吊了。又宋国发生水灾，郑国发生火灾，各国使臣致辞慰问，因为国家受灾，人民死亡，所以同去吊。至晋国筑虒祈宫，齐国袭击燕国城邑，史赵和苏秦改变祝贺为哀吊，因为筑宫虐待人民，袭燕结下仇敌，也是走上亡国的路。凡是这些例子，哀吊的所以成立。有的因骄傲丧身，有的因褊急忿恨违背正路，有的有志向却没有时机，有的有美才却兼有各种缺点，追念这些加以慰问，都叫做吊。

⑰令终：寿终。　　谥：见《诔碑》注⑥。　　⑱压溺：被压死、淹死。乖道：违反寿终，所以不吊。见《礼记·檀弓上》。　　⑲《左传·庄公十一年》，"宋大水"，鲁国派使臣去吊。《昭公十八年》，"宋卫陈郑皆火"，诸侯也去吊，许不吊灾，受到批评。　　行人：外交官。　　⑳厉（si 斯）台：即厉祁宫。《左传·昭公八年》，晋平公筑厉祁宫，史赵认为这事可吊却贺。　　㉑《战国策·燕策一》，齐宣王趁燕国有丧事，起兵攻燕，取十城。苏秦去贺了又吊，认结怨邻国为可吊。

13.5　自贾谊浮湘，发愤吊屈，体同而事核㉒，辞清而理哀，盖首出之作也。及相如之吊二世，全为赋体㉓，桓谭以为其言恻怆，读者叹息；及［平］卒章要切，断而能悲也㉔。扬雄吊屈，思积功寡，意深［文略］反骚，故辞韵沉膇㉕。班彪蔡邕，并敏于致［语］诘㉖，然影附贾氏㉗，难为并驱耳。胡阮之吊夷齐，褒而无［闻］间㉘，仲宣所制，讥呵实工㉙。然则胡阮嘉其清，王子伤其隘㉚，各其志也。祢衡之吊平子，缛丽而轻清㉛；陆机之吊魏武，序巧而文繁㉜。降斯以下，未有可称者矣。

自从贾谊渡过湘江，发出愤慨来作《吊屈原文》，体制同于哀吊，事情核实，文辞清润，含意悲哀，是最早创作的哀吊文。到司马相如的《哀秦二世赋》，完全是赋的体裁，桓谭认为他的话悲痛，读者为它叹气；篇末写得切要，作了结论能使人悲伤。扬雄吊屈原，想得很多，成就不大，用意深入到反对《离骚》，所以文辞滞重，不飞

120

动。班彪的《悼离骚》，蔡邕的《吊屈原文》，都善于提出疑问，但他们依傍贾谊，就难以同他一起争先了。胡广的《吊夷齐文》，阮瑀的《吊伯夷文》，赞扬而没有不满；王粲的《吊夷齐文》，讥刺指斥得确实巧妙。那末胡广阮瑀赞美他们的清高，王粲不满他们的狭隘，各有各的用意。祢衡的《吊张衡文》，文采繁富而分量不够；陆机的《吊魏武帝文》，序写得工巧，吊词过多。从此以下，没有可以称道的了。

㉒体同：贾谊《吊屈原文序》："为赋以吊屈原。"他称为赋，但体制同于哀吊。这篇表达对屈原的哀悼，不是描绘物象，所以体同哀吊。　㉓司马相如的《哀秦二世赋》先描写路上的景物，是体物的赋。　㉔赋的后一部分，感叹二世的"持身不谨"，"信谗不寤"，以致亡国灭宗，写得悲凉切要，即后一部分是哀吊。　㉕扬雄作《反离骚》来吊屈原，他认为不得志可以隐居，何必自杀，反对屈原的投江，所以成就不高。　沉腄（zhuì 坠）：脚肿，比文辞滞重。　㉖致诘：提出问题。　㉗影附：影子附在形体上，指摹仿。㉘哀文赞美伯夷叔齐的志节高超。　间：非难，批评。　㉙魏王粲字仲宣。他批评夷齐"忘除暴之为念"，反对武王伐纣。　㉚清：《孟子·万章下》："伯夷，圣之清者也。"《孟子·公孙丑上》："伯夷隘。"　㉛祢衡文用了比喻典故，所以缛丽，对张衡的失意，不作深入阐发，所以分量不够。　㉜陆机文结合曹操遗令，写得很有感情。吊文嫌繁。

13.6　夫吊虽古义，而华辞[未]末造㉝；华过韵缓，则化而为赋。固宜正义以绳理㉞，昭德而塞违，割析褒贬，哀而有正，则无夺伦矣㉟。

吊的字义虽然很古，后代却注意辞采华丽；华丽过分，情韵滞缓，就变成赋了。确实应该端正意义，纠正违理，宣扬美德，防止错误，分析好坏来褒贬，使文辞悲哀而内容纯正，就不会失去哀文的义理了。

㉝末造:衰世,指后代。　　㉞绳:纠正。　　㉟夺伦:违理,违反要求。

13.7　赞曰:辞[定]之所[表]哀,在彼弱弄㊱。苗而不秀,自古斯恸。虽有通才,迷方[告]失控㊲。千载可伤,寓言以送。

总结说:哀辞所伤痛的,在那些夭折的儿童。像幼苗不能扬花,从古以来为此悲痛。即使有全才,迷失方向,失去控制。这种千年可伤的事,借吊文来表达了。

㊱弱弄:指孩子,柔弱而好玩。　　㊲迷方失控:迷失方向,失去控制,指写得不好。

122

杂文第十四

《杂文》讲了对问、七、连珠三种，实际上这三种都是辞赋。《诠赋》里讲到荀况的《礼赋》《智赋》，宋玉的《风赋》《钓赋》，"述客主以首引，极声貌以穷文"，都是客人和主人的对问，枚乘的《七发》是客人和吴太子的对问。对问和七又都是尽力描绘声貌的。只有连珠比较短小，没有对问，也是尽力描绘声貌的，所以这三种实际都可归入辞赋。不过当时讲文体，主张细分，因此，昭明《文选》把《宋玉对楚王问》归入"对问"，把东方朔《答客难》，扬雄《解嘲》、班固《答宾戏》归入"设论"，把枚乘《七发》、曹植《七启》归入"七"，陆机《演连珠》归入"连珠"，分为四类，过于繁琐。刘勰把它们归入"杂文"一类，比较概括。按《文选》在"诗"类里分出"乐府""挽歌""杂歌""杂诗"等目，那末在"赋"里也可列入"七""设论""连珠"，即这三种都可归入赋类，对问可以归入《骚》类。

《文选》把"对问""设论"分为两类，刘勰把它们合为一类。就形式看，《宋玉对楚王问》跟《卜居》《渔父》都是一问一对，属于一类；就内容看，《卜居》《渔父》借屈原问来宣扬屈原的高尚志趣和节操，重点在问，对不重要。《宋玉对楚王问》通过对来说明宋玉的远大志趣和抱负，重点在对，借楚王问来发挥宋玉的对。这两者稍有不同。东方朔的《答客难》也是一问一答，问的是你博闻辩智，悉力尽忠，为什么官小位低；答的是时代不同了，在战国时，苏秦张仪可以靠游说取相位，现在天下一统，有才能的人无从施展他的才能，只能治学修行。那是借问来发挥自己有才有德而官小位低的牢骚，借答来掩饰自己胸中的不平，跟《卜居》《对楚王问》都不同。不过就文体分类说，不必考虑这些不同。就本书说，对问可以归入《辨骚》，设问和七可以归入《诠赋》。

本篇讲的对问，即《文选》的设论，选了东方朔《答客难》，扬雄《解嘲》、班固《答宾戏》，这三篇最好，因为内容各有特色。东方朔讲的已见前，扬雄讲客问他甘于淡泊，说他著《太玄》是尚白；他答以客要朱漆我车，不知一跌要赤我族（灭族），用朱赤对白来显示诙谐；又用战国和汉代比，用世乱和世治比，是"回环自释"，显出跟东方朔讲得不同。班固讲客人笑他著作无功，他答以君子该守正道，不该追求名利，有新的用意。后来各家写对问的都超不出这三家的用意。对七，《文选》只选枚乘《七发》、曹植《七启》，《七启》里开头有一段主客的辩论，是《七发》所没有的，有特色。《文选》只选了陆机的《演连珠》，以陆机这篇有五十首，内容丰富而辞采突出，所以入选。

14.1　智术之子，博雅之人，藻溢于辞，辞盈乎气。苑囿文情，故日新殊致①。宋玉含才，颇亦负俗②，始造对问③，以申其志，放怀寥廓，气实使［之］文④。及枚乘摛艳，首制《七发》⑤，腴辞云构，夸丽风骇⑥。盖七窍所发，发乎嗜欲⑦，始邪末正⑧，所以戒膏粱之子也。扬雄覃思文［阃］阁⑨，业深综述⑩，碎文琐语，肇为连珠⑪，其辞虽小而明润矣。凡此三者，文章之枝派，暇豫之末造也⑫。

富有智慧学术的人，学问渊博识见正确的人，他们的华藻充满在文辞里，他们的文辞充满了气势。他们在培养文情，所以创作能经常呈现新的风貌和特殊的情趣。宋玉具有才华，也很受世俗讥议，开始创作对问体，用来申说他的意志，开展他的怀抱，创造开阔的境界，气势确实在驾驭文辞。到枚乘运用辞藻，首先创作《七发》，丰盛的辞藻像云那样结集，夸耀的丽辞像风那样飞腾。大概七窍中发出来的各种嗜好，开始是不正确的人欲，结末归于正道，是用来对富贵子弟的告戒。扬雄在天禄阁里深思，他的事业深于综述前人著作，把一些琐碎的文辞，结集起来首创连珠，它的文辞虽然短小却精莹有光泽。总共这三种，是文章的支流，空暇时用来娱乐的后代作品。

①苑囿(yǒu 友)：养禽兽种草木处，指培养。　　殊致：特殊的情趣。②负俗：被世俗讥议。　　③对问：问答体，指《宋玉对楚王问》。　　④放怀：抒怀。　　廖廓：广阔。宋玉在文中自比凤凰，飞上苍天，比怀抱大志。气：文章气势。　　⑤摛(chī 吃)艳：运用文藻。《七发》写楚太子有病，吴客用七事来启发他：一音乐，二美味，三驰射，四游观，五打猎，六观涛，七讲要言妙道。　　⑥腴(yú 鱼)：肥美，比华藻。　　云构：云集，就创作说，故称构。风骇：犹风飞。　　⑦七窍：耳目口鼻舌，耳听音乐，目尽游观，口鼻舌享受美味，指嗜欲。　　⑧邪：指嗜欲。　　正：指要言妙道。　　⑨覃(tán 谈)：深。　　文阁：指汉朝天禄阁，即扬雄校书处。　　⑩业：学业，事业。综述：综合前人著作来著述，如仿《论语》作《法言》，仿《仓颉》(字书)作《训纂》，仿《虞箴》作《州箴》等。　　⑪肇(zhào 照)：始。　　连珠：文体名，用比喻或事物来达意，像珠子的串连。　　⑫枝派：分枝派别。　　暇豫：空闲娱乐。末造：末代，指后代。

14.2　自对问以后，东方朔效而广之，名为《客难》⑬，托古慰志，疏而有辨。扬雄《解嘲》，杂以谐谑，回环自释，颇亦为工⑭。班固《宾戏》，含懿采之华⑮；崔骃《达旨》，吐典言之裁⑯；张衡《应间》，密而兼雅⑰；崔[实]寔《[客]答讥》，整而微质⑱；蔡邕《释诲》，体奥而文炳⑲；景纯《客傲》⑳，情见而采蔚：虽迭相祖述，然属篇之高者也。至于陈思《客问》㉑，辞高而理疏；庾敳《客咨》㉒，意荣而文悴：斯类甚众，无所取[裁]才矣。原夫兹文之设，乃发愤以表志。身挫凭乎道胜，时屯寄于情泰㉓，莫不渊岳其心，麟凤其采，此立[本]体之大要也。

　　自从宋玉创作《对楚王问》以后，东方朔仿效它再加扩展，称做《答客难》，借用古事，来安慰自己，写得有条理而富辨才。扬雄作《解嘲》，夹杂着诙谐的戏谑，替自己循环解释，也很工巧。班固作《答宾戏》，含有美好的文采；崔骃作《达旨》，发出雅正的言论；张衡作《应间》，文辞绵密，议论雅正；崔实作《答讥》，叙述整齐，语言稍带质朴；蔡邕作《释诲》，用思深而文采照耀；郭璞作《客傲》，情思显露，富有文采：他们虽多次模仿，却成为创作中成就较高的作品。到曹植作《客问》，文辞高超，文理不严密；庾敳作《客咨》，内容丰富，文辞枯窘；这类作品很多，没什么可取了。推究这类文章的创作，是发愤来表达意志。自身遭到挫折，但依靠道德来战胜困苦，时世艰难，保持心情的舒泰，没有不像渊静山立，具有麟凤的文采，这是确立这类作品的大体情况。

⑬东方朔：汉武帝时作家。　　《答客难》：见上说明。　　⑭《解嘲》：见上说明。　　⑮后汉班固作《答宾戏》，见上说明。　　懿：美好。　　⑯《达旨》：后汉崔骃作，写有人笑他静退，他答"各审所履，甘于谦退。"　　典言：正言。　　⑰《应间》：后汉张衡作，写客人问他做官不得志，他答以不怕官位不高，只怕德不高，智不博。　　⑱《答讥》：后汉崔寔作，写客人笑他勤苦贫困，他答以避祸及保持节操，甘于贫困。　　⑲《释诲》：后汉末蔡邕作，假托务世公子劝华颠胡老迎合权贵，胡老反对见利忘害，宁甘淡泊自守。　　⑳景纯：晋郭璞字。　　《客傲》：写客人笑他名位低微，他答自己甘心隐退。　　㉑

《客问》:陈思王曹植作,已散失。　　㉒《客咨》:晋庾敳(ái 癌)作,已散失。
㉓屯:艰难。

14.3　自《七发》以下,作者继踵。观枚氏首唱,信独拔而伟丽矣。及傅毅《七激》,会清要之工㉔;崔骃《七依》,入博雅之巧㉕;张衡《七辩》,结采绵靡㉖;崔瑗《七厉》㉗,植义纯正;陈思《七启》㉘,取美于宏壮;仲宣《七释》㉙,致辨于事理。自桓麟《七说》以下㉚,左思《七讽》以上㉛,枝附影从,十有馀家,或文丽而义暌㉜,或理粹而辞驳。观其大抵所归,莫不高谈宫馆,壮语畋猎,穷瑰奇之服馔,极蛊媚之声色㉝;甘意摇骨[体]髓,艳词[动]洞魂识,虽始之以淫侈,而终之以居正,然讽一劝百,势不自反。子云所谓"先骋郑卫之声,曲终而奏雅"者也㉞。唯《七厉》叙贤,归以儒道,虽文非拔群,而意实卓尔矣。

　　从枚乘《七发》以后,仿作的人前后相接。看枚乘首先创作,确实是杰出的宏篇丽藻了。到傅毅作《七激》,会集清新扼要的好处;崔骃作《七依》,达到博学正确的优点;张衡作《七辩》,组织辞采绵密细致;崔瑗作《七厉》,运思纯粹正确;曹植作《七启》,得到宏壮的美;王粲作《七释》,致力于辨别事理。自从桓麟作《七说》以后,左思作《七讽》以前,像枝条附在树干,影子跟着形体,有十多家,有的文词艳丽,意义违反正道,有时理论纯粹,文辞驳杂。看他们大致的趣向,没有不高谈宫室馆阁,豪迈地讲打猎,极尽奇丽的服装食品,极尽迷惑人的歌舞美女;美好的用意摇动人们的精神,艳丽的词藻深入人们的灵魂,虽然开始用浮夸的话,结尾还是回到正理,可是讽刺的只有一分,劝诱的却有百分,这样的趋势不能回到正

路。扬雄说的"先发扬靡靡之音,到曲调终结时才奏雅乐"的。只
有《七厉》叙述贤人,回到儒家的路上去,虽然文辞不算杰出,可是
用意是非常卓越的。

　　㉔《七激》:后汉傅毅作,写徒华公子隐居,玄通子劝他出来,用妙音、美
味、驾驶、观猎、听歌舞劝他,最后劝他学道,他听了兴起。写得清新扼要。
㉕《七依》:后汉崔骃作,写客人用美味、宴乐、打猎、音乐等七事来劝公子振作
起来,文辞巧妙。　　㉖《七辩》:后汉张衡作,写无为先生在隐居,有七人用
七样事来把他说服。写得细致。　　㉗《七厉》:后汉崔瑗作,已残缺,写贤人
用七事来激励人。　　㉘《七启》:曹植作,写玄微子隐居深山,镜机子用美
食、美服等七事说服他出来做官,描写得宏壮。　　㉙《七释》:后汉末王粲
作,写潜虚丈人在隐居,大夫用七件事来启发他。　　㉚《七说》:后汉桓麟
作,已残缺。　　㉛《七讽》:晋左思作,"文丽义暌",思想不正确。　　㉜暌
(kuí 奎):违反正道。　　㉝蛊(gǔ 古):迷惑。　　㉞扬雄语见《汉书·司马
相如传赞》。

　　14.4　白《连珠》以下,拟者间出㉟。杜笃贾逵之曹,
刘珍潘勖之辈㊱,欲穿明珠,多贯鱼目。可谓寿陵匍匐,非
复邯郸之步㊲;里丑捧心,不关西施之颦矣㊳。唯士衡运
思,理新文敏,而裁章置句,广于旧篇㊴,岂慕朱仲四寸之
珰乎㊵! 夫文小易周,思闲可赡。足使义明而词净,事圆
而音泽,磊磊自转㊶,可称珠耳。

　　从扬雄作《连珠》以后,摹仿的人交替造出。像杜笃贾逵一辈,
刘珍潘勖一流,要把明珠穿起来,多数穿了鱼眼。可以说,寿陵地
方的孩子,爬着回来,不再是邯郸地方的步法;同里的丑女捧着心
口,不关西施因心痛皱眉头了。只有陆机的构思,用意新颖,文思

128

敏捷,造句完篇,扩大了前人的篇幅,难道是羡慕朱仲的四寸珠子吗? 连珠篇幅短小,容易周密,考虑成熟,可以自足。能够使意义明显,文辞洁净,引事圆满,音调和谐,圆转流动,可以称做连珠吧了。

㉟间出:交替迭出,出来得不少。　　㊱后汉杜笃、贾逵、刘珍和魏潘勖的《连珠》多已散失。　　㊲《庄子·秋水》称燕国寿陵地方的孩子到赵国邯郸去学步法,没有学会,又把自己的步法忘了,只好爬回去。　　㊳《庄子·天运》称西施心痛捧心皱眉,同里的丑女看了认为很美,也学她捧心皱眉,更显得丑。　　㊴陆机字士衡,作《演连珠》五十首。　　㊵《列仙传》:朱仲把四寸珠献给刘邦女鲁元公主作珰,珰作耳饰。　　㊶磊磊(lěi 垒):状圆转。

14.5　详夫汉来杂文,名号多品,或典诰誓问,或览略篇章,或曲操弄引,或吟讽谣咏㊷。总括其名,并归杂文之区;甄别其义,各入讨论之域㊸。类聚有贯,故不曲述也。

详细地考察汉以来的杂文,名称有好多种,有的叫典、诰、誓、问,有的叫览、略、篇、章,有的叫曲、操、弄、引,有的叫吟、讽、谣、咏。总括它们的名称,都归到杂文这一类;鉴别它们的意义,各自归入讨论的范围。分类聚集便有条理,所以不细讲了。

㊷典:记大事。　诰:上告下。　　誓:宣誓。　　问:询问。　　览:供观察。　略:概要。　篇:章的结合。　　章:篇的分散。　　曲:曲子。　操:琴曲。　弄:小曲。　引:音调拉长的歌。　　吟:唱的歌。讽:讽刺诗。　谣:民谣。　咏:歌唱的诗。按这些可以归入各类,不必独立。如曲、操、弄、引可归入乐府,吟、讽、谣、吟可归入诗类等。　㊸甄别:鉴别考核。

14.6　赞曰：伟矣前修[44]，学坚[多]才饱。负文馀力[45]，飞靡弄巧。枝辞攒映[46]，嘒若参昴[47]。慕颦之心[48]，于焉只搅。

总结说：前代大作家，学问坚实，富有才华。带着创作的馀力，发挥靡丽的文辞，运用巧妙的手法。杂文像枝条的簇聚映照，像光芒微弱的参宿和昴宿。仿效的心意，在这里搅动。

[44]前修：前贤，指作家。　　[45]负文：担负着创作各体文。　　馀力：以馀力来写杂文。　　[46]攒（cuán 氽上声）：聚集。　　映：照映。　　[47]嘒（huì 惠）：光弱。　　参昴（shēn mǎo 深卯）：二个星宿，光芒较弱。　　[48]慕颦：含有作不恰当的仿效意。

谐讔第十五

　　谐指诙谐嘲笑的文章，讔指隐语。就嘲笑说，像宋人对华元的嘲讽，鲁人对臧纥的嘲讽，是对统治者的嘲笑，反映人民对这两人打败仗的不满，是有意义的民间文学。作为一种文体，可以归入谣谚里。"蚕蟹鄙谚，狸首淫哇"，也是谣谚。再像秦"优旃之讽漆城"，楚"优孟之谏葬马"，属于诙谐的讽谏，可归入诙谐文。笑话中使人发笑，笑过后又感到有深刻意义的，也属于这一类。

　　再像《诗经·桑柔》里讽谏周厉王的话，淳于髡讽谏齐威王长夜饮酒，宋玉对楚襄王的《登徒子好色赋》，这些话里也都有诙谐味，但它们不属于诙谐文，只是诗文中带有一些诙谐味道罢了。

　　隐语有的属于修辞上的讳饰格，像讳言粮食和水说"庚癸"，那不是文体，是一种修辞手法。隐语用来讽谏，像伍举用大鸟作隐语，齐客用海鱼作隐语。这里，所讲的隐语倘不构成一个简单故事，应是比喻，也是一种修辞手法，像用大鸟海鱼作比喻。构成一个简单故事的，属于寓言，像《孟子·公孙丑上》的"揠苗助长"，又《离娄下》的"齐人有一妻一妾"，这是寓言，构成一种文体。隐语变成谜语，那是属于测验智力的游戏，不属于文学作品了。

　　刘勰对谐讔的要求，重在箴戒，注意它的讽谏作用，"意归义正"。称它们"大者兴治济身，其次弼违晓惑"。他从这样的角度来赞美谐讔，是所见者大，是正确的。同时，他也指出这类文章的流弊，是只有开玩笑，而没有深刻的含义，甚至嘲笑人的身体上的缺点，更是下劣了。他认为这也不行。这样看也是正确的。

15.1　芮良夫之诗云①:"自有肺肠,俾民卒狂。"②夫心险如山,口壅若川③,怨怒之情不一,欢谑之言无方④。昔华元弃甲,城者发睅目之讴⑤;臧纥丧师,国人造侏儒之歌⑥,并嗤戏形貌,内怨为俳也⑦。又蚕蟹鄙谚⑧,狸首淫哇⑨,苟可箴戒,载于礼典⑩。故知谐辞谲言⑪,亦无弃矣。

芮良夫的《桑柔》诗里说:"君王自己有坏心肠,使得百姓终于发狂。"君王的心险恶得像山谷,人们的嘴像江河那样难于堵塞,人们怨恨愤怒的感情不一样,嘲笑挖苦的话是没有一定的。从前华元战败抛弃盔甲逃回来,筑城的人就发出"突出他的大眼睛"的歌唱;臧纥战败丧失部队,国内的人就造出"矮子"的歌,都是嘲笑他的形貌,内心怨恨成为歌谣。又像用蚕和蟹作的浅俗谣谚,用野猫头花纹来唱的淫乱的歌,假使可以用来讥刺或引以为戒,都载在《礼记》里,所以知道戏谑和隐语也没有抛弃的了。

①芮(ruì瑞)良夫:周厉王的大夫,他作诗来讽刺周厉王,见《诗·大雅·桑柔序》。　②指周厉王有坏心肠,逼得百姓发狂,起来把厉王赶跑。　俾(bǐ比):使。　卒:终于。　③心险:厉王用心险恶,不准百姓说他坏话,要堵住百姓的嘴,像要堵塞江河,终于溃决,百姓起来把他赶走。　壅(yōng庸):堵塞。　④谑(xuè血):挖苦。　无方:没有定规。　⑤宋国大夫华元和郑国作战,战败被俘虏。宋国用盔甲去赎他,送去一半,华元逃了回来。宋国筑城,华元去监工,筑城人唱道:"睅其目,皤其腹(挺起大肚子),弃甲而复(归来)。于思(sāi腮)于思(状胡须多),弃甲复来。"　睅(hàn汗):突出。　⑥臧纥(zāng hé赃河):《左传》襄公四年,邾国莒国合兵打鄫国,鲁国大夫臧纥去救鄫,打了败仗。鲁国人唱道:"我君小子(年纪轻),朱儒(矮子)是使。朱儒朱儒,使我败于邾(在邾国打败)。"　⑦嗤(chī吃):讥笑。　俳(pái牌):嘲戏。　⑧蚕蟹鄙谚:《礼记·檀弓下》,鲁国成邑

132

人,兄死不穿丧服,听说孔子学生子皋要来做官,就穿丧服。成邑人说:"蚕则绩(织茧)而蟹有匡(背壳象匡)","兄则死而子皋为之衰(穿丧服)。"蚕在筐内作茧,但蟹筐不是为蚕作茧用的;兄死该穿丧服,但成人的穿丧服不是为了兄死,是怕子皋来做官要罚他才穿的。　　⑨狸(lí 离)首:野猫头。《礼记·檀弓下》,原壤的母亲死了,原壤站在母亲的外棺上唱道:"狸首之斑(花纹)然,执女手之卷(握拳)然。"外棺上漆的花纹像野猫头的花纹那样,外棺漆得滑腻像握住女子握拳的手那样。　　淫哇(wā 挖):淫乱的歌。　　⑩箴(zhēn 真):讥刺,训戒。　　礼典:指《礼记》。　　⑪谐(xié 斜):戏笑。　　讔(yǐn 引):隐语。

15.2　谐之言皆也⑫,辞浅会俗,皆悦笑也。昔齐威酣乐,而淳于说甘酒⑬;楚襄宴集,而宋玉赋好色⑭:意在微讽,有足观者⑮。及优旃之讽漆城⑯,优孟之谏葬马⑰,并谲辞饰说⑱,抑止昏暴。是以子长编史,列传滑稽⑲,以其辞虽倾回⑳,意归义正也。但本体不雅,其流易弊。于是东方、枚皋㉑,铺糟啜醨㉒,无所匡正,而诋嫚媟弄㉓,故其自称为赋,乃亦俳也,见视如倡㉔,亦有悔矣。至魏文因俳说以著笑书㉕,薛综凭宴会而发嘲调㉖,虽抃[推]_{笑衽}席㉗,而无益时用矣。然而懿文之士,未免枉辔㉘;潘岳丑妇之属㉙,束晳卖饼之类㉚,尤而效之㉛,盖以百数。魏晋滑稽,盛相驱扇㉜,遂乃应瑒之鼻,方于盗削卵㉝;张华之形,比乎握春杵㉞。曾是莠言,有亏德音㉟,岂非溺者之妄笑㊱,胥靡之狂歌欤㊲!

谐的音近皆,语言浅近,适合世俗,听了都高兴发笑。从前齐威王酒喝得很高兴,淳于髡却讲好喝的不同酒量;楚襄王设宴集会,宋玉却写《登徒子好色赋》:用意在婉转地讽刺,是值得看的。到优旃的讥讽用漆来漆城墙,优孟的讽谏厚葬爱马:都是用诡诈的话,夸张的说法,阻止君主的昏庸暴虐。因此司马迁编写《史记》,编入《滑稽列传》,因为他们的话虽说得诡诈,用意还是归于正确。只是体制不雅正,它的末流容易出毛病。因此东方朔、枚皋,在朝廷里混饭吃,没有什么匡正,却是讥讽狎弄人,所以他们自称是作赋,也是游戏文,被看成供人取乐的乐人,也有悔心了。到魏文帝曹丕因嬉笑的话来编成笑书,薛综在宴会上说嘲笑的话,这些虽在坐席上使人拍手欢笑,却是对当时没有什么好处。可是会写文章的人,不免绕道走到这里来;潘岳写《丑妇》之类,束晰写《饼赋》,知道它不好还要仿效它,大概有百多人。魏晋时期讲滑稽话,互相推动,很是厉害;便使应场的鼻子,被比做偷来的半个蛋;张华的头,好比握着捣臼的棒槌。曾经是坏话,有损于美好的声音,这难道不是快淹死的人的苦笑,被绳子缚着的犯人的胡唱嘛!

⑫谐字从言皆声,声也含义,即皆悦笑。　　⑬酣(hān 憨):酒喝到极高兴。《史记·滑稽列传》称战国时代的齐威王,酒喝到顶高兴时,问淳于髡(kūn 昆)喝多少酒才醉,淳于髡回答道:"在大王前喝酒,心里害怕,喝不过一斗就醉了。男女杂坐,微闻香气,心里最快乐,能喝一石。所以说:酒喝得极多就要乱来。齐威王因此罢去深夜喝酒。　　⑭宋玉《登徒子好色赋》,大夫登徒子对楚王说宋玉好色,楚王问宋玉,宋玉说东家女追求他三年,他不接受。又说登徒子才好色。用来讽谏楚王的好色。　　⑮足观:值得看。　　⑯优旃(zhān 沾):优人名旃,优人是宫廷中唱滑稽的。《史记·滑稽列传》,秦二世要漆城墙,优旃说:"好!漆城虽要化很多钱,但漆了城,敌人爬不上来。只是城墙很难放在室内阴干(漆器要放在室内阴干的)。"二世因此停止漆城墙。
⑰又《滑稽列传》,楚庄王的爱马死了,要用大夫礼来葬它。优孟请用人君礼来葬它,使诸侯知道了,都知大王看轻人而看重马。庄王就认识到自己错了。
⑱谲(jué 决):诡诈。　　⑲司马迁字子长,他编著《史记》,作了《滑(gǔ 古)稽

134

列传》。　　⑳倾回:倾斜枉曲,不正。　　㉑东方朔、枚皋(gāo 高),都会调笑,都会作辞赋。　　㉒铺(bū 补):吃。　糟:酒滓。　　啜(chuò 辍):喝。　　醨(lí 离):薄酒。喝不好的酒只求一醉,借指混饭吃。　　㉓诋(dǐ 抵):攻击。　嫚(màn 慢):待慢。　媟(xiè 屑):狎侮。　　㉔俳(pái 排)嘲戏文。《汉书·枚皋传》说"为赋乃俳,见视如倡"。倡,供人取乐的乐人。㉕魏文帝著笑书,无考。㉖《三国志·吴书·薛综传》,薛综在接待蜀国使人张奉的宴会上嘲笑"蜀"字:"有犬为獨,无犬为蜀。"　　㉗抃(biàn 变):拍手。衽(rèn 刃):席,筵席。　　㉘懿文:美好的文章。　杠轊:车子走了冤枉路,不走正路。　　㉙晋潘岳的《丑妇赋》,已无考。　　㉚晋束晰《饼赋》说:"行人失涎",吃不到饼,故失去垂涎欲滴。"童仆空嚼",只是空嚼。带有嘲笑意味。　　㉛尤:过错。　　㉜驱扇:驱驰、扇动,争相学习鼓动。　　㉝应瑒(chàng 唱):三国时魏国作家。　方:比。　盗:偷。　削卵:半个蛋。削,分半。嘲笑鼻子大。　　㉞张华:晋朝作家。握春杵(chōng chǔ 充楚):握着的在臼中捣用的木棒,上小下大,嘲笑头上小下大。　　㉟莠(yǒu 友):坏。　亏:损害。　德音:有德的话,好话。　　㊱溺(nì 逆):淹在水里。《左传·哀公二十年》,"溺人必笑",快淹死的人发苦笑。　　㊲胥靡(縻):都被绳子系着的犯人。

15.3　谲者,隐也;遁辞以隐意,谲譬以指事也。昔还社求拯于楚师,喻眢井而称麦麹[38];叔仪乞粮于鲁人,歌佩玉而呼庚癸[39];伍举刺荆王以大鸟[40],齐客讥薛公以海鱼[41];庄姬托辞于龙尾[42],臧文谬书于羊裘[43]。隐语之用,被于纪传[44]。大者兴治济身,其次弼违晓惑[45]。盖意生于权谲,而事出于机急[46],与夫谐辞,可相表里者也。汉世《隐书》,十有八篇[47];歆固编文,录之[歌]赋末[48]。

谲就是隐语;用躲闪话来隐藏含意,绕弯子打比方来暗指事情。从前萧国还无社向楚军中大夫求救,用枯井和麦麹作隐喻;吴

135

国申叔仪向鲁军借粮，用佩玉作歌辞，喊庚癸；楚国伍举用大鸟作比来讽刺楚庄王，齐国客人用海和鱼作比来讽刺薛公；楚国庄姬用龙的无尾来启发楚襄王，鲁国臧文仲用错乱的信借羊裘来示意。隐语的作用，记在史书里。重要的可以振兴政治、发展自身，次一点的可以匡正错误、启发迷惑。大概用意在适应权宜诡诈，事情由于机变紧急，跟游戏文词，可以互相配合的。汉朝的《隐书》有十八篇，刘歆和班固编书目，把它们附在赋的后面。

⑧还（xuán 玄）社，即还无社。《左传·宣公十二年》，楚王攻萧国，萧国大夫还无社向楚大司马申叔展呼救。叔展说："有麦麴（防湿用）吗（暗示他逃到泥水里）？ 河鱼腹疾，奈何？（在泥水里会害病，怎么办？）"曰："目于眢（yuān 冤）井而拯之（还无社说，他会逃在枯井里，请看到枯井来救他）。" ⑨《左传·哀公十三年》，吴大夫向鲁大夫公孙有山求接济粮食，说："佩玉挂满了，我却没得挂（指吴王有粮食，他却没有）。"对曰："若登首山而呼曰'庚癸乎？'则诺（公孙有山说，倘登上首山喊：庚癸吗？ 我便供应粮和水）。"庚在西方，指秋，粮食秋熟，指粮。癸在北方，指水。 ⑩《史记·楚世家》，伍举向楚庄王讲隐语："有鸟在于阜，三年不飞不鸣，是何鸟也？"讽刺庄王无所作为。庄王曰："三年不飞，飞将冲天；三年不鸣，鸣将惊人。"就振奋起来，大有作为。
⑪《战国策·齐策一》，齐国的靖郭君要在薛邑作城，有人对他说"海大鱼"，认为君像大鱼，齐国像海，有了齐国不用筑薛城，没有齐国，筑薛城也没用。遂停止筑城。 ⑫《列女传·辨通》，庄姬对楚顷王说："有龙无尾者，年既四十，无太子也。" ⑬《列女传·仁智》，臧文仲出使齐国，被拘留，齐将出兵攻鲁。文仲托人给鲁君送信："食猎犬，组羊裘。"文仲母说："快款待战士而准备甲兵。" ⑭被：加。 纪传：即记传，指历史书，即《左传》《战国策》《史记》《列女传》。 ⑮弼（bì 必）：匡正。 违：过失。 ⑯机：变化。
⑰《汉书·艺文志》有《隐书》十八篇。 ⑱汉朝刘歆编了《七略》，班固根据它编成《汉书·艺文志》，把《隐书》放在杂赋类的末了。

15.4　昔楚庄齐威，性好隐语。至东方曼倩，尤巧辞述[49]，但谬辞诋戏，无益规补[50]。自魏代以来，颇非俳优[51]，而君子嘲隐，化为谜语。谜也者，回互其辞[52]，使昏迷也。或体目文字，或图象品物[53]，纤巧以弄思，浅察以衒辞[54]，义欲婉而正，辞欲隐而显[55]。荀卿蚕赋，已兆其体[56]；至魏文陈思，约而密之。高贵乡公，博举品物[57]，虽有小巧，用乖远大。［夫］观夫古之为隐，理周要务[58]，岂为童稚之戏谑，搏髀而忭笑哉[59]！然文辞之有谐讔，譬九流之有小说，盖稗官所采[60]，以广视听。若效而不已，则髡［祖而］朔之入室，旃孟之石交乎[61]？

从前楚庄王齐威王都喜欢隐语。到东方朔更是会讲，可是用不正常的话来戏笑，对于规劝补救毫无好处。自从三国魏代以来，很反对倡优，士大夫的嘲笑隐语，变成谜语。谜语是把话说得曲折交错，使人迷惑。有的打文字谜语，有的打事物谜语，从小巧处卖弄心思，在考察浅近处夸耀词语，意义要曲折而正确，文辞要隐蔽而浅露。从前荀卿的《蚕赋》，已开创这种体裁；到魏文帝曹丕、陈思王曹植，写得更精练而周密。高贵乡公曹髦广博地列举各种事物，虽有小聪明，没有远大用处。观察古代的隐语，所含的道理遍及各种重要事务，难道是为幼儿的游戏，拍腿欢笑啊！可是文辞中的有谐辞隐语，好比九流中有小说一派。大概由小官采访来的，用来扩大视听。倘使不停地仿效它，那是淳于髡东方朔的高徒，优旃优孟的知交吧？

[49]曼倩(qiàn 欠)：东方朔的字。　　[50]谬辞：话说得不正确。按东方朔的滑稽，有的是开玩笑，有的有意义，不是都不正确。　　[51]古代有倡优给帝

王取乐，魏代没有了。　　㉒回互：曲折转变。　　㉓体目：体和目是人身主要部分，指主要是文字谜。　　图象：描绘形象，指事物谜。　　㉔衒（xuàn）：夸耀。　　㉕隐而显：谜底是隐的，话是明白的。　　㉖荀卿《赋篇》里有写蚕的，先描写蚕的形状功用等，像谜语；最后才点明是蚕，像谜底。兆：先见的跻象，因《赋篇》还不同于谜语。　　㉗曹丕、曹植、曹髦的谜语没有传下来。　　㉘周：遍及。　　㉙髀（bì 必）：大腿。　　㉚九流：先秦时代的九个学派，儒家、道家、墨家、名家、法家、阴阳家、纵横家、杂家、农家；还有小说家不算学派，是稗（bài 败）官从民间搜集到的谈话或故事。稗官，小官。　　㉛入室：学生向老师学，先是入门；进一步是升堂，再进是入室。　　石交：像坚不可破的金石交，好朋友。

15.5　赞曰：古之嘲隐，振危释惫㉒。虽有丝麻，无弃菅蒯㉓。会义适时，颇益讽诫。空戏滑稽，德音大坏。

　　总结说：古代的嘲笑隐语，可以挽救危机，消除困乏。虽然有了丝麻，不要抛弃茅草。只要合乎正义，适应时机，嘲笑隐语很有益于讽刺劝诫。要是徒然游戏滑稽，会使美好的语言遭到大破坏。

　　㉒振：救。　　惫（bèi 贝）：困乏。　　㉓菅蒯（jiān kuǎi 尖扩）：两种茅草，可做刷帚或搓绳子。

史传第十六

　　《史传》讲历史散文，这个"传"跟现在说的传记不同。传记着重写人物，要写出人物形象，写出人物的精神面貌。这篇《史传》中所讲的"传"，"传者，转也；转受经旨"，把释经的文字叫传。汉人用《左氏春秋》来解释孔子的《春秋》，称它为《春秋左氏传》，省称《左传》，这就把传跟史结合起来。因此，这篇《史传》就是讲历史散文，不是讲人物传记。刘勰对历史提出"彰善瘅恶"的要求，也就是要褒善贬恶。就褒善贬恶说，古代的历史首推《春秋》，所以对《春秋》作了重点说明，指出它的黜陟、劝戒、褒贬来。《春秋》记事过于简约，就历史散文说，《左传》更重要，所以推为"记籍之冠冕"。

　　刘勰对战国时代的历史散文提到《战国策》。对两汉的历史散文著重讲《史记》《汉书》。对于《史记》《汉书》的优点缺点，刘勰只是引了别人的话，没有从文章角度来加以论述。本书是论文章，应该从文章的角度指出两书的成就。《史记》的伟大成就，在于创立了传记文学，塑造了各种人物形象，寄托着他的发愤著书的精神。班固的杰出成就，在于写出了一部分优秀传记，他的语言趋向整炼，与司马迁的纵横驰骋有所不同。至于《史记》的爱奇反经正是它的优点，《汉书》的宗经矩圣正是它的缺点，就是前者暴露封建罪恶、同情人民，后者宣扬封建思想。这点刘勰当然是不可能看到的。但不从两书的文章去作探索，总是一个缺憾。

　　在本篇里，刘勰过多地谈历史书的体例。谈历史书的部分，这里只能简单地指一下。刘勰指出《左传》编年，对人物的氏族生平不容易看清楚；《史记》立传，详于人物。这是指出两书体例上的不同。又批评《史记》《汉书》立《吕后本纪》是错误的。这是他轻视妇女的表现。当时吕后掌握政权，自然应该替她立本纪。

　　刘勰讲到对历史著作的要求，"必贯乎百氏"，要广博地搜集资料，还要"被之千载"，"殷鉴兴废"。历史散文还要作为后人的镜子，使人们从中得到兴废存亡的鉴戒，从中吸取经验，避免重犯前人的错误。其次，刘勰指出当时历史散文在体例上所具有的缺点。编年史按年记事，对每件事的起讫不明确；纪传体按人记事，事关几个人的，分在几个人的传里不免重复，记在一个人的传里又不周到。这些都是讲历史而不是讲文章。其三，刘勰指出历史散文容易发生的毛病：一是文人好奇，把靠不住的传说当作历史。二是考虑个人的利害，对有权势的人说好话，对没有权势的人说坏话。这些都造成历史的不真实，要竭力避免。这里又发生一个问题，就是"尊贤隐讳"和"奸慝惩戒"。对于尊者和贤者有了缺点要替他遮盖不写出来，对于奸邪要老实指斥。这种遮盖不是违反历史的真实吗？刘勰认为尊者贤者的缺点，好比宝玉上的一个小赤点，并不影响宝玉的光彩，因此对宝玉来说主要是它的光彩而不是小赤点，所以对小赤点可以不提。奸邪好比恶草，一定要锄掉。刘勰这个意见，还是从宗经来的，因为《春秋》就是"尊贤隐讳"和"奸慝惩戒"的。《春秋》的为尊者讳，为贤者讳，不免歪曲历史事实。就历史散文或传记文学说，即使是美玉，写出了美玉的光彩，也写出了它的小赤点，更显得真实。如《史记·高祖本纪》，既写出了他豁达大度、善于用人的种种优点，也写出他的流氓态度，这样才显出他的人物精神面貌来，所以对美玉的小赤点也不该不写。对奸人，自然要写他的种种罪行，至于如何惩戒，不必由作者出来说话，要让事实说话，让读者看了事实自然产生要引以为戒来。

　　作为论文章的书，《史传》有缺点：（一）过多地讲历史，对历史散文讲得不够。像《左传》《战国策》的历史散文，语言精练，对话生

140

动，有各种不同的叙述手法。本书对这些都没有论述。(二)过多地讨论历史书的各种体裁的优缺点，对纪传体历史书的传记文学没有认识。传记文学的各种特点，怎样通过行动、言语来突出人物，怎样通过历史事件以及人物的陪衬烘托来描绘人物的性格，怎样通过专传、合传、类传来写人物，也没有认识，没有触及到。(三)在选文定篇上，没有突出《史记》的成就，对《史记》的认识不足。

16.1 开辟草昧，岁纪绵邈，居今识古，其载籍乎? 轩辕之世，史有仓颉①，主文之职，其来久矣。《曲礼》曰："史载笔。"[左右]史者，使也;执笔左右，使之记也。古者左史记事者，右史记言者。言经则《尚书》，事经则《春秋》也。唐虞流于典谟，商夏被于诰誓②。[自]洎周命维新，姬公定法，绁三正以班历，贯四时以联事③。诸侯建邦，各有国史，彰善瘅恶，树之风声④。自平王微弱，政不及雅，宪章散紊，彝伦攸斁⑤。

从开天辟地到未开化时代，年代非常遥远，生在现在要知道古代的事，就靠史书吧? 黄帝轩辕氏的时代，已经有史官仓颉，主管记载历史的职务，它的来源是很久远了。《礼记·曲礼》篇说："史官带着笔来记事。"史就是使，拿着笔在国君的左右，国君使他记载。古代在国君左边的左史记下国君的行动，在国君右边的右史记载国君的话。记载说话的经书是《尚书》，记载事件的经书是《春秋》。唐虞的历史靠《尚书》的典谟传下来，商夏的历史，包括在《尚书》的诰誓里。到周朝新建，周公制定法典，推求夏商周三代的正月来颁布历法，又贯串春夏秋冬四季来记事，省称春秋。诸侯建国，各有国史，表彰好的，贬斥坏的，用来建立一种好风气。自从周平王势力微弱，政治不正，法制散乱，伦理败坏。

①仓颉：传说中黄帝的史官。　　②流于：传自。　　典谟：如《尚书》的《尧典》《大禹谟》《皋陶谟》，记唐虞时代的事。　　被于：及于。　　诰誓：如《尚书》的《汤誓》《牧誓》《大诰》《康诰》《酒诰》，记商周的事。　　③洎：及。命：天命，周朝自称受天命建立。　　姬公：周公姓姬，名旦，周文王子，辅佐武王，制定法典。　　绅（chōu抽）：抽引，推求。　　三正：三代历法。正，正月，夏商周三代的正月各不同，夏以阴历正月为正，商以十二月为正，周以十一月为正。　　贯四时：周代的历史为编年史，分春夏秋冬记事，称为春秋。④瘅（dàn蛋）：病，转作厌恶。　　树：建立。　　⑤平王：周平王迁都洛邑（今河南洛阳），势力衰弱，跟侯国一样。　　雅：正。含有周京的歌不再称雅，与侯国的国风相同，称《王风》。　　宪章：法制。　　彝伦：永久不变的伦理。　　攸斁（dù杜）：所以败坏。

16.2　昔者夫子闵王道之缺，伤斯文之坠，静居以叹凤，临衢而泣麟⑥；于是就太师以正《雅》《颂》，因鲁史以修《春秋》⑦。举得失以表黜陟，微存亡以标劝戒；褒见一字，贵逾轩冕；贬在片言，诛深斧钺⑧。然睿旨［存亡］幽隐，经文婉约；丘明同时，实得微言，乃原始要终，创为传体⑨。传者，转也，转受经旨，以授于后，实圣文之羽翮，记籍之冠冕也⑩。

从前孔子担心王道的残缺，悲伤文化的败坏，在平时想到凤凰不来而感叹，在路上看到麒麟出现而哭泣；因此跟乐官订正《雅》《颂》的乐曲，借用鲁国历史来修订《春秋》。在《春秋》里，举出事实的得失来加以指斥或赞美，引证国家的存亡作为取法或警诫；一个字的赞美，比做高官还荣耀；半句话的斥责，比受斩杀还耻辱。可是《春秋》的意义深沉，文字简练；左丘明和孔子同时，确实知道孔子的用意，于是推求事实的始末经过，创作《左传》。传是转的意思，从孔子那里接受作《春秋》的用意，转授给后人，实在是经书的辅助读物，记事书中的冠军。

⑥闵：悯，忧。　　王道：指仁政。　　斯文：这文化，指周朝盛时的文化。　　叹凤：《论语·子罕》："子（孔子）曰：'凤鸟不至，……吾已矣夫！'"古人认为天下太平会看见凤凰，叹息凤凰不来，即叹息天下不太平。　　衢：大路。　　泣麟：《公羊传·鲁哀公十四年》，鲁人捉到一只麒麟。古人认为麒麟应该在太平时出来，当时是乱世，它来得不是时候。孔子因此悲伤自己生不逢时，所以悲泣。　　⑦太师：音乐官。　　正《雅》《颂》：《雅》《颂》本来都配上乐曲，当时这些乐曲已残缺不全，所以要加订正。　　修《春秋》：鲁国本来有历史记载，孔子根据这些记载加以修订，成为《春秋》。　　⑧黜：降。陟：升。　　劝：劝诱。　　轩冕：大夫的车子和冠服；冕，冠。　　片言：半句话。　　斧钺（yuè 越）：刑具；钺，大斧。　　⑨睿（ruì 瑞）旨：深远的意旨。婉约：含蓄简练。　　丘明：左丘明，相传是鲁国人，与孔子同时，作《左氏春秋》。《左氏春秋》本来是一部独立的编年史，汉人拿它来解释《春秋》，才称它为《春秋左氏传》。解释经书的叫传。　　微言：含义深隐的话。　　⑩羽翮（hé 河）：翅膀，指辅助。　　冠冕：居首。

16.3　及至纵横之世，史职犹存⑪。秦并七王，而战国有策⑫。盖录而弗叙，故即简而为名也。汉灭嬴项，武功积年。陆贾稽古，作《楚汉春秋》⑬。爰及太史谈，世惟执简⑭；子长继志，甄序帝勣⑮。比尧称典，则位杂中贤；法孔题经，则文非元圣；故取式《吕览》，通号曰纪⑯，纪纲之号，亦宏称也。故本纪以述皇上，列传以总侯伯，八书以铺政体，十表以谱年爵⑰，虽殊古式，而得事序焉。尔其实录无隐之旨，博雅宏辩之才，爱奇反经之尤，条例踳落之失，叔皮论之详矣⑱。

　　到了合纵连横的战国时代，史官的职位还保存着。秦灭了六国，战国的历史保存在简策里。只是把它记下来没有按年代编排，所以就它的简策称为《战国策》。汉朝灭掉秦国和项羽，积累了多年的武功。陆贾取法古代，著作《楚汉春秋》。到了汉朝的史官司马谈，世代拿着简策作史；司马迁继承父志，分别叙述帝王功臣的功绩。他叙述帝王，要是比照《尚书·尧典》称为典，那末这些帝王不都是圣人；要是效法孔子的《春秋》而称为经，那末他又不是大圣人；所以取法《吕氏春秋》的十二纪，通称为纪。纪是大纲，也是包举一切的大称呼。因此用本纪来叙述帝王，用世家列传来叙述诸侯和其他人物，用八书来铺叙政治制度，用十表来表明年代爵位，虽然和古史的体例不同，却能抓住记述各种历史事实的条例。至于他的照实记录不加隐讳的宗旨，学识博雅议论宏辩的才干，爱好奇异违反正道的过失，体例杂乱的缺点，班彪讲得很详细了。

⑪史职犹存：像《史记·蔺相如传》里记渑池会上就有御史官记事。
⑫七王：秦灭六国是六王，秦王改称皇帝，去掉王号，所以称七王。　　战国有策：战国策士的言行记在简策上，只分国别，不按年代编排，称为《战国策》。策，把竹简编起来称策，同册。　　⑬嬴：秦国姓嬴。　　陆贾：汉高祖谋臣，作《楚汉春秋》。　　⑭爰：乃。　　太史谈：司马谈，世代做史官。　　⑮子长：司马迁，字子长，司马谈子。　　勋：同绩。　　⑯典：经典，记圣人言行可为法式的书。　　中贤：中等的贤人，不是圣人。　　元圣：上圣。《吕览》：秦相吕不韦的门客著《吕氏春秋》，中有八览，所以称《吕览》。书中又有十二纪。按：《史记·大宛传赞》称《禹本纪》，是《史记》的"本纪"的来源。
⑰《史记》用十二本纪记帝王和大事，三十世家记侯国，七十列传记人物，八书记典章制度等，十表记年月大事。这里把世家包括在列传里。　　年爵：年

144

如《六国年表》，爵如《汉兴以来将相名臣年表》，也讲到爵位。　　⑱实录：刘
向、扬雄都称《史记》为实录。　　博雅：班固称司马迁博物洽闻。以上见《汉
书·司马迁传赞》。　　爱奇：扬雄称司马迁爱奇，见《法言·吾子》。　　反
经：违反正理。班彪批评《史记》的《太史公自序》中《论六家要旨》，推崇黄帝
老子而看轻《五经》。按：《论六家要旨》是司马谈的话，把司马谈的话当作司
马迁的加以批评，不恰当。又批评《货殖列传序》看轻仁义而以贫贱为可耻，
《游侠列传》看轻守节操而看重世俗功效。　　尤：过失。按：在这两篇里，正
显出司马迁看重经济和游侠的识见，这不是班彪所能够理解的。　　踳
(chuǎn 喘)落：乖舛错杂。班彪认为把项羽列入本纪，陈涉列入世家，是自乱
体例。按：项羽在灭秦后曾经号令诸侯，所以列入本纪。陈涉起义称王，所以
列入世家。这里也显出司马迁的卓识，并非体例不纯。

16.4　　及班固述汉，因循前业，观司马迁之辞，思实
过半⑲。其十志该富，赞序弘丽，儒雅彬彬，信有遗味⑳。
至于宗经矩圣之典，端绪丰赡之功，遗亲攘美之罪，徵贿
鬻笔之愆，公理辨之究矣㉑。观夫左氏缀事，附经间出，于
文为约，而氏族难明㉒。及史迁各传，人始区详而易览，述
者宗焉。及孝惠委机，吕后摄政，班史立纪，违经失实㉓。
何则？庖牺以来㉔，未闻女帝者也。汉运所值，难为后法。
牝鸡无晨，武王首誓；妇无与国，齐桓著盟㉕；宣后乱秦，吕
氏危汉；岂唯政事难假，亦名号宜慎矣㉖。张衡司史，而惑
同迁固，元〔帝王〕平二后，欲为立纪，谬亦甚矣㉗。寻子弘
虽伪，要当孝惠之嗣；孺子诚微，实继平帝之体㉘；二子可
纪，何有于二后哉？

　　到班固叙述前汉历史，继承前人前业，看了司马迁的《史记》，
已经明白《汉书》的一半多了。他的《汉书》，十志详备丰富，赞和序

宏大富丽，内容雅正，有文有质，确实富有余味。至于仿效经书、取法圣人的雅正，头绪清楚、内容丰富的优点，偷取父亲著作据为己有的罪过，求取贿赂出卖文笔的过失，仲长统讲得很彻底了。再看《左传》记事，附在《春秋》经后面，跟经文交错，文辞简约，可是人物的姓氏、宗族不清楚。到了司马迁各列传，人物开始分别叙述，容易阅读，继承的人效法它。不过到了记汉惠帝不管政务，吕后代他执政，班固《汉书》作《吕后本纪》，这既违反经书的教训，又不符合事实。为什么？从伏羲以来，没有听说女人称帝的。汉朝的国运不好，碰上女人执政，不好给后代做榜样。雌鸡没有在早上啼的，这是周武王首先在《牧誓》中提出的；妇人不得参预国政，这是齐桓公在盟约里著明的；宣太后扰乱秦国，吕后危害汉朝；岂只政权难于假借，就连名号也该谨慎。到张衡主管国史，跟司马迁班固同样迷惑，要给元帝王皇后、平帝王皇后立本纪，谬误也很利害了。考刘弘虽然不是惠帝生的，总是惠帝的继承者；孺子婴确实是个孩子，实在是平帝的继承人；这两人可以立为本纪，要什么二后本纪呢？

⑲班固：后汉史学家和文学家，作《汉书》。　　　　因循前业：遵从前人著作。《汉书》对汉武帝太初以前的历史，大都借用《史记》；太初以后的历史，用他父亲班彪著的《后传》数十篇。　　　　思过半：明白了一大半。案：《汉书》借用《史记》部分，也有不少改动。这里说得有些夸大。　　⑳十志：《汉书》有《律历志》《礼乐志》《刑法志》《食货志》《郊祀志》《天文志》《五行志》《地理志》《沟洫志》《艺文志》。　　　赞序：《汉书》的本纪、志、列传的每篇末了有赞，相当于结论。表的开头有序，又全书的末了有《序传》。　　　　彬彬：有文有质。㉑矩：规矩，指取法。　　　　典：雅正。　　　端绪：条例。　　　遗亲攘美：把父亲的《后记》窃取为己作。攘，窃。按：《汉书·叙传》里讲到班彪，没有讲明他著《后记》数十篇，也没有讲《汉书》采用了《后记》，所以说他"遗亲攘美"。范文澜同志认为《汉书》中屡称班彪怎么说，怎么可以"诬为遗亲攘美"？　　　　徵贿

鬻笔：事情不详。鬻(yù 育)，卖，指收了钱就给人的祖宗立传或说好话。按：范文澜同志认为这是诬蔑的话。　　　愆：过失。　　　公理：仲长统，字公理，是后汉学者，他的话已经无考。　　㉒附经间出：《左传》附在《春秋》后面，一段《春秋》，一段《左传》，互相间隔。按：《左传》本名《左氏春秋》，是部编年史。晋朝杜预才把它分开来附在《春秋》后面。　　　氏族难明：《左传》称人不讲姓和氏族，所以姓和氏族弄不清楚。　　㉓孝惠：汉高祖子，即位后不理政务，由他的母亲吕后执政。　　　委机：抛弃万机；天子处理的政务称万机。摄：代理。　　　立纪：《史记》《汉书》都立了《吕后本纪》。按：汉高祖死后，吕后执掌政权，因此给她立本纪是对的。这里反映刘勰轻视妇女的错误思想。㉔庖牺：即伏羲，古代氏族首领。　　㉕《尚书·牧誓》里周武王说："牝（雌）鸡无晨"，攻击纣王信任妲己。《穀梁传·僖公九年》里记齐桓公和诸侯会盟，说："毋使妇人与国事。"　　㉖宣后：秦昭王母宣太后，与义渠戎王私通。　　　吕氏：汉高祖后。高祖死后执政，任用吕家人，刘家的政权几乎被吕家夺去。难假：难借，难于把政权给女后。　　　㉗张衡：后汉学者，他主张汉末大事不该写在《王莽传》里，应该另立元后本纪。刘勰认为既立元后本纪，那末元后死后，当立平帝王皇后本纪了。他反对给女后立纪，所以认为荒谬。当时由王莽执掌政权，元后并不执政，所以立元后本纪的想法是不对的。　　㉘寻：考。　　　子弘：惠帝死后，吕后立惠帝子刘弘为帝。吕后死后，汉大臣和吕家人争夺权力，吕家人失败被杀。汉大臣怕刘弘长大后对他们不利，于是说刘弘不是惠帝子，把他废掉，另立文帝为帝。刘勰相信汉大臣的话，所以说子弘虽伪。　　　孺子：王莽要篡夺政权，他毒死了汉平帝，立孩子做皇帝，继承平帝，称为孺子。

16.5　至于后汉纪传，发源东观㉙。袁张所制，偏驳不伦㉚；薛谢之作，疏谬少信㉛。若司马彪之详实，华峤之准当㉜，则其冠也。及魏代三雄，记传互出，《阳秋》《魏略》之属，《江表》《吴录》之类，或激抗难徵，或疏阔寡要㉝。唯陈寿三志，文质辨洽，荀张比之于迁固㉞，非妄誉也。

至于后汉的本纪和列传，最早是班固等人在东观编写的。晋代袁山松和张莹所著的，既片面又杂乱，不合史法。晋代薛莹谢沈的著作，疏漏错误，不够真实。像司马彪的著作详尽可靠，华峤的著作准确恰当，那是其中最好的。魏代三国的纪传先后撰述出来，像《魏氏阳秋》和《魏略》之类，《江表传》和《吴录》等书，有的夸张难信，有的疏略不得要领。只有陈寿的《三国志》，有文有质，明辨博通，荀勖张华把他比作司马迁班固，不是虚假的赞誉。

㉙东观：后汉宫中藏书及著作处。班固在东观作后汉的列传、载记二十八篇，又跟陈宗等作《世祖本纪》。　　㉚袁张：晋袁山松著《后汉书》。晋张莹著《后汉南记》。　　不伦：不类。　　㉛薛谢：晋薛莹著《后汉记》。晋谢沈著《后汉书》。　　㉜司马彪：晋司马彪著《续汉书》。　　华峤：晋华峤著《后汉书》。　　㉝晋孙盛著《魏氏春秋》；因避晋简文太后名阿春讳，作《魏氏阳秋》。魏鱼豢（huàn 换）著《魏略》。晋虞溥著《江表传》。晋张勃著《吴录》。激抗：昂扬，指夸张。　　㉞洽：博通。《华阳国志·后贤志》称荀勖张华认为班固司马迁比不上陈寿。见杨注。

16.6　至于晋代之书，[繁]系乎著作。陆机肇始而未备，王韶续末而不终㉟；干宝述纪，以审正得序；孙盛《阳秋》，以约举为能㊱。按《春秋》经传，举例发凡；自《史》《汉》以下，莫有准的㊲。至邓璨《晋纪》，始立条例，又摆落汉魏，宪章殷周，虽湘川曲学，亦有心典谟㊳。及安国立例，乃邓氏之规焉㊴。

至于晋代的历史，由著作郎掌管。陆机开了头没有完卷，王韶的结尾没有结成；干宝叙述《晋纪》，以精审正确得到称引；孙盛著《晋阳秋》以扼要成为名著。按《春秋》的经传，都举出创作凡例来。

自从《史记》《汉书》以下，没有可作标准的条例。到邓璨作《晋纪》，
开始建立条例，又摆脱汉魏史书的影响，取法殷周的《尚书》，虽然
他生在长沙僻远地区，倒也有心学习经书。到了孙盛著《晋阳秋》，
发凡起例，是邓璨的规模。

⑭陆机著《晋纪》，只写了司马懿、司马师、司马昭三人。　　　　晋王韶著
《晋安帝阳秋》。晋安帝后还有恭帝，所以没有做好结尾。　　　⑮晋干宝著
《晋纪》。　　　审正：明察而正确。　　　晋孙盛著《晋阳秋》，以简要得称。
⑯《左传》里对《春秋》的著作条例有说明。《史记》《汉书》对于著作条例，没有
具体说明。　　　⑰邓璨：当作邓粲。晋邓粲著《晋纪》，有著作条例，效法《尚
书》的《尧典》《人禹谟》等。他是长沙人，所以称湘川。　　　宪章：法制，指取
法。　　　曲学：乡曲之学。　　　⑱孙盛，字安国。著《晋阳秋》，也有写作条
例。

16.7　原夫载籍之作也，必贯乎百氏，被之千载，表
徵盛衰，殷鉴兴废⑲。使一代之制。共日月而长存，王霸
之迹⑳，并天地而久大。是以在汉之初，史职为盛⑴。郡国
文计⑵，先集太史之府，欲其详悉于体国也。［必］阅石室，
启金匮，［抽］绌裂帛，检残竹⑶，欲其博练于稽古也。是立
义选言，宜依经以树则，劝戒与夺，必附圣以居宗；然后诠
评昭整。苟滥不作矣。

推求历史书的著作，一定要融会贯通百家的著作，使它流传到
千百年，要使得由兴盛到衰亡的史实得到明白的征验，可以作为后
世的借鉴。要使一代的制度，跟日月般永远保存下去，王道霸道的
事迹，和天地般永久流传。因此在汉朝的初年，史官的职务很重
要。各地方的文书簿册，先汇集到史官的官府里，这是要史官详细

地体察全国的政治。打开国家的历史文物宝库，阅读所有的资料，研究残破的书卷，这是要史官广博而熟练地掌握古代历史。因此在树立主旨选择文辞方面，应该依靠经书来做准则，在劝勉、鉴戒、奖励、贬斥方面，一定要以圣人的理论为主；然后评价才明确完整，不会作出苛刻浮滥的评论了。

㊵被：覆盖，指使千百年的人都受益。　　表徵：明白的徵验。　　殷鉴：殷朝人可以拿夏朝的衰亡作为借鉴。　㊶王：指推行仁政，使天下人心归向。　　霸：指用武力使天下服从。　㊷史职为盛：实际上当时的朝廷是并不尊重史官。司马迁在《报任安书》里发牢骚，说史官被人看作倡优一般，受到轻视。　㊸郡国：汉朝的地方区域最大为州，州下为郡。当时还有侯国。　　文计：文书计簿，郡国都要把文书计簿送给朝廷。　㊹石室：用石头建筑的房屋；金匮：金属制的文件柜；都是汉朝藏重要的图书文物处。绅：研究它的含义。据杨注改。　　裂帛、残竹：残破的文件，古代文件写在帛和竹上。

16.8　然纪传为式，编年缀事㊺，文非泛论，按实而书。岁远则同异难密，事积则起讫易疏，斯固总会之为难也。或有同归一事，而数人分功，两记则失于复重，偏举则病于不周，此又铨配之未易也㊻。故张衡摘史班之舛滥，傅玄讥后汉之尤烦㊼，皆此类也。

本纪和列传的格式，本纪照年代编排，列传依人物联缀，不是泛泛议论，是按照事实纪录的。只是年代久远，事件的记载有同有异难以考实；事件积累得多，每件事的开头到终结不容易分清楚。这本是用纪传体来汇总历史的困难。有时同一件事是由几个人合力办成的，要是在各人的传记里都记载就有重复的毛病，要是只在

150

一个人的传记里记载又有不周到的缺点,这又是编排资料的不容易。所以张衡指摘《史记》《汉书》中的错乱浮滥,傅玄批评《后汉书》写得更其烦琐,都是属于这一类。

⑮纪:本纪,包括两部分,即帝王的传和编年的大事记,两者结合而成。传:列传,人物传记。　　⑯一事数人分功:如《三国志》中的赤壁之战,在周瑜、鲁肃、诸葛亮、黄盖等人的传里都要讲到,就是一例。　　铨:评量。配:编排。　　⑰张衡的批评大都散失了。傅玄的批评也散失了。

16.9　若夫追述远代,代远多伪。公羊高云,"传闻异辞",荀况称录远[略]详近⑱;盖文疑则阙,贵信史也。然俗皆爱奇,莫顾实理。传闻而欲伟其事,录远而欲详其迹。于是弃同即异,穿凿傍说,旧史所无,我书则传,此讹滥之本源,而述远之巨蠹也。至于记编同时,时同多诡,虽定哀微辞⑲,而世情利害。勋荣之家,虽庸夫而尽饰,迍败之士,虽令德而[常]嗤埋,[理欲]吹霜煦露⑳,寒暑笔端,此又同时之枉,可为叹息者也。故述远则诬矫如彼,记近则回邪如此,析理居正,唯素[臣]心乎㉑!

至于追记远代的事,年代久远事件往往失实。公羊高说,"传说各异",荀况主张详近略远;大概资料有可疑的便从缺,这是要尊重真实的历史。然而世俗的人都好奇,不管是否切实合理。对听到的传说要夸大它的事迹,记载遥远的事也要猜测它的详情细迹。因此抛弃共同的说法,接近新奇,穿凿附会,东拉西扯,过去的历史上没有的,我的书上便记载上去,这都是发生错误浮滥的根源,是记述远古历史的大害。至于记录当代的事,时代相同也有很多虚假。虽然孔子记录和他同时的鲁定公、哀公时代的事迹,用隐讳的说法,是和当世的人情利害有关系。因而贵族人家,纵使是庸俗的人也要尽量加以夸奖,困苦失败的人士,即使有很好的德行也受到嘲笑埋没,有时吹霜风,有时洒雨露,有时寒冷,有时温暖,全凭一支笔,这又是对同时代事实的歪曲记载,是可叹息的。所以记远的便那样虚假,记近的又这样歪曲,分析事理能够正确不偏邪的,只有靠公心吧!

⑱《公羊传·隐公元年》里讲到"传闻异辞"的话。《荀子·非相》:"传者久则论略,近则论详。"所以应当作详近略远。　⑲定哀:孔子《春秋》中十二个鲁君的最后两个定公和哀公。　微辞:话说得隐讳含蓄。　⑳迍(zhún 谆):困顿。　理欲:两字当删。　煦:温暖。　㉑回:邪。　素臣:古称孔子为素王,有王者之德而没有实权。左丘明作《左传》来解释孔子的《春秋》,所以称素臣。"素臣"原作"素心",作公心解。

16.10　若乃尊贤隐讳,固尼父之圣旨,盖纤瑕不能玷瑾瑜也㉒;奸慝惩戒,实良史之直笔,农夫见莠㉓,其必锄也:若斯之科,亦万代一准焉。至于寻繁领杂之术,务信弃奇之要,明白头讫之序,品酌事例之条,晓其大纲,则众理可贯。然史之为任,乃弥纶一代,负海内之责,而[嬴]赢是非之尤㉔。秉笔荷担,莫此之劳。迁固通矣,而历诋后世。若任情失正,文其殆哉!

至于对待尊者和贤人,替他隐讳,本是孔子的宗旨,因为小的斑点不能掩盖美玉的光彩;对奸邪要加以惩戒,实在是优秀的史家的直笔,好比农夫看到恶草,一定要锄掉:像这样的条例,也是万世的同一标准。至于从纷繁杂乱的事件中理出一个纲领的方法,力求可信、抛弃猎奇的要领，叙述明白、有头有尾的次序，品评事件得失的条例等等，只要明白了这些大纲，便可以贯串各种道理。然而著作历史的任务，是要包举一代，对全国负责，会受到各种是非的责难。担负著作历史的任务，在著作中没有比这更劳苦了。司马迁、班固是著作历史的通才了，可是还受到后代的种种攻击。要是凭任私情，失去公正，那样写出来的历史该是多么危险呀!

�52瑕:玉的斑点；　　玷(diàn 电):点污。　　瑾瑜:美玉。　　�53慝(tè特):邪恶。　　莠:狗尾草。　　�54弥纶:包举。　　赢:得到。　　尤:责怪。

16.11　赞曰:史肇轩黄，体备周孔�55。世历斯编，善恶偕总。腾褒裁贬，万古魂动。辞宗丘明，直归南董�56。

总结说:史官开始设立于轩辕黄帝，史书的体制到周公孔子才完备。世代的经历记在历史书里，善的恶的都记载。宣扬应褒美的，裁抑该贬斥的，使万古的人都惊魂动魄。史的文辞应效法左丘明，史笔的正直不虚要推南史氏和董狐。

�55周孔:《尚书》中有周公作的,《春秋》是孔子作的。这是说各种历史的体裁都从《尚书》《春秋》演变出来的。　　�56南董:南史氏、董狐。春秋齐国的崔杼杀庄公，太史记道:"崔杼弑其君。"崔杼把他杀了，太史的两个弟弟先后接着写，也都被崔杼杀了。南史氏听说太史给杀完了，拿着竹简到齐国去，知道太史的第三个弟弟已经记了才罢。晋国赵盾的部下赵穿杀了晋灵公，赵盾庇护赵穿，太史董狐记道:"赵盾弑其君。"孔子称赞董狐是良史。

诸子第十七

　　《诸子》篇一开头就提到诸子的"入道见志"。刘勰主张因文明道，又承认诸子"入道"，说明他的所谓道，以儒家思想为主，兼采各家。这跟《孟子》的以儒家而辟杨墨，韩愈的以儒家而辟释老的都不同。但对于法家的"弃孝废仁"和名家的诡辩，他还是反对的。此外，像道家的《老子》《庄子》《列子》《鹖冠子》《文子》，墨家的《墨子》《随巢子》，名家的《尹文子》，农家的《野老》，阴阳家的《驺子》，法家的《管子》《申子》《慎子》《韩非子》（除了反对仁孝外），纵横家的《鬼谷子》，杂家的《尸子》《尉缭子》《吕氏春秋》《淮南子》，小说家的《青尸子》，他们跟儒家的思想有的差别小，有的有很大差别，但就本篇看来，好像只要不反对仁孝，不诡辩，都可认为入道，不必排斥。这说明刘勰的所谓道是以儒家为主而兼包入道的百家的。他所以这样说，主要是迎合封建统治者的需要，当时的封建统治者是以儒家为主而兼采百家，但是又排斥"弃孝废仁"的违反封建伦理，和不同意诡辩的。

　　此外，刘勰对诸子分为纯粹错杂两类，进行具体分析。他的所谓错杂，指的是蚊睫有雷霆之声，蜗角有伏尸之战，移山跨海，倾天折地，这些都是神话故事。从论文的角度看，这些神话故事正是具有文学性的。所以他一方面把诸子书中的神话说成错杂，一方面又认为《易经》的一种《归藏》经也大讲神话，这是既把神话同纯粹的学说分别，又在讲文章中不排斥神话的表示。他又称诸子"入道言治，枝条五经"，以五经为本干，诸子为旁枝，即以经为主，还是宗经的意思。

　　就文章说，刘勰指出诸子散文具有不同的内容和不同的风格。内容有精美的，深刻的，核实的，虚夸的，丰富的，广博的；语言风格，有雅正的，显豁的，古奥的，简练的，奇丽的，雄壮的，质朴的，滋润的，细密的，华丽的等等。这样，使我们认识到，即使在诸子散文中也是丰富多采的。它启发我们从中去吸取不同的表现手法来丰富我们的散文写作。他又提出"览华而食实，弃邪而采正"，这是他的一贯的正确的理论，和《辨骚》中提出的"酌奇而不失其贞，玩华而不坠其实"，是一致的。

　　最后，作者对先秦和两汉的诸子散文作了比较，认为先秦诸子看得远，立论高，自辟门户；两汉作者多依傍儒家，体势渐弱。这是因为先秦由于时代的激变，造成百家争鸣的风气；两汉统治者用政治力量阻止百家争鸣，所以显得体势渐弱。从这里也透露出百家争鸣对于散文发展的关系，说明他认识到依傍儒家思想来立论，缺乏创造性是不行的。这说明他既是宗经，又不赞同依傍儒家思想来著作。作者又提出"标心于万古之上，而送怀于千载之下"，说明诸子散文所写的不是局限于个人眼前的小利害，都是眼界放得极远，所以他们的声音经历了长时期而没有销亡。

　　这篇里讲到诸子散文的内容和风格的特点，也就是诸子散文的成就时，没有提到《庄子》。就诸子散文的成就说，《庄子》在文学上的成就是杰出的，他的汪洋恣肆的文风，他的善于设喻，多用寓言故事，他的想象飞腾，都是很突出的。刘勰论诸子散文没有突出《庄子》，是缺憾，虽然《庄子》的思想是有错误的。

　　17.1　　诸子者，入道见志之书。太上立德，其次立言①。百姓之群居，苦纷杂而莫显；君子之处世，疾名德之不章②。唯英才特达③，则炳曜垂文，腾其姓氏，悬诸日月焉。昔风后、力牧、伊尹，咸其流也④。篇述者，盖上古遗语，而战[伐]代所记者也。至鬻熊知道，而文王咨询，馀文遗事，录为《鬻子》⑤。子[自]曰肇始，莫先于兹。及伯阳识礼，而仲尼访问，爰序道德，以冠百氏⑥。然则鬻惟文友，李实孔师，圣贤并世，而经子异流矣。

诸子是对道有所认识，又表现自己志趣的书。最上一等的人在德行上有成就，次一等的人在著书立说上有成就。至于百姓成群地生活着，在纷杂的人群中难于出名；君子生活在世上，恨声名德行的不显著。只有英才杰出，便能才华照耀，文章传世，使他的姓名传播，像日月高悬。从前风后、力牧、伊尹，都是这一流人物。他们的篇章著作，大概是上古传下来的话，经战国时人记述的。到了鬻熊懂得道，周文王向他请教，传下来的文辞事迹，经人记录，成为《鬻子》。子的名称的开头，没有比这更早了。到了老子懂得礼，孔子去访问，于是他叙述道德，著作《老子》，成为百家中的开端。那末鬻熊是周文王的朋友，李耳是孔子的老师，圣人和贤人同时，他们的著作却分成经书和子书的不同流派了。

①《左传·襄公二十四年》，穆叔讲三不朽："太上有立德，其次有立功，其次有立言。"立言是第三等，这里省去立功。　　太上：最上，第一等。　　②疾：憎恨。　　章：同彰，显扬。　　③特达：特，不同寻常；达，显名。　　④风后、力牧：传说中黄帝的臣子。　　伊尹：商汤的开国功臣。《汉书·艺文志》里有《风后》《力牧》《伊尹》三书。这句承上指三人都是立言传世，又联下指三人的书是后人追记。按：三书都是后人依托，不是追记。　　⑤鬻（yù育）熊：周文王时人。《汉书·艺文志》有《鬻子》。《风后》等书不称"子"，《鬻子》是第一个称子。　　⑥《史记·老庄申韩列传》说老子姓李名耳，字伯阳。孔子向他问礼。他著书讲道德。

156

17.2 逮及七国力政，俊乂蠭起⑦。孟轲膺儒以磬折⑧，庄周述道以翱翔⑨，墨翟执俭确之教⑩，尹文课名实之符⑪，野老治国于地利⑫，驺子养政于天文⑬，申商刀锯以制理⑭，鬼谷唇吻以策勋⑮，尸佼兼总于杂术⑯，青史曲缀以街谈⑰。承流而枝附者，不可胜算，并飞辩以驰术，餍禄而馀荣矣⑱。

到了战国，凭藉武力征伐，杰出的人才纷纷涌现。孟子信奉儒家学说，对它极为尊崇，庄子阐述道家学说，想象逍遥世外，墨子执行勤俭刻苦的教训，尹文考核名称和实际的是否符合，农家主张在耕种中治理国家，驺子结合自然界的变化来谈政治，申子商子主张用严刑峻法来办政治，鬼谷子主张用口舌辩论来建立功勋，尸子总括各家学说，青史子琐细地联缀街谈巷语。继承这些流派的，像分枝的依附树干，多得算不清，都是飞扬论辩、纵横驰骋地发挥各自的学术，满足于取得的高官厚禄和过多的荣宠了。

⑦逮：及。　　力政：力征，用武力征伐。　　俊乂（yì义）：俊杰。蠭：同蜂。　　⑧孟轲：儒家大师孟子。　　膺儒：信服儒家。　　膺，胸，藏在胸中。　　磬折：身像磬般弯着，鞠躬表示崇敬。　　⑨庄周：道家的大师庄子。　　翱翔：鸟的飞翔。庄子追求逍遥自在的生活，是空想。　　⑩墨翟（dí敌）：墨家的首创者。　　确：刻苦生活。　　⑪尹文：战国时的名家，主张名实相符。　　课：核对。　　⑫野老：农民。《艺文志》有《野老》，属农家。《孟子·滕文公上》讲农家许行主张国君要和农民一起耕田，在耕种中治理国家。　　⑬驺（zōu邹）子：阴阳家驺衍，通过讲自然界的阴阳变化来讲政治。《艺文志》有《邹子》。　　⑭申商：申不害、商鞅是法家。　　刀锯：刑具。　　制理：制定治理的法令，指用严刑峻法，《艺文志》有《申子》和《商君》。　　⑮鬼谷：鬼谷子是纵横家。《艺文志》有《鬼谷子》。相传是苏秦、张

仪的老师，他们两人是靠口舌游说取功名的。　　　　策勋：记录功勋。　　　　⑯
尸佼：杂家。杂家是兼采儒、墨、名、法各家学说的。《艺文志》有《尸子》。
⑰青史：小说家青史子。　　　　曲缀：琐细联缀。《艺文志》有《青尸子》。
⑱枝附：像枝附在干上。　　　　餍：满足。

17.3　　暨于暴秦烈火，势炎昆冈，而烟燎之毒，不及
诸子⑲。逮汉成留思，子政雠校，于是《七略》芬菲，九流鳞
萃⑳；杀青所编㉑，百有八十馀家矣。迄至魏晋，作者间出，
谰言兼存，璅语必录，类聚而求，亦充箱照轸矣㉒。

到了暴虐的秦始皇烧书，火势像烧昆仑山那样玉石俱焚，可是
这火没有烧到诸子。到了汉成帝留心，命令刘向整理校对，于是
《七略》记录美好的著作，九种学派的书像鱼鳞般汇集；编定的书
目，有一百八十多家了。到了魏晋，作者轮替出现，虚假的话也被
保存，琐碎的话一定记录，分类聚集起来，也要装满和照耀车箱了。

⑲暨：及。　　　炎：烧。　　　昆冈：昆仑山，产玉。《尚书·胤征》说："火炎
昆冈，玉石俱焚。"　　　燎：延烧。《论衡·书解》："秦虽无道，不燔（烧）诸子。"
但《史记·秦始皇本纪》说百家语（诸子）也都烧掉。　　　⑳汉成帝派陈农到各
地搜求书籍，派刘向校订。　　　子政：刘向字。　　　雠校：校正文字。
《七略》：刘向、刘歆父子编定的图书分类著作，分七编：《辑略》，是总论；《六艺
略》，记经书；《诸子略》、《诗赋略》、《兵书略》、《术数略》、《方技略》，记录其他
的书。　　　芬菲：花草茂盛。　　　九流：指儒家、道家、阴阳家、法家、名家、墨
家、纵横家、杂家、农家。　　　萃：聚集。　　　㉑杀青：用火烘竹简，去掉水分，
再在上写字。青，竹简。这里指写定。　　　㉒间出：轮流出现，即经常涌现。
谰言：虚诬的话。　　　璅：同琐，琐碎。　　　箱：车箱。　　　轸：车后横木，指
车。　　　照轸：光彩照耀车子。

158

17.4 然繁辞虽积,而本体易总,述道言治,枝条五经。其纯粹者入矩,踳驳者出规㉓。《礼记·月令》,取乎吕氏之纪;三年问丧,写乎《荀子》之书:此纯粹之类也。若乃汤之问棘,云蚑睫有雷霆之声㉔;惠施对梁王,云蜗角有伏尸之战㉕;《列子》有移山跨海之谈㉖,《淮南》有倾天折地之说㉗:此踳驳之类也。是以世疾诸子,混洞虚诞㉘。按《归藏》之经㉙,大明迁怪,乃称羿[弊]毙十日,嫦娥奔月。殷[汤]《易》如兹,况诸子乎?

虽然著作积累得很多,可是它们的根本内容是容易掌握的;它们阐述道理,议论政治,都是五经的旁枝。其中内容纯正的合乎经书的规矩,内容错乱的违反经书的法度。《礼记·月令》篇,是从《吕氏春秋·十二月纪》的首章里借来的;《礼记·三年问》篇,是从《荀子·礼论》篇的后半篇里采用来的:这些是属于内容纯正的一类。像《列子·汤问》里记商汤问夏革,夏革说蚊子的眼睫毛里有小虫在飞,黄帝和容成子听起来像发出雷霆的声音;《庄子·则阳》里讲惠施推荐戴晋人去对梁王说,蜗牛的两个触角上有两个国家发生战争,丢下数万尸首;《列子·汤问》里有愚公移山的故事,又有龙伯国里的大人一步跨过大海的说法;《淮南子·天文训》里讲到共工头触不周山,撑天的柱子断了天倒下一角,系地的绳子断了地陷下去了:这些说法属于事实错乱之类。因此世人批评诸子书,好坏混杂而多虚假。按《归藏经》里也大讲虚夸奇怪的事,说后羿射下十个太阳,嫦娥吞了不死之药奔入月宫。殷代的《易经》尚且这样,何况后来的诸子书呢?

㉓踳驳:错乱。　　㉔棘:《庄子·逍遥游》里作棘,据杨注。《列子·汤问》

篇里作夏革：说小虫焦螟，住在蚊子的眼睫毛上，耳朵最灵的师旷，也听不到它的一点声音。黄帝学道以后，就能听到它发出雷响般的声音。　　㉕《庄子·则阳》里是戴晋人对梁王说的。　　㉖《列子·汤问》里讲到愚公移山的神话。　　又龙伯国是大人国，这里的人都极高大，可以跨过大海。　　㉗是指共工和颛顼因争地位而战。　　㉘混洞：混沦不分。　　㉙《归藏》：殷商时代的《易经》。

17.5　　至如商韩，六虱五蠹，弃孝废仁，辔药之祸㉚，非虚至也。公孙之白马孤犊㉛，辞巧理拙，魏牟比之鸮鸟㉜，非妄贬也。昔东平求诸子《史记》，而汉朝不与㉝；盖以《史记》多兵谋，而诸子杂诡术也。然洽闻之士㉞，宜撮纲要，览华而食实，弃邪而采正。极睇参差㉟，亦学家之壮观也。

至于像《商君书·靳令》篇里讲到六种为害国家的虱子，《韩非子·五蠹》篇里讲到五种为害国家的蛀虫，把孝和仁看作虱子和蛀虫，主张废除它。可见，商君被秦国用车裂死，韩非被李斯毒死，并不是没有原因的。公孙龙说白马不是马，孤犊不曾有过母亲，话说得巧妙，可是在理论上说不通，魏牟把它比作猫头鹰的叫，并不是瞎批评。从前汉朝的东平王向朝廷求诸子和《史记》，汉朝不肯给。大概因为《史记》里多讲到用兵的策略，诸子书里则夹杂着讲到各种不正当的手段。然而知识丰富的人，应该抓住它的纲领，观赏它的花朵，咀嚼它的果实，抛弃其中的邪说，采取其中的正论。注意看到这种不一致的地方，那也是呈现在学者面前的一片壮阔景象。

㉚六虱：《商君书·去强》里以农的岁荒、食多，商的美、好（奇技淫巧），官的志、行（讲志行乱法）为六虱。又《靳令》称六虱为礼乐、诗书、修善、孝弟、诚

信、贞廉、仁义、非兵、羞战。共九事，可能并成六虱。 《韩非子·五蠹》中的五蠹：学者(疑法)、言谈者(政客)、带剑者(犯法)、患御者(近臣，行私)、商工(搞私利)。这里的学者包括儒家的讲仁孝在内。 轘(huàn 患)：用几辆车子把人分裂的酷刑。 药：毒死。 ㉛公孙龙说"白马非马"，利用白马这个概念和马这个概念不完全相同，因而说白马不是马。其实马这个概念里就包括白马在内。孤犊，没有母的小牛，它的概念和有母相矛盾，因而说孤犊未尝有母。其实，孤犊虽然没有母，但它是从犊变成孤犊的，当它没有成为孤犊时，它是有母的。公孙龙就这样玩弄概念来进行诡辩。 ㉜《庄子·秋水》篇里说公子牟拿井蛙来比公孙龙，因此这里的鹖鸟当作井蛙。 ㉝《汉书·宣元六王传》记东平王刘宇向汉成帝求书。成帝问王凤，王凤主张不给。 ㉞洽闻：广博的见闻。 ㉟睇：注视。

17.6　研夫孟荀所述，理懿而辞雅㊱；管晏属篇，事核而言练㊲；列御寇之书，气伟而采奇；邹子之说㊳，心奢而辞壮；墨翟随巢㊴，意显而语质；尸佼尉缭㊵，术通而文钝；鹖冠绵绵，呕发深言㊶；鬼谷眇眇㊷，每环奥义；情辨以泽，文子擅其能㊸；辞约而精，尹文得其要；慎到析密理之巧㊹，韩非著博喻之富㊺；吕氏鉴远而体周㊻，淮南泛采而文丽㊼：斯则得百氏之华采，而辞气[文]之大略也。

　　研究《孟子》《荀子》的论述，理论精美，文辞雅正；《管子》《晏子》的文篇，事实可靠，语言简练；《列子》一书，气势壮盛而文采奇丽；《邹子》的说法，内容夸大而文辞有力；《墨子》《随巢子》，意思显豁，语言质朴；《尸子》《尉缭子》，道理讲得很通畅，文辞却比较钝拙；《鹖冠子》含意深远，常常发出深刻的话；《鬼谷子》意义玄妙，往往回绕着深奥的意义来阐述；感情明显而润泽，《文子》独具这种才能；语言简练而精当，《尹文子》获得这种本领；《慎子》巧于分析精

密理论,《韩非子》以丰富的比喻著称;《吕氏春秋》识力深远而文体
周备,《淮南子》广泛地采用各种事例而文辞华丽:这是概括了诸子
百家的精华文采,以及语言风格的大概。

㊱懿:美。　　㊲核:核实。　　㊳邹子:即驺衍。　　㊴随巢:《随巢
子》,墨家。　　㊵尉缭:《尉缭子》,杂家。　　㊶鹖(hé 河)冠:《鹖冠子》,道
家。　　绵绵:长远。　　亟(qì 气):屡次。　　㊷眇眇(miǎo 秒):深远。
㊸辨:明辩。　　泽:丰润。　　《文子》:道家。　　㊹慎到:《慎子》,法家。
㊺《韩非子》的《说林》里多用寓言故事。　　㊻《吕氏春秋》是杂家,包括各派
理论,所以说"体周"。　　㊼《淮南子》:杂家,所以是"泛采"。

17.7　若夫陆贾《[典]新语》,贾谊《新书》,扬雄《法
言》,刘向《说苑》,王符《潜夫》,崔实《政论》,仲长《昌言》,
杜夷《幽求》㊽,[咸]或叙经典,或明政术,虽标"论"名,归
乎诸子。何者? 博明万事为子,适辨一理为论,彼皆蔓延
杂说,故入诸子之流。

至于前汉的陆贾《新语》,贾谊《新书》,扬雄《法言》,刘向《说
苑》,后汉的王符《潜夫论》,崔实《政论》,仲长统《昌言》,东晋的杜
夷《幽求子》,它们有的阐述经典,有的讲明政治理论,虽然标出
"论"字,也是属于诸子。为什么? 广博地说明万事万物的道理的
属于诸子,只辨明一种道理的是论,他们都牵涉到各种事物来说,
所以归入诸子这类去。

㊽《新语》:讲古今成败,贵仁义。　　《新书》:讲秦汉政治,也崇仁义。
《法言》:效法《论语》。　　《说苑》:记录可为鉴戒的遗文故事。　　《潜夫
论》:论当代政治得失。　　《政论》:论当世政治。　　《昌言》:论古今及世

162

俗行事，指斥时弊。　　《幽求子》：由儒入道。

17.8　夫自六国以前，去圣未远，故能越世高谈，自开户牖⑭；两汉以后，体势［漫］浸弱，虽明乎坦途⑰，而类多依采：此远近之渐变也。嗟夫！身与时舛㉛，志共道申。标心于万古之上，而送怀于千载之下，金石靡矣㉜，声其销乎！

　　在战国和以前的时代，离开圣人不久，所以诸子眼光能够跳出当世，放言高论，各自开辟门户，自成一家；两汉和以后的，体势渐渐衰弱，虽然认识到儒家这条平坦的大路，但大都是依傍儒家学说而加以采择：这是由远到近的逐渐变化。唉！诸子百家自身虽则大都和当时不合，可是他们的志趣和理论却在著作中得到申说。他们的立论高出万年以上，他们的怀抱寄托在千年以后，即使金和石都消亡了，他们的声音难道会消亡吗！

⑭牖：窗。　　⑰浸：渐。　　坦途：指儒家学说。　　㉛舛：不合。
㉜靡：消灭。

17.9　赞曰：［大］丈夫处世，怀宝挺秀；辨雕万物，智周宇宙。立德何隐？含道必授。条流殊述，若有区囿。

　　总结说：男子汉生在世上，学问像怀着宝玉，才华挺然秀出；辨才可以刻画各种事物，智慧可以遍观古今。建立的品德并不炫耀，体会到的道一定传授。他们构成各种流派作出不同的论述，如同各有分明的界限。

论说第十八

在这篇里，刘勰把论说分开来讲，认为"论"着重在发挥理论，"说"着重在打动人，要说得动听。这也由于论和说的来源不同，"论"是从诸子的学术文章来的，"说"是从战国策士游说之词来的，"论"偏重在理论，"说"更要讲究技巧。但这两者的界限并不是十分明确的。比方《孟子》宣传儒家的道理是"论"，像其中著名的《齐桓晋文之事章》，从不忍人之心推到实行仁政，传播儒家理论，就这方面说是"论"；再就他引用齐宣王不忍杀牛的故事来劝他施行仁政，话说得很动听，使齐宣王听得很高兴，就这方面说是"说"。因此，我们可以把两者合起来看。

论说要怎样才能写好，可以从两方面看。先看思想内容，再看技巧。就思想内容说，作者指出要"弥纶群言，而研精一理"。讨论问题，要是光就自己所想到的立论，可能看得片面而简单化，要是先搜集各方面对这问题的意见进行全面研究，再提出自己的看法，把它提到理论的高度，那就不会片面和简单化，可以谈得深刻些了。作者又赞美魏晋时代的优秀论文，"重师心独见，锋颖精密"。即提出自己的意见，不是人云亦云，而是见解锋锐，论述精密。要是"弥纶群言"而提不出自己的意见，那就不算论说。在研究时要"弥纶群言"，在立论时要"师心独见"，说出自己的看法。作者又指出晋代论文的缺点，"徒锐偏解，莫诣正理"，只提出片面的议论，不够正确。因此，在"弥纶群言"时还要能够分清是非。"钻坚求通，钩深取极"，即深入钻研，从而取得极深刻的结论，这个结论又能说明问题，能够扫清论述中的一切障碍，这就是"取极""求通"。所以它能"使心与理合"，使内心的认识与客观事物的道理一致，这两者中间没有一点间隙，这是最重要的一步。再要"辞共心密"即要辞能正确地达意，这是第二步。这样的论文，即是理论正确，又是文辞完美。还有，论文在实用方面，要"时利而义贞"，"有契于成务"，即对当前是有利的，有助于完成当前的工作。态度要严肃，避免"嘲戏。"

就技巧和语言方面说，"说贵抚会，弛张相随"，"顺情入机，动言中务"，即论说要运用或张或弛的写法，要顺应当前情况切合时机，说得中肯。还要"敷述昭情，善入史体"，"喻巧而理至"，就是要善于运用各种典型的事例和生动的比喻，来加强说服力。不是把论说写成枯燥的理论文字，而是通过生动的事例来加强艺术力量。"飞文敏以济辞"，即要用文采来加强语言的力量。语言要求精炼，"辞忌枝碎。"

作者这些看法，是他研究了历代论说后得出的。他讲论说，虽然说"研精一理"，"叙理成论"，但他反对依傍前人学说来立论，不赞成"多抽前绪"，而要求"师心独见"，有独立见解。因为论说要"时利而义贞"，适应当时的需要，要"弥纶群言"，考虑到当时的各种意见，前人的学说不可能完全适应当前的情况，所以要作者钻坚钩深，自己用力来解决问题。因此他讲论说的理，不要求依傍儒家或道家。就有无的辨论，他赞成佛家，因为他认为对有无问题，不论崇有也罢，贵无也罢，论者只看到一方面，只有佛家空有兼综，看到全面。在这里，他主要不是要人依傍佛家来立论，主要是要人看到全面而反对片面。他赞美佛家的论有无是不正确的，但他要求全面看问题是对的。他不赞成"多抽前绪"有些片面，但他主张"师心独见"是对的。应该是"多抽前绪"同"师心独见"结合起来，吸取前人正确的理论来帮助我们解决当前的问题，还是结合当前问题来立论，所以是"师心独见"的；但又吸取了前人正确的理论，所以又是"多抽前绪"的。

他指出战国时代的论说，"虽批逆鳞，而功成计合"。不但敢于批逆鳞，敢于违反人主的命令向他谏诤，还能够取得人主的信从，这确是难能的。批逆鳞已经很难，还要功成计合，就更难了，这不但要披肝沥胆，还要讲究技巧。又指出汉朝以下，都"顺风托势"，看风向说话，这话虽说得过分一点，但正指出后世立论的主要毛病。既然看风向说话，实际上也就是没有"师心独见"，没有立论了。这种看法同他对诸子的看法一致，是看得深刻的。

他讲论的"条流多品"也有不够确切的，像"传者转师，注者主解，赞者明意"，"序者次事，引者胤辞"，都不算论说，像注《尧典》、解《尚书》只是注解而不是辩论，不必归入论说。只有王弼解《易》，阐说他的思想，可以算论说。

18.1　圣哲彝训曰经[①]，述经叙理曰论。论者，伦也；伦理无爽[②]，则圣意不坠。昔仲尼微言，门人追记，故〔仰〕帅其经目[③]，称为《论语》；盖群论立名，始于兹矣。自《论语》以前，经无"论"字，《六韬》二论[④]，后人追题乎！

圣人讲的经久不变的教训叫做经书，阐发经书、说明道理的叫做论文。论是有条理的意思；道理讲得有条理而没差错，那末圣人的原意就不会丧失。从前孔子说的精妙的话，他的学生在事后追记下来，所以谦虚地不敢称为经，称为《论语》；各种论文的称为论，是从它开头的。在《论语》以前，经书里没有用"论"字作篇名的，相传姜太公的兵法书《六韬》里有《霸典文论》和《文师武论》，这两个论字可能是后来的人追题的吧？

166

①彝:常,经久不变的意思。　　②伦:有条理有秩序的意思。　　爽:差错。　　③抑:表谦虚。　　经目:经的名称。　　④二论:见《后汉书·何进传》注引。今本《六韬》里没有《文论》《武论》的篇名。

18.2 详观论体,条流多品:陈政,则与议说合契⑤;释经,则与传注参体⑥;辨史,则与赞评齐行⑦;[铨]诠文,则与叙引共纪⑧。故议者宜言,说者说语⑨,传者转师,注者主解,赞者明意,评者平理,序者次事,引者胤辞⑩:八名区分,一揆宗论⑪。论也者,弥纶群言,而研精一理者也。

详细地观察论文的体裁,枝分派别还有各种门类:讲政治的,便同议和说一致;解经书的,便同传和注的体例相配合;辨论历史的,便同史赞史评一样;论述作品的,便同叙言或引言一贯。所以议是话说得适当,说是话说得动听,传是转述老师的话,注是着重解释,赞是说明作意,评是公正地评论道理,叙言是按次序申说内容,引言是引申的话:八种名称分成各类,一律以论为主。论文是概括各家的话来精密研究一个道理的。

⑤契:合,一致。　　⑥传:解释经典的文字。　　⑦赞:历史家的议论称赞。　　⑧诠:论述的意思。　　引:引申原文的话,犹引言或前言。纪:犹类。　　⑨说语:即悦语,话说得动听。　　⑩胤:子孙继承的意思,这里指引申原作的意思。　　⑪一揆:犹一律。揆,道。

18.3 是以庄周《齐物》,以论为名;不韦《春秋》,六论昭列;至石渠论艺,白虎通讲;[聚]述圣[言]通经,论家之正体也。及班彪《王命》,严尤《三将》,敷述昭情,善入史体⑫。魏之初霸,术兼名法⑬;傅嘏王粲,校练名理⑭。

迄至正始，务欲守文；何晏之徒，始盛玄论⑮。于是聃周当路，与尼父争途矣⑯。详观兰石之《才性》，仲宣之《去[代]伐》，叔夜之辨声，太初之《本[玄]无》，辅嗣之《两例》，平叔之二论⑰：并师心独见，锋颖精密，盖[人伦]论之英也。至如李康《运命》，同《论衡》而过之；陆机《辨亡》，效《过秦》而不及⑱，然亦其美矣。

因此庄周的《齐物论》，用论字作篇名；吕不韦的《吕氏春秋》，有《开春论》《慎行论》《贵直论》《不苟论》《似顺论》《士容论》六篇论文明显地排列着；至于汉宣帝召集众儒生在皇宫内石渠阁里讨论五经，汉章帝召集博士和儒生等在白虎观里讲论五经，阐发圣人的话，贯通五经的道理，这是论文家的正体。到班彪作的《王命论》，严尤作三篇《将论》，展开论述表达明显的感情，善于运用历史例证。魏国的开始建立霸业，兼采名家法家的方术；当时的作家傅嘏、王粲，他们考核和熟习名家法家的理论。到了魏正始年代，要致力于遵守魏文帝明帝的注重文治；这时何晏这一班人，开始使玄学的理论兴盛起来。因此老子庄周的道家学派得势，同孔子的儒家学派争夺地位了。仔细观察傅嘏的《才性论》，王粲的《去伐论》，嵇康的《声无哀乐论》，夏侯玄的《本无论》，王弼的《易略例》，何晏的《道德论》：都是不因袭而有创见，笔力锋利，持论精密，是阐发理论的杰作。至于像李康的《运命论》，和王充《论衡》中谈运命的理论一致，可是文章胜过他；陆机的《辨亡论》，模仿贾谊的《过秦论》却比不上它，但也是优秀的了。

⑫后汉初的班彪著《王命论》引证刘邦历史，说明他得到天命。王莽将严尤作三篇《将论》，引证乐毅、白起历史，反对王莽穷兵黩武。　　⑬曹操执掌

政权,讲究名法,即讲究循名责实,要求名和实一致,讲究法治。　　⑭名理:
即名法,理是法的意思。　　⑮魏文帝、魏明帝的统治,不像曹操那样讲究名
法,逐渐趋向浮华,崇尚文采。到齐王曹芳的正始年代,继承了这种浮华的风
气,何晏等人开始清谈。清谈主要是谈论道家的理论,称玄论。　　⑯聃:老
聃,指老子。　　周:庄周。　　⑰兰石:傅嘏的字。　　《才性》:论人的才
性。　　仲宣:王粲的字。　　《去伐》:除去骄傲,伐即矜伐,骄傲。　　叔
夜:嵇康的字。　　太初:夏侯玄的字。　　《本无论》:讲道家思想。　　辅
嗣:王弼的字。　　两例:疑当作略例,指《易略例》。　　平叔:何晏的字。
二论:疑即《道德论》。这里指出三国魏时的六位作家的六篇著名论文,都是
有创见的,杰出的,持论精密的。　　⑱《运命论》:讲命运的。　　《辨亡
论》:讲吴国所以灭亡的理论。

18.4　次及宋岱郭象,锐思于幾神之区⑲;夷甫裴颇,
交辨于有无之域⑳;并独步当时,流声后代。然滞有者,全
系于形用;贵无者,专守于寂寥;徒锐偏解,莫诣正理;动
极神源,其般若之绝境乎㉑? 逮江左群谈,惟玄是务㉒;虽
有日新,而多抽前绪矣。至如张衡《讥世》,[韵]颇似俳
说㉓;孔融《孝廉》,但谈嘲戏;曹植《辨道》,体同书抄;言不
持正,论如其已㉔。

　　其次说到晋代的宋岱著有《周易论》,郭象著有《庄子注》,思想
深入到预见和神奇的境界;晋代的王衍、裴颇,互相辩论关于"有"
与"无"的问题;都是在当时独一无二的,声名流传到后代。然而执
着于"有"的完全着眼在形象和有用方面,看重"无"的专门主张寂
寞清虚的境地;徒然作精辟的片面解释,没有谁能够达到正确而全
面的理论;探索到极深入的真理的究竟,只有佛法的最高境界吧?
到了江东众人的谈论,只是致力于玄谈;虽然时常有新的解释,可

是多数是引申前人说过的话头罢了。至于汉朝张衡写的《讥世》，
很像文字游戏；三国时孔融写的《孝廉》，只是说些开玩笑的话；曹
植的《辨道》，体例同抄书一般；议论不能够守住正道，还不如不议
论。

⑲幾：吉凶之先见者，指预见。　　⑳夷甫：王衍字，他认为最初是无，从
无中生出阴阳，化生万物，所以要看重虚无。裴頠著《崇有论》，认为万物是从
有产生的，要是清静无为，什么也做不成。　　㉑诣：到达。　　劲：动辄。
极：到顶点。　　神源：神理的源头，指最高理论。　　般若(bō rě 波惹)：佛
家称智慧为般若，这里指佛法。刘勰相信佛法，佛法分有门、空门、亦有亦空
门，认为有也是空，空也是有，这就没有空有的矛盾，是唯心的。　　㉒江左：
指东晋，东晋偏安江东。　　玄：即清谈，谈《老子》《庄子》《周易》三书中的道
理，主要是讲道家学说。　　㉓韵：当作"颇"，据杨说。　　俳(pái 牌)：指杂
戏。　　㉔已：停止。

18.5　原夫论之为体，所以辨正然否；穷于有数，
[追]究于无形㉕，[迹]钻坚求通，钩深取极；乃百虑之筌蹄，
万事之权衡也㉖。故其义贵圆通，辞忌枝碎，必使心与理
合，弥缝莫见其隙；辞共心密，敌人不知所乘：斯其要也。
是以论如析薪，贵能破理。斤利者，越理而横断；辞辨者，
反义而取通；览文虽巧，而检迹知妄。唯君子能通天下之
志，安可以曲论哉？

考究论文这种体制，所以用来辨明是非；要对现象作彻底的探
索，追究到超过形象的理论，要攻破困难求得贯通，要深入探索取
得最后结论；它是求得各种理论的手段，评价各种事理的天平。所
以它讲的道理要圆满而通达，话语忌烦碎，一定要使心里想的同事

170

物的道理完全一致，这两者配合得没有一点裂缝；又要使文辞同思想完全一致，使论敌无隙可乘：这是最主要的。因此议论像劈柴，重要的是能够按照木柴的纹理把它劈开。可是斧头锋利的不顾纹理把它横里切断，口才好的强词夺理来自圆其说；看文字虽然讲得很巧妙，可是考求实际就知道那个道理是错的。只有有道德的人能懂得天下人的心意，怎么可以歪曲地立论啊？

㉕穷：探索到极点。　　数：技术，方法。有数与无形相对，指具体现象。无形：指抽象道理。　　㉖筌（quán 全）：捕鱼具；蹄：捕兔具；是用来取得鱼兔的工具，这里指用来取得理论的手段。　　权衡：即古代的秤锤和秤，用来称轻重的。

18.6　若夫注释为词，解散论体，杂文虽异，总会是同㉗。若秦延君之注《尧典》，十余万字；朱普之解《尚书》，三十万言㉘；所以通人恶烦，羞学章句㉙。若毛公之训《诗》，安国之传《书》，郑君之释《礼》，王弼之解《易》，要约明畅，可为式矣㉚。

至于经书里注释的话，是把论文分散在各个注里，注释的文字虽然繁杂而不一样，可是把它们归总起来看还是同于论文。像汉儒秦延君注《尧典》，用了十多万字；后汉朱普解《尚书》，用了三十万字；所以通人讨厌它太烦，以学习分章逐句的注释为可羞。像鲁人毛公解释《诗经》，汉儒孔安国解释《书经》，后汉末郑康成解释三《礼》，魏人王弼解释《易经》，文字简要，意义明显，可以作为注释的规范了。

㉗杂文：注释有解释字义的，有串讲的，有考证的，有阐发的，体例不一，

所以称杂文。　　　总会是同：论文里也有解释、考证、阐发，所以会合起来看同于论文。　　㉘秦延君：名恭，前汉儒生。　　　《尧典》：《尚书》中的第一篇。　　　朱普：后汉儒生。《后汉书·桓郁传》说朱普讲《尚书》四十万字。㉙通人：如扬雄、班固等，都看不起繁琐的注释。　　章句：分章分句解释。㉚毛公：郑玄《诗谱》称"鲁人大毛公"，不记他的名字，三国吴人陆玑说他叫毛亨。孔安国，前汉儒者，他作的《古文尚书传》，早已散失。刘勰看到的《古文尚书传》，是东晋梅赜的伪《古文尚书传》。　　　郑君：后汉末大儒郑玄。式：法式。

18.7　说者，悦也㉛；兑为口舌，故言［咨］资悦怿㉜；过悦必伪，故舜惊谗说。说之善者，伊尹以论味隆殷，太公以辨钓兴周，及烛武行而纾郑，端木出而存鲁㉝：亦其美也。

说是喜悦，说字的右边是兑字，兑在《易经·说卦》里作口舌解，所以说要使人喜悦；过于要讨好人一定会变为虚伪，所以《尚书·舜典》里说，舜对阿谀的话很感到吃惊。好的说辞，像伊尹讲调味取得汤的信任，从而使殷代兴盛起来。姜太公讲钓鱼取得文王的信任，从而使周代兴盛起来。到春秋时，烛之武去劝秦国退兵，解除了郑国的患难；子贡到齐国去劝齐释鲁攻吴，因而保全了鲁国：这也是好的说辞。

㉛说：有悦义，如《诗·小雅·都人士》："我心不说。"说即悦。悦有使人获得了悟的喜悦之意。　　㉜口舌：指说辞。　　怿（yì 亦）：喜悦。　　㉝伊尹的话见《吕氏春秋·本味》，姜太公的话见《六韬·文师》，烛之武的话见《左传·僖公三十年》，端木赐即孔子学生子贡，他的话见《史记·仲尼弟子列传》。其中只有烛之武的话是可信的，别的恐都是假托。

18.8　暨战国争雄，辨士云踊；从横参谋，长短角势[34]；转丸骋其巧辞，飞钳伏其精术[35]。一人之辨，重于九鼎之宝，三寸之舌，强于百万之师[36]。六印磊落以佩，五都隐赈而封[37]。至汉定秦楚，辨士弭节[38]，郦君既毙于齐镬，蒯子几入乎汉鼎[39]；虽复陆贾籍甚，张释傅会，杜钦文辨，楼护唇舌[40]。颉颃万乘之阶，抵［嘘］戏公卿之席[41]；并顺风以托势，莫能逆波而泝洄矣[42]。

　　到了战国时代，七国互争雄长，游说的辨士多得像云那样涌起；有的合纵，有的连横，参预各国谋议，较量势力强弱；像弹丸那样圆转地运用巧妙的辞令，像飞出去的钳子钳住目的物般使人佩服他的精巧技术。因此，一个辨士的话比九鼎宝器还要贵重，辨士的三寸舌，胜过百万雄兵。主张连横的苏秦，身挂着众多的六国相印，主张合纵的张仪，秦国封给他五个富裕的都城。到了汉代平定秦楚，辨士不再那样得势，像汉王的辨士郦食其已经被烧死在齐国的铁镬里；齐国的辨士蒯通几乎被投到汉朝的鼎里去烧死。虽然像陆贾在汉朝大臣中很有名声，张释之在文帝前能够依据时事立论，杜钦有文才，善辩论，楼护会说话。他们有的在皇帝殿前上下议论，有的在大臣座前辩说，但他们多半是看风向说话，没有谁能够逆流而上的了。

　　[34]暨：及。　　从：合纵，南北为纵，主张联合南北六国来抗秦。　　横：连横，东西为横，主张东方的六国向西归顺秦国。　　角：较量。　　[35]《鬼谷子》有《转丸篇》，已散失；又有《飞钳篇》，讲怎样抓住人心，要对方听从自己指挥。　　[36]平原君赵胜去和楚国结盟，楚王狐疑不决，毛遂上去一说，盟约就订定了。赵胜因此称赞毛遂"使赵重于九鼎大吕"，"毛先生以三寸之舌，强于百万之师。"见《史记·平原君列传》。　　[37]磊落：指相印众多不一致。

隐赈:同殷赈,富裕。　　㊳弭:停止。　　弭节:停止活动,指不得势。节,使人所拿的信物。　　㊴郦食其(lìyìjī 力义基):刘邦部下的辩士。刘邦派他去劝齐王归顺了汉。汉将韩信不顾齐王已经归顺,进兵袭击齐国,郦食其因此被齐王烧死。蒯(kuǎi 扩)通劝韩信造反,韩信不听。刘邦因此捉住蒯通,要把他烧死,靠了他的辩解才得赦免。　　㊵陆贾劝陈平(相)和周勃(将)合作来防止吕家夺取政权,因此在当时很有名。　　籍甚:名誉有所凭藉而益盛,即极著名。　　张释:即汉文帝臣张释之,汉文帝要他就当时可行的发言。　　傅会:凑合,依照当前情事发言。　　杜钦:汉朝贵族王凤手下谋士,给王凤献计,会论辩。　　楼护:汉朝贵族家里的贵客,他很会说话。㊶颉颃(xié háng 协航):犹上下。　　万乘:万辆兵车。乘,兵车,指大国,这里指天子。　　抵戏:戏弄,谈笑。　　㊷泝洄:逆流而上。

18.9　夫说贵抚会,弛张相随,不专缓颊,亦在刀笔㊸。范雎之言事,李斯之止逐客㊹,并[烦]顺情入机,动言中务,虽批逆鳞㊺,而功成计合,此上书之善说也。至于邹阳之说吴梁㊻,喻巧而理至,故虽危而无咎矣。敬通之说鲍邓,事缓而文繁,所以历骋而罕遇也㊼。

劝说重在配合形势,有时放松有时抓紧,跟着情况转变,劝说不是专靠口舌,也用笔墨。范雎写信给秦昭王要求昭王用他的话,李斯写信给秦王劝他不要赶走客卿,都说得合情投机,话极中肯,虽然触犯了君王,却获得成功而受到信用,这是写信中善于劝说的例子。至于邹阳的劝说吴王梁王,比喻巧妙而理由充足,所以处境虽然危险却没有受害。后汉冯衍的劝说鲍永邓禹,引证的事例显得迂阔,文辞又太繁多,所以几经游说却很少得志。

㊸抚会:顺合,配合。抚,循,顺。　　缓颊:慢慢说,这里指用口说。刀笔:古代写字在竹简上,用刀削去误字。这里指文字。　　㊹范雎(jū 居)

174

上书秦昭王,请求接见。当时太后弟穰侯专权,昭王想收回政权,范雎看到这点,在信里用话打动他,所以话说得投机。秦王(即后来的秦始皇)赶走客卿,李斯上书劝谏,指出他这样做对秦国不利,正合秦王的心意,也被采纳。

㊺逆鳞:相传龙喉下有逆鳞,碰了它要杀人,比喻触犯人主的要被杀。见《韩非子·说难》。范雎反对太后弟穰侯,李斯反对秦王逐客,所以说批逆鳞。

㊻邹阳看到吴王刘濞要造反,写封非常含蓄的信去劝阻,吴王不听。邹阳到梁国,被人陷害,被梁孝王关在狱里,他写信给梁孝王辩解,得释。　㊼冯衍:字敬通。后汉初刘玄称帝,派鲍永去平定北方。冯衍劝鲍永任用贤能,训练军队。鲍永便用冯衍做立汉将军。刘玄死了,刘秀做了皇帝,冯衍听说刘玄没有死,反抗刘秀,刘秀因此恨他。后来冯衍证实刘玄死了,便向刘秀投降,刘秀再不肯用他,他因此一生不得志。他也曾在邓禹幕府里工作过。他的不得志不是由于文章写得不好,是由于得罪刘秀。这里说得不确切。见《后汉书·冯衍传》。

18.10　凡说之枢要,必使时利而义贞㊽;进有契于成务,退无阻于荣身。自非谲敌,则唯忠与信。披肝胆以献主,飞文敏以济辞;此说之本也。而陆氏直称"说炜晔以谲诳㊾",何哉?

一切劝说的话最主要的,一定要使它对当时有利而意义正确;在大的方面有助于完成当前的工作,在小的方面不会妨碍自身的荣显。要不是欺骗敌人,那末只能讲究忠诚和信实。打开心里的话来献给主上,运用巧妙的文采来加强语言的说服力:这是劝说的根本。可是陆机竟说"说要有光采而用权诈欺诳",这是为什么呢?

㊽枢要:关键。　贞:正。　㊾见陆机《文赋》。陆机的话是就战国策士的游说之辞说的。当时的游说为了要达到目的,哄骗、欺诈、恐吓各种手段都用过,这些究竟不是正派的说辞,所以作者在这里批评他。

18.11 　赞曰:理形于言,叙理成论。词深人天,致远方寸[50]。阴阳莫[贰]忒,鬼神靡遁[51]。说尔飞钳,呼吸沮劝。

总结说:理论用言语来表达,叙述理论成为论文。论文深刻地探索到人世和自然的奥秘,心思运用到远处。论文像阴阳变化那样没有差误,它使得鬼神也无从遁逃。游说用飞钳的技术把你抓住,在呼吸之间或者阻止你,或者劝诱你,有这样魅力。

[50]方寸:心。　　[51]贰:杨注认为当作"忒",差误。　　靡:无

诏策第十九

诏策是天子告臣民的话，上古称命，发布政令有时称诰，军队誓师称誓。秦始皇改命为制。汉朝分为策书、制书、诏书、敕书。策书封王侯，制书发布赦令，诏书告百官，敕书戒地方。

此外，像戒、教，有东方朔《戒子诗》，马援《戒兄子严、敦书》，那是诗和信，戒不成为一种文体。班昭的《女诫》，才成一种文体。又像孔融有《告高密县立郑公乡教》、庾翼有《与僚属教》，也是一种文体。

诏策和戒教都是古代的应用文，其中运用修辞手法，带有文学色彩的，这篇里也讲了。如"授官选贤，则义炳重离之辉；优文封策，则气含风雨之润；敕戒恒诰，则笔吐星汉之华；治戎燮伐，则声有洊雷之威；眚灾肆赦，则文有春露之滋；明罚敕法，则辞有秋霜之烈。"这里讲的各种内容不同的诏策，具有各自的特色：有的像日月交辉，有的像风雨滋润，有的像银河照耀，有的像霹雳声威，有的像春露，有的像秋霜。这样的诏策，就属于文学散文，具有各种不同风格的特色了。这里试举几例来做说明。

汉武帝《元狩二年报李广诏》："故怒形则千里竦，威振则万物伏；是以名声暴于夷貉（mò 墨，北狄），威稜憺（dàn 淡，震动）乎邻国。夫报忿除害，捐残去杀，朕之所图于将军也。若乃免冠徒跣（xiǎn 显，赤脚），稽颡（叩头）请罪，岂朕之指哉！"这里写将军的怒和威，就有夸张，有形象；写将军的得罪，也是形象的，这些就构成了文学散文。又《元封五年求贤诏》："故马或奔蹄（踢人）而致千里，士或有负俗之累（被世俗讥评）而立功名。夫泛驾（不受驾驭）

之马，拓弛（不循规矩）之士，亦在御之而已。"这里对特出的人才，用千里马作比，用"奔蹄""泛驾"来写，也有形象，是文学散文。汉光武帝《与汉中太守丁邯诏》："汉中太守妻，乃系南郑狱（丁邯妻弟为公孙述将，邯把妻关在牢里），谁当搔其背垢者。悬牛头，卖马脯；盗跖行，孔子语。以邯服罪，且邯一妻，冠履勿谢。"这里提出"搔背垢"，当用《神仙传》中麻姑手爪可以搔背的故事。"悬牛头，卖马脯"，"盗跖行，孔子语"，都是比喻。借用故事和比喻来表达正意，这是文学散文的写法。再像马援《戒兄子严敦书》，里面写了龙伯高、杜季良两人的不同行为，又用两个比喻："刻鹄不成尚类鹜（鸭）"，"画虎不成反类狗"，成为两个著名的成语了。在这方面，刘勰对选文定篇方面不容易做得完备。

刘勰对诏策，既指出它们在风格上的要求，又指出"当指事而语，勿得依违"，要明确地结合事实说话。又指出好的条教，"乃事绪明也"；不恰当的教令，"乃治体乖也"。从实际的应用上考虑，能够实用收到效果的才是好的，只有文采而不适用的则不行。这样注意实际效用是好的。

19.1　皇帝御宇[1]，其言也神。渊嘿黼扆[2]，而响盈四表[3]，唯诏策乎？昔轩辕、唐、虞，同称为"命"。"命"之为义，制性之本也[4]。其在三代，事兼诰誓[5]。誓以训戒，诰以敷政[6]。命喻自天，故授官锡胤[7]。《易》之《姤》象[8]，"后以施命诰四方[9]"。诰命动民，若天下之有风矣。降及七国[10]，并称曰〔令〕命，〔令〕命者，使也[11]。秦并天下，改命曰制[12]。汉初定仪则[13]，则命有四品：一曰策书，二曰制书，三曰诏书，四曰戒敕[14]。敕戒州部[15]，诏诰百官，制施赦命，策封王侯。策者，简也[16]。制者，裁也[17]。诏者，告也。敕者，正也。

　　天子统治天下，他的话是神圣的。他静默地坐在御座上，可是他的声音充满四方之外，只是诏书吧。从前辕轩黄帝和唐尧虞舜，作为天子的话同称为"命"。"命"的意义，是确定人性的根本。它在三代时，还包括诰命和誓命。誓命是用来教训军队的，诰命是用来实施政治的。"命"是从天命借用来的，所以用它来给予官爵，赐福给后代。《易经》的《姤卦》象辞："天子用颁布命令来告戒四方臣民。"用诰命来发动人民，像天下的有风了。下到战国时代，都称做命，命就是使。秦并天下，改命为制。汉朝初年制定法制，把命分成四种：一叫策书，二叫制书，三叫诏书，四叫戒敕或敕书。敕书用来告戒州部的长官，诏书用来告示百官，制书用来实行赦免，策书用来封王侯。策是竹简，制是决断，诏是告诉，敕是改正。

　　①皇帝：上古历史分三皇、五帝、三王，到秦有皇帝，这里从五帝讲起，包括五帝、三王在内。　　②渊嘿（mò 末）：沉默。渊，深沉。　　黼扆（fǔyǐ 斧已）：绣有半黑半白斧刃形的屏风，立在天子座位后。　　黼，像斧刃白身黑。③四表：四方之外。　　④制性：儒家认为天命叫性，性是天生的。天子要根据天命来制定人性，助善去恶。　　⑤三代：夏、商、周。　　诰誓：诰是指发布施政命令。誓是指起兵讨伐的宣言。　　⑥戎：军事。　　敷：展布，施行。　　⑦自天：命是从天命来的。　　锡胤（yin 印）：赐福给子孙。胤，后代。　　⑧姤（gòu 够）象：《易经·姤卦》中的象辞。姤指遇见，如草遇风倒。⑨后：君主。指君主发布命令告戒四方臣民，臣民望风顺服。　　⑩七国：战国时代。　　⑪使：使人服从。　　⑫秦始皇改"命"为"制"。　　⑬仪则：犹制度、定规。　　⑭敕（chì 赤）：告戒地方官的命令。　　⑮州部：地方行政区域。汉武帝分天下为十三部，部设刺史。后汉成帝改部为州，设州牧。⑯简：竹简，策书写在竹简上。　　⑰裁：决断。

19.2　《诗》云"畏此简书⑱"，《易》称"君子以制［度数］数度⑲"，《礼》称"明［君］神之诏⑳"，《书》称"敕天之命"，并本经典以立名目。远诏近命，习秦制也。《记》称"丝纶㉑"，所以应接群后㉒。虞重纳言㉓，周贵喉舌㉔，故两汉诏诰，职在尚书㉕。王言之大，动入史策，其出如綍㉖，不反若汗㉗。是以淮南有英才，武帝使相如视草；陇右多文士㉘，光武加意于书辞：岂直取美当时，亦敬慎来叶矣。

　　《诗经·小雅·出车》说"害怕这封简书"，《易经·节卦》象辞说"君子节制地来制定礼的等级法度"，《周礼·秋官·司盟》称"诏告明神"，《书·益稷》称"敕奉天的命令"，策、制、诏、敕，都是根据经典来确立的名称。在远处的用诏书，在近地的用命令，这是沿用秦朝的制度。《礼记·缁衣》里称："王的话轻细像丝，它发出来像阔的带。"它是用来应对接待各国君主。虞舜看重发布帝命的纳言官，周朝看重发布王命的官比做喉舌，所以两汉的诏书文诰，由尚书省来掌管。天子的话重要，动不动写进史书里；它一出口就像大绳索，像汗水那样不能收回。因此，淮南王刘安有杰出的才华，汉武帝给他写信，要司马相如审定草稿；陇西隗嚣部下多文人，光武帝在写信时加倍注意：岂但在当时传为嘉话，也使后世敬慎了。

⑱简书：指策，写在竹简上的命令。　　⑲数：指礼的等级。　　度：法度。　　⑳明神：指日月山川诸神。　　㉑纶：粗丝带。《礼记·缁衣》："王言如丝，其出如纶；王言如纶，其出如綍（大绳）。"指王言影响大。　　㉒群后：诸侯。　　㉓讷言：官名，出纳王命，发布命令，采纳下面意见。　　㉔喉舌：指发言者。　　㉕尚书：官名，秦汉时主管皇帝文书。　　㉖綍（bó勃）：大绳。　　㉗指王命发出，像汗出不能收回。见《汉书·刘向传》。　　㉘陇右：指陇西隗嚣（wěi ào 伟敖）与汉光武帝通书信。

19.3 观文景以前，诏体浮[新]杂[29]；武帝崇儒，选言弘奥[30]。策封三王，文同训典[31]；劝戒渊雅，垂范后代；及制[诰]诏严助，即云厌承明庐，盖宠才之恩也[32]。孝宣玺书，责博[士]于陈遂，亦故旧之厚也[33]。逮光武拨乱，留意斯文[34]，而造次喜怒，时或偏滥[35]。诏赐邓禹，称司徒为尧[36]；敕责侯霸，称黄钺一下[37]。若斯之类，实乖宪章[38]。暨明[帝]章崇学，雅诏间出[39]。[安]和安政弛，礼阁鲜才[40]，每为诏敕，假手外请。建安之末[41]，文理代兴，潘勖九锡，典雅逸群[42]；卫觊禅诰，符命炳耀[43]，弗可加已。白魏晋诰策，职在中书[44]，刘放张华，[互]并管斯任[45]，施[命]令发号，洋洋盈耳[46]，魏文帝下诏，辞义多伟，至于作威作福[47]，其万虑之一[弊]蔽乎？晋氏中兴，唯明帝崇才，以温峤文清，故引入中书[48]；自斯以后，体宪风流矣[49]。

看到汉文帝、景帝以前，诏书内容浮泛杂乱；汉武帝尊崇儒家，诏书选用的语言广博深奥。用策书来封齐王、燕王、广陵王，文辞跟《尚书》中的训典相同；它的劝戒意义深刻正确，为后世留下典范；到作诏书给严助，就说他厌倦在朝值班，让他出外做会稽太守，是爱才的恩典。汉宣帝盖印的信，向陈遂问起欠他赌债的事，也是老朋友的深厚情意。到东汉光武帝平定世乱，注意文化，但在匆忙中喜怒无常，有时不免失当。他给邓禹的诏书，竟称司徒邓禹为尧；用敕书来责备侯霸，说黄色的大斧一下来就完了。像这样之类，实在违反法制。到明帝章帝尊崇学术，文辞雅正的诏书轮替发出。到和帝安帝政治宽纵，草拟诏书的尚书省缺乏人才，每次写诏书敕书，请外人代笔。到建安末年，有文采和理致的诏书代替兴起,如潘勖的《册魏公九锡文》,措辞雅正超出群辈,卫凯的《为汉帝禅位魏王诏》,称述天命的征验极为显著,不能够再增加了。自从魏晋时的诏书策书,归中书省掌管,魏的刘放,晋的张华,都主管这个任务,发布号令的诏书策书,充满在人耳目。魏文帝曹丕发下的诏书,文辞意义多数是宏大的,至于要将军"作威作福",这是智者千虑中的一失吧?东晋中兴,只有晋明帝看重文才,因为温峤的文辞清新,所以引进到中书省;从此以后,中书省的体制有了法度,成为风气流传下去了。

㉙汉文帝景帝不用儒生,所以说诏体浮杂。　㉚汉武帝用儒生,诏书用经书中辞语,故称弘奥。　弘,大;奥,深。　㉛三王:《史记·三王世家》,指齐王刘闳、燕王刘旦、广陵王刘胥。　训典:《尚书》中有《伊训》《尧典》等。　㉜汉武帝下诏给会稽太守严助,说他厌承明庐,承明庐是在朝廷值班住宿处,所以加恩让他回乡做会稽太守。　㉝汉宣帝在民间,与陈遂赌博,多次欠陈遂赌债。宣帝即位后,用遂做太原太守,写信给他说:"官高俸禄多,可以偿还赌债了。"　责博:问起赌债。责,问。　故旧:老朋友。㉞逮(dài 代):及。　斯文:指文化学术。　㉟造次:匆忙,仓促。滥:过分。　㊱汉光武封邓禹为司徒,三公之一,给他诏书说:"司徒,尧也。"赞美过分。　㊲司徒侯霸荐人不当,光武给他诏书说:"黄钺一下无处所。"大斧劈下死无葬身之地,恐吓不当。　㊳宪章:法度。　㊴暨(jì计):及。　间出:轮替出现。　㊵礼阁:指尚书省,主管起草诏书等事。㊶建安:汉献帝年号,是曹操执政时期。　㊷潘勖(xù 续),替曹操写《册魏公九锡文》。九锡,指汉献帝赐给曹操的九种器物。　㊸卫觊(jì 计),替曹丕写《为汉帝禅位魏王诏》。　符命:天命的征验,是曹丕和他的臣下造作的。　㊹中书:中书省,主管政务和起草诏书的机关。　㊺刘放:魏大臣。　张华:晋大臣。两人都做中书省长官中书监。　㊻洋洋:状众多。㊼《三国志·魏书·蒋济传》,称曹丕给征南将军夏侯尚的诏书里说他可以"作威作福,杀人活人"。蒋济对此提意见,曹丕追回了这封诏书。　㊽晋明帝

称温峤"文清而旨远"，用他为中书令，起草诏书。　　㊾体宪：中书省的体制
有法度。　　　风流：风气流传下去。

19.4　　夫王言崇秘，大观在上㊿，所以百辟其刑，万邦
作孚�。故授官选贤，则义炳重离之辉�；优文封策�，则
气含风雨之润；敕戒恒诰，则笔吐星汉之华�；治戎燮伐，
则声有洊雷之威�；眚灾肆赦�，则文有春露之滋；明罚敕
法，则辞有秋霜之烈：此诏策之大略也。

　　天子的话崇高神秘，处在上位，大为在下所观望，所以诸侯都
来效法，万国都加信顺。因此选用贤才来给予官位，那诏书的含义
像日月双重照耀的光辉；褒奖的文告，封官的策书，那恩惠像含有
和风细雨的滋润；教戒的文告，那笔里吐出银河的光采；誓师伐敌，
那声势有重叠霹雳的声威；因灾害加以宽赦，那文辞有春天露水的
滋润；明白惩罚，整饬法纪，那文辞像秋天霜冻那样严酷：这就是诏
书敕书的大概要求。

　　㊿大观在上：在上的言行，大为在下所观听。见《易·观卦》象辞。　　�
百辟：百君，指诸侯。　　　刑：取法，仿效。　　　作孚：加以信服。　　　�重
离：日月重叠。离，明。　　　�优文：优待的文辞，指褒奖。　　　�恒诰：经常
的告戒。　　星汉：银河。　　　�燮（xiè 谢）：协同。　　洊（jiàn 件）雷：重
叠的雷声。　　　�眚（shěng 省）：过失。　　　眚灾：因过失造成灾害。
肆：宽缓。　　　肆赦：宽赦。

19.5　　戒敕为文，实诏之切者，周穆命郊父受敕宪，
此其事也�。魏武称作敕戒，当指事而语，勿得依违�，晓
治要矣。及晋武敕戒，备告百官：敕都督以兵要�，戒州牧

以董司⑥，警郡守以恤隐⑥，勒牙门以御卫⑥，有训典焉。

　　告戒的文辞，实在是诏书中的切实的，像周穆王命令郊父接受告戒的命令，这就是告戒文。魏武帝曹操称作告戒文，应当根据事实讲，不要犹豫不决，是懂得政治的。到晋武帝作告戒，遍告百官：告戒都督通晓军事要领，告戒地方长官督察下属，告戒一郡长官体恤人民苦难，告戒部队将领来抵敌卫国，都有《尚书》训典中的含义。

　　⑤《穆天子传》卷一，"天子属官效器（嘱官员检阅宝物），乃命正公郊父受敕宪（教令）。"　　事：指戒敕文。　　⑧依违：犹豫不决。　　⑨都督：地方军政长官。　　⑥州牧：一州之长，地方行政长官。　　董：督察。　　司：主管官员。　　⑥郡守：一郡长官。　　恤：体恤。　　隐：民隐，人民痛苦。　　⑥牙门：竖牙旗（饰象牙的旗）的军门，指部队。

　　19.6　戒者，慎也，禹称"戒之用休⑥"。君父至尊，在三罔极⑥，汉高祖之敕太子⑥，东方朔之戒子⑥，亦顾命之作也⑥。及马援以下，各贻家戒⑥。班姬女戒，足称母师也⑥。

　　戒就是谨戒，禹称"用美好的话谨戒他"。君父是顶尊贵的，君、父、师三者给人的恩德是无穷的。汉高祖的《手敕太子》，东方朔的《戒子》，也是临终遗嘱之作。到马援以下，各留下家戒。班昭的《女戒》，够得上称为傅母和女师了。

　　⑥"戒之用休"：见《尚书·伪大禹谟》。休，美。　　⑥《国语·晋语》一，"父生之，师教之，君食之"，称为在三。　　罔极：无穷。　　⑥汉高祖戒太

子,尊敬萧何、曹参等,并以幼子如意母子托他。　　⑩东方朔戒子要作官守
正,以官代农。　　⑰顾命:《尚书》有《顾命》,记周武王临终的话。　　⑱
《后汉书·马援传》记马援有戒兄子严、敦的信,反对他们好议论人长短,乱批
评法制。　　⑲《后汉书·曹世叔妻传》,称班昭一名姬,作《女诫》七章。
母师:傅母女师,即女子的保护者和老师。

19.7　教者,效也,出言而民效也。契敷五教⑩,故王
侯称教。昔郑弘之守南阳⑪,条教为后所述,乃事绪明也;
孔融之守北海,文教丽而罕[于理]施⑫,乃治体乖也。若
诸葛孔明之详约⑬,庾稚恭之明断⑭,并理得而辞中,教之
善也。

　　教就是仿效,说出话来人民照着做。契发布五种教诲,所以后
来王侯教诲百姓称教。从前郑弘做南阳太守,他发布一条条教令
为后世称道,是讲得头绪明白;孔融做北海相,他的教令写得有文
采却难于实行,是不合政治体制。像诸葛亮的教令考虑周到,文辞
简明,庾翼的教令明白而决断,都是道理得当文辞切合,是好的教
令。

　　⑩《尚书·舜典》里,舜命契(xiè 谢)作司徒,管教化。　　五教:父义,母
慈,兄友,弟恭,子孝。　　⑪郑弘:见《汉书·郑弘传》。　　南阳:在今河南。
⑫《三国志·魏书·崔琰传》注引《九州春秋》,称孔融在北海,教令温雅,却难可
悉行。孔融为北海相,北海在山东寿光县附近。　　⑬《三国志·蜀书·诸葛
亮传》称他"文采不艳,而过于宁周至(叮嘱周到)"。　　⑭稚恭:庾翼字,见
《晋书·翼传》。他教令明断。

19.8　自教以下,则又有命。《诗》云"有命[在]自

天"，明命为重也；《周礼》曰"师氏诏王㉘"，明诏为轻［命］也。
今诏重而命轻者，古今之变也。

从教令以下又有命。《诗·大雅·大明》说，"有命从天来"，表明
命是上对下，是重要的；《周礼·地官·师氏》说，"管教育的官诏告
王"，说明诏是下告上，是轻的。现在诏比命重要，是古今的变化。

㉘师氏：管教育的官。　　诏：告，指下告上。

19.9　赞曰：皇王施令，寅严宗诰㉙。我有丝言，兆民
［尹］伊好㉚。辉音峻举，鸿风远蹈。腾义飞辞，涣其大
号㉛。

总结说：天子发布命令，臣民尊敬地接受命令。天子认为我有
轻轻的话，万民是喜欢的。光辉的声音高高扬起，宏大的风声向远
处传播。命令的意义和文辞到处飞扬，散播为大的号令。

㉙寅严：恭敬急迫。　　宗诰：尊奉告命。　　㉚丝言：王言如丝。
伊：语助。　　㉛涣：散布。　　号：号令。

檄移第二十

　　檄文是军队起兵讨伐敌人的誓师宣言，这种宣言有两种：一种像《尚书·牧誓》，是周武王在牧野讨伐纣王时的誓师宣言，是对部队说的，不是对敌人说的。一种是揭露敌人的罪状，那是对敌人说的，像《左传·僖公四年》的晋国吕相绝秦。刘勰认为"三王誓师，未及敌人。"就是指《牧誓》一类文章说的。但又说周穆王西征犬戎，称"古有威让之令"，是对敌人说的。这个古指什么时期，不清楚。从《尚书·秦誓》看，也是告戒自己的部队的。那末檄文的开始，当在春秋，像吕相绝秦，不过当时还不称檄文，直到战国，张仪为文檄告楚相，才称檄，不过那同讨伐敌人中的誓师宣言还不同，只是对楚相的一个警告。后汉隗嚣的《移檄告郡国》，才是讨伐王莽的誓师宣言。

　　刘勰对檄文的要求，"使声如冲风所击，气如椎枪所扫"，"使百尺之冲，摧折于咫书，万雉之城，颠坠于一檄"。具有极大的声势和威力。"谲诡以驰旨，炜晔以腾说"，写得谲诈而有光采，风格刚健，"气盛而辞断"，具有夸张、比喻、虚辞饰说等写法，有文学性。如《牧誓》："牝鸡无晨（雌鸡在早上不啼），牝鸡之晨，惟家之索（雌鸡啼，家道完了）。"又像："如虎如貔，如熊如罴"，比喻战士的勇猛。这里都用比喻。再像《吕相绝秦》，运用各种夸大加强、简略隐蔽、转折婉曲等手法来写，极有匠心。

　　移文要改变对方的看法，所以有驳辩。像司马相如的《难蜀父老》，驳斥蜀父老反对通西南夷，引禹治洪水作例，描绘禹治水辛劳，"肤不生毛"，肌肤上的毛都脱落。又称贤君创业，驰骛乎兼容并包"，到处奔走。又称夷狄的人民，"举踵思慕，若枯旱之望雨"。描写那里百姓的仰慕汉风。文中用了描绘、比喻、夸张等手法。再像后汉刘歆移书让太常博士，"辞刚而义辨"，"气盛而辞断"。看来檄文和移文，有些有描绘，属于文学散文，有些属于应用文。

对檄文的写作，刘勰认为"实参兵诈"，不妨写得谲诈夸张，来恐吓敌人。还要求刚健、明显、气势盛、有决断，反对柔婉隐晦的说法。移文要晓喻对方，有的用事例来开导，有的要刚强有力，道理明辨。檄文对敌人，不妨谲诈。移文是对内部的，有的要移风易俗，使人民信从，就不能诡诈；有的要改变对方的错误看法，一定要说得正确。要是说了假话，被人识破，就不会收到移风易俗的作用了。

20.1　震雷始于曜电，出师先乎威声①。故观电而惧雷壮，听声而惧兵威。兵先乎声，其来已久。昔有虞始戒于国②，夏后初誓于军，殷誓军门之外，周将交刃而誓之③。故知帝世戒兵，三王誓师，宣训我众，未及敌人也。至周穆西征④，祭公谋父称"古有威让之令，[令]有文告之辞"，即檄之本源也⑤。及春秋征伐，自诸侯出，惧敌弗服，故兵出须名，振此威风，暴彼昏乱，刘献公之所谓"告之以文辞，董之以武师"者也⑥。齐桓征楚，诘包茅之缺⑦；晋厉伐秦，责箕郜之焚⑧：管仲吕相，奉辞先路⑨，详其意义，即今之檄文。暨乎战国，始称为檄。檄者，皦也⑩。宣露于外，皦然明白也。张仪《檄楚》⑪，书以尺二，明白之文，或称露布。露布者，盖露板不封，播诸视听也。

打雷从闪电开始，出兵先要传播声威。所以看到闪电害怕雷声的强烈,听到声威害怕军队的威力。出兵先要声威,它的来源已经很久。从前有虞氏开始警戒国内战士,夏后氏开始在军队内宣誓,殷代在军营外与百姓宣誓,周代在军队将要交锋时宣誓。所以知道在五帝时代警戒战士,夏商周三王时代在军队内宣誓,宣言教训自己的部队,没有发到敌人方面。到周穆王向西去攻打犬戎,祭公谋父称,"古代有威力地斥责敌人的命令,有告戒对方的文辞",就是檄文的源头。到春秋时代的征讨,从诸侯国发出,怕敌人不服,所以出兵须要有名义,振奋这里的威风,暴露对方的昏乱,刘献公说的"用文辞来告戒他,用军队来督责他"的说法。齐桓公讨伐楚国,责问缺乏向周天子进贡包茅;晋厉公讨伐秦国,斥责秦军焚烧箕郜两地:齐国的管仲,晋国的吕相,先举出斥敌的话再进军,考察它的意义,就是后来的檄文。到了战国时代,开始称做檄文。檄就是明白,揭露在外,非常明白。张仪《檄告楚相》,写在一尺二寸长的木板上,文辞明白,有的称做露布。露布是把写文辞的木板露出来,不加封套,把它散播,让人看到听到。

①乎:在于。　　②有虞:虞舜,五帝之一,指五帝时代。　　戒于国:即下文"帝世戒兵",警戒国内的战士。　　③夏后、殷、周:即下文"三王誓师"。交刃:白刃相交,即作战。　　④周穆西征:见《国语·周语》上,周穆王将征犬戎。犬戎,西方少数民族。　　⑤祭(zhài 寨)公谋父(甫):周卿士。　　让:斥责。祭公谋父谏劝穆王,远方不服,先加斥责,发去文告,即檄(xí 习)。檄:斥责敌人的宣言。　　⑥刘献公:周卿士。《左传·昭公十三年》,刘献公告晋国使臣叔向语,如齐人不来结盟,先告以文辞,再用武力督责。　　董:督责。　　⑦《左传·僖公四年》,齐桓公向楚国进兵,管仲责问楚国不把包茅向周天子进贡,周天子没有包茅来滤酒祭祖。　　诘(jié 杰):问。　　包茅:一种茅,包束的茅草,滤酒去滓用。　　⑧《左传·成公十三年》,晋厉公使吕相责问秦国,曾经派兵侵入晋国,焚烧箕郜(gào 告)。箕在山西蒲县东北,郜在山西祁县西。　　⑨先路:先责问,后进军。按:齐桓公是先进军,到楚

国问他为什么进军时，管仲才提出责问。　　　⑩曒（jiǎo 矫）：状明白。

⑪《史记·张仪列传》为文檄告楚相。

20.2　　夫兵以定乱，莫敢自专，天子亲戎，则称"恭行天罚⑫"；诸侯御师，则云肃将王诛⑬。故分闑推毂⑭，奉辞伐罪，非唯致果为毅⑮，亦且厉辞为武。使声如冲风所击⑯，气似欃枪所扫⑰，奋其武怒，总其罪人⑱，［惩］徵其恶稔之时，显其贯盈之数⑲，摇奸宄之胆⑳，订信慎之心；使百尺之冲，摧折于咫书㉑，万雉之城㉒，颠坠于一檄者也。观隗嚣之檄亡新，布其三逆㉓，文不雕饰，而辞切事明，陇右文士㉔，得檄之体矣。陈琳之檄豫州，壮有骨鲠㉕，虽奸阉携养㉖，章［密］实太甚，发丘摸金，诬过其虐㉗；然抗辞书衅㉘，曒然露骨㉙；［矣］敢矣［指］擽曹公之锋，幸哉免袁党之戮也㉚。锺会檄蜀，徵验甚明㉛，桓［公］温檄胡，观衅尤切㉜，并壮笔也。

出兵用来平定祸乱，没有人敢于独自专断，天子亲自出兵，便说"恭敬地执行天的惩罚"；诸侯出兵，便说严肃地执行天子的讨伐。所以派遣大将出兵，天子把处理都城外的大权分给他，还亲自给他推车送行；大将奉行天子的命令去讨伐罪人，不仅要达到果敢坚毅，也要用严厉的誓言构成威力。使声势像暴风袭击，气势像彗星扫荡，振奋军队的威武忿怒，集中在罪人身上，证明敌人罪恶到头的时候，显示敌人恶贯满盈的气数，动摇奸人的胆量，确立信服者的信心；使敌人百尺高的战车，被尺把长的宣言所摧毁，万丈长的城墙，被一纸檄文所推倒。观察隗嚣用檄文讨伐王莽新朝，宣布他逆天、逆地、逆人三种逆行，文辞不用雕饰，话极确切，事理明白，说明陇西地方的文人，掌握了檄文的体制了。陈琳的《为袁绍檄豫州》，气势旺盛，有骨力，虽然骂曹嵩是奸恶太监的养子，文章实在写得太过分，又说曹操挖坟摸金，诬蔑的话超过他的暴虐；然而用直率的话记下曹操的罪状，写得明白露骨；敢于触犯曹操的锋铓，幸而免于作为袁绍党羽而被杀。锺会《移蜀将吏士民檄》，举出有凭证可考验的事理很明白，桓温《檄胡文》，看到胡人内部的危机尤为切合，都是有力的檄文。

⑫"恭行天罚"：见《尚书·甘誓》，表示执行天命。　⑬肃将：严肃地奉行。　⑭分阃(kǔn 捆)推毂(gǔ 古)：阃，都城的门。大将出兵，天子把都城外的大权分给大将处理，替大将推车出行。毂，车轮中心圆木，指车。见《史记·冯唐传》。　⑮《左传·宣公二年》："杀敌为果，致果为毅。"　⑯冲风：暴风。　⑰欃(chán 缠)枪：彗星。　⑱总：集中。　⑲恶稔：恶满。贯盈：串绳已满。《韩非子·说林》下，有人要避开凶悍者，另有人说，这人恶贯满盈了。有人说："我怕他拿我来满贯。"　⑳奸宄(guǐ 鬼)：犯法作乱的人。㉑冲：冲锋车。　咫：古八寸。　㉒堞：城长三丈高一丈。万堞，高一丈长三万丈。　㉓隗嚣(wěi áo 伟翱)：《后汉书·隗嚣传》称他《移檄告郡国》，申讨王莽新朝"逆天""逆地""逆人"三罪。　㉔陇右：陇西，在甘肃陇山以西。隗嚣占有陇西。　㉕陈琳《为袁绍檄豫州》，即把檄文发给河南的豫州刺史刘备。　骨鲠(gěng 耿)：骨力。　㉖阉(yān 淹)：太监。曹操父曹嵩是太监养子。　㉗曹操设立发丘中郎将、摸金校尉两个武官，专门掘墓取金。　诬：按曹操的发丘摸金是事实，不是虚诬。　㉘抗辞：直率的话。　衅(xìn 信)：裂痕，罪过。　㉙曒(jiǎo 矫)：状明白。　㉚陈琳在袁绍幕府，写檄文攻击曹操。他后归向曹操，操爱他的文才，不杀他。
㉛魏国锺会移檄蜀将吏士民，说明蜀不能敌魏，劝蜀将吏归降，举证明白。
㉜观衅：看到北方后赵发生的各种内乱迹象。

20.3　凡檄之大体，或述此休明㉝，或叙彼苛虐，指天

时，审人事，算强弱，角权势^㉞，标蓍龟于前验，悬鞶鉴于已然^㉟，虽本国信，实参兵诈。谲诡以驰旨，炜晔以腾说^㊱，凡此众条，莫之或违［之］者也。故其植义扬辞，务在刚健。插羽以示迅，不可使辞缓，露板以宣众，不可使义隐；必事昭而理辨^㊲，气盛而辞断，此其要也。若曲趣密巧^㊳，无所取才矣。又州郡徵吏，亦称为檄^㊴，固明举之义也。

檄文的主要特点，有的讲我方的美好昌明，有的讲敌方的苛刻暴虐，指出天意，审察人事，比较强弱，衡量权势，用以前的凭证来预卜吉凶，用过去的事例来作为借鉴，虽说根据国家的威信，实际是加上用兵的诡诈。用诡诈的话来宣传自己的意旨，用光彩的话来宣扬自己的说法：概括这几条，没有违反它的。所以它的确立意义，发扬文辞，务必在于刚强有力。檄文插上羽毛表示紧急，不可以使文辞写得迂缓；木板显露向大众宣传，不可使意义隐晦，一定要使事情明白道理确切，气势旺盛话很决断，这是檄文主要点。倘是旨趣曲折，文辞细致含蓄巧妙，这种文才没什么可取了。又州郡招聘官吏文书，也称做檄，实是明白推举的意思。

㉝休明：盛明。休，美好。　㉞角：较量。　㉟标：标明。　蓍(shī师)龟：占卜用的草和龟甲，指预卜。　验：凭证。　鞶(pán盘)鉴：大带上的镜子，指借鉴。　已然：指往事。　㊱谲(jué决)：诈。　炜晔(wěi yè伟夜)：光彩照耀。　㊲昭：明白。　辨：确切。　㊳曲趣密巧：指曲折细致含蓄巧妙的写法。　㊴徵：召请。

20.4　移者，易也；移风易俗，令往而民随者也。相如之《难蜀老》，文晓而喻博^㊵，有移檄之骨焉。及刘歆之《移太常》，辞刚而义辨^㊶，文移之首也；陆机之《移百官》^㊷，言约而事显,武移之要者也。故檄移为用,事兼文武。其在金革[43],则逆党用檄,顺命资移;所以洗濯民心,坚同符契[44],意用小异,而体义大同,与檄参伍[45],故不重论也。

移就是改变,像移风易俗,命令发出去人民就跟着执行的。司马相如的《难蜀父老》,文辞明白,用了很多事例作比,具有移文和檄文的骨力。到刘歆的《移太常博士书》,文辞刚健,意义明辨,是文教方面的第一篇移文;陆机的《移百官》,语言简练,叙事明显,是军事方面重要的移文。所以檄文和移文的运用,可以兼用于文教和军事。它用在战事上,那末对叛逆的用檄文,对归顺的用移文,因为要清洗人民的思想,使它同上面牢固结合,像契约那样一致。移文和檄文的用意和作用稍有差别,但体制和要求大致相同,移文同檄文互相交错,所以不再重复论述了。

⑩蜀中父老因修筑通西南夷的路,三年不成,请求停止。司马相如因作《难蜀父老》,举出禹治洪水的极度劳苦等事例来辨明筑路的必要。　　㉛汉刘歆要求把《左传》、《毛诗》、《古文尚书》等都列入官学讲授,博士不同意。刘歆因移书太常博士来批评,说明理由。　　太常:官名,主管礼乐等事。博士属太常,故称太常博士。　　㉜晋陆机的《移百官》,已散失。给百官的移文,为什么是武移,已不可考。　　㉝金革:钲鼓,指战争。　　㉞符契:兵符契约,犹合同。　　㉟参伍:交错。

20.5　赞曰:三驱弛[刚]网,九伐先话[46]。擎鉴吉凶,著龟成败。[惟]摧压鲸鲵,抵落蜂虿[47]。移[宝]实易俗,草偃风迈[48]。

总结说:在三面赶禽兽的,把捕网放开一面;对各种罪行的讨

伐，先要加以说明。檄文像镜子可以照见吉凶，像占卜可以预见成
败。檄文要打击大敌，消灭毒虫。移文确实移风易俗，像风吹草
倒。

　　㊻弛：放松。　　　　九伐：要讨伐的九种罪行，见《周礼·夏官·大司马》。
㊼鲸鲵(ní 泥)：吞食小鱼的大鱼名，比侵掠弱小的敌人。　　抵：击。　　虿
(chài 瘥)：蝎属。　　㊽偃：倒下。　　迈：行。风吹草倒，比檄文的威力。

封禅第二十一

封禅是封建时代的一种大典礼，是帝王登上泰山，在泰山上刻石记功，举行祭天礼，叫封泰山；在泰山旁梁甫山下筑坛祭地，叫禅梁甫。这样祭天地，是向天地报告他的成功，用来宣扬他是接受天命作帝王，用皇权神授来巩固他的统治。要宣扬皇权神授，往往要伪造许多神怪的事物作为符瑞，再去行封禅礼。不过像舜的东巡到泰山，秦始皇的登泰山刻石，还都没有宣扬大命和符瑞的事。用封禅来宣扬天命符瑞的，有司马相如的《封禅文》。司马相如因病回家，他迎合汉武帝的好大喜功，迷信神仙，写了《封禅文》留在家里。他死后，武帝派人从他家里找到《封禅文》。这是宣扬汉朝的功德，劝武帝封禅的文章，不是举行封禅而写的。后来扬雄作《剧秦美新》，说秦朝二世而亡，亡得快，赞美王莽建立的新朝，劝王莽封禅。后汉班固作《典引》，赞美后汉功德，劝汉明帝封禅。这三篇都不是举行封禅礼而写的，都是通过歌功颂德，劝皇帝封禅的。至于汉武帝登泰山举行封禅，写有《泰山刻石文》；汉光武帝登泰山封禅，张纯写《泰山刻石文》。这些记封禅典礼的文章，反而平常。刘勰赞美的封禅文，就是那三篇劝皇帝封禅的作品。这三篇都选在《文选·符命》里。

司马相如的《封禅文》，有描绘，如："大汉之德，逢涌原泉"，"旁魄四塞，云布雾散，上畅九垓（重），下沂八埏（边）。"这是说：汉朝的德行，像碰上涌出的泉水，遍布四处，像云起雾散，上充九天，下流八方。在这里描写汉朝德行，有多种比喻，有夸张，有描写。再像说："意泰山梁甫，设坛场望幸"。这是说：猜想泰山和梁甫山，准备好筑坛场地,望皇帝到来。这是拟人化写法。这样看来,《封禅文》是有文学手法的。再看扬雄《剧秦美新》,描绘新朝所接受的天命:"川流海渟,云动风偃,雾集雨散,诞溢八圻(边),上陈天庭。声震日景,炎光飞响,盈塞天渊之间。"像江水的流布,像海水的蓄积,像云的流动,像风的压倒草,像雾的聚集,雨的散布,布满八方,上列天庭。声威像打雷飞响,光热像日光,充满天地间。这里用的比喻比《封禅文》更多,夸张得更利害,还写出声威光耀。这也是文学手法。刘勰对这类作品,要求"义吐光芒,辞成廉锷","日新其采",是有文采与光芒的。

封禅既是宣扬皇权神授的迷信,封禅文更是歌功颂德的作品,它的歌颂又充满了上天降下的符瑞,是虚假的,是欺骗人民的。这类文章是没有什么价值的。班固在《典引》里引汉明帝说:司马迁因身陷刑法,"微文讥刺,贬损当世,非谊士也。"司马相如"颂述功德,言封禅事,忠臣效也,至是,贤迁远矣。"班固因此写《典引》来歌功颂德。这里显示汉明帝看法的颠倒,封禅文只是迎合皇帝的作品。

21.1　夫正位北辰①,向明南面②,所以运天枢,毓黎献者③,何尝不经道纬德④,以勒皇迹者哉⑤![录]《绿图》曰:"潬潬呐呐,芬芬雉雉⑥,万物尽化。"言至德所被也。《丹书》曰⑦:"义胜欲则从⑧,欲胜义则凶。"戒慎之至也。则戒慎以崇其德,至德以凝其化⑨,七十有二君,所以封禅矣⑩。

天帝正坐的位子是北极星,像帝王在天将明时朝南坐,天帝所以运转天枢星,就像帝王的运用政权,养育百姓和贤人,又何尝不

196

是按照道德办事，用刻石来记帝王的功德啊！《绿图》说："婉转杂糅，纷纷扰扰，万物尽化。"讲的就是最高的道德所造成的。《丹书》说："道义胜过私欲就吉利，私欲胜过道义就凶险。"是戒惧谨慎到极点。那末戒惧谨慎来提高他的德行，用极高的德行来造成自然的变化，古代七十二位君主，因此到泰山上举行封禅大典礼了。

①正位：正坐的位子。　　北辰：北极星。《史记·天官书》说北辰是天帝居处。　　②向明：天将亮。　　南面：帝王朝南坐。　　③天枢：北斗第一星。又《天官书》北斗为天帝车。　　毓(yù 玉)：养育。　　黎：黎民，百姓。献：贤人。　　④经道纬德：按照道德来办事。　　⑤勒：刻石。　　皇迹：帝王的功迹。　　⑥《绿图》：见《正纬》注⑪。　　渾渾(shàn 善)：状婉转。呴呴(huī 灰)：状杂糅。　　棼棼(fén 焚)：犹纷纷。　　雉雉：杂乱。指万物在变化中的纷杂情状。　　⑦《丹书》见《史记·周本纪》的《正义》引《尚书帝命验》。　　⑧从：吉利。　　⑨凝其化：造成各种祥瑞。凝，成。化，化生瑞物。　　⑩七十二君：见《管子·封禅》。　　封禅：封，在泰山上筑土坛祭天；禅，在泰山旁梁甫小山下拓地祭地；向天地报告成功。

21.2　昔黄帝神灵，克膺鸿瑞⑪，勒功乔岳⑫，铸鼎荆山⑬。大舜巡岳，显乎虞典⑭。成康封禅，闻之乐纬⑮。及齐桓之霸，爰窥王迹⑯，夷吾谲陈，[距]拒以怪物⑰。固知玉牒金镂，专在帝皇也⑱。然则西鹣东鲽，南茅北黍⑲，空谈非徵，勋德而已⑳。是以史迁八书，明述封禅者㉑，固禋祀之殊礼，铭号之秘祝㉒，祀天之壮观矣。

从前黄帝神奇灵异，能够承受大的祥瑞，在泰山上刻石纪功，在荆山下冶铸铜鼎。大舜巡视泰山，明显地写在《尚书·舜典》上。周成王、康王在泰山封禅，是从《乐纬动声仪》里听来的。到齐桓公称霸,于是窥伺王者封禅的事,管仲诡言劝阻,用没有神奇的物出现不好封禅来拒绝。确知用玉版金线来封禅,只有帝王才可以。那末管仲说的要出现西方的比翼鸟,东方的比目鱼,南方的茅草叶上有三条高起的筋,北方特异的黄米,是空话不可考验,封禅只要帝王的功德罢了。因此,司马迁《史记》八书中的《封禅书》,明白地讲封禅的,确是祭祀的大典礼,在玉版上刻字的秘密祷告,祭告天地的大观了。

⑪克:能。　　膺(yīng 英):承受。　　⑫乔岳:指泰山。乔,高。⑬荆山:在河南陕县西。　　《史记·封禅书》:黄帝在荆山下冶铸铜鼎,鼎成,有龙来接黄帝上天。　　⑭《尚书·舜典》说舜东巡到泰山。　　⑮《后汉书·张纯传》引《乐纬动声仪》说周成王、康王都封禅。　　⑯齐桓公,春秋五霸的第一位霸主。　　爰(yuán 元):于是。　　王迹:王者的事,指齐桓公想登泰山封禅。　　⑰夷吾:管仲字。　　谲陈:诈言。《管子·封禅》,管仲说封禅要看瑞物出现,见下,现在没有瑞物,不好封禅。　　⑱玉牒(dié 蝶):玉制的简,上写字。上有金缕(线)五。只有帝王可用玉牒金缕来封禅,齐桓公是诸侯,不好封禅。　　⑲西鹣(jiān 尖):西方的比翼鸟。　　东鲽(dié 蝶):东海的比目鱼。　　南茅:南方的茅草,一叶三脊,叶上有二道筋。　　北黍:北方特异的黄米。这是管仲说的瑞物。　　⑳空谈:指四物是空话,没有徵验。　　㉑八书:《史记》中的八篇,讲礼、乐、律、历(历法)、天官(天文)、封禅、河渠(水道)、平准(经济)的。　　㉒禋(yīn 音)祀:斋戒祭祀。　　铭号:刻字。　　秘祝:秘密的祷告,指刻在玉牒上的秘祝文。

21.3　秦皇铭岱,文自李斯㉓,法家辞气,体乏弘润㉔;然疏而能壮㉕,亦彼时之绝采也。铺观两汉隆盛,孝武禅号于肃然㉖;光武巡封于梁父㉗,诵德铭勋,乃鸿笔耳。观相如《封禅》,蔚为唱首㉘。尔其表权舆㉙,序皇王㉚,炳[元]玄符,镜鸿业㉛,驱前古于当今之下,腾休明于列圣之

198

上[32]，歌之以祯瑞，赞之以介丘[33]，绝笔兹文，固维新之作也[34]。及光武勒碑，则文自张纯[35]。首胤典谟，末同祝辞[36]，引钩谶[37]，叙离乱，计武功，述文德，事核理举，华不足而实有馀矣。凡此二家，并岱宗实迹也[38]。

秦始皇在泰山刻石记功，文章出于李斯手笔，法家的语气，风格上缺少阔大润饰；可是叙述清朗有力，也是那时的最好作品了。展望两汉兴盛时，汉武帝登封泰山，在肃然山祭地；汉光武帝巡视登封泰山，在梁父山祭地，歌诵德行，刻石记功，是封禅的大手笔。看司马相如《封禅文》，富有文采，成为首创。它表明开始情况，叙述帝王，再讲汉朝的符瑞照耀，大业可鉴，把前代的功业压在当今下面，宣扬汉朝盛明在列朝圣君之上，作歌来赞美祥瑞，用泰山盼望封禅来作赞美，这篇作品是他的绝笔，确实是创新的作品。到汉光武帝在泰山刻碑，那篇文章出自张纯。开头仿照《舜典》的写法，结尾跟祝告的话相同，中间引用谶纬的话，叙述当时的战乱，计算光武帝的武功，叙述光武帝的文治德教，事实确实，道理标明，文采不够，事实是有得多馀了。所有这两家文，都是泰山封禅的确实记录。

㉓岱：泰山。　李斯：秦始皇丞相，有《泰山刻石》。　㉔法家：李斯是法家：　弘：大。　润：润泽。　㉕疏：清朗。　㉖孝武：汉武帝。禅号：禅告，祭地告神。　肃然：在泰山下肃然山祭地。　㉗汉光武帝封泰山，禅梁甫山。　㉘相如：司马相如死前写了《封禅文》，留给汉武帝。蔚：状文采盛。　唱首：首唱，第一篇。　㉙尔：语词。　权舆：开始。《封禅文》先叙上古。　㉚皇王：指帝王，讲舜帝、周王的登泰山。　㉛炳：照耀。　玄符：玄妙的符瑞。　鸿业：大功业。　㉜休明：盛明。㉝介丘：大山，指泰山盼望封禅。　㉞绝笔：最后一篇。　维新：创新。

司马相如以前没有人写过《封禅文》。　　　㉟勒碑：刻石。张纯有《泰山刻石》。　　　㊱首胤(yìn 印)典谟：《尚书·舜典》写年月和东巡泰山，张纯文开头仿照它写。胤，继承。　　　末同祝辞：结尾讲子孙百官受福，同祝文。　　　㊲钩谶(chèn 衬)：假托天命的预言之类，参见《正纬》。张纯文中引《河图赤伏符》等预言。　　　㊳岱宗：泰山。　　　实迹：指刻石。张纯文在泰山刻石，司马相如《封禅文》没有刻石。

21.4　　及扬雄《剧秦》，班固《典引》㊴，事非镌石，而体因纪禅㊵。观剧秦为文，影写长卿㊶，诡言遁辞，故兼包神怪㊷；然骨[掣]制靡密㊸，辞贯圆通，自称极思㊹，无遗力矣。《典引》所叙，雅有懿[乎]采㊺，历鉴前作，能执厥中㊻，其致义会文，斐然馀巧；故称"封禅[丽]靡而不典，《剧秦》典而不实㊼"。岂非追观易为明，循势易为力欤㊽！至于邯郸《受命》㊾，攀响前声，风末力寡，辑韵成颂，虽文理顺序，而不能奋飞㊿。陈思《魏德》�，假论客主，问答迂缓，且已千言，劳深绩寡，飙焰缺焉。

到扬雄作《剧秦美新》，班固作《典引》，并不用来刻石，可是文体模仿封禅文。看《剧秦美新》的写作，模仿司马相如，用怪异躲闪的话，所以兼写神怪的事；可是它的结构细密，文辞圆转，脉络贯通，自称用尽思虑，没有一点剩馀力量了。《典引》的叙述，正有美好文采，分别观察以前各家作品，能掌握得恰到好处，它的确立命意，组织文辞，文采技巧有馀，所以说："《封禅文》细致而不够典雅，《剧秦美新》典雅而不确实。"难道不是看前人作品容易看清楚，照着趋势去写容易用力呢！到了邯郸淳作《受命述》，仿照以前的作品，风力衰弱，编辑韵语构成歌颂，虽然文理有条理，却是平庸，不能飞腾。陈思王曹植的《魏德论》，借用主客对话来发议论，问答迂

200

缓不紧凑，并且已有千字，用力多而收效少，风力和光采都没有。

㊉扬雄《剧秦美新》，批评秦朝灭亡的快，赞美王莽建立的新朝。剧，迅速。班固《典引》，根据《尚书·尧典》的赞美唐尧，来赞美汉朝，再加引申。　⑩纪禅：记载封禅，即体裁模仿《封禅文》，但不是封禅刻石文。　　㊶影写：模仿。　　长卿：司马相如字。　　㊷神怪：王莽假造天命，说出现异物殊怪有四十八件，扬雄文中也提到。　　㊸骨制：体裁。　　㊹极思：扬雄自称"亦臣之极思也"。　　㊺懿采：美好的文采。　　㊻前作：指《封禅文》和《剧秦美新》。　　执厥中：对前作取它优点，去它缺点。厥，它的。　　㊽不典：指不仿照《尧典》那样写，不够典雅。　　不实：指记载"异物殊怪"，都不可靠。　　㊾循势：顺着趋势。　　㊿三国魏邯郸淳作《受命述》，讲魏国封禅　㊿风末力寡：没有风骨，飞不起来。　　㊿曹植《魏德论》也讲封禅

21.5　兹文为用，盖一代之典章也。构位之始，宜明大体，树骨于训典之区㊿，选言于宏富之路，使意古而不晦于深，文今而不坠于浅，义吐光芒，辞成廉锷㊿，则为伟矣。虽复道极数殚，终然相袭㊿，而日新其采者，必超前辙焉。

这种文体的作用，是一代的大典礼。布局的开始，应该懂得总的体制，从《尚书》的训典里建立骨干，从宏大富丽的作品中选择语言，使得用意古雅并不因辞深而隐晦，文辞通用不落入浅薄，意义发生光辉，文辞具有棱角，便是大作品了。虽然又是道理说尽方法用尽，终究是抄袭古人，可是能够使文采创新，一定能够超越前人之作的。

㊿训典：《尚书》中有《伊训》《尧典》，即仿照《尚书》中的用词来建立骨干。㊿廉：棱角。　　锷（è遏）：锋铓。　　㊿道极数殚：写作封禅文的道理和方法都已用尽。

21.6　赞曰:封勒帝绩,对越天休[55]。逖听高岳,声英克彪[56]。树石九旻,泥金八幽[57]。鸿[律]笔蟠采,如龙如虬[58]。

　　总结说:封禅要在泰山石上刻上帝王功绩,报答并宣扬上天美好的命令。在泰山上遥远地听着天命,声音美好,光采辉耀。立石在九天高处,用金泥来封的玉牒埋在地里。大手笔结成文采,像龙像虬的飞腾光耀。

　　[55]对:对答。　　越:宣扬。　　天休:美好的天命;休,美。　　[56]逖(ti替)听:在泰山上远听上天的命令。　　高岳:指泰山。　　克:能。　　彪:虎文。指这种天命有文采。　　[57]九旻(mín 民):九天,指天上极高处。泥金:用水银和金屑调成金泥,用来封住写上秘文的玉牒,埋在地里。　八幽:地的极深处。　　[58]鸿笔:大手笔,指封禅文。　蟠采:像虬龙那样蟠起来显炫文采。　虬(qiú 求):有角的龙。

章表第二十二

　　章表讲臣下的奏章。刘勰推重的章表，像孔融《荐祢衡表》，称他"鸷鸟累百，不如一鹗"，鹗是猛禽，用百鸷鸟作衬托，是比喻和衬托的结合。又说："如得龙跃天衢，振翼云汉，扬声紫微，垂光虹蜺"，振翼指凤，这里用龙凤来比祢衡，用天衢、云汉、紫微来比朝廷，用虹蜺来比祢衡的才华，一连用了六个比喻，又是很灵活的，构成对偶。又说："激楚阳阿（高音和妙舞）至妙之容，掌技者之所贪；飞兔骥褭（皆千里马）绝足奔放，良乐（王良伯乐，善相马的）之所急也。"这里四个比喻，即妙音、妙舞和两匹千里马来比祢衡的才华，又用三个比喻，即掌技者和王良伯乐，来比掌权者。这些都显示这篇的艺术手法。

　　再看诸葛亮的《出师表》，像"臣本布衣，躬耕于南阳，苟全性命于乱世，不求闻达于诸侯。"在这个叙述里，把他高尚的志向节操表达出来了。"先帝不以臣卑鄙，猥自枉屈，三顾臣于草庐之中，咨臣以当世之事，由是感激，遂许先帝以驱驰。"在这些朴实的话里，刘备的求贤，诸葛亮的感激，隆中对的极智尽虑，都含蓄在内。从情志的表达中发出光采。

　　再看曹植《求自试表》："然而高鸟未挂于轻缴，渊鱼未悬于钩饵者，恐钓射之术或未尽也。"用高鸟渊鱼来比吴蜀未归附，指出统一的方法不得当，要求自试。"臣闻骐骥长鸣，伯乐昭其能；卢狗（韩国狗名）悲号，韩国知其才。是以效之齐鲁之路，以逞千里之任；试之狡兔之捷，以验搏噬之用。今臣志狗马之微功，窃自惟度，终无伯乐韩国之举，是以于邑而窃自痛者也。"这里借骐骥卢狗自比，表达他的志愿，抒发不得志的悲哀。所谓"应物制巧，随变生趣"，是有它的巧妙手法的。

刘勰对章表的要求，"使要而非略，明而不浅"，扼要明白，避免疏略浮浅。"必雅义以扇其风，清文以驰其丽。然恳恻者辞为心使，浮侈者情为文屈。"要意义正确，文辞清新，扇扬其风，使能飞腾，驰骋其丽，使有光采。像《出师表》情辞恳恻，从质朴的语言里显示出光采来。这就跟《情采》里提出"盼倩生于淑姿"一致，盼倩之美不靠粉黛的装点，只靠姿质本身的美好，正像《出师表》的光采不靠藻采一样。

22.1　夫设官分职，高卑联事。天子垂珠以听①，诸侯鸣玉以朝②。敷奏以言，明试以功③。故尧咨四岳，舜命八元④，固辞再让之请，"俞往钦哉"之授⑤，并陈辞帝庭，匪假书翰⑥。然则敷奏以言，则章表之义也；明试以功，即授爵之典也。至太甲既立，伊尹书诚⑦；思庸归亳，又作书以赞⑧。文翰献替⑨，事斯见矣。周监二代，文理弥盛⑩。再拜稽首，对扬休命⑪，承文受册，敢当丕显⑫。虽言笔未分，而陈谢可见。降及七国，未变古式，言事于[主]王，皆称上书。

设置官员，分管职务，位子有高低，事务互相关联。天了戴皇冠听理政务，皇冠两头悬挂珠子，诸侯身上挂着玉来上朝，走时挂的玉相撞发声。朝臣口头进陈各种意见，君主明白考验它的功效。所以唐尧访问四方诸侯的头头，虞舜任命八位贤人，臣子有坚辞和再辞的请求，君主有去罢敬慎从事的委任，都是在朝廷上口头讲的，不用书面陈述。那末口头进陈各种意见，就是章表的意义；明白考验他的功效，就是授予爵位的仪式了。到商朝太甲已经立为君主，大臣伊尹作《伊训》来告戒太甲；后来太甲在流放中想到道义，伊尹请他回到亳京复位，伊尹又作《太甲》三篇来赞美他。用文书来贡献好的意见，去掉坏的缺点，从这里可以看到了。周朝用夏商两代做借鉴，礼仪更丰富了。臣子有再拜叩头，对答宣扬天子的美好命令，接受天子的册命，敢于承当重大显耀的委任。虽然是口头讲或书面答没有分清，但经过陈述答谢可以看到。下到战国时代，没有改变古代的仪式，对国王陈报事情，都称做上书。

①垂珠：王冠上有板，板前有十二丝绳系上珠玉。　②鸣玉：诸侯、大夫身上都挂玉，走时玉撞击发声。　③敷：陈述。　奏：进。　试：考验。功：功效。　④咨：访问。　四岳：四方诸侯之长。　八元：八位贤人，伯奋、仲堪、叔献、季仲、伯虎、仲熊、叔豹、季狸。见《左传·文公十八年》。⑤《书·舜典》，舜命伯夷管礼仪，伯夷叩头辞让，舜说："俞！往，钦哉（啊！去吧，敬慎啊）！"　⑥帝庭：朝廷。　匪：同非。　假：借用。　书翰：书信，文书。　⑦商王太甲即位，大臣伊尹作《伊训》来告戒太甲。见《书·伊训序》。⑧太甲即位后不明智，伊尹把他流放到桐地。三年，太甲悔过，伊尹请他回亳京复位，作《太甲》三篇赞美他。　思庸：想念道义。　庸，常久不变的道。亳（bó 博）：商都，在今河南商丘县。　⑨献替：献可，贡献好的。替否，废去不好的。　⑩监：借鉴。　文理：文采理义，指礼仪。　⑪稽首：叩头。　对扬：对答宣扬。　休命：美好的王命。　⑫承文受册：承受，接受。文册，文书策命。　丕：大。　显：显耀。

22.2　秦初定制，改书曰奏。汉定礼仪，则有四品：一曰章，二曰奏，三曰表，四曰仪。章以谢恩，奏以按劾，表以陈请，议以执异。章者，明也。《诗》云"为章于天⑬"，谓文明也；其在文物，赤白曰章⑭。表者，标也。《礼》有《表记》，谓德见于仪⑮；其在器式，揆景曰表⑯。章表之目，盖取诸此也。按《七略》《艺文》，谣咏必录[17]；章表奏议，经国之枢机，然阙而不纂者，乃各有故事，[而]布在职司也[18]。

秦朝初年规定制度，改上书称奏。汉朝规定礼制，就有四种：一叫章，二叫奏，三叫表，四叫议。章用来谢恩，奏用来检举弹劾，表用来陈述请求，议用来提出不同意见。章是明白，《诗经》里说，"银河章明在天上"，说的是光采明亮；它在有文采的物上，赤和白交错叫章。表是标明。《礼记》中有《表记》，说品德从仪表里可以看出来；它在器物上，测量日影的叫表。章表的称呼，大概从这里来的。按照刘歆《七略》和班固《艺文志》，民间歌谣一定记载；章、表、奏、议，属于治理国家的关键文书，却缺漏不加记载，这是按照旧章程，把它们分散在各个主管部门的缘故。

[13]见《诗·大雅·棫(yú 玉)朴》，是写银河的。　　[14]《周礼·冬官·考工记》："赤与白谓之章。"　　[15]《礼记·表记》正义引郑目录称："记君子之德，见于仪表。"　　[16]器式：器物的样式，叫作标记的。　揆(kuí 葵)：度量，测量。景：日光。　　[17]《七略》：刘歆把当时古书分类编目，编成《七略》。班固把《七略》改为《汉书》中的《艺文志》，里面记录了各地歌谣若干篇。　　[18]纂：编辑。　故事：旧章程。　布：分散。　职司：主管部门。如章、表、奏、仪分记在《尚书》类、《礼》类、《春秋》类中便是。

22.3　前汉表谢[19]，遗篇寡存。及后汉察举，必试章奏[20]。左雄[奏]表议，台阁为式[21]；胡广章奏，"天下第一[22]"：并当时之杰笔也。观伯始谒陵之章，足见其典文之美焉。昔晋文受册，三辞从命[23]，是以汉末让表，以三为断。曹公称为表不必三让，又勿得浮华。所以魏初表章，指事造实，求其靡丽，则未足美矣。至于文举之《荐祢衡》，气扬采飞[24]；孔明之辞后主，志尽文畅[25]；虽华实异旨，并表之英也。琳瑀章表，有誉当时；孔璋称健，则其标也[26]。陈思之表[27]，独冠群才；观其体赡而律调，辞清而志显，应物[掣]制巧，随变生趣，执辔有馀[28]，故能缓急应节矣。逮晋初笔札，则张华为俊。其三让公封[29]，理周辞要，引义比事[30]，必得其偶，世珍鹪鹩[31]，莫顾章表。及羊公之辞开府，有誉于前谈[32]；庾公之让中书，信美于往载[33]：序志[显]联类，有文雅焉。刘琨劝进[34]，张骏自序[35]，文致耿介[36]，并陈事之美表也。

前汉的章表，传下来的很少。到后汉，由地方推举人才，一定要考试写章奏。左雄写的章表奏议，尚书台用作标准；胡广的章奏，被称为"天下第一"：都是当时杰出的作品。看到胡广进谒陵墓的章奏，足够看到他的典雅之作的美好。从前晋文公接受封策，推让三次才接受策封，因此后汉末年推让的表文，以三次为限。曹操说写表文不一定要推让三次，又文辞不应浮华。因此魏国初年的章表，讲的事件要求实在，求它的文采细密华丽，那就不够美好了。到孔融的《荐祢衡表》，气势昂扬，文采飞腾；诸葛亮辞别后主的《出师表》，意志尽量表达，文辞通畅；它们在华采和质朴上用意不同，都是杰出的表文。陈琳阮瑀的章表，当时很有名；陈琳的作品，被称为壮健，那是其中的突出的。陈思王曹植的章表，独自成为许多才人之首；看他的内容丰富，声律协调，文辞清新，情志显露，适应事物，构成巧妙，跟着变化，产生趣味，像驾驭名马，才力有得多馀，所以能够轻重缓急适应节奏了。到了晋代初年的章表，那末张华是突出的。他的三次推让封公的表文，道理说得充分，文辞扼要，引用事义作比，一定用对偶，世俗看重他的《鹪鹩赋》，没有谁看重他的章表。到羊祜的《让开府表》，从前谈论的都有赞美；庾亮的《让中书监表》，确实比以前的章表美好：他们叙述情志，联系事类，有文雅的。刘琨的《劝进表》，张骏的自序，文辞光明正大，都是陈述事件的美好表文。

⑲谢：谢恩，章以谢恩，指章。　⑳察举：地方上推举人才。　㉑后汉左雄做尚书令，他的章表奏议可作标准。　台阁：尚书台，掌管章奏的机关。　式：标准。　㉒胡广：字伯始。他到京城考试章奏，汉安帝称他为"天下第一"。　㉓晋文：春秋时周襄王用封策封晋文公为侯伯（诸侯之长），晋文公推让三次才受封策。　㉔孔融，字文举，有《荐祢衡表》。　㉕诸葛亮，字孔明，有《出师表》。　㉖琳瑀：陈琳，字孔璋。阮瑀，字元瑜。建安七子中的两人。曹丕《典论·论文》称"琳瑀之章表书记，今之隽也"，又《与吴质书》称"孔璋章表殊健"。　㉗陈思王曹植，他的《求自试表》《求通亲亲表》最有名。　㉘辔(pèi 配)：马笼头，指马缰绳。　㉙张华：晋大臣，封壮武郡公，有让表。　㉚引义比事：引事作比，事义相类。　㉛鹪鹩(jiāoliáo 焦疗)：鸣禽类小鸟。张华有《鹪鹩赋》。　㉜晋武帝封羊祜做车骑将军开府仪同三司（象三公般设立衙门），羊祜上表固辞。　㉝东晋明帝用庾亮做中书监，中书省长官，亮上书辞让。　㉞西晋灭亡，东晋元帝安抚江东，刘琨进《劝进表》，劝元帝即帝位。　㉟张骏有《请讨石虎李期表》，石虎占有北方，李期占有四川。自序不详。　㊱耿：光明。　介：正大。

22.4　原夫章表之为用也，所以对扬王庭，昭明心曲。既其身文，且亦国华㊲。章以造阙㊳，风矩应明；表以致[禁]策，骨采宜耀㊴：循名课实，以[章]文为本者也㊵。是以章式炳贲，志在典谟㊶，使要而非略，明而不浅；表体多包，情伪屡迁，必雅义以扇其风，清文以驰其丽。然恳恻者辞为心使，浮侈者情为文[使]屈。必使繁约得正，华实

208

相胜，唇吻不滞，则中律矣。子贡云"心以制之，言以结之[42]"，盖一辞意也。荀卿以为"观人美辞，丽于黼黻文章[43]，亦"可以喻于斯乎。

　　推究章表的作用，用来对答和宣扬朝廷的恩德，表明内心的情意。既是显示自身的文采，并且也是显示国家的荣耀。章用来送到宫门谢恩，风格规范应该明确；表用来陈述策略，骨力应该显示：按照章表的名称要求它的实质，是以文采做根本的。因此章的体制明显光耀，意在仿效《尚书》中的典谟，使它扼要而不简略，明显而不浅露；表的体制包括多方面，内容的真情或假意多次变化，定要用正确的意义来宣扬它的风力，用清新的文辞来显示它的色采。可是恳挚的作者他的文辞受到真情实意的驱使，浮夸的作者他的情意被靡丽的文辞所掩盖。一定要使文辞的繁简得当，华实都好，音调流美，那才合乎法则了。子贡说"用心意来制定言辞，用言辞来结合心意"，是要把言辞和心意统一的。荀卿认为"看人家美好的言辞，比礼服上绣的文采更美"，也可以用来比辞意一致吧。

　　[37]国华：即国光，华指光荣。　　[38]造阙：到达宫门。阙，宫门外的望楼，指朝廷。　　[39]致策：表以陈请，说明策略。　骨采：骨力。　　[40]课：查核。文：光彩，不指华丽。如《出师表》是有光彩的。　　[41]贲（bì 必）：修饰。　典谟：《尚书》中有《尧典》《大禹谟》。　　[42]《左传·哀公十二年》，鲁国和吴国相会，子贡说"心以制之，言以结之"，指心要合于义，言要缔结信约，这里借用，意思稍变。　　[43]见《荀子·非相》，原作"观人以言"。　　黼黻（fǔ fú 辅福）：古礼服上所绣的斧的黑白形及两己字相背形的花纹。　文章：指花纹。

22.5　赞曰：敷表绛阙[44]，献替黼扆[45]。言必贞明，义则弘伟。肃恭节文，条理首尾。君子秉文，辞令有斐[46]。

　　总结说:陈请的章表送上朝廷,向帝王贡献善意,规谏过错。话一定说得正确明白,意义要求重大。态度严肃恭敬,文辞合乎礼节,从头到尾都有条理。君子掌握文辞,使辞令富有文采。

　　㊹绛阙:赤色的宫阙,指朝廷。　㊺献替:献可废否。　黼扆:见《诏策》注②。　㊻斐(fěi 匪):状文采。

奏启第二十三

　　刘勰把章表、奏启、议对分为三类，是不够明确的。姚鼐在《古文辞类纂》里把这三类总称奏议，则比较恰当。奏同表很难分别，《章表》里说："奏以按劾，表以陈请。"就刘勰自己讲的，也并不都是这样。如"王绾之奏勋德"，"贾谊之务农"，都不是按劾。再说启，刘勰认为"敛饬入规，促其音节"，提出收敛短促，是指简短说的。但又说"自晋来盛启，用兼表奏"，那已同表奏一样了。总之，这样分体，不免繁碎。

　　就"奏以按劾"说，刘勰特地写了"按劾之奏"，讲到检察弹劾文章的要求，要像猛禽的搏击，磨练气势，"使笔端振风，简上凝霜"，文章像风吹草倒，压倒邪恶势力，凝霜凋零，摧折一切罪恶。但这种检察弹劾，要遵守礼门义路，要有礼节，合正义，不用"躁言丑句"。另一方面，又不怕强暴，显示弹劾的威力。这样说是深刻的。

　　他讲"孔光之奏董贤，则实其奸回"；"路粹之奏孔融，则诬其衅恶"。讲孔光并不确切，见注文。但举这两件事是有意义的。王莽要惩办董贤，曹操要杀孔融，就指示孔光路粹弹劾他们。封建社会中的弹劾，往往秉承上面的意旨，"吹毛取瑕，次骨为戾"，从鸡蛋里挑骨头，加上善骂。他对此作了深刻揭露。他提出礼门义路，即有礼有法。就礼说，不用躁言丑句来骂人；就法说，凡是犯法的按法惩办，"折肱""灭趾"，那就要"不畏强御"，要纠正偏差。那就不是按照统治者的意旨办事，要严于执法，要纠正王道的偏差。"王臣匪躬，必吐謇谔"，大臣不为自身安全打算，一定要说出正直的话，敢于纠正帝王的偏差，做到其人存则其政举，只要他活着就要把政事办好。又不受肤浸，不受谗人的谗毁，不去残害正人。这是他看到了封建政治上的弊病，提出纠正的意见，它的深刻含意，已经超越论文了。

这篇里就选文定篇说，汉代的几篇是写得好的，《汉书·食货志》里贾谊向汉文帝论积贮说："今背本（农）而趋末（商），食者甚众，是天下之大残也。淫侈之俗，日月以长，是天下之大贼也。残贼公行，莫之或止，大命将泛（倾），莫之振救。"这里把当时一般情况，说得那样惊心动魄，看得那样深。写有饥荒，"有勇力者聚徒而冲击；罢夫羸老，易子而咬其骨。"写得也极可怕。再像晁错向汉文帝言兵事，指出匈奴之长技三，中国之长技五，写得极为具体，是经过实地调查来的。再像路温舒对汉宣帝言尚德缓刑，称"死人之血，流离于市，被刑之徒，比肩而立，大辟（杀头）之计，岁以万数"。这里有可怖的形象。又称："棰楚之下，何求而不得。故因人不胜痛，则饰辞以视之；吏治者利其然，则指道以明之；上奏畏却，则锻练而纳之。盖奏当之成，虽咎繇（舜时治狱官）听之，犹以为死有馀辜。"这里把刑狱的黑暗，冤狱的形成，狱吏的诱人入死地，狱吏的诬陷，写得极为深刻，"棰楚之下，何求不得"，已经成为指斥酷刑的成语。这些都是写得好的。

23.1　昔唐虞之臣，敷奏以言[1]；秦汉之辅，上书称奏。陈政事，献典仪，上急变，劾愆谬[2]，总谓之奏。奏者，进也。言敷于下，情进于上也。

从前唐尧虞舜的大臣，进去口头陈述意见；秦汉两朝的辅佐大臣，给天子上书称奏。讲政事，献上礼仪，报告紧急事变，弹劾罪恶和错误，都叫做奏。奏就是进。话在下面讲，情意要进献到上面去。

①敷:陈述。　奏:进。　　②劾:弹劾,揭发攻击罪状。　愆(qiān 千):
过失。

23.2　秦始立奏,而法家少文。观王绾之奏勋德③,
辞质而义近;李斯之奏骊山,事略而意[径]诬④;政无膏
润⑤,形于篇章矣。自汉以来,奏事或称上疏,儒雅继踵⑥,
殊采可观。若夫贾谊之务农,晁错之兵事⑦,匡衡之定郊,
王吉之[观]劝礼⑧,温舒之缓狱,谷永之谏仙⑨,理既切至,
辞亦通畅,可谓识大体矣。后汉群贤,嘉言罔伏,杨秉耿
介于灾异,陈蕃愤懑于尺一,骨鲠得焉⑩。张衡指摘于史
职,蔡邕铨列于朝仪⑪,博雅明焉。魏代名臣,文理迭兴,
若高堂天文,黄观教学⑫,王朗节省,甄毅考课⑬,亦尽节而
知治矣。晋氏多难,灾屯流移,刘颂殷勤于时务,温峤恳
恻于费役⑭,并体国之忠规矣。

　　秦朝开始确定称奏,可是法家缺少文采。看王绾等人的上书
称秦始皇功德,语言质朴,意义浅近;李斯的《治骊山陵上书》,事情
说得简单,内容是虚假的;政治刻薄寡恩,从文章里表现出来了。
从汉朝以来,奏事或称上疏,文辞典雅,前后相接,文采突出,可以
观览。像贾谊的论积贮,晁错的言兵事,匡衡的定南北郊礼,王吉
的述礼制,路温舒的讲尚德缓刑,谷永的劝阻迷信仙人,道理既然
讲得深切,文辞也很通畅,可以说懂得奏章的体制了。后汉的许多
贤才,好的议论没有隐藏起来,杨秉正直地指出造成灾异的原因,
陈蕃对诏书选举不公很愤慨,是有骨气的。张衡指出史官职责的
缺失,蔡邕论列朝廷典礼的不当,说明学识渊博,见识正确。魏朝
的名臣,有文采和理论的,轮替兴起,像高堂隆借天象变异来提警

告,黄观的讲教学,王朗的主张节省,甄毅讲考试,也是完成了应尽的操守,懂得政治的体制了。晋代多患难,灾祸流转,刘颂关切时务,温峤对劳费民力深表不安,都是体察国事的忠心规劝。

③王绾(wǎn 晚):秦丞相。他同李斯等人称颂秦始皇平定天下的功德。　④李斯奏凿骊山筑地下宫,"叩之空空,如下天状",说假话。　　⑤膏润:恩德。　　⑥儒雅:儒学正确,指典雅。　　⑦贾谊劝汉文帝看重积蓄粮食。晁错向汉文帝讲军事。　　⑧匡衡劝汉元帝确定祭天的礼制。　　郊:祭天礼。　　王吉劝汉宣帝确定礼仪制度。　　⑨路温舒劝汉宣帝崇尚德治,改轻刑罚。谷永劝汉成帝不要迷信仙人。　　⑩杨秉劝阻汉桓帝私行出外游乐,认为大风灾是天对他的警告。陈蕃反对汉桓帝下诏书选用人才不公。耿介:正直。　　愤懑:愤慨不平。　　尺一:长一尺一寸的诏书。　　骨鲠(gěng 耿):骨气。　　⑪张衡指出司马迁、班固叙事不确实。　　史职:史官职责要叙事确实。蔡邕列举朝廷制度有不合礼仪的。　　铨(quán 全):衡量,评论。　　列:列举。　　⑫高堂隆劝谏魏明帝大造宫殿,认为天上彗星现是对他警告。黄观主张教学。　　⑬王朗劝魏明帝节约。甄(zhēn 真)毅主张对尚书郎举行考试。　　⑭刘颂在做淮南相时,上书谈政事。温峤看到太子建筑楼观,劳费百姓,劝太子停止,太子听从他。

23.3　夫奏之为笔,固以明允笃诚为本[15],辨析疏通为首。强志足以成务,博见足以穷理,酌古御今,治繁总要,此其体也。若乃按劾之奏,所以明宪清国[16]。昔周之太仆[17],绳愆纠谬;秦之御史,职主文法[18];汉置中丞,总司按劾[19];故位在鸷击,砥砺其气,必使笔端振风,简上凝霜者也[20]。观孔光之奏董贤,则实其奸回[21];路粹之奏孔融,则诬其衅恶[22];名儒之与险士,固殊心焉。若夫傅咸劲直,而按辞坚深[23];刘隗切正,而劾文阔略[24];各其志也。后之

214

弹事,迭相斟酌,惟新日用,而旧准弗差。然函人欲全,矢人欲伤[25],术在纠恶,势必深峭。诗刺谗人,投畀豺虎[26];礼疾无礼,方之鹦猩[27];墨翟非儒,目以[豕]羊彘[28];孟轲讥墨,比诸禽兽[29]:诗礼儒墨,既其如兹,奏劾严文,孰云能免。是以世人为文,竟于诋诃[30],吹毛取瑕,次骨为戾[31],复似善骂,多失折衷[32]。若能辟礼门以悬规,标义路以植矩,然后逾垣者折肱[33],捷径者灭趾,何必躁言丑句,诟病为切哉! 是以立范运衡[34],宜明体要;必使理有典刑[35],辞有风轨,总法家之[式]裁[36],秉儒家之文,不畏强御[37],气流墨中,无纵诡随[38],声动简外,乃称绝席之雄,直方之举耳[39]。

　　奏这种体裁,确实以明白信实忠诚为根本,辨别分析通畅为首要。有坚强的意志能够完成任务,有渊博的见识能够参透道理,斟酌古代经验来处理当今的事务,处理繁多的头绪能抓住要害,这是总的要求。至于检察弹劾的奏文,是用来严明法纪、清除弊政的。从前周朝的太仆,纠正过失和谬误;秦朝的御史大夫,职掌法令条文;汉朝设立御史中丞,总管检察弹劾;所以职位在于像猛禽的搏击,磨炼它的气势,一定要使笔下生风、纸上结霜那样的肃杀。看孔光的检察董贤,证实他的奸邪;路粹的弹劾孔融,诬陷他的罪恶;有名的儒者同阴险的人本来用心不同的。至于傅咸刚劲正直,检察的文辞坚实深刻;刘隗切实正确,但弹劾文却粗疏简略;各有他们的用意。后来的弹劾,轮替地互相斟酌,只在日用中有新的表现,对旧的准则没有差别。但是,造盔甲的人要保护人,造弓箭的人要射伤人。检察的手段在于纠正罪恶,趋势一定要深入严刻。《诗经》里攻击进谗言的人,说要把他投给豺狼虎豹;《礼记》里憎恨无礼的人,把他们比作鹦鹉猩猩;墨翟反对儒家,把他们看作羊和猪;孟轲讥讽墨家,把他们比作禽兽。《诗经》《礼记》儒家墨家,既然像这样,弹劾严厉的文辞,谁说能够避免这种攻击。因此世人作弹劾文,争相斥责,吹毛求疵,恨入切骨来作虐,又像会骂,多数不当。倘能按礼法为门作为标准,举正义为路来确立规范,然后把不走正门而跳墙的斩断他的臂膀,不走大路而抄小路的斩断他的脚趾,何必用污秽的话、丑恶的辞,靠辱骂算切合呢! 因此,树立规范,运用标准,应该明确体制;一定要使理论有轨范,文辞有法度,掌握法家的评量,运用儒家的文辞,不怕强暴,气势贯注在文辞中,不要放纵伪善从恶的人,声威震动弹劾文以外,才可称作御史大夫专席的雄文,正义的壮举哩。

⑮笔:无韵文,有体裁意。　允:信实。　笃:诚厚。　⑯宪:法。国:国政。　⑰太仆:周官名,职在纠正王的过失。　⑱御史:御史大夫,也管检察弹劾。　文法:法令。　⑲中丞:御史中丞,管检察弹劾。⑳鸷:猛禽。　砥砺:磨刀石,指磨炼。　振风:指压倒的声势。　凝霜:指肃杀的威严。　㉑孔光:以名儒官御史大夫,不敢弹劾董贤。王莽专权,攻董贤,使孔光弹劾董贤。　回:邪。　㉒路粹:曹操要杀孔融,使路粹诬陷他,编织罪状,把他杀死。　衅(xìn 信):裂纹,指缺点。　㉓晋傅咸检察弹劾,举证坚确。　㉔东晋刘隗(wěi 伟)弹劾贵族周颉,叙述罪状不具体,故称阔略。　㉕函人:制盔甲工人,要盔甲坚固,所以保护人。　矢人:制弓箭工人,要弓劲箭利,所以要伤人。见《孟子·公孙丑上》。　㉖《诗·小雅·巷伯》:"取彼谮(zèn 怎去声)人,投畀(bì 避)豺虎。"谮人,即谗人,用恶言伤人的人。畀,给。　㉗《礼记·曲礼》上:"鹦鹉能言,不离飞鸟;猩猩能言,不离禽兽;今人而无礼,虽能言,不亦禽兽之心乎!"　㉘《墨子·非儒》下,称儒生懒惰贫困像乞丐,"羝羊(公羊)视,贲彘(阉割的猪)起"。　㉙《孟子·滕文公》下:"杨氏(杨朱)为我,是无君也;墨氏兼爱,是无父也。无父无君,是禽兽也。"　㉚诋诃(dǐhē 抵呵):叱责。　㉛次骨:切入骨里。为戾:行为暴虐。　㉜折衷:得当,不过头或不够。　㉝辟:开。　植:竖

216

立。　　肱(gōng 公):胳膊。　　㉞衡:秤。　　㉟典刑:规范。　　㊱裁:
判断。　　㊲强御:强横。　　㊳诡随:诡善随恶,伪善从恶。　　㊴绝席:
独占一席,御史大夫坐专席。　　直:正。　　方:义。见《易·坤卦·文言》。

23.4　启者开也。高宗云,"启乃心,沃朕心"㊵,取其
义也。孝景讳启,故两汉无称。至魏国笺记,始云"启
闻"。奏事之末,或云"谨启"。自晋来盛"启",用兼表奏。
陈政言事,既奏之异条;让爵谢恩,亦表之别干㊶。必敛饬
入规㊷,促其音节,辨要轻清,文而不侈,亦启之大略也。

启就是开。殷高宗武丁说,"打开你的心,灌溉我的心",采取
这个意义。汉景帝名启,为了避讳,所以两汉没有称启的。到魏国
的书信,开始称"启闻"。进陈事实的末了,有的称"谨启"。自从晋
代以来称"启"的盛行,作用兼有表和奏。陈述政见,讲明事实,既
是奏的分条;让爵位,谢恩德,也是表的别枝。一定要收敛谨饬得
合乎规矩,使音节短促,辨论扼要,文辞轻快,有文采而不浮夸,也
是启的大概要求。

㊵见《书经·说命》。　　㊶异条、别干:比树的分条别枝,指以奏为主,启
是分枝。　　㊷敛饬:收敛谨饬,指启是短篇说的。

23.5　又表奏确切,号为"谠言"㊸,谠者,正偏也。王
道有偏,乖乎荡荡㊹,矫正其偏,故曰谠言也。孝成称班伯
之谠言,言贵直也㊺。自汉置八[仪]能,密奏阴阳㊻,皂囊封
板,故曰"封事"。晁错受《书》,还上"便宜"㊼。后代"便
宜",多附封事,慎机密也。夫王臣匪躬,必吐謇谔㊽,事举

人存④，故无待泛说也。

又表奏要求确实切合，称做"谠言"。谠就是纠正偏差。王道有了偏差，违反正大的要求，纠正它的偏差，所以称做谠言。汉成帝称赞班伯的谠言，说的是看重他的正直。自从汉朝设立会奏音乐的八能，把一年中的阴阳节气变化秘密上奏，写在木板上用黑袋封好，所以叫作"封事"。晁错学习《尚书》后，回来上奏便利宜办的事称"便宜"。后代的"便宜"，都加上密封，是谨慎地保守机密。王臣不是考虑自身安全，一定要说正直的话，要人活着政事就办好，所以不用说空话。

㊽谠言：直言。　㊹《书经·洪范》："无偏无党（不公），王道荡荡（正大）。"　㊺《汉书·叙传》，汉成帝问班伯，屏风上画纣王醉后拥抱妲己的意义，班伯说，戒淫乱的原因在喝醉。成帝赞美他说了直言。　㊻八能：八个懂音乐调节气的人，他们在冬至日奏乐，探索阴阳节气变化，秘密上奏。㊼晁错从伏生学《尚书》，回来后，向文帝建议办便利适宜的事，称"便宜"。㊽《易·蹇卦》："王臣蹇蹇（状见险能止），匪躬之故（不是为自身的安全）。"謇谔（jiǎn è 简愕）：直言。　㊾事举人存：见《礼记·中庸》："其人存，则其政举。"人活着，政事就办好。

23.6　赞曰：皂［饬］饰司直，肃清风禁㊿。笔锐干将，墨含淳酖○51。虽有次骨，无或肤浸○52。献政陈宜，事必胜任。

总结说：穿着黑色服饰的检察官司直，来肃清风化政教。笔比干将宝剑还要锋利，墨含有浓厚的毒酒那样猛烈。虽有切骨的深刻，但不用谗言伤人。贡献政见，陈述合宜的意见，在办事上一定

218

能够胜任。

㊿司直:汉官名,检举不法的。　　风:风化。　　禁:禁令,指政教。
(51)干将:吴人干将所铸宝剑。　　淳酖(zhèn 震):浓厚的毒酒。　　(52)肤浸:
切肤之痛和浸润的谗言。

议对第二十四

议是议论政事，对是对答皇帝的提问，姚鼐在《古文辞类纂》里把它们都归入奏议里是对的。刘勰大概认为这里可选的文章多，所以另立一类。

在议里，像赵武灵王跟季父辩论改穿胡服，商鞅跟甘龙辩论变法，都是著名而有意义的议论。再像汉朝吾丘寿王反对民间不能挟弓矢，三国魏程晓建议废除搞特务的校事，司马芝建议用钱来代以物易物，何曾建议女出嫁后不受母家的牵累，这些建议也是好的。在对策里，他提出董仲舒的天人三策，认为事理明。三策主张勉力行善，施行教诲，兴太学，求贤才，是适应当时需要；不过宣扬天人感应，罢斥百家，独尊儒术，是不恰当的。后汉鲁丕对策，主张"从民之所欲，除民之所恶"，这在当时是很难得的。

刘勰对于议的写作要求，提出"采故实于前代，观通变于当今。"既要观察前代的事例来作参考，又要适应当前的情势加以变通，这是通达的见解。又指出要精通业务，"戎事必练于兵，佃谷先晓于农"。文辞要求辨洁明核。他对于对策的要求，要"事深于政术；理密于时务"，既懂政治，又懂时务，既不迂阔，又不刻薄，要能通权达变，拯救世俗。"断理必刚，擒辞无懦"，议对的文辞，要根据理论作出有力的决断，措辞不要懦弱，即要有刚健的风格。

再就选文的形象性来看，像王恢与韩安国辩论要不要击匈奴，安国说："臣闻冲风（暴风）之衰不能起毛羽，强弩之末不能入鲁缟"，比大军长驱，人马衰竭。王恢说："草木遭霜者不可以风过，清水明镜不可以逃刑"，主张诱敌深入，则敌力疲而无可逃。又像董仲舒的《对贤良策》第三说:"夫天亦所分予,予之齿者去其角,傅其翼者两其足",通过形象的比喻,来说明"是所受大者不得取小也。"又引故事来说:"故公仪子相鲁,之(到)其家,见织帛,怒而出其妻;食于舍而茹葵,愠而拔其葵,曰:'我已食禄,又夺园夫女红之利乎?'"认为做官的不得与民争利。再像贾捐之议弃珠崖,引了一例:"时有献千里马者,诏曰:'鸾旗在前,属车在后,吉行日五十里,师行三十里,朕乘千里之马,独先安之?'"用来说明不求奇物。议对中引用比喻和事例来加强形象性,加强说服力,是议对中有力的写法。

24.1 "周爰谘谋①",是谓为议。议之言宜②,审事宜也。《易》之《节卦》:"君子以制度数,议德行③。"《周书》曰:"议事以制,政乃弗迷。"议贵节制,经典之体也④。

普遍地访问谋划,这叫做议。议是说得合宜,考察事情合宜。《易经》的《节卦》说:"君子用节制来制定法度,议论德行。"《尚书·周官》说:"按照制度来议事,政事才不会迷误。"议重在节制,这是经典的要求。

①《诗·小雅·皇皇者华》:"周爰咨谋。"周,遍。　爰(yuán 员):于。谘,询问。　②宜:合理。　③制度数:《易·节卦》作"制数度",制定礼仪等级;数,礼数。　④体:体制,指要求。

24.2 昔管仲称轩辕有明台之议⑤,则其来远矣。洪水之难,尧咨四岳⑥,宅揆之举,舜畴五人⑦;三代所兴,询及刍荛⑧;春秋释宋,鲁[桓务]僖预议⑨。及赵灵胡服,而季父争论⑩;商鞅变法,而甘龙交辨⑪:虽宪章无算⑫,而同异足观。迄至有汉，始立驳议。驳者，杂也；杂议不纯，故曰驳也。自两汉文明，楷式昭备，蔼蔼多士[13]，发言盈庭；若贾谊之遍代诸生[14]，可谓捷于议也。至如[主父]吾丘之驳挟弓[15]，安国之辨匈奴[16]；贾捐之之陈于珠崖[17]，刘歆之辨于祖宗[18]：虽质文不同，得事要矣。若乃张敏之断轻侮[19]，郭躬之议擅诛[20]；程晓之驳校事[21]，司马芝之议货钱[22]；何曾蠲出女之科[23]，秦秀定贾充之谥[24]：事实允当，可谓达议体矣。汉世善驳，则应劭为首[25]；晋代能议，则傅咸为宗[26]。然仲瑗博古，而铨贯有叙[27]；长虞识治，而属辞枝繁；及陆机断议，亦有锋颖，而[谀]腴辞弗剪，颇累文骨[28]：亦各有美，风格存焉。

从前管仲说黄帝轩辕氏在明台议论政事，那末议的来源已经很早了。在洪水的患难里，唐尧询问四方诸侯之长；推举处理政务的人选，舜咨询后用了五个人；夏商周三代办事，问到打柴草的人；春秋时代楚国释放宋襄公，鲁僖公参预商议。到了战国时代赵武灵王改穿胡人的服装，跟他的叔父争辨；秦国商鞅要变法，同甘龙互相辨论：虽然争论根据的法制很多，其中同异的观点是很可观的。到了汉朝，开始确定了驳议制度。驳就是杂，议论的意见纷杂不单纯，所以称做驳。自从两汉礼制昌明，作为模范的仪式明白具备，美好的士子多了，他们的议论充满朝廷；像贾谊替所有的朝臣发言，可以说最敏捷地提出建议了。再像吾丘寿王的驳斥禁止百姓挟带弓箭，韩安国辨论不宜进攻匈奴；贾捐之建议放弃珠崖，刘歆辨别太祖太宗的称号：虽然质朴和文华不同，得到叙事的要领了。至于后汉张敏的取消"轻侮法"，郭躬的议论专军别将可以擅自诛杀；魏国程晓的指斥校事官的罪恶，司马芝建议恢复铸钱币，晋朝何曾建议免除出嫁女受母家牵连办罪，秦秀因贾充以外孙继承的违背礼制确定他的荒乱谥号：讲的事实确当，可以说通达议的体例了。汉朝善于写驳议的，应劭为第一；晋朝能够写驳议的，傅咸被人所推重。应劭熟悉古事，议论通贯有条理；傅咸懂得政治，但写的文辞重复繁碎；到陆机议论编写《晋书》的断限，也有锋锷，可是辞采过多，没有删削，很损害骨力；但也各有优点，保持了各自的风格。

　　⑤明台：议论政治处，见《管子·桓公问》。　　⑥四岳：四方诸侯之长，尧问四岳治理洪水的人选，见《书·尧典》。　　⑦宅：处在；揆，度量，度量人选；宅揆之举，举荐政务官。　　畴（chóu 愁）：谁，问谁可仕。朝臣向舜推举禹（治水）、弃（务农）、契（管教化）、皋陶（管司法）、垂（管工业）五人。　　⑧兴：行，作。　　刍荛（chúráo 除饶）：打柴草的人。　　⑨《春秋·僖公二十一年》，宋襄公被楚军俘虏，鲁僖公与楚成王等会盟，劝楚释放宋襄公。　　⑩《史记·赵世家》，战国时赵武灵王改穿胡人短衣，便于骑射。他的叔父公子成先反对，后服从。　　⑪《史记·商君列传》，商鞅主张变法，甘龙反对，发生争论。秦孝公还是用商鞅变法。　　⑫宪章：法制。　　无算：无数，指多。⑬蔼蔼（ǎi 矮）：美盛的样子。　　⑭《史记·屈贾列传》："每诏令议下，诸老先生不能言，贾生尽为之对。"诸生，诸老先生，指朝臣。　　⑮《汉书·吾丘寿王传》，公孙弘主张禁民挟带弓箭，吾丘寿王认为使民不能自救而废去学射箭，大不便。武帝听从他。　　⑯《汉书·韩安国传》，王恢主张攻击匈奴，韩安国反对，认为不宜和匈奴结怨，挑起战争。王恢主张诱敌深入再击，武帝听了。⑰《汉书·贾捐之传》，珠崖郡反汉，贾捐之主张放弃珠崖，元帝听从他。珠崖，在今海南岛。　　⑱《汉书·韦玄成传》，博士认为汉高祖为太祖，文帝为太宗，太祖太宗庙永不废。其馀各帝庙，满五帝毁掉，把神主迁入太祖庙。武帝庙已过五世应毁。刘歆认为武帝功大，称世宗，不宜毁，哀帝听从他。　　⑲《后汉书·张敏传》，当时认为儿子杀死侮辱父亲的人，可不死，称"轻侮法"。张敏认为"轻侮法"可以杀人不死，官吏可以上下其手，主张取消，和帝听从他。　　⑳《后汉书·郭躬传》，主帅窦固出征，副帅秦彭在另一地驻军，按法

杀人。窦固认为副帅无权杀人。郭躬认为副帅驻军别处，军情紧急，不及请示主帅，可以按法处决。明帝听从他。　　㉑《三国志·魏书·程昱传》，校事是刺探官民阴私的小吏，随便抓人加刑，罪恶昭著。程晓上奏请罢斥，因此废去校事。　　㉒《晋书·食货志》，魏文帝废钱，用谷帛换物，结果出现不少弊病。司马芝主张用钱，明帝就恢复用钱。　　㉓《晋书·刑法志》，何曾认为已嫁之女，不应受母家牵连办罪。于是改定刑律。　　㉔《晋书·秦秀传》，贾充子死，用外孙韩谧继承其子，违反礼制。秦秀建议定贾充的谥号为荒，晋武帝不听。　　㉕《后汉书·应劭传》，应劭字仲远，一作仲瑗。他的驳议，引经据典，称为博古。　　㉖《晋书·傅咸传》，傅咸字长虞。　　宗：尊崇。　　㉗铨：评论。　　贯：串通。　　㉘《全晋文》陆机《晋书限断议》，司马懿、司马师、司马昭被追尊为帝，所以列入本纪；但三人没有做皇帝，所以叙事像传记。腴辞：辞藻。　　文骨：骨力。

24.3　夫动先拟议，明用稽疑㉙，所以敬慎群务，弛张治术㉚。故其大体所资，必枢纽经典，采故实于前代，观通变于当今；理不谬摇其枝，字不妄舒其藻㉛。又郊祀必洞于礼，戎事必练于兵㉜，[田]佃谷先晓于农㉝，断讼务精于律；然后标以显义，约以正辞㉞，文以辨洁为能，不以繁缛为巧；事以明核为美，不以[深]环隐为奇㉟：此纲领之大要也。若不达政体，而舞笔弄文，支离构辞，穿凿会巧，空骋其华，固为事实所摈；设得其理，亦为游辞所埋矣。昔秦女嫁晋，从文衣之媵，晋人贵媵而贱女㊱；楚珠鬻郑，为薰桂之椟，郑人买椟而还珠㊲。若文浮于理，末胜其本，则秦女楚珠，复在于兹矣。

有行动先要比较议论，明察可疑的事，为了恭敬谨慎地处理各种事务，使得统治的方法紧张和放松合适。所以它的主要依据，一

定以学习经典做关键，采用以前各代的故事，观察当今的各种继承
变化；在理论上不错误地摇动它的分枝，在文辞上不谬妄地发展它
的辞藻。又祭天祭神一定要熟悉礼仪，论军事一定要熟悉兵法，种
庄稼先要懂得农业，判断案件务必精通法律；然后突出论点来显示
它的意义，用正确的话来加以概括，文辞以明辨简洁为确当，不以
繁多藻丽为巧妙；叙事以明白核实为美好，不以曲折隐晦为奇特：
这是大概的纲要。要是不懂得政治体制，却玩弄笔墨，文辞支离破
碎，内容穿凿附会，徒然运用辞藻，实为事实所抛弃；假使讲得有道
理，也被不切合的浮辞所埋没了。从前秦国的姑娘嫁到晋国，跟从
的有穿着文绣衣裳的陪嫁女子，晋国人看重陪嫁女子而看轻秦国
姑娘；楚国人把宝珠卖给郑国，做了只用桂椒来薰的宝匣，郑国人
买了宝匣把宝珠还给楚国人。倘使文辞埋没了所讲的道理，枝叶
超过它的根本，那末秦国嫁姑娘、楚国卖宝珠，又在这里了。

㉙拟：用前事作比。　　议：议论得失。　　稽疑：考查可疑点。　　㉚《礼
记·杂记》："一张一弛，文武之道也。"张，拉紧；弛，放松；用来调节，是周文王
武王管理政治的方法。　　㉛在枝叶上不错，即在小节上求正确。在用字上
不妄，即一个字不乱用。　　㉜郊：祭天。　　洞：深通。　　戎事：军事。
㉝佃：耕田。　　㉞标：标明，突出。　　约：简练。　　㉟环：曲折。　　㊱
《韩非子·外储说左》上，秦君嫁女与晋公子，穿文绣衣的陪嫁女七十人，晋人
爱陪嫁女而贱秦君的女儿。　　㊲又楚人有卖珠于郑，以木兰树做匣，用桂
椒来薰，镶上珠玉玫瑰，编上翡翠，郑人买匣还珠。

24.4　又对策者，应诏而陈政也㊳；射策者，探事而献
说也㊴，言中理准，譬射侯中的㊵；二名虽殊，即议之别体
也，古之造士，选事考言㊶。汉文中年，始举贤良㊷，晁错对
策，蔚为举首㊸；及孝武益明，旁求俊乂㊹，对策者以第一登

庸[45]，射策者以甲科入仕；斯固选贤要术也。观晁氏之对，[证]验古明今，辞裁以辨，事通而赡，超升高第，信有徵矣。仲舒之对，祖述《春秋》，本阴阳之化[46]，究列代之变，烦而不恩者[47]，事理明也。公孙之对，简而未博，然总要以约文，事切而情举[48]，所以太常居下[49]，而天子擢上也。杜钦之对，略而指事[50]，辞以治宣，不为文作。及后汉鲁丕，辞气质素，以儒雅中策[51]，独入高第。凡此五家，并前代之明范也。魏晋以来，稍务文丽，以文纪实，所失已多。及其来选，又称疾不会[52]，虽欲求文，弗可得也。是以汉饮博士，而雉集乎堂[53]；晋策秀才，而麈兴于前[54]：无他怪也，选失之异耳。

又对策，是对答诏书所提问题陈述政见；射策，是检取一个简策看它所提问题，献上自己的意见，话说得中的，道理准确，好比打靶打中鹄的；两个名称虽说不同，就是议的别种体裁。古代造就人才，选拔能办事的，考试善辞令的。汉义帝中期，开始选举贤良，晁错对答策问，优秀地考中第一；到汉武帝对策更加显著，广泛地访求才俊，对策的因第一提拔任用，射策的因考上甲等做官；这确是选拔贤才的重要方法。看晁错的对策，检验古代来说明当今，文辞有裁断而辨明事理，论事通达而丰富，考入高等，确实是有凭证的。董仲舒的对策，根据《春秋》来说，按照阴阳两气的变化，研究列代政治的演变，文辞多而不乱，是由于明白事理。公孙弘的对策，说理简单未见博学，然而能够总结要点，使文辞简省，事情切合，情理突出，所以太常定为下等，武帝拔置上等。杜钦的对策，对答简略，指出重要事实，文辞因治事而作，不为辞藻而作。到后汉鲁丕的对策，语气质朴，以儒家的正论合于策问，独自考入高等。概括这五家,都是以前各朝的明确典范。从魏晋以来,稍稍注意文采,用文采来记载事实,失去的已经不少。到他们被推举来应选,又推说有病不参加考试,虽要求取文才,不能得到。因此汉朝请博士饮酒,野鸡飞来停在厅堂上;晋朝策试秀才,有麐出现在前面:没有什么怪异,只是选举失当的怪异罢了。

㊳对策:天子在简策上提出问题,要应举的人回答,再评定甲乙,考甲等的可以做官。　　㊴射策:在不少简策上写上问题,把题目遮住不让看,应举的随便检一策来回答。　　㊵侯:箭靶子。　　㊶造士:被选拔到国学(大学)里去的士人。　　选事:考试才学。　　考言:考试辞令。　　㊷中年:中期。　　举贤良:命诸侯公卿郡守推举贤良能直言极谏者。　　㊸晁错《贤良文学对策》,答文帝问。　　蔚:指优秀。　　㊹明:显著。　　旁求:广求。　　俊乂(yì 义):杰出人才。　　㊺登庸:升用。　　㊻董仲舒《举贤良对策》三篇,根据《春秋公羊传》来立论。他以阳为德,阴为刑,主张任德教而不任刑。　　㊼恩(hùn 诨):乱。　　㊽公孙弘《举贤良对策》主张君主立身正,讲信用,讲德行,即总要、事切。　　㊾太常:主管礼乐的官,兼管考选。　㊿杜钦《白虎殿对策》,指出成帝好色的害处,即"指事"。　　51鲁丕《举贤良方正对策》主张"从民之所欲,除民之所恶。"所以称"儒雅"。　　52《晋书·孔坦传》,东晋初,因大乱后推举秀才孝廉不再考试。稍后又恢复考试,推举来的人都托病不肯应试。　　53《汉书·成帝纪》,成帝命博士行饮酒礼,有野鸡飞来停在堂上叫。当时人认为是不祥之兆,但并不认为跟选举有关,这里只是用来作对偶。　　54《晋书·五行志》中,秀才孝廉会集在乐贤堂,有麐在堂前出现。当时认为选举人才不可靠,因有此异。　　麐(jūn 君):獐,似鹿较小。

24.5　夫驳议偏辨,各执异见;对策揄扬�555,大明治道。使事深于政术,理密于时务,酌三五以熔世�556,而非迂缓之高谈;驭权变以拯俗,而非刻薄之伪论;风恢恢而能远,流洋洋而不溢㊲，王庭之美对也。难矣哉，士之为才也！或练治而寡文，或工文而疏治。对策所选，实属通才，志足文远，不其鲜欤！

驳议偏向辨论，各自执着不同的见解；对策宣扬理论，大力显示治国的道理。使得论事深通办理政事的方法，论理密切结合着时务，酌量采取三皇五帝的质朴来陶冶世俗，不是迂阔疏远的高调；运用通权达变来挽救世俗，不是刻薄的谬论；像风的广大而能吹到远方，像流水的盛大而能不泛滥，是朝廷上的优秀的议对。难得啊，有才的士人！有的熟悉治道而缺少文采，有的工于文辞而疏远治道。这里所选的对策，确实属于通达的人才，意志足够，文辞能传远，不是很少吗！

㊵揄扬：宣扬。　㊶三五：三皇五帝。　㊷恢恢：状广大。　洋洋：状盛大。

24.6　赞曰：议惟畴政，名实相课㊸。断理必[纲]刚，摛辞无懦。对策王庭，同时酌和㊹。治体高秉，雅谟远播㊺。

总结说：议只是筹划政治，考核名称和实际。在推断理论上一定要刚健，运用文辞不要软弱。在朝廷上对策，多人同时酌量应和。突出地掌握论治的体裁，正确的谋议会向远处传播。

㊸畴：通筹，谋划。　课：考核。　㊹酌：酌量。　和：应和。　㊺秉：执持。　谟：谋议。

书记第二十五

　　书记有两个意义，一指书写，即记下的文字；一指书信。本篇引扬雄的话，把言和书并列，这个书就指文词，即语言和文词，书指书写记录。凡是书写记录的都称书记，它的范围就很广，文后讲的谱籍簿录等都是，那是属于应用文字，非文学作品了。本篇里讲的书信，是全篇的主要部分，像司马迁的《报任少卿书》，杨恽的《报孙会宗书》，"志气槃桓，各含殊采"，是富有情采的，是属于文学散文。因此认为书信，"言以散郁陶，托风采，故宜条畅以任气，优柔以怿怀。"要充分表达自己的感情，要写得有风采。但像司马迁、杨恽的信，是表达了愤激不平的感情，并不是条畅优柔的，杨恽还因此被汉宣帝所杀。这两封信确实是千古传诵的名篇。那末结合选文定篇来看，刘勰讲的对书信的要求，还不够全面。不过他注意书信的抒情和文采，注意它的文学性是好的。他说"记之言志"，"表识其情"，是注意它的情志的。又指出刘桢的笺记，"有美于为诗"，比他的诗更美，更说明它是文学作品了。

　　他又指出"战国以前，君臣同书，秦汉立仪，始有表奏"。可见在战国时代君臣的关系还不是十分悬殊，君臣之间还可以书信来往，臣子对君主还可以把他的情意表达出来。像燕惠王跟乐毅的书信来往。燕惠王说："寡人新即位，左右误寡人。"乐毅替燕国破齐，立了大功。燕惠王即位，不信任乐毅，派骑劫代乐毅，因此为齐所破。燕惠王承认"左右误寡人"，即承认自己错了。乐毅回信说："臣不佞，不能奉承王命以顺左右之心，恐伤先王之明，有害足下之义，故遁逃走赵。"表示不接受燕惠王调他回国的命令，跑到赵国

去。他怕回去后遭不测之祸,有伤燕昭王重用他的明察,有损害燕
惠王害功臣之义。话说得婉转,实际是对燕惠王作了批评,批评他
的不明不义。在通信上,君臣的关系是比较平等的。因为乐毅在
赵国,不怕得罪燕惠王。秦汉以后就不同了,君臣的地位悬殊。像
杨恽以功封侯,因与人结怨,被控告犯诽谤罪,罢官。他在《与孙会
宗书》里发泄不满,说:"田彼南山,芜秽不治,种一顷豆,落而为
萁。"他不敢批评朝廷,只是借田荒豆落来暗示朝廷荒乱,贤人被
弃。就是这样,还是触怒宣帝被杀。所以刘勰讲书信,要求条畅优
柔,不谈愤激,要"简而无傲",可能是针对封建统治说的。

　　本文后面谈到谚语,实是民间文学。像"囊漏储中",比喻不要
打小算盘,要从大处着眼。像"掩目捕雀",比喻不要自欺欺人,都
很有形象。刘勰虽然把谚语看作鄙俚,但认为不可忽视,是对的。

25.1　大舜云:"书用识哉①!"所以记时事也。盖圣
贤言辞,总为之书,书之为体,主言者也。扬雄曰:"言,心
声也;书,心画也。声画形,君子小人见矣②。"故书者,舒
也。舒布其言,陈之简牍③,取象于夬④,贵在明决而已。

　　大舜说:"书写是用来记录的啊!"所以用来记录时事的。大概
圣贤的语言文辞,都要替它记录的,记录的体裁,主要是记录言辞
的。扬雄说:"语言是从心里发出来的声音;书写是从心里发出来
的文字。声音文字表现出来,君子和小人就看出来了。"所以书写
是发布,把他的话发布出来,记录在竹简木板上,在《易经》里取
"夬"的象,重在明白决断罢了。

①识(zhì 志):记录。见《尚书·益稷》。　　②见《法言·问神》。　　画:指
文字。　　③简牍:竹简木板,记录用。　　④夬(kuài 块):夬卦,表决断。

230

上古结绳记事，记什么不明白，改用文字就明确了。见《易·系辞》下。

25.2　　三代政暇，文翰颇疏⑤。春秋聘繁，书介弥盛⑥。绕朝赠士会以策⑦，子家与赵宣以书⑧，巫臣之遗子反⑨，子产之谏范宣⑩，详观四书，辞若对面。又子[服]敬叔进吊书于滕君⑪，固知行人挈辞，多被翰墨矣⑫。及七国献书，诡丽辐辏⑬；汉来笔札，辞气纷纭。观史迁之报任安⑭，东方[朔]之[难]谒公孙⑮，杨恽之酬会宗⑯，子云之答刘歆⑰，志气槃桓⑱，各含殊采；并杼轴乎尺素⑲，抑扬乎寸心。逮后汉书记，则崔瑗尤善⑳。魏之元瑜，号称翩翩㉑；文举属章，半简必录㉒；休琏好事，留意词翰㉓，抑其次也。嵇康绝交，实志高而文伟矣㉔；赵至叙离，乃少年之激切也㉕。至如陈遵古辞，百封各意㉖；祢衡代书，亲疏得宜㉗：斯又尺牍之偏才也。

夏商周政治不繁忙，书记很少。春秋时代各国访问繁多，传达书信的使人很多。秦国绕朝把策书送给晋国士会，郑国子家把书信送给晋国赵宣子，逃到晋国的巫臣把书信送给楚国子反，郑国子产用书信谏劝晋国的范宣子，详细看这四封书信，文辞像对面讲话。又鲁国子叔敬叔把吊丧的书信送给滕国君，确实知道外交官所带去的辞令，多数被记录了。到战国时代递呈的书信，诡奇绮丽的文辞汇集在一起；汉朝书信，语气复杂。看司马迁的答任安信，东方朔进见公孙弘送上的书信，杨恽给孙会宗的答书，扬雄给刘歆的答书，心志和意气郁结，各自俱有独特的文采；并且组织成书信，把内心的情感或抑或扬表达出来。到后汉书信，那末崔瑗的更好。魏国的阮瑀，他的信称为风度美好；孔融的书信，半封信也要抄下来;应璩好事,留心书信,还是次一点的。嵇康的《与山巨源绝交书》,确实是志向高超文辞宏伟了;赵至叙述离别,是年轻人抒发的激迫感情。再像陈遵口授文辞,百封信各有各的用意;祢衡代黄祖写信,对于亲近疏远的人都写得得当:这又是写书信的一技之长。

　　⑤暇:空闲。　　疏:稀少。　　⑥书介:传达书信的使人。　　⑦《左传·文公十三年》,晋人士会在秦国,秦穆公派他到晋国去,秦人绕朝送给他一个竹简,写着"不要说秦国无人,只是我谋不用"。表示他明知士会一去不回。⑧《左传·文公十七年》,郑国子家写信给晋国赵宣子,说明郑国使陈蔡两国来归附晋国有功,使晋国和郑国结盟。　　⑨《左传·成公七年》,楚国巫臣逃在晋国,写信给楚国大臣子反,说一定要使他疲于奔命死去。巫臣去教吴国攻楚。　　⑩《左传·襄公二十四年》,郑国子产写信给晋国范宣子,劝他减轻向诸侯国收取财物,免得诸侯国对晋国不满。他听了。　　⑪《礼记·檀弓下》,滕成公死,鲁国子叔敬叔去吊丧并送上国书。　　⑫行人:外交使节。挈(qiè 妾):携带。　　⑬诡:奇。　　辐辏(fú còu 扶凑):车轮中直条聚集在轮的中心,指聚集。　　⑭司马迁《报任安书》,讲他为了救李陵受腐刑,为了完成《史记》著作,忍辱不死。　　⑮东方朔《与公孙弘借车书》,当在进谒公孙弘时送上。　　⑯杨恽《报孙会宗书》,写他被罢官后的感慨不平,被汉宣帝所杀。　　⑰刘歆要看扬雄著作的《方言》,扬雄《答刘歆书》说他搜集各地方言,积二十七年,尚未定稿,不能出示,要定稿后再示人。　　⑱槃桓:留连,指郁结。　　⑲杼轴:织布机上的织器,指组织。　　尺素:一尺生绢,指书信。　　⑳《后汉书·崔瑗(yuàn 院)传》说他"善为书记"。　　㉑魏国阮瑀字元瑜。曹丕《与吴质书》称他"书记翩翩",指风度美好。　　㉒孔融字文举,《后汉书·孔融传》说曹丕出金帛来搜集孔融文,因此半简也抄录。　　㉓应璩(qú 渠)字休琏。　　好事:爱好记录时事。　　词翰:书信。　　㉔嵇康《与山巨源绝交书》说己"非汤武而薄周孔","刚肠疾恶",所以说"志高"。㉕《文选》赵景真(至)《与嵇茂齐(蕃)书》。书称"安白",实为吕安《与嵇康书》,《文选》误,刘瓛也误,见《文选》六臣注。　　㉖《汉书·陈遵传》,他召集书吏十人,口授书吏写给亲友的很多信,亲疏各有意。亲疏得宜的是陈遵,这

里作祢衡，不对。　　　㉗《后汉书·祢衡传》，祢衡代黄祖写信，写得正像黄祖心里想要说的。

25.3　详总书体，本在尽言，言以散郁陶，托风采㉘，故宜条畅以任气，优柔以怿怀㉙；文明从容，亦心声之献酬也。若夫尊贵差序，则肃以节文㉚。战国以前，君臣同书㉛，秦汉立仪，始有表奏㉜；王公国内，亦称奏书，张敞奏书于胶后㉝，其义美矣。迄至后汉，稍有名品，公府奏记，而郡将［奏］奉笺㉞。记之言志㉟，进己志也。笺者，表也，表识其情也。崔寔奏记于公府，则崇让之德音矣㊱；黄香奏笺于江夏，亦肃恭之遗式矣㊲。公幹笺记，丽而规益㊳，子桓弗论，故世所共遗㊴；若略名取实，则有美于为诗矣。刘廙谢恩，喻切以至㊵；陆机自理，情周而巧㊶，笺之为善者也。原笺记之为式，既上窥乎表，亦下睨乎书，使敬而不慑，简而无傲，清美以惠其才，彪蔚以文其响㊷，盖笺记之分也。

详细地总结书信的体制，根本在于把话说完，话用来舒散心头的郁结，寄托风度，所以应条达舒畅来显示气势，优裕柔和来表达喜悦的胸怀；文辞明显，从容不迫，也是心情的交流。至于地位不同，分别等级，用礼节来表示尊敬。战国以前，君和臣的信件都称做书，秦汉确立各种体制，臣子对君主开始称表奏；在诸王国内也称奏书，汉朝张敞向胶东王国太后奏书，他的意义美好。到了后汉，稍稍分为各种名目，上书三公府称奏记，上书郡将称奉笺。记是记录，是进献自己的意志。笺是表明，表明自己的情意。后汉崔寔向三公府上奏记，那是表达谦让的美好声音；黄香向江夏太守上奏笺，也是留下来的恭敬的模范。刘桢的笺记，有文采，作了有益的规劝，曹丕在《典论·论文》里没有谈到，所以世人都不注意；倘使抛开有没有称誉，只看实质，那他的笺记比诗更美了。刘廙向曹操谢恩的奏记，比喻极为确切；陆机向吴王晏为自己辨白的奏记，情事周到，文辞工巧，是好的笺记。考究笺记的体裁，既是向上观察表奏，也是向下看到书信，使它恭敬而不害怕，核要而不傲慢，用清丽的风格来显示他的才华，用华藻的文辞来扩大他的影响，大概是笺记的本分。

㉘郁陶：郁结。　　　风采：指风度。　　㉙优柔：宽舒。　　　怿：悦。
㉚差序：等差序列，指分不同等级。　　　　肃：敬。　　　节文：用礼节来示敬，不同称呼来分等级。　　　㉛君臣同书：如燕惠王谢乐毅，乐毅报燕惠王都称书。
㉜表奏：臣下上书称表奏。　　　　㉝汉朝张敞向胶东王太后奏书，劝她不要出去打猎，她听了。　　㉞郡将：一郡的长官称郡守，兼管武事的称郡将。
㉟志：同识，记录。　　㊱《后汉书·崔寔（shí 实）传》，大将军梁冀府召他去，他辞去召请的奏记，表示谦让。　　　㊲《后汉书·黄香传》黄香向江夏太守刘护上奏笺，表示恭敬。　　　㊳刘桢字公幹，《谏曹植书》称他礼贤不足。
㊴曹丕字子桓。《典论·论文》没有论刘桢的书记。　　　㊵刘廙（yì 意）对曹操《上疏谢徙署丞相仓曹属》，说他的弟弟刘伟被牵连犯罪，曹操赦了他，说："起烟于寒灰之上，生华于已枯之木。"比喻切至。　　　㊶陆机受赵王伦篡位的牵联，他《与吴王表》讲他与篡位事无关，说："一字一迹，自可分别。"　　　㊷彪蔚：指文采丰富。

25.4　夫书记广大，衣被事体㊸，笔札杂名，古今多品。是以总领黎庶㊹，则有谱籍簿录；医历星筮，则有方术占［试］式；申宪述兵，则有律令法制；朝市徵信，则有符契券疏；百官询事，则有关刺解牒；万民达志，则有状列辞谍：并述理于心，著言于翰㊺，虽艺文之末品，而政事之先

234

务也。

书记的范围很广，包括各种记事的体裁，笔记的名称很杂，从古到今有各种名目。因此总管百姓事务的，有谱籍簿录；有关医药历法星象占卜的，有方术占式；申明法令和讲兵法的，有律令法制；在朝廷和市集上各种凭证，有符契券疏；百官询问事情，有关刺解牒；万民表达意志，有状列辞谚：都是讲从心内发出来的意思，用笔记下来，虽然是文辞中的下品，却是办理政事所先要处理的事务。

㊸衣被：覆盖，包括。　　㊹黎庶：百姓。　　㊺翰：笔。

25.5　故谓谱者，普也。注序世统，事资周普；郑氏谱《诗》㊻，盖取乎此。

籍者，借也。岁借民力，条之于版；春秋司籍㊼，即其事也。

簿者，圃也㊽。草木区别，文书类聚；张汤李广，为吏所簿，别情伪也㊾。

录者，领也㊿。古史《世本》，编以简策，领其名数，故曰录也。

谱就是普遍。排列世代相承的系统，事情依靠周全普遍；郑玄按照《诗》的次序和诸侯的世系编成《诗谱》，是从这里来的。

籍就是借。一年借用多少人民的劳力，分别记在板上；《左传》里记的主管户籍，就是这件事。

簿是果园或菜园。蔬菜花木分区种值，像文书的分类编集；张汤李广，被官吏用文书来传问，是分别真假。

录是总括。古代史《世本》，用竹策编起来，总括帝王的世系名次，所以称录。

㊻谱即《史记》的《三代世表》的表。郑玄的《诗谱》，把《诗经》分国以后，再同诸侯国世次结合编成的。　　㊼《左传·昭公十五年》，晋国籍氏是世代主管户籍的。　　㊽圃：菜园。　　㊾张汤和李广，都受到传询，由官吏按照文书来传问两人，要分别事实的真假。　　㊿领：统率，有总括意。《世本》，记录从黄帝以来的帝王、诸侯、卿大夫的世系、名号，加以总括记录。

25.6　方者，隅也。医药攻病，各有所主，专精一隅，故药术称方。

术者，路也。算历极数，见路乃明[51]。九章积微[52]，故以为术；淮南万毕[53]，皆其类也。

占者，觇也。星辰飞伏，伺候乃见，[精]登观书云[54]，故曰占也。

式者，则也。阴阳盈虚，五行消息[55]，变虽不常，而稽之有则也。

方是一角。医药治病，各个药方各有主治的病，专精一个方面，所以药方称方。

术就是路。算术、历法都要尽量运算，看到运算的方法才明白。九章算术积累了细微处，所以称做术；《淮南万毕术》，都是它这一类。

占就是观察。星的流动和隐伏，要等候观察才看到，登上观台把云物等天象变化记下，所以叫占。

式就是法则。阴阳五行的盛衰消长，它的变化虽然不一定，考求起来还是有法则的。

�51路:路子,方法。　　�52九章:指九种算术,包括百分法、勾股、方程等。
积微:从细微处积算。　　�53淮南万毕:淮南王讲方术的书称《淮南万毕术》。
�54观:观台,观象台。　　书:记录。　　云:云物,指天象变化。　　　�55盈
虚:盛衰。　　消息:消长。

25.7　律者,中也。黄钟调起,五音以正�56。法律驭民,八刑克平�57。以律为名,取中正也。

令者,命也。出命申禁,有若自天。管仲下[命]令如流水�58,使民从也。

法者,象也。兵谋无方,而奇正有象�59,故曰法也。

制者,裁也。上行于下,如匠之制器也。

律是中正。乐律从黄钟的声调开始,宫商角徵羽的五音得到调正。法律控制百姓,八种刑罚能够平正。用律做名称,取它得到中正。

令是命令。发出命令,申明禁止,好像天命。管仲说下令像流水,使人民服从。

法是效法。兵法没有一定,或奇或正有各种物象可以效法,所以称做法。

制就是制造。上面的制作推行到下面去,像木匠的制器。

�56乐律首推黄钟,黄钟调整了,其他各音也可跟着调整。　　五音:音有五,即宫商角徵羽。　　�57八刑:《周礼·大司徒》,有不孝之刑、不睦(和睦)之刑、不姻(不认亲戚)之刑、不弟(敬兄长)之刑、不任(信朋友)之刑、不恤(不顾灾难)之刑、造谣之刑、乱民之刑。　　�58《管子·牧民·士经》:"下令于流水之源者,令顺民心也。"　　�59《孙子·军争》:"故其疾如风,其徐如林,侵掠如火,不动如山。"即指效法各种物象。

25.8　　符者，孚也。徵召防伪，事资中孚[60]；三代玉瑞，汉世金竹，末代从省，易以书翰矣。

契者，结也。上古纯质，结绳执契[61]；今羌胡徵数，负贩记缗[62]，其遗风欤？

券者，束也。明白约束，以备情伪，字形半分，故周称"判书"[63]。古有铁券[64]，以坚信誓；王褒髯奴[65]，则券之[楷]谐也。

疏者，布也。布置物类，撮题近意，故小券短书，号为疏也。

符就是诚信。召集聘请防止作伪，事情依靠内心的诚信；夏商周三代用玉器作信物，汉朝用铜虎符、竹使符，后代从简，改用书信了。

契就是结约。上古质朴，结绳作契约；现在羌人胡人检验数目，商贩记钱，是它的遗传下来的风俗吧。

券是约束。明白作出约束，用来防备作伪，券上的字各执一半，所以周朝称做"判书"。古代有铁券，用来坚守誓言；王褒对髯奴的《僮约》，那是诙谐的约券。

疏是分布。分类布置事物，摘出题目，写切近的意思，所以短小的字据称做疏。

[60]中孚：《易经》有《中孚》卦，表诚信。　　[61]结绳：大事打大结，小事打小结，用以记事。　　执契：契是刻文字，用文字记事。执，执着。　　[62]缗(min民)：用绳穿一千钱为缗。　　[63]判书：合同，双方各执一份。　　[64]铁券：汉朝封诸侯王，有铁券，表示坚定不变。　　[65]王褒与髯奴写《僮约》，写明他一天的工作，使得髯奴"目泪下落，鼻涕长一尺"，有诙谐味。

238

25.9　关者，闭也[66]。出入由门，关闭当审；庶务在政，通塞应详。韩非云："孙亶回，圣相也，而关于州部[67]。"盖谓此也。

刺者，达也[68]。诗人讽刺，周礼三刺，事叙相达，若针之通结矣[69]。

解者，释也。解释结滞，徵事以对也。

牒者，叶也[70]。短简编牒，如叶在枝；温舒截蒲，即其事也[71]。议政未定，故短牒咨谋。牒之尤密，谓之为签[72]；签者，纤密者也。

关是关闭。从门口进出，关闭应当审慎；在政事上的众多事务，顺利和阻塞应该详细了解。韩非说："公孙亶回，是圣明的国相，是经由地方官出身。"大概就是说这些。

刺是通达。诗人的讽刺，《周礼》里讲的三次刺探，事情按照次序刺探到，像针的解开线疙瘩。

解是解释。解释积滞，用核对来考验事实。

牒是叶。用短的竹简编成牒，像叶子在枝条上；汉朝路温舒把蒲叶剪下来编成牒，就是这种事。议论政事没有作出决定，所以用短牒来商量。牒文中更小的一种，叫做签；签就是细密的意思。

[66]关是关门、关口，是通过的口子，转为互相关照的公文。　　[67]见《韩非子·问田》。　　关于州部：经由地方官上来。关，经由。　　[68]刺：探事的公文。　　[69]相达：即刺探到。刺探如用针插入，又为讽刺。《周礼·秋官·司刺》："一刺曰讯群臣，二刺曰讯群吏，三刺曰讯万民。"从刺探转为探问。[70]牒：小简和小简编成的册。　　[71]见《汉书·路温舒传》。　　[72]签：标签，用更小的简标出，像签条。

25.10 状者，貌也。体貌本原，取其事实，先贤表谥，并有行状⑦，状之大者也。

列者，陈也。陈列事情，昭然可见也。

辞者，舌端之文，通己于人；子产有辞，诸侯所赖⑭，不可已也。

谚者，直语也。丧言亦不及文，故吊亦称谚⑮。廛路浅言⑯，有实无华。邹穆公云："囊［满］漏储中⑰。"皆其类也。《［太］牧誓》曰⑱："古人有言，牝鸡无晨。"《大雅》云"人亦有言"，"惟忧用老⑲"。并上古遗谚，《诗》《书》［可］所引者也。至于陈琳谏辞，称"掩目捕雀"⑳，潘岳哀辞，称"掌珠""伉俪"㉑，并引俗说而为文辞者也。夫文辞鄙俚，莫过于谚，而圣贤《诗》《书》，采以为谈，况逾于此，岂可忽哉！

状是状貌。原来是描写形貌，转为采取事实，死去的贤人要定他的谥号，并且还有讲他一生事迹的行状，是重大的状文。

列就是陈设。把事情陈述出来，明白地可以看到。

辞是口头语，把自己的意思告诉别人；郑国子产善于说话，诸侯都依靠他，不可以没有的。

谚是质直的话。在丧事人家说话也顾不上文采，所以吊丧也称做谚。市集的路上浅近的话，朴实无华。邹穆公说："粮袋漏在储粮器里。"都是这类。《牧誓》说："古人说，雌鸡不管在早晨啼叫。"《大雅》说"人也有话"，"只有忧使人老"。都是上古传下来的谚语，《诗经》《书经》所引用的。至于陈琳劝阻何进的话，称"遮住眼睛去捉麻雀"，潘岳哀辞，说"掌上明珠"和"伉俪"，都引俗语来作文。文辞鄙陋浅俗，没有超过谚语，可是圣人贤人作的《诗经》和《书经》里，采来作为谈话，何况胜过这些，怎么可以忽略啊！

⑦谥(shì 试)：古代对帝王大臣死后的称号。　　　行状：对死者一生事迹的记载。　　⑦《左传·襄公三十一年》，晋国叔向说："子产有辞，诸侯赖之。"⑦《孝经·丧亲章》："孝子之丧亲也……言不文。"　　唁：吊慰死者家属的话，同唁。　　⑦廛(chán 蝉)：市集。　　⑦《贾谊新书·春秋》，粮袋漏粮在储粮器中，没有漏掉。　　⑦见《书·牧誓》。　　⑦"人亦有言"：见《诗·大雅》的《荡》《抑》《桑柔》《烝民》。　"惟忧用老"：见《诗·小雅·小弁》。　　⑧《后汉书·何进传》，陈琳反对何进召董卓引兵进京来威胁太后，引"掩目捕雀"的话，比喻不可自欺。　　⑧引文无考。

25.11　观此〔四〕众条，并书记所总⑧：或事本相通，而文意各异，或全任质素，或杂用文绮，随事立体，贵乎精要；意少一字则义阙，句长一言则辞妨，并有司之实务，而浮藻之所忽也。然才冠鸿笔，多疏尺牍，譬九方堙之识骏足，而不知毛色牝牡也⑧。言既身文，信亦邦瑞，翰林之士，思理实焉。

观这众条，都是书记所包括的：有的内容是相通的，可是用意各异；有的完全是质朴的，有的夹杂着文藻，随着内容确立体制，重在精练扼要；达意时少一个字意义就缺漏了，句子里多馀一个字在文辞里就有妨碍，都是主管官员的实际事务，是浮华辞藻所忽略的。可是才华成为大手笔之首，却多数疏于书信，好比九方堙的识别千里马，却忽视马的毛色雌雄。语言既是自身的文采，诚信也是国家的祥瑞，文坛的作者应该想到记录实事。

⊗总：包括。　　⊗九方埇(yīn 因)：《淮南子·道应训》，秦穆公派九方埇求千里马，回来说找到了。穆公问怎样的马，他说："雄的黄马。"派人去牵来看，是雌的黑马。原来九方埇看马的神情，不注意马的毛色雌雄。

25.12　赞曰：文藻条流，托在笔札。既驰金相⊗，亦运木讷⊗。万古声荐，千里应拔⊗。庶务纷纶，因书乃察。

总结说：文章的各种枝条流派，都托笔记写下。既是驰骋金玉的华藻，也可以运用质朴。万古以来的声名得到它的宣扬，千里外的影响得到它的推动。各种事务纷杂，靠书记才明察。

⊗金相：金玉的质地，指有华藻。　　⊗木讷：质朴不善说话，指质朴。⊗好的书札，在长时间和广大地区内都受到推重。

创 作 论

    刘勰讲了文体论，接下来就讲创作论。他的创作论，从文体论的"敷理以举统"的"敷理"里概括出来的。《序志》里称为"剖情析采"，包括"摛神性，图风势，苞会通，阅声字"。它跟"崇替于《时序》，褒贬于《才略》，怊怅于《知音》，耿介于《程器》"四篇不同。"剖情析采"是创作论，是一组；《时序》《才略》《知音》《程器》是另一组。现在把《物色》插在《时序》《才略》中是编次错乱，《物色》属于剖情析采内。次序要提前。那末创作论的编次应该是怎样呢？

    创作论共二十篇，末篇《总术》相当于创作论的序言。刘勰把全书总序放在书末，所以也把《总术》放在二十篇末。《总术》开头讲文笔，正是承接文体论的论文序笔；接下来讲研术的重要，正是从文体论转入创作论，说明研究创作方法的重要性。《神思》的赞里，总论创作论次第道："神用象通，情变所孕。物以貌求，心以理应。刻镂声律，萌芽比兴。结虑司契，垂帷制胜。"这里把创作论分为三部分：第一"神用象通，情变所孕"，即"摛神性，图风势"，神指《神思》，情性指《体性》，情变、风势指《风骨》《通变》《定势》，这五篇即《总术》里的"务先大体"，是剖情析采的根本。情采有待于《熔裁》。《情采》《熔裁》是剖情析采的结合。第二，"物以貌求，心以理应。"物貌指《物色》，《物色》似当列在《情采》以后。第三，"刻镂声律，萌芽比兴。"从声律到修辞，包括《声律》《章句》《丽辞》《比兴》

《夸饰》《事类》《练字》《隐秀》《指瑕》。加上"结虑司契,垂帷制胜",即《养气》来使文思常通,《附会》来"总文理,统首尾"。这部分属于剖情析采的方法。

创作论对构思、风格、继承和革新、内容和形式、篇章结构、声律和修辞等都作了全面的探讨。首先,在构思上,他提出了"神与物游",说明了精神活动与外界事物的关系。这就同《明诗》《诠赋》等篇结合。《明诗》称"应物斯感,感物吟志";《诠赋》称"睹物兴情,情以物兴",即"神与物游"的具体说明。再像"登高能赋",又与"登山则情满于山"相应。他在《神思》里提出了积学、酌理、研阅、说明酝酿文思前的准备工作,有了学问、理论、阅历,才有利于酝酿文思。这也同文体论密切结合。文体论讲每一文体,都要原始以表末,从最早的开头讲到末了,没有学问就无从讲起,所以要积学。文体论要"敷理以举统",提到创作理论上去,这就要酌理。积学酌理又离不开阅历。再像在《议对》里说:"采故实于前代,观通变于当今;理不谬摇其枝,字不妄舒其藻。"这里就需要博学、酌理、研阅。在酝酿文思上,他提出"规矩虚位,刻镂无形",说明文思从无到有的过程。对文思的贫乏和紊乱,他提出博见和贯一的主张。其次,在风格上,他探索了风格的形成由于才气学习,虽然看重先天的才气,但对于后天的学习也极看重,认为"八体屡迁,功以学成",这就高出于天才决定论。他把作品的风格,分为八体四组:"故雅与奇反,奥与显殊,繁与约舛,壮与轻乖。"看到四组内部的各各相反。这是讲修辞学上的风格。他又说明作家个性和风格的关系,提出作家个人的风格。这些同《诠赋》有关,像说:"宋发夸谈,实始淫丽","孟坚《两都》,明绚以雅赡;张衡《二京》,迅发以宏富。"在这里,淫丽、雅赡、宏富就属作品的风格;迅发就是作家的风格。他又对好的风格提出了在情理和文辞上的美学要求,那就是风骨。风骨的提出,使得好的风格获得保障,使得作品的声情并茂,文采

244

鲜明。他在《定势》里又提出风格多样和统一，主张自然形成，反对矫揉造作。其三，在继承和革新上，他在《通变》里提出"体必资于故实"，认为文体有待于继承，"数必酌于新声"，文辞气力有待于变革。这样，他对历代文学，也看到了继承和变革的关系。这样讲宗经，不是模仿经书的文辞，而是有取于情深、风清、事信、义贞、体约、文丽，是继承和革新相结合。其四，在内容和形式上，《情采》里强调情理为主、形式为次，赞美"为情而造文"，反对"为文而造情"。要求情真理正。第五，在篇章结构上，《熔裁》里主张练意练辞，做好写作提纲。提出三准：根据情理定体制，选取事例，突出要义。再要首尾呼应，有条理，在文字上前后承接，在意义上脉络贯通。第六，在声律和修辞上，他提出要注意声响的调协，到唐代，平仄调协问题解决，格律诗就形成，说明他有远见。他注意对偶、比喻、夸张等修辞手法。这样看来，刘勰的创作论，就以上各点说，都是突过前人，有创见，是值得肯定的。

　　他的创作论，在构思上强调虚静，好像跟发愤抒情之说相矛盾，对于怨愤之作充满激情，感情奔迸而出，似谈不上虚静。但像《书记》里讲的司马迁的《报任少卿书》、杨恽的《报孙会宗书》，都是有愤激的感情的。但这种感情还是经过长期的酝酿成的。在酝酿的过程中，一定经过反复思考，那还需要虚静。经过虚心和静心的思考，确实认清了自己的冤屈，这样迸发出来的愤激之情，才更为有力。讲风骨，推重"潘勖锡魏"、"相如赋仙"，这两篇正是为帝王服务的，显示他对思想性认识不足。在继承和革新上，所举出的五个例子，是模仿而非革新。

神思第二十六

　　《神思》是创作论的第一篇，又是创作总论。它从构思以前的准备工作，讲到构思时的想象，由想象构成意象，由意象到语言，由语言到声律，再到作品写成后的修改等等。这篇是以构思为主，所以又是剖析情理的第一篇。

　　这篇讲构思，从文思酝酿中的想象讲起。想象飞腾不受时间和空间的限制，可以想到千年以上，万里以外。这种想象运用到创作构思上，要受志气的统辖。志是心志，是思想，气是体气，含有各人的个性在内。想象要受思想的统辖，才能够使想象在主题的范围内飞腾，不是胡思乱想。想象会受到体气的影响，即受到个性的影响，因而形成作家个人的风格。

　　想象既然要受思想的统辖，那末要把想象运用到构思和创作上去，就得在思想上做些工夫，那工夫就是虚静。虚是不主观，静是不躁动。有了主观成见，就不可能看到外界的真实情况；心情躁动，感情用事，不可能作深入细致的考察和思虑。那就要妨碍义思，妨碍想象，写不出好作品来。不主观而虚心，不躁动而深思，能够做好构思前的准备工作，即"神与物游"，对外界作了虚心的观察，还要积累学识使知识广博起来，再用理论来衡量，才能丰富自己的文才；要是光有知识而没有理论，不能分清知识的是非，不可能写出好作品来。此外，还要研究自己的经历，把"神与物游"同知识、理论和经历结合起来，对构思有帮助。这样就构思前准备工作说，虚静是可取的，就是积学酌理也需要虚静。再就酝酿文思说，有一种作品，作家在经历中有很深的感触，他在产生这种感触以前，也需要虚静，当他弄清事实真相而产生激情，意有所郁结，感情喷薄而出，发愤抒情，但在弄清事实真相时还离不开虚静。

　　再说，从构思谋篇到写成作品过程中的各个问题，刘勰提出了"规矩虚位，刻镂无形"。当我们接触到外界事物时，各种念头纷然并起，这时还没有一个中心思想，作品的内容还没有形成，是空的，是"虚位""无形"。在作品内容还没有形成而开始酝酿时，就需要"规矩""刻镂"。这是由于两方面的需要：一是内容的需要。在酝酿内容的过程中，想象必须在内容规定的规矩内飞腾，这样的想象才能构成文思。二是形式的需要，由于内容要靠形式来表现，所以在酝酿内容的同时也在酝酿形式，要对酝酿中的内容加以形式上的"规矩""刻镂"。由于这两方面的需要，所以在内容还未成形，还是"虚位""无形"的时候，也就是在内容的酝酿过程中就需要加以"规矩""刻镂"了。接着，又指出文思和表达问题。当登山观海接触到外界事物时，想象飞腾，各种念头都起来了，这时好像文思泉涌。但到用文辞来表达时，从想象到文思要打一个折扣，从文思到写成文辞又要打一个折扣。有时想象、文思和文辞三者完全一致，这就能使文辞和想象同样飞腾；有时三者相差千里，那末即使有想象，还是构不成文思，写不成作品的。

　　这里有想象和文思的关系，有文思和表达的关系。从想象到文思，重要的问题在于打开思路。要是思路受到阻塞，想象就无法飞腾，文思贫乏，写不出东西来。这时就得从"博见"上用功夫，回到前面说的"神与物游"以及积累学识，研究经历上去。从文思到表达要加强表达能力，善于运用文辞，但陷在辞藻里也不行。总之，要有广博的学识和丰富的经历，才能打开思路，使想象飞腾，医治作品内容的贫乏。还要善于表达，使想象、文思和文辞密切结合起来。在这里，作者又对创作的快慢提出他的看法。下笔快的"心总要术"，下笔慢的"情饶歧路"。有的"心总要术"，掌握了写作的方法，要写什么容易作出判断，容易下笔。有的对问题看不清楚，狐疑不决，在歧路上彷徨，这就是"情饶歧路"，不容易作出判断，不好下笔了。这里指出认识对写作的重要作用。但张衡的写《两京赋》,左思的写《三都赋》,他们要搜集材料,所以花了很长时间,那跟文思的迟速没有关系。

最后,修改也很重要。写成的作品,可能在思想内容上有杂乱的毛病,在作品形式上选择不当,都会把巧思新意埋没掉。修改时,要把作品中的巧思新意,作品中有光彩的部分发掘出来,让它得到很好的发展。经过那样的苦心经营,即使新意巧思还是原来的,没有质的变化,也会面目一新。就像麻布同麻就质地说都是麻,但两者又显得是多么的不同啊。

26.1　古人云:"形在江海之上,心存魏阙之下①。"神思之谓也。文之思也,其神远矣。故寂然凝虑,思接千载;悄焉动容,视通万里;吟咏之间,吐纳珠玉之声②;眉睫之前,卷舒风云之色;其思理之致乎③? 故思理为妙,神与物游④。神居胸臆,而志气统其关键;物沿耳目,而辞令管其枢机⑤。枢机方通,则物无隐貌;关键将塞,则神有遁心。

古人说:"身子住在江海边上,心思却想到朝廷里去。"这是想象的说法。文章的构思,它的想象飞翔得太遥远了。所以默默地聚精会神去思考,那念头就可以接触到千年以上;悄悄地改变了脸部表情,那视线好像看到了万里以外;在吟诵中间,像发出了珠圆玉润的声音;在凝想中间,眼前就呈现出风云变幻的景象:这些不都是构思所造成的么? 所以构思的奇妙,使得精神能和外物相交接。精神由内心来主宰,意志和体气掌握着它活动的机关;外物靠耳目来接触,语言主管它的表达机构。要是表达机构很灵活,那末事物的形貌就可以描绘出来；要是这个活动的机关受到阻碍，就精神涣散了。

　　①《庄子·让王》："中山公子牟谓瞻子曰：'身在江海之上，心居乎魏阙之下，奈何！'"　　魏阙：指高大宫门前的两个台观。魏，高；阙，中缺有通路。两句的本意是说，身在民间，心在朝廷，想做官。这里是借用。　　②吐纳：偏义复词，即吐，发出。　　③致：达到。　　④游：活动。这句指精神接触外物。　　⑤枢机：指活动的机关。枢，门曰；机，机关。

　　26.2　　是以陶钧文思⑥，贵在虚静，疏瀹五藏，澡雪精神⑦。积学以储宝，酌理以富才⑧，研阅以穷照⑨，驯致以怿辞⑩，然后使元解之宰⑪，寻声律而定墨⑫；独照之匠，窥意象而运斤⑬；此盖驭文之首术，谋篇之大端。

　　因此酝酿文思，着重在虚心和宁静，清除心里的成见，使精神纯净。积累学识来储藏珍宝，明辨事理来丰富才学，研究阅历来进行彻底的观察，顺着文思去引出美好的文辞；然后使深通妙道的心灵，按照声律来安排文辞，正像有独特见解的工匠，凭着意象来进行创作。这是驾驭文思的首要方法，安排篇章的重要开端。

　　⑥陶钧：制瓦器。陶，瓦器，钧，制瓦器用的转轮。这里指酝酿文思。⑦疏瀹(yuè 月)：犹洗净。　　五藏：五脏。　　澡雪：洗净。　　⑧酌理：用理来斟酌去取，评量是非。　　⑨阅：阅历。　　照：察看。　　⑩驯致：顺着思路。　　怿辞：运用文辞。怿，通绎，抽取。　　⑪元解之宰：懂得玄妙道理的主宰，指心。元，通玄。　　⑫寻：依照。　　墨：文字。　　⑬运斤：《庄子·徐无鬼》讲"匠石运斤成风"，把一个人鼻子上沾的白土削去不碰伤鼻子。斤，斧。这是指写作时的剪裁修饰。

26.3 夫神思方运，万涂竞萌，规矩虚位，刻镂无形。登山则情满于山，观海则意溢于海，我才之多少，将与风云而并驱矣。方其搦翰[14]，气倍辞前，暨乎篇成，半折心始。何则？意翻空而易奇，言徵实而难巧也。是以意授于思，言授于意，密则无际，疏则千里[15]。或理在方寸而求之域表[16]，或义在咫尺而思隔山河[17]。是以秉心养术，无务苦虑[18]；含章司契[19]，不必劳情也。

想象开始活动，各种各样的念头纷纷涌现，要在没有形成的文思中孕育内容，要在没有定形的文思中刻镂形象。一到登山，情思里充满了山上的景色；一到观海，意想中便腾涌起海上的风光。要问我的才力有多少，好像将要同风云一起奔驰而无法计算了。刚拿起笔，比起措辞时气势要旺盛一倍，等到写成了，同开始想的已经打了个对折。为什么呢？文思凭空想象，容易设想得奇特；语言却比较实在，难以运用得巧妙。　　这是因为思想化为文思，文思化为语言，贴切时像天衣无缝，疏漏时便相差千里。有的道理就在自己心里，却到国外去搜寻；有的意思就在眼前，却又像远隔山河。因此用心训练思想的方法，不在于凭空苦想，要求体会外物的美好，不必要劳苦自己的心情。

[14]搦（nuò 懦）：持，执。　翰：笔。　[15]无际：两者密合，无空隙。际，两者连接处。　疏：远。　[16]方寸：指心。　域表：域外，国外。　[17]咫尺：指眼前。咫，八寸。　[18]秉心：操持心，即训练思想。　务：专力。　[19]含章：含美，含有地上景物的美。《原道》："偏察含章（指地）。"司契：要求契合，指体会。

26.4　人之禀才，迟速异分，文之制体，大小殊功[20]。相如含笔而腐毫，扬雄辍翰而惊梦，桓谭疾感于苦思[21]，王充气竭于思虑，张衡研京以十年，左思练都以一纪[22]：虽有巨文，亦思之缓也。淮南崇朝而赋《骚》[23]，枚皋应诏而成赋，子建援牍如口诵[24]，仲宣举笔似宿构[25]，阮瑀据案而制书[26]，祢衡当食而草奏[27]：虽有短篇，亦思之速也。

就各人具有的创作才能说，下笔有快慢，天分不同；就作品的规划体制说，规模有大小，功力各异。司马相如口吮着笔直到笔毛腐烂文章才写成，扬雄用心过度放下笔做着恶梦，桓谭由于苦苦思索因此害病，王充因用心过度气力衰耗，张衡用十年工夫研讨《两京赋》，左思用十二年时间著作《三都赋》：虽说是篇幅巨大，也由于文思的迟缓。淮南王刘安在一个早上就写成《离骚传》，枚皋一接到诏书就写成了赋，曹植铺开纸创作像写背诵的文章，王粲拿起笔来创作像写早已做好的文章，阮瑀靠着马鞍上作文书，祢衡对着酒席起草奏章：虽说都是短篇，也由于文思的敏捷。

[20]禀：禀赋，有天赋意。　　制体：确定体裁。　　[21]桓谭讲他作赋用心过分，因此发病。又说汉成帝叫扬雄作赋，用心精苦，作成后困倦小睡，梦里看见自己的五脏掉在地上，用手把它拿起来安在身子里，醒来遂大病。见《全后汉文》卷十四引桓谭《新论·祛蔽》。　　[22]练：指推敲辞意。　　纪：十二年。　　[23]汉武帝叫淮南王刘安作《离骚传》，只一个早上就作好了。　　崇朝：一个早上。崇，终。　　赋：指写作。　　[24]子建：曹植的字。　　援：持。　　牍：木简，指纸。　　[25]仲宣：王粲的字。　　宿构：早写好的。　　[26]曹操在路上叫阮瑀写信给韩遂，阮瑀就靠在马鞍上起草。　　案：当作鞍。　　[27]黄祖的儿子黄射大会宾客，有人献鹦鹉的，黄射举杯请祢衡作赋，祢衡拿起笔来就写，不加修改就写成了。祢衡又曾替刘表写奏章，大为刘表称赏。这

里把这两件事合在一起了。

26.5　若夫骏发之士，心总要术[28]，敏在虑前，应机立断；覃思之人，情饶歧路[29]，鉴在疑后，研虑方定。机敏故造次而成功，虑疑故愈久而致绩[30]。难易虽殊，并资博练。若学浅而空迟，才疏而徒速，以斯成器[31]，未之前闻。是以临篇缀虑[32]，必有二患：理郁者苦贫，辞溺者伤乱[33]，然而博见为馈贫之粮[34]，贯一为拯乱之药，博而能一，亦有助乎心力矣。

至于文思敏捷的人，心里熟悉创作的方法，感觉敏锐，并无疑虑，当机立断；文思迟缓的人，情思纷乱，徘徊歧路，要弄明白心里的怀疑，经过研究考虑才能决定。文思快所以能在匆促中写成功，疑虑多所以要很久才能完篇。慢和快、难和易虽然不同，都靠学识广博，技巧熟练。要是学识浅陋写得慢也是白费，才学荒疏写得快也是徒然，像这样能写出成功的作品，以前还没有听说过。因此创作时酝酿文思，一定有两种困难：思路阻塞的人，苦于内容贫乏；辞藻泛滥的人，苦于文辞杂乱。那末见识广博就成为补救贫乏的粮食，中心一贯就成为拯救杂乱的药方；识见广博，中心一贯，对创作构思也有帮助了。

[28]骏发：文思敏捷。骏，速。　要术：主要方法。　[29]覃（tán 谈）：深。　饶：多。　歧路：指意见不定。　[30]造次：仓猝，匆促。　致绩：成功。　[31]器：才器，才能。　[32]缀虑：构思。　[33]郁：郁积，指思路不开展。　贫：贫乏，没东西可写。　辞溺：陷在辞藻里。　[34]馈（kuì 愧）：进食。

252

26.6 若情数诡杂[35]，体变迁贸[36]，拙辞或孕于巧义，庸事或萌于新意[37]，视布于麻，虽云未［费］贵，杼轴献功，焕然乃珍[38]。至于思表纤旨，文外曲致[39]，言所不追，笔固知止。至精而后阐其妙，至变而后通其数[40]，伊挚不能言鼎，轮扁不能语斤[41]，其微矣乎！

要是情思不一致而是非混杂，体制不当而变易多端，拙劣的文辞中有时含有巧妙的意义，平庸的事例中有时透露出新颖的意思，好比原料的麻质量虽并不比布贵重，但经过加工制作，便显得有光泽而可宝贵。至于文思以外的细微意旨，文辞以外的曲折情趣，语言所难以说明，笔墨所不能表达。那要达到最精微的境界而后才能够阐发它的妙处，懂得了最微妙的变化然后才能理解它的技巧，这好比伊尹不能说明烹调的巧妙，轮扁不能说明砍轮的甘苦一样，真是太微妙吧！

[35]情数诡杂:情思不正而杂乱。情数，指情思。　　[36]体变迁贸:体裁变化。体变，指体裁。迁贸，指变化。应该写成短篇的，硬要拉成长篇，这就由于体裁不当。　　[37]孕:包含。　　萌:萌芽。　　[38]焕然:有光采。　　[39]表:外。　　纤:细。　　曲:曲折。　　[40]阐:说明。　　数:技巧。　　[41]伊挚:伊尹名挚，他去见汤，拿烹调的道理比治理国家，来劝说汤。　　鼎:古烹调用具。　　轮扁:作车轮的工人名叫扁。他说用斧子砍木作车轮，其中的甘苦他也无法说明。

26.7 赞曰:神用象通，情变所孕。物以貌求，心以理应。刻镂声律，萌芽比兴。结虑司契，垂帷制胜[42]。

总结说:精神靠物象来贯通，是情思变化所孕育的。物象用它

的形貌来打动作家，作家心里产生情理来作为反应。再推求文辞
的声律，产生比喻起兴手法。运用思虑来构成文思，下帷构思，可
以取胜。

㊷司契：指意匠经营。　垂帷：下帷，《史记·董仲舒传》："下帷讲诵。"指
构思。

体性第二十七

　　《体性》是讲体貌和性情的关系，即风格和个性的关系。刘勰把文辞分为八体四组，每组中彼此相反，即：(1)雅正和新奇相反，(2)深隐和明显相反，(3)繁丰和精简相反，(4)壮丽和轻靡相反。他对其中新奇和轻靡两体有贬辞。他称新奇为"危侧趋诡"，称轻靡为"浮文弱植"。那末这彼此相反的四组中，有两组是不平衡的，即雅与奇、壮与轻，一好与一不好。

　　陈望道先生在《修辞学发凡》里说：体性上的分类，约可分为四组八种如下：

　　(1)组：由内容和形式的比例，分为简约、繁丰；

　　(2)组：由气象的刚强与柔和，分为刚健、柔婉；

　　(3)组：由于话里辞藻的多少，分为平淡、绚烂；

　　(4)组：由于检点工夫的多少，分为谨严、疏放。

按照这个说法，那末刘勰的四组八体，其中的(1)正和奇，是指内容说的；(2)隐和显，是指表现手法说的；(3)繁和简，是指内容和形式说的；(4)壮和轻，是指气象的刚柔说的。这就是讲体。刘勰能提出四组八体彼此相反，这是很有见地的。

　　陈望道先生讲四组八体彼此相反，没有贬低其中的任何一体，这是对的。刘勰讲四组八体彼此相反，贬低其中的两体，这是不恰当的。因正与奇相反，有正即有奇，两者都需要，不应贬低奇。刘勰把奇说成"危侧趋诡"，就不好了。跟正相配的奇，应该是不平凡、非常，那就没有贬义了。刘勰把壮和轻相配，贬低轻为浮弱。其实，跟壮健相配的应该是柔婉，那就不必贬低了。至于轻靡和侧诡两种风格，可以不列入八体中。不过刘勰把奇说成侧诡，把轻说成浮弱，是有纠正当时文风流弊的作用，这个用意是好的。要是他在四组八体中指出其中的流弊，如奇特的流为侧诡，绮丽的流为浮靡，既注意纠正文风的弊病，又不把流弊纳入八体中，就更确切了。

性指性情、个性，他把个性的形成分为才、气、学、习。认为才气是天生的，学习是后天造成的。他很看重学习，认为"八体屡迁，功以学成"，这是指上述修辞学上的风格。他又讲作家个人的风格，比较偏重于由先天的性情所决定的，"吐纳英华，莫非情性"。《事类》里也说："文章由学，能在天资。"那末先天的才气决定作者个人的风格，后天的"学有浅深，习有雅郑"，决定作品事义的或浅或深，体式的或雅或郑。这样看重先天的才气，是不够正确的。

照现在看来，才是才能，才能不是与生俱来的，是在素质（先天的解剖生理特点）的基础上，经过教育和培养，并在实践活动中形成和发展起来的。气是气质，气质能在外界影响下通过实践活动而改变。天才是高度发展的才能。那末，作者风格的形成，主要不决定于先天的素质和气质，主要是在先天气质的基础上决定于后天的教育培养和实践。那末"功以学成"是对的，不论作家或作品的风格都一样。不过这也不是抹煞先天的素质，比方歌唱家要有一个好嗓子，这是属于先天的素质。有了好嗓子还要加以培养和刻苦锻练，但这并不抹煞要有一个好嗓子。刘勰认为性情和才气是天生的，所以主张"摹体以定习，因性以练才"。我们认为才气主要是由后天的学习和实践所决定，首先要培养美好的情性，把重点放在后天的学习和实践上，这才能"因性以练才"。但因性练才并不抹煞先天的素质。

27.1　夫情动而言形，理发而文见，盖沿隐以至显，因内而符外者也[①]。然才有庸儁，气有刚柔，学有浅深，习有雅郑[②]，并情性所铄，陶染所凝[③]，是以笔区云谲，文苑波

256

诡者矣④。故辞理庸儁，莫能翻其才；风趣刚柔，宁或改其气；事义浅深，未闻乖其学；体式雅郑，鲜有反其习⑤；各师成心，其异如面。

感情有活动，自然形成语言，道理要发表，就体现为文章，这是情理由隐藏到显露，内容由在内到在外。不过人的才能有平庸的，有杰出的，气质有刚强的，有柔婉的，学识有浅薄的，有渊博的，习染有雅正的，有浮靡的，这些都由性情所造成，习俗所陶冶，因此在文坛上的作品像云气那样变幻，艺苑上的创作像波涛那样诡异了。由此可以看出，文辞和理论的平庸或特出，离不开一个人的才能；风格和趣味的刚健或柔婉，难道会和作者的气质有差别；文中用事述义或浅或深，没有听说过有谁会和他的学识相反；体制的雅正或浮靡，很少有人和他的习染相反；每个人凭着自己的认识写作，作品正像他们的面貌各不相同一样。

①隐：隐藏在内，指情理。　　　显：显露在外，指言文。　　②儁：同俊，杰出。　　雅郑：雅是周天子辖区内的标准音乐，郑是郑国靡靡之音的音乐，所以以雅为标准，正确；以郑为淫靡，不正确。　　③情性：指各人的性情气质。　　铄：冶金，借作形成。　　陶染：风俗习惯的陶冶感染。　　④笔区：犹文坛。　　谲、诡：都指变化。　　⑤翻：改变。　　宁：岂。　　鲜：少。

27.2　若总其归塗，则数穷八体：⑥一曰典雅，二曰远奥⑦，三曰精约，四曰显附，五曰繁缛，六曰壮丽，七曰新奇，八曰轻靡。典雅者，熔式经诰，方轨儒门者也⑧；远奥者，馥采典文，经理[元]玄宗者也⑨；精约者，核字省句，剖析毫厘者也⑩；显附者，辞直义畅，切理厌心者也⑪；繁缛者,博喻酿采,炜烨枝派者也⑫;壮丽者,高论宏裁,卓烁异采者也⑬;新奇者,摈古竞今,危侧趣诡者也⑭;轻靡者,浮文弱植,缥缈附俗者也⑮。故雅与奇反,奥与显殊,繁与约舛,壮与轻乖,文辞根叶,苑囿其中矣。

　　要是总结各种作品的归宿,那末技术上可概括在八种风格里:第一是典雅,第二是深隐,第三是精简,第四是明显,第五是繁丰,第六是壮丽,第七是新奇,第八是浮靡。典雅的,是从经书中熔化得来,同儒家著作并行的;深隐的,是文采不显,文辞有法度,以道家学说为主的;精简的,是节省字句,剖析入微的;明显的,是语言质直,意义畅达,话说得合情合理使人满意的;繁丰的,是比喻众多,辞采丰富,像分枝别派的繁密而有光采的;壮丽的,是议论卓越,体制宏伟,文采突出的;新奇的,是抛弃古旧的,追求新颖的,未免走着危险和诡异的路子的;浮靡的,是文辞浮华,柔弱乏力,既轻飘飘而又显得庸俗的。所以典雅和新奇相反,深隐和明显不同,繁丰和精简相反,壮丽和浮靡不同,各种文辞生根抽叶发芽滋长,都在这个范围里了。

⑥塗:同途,路。　　穷:尽于。　　⑦奥:隐,不显露。　　⑧熔式:熔化模仿。式,用作模范。　　方轨:并轨,即两车并行。指取法经书,采用儒家,文辞庄重的是典雅。　　⑨馥:当作复,隐而不显。　　玄宗:玄妙的理论。指采用道家,文辞玄妙的是玄奥。　　⑩核(hé 合)字:字字经过考核即内容剖析入微,文辞精练的是精约。　　⑪厌心:同餍心,心里满足。指不绕弯子说话,意义畅达,道理深入人心的是显附。　　⑫酿采:指辞采丰富。酿,酝酿。　　炜烨(wěi yè 伟叶):有光采。　　枝派:分枝别派。指内容丰富。辞采华丽的是繁缛。　　⑬宏裁:大体裁。　　卓烁(shuò 硕):卓越的光采。议论卓越,文辞杰出的是壮丽。　　⑭摈:排斥。　　危侧:险僻。指不走

258

正路，追求新颖奇巧的是新奇。　　⑮植：指内容的情志。　　缥缈：虚飘。指内容浅薄，文辞浮靡的是轻靡。

27.3　若夫八体屡迁，功以学成，才力居中，肇自血气⑯；气以实志，志以定言，吐纳英华，莫非情性⑰。是以贾生俊发⑱，故文洁而体清；长卿傲诞，故理侈而辞溢⑲；子云沉寂⑳，故志隐而味深；子政简易，故趣昭而事博㉑；孟坚雅懿，故裁密而思靡㉒；平子淹通，故虑周而藻密㉓；仲宣躁锐，故颖出而才果㉔；公幹气褊，故言壮而情骇㉕；嗣宗俶傥，故响逸而调远㉖；叔夜俊侠，故兴高而采烈㉗；安仁轻敏㉘，故锋发而韵流；士衡矜重㉙，故情繁而辞隐。触类以推，表里必符，岂非自然之恒资㉚，才气之大略哉！

至于八种风格的屡次变化，它的功效要靠学力，说到各人内蕴的才能，最初由于气质所造成；气质用来充实情志，情志确定语言文辞，发言精采，没有不是同性情有关的。因此，贾谊的才气英俊，所以文辞洁净而风格清新；司马相如行为狂放，所以文理虚夸而文辞夸饰；扬雄的性情沉静，所以他的辞赋含意隐晦而意味深沉；刘向的性情平易，所以文辞的志趣明白而事例广博；班固文雅深细，所以文章的体裁绵密而思想细致；张衡学识广博通达，所以考虑周到而文辞细致；王粲急躁而勇锐，所以锋芒突出而果敢有力；刘桢性情褊急，所以言辞雄壮而情思惊人；阮籍行为豁达，所以他的文辞音节高超而声调卓越；嵇康豪侠，所以兴趣高超而文采壮丽；潘岳轻浮而敏捷，所以锋芒毕露而音韵流动；陆机庄重，所以情事繁富而辞义含蓄。由此类推，外表的文辞，和内在的性情气质，一定是相符合的，从这里难道不是可以看出天赋的一定资质和才气的大概吗？

⑯肇:开始。　　血气:气质。　　⑰吐纳:吐,发表。　　英华:精采作品。　　⑱贾生:贾谊。　　俊发:英俊而意气发扬。　　⑲长卿:司马相如字。　　诞:放荡。　　侈:夸大。　　⑳子云:扬雄字。　　㉑子政:刘向字。　　简易:平易近人。　　昭:明白。　　㉒孟坚:班固字。　　懿:深。　　靡:细。　　㉓平子:张衡字。　　淹:广。　　周:周到。　　㉔仲宣:王粲字。　　颖出:锥子的尖脱出,指露锋芒。　　果:决断。　　㉕公幹:刘桢字。　　褊:狭隘。　　骇:惊人。　　㉖嗣宗:阮籍字。　　俶傥(tì tǎng 替淌):不受拘束。　　逸:高超。　　㉗叔夜:嵇康字。　　烈:强烈。　　㉘安仁:潘岳字。　　㉙士衡:陆机字。　　矜:矜持,庄重。　　㉚恒资:恒久不变的资质,指气质。

27.4　夫才[有]由天资,学慎始习,斫梓染丝㉛,功在初化,器成采定,难可翻移。故童子雕琢,必先雅制,沿根讨叶,思转自圆,八体虽殊,会通合数,得其环中,则辐辏相成㉜。故宜摹体以定习,因性以练才,文之司南㉝,用此道也。

才气由于天资,学习要在开头时慎重,正像制车轮,制木器,染丝绸,功效都在开头显现,等到器物制成,色采染就,就难以改变。所以孩子学习修辞,一定要先端正体裁,从根本探究到枝叶,那末思路的转变自然圆满,八种风格虽然不一样,彼此融会贯通合于一定的原则,掌握了变通原则,那末八种风格就会像车辐的凑合相辅相成。所以应该从模仿各种风格中确定自己学习的方向,顺着性情和气质来锻炼才能。作为写作的指南,就指出了这条道路。

㉛斫(zhuó 浊):砍,砍轮。　　梓(zǐ 子):树名,制木器用,作制器解。
㉜环中:指轴心。　　辐辏:辐是车轮中的直木,辏聚在轮中心,比做不同风格
的交互影响。　　㉝司南:指南针。

27.5　　赞曰:才性异区,文辞繁诡。辞为肌肤[根],志
实骨髓。雅丽黼黻,淫巧朱紫㉞。习亦凝真,功沿渐靡㉟。

　　总结说:才能性格各有区别,文辞风格变化多端。文辞好比肌
肤枝叶,情志实在是骨干根本,雅正华丽的像古代的礼服,淫靡纤
巧的像杂乱的颜色。经过学习也可形成正确的才气,它的收效要
靠逐渐地转化过来。

　　㉞黼黻(fǔ fú 斧福):古代礼服上绣的花纹,半白半黑的斧形(刃白背黑)
叫黼,半黑半青的两个己字形叫黻。　　朱紫:古代以朱为正色,紫为间色,
即正色和间色混杂。　　㉟靡:倒:指倒向正确的一面。

风骨第二十八

　　刘勰在《体性》里提出修辞上的八种风格和作家的风格。这两种风格都有它的消极面，像危侧趋诡和浮文弱植就是。他要从作家或修辞的风格中，抽出其中积极方面，去掉消极方面，提出"风骨"来。侧诡的作品给人怪异的感觉，不能感动人，没有风，风要能感动人。浮弱的作品给人浮靡的感觉，没有骨，骨要挺拔，所以要求有骨。

　　风骨是什么呢？一切艺术品都有风骨。比刘勰稍迟，约写于梁代的谢赫《古画品录》里讲的六法："一，气韵，生动是也；二，骨法，用笔是也。"又称曹不兴画："观其风骨，名岂虚哉！"画得生动，有气韵，就是风；用笔遒劲，就是骨。

　　再看刘勰讲风，是"化感之本源，志气之符契"，风是感动人的力量，这种力量是符合志气的，志是情志，气是才气，作品内容空洞，没有才气，就没有感动人的力量，就没有风。风不是志气，但同志气有关，所以"怊怅述情，必始乎风"，抒情有了风才感动人。"情之含风，犹形之包气"，有了风就有生气，也就是有气韵，写得生动。拿画来说，不论画人物、山水、鸟兽、虫鱼，只有画得生动，画得活，有生气，有气韵，能吸引人，就有风。对作品说，写得生动，有气韵，有生气，写人写得活，写景物写得如在目前，有情味，能感动人，就有风。风跟内容有关，倘内容陈陈相因，人云亦云，使人读了昏昏欲睡，就没有风。但风对思想的要求不高，画富有思想性的故事有风，画花鸟虫鱼画活了也同样有风。所以司马相如的《大人赋》写游仙的，写得有生气，汉武帝读了，飘飘然像凌云的样子，这就是感动人，就有风，但《大人赋》谈不上什么思想性，好比画的草虫游鱼也谈不上思想性，只要画得气韵生动，就有风。不过既要求感化

262

人，内容至少要能吸引人的。

再看骨，"沉吟铺辞，莫先于骨"，骨是对构辞的要求。"辞之待骨，如体之树骸"，有了骨，文辞才挺拔能立得起来。"瘠义肥辞，繁杂失统，则无骨之徵也"。辞藻过多，臃肿而不挺拔，就没有骨。"练于骨者，析辞必精"，"捶字坚而难移"，用辞极精练，才有骨。"结言端直，则文骨成焉"。语言的精练端直，正像画画的用笔猷劲。骨是对作品文辞的精练要求。画的骨法，讲用笔，主要是线条的猷劲，至于这些线条所构成的画面，不论人物、山水都行，对思想的要求是不高的。所以刘勰举潘勗《策魏公九锡文》，是阿谀权臣的作品，更谈不上什么思想性，但它模仿经书，用辞挺拔，所以有骨。这说明骨是对作品文辞的要求。

刘勰提出风骨来，有利于纠正瘠义肥辞、勉强乏气的作品，纠正侧诡浮靡的作品。他提出要讲感动人的力量也是对的。缺点是他对思想性的要求不高。相如赋仙，潘勗锡魏，都谈不上什么思想性。《大人赋》对汉武帝虽有感动他的力量，但对不相信游仙的人说来就没有作用。因此，作品要求风骨，应该同思想性结合起来，才真正具有感人的力量。这样来讲风骨，才能像刘勰说的把风和骨比成鸟的两个翅膀，配合起来高飞。

那末怎样来建立作品的风骨呢？他提出"洞晓情变，曲昭文体"，"孚甲新意，雕画奇辞"。就是通晓各种感情的变化，深明各种文体的特点，然后根据作者所要表达的思想感情，选择适当的文体，通过相应的表现手法，达到"风清骨峻"。这里要"熔铸经典之范，翔集子史之术"，就是吸取经书和百家、史传的优点，加以熔铸，创作出生动得能飞腾的作品。不要趋向浮华，走上歧路。

在这篇里，作者也讲到理想的作品，就是风骨再加上文采。骨要文辞精练，风要表情生动，再加上光耀的文采。他打了个形象的比喻，有文采而缺乏风格，好比五彩缤纷的野鸡，却是飞不高，飞不远的;有风骨而缺乏文采,好比高飞在天上的鹰隼;这里,他认为鹰隼高于野鸡,就是风骨高于文采。又有风骨又有文采,好比凤凰,既是文采照耀又能高飞,这才是他理想的作品。

28.1 《诗》总六义,风冠其首,斯乃化感之本源,志气之符契也[1]。是以怊怅述情,必始乎风,沉吟铺辞[2],莫先于骨。故辞之待骨,如体之树骸,情之含风,犹形之包气。结言端直,则文骨成焉;意气骏爽[3],则文风清焉。若丰藻克赡,风骨不飞,则振采失鲜,负声无力。是以缀虑裁篇,务盈守气,刚健既实,辉光乃新,其为文用,譬征鸟之使翼也[4]。

《诗经》包括风、雅、颂三体和赋、比、兴三种表现手法,风排在第一,它是感化的根本力量,是志气的具体表现。因此,深切动人地表达感情,定要从注意风的感化力量开始;反复推敲地运用文辞,没有比注意骨更重要了。所以义辞的需要有骨,好像形体的需要树起骨架;表达感情的需要有风,好像形体里含有生气。措辞端庄正直,那是文骨的成就;意气快利豪爽,那是文风的清新。倘使文采丰富,而风骨不能飞动,那样的文采是黯淡而不鲜明的,是没有声韵之美的。所以运思谋篇,一定要充分地保住生气,使文辞刚健充实,才有新的光辉。风骨对于义章的作用,好比飞鸟的使用两个翅膀。

[1]志气:情志和气势。　符契:信约,指作品和志气一致。　[2]怊怅:犹惆怅。　沉吟:低声吟咏。　[3]骏爽:快利爽朗。　[4]征鸟:远飞的鸟。

28.2　故练于骨者，析辞必精，深乎风者，述情必显。捶字坚而难移，结响凝而不滞⑤，此风骨之力也。若瘠义肥辞，繁杂失统⑥，则无骨之徵也。思不环周，[索莫]牵课乏气⑦，则无风之验也。昔潘勖锡魏，思摹经典，群才韬笔⑧，乃其骨髓峻也；相如赋仙，气号凌云，蔚为辞宗，乃其风力遒也⑨。能鉴斯要，可以定文，兹术或违，无务繁采。

所以能够锻练文骨的，辨析文辞一定精当，能够深通文风的，表达感情一定明显。文字捶练得确切而难于更换，声调有力而不粘滞，这是文章有风骨的力量。要是命意贫乏，辞藻过多，繁杂而没有条理，那是缺乏骨的凭证。如果考虑得不周到，勉强创作而缺乏生气，那是没有风的证明。从前潘勖写《策魏公九锡文》，构词摹仿经典，众多才人搁笔不敢再写，就因为它的骨力较高；司马相如作《大人赋》，称为飘飘然有凌云之气，富文采而成为辞赋的模范，就因为他的风力强劲。能够借鉴这些要点，可以写出好的文章，要是违反了这一原则，不用致力于繁多的辞藻。

⑤捶：锻击。捶字，指练字。　　结响凝：使声调有力，凝是声调有一定，指有力。　　不滞：不粘滞，指声调跟着情思变化。　　⑥瘠义：意义贫乏。统：统绪，条理。　　⑦索莫：杨注，元本作"索课"，当作"牵课"，如《养气》："非牵课才外也。"牵课指勉强。　　⑧韬：藏。　　⑨凌云：在云上，驾云。蔚：盛。　　宗：宗匠。　　遒：劲。

28.3　故魏文称："文以气为主，气之清浊有体⑩，不可力强而致。"故其论孔融，则云"体气高妙"⑪；论徐幹，则云"时有齐气"⑫；论刘桢，则云"有逸气"⑬。公幹亦云，"孔氏卓卓，信含异气，笔墨之性，殆不可胜⑭"，并重气之旨也。夫翚翟备色，而翾翥百步⑮，肌丰而力沉也，鹰隼乏采，而翰飞戾天⑯，骨劲而气猛也；文章才力，有似于此。若风骨乏采，则鸷集翰林⑰，采乏风骨，则雉窜文囿，唯藻耀而高翔，固文笔之鸣凤也。

所以魏文帝在《典论·论文》中，称"文章以风格为主宰，风格的或清或浊由于气质，不是勉强所能达到的"。所以他论孔融，便说他"气质和风格都很高妙"；论徐幹，便说"时常有齐地舒缓的风格"；论刘桢，便说"有高超的风格"。刘桢也说，"孔融很杰出，确实具有不同寻常的风格，他的文章妙处，几乎无法赶上"，这些，都是看重风格的意思。野鸡具备各种色采而一飞百步，是肌肉丰满而力量不够，鹰隼缺乏文采而高飞冲天，由于骨力强劲而气势猛厉；文章才力，也和这相仿。倘使有风骨而缺乏文采，便如同文艺园林中的猛禽，有文采而缺乏风骨，就像是野鸡在文艺的园地乱窜，只有文采照耀而高飞到天，确是文章中的凤凰。

⑩魏文：魏文帝曹丕。　　气：指风格。　　清浊：指风格的清浊或刚柔。　　体：体气，即气质。　⑪体气：即指气质和风格。　　⑫齐气：齐俗文体舒缓，所以称文气舒缓为齐气。　　⑬逸气：高超的风格。　　⑭公幹：刘桢字。　　卓卓：卓越，超出一般。　　异气：特出的风格。　　性：性质，特征，妙处。　　殆：几乎。　⑮翚（huī 灰）：五彩的野鸡。　　翟（dí 敌）：长尾的野鸡。　　翾翥（xuān zhù 宣注）：小飞。　　⑯翰：高。　　戾：到。　　⑰翰林：翰（笔）墨之林，即文艺的园地。

28.4　若夫熔铸经典之范，翔集子史之术⑱，洞晓情变，曲昭文体，然后能孚甲新意，雕画奇辞⑲。昭体，故意

新而不乱，晓变，故辞奇而不黩[20]。若骨采未圆，风辞未
练，而跨略旧规，驰骛新作，虽获巧意，危败亦多，岂空结
奇字，纰缪而成经矣[21]？《周书》云："辞尚体要，弗惟好
异。"盖防文滥也。然文术多门，各适所好，明者弗授，学
者弗师。于是习华随侈，流遁忘反。若能确乎正式，使文
明以健，则风清骨峻，篇体光华。能研诸虑，何远之有哉！

　　至于依照经书的规范来提练创作，吸取百家史传的创作方法，
深切通晓感情的变化，详细明白文章的体制，然后才能萌生新意，
修饰不平常的辞藻。明白各种体制，那末虽有新意也不会选取不
适当的文体；通晓写作上的变化，那末文辞虽然新奇也不会违反严
正的修辞手法。倘使骨力和文采还没有圆熟，风力和辞藻还没有
提练，却要超越旧的规范，追逐新的创作，虽则获得巧妙的用意，遭
致失败的也多，难道徒然用了奇突的字，就能把错误看成正常吗？
《周书·毕命》说："文辞著重在体察要领，不只是爱好奇异。"是防止
文辞的浮滥。然而写作方法有多种多样，各人有各人的爱好，所以
会写作的人不便用自己的爱好来教人，习作的人也不去向人请教。
因此，跟着浮华侈靡的风气跑，流入歧路而不知道回头。倘使能够
确立正确的体式，使得文辞鲜明而刚健，那末可望风力清新，骨力
高超，使整篇具有光彩。如果能够钻研各种问题，那末达到那种境
界又怎么会遥远啊！

　　⑱熔铸：指取法经典加以重新创作，同模仿不完全一样。　　翔集：指取
法子史使文字写得极为生动，像飞翔一般。　　⑲洞：深。　　曲昭：详悉。
孚甲：萌芽。　　雕画：修饰。　　⑳黩(dú 毒)：亵狎，不严肃，有浮滑意。
㉑纰缪：缪误。　　成经：成为经常，经常这样，不是偶然这样。

28.5　赞曰:情与气偕,辞共体并。文明以健,珪璋乃[骋]聘[22]。蔚彼风力,严此骨鲠[23]。才锋峻立,符采克炳。

总结说:情思和气质相配合,文辞和风格相结合。文章写得鲜明强劲,像宝玉般受到珍重。增加文章的风力,加强文章的骨力。这样使才华卓越,文采才能够显耀。

[22]珪璋:各国聘问时的宝玉。　　[23]骨鲠:骨骾,犹骨,指骨力。

通变第二十九

《通变》里说，"通变则久"，"变则可久，通则不乏"。那末通变就是从"穷则变，变则通，通则久"来的。怎样认识文学的穷变通久呢？在于研究历代文学的演变，看它们的因革损益，用作创作的借鉴。不过刘勰讲通变，在正文里强调继承，像认楚骚是"矩式周人"，像"矫讹翻浅，还宗经诰"，像举例的"五家如一"，都是侧重继承的。在赞里强调革新，像"月新其业"，"趋时必果"，"望今制奇"。大概他认识到革新的重要，但重点还是放在救弊上，所以正文里要强调继承了。

他认为创作要求通变，是因革损益，有所继承，有所革新。像作品的体裁，有一定规格，这方面要参考前人的作品，是因袭，是继承；作品的文辞，作家的才气，要变化，要革新。文辞跟着时代变化，先秦的文辞跟两汉有些不同，两汉的文辞跟魏晋也有些不同，到齐梁讲究对偶声律，又有不同。作家的才气跟各人的个性有关，也各有不同，所以这方面要求革新。

就文学跟着时代变化说，刘勰研究了九个朝代的文学发展，认为是从淳厚质朴转向典雅华丽，这是向上发展；再转向夸张富艳，转向浮浅绮丽，转向诡诞新奇，就在走下坡路了。经过对历代文学发展的比较研究，有了这种认识，就能看到当时文学创作的毛病是诡诞新奇，而不至于跟着这股歪风走。要改变这种毛病，应该根据历代文学的发展，选择正确的路来走。刘勰认为商周文学的典雅华丽是正确的，典雅是内容正确，华丽是语言有文采，所以提出"还宗经诰"的主张。

怎样宗经呢？刘勰在《宗经》里说："故文能宗经，体有六义：一则情深而不诡，二则风清而不杂，三则事信而不诞，四则义贞而不回,五则体约而不芜,六则文丽而不淫。"这就是,就内容说,要求情深,事信,义正;就体裁文辞说,要求体约,文丽;就风格说,要求风清。能够这样,讹和浅的毛病都可以矫正了。

这样作是通变,因为向经书学习的主要是六义,不是模枋经书的语言,也不要求用经书的思想来写作。因此通变的要求在"斟酌乎质文之间,而檃括乎雅俗之际"。看到历代文学的由质朴趋向文华,要加以斟酌去取,不是完全顺着这个趋势走,倒向文华一边,就是要有质有文。在文辞上要矫正雅俗两方面的偏颇,雅的不要偏于古而不适于今,俗的不要偏于今而有讹浅的缺点,所以要加以矫正,使雅而不古,俗而不讹。因此,讲通变,要"先博览以精阅,总纲纪而摄契"。经过博观精研,再要总括大纲细目,才能分别古今作品哪些是好的,哪些是不好的,这才能谈到通变。然后"凭情以会通,负气以适变",要凭着真情和气势,考虑各种适宜的表达方法。

那末刘勰的讲通变,并不是模仿。可是他举出五家如一的例子,认为写境界的广阔,虽然在文字上稍有变化,还是跳不出前人的范围。像"日出东沼,月生西陂","大明出东,月生西陂","出入日月","日月于是乎出入",翻来覆去总是这个意思,这是模仿,不是革新。刘勰讲通变,为什么不举出革新的例子,却举出模仿的例子呢?原来他讲通变,目的在矫正当时讹而新的文风。他认为为了救弊,与其崇尚新奇而陷于讹浅,还不如谨守规矩而不妨相袭。不过就通变说,崇尚新奇而陷于讹浅是不对的,谨守规矩而辞意相袭也是不对的。这里也显出刘勰在通变上的局限性。

讲通变,还得注意他的赞,就是要"日新其业",创作上求日新,这个新不光是继承,是要变。从九代的咏歌说,要讲究"变乎骚"。楚骚不是"矩式周人",不是继承,而是新变,不光在内容上变,在语言上也变,在比兴手法上也变。汉之赋颂也不光是"影写楚世"的继承,也有新变,从内容到文辞,也有变。魏之篇制,也不是"顾慕汉风”的继承，也有新变。这样从新变中去总结经验，同样有利于救弊，才符合通变的要求。还要着重“趋时必果”和“望今制奇”，刘勰讲《丽辞》《声律》确是趋时望今，可惜他举的五家如一的例子都不恰当。要是这篇里强调新变，在侧重新变上来讲继承，才对文学的革新起到指导作用，不光限于救弊了。

29.1　夫设文之体有常，变文之数无方，何以明其然耶[①]？凡诗赋书记，名理相因[②]，此有常之体也；文辞气力，通变则久[③]，此无方之数也。名理有常，体必资于故实；通变无方，数必酌于新声[④]；故能骋无穷之路，饮不竭之源。然绠短者衔渴，足疲者辍涂[⑤]，非文理之数尽，乃通变之术疏耳。故论文之方，譬诸草木，根干丽土而同性，臭味晞阳而异品矣[⑥]。

文章的体裁是有一定的，文章的变化是无穷的，凭什么知道它这样呢？所有的文体从《明诗》《诠赋》直到《书记》，它们的名称和创作规格是有所继承的，这说明体裁是有一定的；文辞的气势和力量，要有变通才能长久传下去，这说明变化是无穷的。名称和创作规格有一定，所以讲体裁一定要借鉴过去的作品；变化是无穷的，所以讲变化一定要参考当代的新作；这样，才能够在没有穷尽的创作道路上奔驰，汲取永不枯竭的创作源泉。如果水桶的绳子短，就会因打不到水而苦渴，如果脚力不够，就要在半路上停下来，这不是因为创作方法有限制，是不善于变化罢了。因此，讲创作的方法，作品好比草木，根和干都长在土里，这点是它们共同的本性，但是花叶气味却因吸取阳光的差异而显出不同的品种来了。

①常:不变的。　　　数:术数,方法。　　　无方:没有定规。　　　然:这样。　　②诗赋书记:杨注:这是总论从《明诗》到《书记》的文体论各篇说的。③气:气势。　　通:会通,通观历代创作而求得它的规律。　　通变:指继承和革新。变,变革。　　④资:凭藉。　　故实:指过去作品。　　新声:新音乐,指新作品。　　⑤绠:汲水绳。　　衔渴:受渴。　　辍:停止。⑥丽:附著。　　晞阳:晒太阳。

29.2　　是以九代咏歌,志合文则⑦。黄歌"断竹"⑧,质之至也;唐歌《在昔》,则广于黄世⑨;虞歌《卿云》⑩,则文于唐时;夏歌"雕墙"⑪,缛于虞代;商周篇什⑫,丽于夏年。至于序志述时,其揆一也⑬。暨楚之骚文,矩式周人⑭;汉之赋颂,影写楚世⑮;魏之[策]篇制,顾慕汉风;晋之辞章,瞻望魏采。摧而论之⑯,则黄唐淳而质,虞夏质而辨,商周丽而雅,楚汉侈而艳,魏晋浅而绮,宋初讹而新⑰。从质及讹,弥近弥淡。何则? 竞今疏古,风[味]昧气衰也⑱。

因此九个朝代的歌唱,在表达情志上都合乎创作发展的法则。黄帝时代唱《弹歌》,是极为质朴的;唐尧时代唱《在昔》歌,便比黄帝时代的歌要丰富些;虞舜时代唱《卿云》歌,比唐尧时代的歌要有文采些;夏朝唱《五子之歌》,比虞舜时代的歌更富辞采;商周两朝的诗歌,比夏朝的更华丽。至于叙情志,讲时世,它们的原则都是一致的。到了楚国的骚体诗,效法国朝人的一些诗歌;汉朝的赋和颂,摹仿楚国的作品;魏国的作品,慕效汉朝的文风;晋代的辞章,仰慕魏国的文采。约略说来,那末黄帝唐尧时代的作品淳厚而质朴,虞舜夏禹时代的作品质朴而明析,商周时代的作品华丽而典雅,楚汉时代的作品夸张而华艳,魏晋时代的作品浅薄而绮丽,刘宋初年的作品诡诞而新奇。从质朴到诡诞,时代越近滋味越淡。

为什么？争着模仿近代的忽略借鉴古代的，是造成文风暗淡文气衰落的原因。

⑦九代：黄帝、唐、虞、夏、商、周、汉、魏、晋。　　则：法则。　　⑧"断竹"：《吴越春秋》载《弹歌》："断竹，续竹，飞土，逐宍（肉）。"截竹子，系上弦，用来弹泥丸，打鸟兽。　　⑨《在昔》：《在昔》歌不详。　　广：内容广阔。⑩《卿云》：《尚书大传》载舜《卿（祥）云》歌："卿云烂（灿烂）兮，纠缦缦（纠绕而广远）兮。日月光华，旦复旦兮。"　　⑪"雕墙"：《尚书·伪五子之歌》的第二："内作色荒，外作禽荒，甘酒嗜音，峻宇（高屋）雕墙，有一于此，未或不亡。"五子，夏太康弟。　　⑫篇什：《诗经》中的雅颂，以十篇为一什，这里指诗篇。⑬揆（kuí 奎）：道。　　⑭矩式：以为规矩法式，即取法。　　⑮影写：模仿。⑯摧：扬摧，大略。　　⑰淳：朴厚。　　辨：明析。　　侈：浮夸。　　绮：有花纹的丝织品，指艳丽。　　讹：指伪体，和正确的体裁相反，指写得怪诞说的。　　⑱昧：暗昧不明。

29.3　今才颖之士，刻意学文⑲，多略汉篇，师范宋集⑳，虽古今备阅，然近附而远疏矣。夫青生于蓝，绛生于蒨㉑，虽踰本色，不能复化。桓君山云㉒："予见新进丽文，美而无采；及见刘扬言辞，常辄有得。"此其验也。故练青濯绛，必归蓝蒨，矫讹翻浅㉓，还宗经诰，斯斟酌乎质文之间，而櫽括乎雅俗之际㉔，可与言通变矣。

现在有才华的人，很用心学习文章，但多数人忽略汉朝作品，却去模仿刘宋时代的文章，虽然古代和近代的都看，却是接近近代浮浅诡诞的作品而疏远古代华丽典雅的作品。其实青色是从蓝草里取得的，赤色是从茜草里取得的，这两种颜色虽然都胜过原来的两种草色，却不能再变化。桓谭说："我看了新进作家华丽的作品，文辞虽漂亮，却没什么可取的；等看了刘向扬雄的文辞，往往有所收获。"这就是上述的证验。所以要提炼青赤颜色，一定要用蓝草茜草，要矫正伪体改变浮浅的文风，还得尊崇经书。这样在质朴和文采中间斟酌尽善，在高雅和通俗中间安排妥帖，可以讲会通和变革了。

⑲颖：禾芒，指秀出、杰出。　　⑳宋集：刘宋的各家集子。　　㉑蓝：蓝草。　　绛：赤。　　蒨（qiàn 欠）：茜草。刘勰"青生于蓝"的用法，和"青出于蓝"的原意不同。"青出于蓝"是说青胜过蓝，刘勰的"青生于蓝"，认为从蓝草里可以提炼出青来，从青里不能提炼东西，好比读经书有所得，读华丽文词无所得。　　㉒桓君山：桓谭字君山，东汉初年学者，著有《新论》。　　㉓濯：洗，指提炼。　　矫：纠正。　　㉔檃（yǐn 引）括：矫正曲木的工具，指矫正。

29.4　夫夸张声貌，则汉初已极，自兹厥后，循环相因㉕；虽轩翥出辙㉖，而终入笼内。枚乘《七发》云："通望兮东海，虹洞兮苍天㉗。"相如《上林》云："视之无端，察之无涯，日出东沼，[月生]入乎西陂㉘。"马融《广成》云："天地虹洞，固无端涯，大明出东，[月生]入乎西陂㉙。"扬雄"校猎"云："出入日月，天与地沓㉚。"张衡《西京》云："日月于是乎出入，像扶桑于濛汜㉛。"此并广寓极状㉜，而五家如一。诸如此类，莫不相循，参伍因革㉝，通变之数也。

对声音形貌加以夸张，那在汉朝初年的辞赋里已达到极点，从此以后，像转圈般互相沿袭，纵有想跳出旧套，却终于落在圈子里。枚乘《七发》说："远望啊东海，广阔无边啊连接苍天。"司马相如《上林赋》说："望起来望不到头，看起来看不到边，太阳从东面的池里出来,落到西面的山陂下。"马融《广成颂》说:"天地广阔,实无边际,太阳从东面出来,落到西面山陂下。"扬雄《羽猎赋》说:"太阳月亮在这里升起落下,天和地合在一起。"张衡《西京赋》说:"太阳月亮在这里升起和落下,好像在扶桑和濛汜。"这些夸张的描绘和极力形容,五家好像一样。类乎这样的,没有不是互相沿袭的。必须错综变化,有继承有革新,才是变通的方法。

㉕厥:其。　　因:沿袭。　　㉖轩翥:高飞。　　辙:车轮的迹。
㉗《七发》:辞赋篇名,西汉枚乘的代表作。　　虹洞:广阔无边。　　㉘沼:水池。　　陂:山旁。　　㉙大明:太阳。　　月生西陂:原文作"月朔(生)西陂",按此句摹仿《上林》,当作"入乎西陂",故从上文改,因月亮生于东而不生于西。　　㉚"校猎":校是木栏,用串联的木栏拦住禽兽来加以猎取,指《羽猎赋》。　　沓(tà 榻):合。　　㉛是:此。　　扶桑:神话中的神树,是太阳升起处。　　濛汜(sì 四):日落处。　　㉜寓:托喻。　　㉝循:沿袭。参伍:错综。

29.5　　是以规略文统㉞,宜宏大体。先博览以精阅,总纲纪而摄契㉟;然后拓衢路,置关键,长辔远驭㊱,从容按节,凭情以会通,负气以适变,采如宛虹之奋鬐,光若长离之振翼,乃颖脱之文矣㊲。若乃龌龊于偏解,矜激乎一致,此庭间之回骤,岂万里之逸步哉㊳!

　　因此规划文章的总纲,应该着重大的方面。首先广博地浏览和精细地研读,抓住大纲加以吸收,然后开拓创作道路,掌握关键,这才能够拉着长长的马缰绳驾着马跑远路,态度从容,依照节奏前进,凭着真实感情来求会通,乘着旺盛气势来适应变革,文采像长虹的高拱,光芒像朱鸟星的鼓动翅膀,那才是卓越的作品了。倘使

局限在片面的理解，激动而夸耀自己的一偏之见，这好比在院子里
打着圈儿跑马，哪里是在万里长途上奔驰啊！

㉞规略：规划，考虑。　　统：总纲。　　㉟摄：统摄，包括。　　契：契
合。　　㊱衢路：四通八达的大路。　　辔：马缰绳。　　㊲宛虹：弯曲的长
虹。　　奋鬐(qi 棋)：弓起背，鬐作背解。　　长离：朱鸟星，南方七个星宿
的总称，因为称鸟，所以联系到鼓动翅膀。　　颖脱：锥子的头从袋子里脱出
来，比喻突出。　　㊳龊龊：局促。　　矜激：骄傲偏激。　　骤：跑马。
逸步：快步，指马的快跑。

29.6　赞曰：文律运周，日新其业。变则［其］可久，通则不乏。趋时必果㊴，乘机无怯。望今制奇，参古定法。

总结说：文章的创作规律是运转不停的，每天要创新它的成
就。善于变化才能够持久，善于会通才不会贫乏。适应时代需要
一定要果断，趁着机会不要怯懦。看准当前的趋势来创作突出的
作品，参酌古代的杰作来确定创作的法则。

㊴果：果断，决断。

定势第三十

什么叫"定势"，需要分开来说。先说"势"。这篇里打了个比方，叫"涧曲湍回"，溪身曲折，河床又陡，所以水流又急又回旋；要是溪身直；河床坦，水流就会又缓又直。溪身有曲有直，河床有陡有坦，如同文章的体裁有章表奏议，有赋颂歌诗，有符檄书移，有史论序注。溪水有回旋，有直流，有急有缓，如同文章有的典雅，有的清丽，有的明断，有的核要。造成溪水的或回旋，或直流，或急或缓，是由于溪身有曲有直，河床有陡有坦，这就是势。溪水的或曲或直，或急或缓，是顺着势而自然形成的。文章有的典雅，有的清丽，有的明断，有的核要，这是章表奏议、赋颂歌诗、符檄书移、史论序注这些不同体裁造成的。不同体裁形成不同风格是势，各种风格是顺着势而自然形成的。

溪水自然顺着势流，河床陡不会流得缓，河床坦不会流得急，所以不发生定势问题。文章就不同了，某种体裁适合某种风格，这点，写作的人不一定清楚。因此，章表奏议需要典雅，有的人却追求新奇，这就是体裁同风格不适应了，就不是顺着势了，所以要定势。定势就是文章要写得体裁同风格相适应，顺着某种体裁所需要的某种风格来写。

刘勰为什么要提出定势呢？由于当时的文风不正，要纠正文风。文风不正表现在两个方面：一是浮文弱植的轻靡；一是危侧趋诡的新奇。刘勰在《体性》篇里提到这两种风格，对它们有贬意。因此在这篇里讲到跟各种体裁相适应的风格时就不提新奇和轻靡。他主张定势，就是要纠正新奇和轻靡的文风。当时还喜欢颠倒字句来追求新奇，应该说"想彼君子"，却说成"君子彼想"，应该说"坠泪""危心"，却说成"危泪""坠心"。作者的用意是在力避平庸,使文句警策动人。其实文章中的警句,应该是精辟的内容,通过艺术手法来表达的。写不出内容精辟的作品,只想在文字上弄花巧,这是把创作引入歧路,所以称这种作品为"讹"。讹就是伪体,是错误的不正确的写作方法所造成的。

那末怎样来纠正这两种毛病呢? 就是定势。定势就是"因情立体,即体成势",顺着自然。根据要表达的思想感情来选择体裁,根据体裁来确定写法。比方报道生产,就要数字正确,不能像新民歌那样说成"白云擦着谷堆尖";可是写新民歌,正确数字不一定用得上。不同需要构成不同体裁,不同写法,不同风格。"色糅而犬马殊形,情交而雅俗异势",雅和俗构成不同风格,正像犬和马画成不同形状。不同体裁之间虽没有万里长城分隔着,可又不该混杂,所以说"虽无严郭,难得逾越"。因此,要定势,就要懂得各种不同体裁有不同的写法,所以要"兼解以俱通",才能"随时而适用"。但不同体裁的不同写法还是有变化的,所以要"随变立功"。虽有变化,但并不取消每种体裁的基本要求,像五色锦"各以本采为地",各有各的底子。这样既弄清了基本要求,又懂得变化,才能定势。

30.1 夫情致异区,文变殊术,莫不因情立体,即体成势也。势者,乘利而为制也。如机发矢直,涧曲湍回①,自然之趣也。圆者规体,其势也自转;方者矩形②,其势也自安:文章体势,如斯而已。

由于情趣各各不同,因而创作手法也各有变化,但没有不是依照情思来确定体制,就着体制来形成一种文势的。这种文势,是顺着便利而自然形成的。好像弩机一发,箭就笔直射出去,溪身曲折,急流因而回旋,是自然的趋向。圆的体积合乎圆规,它的体势

278

自然转动,方的体积合乎矩形,它的体势自然安定:文章的体制和
文势,就是这样罢了。

①机:古代一种弩箭,即神臂弓,用一种机械来发射。　　　涧:山溪。
湍:急流。　　②规体:犹圆形。规,圆规,指圆。　　　矩形:犹方形。矩,画
方用。

30.2　是以模经为式者,自入典雅之懿③;效《骚》命
篇者,必归艳逸之华④;综意浅切者,类乏酝藉⑤;断辞辨约
者,率乖繁缛:譬激水不漪⑥,槁木无阴,自然之势也。

因此模仿经书来写作的,自然具有典雅的好处;仿效《离骚》来
创作的,一定归入华丽卓越之类;命意浅显切近的,大都不够含蓄;
措辞简明的,大致和丰富多彩不合:好比激起浪花的水不会有微
波,枯树不会有浓密的遮阴,这是自然的趋势。

③懿:美。　　④逸:高超,卓越。　　⑤类:大都。　　⑥漪:微波。

30.3　是以绘事图色,文辞尽情,色糅而犬马殊形,
情交而雅俗异势⑦。熔范所拟,各有司匠,虽无严郛⑧,难
得踰越。然渊乎文者,并总群势:奇正虽反,必兼解以俱
通;刚柔虽殊,必随时而适用。若爱典而恶华,则兼通之
理偏,似夏人争弓矢,执一不可以独射也⑨;若雅郑而共
篇,则总一之势离,是楚人鬻矛誉楯,两难得而俱售也⑩。

因此绘画要讲究着色,文辞要尽量表达感情;调配颜色,使画

出的狗马构成不同形状,感情交错,使作品的雅俗具有不同体势。
作者所模拟的范本,各有各的师承,虽然彼此之间并没有严格的界
限,却是很难越过。然而深于创作的人,都善于综合各种体势:奇
变和正规虽然相反,一定都懂来融会贯通;刚健和柔婉虽然不同,
一定在跟着时机加以运用。要是爱好典雅而憎恶华美,那末在兼
通方面就有所偏了,好像夏朝人争论弓重要还是箭重要,可是光拿
着其中的一样是不能发射的;要是典雅和浮靡合在一篇,那末统一
的体势就破坏了,如同楚国人既赞矛好又赞盾好,弄得两样东西都
难以卖掉。

　　⑦色糅:色采糅杂,指调配色采。　　　　情交:不同感情的交替。　　　　⑧熔
范:铸器的模子,指写作范本。　　　　司匠:主管的匠人,犹师承。　　　　郛:犹划
界的城墙。　　　　⑨《太平御览》三四七引《随巢子》:"一人曰:吾弓良,无所用
矢。一人曰:吾矢善,无所用弓。羿闻之曰:矢非弓,何以往? 弓非矢,何以中
的? 令合弓矢而教之射。"　　　　⑩郑:郑声,浮靡的音乐。　　　　鬻(yù 育):卖。
楯:同盾,盾牌。《韩非子·难一》:楚人有鬻楯与矛者,誉之曰:"吾楯之坚,物
莫能陷也。"又誉其矛曰:"吾矛之利,于物无不陷也。"或曰:"以子(你)之矛陷
子之楯何如?"其人弗能应也。

30.4　　是以括囊杂体,功在铨别⑪,宫商朱紫,随势各
配。章表奏议,则准的乎典雅⑫;赋颂歌诗,则羽仪乎清
丽⑬;符檄书移⑭,则楷式于明断;史论序注,则师范于核
要;箴铭碑诔⑮,则体制于宏深;连珠七辞⑯,则从事于巧
艳:此循体而成势,随变而立功者也。虽复契会相参,节
文互杂,譬五色之锦,各以本采为地矣⑰。

　　因此总括各种体裁,它的功效在于衡量辨别,好像音乐的有宫

商,色采的有朱紫,要随着体势来加以调配。像章表奏议,便依典雅做标准;赋颂歌诗,便以清丽为规范;符檄书移,便依明白决断做模楷;史论序注,便以核要为师范;箴铭碑诔,体裁要求广大深刻;连珠七辞,便要求做到巧妙华艳:这都是依照不同体裁构成不同文势,适应变化而收到功效的。虽则原则和时机互相关联,节目和礼仪互相夹杂,但好比五色的锦锈,还得各自用本色作底子。

⑪括囊:收束在袋子里,包罗。　　铨:衡量。　　⑫准的:准则,作动词。　　⑬羽仪:羽毛可做仪表,即模范。　　⑭符:符命,歌颂帝王的文章。檄(xi 习):讨敌的文字。　　书:书信。　　移:责备对方的文书。　　⑮箴(zhēn 针):规劝的文辞。　　铭:刻在器物上记功或自警的文辞。　　诔(lěi 垒):哀悼死者的文辞。　　⑯连珠:用各种比喻来说明道理,各种比喻美妙得像串连的珠子。　　七辞:用七件事来说明用意,像枚乘《七发》。　　⑰契会:契约、时会。　　节文:礼的节目和仪文。都用来比文章的体裁、风格。本采为地:锦缎本色作底子,本色不同,好比各体的风格也各不同。

30.5　桓谭称:"文家各有所慕,或好浮华而不知实核,或美众多而不见要约⑱。"陈思亦云:"世之作者,或好烦文博采,深沉其旨者;或好离言辨白,分毫析厘者;所习不同,所务各异⑲。"言势殊也。刘桢云:"文之体[指]势实有强弱,使其辞已尽而势有余,天下一人耳,不可得也⑳。"公幹所谈,颇亦兼气。然文之任势,势有刚柔,不必壮言慷慨,乃称势也。又陆云自称:"往日论文,先辞而后情,尚势而不取悦泽;及张公论文,则欲宗其言㉑。"夫情固先辞,势实须泽,可谓先迷后能从善矣。

桓谭说:"作家各有爱好,有的爱好浮华不知道核实,有的爱好繁多不注意简要。"曹植也说:"世上的作家,有的爱好博采繁文,使命意深沉不露;有的喜欢字斟句酌,剖析毫厘;各人习尚不同,所致力的也各不一样。"说明体势有种种分别。刘桢说:"文章的体势确有强弱,要是话已经完了,文势还很有力,那是天下独一无二的作家了,是不可能达到的。"刘桢讲的,也兼包文气。不过文章任着体势,体势确有刚健有柔婉,不一定豪言壮语,意气慷慨,才算有势。陆云自称:"从前讨论文章,首先注重文辞,然后考虑感情,看重体势,不注意美好的色泽;等到听了张华论文,便要尊崇他的话。"其实情感本来比文辞重要,体势实在需要润饰,陆云可以说开始迷惑,后来能够接受好的意见了。

⑱桓谭:东汉初年学者,他的话可能是《新论》佚文。　　⑲离言:犹断句。　　辨白:辨别。　　务:致力。　　⑳体势实有强弱:据杨注改。体势:指文体和文势。　　㉑陆云:西晋作家,引文见于他给哥哥陆机的信。悦泽:美好的色采。　　张公:西晋作家张华。　　宗:归向。

30.6　自近代辞人,率好诡巧,原其为体,讹势所变㉒。厌黩旧式㉓,故穿凿取新,察其讹意,似难而实无他术也,反正而已。故文反"正"为"乏㉔",辞反正为奇。效奇之法,必颠倒文句,上字而抑下,中辞而出外,回互不常,则新色耳㉕。

自从近代以来的作家,大都爱好奇巧,考求他们作品的体制,是一种错误的趋势所造成的。由于厌弃旧有的形式,所以牵强附会地追求新奇,考察这种错误的作法,看来似乎艰深,其实是并无奥妙,只是反对正常的做法罢了。就文字说,把"正"字反写便成了"乏"字,就文辞说,正常的反面是新奇。仿效新奇的写法,必须颠

倒字句,把上面的字放到下面,把中间的词放到外边,这样颠倒不
正常,便算有新奇的色采了。

㉒率:大率,大抵。　诡:反常。　讹:伪的,错误的。　㉓黩(dú 毒):
厌烦。　㉔反正为乏:篆文乏作五,正字之反。　㉕颠倒文句:如鲍照
《石帆铭》"君子彼想",即"想彼君子",把上面的字放在下面。江淹《恨赋》:
"孤臣危泪,孽子坠心。"实是"坠泪""危心",故意把中间的两个词颠倒一下。
抑:压。　回互:曲折,指颠倒。

30.7　夫通衢夷坦,而多行捷径者㉖,趋近故也;正文
明白,而常务反言者,适俗故也。然密会者以意新得巧,
苟异者以失体成怪㉗。旧练之才,则执正以驭奇;新学之
锐,则逐奇而失正;势流不反,则文体遂弊。秉兹情术,可
无思耶?

大路平坦,可是多走小路的,是为了抄近路;照正常讲话,意思
明白,却常常要说反常的话,是迎合世俗的缘故。然而深通写作
的,因为用意新颖写得巧妙;只求立异的,因为体裁不合变成怪异。
熟悉旧体裁的能够依照正常方法来驾驭新奇,迎合新风气的只是
追求新奇而违反正常;趋势发展下去不再回头,文章的体裁便会败
坏。要掌握写作中的这种情况和方法,可以不经过深思吗?

㉖夷:平。　捷径:近便的小路。　㉗密会:深切地懂得。　苟
异:苟且求异。

30.8　赞曰:形生势成,始末相承㉘。湍回似规,矢激
如绳。因利骋节,情采自凝㉙;枉辔学步,力止[襄]寿陵㉚。

总结说:形体产生了,就构成了体势,这两者始终密切相关。急流回旋,像圆规那样圆转;箭射出去,像墨线那样笔直。写作像趁势而有节度地驰骋,文情和辞采自然结合;走弯路乱学别人,白费气力,落得像寿陵孩子的失败。

㉘势跟着形,形圆的势便流转,形方的势便安定。　　㉙骋节:有节度地驰骋,比做按照正确方法写作。　　凝:指结合。　　㉚枉辔:指走冤枉路。枉,歪曲;辔,马缰绳。　　学步:《庄子·秋水》说:寿陵地方有个孩子到赵国都城邯郸去学人家的步法,没有学会,却把自己的步法忘了,只好爬回来。寿陵,燕国的城邑。

情采第三十一

　　情指情理，所以说"情者文之经，辞者理之纬"，就是情理是经，文辞是纬，情理是主，文辞是次。采指文采。刘勰的所谓文采，既跟当时人一样，以对偶、声律、辞藻为文采；又跟当时人不同，以不讲对偶、声律、辞藻的经书的散行文为有文采。他在《徵圣》里说："精理为文，秀气成采。"认为经书的散行文中，精理秀气的精练警策的话也是文采。后来的古文家认为精理秀气就是文采，不必要对偶、声律、辞藻。刘勰反对光追求对偶、声律、辞藻而忽略精理秀气的齐梁文风；主张在精理秀气的基础上讲究对偶、声律、辞藻。以精理秀气为文采是对的，在精理秀气的基础上适当地运用一些对偶、声律、辞藻来丰富文采也是可以的。光追求对偶、声律、辞藻会造成"繁采寡情，味之必厌"。所以刘勰主张情采结合，根据思想感情来选择体裁，确定音律，运用辞藻，才能成为情采并茂的作品。

　　怎样才能情采并茂呢？先要有深厚的思想感情。打个比方：一个人的顾盼生姿要依靠美好的丰度。有了美好的丰度，再施脂粉，才是情文并茂。文采不该掩盖情理，好比脂粉不该掩盖本色。保持本色是很重要的，所以说"贲象穷白，贵乎反本"。贲指文饰，好比施脂粉，美不美不决定于施脂粉，决定于原有的容貌风姿，即决定于本色。这里还需要补充说明："盼倩生于淑姿"，盼倩的本身就是文采，不必再加铅黛，加上铅黛可以丰富文采，但铅黛本身不是文采。"辩丽本于情性"，本于情性的辩丽就是文采，不必再加上对偶、声律、辞藻这些文采。在辩丽本于情性的基础上，再加上对偶、声律、辞藻，可以丰富文采，离开了辩丽本于情性的对偶、声律、辞藻，就成了涂饰的铅黛，就要不得了。

　　因此，讲究本色也就是讲究情理。最好的作品是为情而造文，即为了表达情理而作；其次是为文而造情，为了写作而造作情理；最下是言不由衷，写的和想的完全相反。第一种有深厚真挚的思想感情；第二种思想感情不深厚，不得不靠辞采来掩饰；第三种则情文相反，完全要不得了。当时的文章具有后两种毛病，有的言不由衷，有的靠辞藻来掩饰内容的空虚，刘勰讲《情采》，就是要纠正这两种缺点。要纠正用辞藻来涂饰，所以注意回到本色。在本色的基础上加文采，才有质有文，文是在质的基础上自然产生的，像有水的流动就有微波荡漾，有树的充实就有花的开放，有了某种质地，自然会产生某种文采，这是自然的道理。不过这样讲跟上面的话有些矛盾。水的波纹、树的开花都不是外加上去的，但铅黛饰容是外加上去的。前者像以精理秀气为文采，好的文章自然有精理秀气；后者像以对偶、声律、辞藻为文采，一篇文章要写得句句对偶，合声律，用典故，总要靠人工的修饰而不完全符合语言的自然。主张自然，那末不讲对偶、声律、辞藻的散行白描文辞才合于语言的自然。

31.1　圣贤书辞，总称"文章①"，非采而何？夫水性虚而沦漪结，木体实而花萼振：文附质也②。虎豹无文，则鞟同犬羊；犀兕有皮，而色资丹漆③：质待文也。若乃综述性灵，敷写器象，镂心鸟迹之中，织辞鱼网之上，其为彪炳，缛采名矣④。

圣贤的著作，都叫做"文章"，那不是具有文采么？像水性流动所以有波纹，树体充实所以开出花来：可见文采要依附在质地上。虎豹如果没有毛色纹采，它们的皮革就同狗羊的相似；犀牛兕牛皮革制甲，但还靠漆上朱红漆来显示色采：可见质地还需要文采。至于抒写性情,描摹形象,在文字上用心琢磨,组织好文辞写在纸上,它所以能够光采照耀,就由于文采的显著了。

①"文章":这个文章不是指作品,文是有条理,章是有色采,就是文采鲜明的意思。　　②沦漪(yī 衣):水上微波。　　　萼:花托,在花的最外部,多作绿色。　　振:开放。　　文附质:文指辞采,质指情思;文指形式,质指内容。　　③鞟(kuò 扩):没有毛的皮革。　　　犀兕(xīsì 西四):形似牛,犀是雄的,兕是雌的。犀牛兕牛皮,古代用来作甲胄,漆上色采。　　资:凭藉。④敷写:描写。敷,铺叙。　　鸟迹:指文字。许慎《说文·序》说,仓颉看了鸟迹兽蹄创制文字。　　鱼网:《后汉书·蔡伦传》说蔡伦用鱼网做纸。　　彪炳:光采。　　名:显著。

31.2　故立文之道⑤, 其理有三:一曰形文, 五色是也;二曰声文, 五音是也;三曰情文, 五性是也⑥。五色杂而成黼黻, 五音比而成韶夏, 五情发而为辞章⑦, 神理之数也。

所以构成文采的方法,共有三种:第一种是色采所构成的形文,是由青黄赤白黑五色构成的;第二种是音律所构成的声文,是由宫商角徵羽五音构成的;第三种是性情所构成的情文,是由仁义礼智信五性构成的。五色调配成礼服的花纹,五音配合成韶夏乐曲,五性抒写成各种辞章,这是先天所形成的复杂事物。

⑤文:这个文是广义的,包括颜色,指形文;音乐,指声文;情理,指情文。⑥五性:指仁义礼智信。　　⑦黼黻:见《体性》注㉞。　　比:配合。　　韶(sháo 勺)夏:古代乐曲。韶,舜乐。夏,禹乐。

31.3 《孝经》垂典，丧言不文[8]；故知君子常言，未尝质也。老子疾伪[9]，故称"美言不信"；而五千精妙，则非弃美矣。庄周云，"辩雕万物"[10]，谓藻饰也。韩非云，"艳[采]乎辩说"[11]，谓绮丽也。绮丽以艳说，藻饰以辩雕，文辞之变，于斯极矣。

《孝经》传下教训，居丧中说话不需要文采；可见士大夫平常说话，不是质朴的。老子厌恶虚伪，所以说"漂亮的话不可靠"；可是他的著作《老子》五千字，却文辞精巧，那末他也并不是厌弃文采了。庄周说，"用巧妙的话来细致地刻画万物"，这是说用辞藻来修饰。韩非说，"辩说在于艳丽"，这是说讲究华丽。用华丽的文辞来辩说，用修饰的辞藻来描绘，文辞的变化，在这里达到极点了。

⑧垂：传下来。　典：合于法度的话。　丧言：居父母丧时的话。《孝经·丧亲》："言不文。"　⑨疾：憎恶。　⑩辩：巧言。原文见《庄子·天道》。　⑪原文见《韩非子·外储说左上》，作"艳乎（于）辩说。"

31.4 研味[李]孝老，则知文质附乎性情；详览庄韩，则见华实过乎淫侈。若择源于泾渭之流[12]，按辔于邪正之路，亦可以驭文采矣。夫铅黛所以饰容，而盼倩生于淑姿[13]；文采所以饰言，而辩丽本于情性。故情者文之经，辞者理之纬；经正而后纬成，理定而后辞畅[14]：此立文之本源也。

研究体味《孝经》、老子的话，便知道文采或质朴的分别依附于性情；细看庄子和韩非的说法，便看到文辞和内容重于浮夸。要是能够从源头上分清泾水渭水的清浊,在驾驶上辨别正路邪路的方向,也可以驾驭文采了。像花粉黛石用来美化容貌,可是顾盼生情却来自美好的丰姿;辞藻用来美化语言,而文采艳丽却依靠性情的真挚。所以情理是文章的经线,文辞是情理的纬线;经线正了纬线才能织上去,情理确定了文辞才能畅达:这是写作的根本。

⑫泾渭:泾水浊,渭水清,在两水汇合时才显,所以要从源头上去分。　⑬铅:铅粉。　　黛:黛石,青黑色颜料,画眉用。　　　倩:状巧笑。　　淑:美好。　　　⑭情和理在这里是互文,即情里兼包理,理里兼包情。

31.5　　昔诗人什篇,为情而造文;辞人赋颂,为文而造情。何以明其然?盖风雅之兴,志思蓄愤,而吟咏情性,以讽其上,此为情而造文也;诸子之徒,心非郁陶,苟驰夸饰,鬻声钓世⑮,此为文而造情也。故为情者要约而写真,为文者淫丽而烦滥。而后之作者,采滥忽真,远弃风雅,近师辞赋,故体情之制日疏⑯,逐文之篇愈盛。

从前,诗人的诗篇,是为了抒情而创作;辞赋家的辞赋,是为了创作而虚构感情。凭什么知道这样呢?《诗经》中国风和大小雅的创作,作者有情志,怀忧愤,于是把感情唱出来,用来讽刺在上位的人,这是为了抒情而创作;辞赋家心里没有激情,随便运用夸张,沽名钓誉,这是为了创作而虚构感情。所以为了抒发感情而创作的,语言简练,写出真感情;为了创作而虚构感情的,文辞浮华,内容杂乱虚夸。但是后来的作家,学习虚夸的,忽略真情的,抛弃古代的国风大小雅,效法近来的辞赋,所以抒写真情的作品一天天少,追求辞藻的作品越来越多。

⑮诸子:指辞赋家。　　　郁陶(yáo 姚):感情郁积。　　　鬻:卖。　　⑯体:体现。　　制:作品。

31.6　故有志深轩冕,而泛咏皋壤,心缠幾务,而虚述人外⑰。真宰弗存,翩其反矣⑱。夫桃李不言而成蹊,有实存也;男子树兰而不芳,无其情也⑲。夫以草木之微,依情待实,况乎文章,述志为本,言与志反,文岂足徵?

　　所以,有的人热中于高官厚禄,却空泛地歌唱田野的隐居生活,有的人一心牵挂着繁忙的政务,却空说世外的情趣。真心不存在,讲的和内心感情完全相反了。桃树李树虽不会讲话,树下的土地却被踩成小路,因为它有甘美的果实;相传男子种兰,开的花不香,因为没有可以同花相应的情味。那样渺小的草木,还要依靠真诚感情,凭藉甘美果实,何况文章,以言志抒情为根本,倘说的话和情志相反,文章难道可信吗?

　　⑰轩冕:坐车和戴礼帽,是大官的排场。轩,有屏藩的车。冕,礼帽。皋壤:水边的原野,指田野。　　幾务:万幾之事,万幾指朝廷上各种政务;幾,细微,言要注意细微处。　　人外:世外。　　⑱真宰:内心的真情。宰,主。翩其反矣:本指花的翻动。偏其,状翻动;反,翻;这里指相反。　　⑲桃李句:见《史记·李广列传》。　　男子句:见《淮南子·缪称训》。这里是借来作比。

31.7　是以联辞结采,将欲明[经]理;采滥辞诡,则心理愈翳⑳。固知翠纶桂饵㉑,反所以失鱼。"言隐荣华"㉒,殆谓此也。是以"衣锦褧衣"㉓,恶文太章;"贲"象穷白㉔,贵乎反本。夫能设[谟]模以位理,拟地以置心㉕,心定而后结音,理正而后摛藻;使文不灭质,博不溺心,正采耀乎朱蓝,间色屏于红紫;乃可谓雕琢其章,彬彬君子矣⑳。

　　因此组织文辞,结集藻采,将要用来说理抒情。要是藻采浮华,文辞诡异,那末情和理便受到掩蔽。真像用翡翠鸟羽做的钓丝,用肉桂做鱼食,反而钓不到鱼。所谓"话里的含意被辞采所掩蔽了",大概就是指的这种情况。因此"穿了锦绣衣裳,要外加一件罩衫",怕的是文采过于显耀;《周易·贲卦》的卦象探索到本源是白的,着重在保持原来的本色。要是能够建立规格像选择体裁那样来安顿思想,准备底子像考虑风格那样来表达心情,要表达的心情确定了才配合音律,思想端正了才运用辞藻;使得文采不掩盖内容,广博的事例不淹没感情,使赤和蓝这些正色光采照耀,把红和紫这些杂色加以屏弃,这才可算得善于修饰文辞,成为文质彬彬的君子了。

　　⑳翳:障蔽。　　㉑纶:钓丝。　　桂:肉桂,一种珍贵食物。　　㉒言隐荣华:见《庄子·齐物论》。隐,隐没。　　㉓衣锦褧(jiǒng窘)衣:见《诗经·卫风·硕人》。在锦绣上加上罩衫。衣,动词,穿上。褧衣,麻布罩衫。　　㉔"贲"象穷白:《易经·贲卦》的"贲"是文饰意,可是它的象却归于白色。穷,探索到底。白指本色,因为丝的本色是白的。　　㉕模:规范,指体裁。地:底子。文章的润饰文采,好像在白底子上著色。　　㉖正采:正色,为青赤黄白黑。　　间色:杂色,为绀红缥紫流黄。据杨注。　　屏:弃。　　彬彬:状有文有质。　　彬彬君子:见《论语·雍也》:"文质彬彬,然后君子。"

31.8　赞曰:言以文远,诚哉斯验。心术既形,英华乃赡㉗。吴锦好渝,舜英徒艳㉘。繁采寡情,味之必厌。

　　总结说:语言靠文采才能流传久远,这话是确实而应验的。思

想感情已经显露，文采才显得丰富。但是吴地的锦绣容易变色，木
槿花徒然美好容易谢落。辞采虽多而缺少感情，仔细体会起来一
定令人生厌。

　　㉗心术既形：内心的情思已经通过文辞显露出来，即写出了情思，这就构
成文采。　　　㉘渝：变色。　　　舜英：木槿花，朝开暮落，不长久。

熔裁第三十二

　　熔是冶金，指内容的提炼，即炼意。裁是裁衣，指文辞的修改，即炼辞。就炼意说，"刚柔以立本"，指个性的刚柔；"立本有体，意或偏长"，指体裁风格和情意。刘勰认为在炼意上要考虑性情、体裁、风格、情意，这里就有情意或偏而不全，或长而多馀。比方内容丰富的，不宜用简约体；内容简练的，不宜用繁丰体；炼意要使内容和体裁风格相称。就炼辞说，"变通以趋时"，注意文辞的变化，要适应时代。"趋时无方，辞或繁杂"，有浮辞未剪，就病繁；或雅郑共篇，就病杂。删繁去杂，使文辞干净。炼意炼辞，以炼意为主。做好炼意工作，可以使"纲领昭畅"，全篇的纲要分明。

　　怎样进行熔裁？要分三步走：第一，根据内容确定体裁；第二，选择事例使内容具体化；第三，选择文辞来显出要义。然后根据内容来进行文字加工，把多馀的删去。

　　《熔裁》里只主张删去多馀的部分，并不主张文章一定要写得简短。他认为文章的繁简，随着各人的爱好，有的爱繁，有的爱简。爱繁的可以把几句敷演成一章，爱简的可以把一章简化为两句。我们认为好的繁简是由作品的内容决定的，跟形式也有关。内容非常复杂的篇幅巨大，就较繁，内容简单的篇幅短小，就较简，这不是刘勰的所谓繁简。刘勰指的是跟形式和题旨有关的繁简。跟形式有关的，像记同一件事，《春秋》采取标题的形式，只用一句话，如"郑伯克段于鄢"。《左传》采取叙事的形式，写成一篇。跟题旨有关的，像《左传》、《公羊传》、《谷梁传》，都是解释《春秋》的。《左传》在于叙事，写得较繁；《公羊传》、《谷梁传》在于释经，写得较简。再像《论语》写人生经验，写得像格言，就简；《说苑》、《新序》里用故事来说明经书中的话，写得就繁。所以好的繁简决定于取材，"善敷"

就是多取材，"善删"就是少取材。不过一般说来，作品往往有繁芜的毛病，所以这篇里还是偏重于删繁去滥。

最后，对《文赋》里说的"彼榛楛之勿剪，亦蒙荣于集翠"，提出批评。《文赋》是说，杂乱丛生的短树是不好的，不砍掉它，因为翡翠鸟停在上面，也给它增加了光采。刘勰不同意这种意见。他在《神思》里说，"庸事或萌于新意"，主张"杼轴献功"，意思是如果新意含在平庸的事例里，就需要改写，像把麻织成布那样，让新意突出来。也就是把丛生短树整理一下，砍掉一些，让翡翠鸟停在上面显得更美。这个意思比《文赋》里说的更完美了。

32.1　情理设位，文采行乎其中。刚柔以立本，变通以趋时。立本有体，意或偏长；趋时无方，辞或繁杂①。蹊要所司，职在熔裁②；櫽括情理，矫揉文采也③。规范本体谓之熔④，剪截浮词谓之裁。裁则芜秽不生，熔则纲领昭畅，譬绳墨之审分，斧斤之斫削矣⑤。骈拇枝指，由侈于性，附赘悬肬，实侈于形。［二］一意两出，义之骈枝也；同辞重句，文之肬赘也⑥。

根据情理来谋篇布局，文采就在其中了。按照气质的刚柔来建立创作的根本要求，适应时代的演变来求变通。建立根本要求在于选择体制，命意有的偏枯，有的多餘；适应时代没有定规，文辞有的苦繁，有的嫌杂。关键所在，在于做好熔意裁辞工作；要纠正情理上的缺点，改正文辞上的毛病。根据刚柔的根本要求选择体裁使内容合于规范的叫熔意，删去浮词剩句的叫裁辞。经过裁辞，文辞不再拖沓冗长，经过熔意，全篇的纲领明白晓畅，好比在木材上用墨线来审量曲直，又用斧子来砍削一样。再如脚的大指与二

294

指不分或手有枝指，是天生的多馀，身上长了个肉瘤，是形体上的多馀。一篇中，一个意思前后重复，是意义上的多馀；同一句话说了两次，是文辞上的多馀。

　　①长：多馀；如多馀之物叫"长物"。　　方：一定。　　②蹊要：主要道路，主要方法。蹊，路。　　司：主管。这里指掌握主要方法。　　职：主。③檃括：矫正曲木的工具，指矫正。　　矫揉：把木料弯成车轮，这里指修辞剪裁。　　④规范本体：使本（性的刚柔）体（体裁风格）合乎规范，即使情理和刚柔、体裁相配合。　　⑤昭：明白。　　绳墨：木匠用的墨线。　　审分：审查是否合标准。　　斤：斧子。　　斫（zhuó 茁）：砍。　　⑥骈拇：脚大指与二指相合为一。　　枝指：手大指旁多生一指。　　性：天性。赘（zhuì 坠）：多馀的东西。　　肬（yóu 尤）：肉疙瘩。

32.2　凡思绪初发，辞采苦杂，心非权衡⑦，势必轻重。是以草创鸿笔，先标三准：履端于始，则设情以位体；举正于中，则酌事以取类；归馀于终，则撮辞以举要⑧。然后舒华布实，献替节文⑨；绳墨以外，美材既斫，故能首尾圆合，条贯统序⑩。若术不素定，而委心逐辞，异端丛至，骈赘必多⑪。

　　在开始构思的时候，苦于头绪繁多，辞采杂乱，内心不像天平那样可以准确地衡量，势必有或轻或重的毛病。因此要写好文章，先定出三个准则：第一步，根据情理来决定体制；第二步，根据内容来选择事例；第三步，选择文辞来显出要义。然后开花结果，去芜存精，调节文采，像好的木材，墨线以外的已经砍削，所以能够从开头到结尾都圆满切合，有条理有系统。要是不先确定这些准则，想到什么就写什么，杂乱的念头纷纷涌现，那末多馀的话一定很多。

⑦思绪:思路。绪,头绪。　　权:秤锤。　　衡:秤杆。　　⑧鸿笔:鸿文。鸿,大。　　履端、举正、归馀:本于《左传·文公元年》讲历法,开始要推步,即测星象,称履端;其次定月份,称举正;最后把多馀的日子置闰月,称归馀。这里只是借用来指第一、第二、第三。　　类:类似的事。　　撮:聚集而取。　　要:要义。　　⑨华:指文辞。　　实:指内容。　　献替:献可替否,采用好的,去掉不好的。　　节文:调节文字。　　⑩绳墨:木匠用的墨线。　　条贯:条理层次。　　⑪委心:任意。　　异端:不合主题的部分。

32.3　故三准既定,次讨字句⑫。句有可削,足见其疏;字不得减,乃知其密。精论要语,极略之体;游心窜句,极繁之体⑬;谓繁与略,随分所好⑭。引而申之,则两句敷为一章;约以贯之⑮,则一章删成两句。思赡者善敷,才核者善删,善删者字去而意留,善敷者辞殊而意显。字删而意缺,则短乏而非核;辞敷而言重,则芜秽而非赡。

所以三个准则既经确定,其次就要斟酌字句。句子有可删的,可见文辞的粗疏;文字不能增减,才知道文辞的严密。议论精当,语言扼要,是极简练的风格;思想奔放,字句铺张,是极繁富的风格;繁富或简练,适应不同的个性和爱好。把话加以引申,那末两句可以扩充成一章;把话加以简化,那末一章可以简成两句。文思丰富的善于扩充,才思简练的善于简化。善于简化的减少了文字没有减少意思,善于扩充的增加了文辞用意更明显。要是简化了而意思残缺不全,那是短缺而不是核要;要是扩充了而语言重复,那是芜杂而不是丰富。

⑫讨:探究。　　⑬体:风格。　　游心:犹浮想,想象的奔驰。　　窜

句:字句铺张。　　⑭分:性分,性格。　　⑮敷:铺陈,引申。　　约:简练。

32.4 昔谢艾王济,西河文士⑯。张[俊]骏以为艾繁而不可删,济略而不可益,若二子者,可谓练熔裁而晓繁略矣⑰。至如士衡才优,而缀辞尤繁;士龙思劣,而雅好清省⑱。及云之论机,亟恨其多,而称清新相接,不以为病:盖崇友于耳⑲。夫美锦制衣,修短有度,虽玩其采,不倍领袖,巧犹难繁,况在乎拙? 而《文赋》以为榛楛勿剪,庸音足曲,其识非不鉴,乃情苦芟繁也⑳。夫百节成体,共资荣卫㉑,万趣会义,不离辞情。若情周而不繁,辞运而不滥㉒,非夫熔裁,何以行之乎?

　　从前谢艾和王济,是西河地方的文人。张骏认为谢艾的文章繁富而不可删节,王济的文章简练而不可增加,像他们两位,可以说精通融意裁辞的方法,懂得怎样该繁该简的道理了。至于陆机,文才优秀,文辞写得更为繁富;陆云文思较差,一向爱好简省。到陆云议论陆机文章,屡次嫌他文辞繁多,却又说他有清新的文辞前后衔接,所以虽繁多而不算毛病,这大概是看重兄弟情分吧。像用美丽的锦绣来制衣裳,长短有一定尺寸,纵使喜爱它的文采,也不能把领子和袖子加长一倍,工巧的文辞尚且难于写得繁富,何况拙劣的呢? 可是陆机《文赋》认为杂乱丛生的短树可以不必修整,平庸的音调可以凑成曲调,以他的识力,并非看不到这些缺点,只是在感情上难于删除繁芜罢了。要知上百的骨节构成人体,必须依靠血脉流通,各种各样念头构成文章,离不了文辞和思想感情。倘使情思周密而不繁杂,文辞变化却不浮滥,不是熔意裁辞,怎能做得到呢?

⑯谢艾:东晋凉州牧张重华的属官。　　王济:当也是凉州牧属下的文士。　　西河:在山西西北部。　　⑰张骏:东晋初做凉州牧,是张重华的父亲。　　子:男子的美称。　　练:熟习。　　⑱士衡:西晋陆机字。　　士龙:陆机弟陆云字。　　雅:一晌。　　⑲陆云《与兄平原(陆机)书》:"兄文章……皆欲微多,但清新相接,不以此为病耳。"　　亟:屡次。　　崇:尊。　　友于:本于"友于兄弟"(对兄弟亲爱),后因用"友于"代兄弟。　　⑳榛楛(zhēn hù 针互):杂乱丛生的短树。陆机《文赋》:"彼榛楛之勿剪,亦蒙荣于集翠。"那些杂树的不修整,也是受到翠鸟来停的好处。指有了警句,作为旁衬的芜杂的句子也可不删。　　《文赋》:"故踸踔(chén chuō 晨戳,一足走路)于短垣,放庸音以足曲。"有时找不到好句,只好让庸俗的音调凑成全曲,像一足走路。　　芟:同删。　　㉑资:凭藉。　　荣卫:血脉流通。　　㉒运:转,变化。　　滥:泛滥。

32.5　赞曰:篇章户牖,左右相瞰㉓。辞如川流,溢则泛滥。权衡损益,斟酌浓淡。芟繁剪秽,弛于负担㉔

总结说:篇章好比窗户,是左右配合的。文辞好比河流,水满了要泛滥。衡量内容加以或删或补,仔细斟酌,或加浓或减淡。删去多馀杂乱部分,免得受累。

㉓相瞰:犹相通。瞰,看。　　㉔弛:放松。

声律第三十三

陆机作《文赋》，提出声音变化像五色相宣的主张。南北朝宋范晔，能分别宫商，识清浊，懂得把音律运用到写作上。南北朝宋末以来，开始分别平上去入四声。到沈约制作八病说，把四声和双声迭韵运用到创作上，创制格律诗。

八病：（一）平头。第一、第二句开头两字的平仄不得相同。如："今日（平仄）良宴会，欢乐（平仄）难具陈。"即犯平头。（二）上尾。第一、第二句末一字的平仄不得相同（指第一句不押韵的）。如"西北有高楼（平），上与浮云齐（平）。"即犯上尾。（三）蜂腰。五言句分二字三字两组，每组末一字（即第二第五字）的平仄不得相同。如"问君（平）爱我甘（平），窃独（仄）自雕饰（仄）。"犯蜂腰。（四）鹤膝。第一、第三句的末一字平仄不得相同。如"新裂齐纨素（仄），皎洁如霜雪。裁为合欢扇（仄），团团似明月。"犯鹤膝。（五）大韵。句中的字，不得同句末的韵同韵。如"鸣禽（qín）弄好音（yīn）"，"禽""音"同韵（in），犯大韵。（六）小韵。句中的字（除韵以外）不得同韵。如"嘉树生朝阳（yáng），凝霜（shuāng）封其条。""阳""霜"同韵（ang），犯小韵。（七）傍纽。一句中不得用隔字双声。如"鱼（yú）游见风月（yuè）"，"鱼""月"双声（yu），犯傍纽。（八）正纽。一句中不得隔字同音。如 jin，可以读成平上去三声作金锦禁，这三字只是一个音的三种声调。"轻霞落幕锦，流火散秋金。""锦""金"同音，犯正纽。

八病说其中虽然也有些可取的部分，像反对隔字双声和隔字叠韵，怕念起来绕口；像上下句开头的音节平仄不应相同，注意平仄协调；但总的说来，成了诗的枷锁。当时的诗已经有追求形式的弊病，八病说更讲究形式，有使追求形式的文风变本加厉的缺点。

刘勰讲究声律，并不赞成八病说，只从理论上提出问题来讨论：一是飞沉问题；一是双声迭韵问题。这是他的高明处。

刘勰讲的"声有飞沉"，就是沈约在《宋书·谢灵运传论》里讲的"欲使宫羽相变，低昂互节，若前有浮声，则后须切响"。宫羽就是宫商角徵羽，相当于音乐简谱中的 1、2、3、5、6。宫商的振幅大而振动数小，声大而不尖，徵羽的振幅小而振动数多，声细而尖。低昂指声的大小说，即前面用了宫商，后面就用徵羽。浮声指宫商声大而不尖，切响指徵羽声细而尖，也即前用宫商，后用徵羽。飞沉，飞指声大，沉指声细，即宫商为飞，徵羽为沉。《文镜秘府论》讲到调声三术，指出宫商是平声，徵是上声，羽是去声，角是入声，上去入即后来所说的仄声。那末所谓宫羽、浮切、飞沉就是后来讲的平仄。"声有飞沉"就是声有平仄。他又认为诗的声律主要在"和"与"韵"上。"和"就是"异音相从"，就是平仄的调配得当。"韵"就是押韵。一首诗，既押韵，又平仄配合，就构成了诗的声律，构成了格律诗。刘勰生在齐梁时代，当时的格律诗还在摸索阶段。直到唐代，解决了平仄的调配问题，格律诗才定型。这正符合刘勰看重"和"的主张。刘勰时还没有平仄的说法，这里提到平仄，只是取便说明。

刘勰那时，平仄调配问题还没有解决，因此他说"外听之易，弦以手定；内听之难，声与心纷"。认为音乐容易，声律难定。当时平仄调配问题没有解决，所以感到比音乐难。到唐朝，格律诗完成了，声律就比音乐要简单得多。他又指出"陈思潘岳，吹籥之调也；陆机左思，瑟柱之和也"。就是前者"无往而不壹"，都合调；后者"有时而乖贰"，不合调。可是像曹植《美女篇》："罗衣何飘飘，轻裾随风还。"两句十字都是平声。潘岳《悼亡诗》："望庐思其人，入室想所历。"第一句除望字外，连用四个平声字，第二句都是仄声字。正是"沉则响发而断，飞则声飏不还"，并非无往而不壹。这里也说

300

明刘勰对于"和"的要求是不够明确的。

　　刘勰又认为隔字双声和隔字迭韵应该避免,防止"吃文为患",即怕拗口,这是对的。又认为方言区的人用韵要注意避免用方音。当时的作品用文言,不是方言文字,所以避免用方言押韵。

　　33.1　夫音律所始,本于人声者也。声[含]合宫商,肇自血气①,先王因之,以制乐歌。故知器写人声,声非学器者也。故言语者,文章关键,神明枢机;吐纳律吕②,唇吻而已。古之教歌,先揆以法,使疾呼中宫,徐呼中徵③。夫[商徵]宫商响高,[宫羽]徵羽声下;抗喉矫舌之差,攒唇激齿之异,廉肉相准,皎然可分④。今操琴不调,必知改张,[摘]摛文乖张⑤,而不识所调。响在彼弦,乃得克谐,声萌我心⑥,更失和律,其故何哉? 良由外听易为察,内心难为聪也。故外听之易,弦以手定,内听之难,声与心纷;可以数求⑦,难以辞逐。

　　音律的开头,原本根据人的发音。人的发音符合五音,本于生理机构,从前的君王就是凭着它来创作音乐歌曲的。所以知道乐器的音是模仿人的发音,人的发音不是模仿乐器的音的。所以,言语是构成文章的关键,表达情思的机构;吐辞发音要符合音律,在调节唇吻等发音机关罢了。古代教唱,先按照音律,使强音合于宫音,弱音合于徵音。宫音商音的音强,徵音羽音的音弱;由于伸喉转舌的差别,蹙唇齐齿的不同,人的发音同乐器的音或尖锐或饱满相合,音的强弱明白地可以分别。如果琴弹出来的音不协调,弹琴者就懂得把琴弦重新改装过,可是作文的音调不和谐,却不懂得使它协调。乐音发自弦上,却能使它和谐,心声发自我心,反而失去和谐,这是什么缘故呢? 实在因为听在外的乐音容易辨别,听在内的心声不易协调。所以听在外的乐音容易,琴弦的协调可由弹奏来决定;听内在的心声困难,心声同情思的关系复杂;前者可以按照乐律来衡量,后者难于根据文辞来考求。

  ①宫商:指五音宫商角徵羽,相当于简谱的 1、2、3、5、6(dao、re、mi、so、la)。 肇:始。 血气:指人体的血气流行。 ②吐纳:吐气吸气,指发音。 律吕:十二律,指音律。 ③宫音比较强,徵音比较弱,音的强弱决定于振幅的大小,与音的高低决定于振动数多少的不同。因此这里的疾徐指强弱说。 ④攒:蹙。 激:激越,指齿音清越。 廉肉:廉,棱角,指尖锐;肉,肥满,指饱满。 皎然:状明白。 ⑤操:弹奏。 改张:把琴弦改装过。 摛文:作文。 乖张:音调不和谐。 ⑥声萌我心:发音的高低强弱由内心所要表达的情思来决定。 ⑦外听易为察:据杨注引《喻林》卷八九补。 数:术数,指乐律。

33.2

凡声有飞沉,响有双迭⑧。双声隔字而每舛,迭韵杂句而必睽⑨;沉则响发而断,飞则声飏不还,并辘轳交往,逆鳞相比⑩;[迂]迕其际会,则往蹇来连⑪,其为疾病,亦文家之吃也。夫吃文为患,生于好诡,逐新趣异,故喉唇纠纷⑫;将欲解结,务在刚断。左碍而寻右,末滞而讨前⑬,则声转于吻,玲玲如振玉;辞靡于耳,累累如贯珠矣⑭。是以声画妍蚩⑮,寄在吟咏;[吟咏]滋味,流于[字]下句,气力穷于和韵。异音相从谓之和,同声相应谓之韵⑯。韵气一定,[故]则馀声易遣⑰;和体抑扬,故遗响难契⑱。属笔易巧,选和至难;缀文难精,而作韵甚易。虽纤意曲变,非可缕言,然振其大纲,不出兹论。

　　所有的声音有飞扬和下沉两种，音响有双声和迭韵两种。两个双声字给别的字隔开了，念起来往往不顺口，两个迭韵字隔杂句中两处，念起来一定别扭；都用下沉的音，那音调就沉下去，像断了似的，都用上扬的音，那音调就飞扬不能转折，两者配合起来就会像井上辘轳那样上下圆转，像鳞片那样紧密排列着；要是配合不合适，念起来就绕口，它的毛病，好像文章家的口吃一样。文章中发生口吃的毛病，是喜欢怪异造成的，文辞过于追求新奇，所以念起来不顺口；要解开这个疙瘩，主要在于坚决去掉癖好。左面发生障碍也可从右面想办法，下面有了塞滞也可从上面去调整，那末声调在嘴上流转，清脆得像宝玉发出的声音，文辞听来悦耳，圆转得像串连的珠子了。因此文章声韵的好坏，寄托在吟咏上；韵味从安顿句子上流露出来，气力全用在求和谐与押韵上。不同的声调配合得当叫做和谐，使收声相同的音前后呼应叫做押韵。押韵是有一定的，所以收声相同的音容易安排；声调和谐要注意抑扬，所以音响难于配合恰当。措辞工巧还容易，要使音调和谐顶困难，作文难工，押韵极易。虽然其中细微曲折的变化难于详细说明，可是从大体讲来，离不开这些议论。

　　⑧声有飞沉：飞指宫商响高，即平声；沉指徵羽声下，即仄声（上去入三声），参见说明。　　双迭：双声，如踌躇（chóu chú 愁除），发声相同，都是 ch，所以称双声。迭韵，如徘徊（pái huái 牌怀），收声相同，都是 ái，所以称迭韵。⑨双声和迭韵两字连在一起的如踌躇、徘徊都可用，要是中间给别的字隔开了，念起来音节不美。如"佳丽殊百城"，"殊"和"城"就是隔字双声。"皇佐扬天惠"，"皇"和"扬"就是隔字迭韵。绕口令就是运用隔字迭韵造成的。舛：不合。　　睽：乖违。　　⑩辘轳：井上摇把，摇起来上下圆转。　　逆鳞：《韩非子·说难》说龙的喉下有逆鳞。这里只是鳞的意思。　　比：密接。⑪迕：乖违，不顺适。　　际会：接合。这里指字句接合得不顺。《易·蹇卦》："往蹇来连。"往来都困难。　　蹇（jiǎn 拣）连：都指不顺利。　　⑫纠纷：同

纠纷。　　⑬左面发生阻碍,要是在左面无法解决时,可以从右面想办法。前后面的情况也这样。　　⑭玲玲:状玉声。　　靡:细密,指和谐。　累累:状积累。　　⑮声画:扬雄《法言·问神》:"言(语言),心声也;书(文字),心画也。"　　妍蚩:美恶。　　⑯和:句和句的音节和谐。　　韵:句末押韵。　　⑰韵气:即韵。　　一定:指一定押在句末。　　馀声易遣:韵指收声,所以称馀声。押韵有一定,容易安排,故称易遣。　　⑱遗响难契:每一组音节中末一个音叫遗响,上组末一个音和下组末一个音难于协调。如五言诗"佳丽—殊百—城",分为三个音节,第一第二两个音节的末一字不易协调,如"丽"和"百"都是仄声,就不协调。　　契:合。

33.3　若夫宫商大和,譬诸吹籥⑲;翻回取均,颇似调瑟⑳。瑟资移柱,故有时而乖贰;籥含定管,故无往而不壹。陈思潘岳,吹籥之调也;陆机左思,瑟柱之和也㉑。概举而推,可以类见。

至于音位固定而谐和的比方吹笛;转动弦柱来求合乐的,很像调整瑟弦。调整瑟弦依靠转动系弦的短柱,所以有时不合;笛子的孔在管上是固定的,所以不论怎样,吹出音来总是一定的。曹植潘岳的作品,是吹笛的调子;陆机左思的作品,是瑟柱的谐和。约举两类加以推求,别的也可类推了。

⑲籥:形状像笛,管上有孔,一个孔吹一个音,它的音位是固定的。⑳翻回:转动。　　取均:取韵,均同韵,指求得音韵和谐。　　调瑟:弹奏时要调正瑟弦。　　㉑这里如指调整飞沉说,并不确切。

33.4　又诗人综韵,率多清切,《楚辞》辞楚,故讹韵实繁㉒。及张华论韵,谓士衡多楚,《文赋》亦称[知楚]不易㉓，可谓衔灵均之声馀，失黄钟之正响也㉔。凡切韵之动，势若转圜㉕，讹音之作，甚于枘方㉖，免乎枘方，则无大过矣。练才洞鉴㉗，剖字钻响，识疏阔略，随音所遇，若长风之过籁，南郭之吹竽耳㉘。古之佩玉，左宫右徵，以节其步，声不失序。音以律文，其可[忘]忽哉！

又《诗经》作者用韵，大都清楚明确，《楚辞》夹杂楚音，所以不够清楚明确的韵实在多。到张华论韵，说陆机多用楚音，《文赋》也说用韵不容易，可以说继承屈原的用韵，而失去《诗经》的正确的音了。所有正确的韵，好像圆转自如，不正确的韵，比起方木装入圆孔里更不合适，能除去这种不合，那末用韵就没有大的毛病了。作家才识精深的，会剖析字的音韵，才识粗疏的，用韵就像偶然碰上的，如同风吹孔窍发声，如同南郭先生吹竽罢了。古人在身上挂玉器，尚且要使左面的玉器撞击时发出宫音，右面的发出徵音，用来调节步子，使声音不失掉应有的次序。何况在写作上音调构成文章的声律，怎么可以忽略啊！

㉒诗人：指《诗经》作者。　　　清切：《诗经》用当时通行的韵，所以说清切。《楚辞》用韵，夹杂楚音，即夹杂方音，所以说讹韵。　　　㉓《文赋》说："亮功多而累寡，故取足而不易。"没有说"知楚不易"，"知楚"两字是多馀的。按：《文赋》中的"取足而不易"，指"一篇之警策"，即警句，警句功多累寡，所以取它来充实文章，而不能改变，不是指用韵。《文赋》里讲到用韵，用音乐和刺绣来比，认为音乐不协调就"难便"，就不安；刺绣色采不调和就"不鲜"，即不鲜明。不称"不易"，不知这里怎么用了"不易"。《文赋》里没有谈到方音问题。
㉔灵均：屈原字，屈原作品用楚音，不够标准。　　　黄钟：正声，指《诗经》的标准音。　　　㉕切韵：通过反切（拼音）来研究音韵。　　　圜：同圆。　　　㉖枘（rui 瑞）方：圆凿（孔）方枘，把方木柄装入圆孔，一定合不上。　　　㉗练：精

练。　　洞鉴:深识。　　㉘籁:孔窍,指风吹窍发声。　　南郭:齐宣王使人吹竽,一定要三百人一起吹,南郭先生不会吹竽,夹杂在会吹的人中滥竽充数。见《韩非子·内储说》。

33.5　赞曰:标情务远,比音则近㉙;吹律胸臆,调钟唇吻㉚。声得盐梅,响滑榆槿㉛。割弃支离,宫商难隐。

总结说:抒写情思务求深远,配合音律便较切近,因为它只是从胸腔吐气,通过唇吻,使它和音律协调。文章中的声律,好比烹调里的盐梅和榆槿,起到调味和滑润的作用。要除去不协调的音,因为声律的合不合是难以隐藏的。

㉙标情:标举情志。　　比:合。　　㉚吹律:吐气合律。　　钟:黄钟,十二律之一,指音律。调钟,调和音律。吹律同调钟相对,都指奏乐,前者指吹箫笛等。唇吻指发音歌唱。　　㉛盐梅:盐咸梅酸,都是煮菜的调味品。榆槿:皮有滑汁,煮菜时用作使之滑润的调味品。

章句第三十四

《章句》是讲写作中的分章造句，主要分两部分：一，结合内容来安排章句；二，结合情韵来安排章句。

从结合内容说，分章造句，要"控引情理，送迎际会"，就是掌握了要表达的情理，有时放开，有时接住，比方有的章节扣住题旨，有的章节要放开一步，这样才能反映丰富的生活，使它恰好地达意表情。写得要有变化，有起伏，但又不失规矩。分章的规矩，就是开头、承接、结尾都紧密呼应，要做到"外文绮交，内义脉注"。就文辞说，前后的联系，要像丝织品那样织成一幅完整的花纹。就内容说，脉络要贯通，使各部分成为一个有机的整体。文辞上的联系，像虚字的运用，有的虚字用在句头，表承接或转折；有的用在句尾，表示各种语气；有的则发挥造句的作用。就脉络贯通说，要讲顺序，忌颠倒，按照作者的情理来作安排。这样，通过分章造句的安排，使全篇成为完整的有机体。所以，从字到句，从句到章，都要纯净无疵，结构严密，达到分章造句的要求。

从结合情韵说，又要根据情韵来分章造句，句子有长有短，多用短句或多用长句，或长短句夹杂着用，跟所要表达的情韵有关。诗赋用韵，或一韵到底，或转韵，转韵又有各种变化，这跟情韵也有关。

就句子的长短说，短句要音节不急促，长句要音节不迂缓。从音节上来调整句子的长短，这个意见是正确的。因为句子的节奏同人的呼吸相应，从音节上来调整句子，使句子容易念，容易看。要是句子的节奏同呼吸不相应，有的长句子结构特别复杂，念起来使人呼吸促迫，就不好念，也往往不好理解。从这里，我们可以体会到怎样造句：句子有写得迂回曲折的，有写得果断的，情绪急促时用一种音节造句,情绪和缓时用另一种音节造句。用韵和转韵也跟情韵有关,两韵一转,显得急促,百韵不变,使人厌倦。因此,刘勰主张折中:要转韵,不要转得太急。这是就一般情况说的。韵文随着作者所要表达的情感的起伏变化,要相应地改变韵脚,情绪昂扬时用声调激昂的韵脚,情绪婉转时用声调柔和的韵脚,使用韵同所要表达的感情一致,这是转韵的好处。情绪的变化要有一个过程,所以转韵不要太急,不要太缓,要运用得恰当。从这里,我们也可以体会到在不同的场合有不同的用韵法。比方用诗来表达昂扬的情绪时,就可以一韵到底,只用音节昂扬的韵就行了,不必转韵;用诗来表达起伏的情绪时,随着情绪的起伏用不同的韵,这时要转韵。有时情绪起伏得很剧烈,韵就转得急;有时情绪起伏得较缓,韵就转得缓。伟大诗人杜甫的诗,有时一韵到底,有时句句用韵,转韵时,有时韵转得急,有时韵转得缓,就是很好地根据情绪来用韵的例证。

34.1　夫设情有宅,置言有位①;宅情曰章,位言曰句。故章者,明也;句者,局也②。局言者,联字以分疆,明情者,总义以包体,区畛相异,而衢路交通矣③。夫人之立言,因字而生句,积句而成章,积章而成篇。篇之彪炳,章无疵也;章之明靡,句无玷也④;句之清英,字不妄也;振本而末从,知一而万毕矣。

创作要把情意安顿在合适的处所,语言摆在适宜的位子;把情意安顿好就是分章节,把语言安排好就是造句子。所以章是明白的意思,句是分界的意思。把语言分界,就是把一个个字联起来构成各自分别的单位;把情意叙述明白,就是总括所要叙述的意义把它含蕴在选定的体裁里,这两者的范围大小不同,却像有道路联接那样彼此相通的。人们的写作,用字造句,积句成章,积章成篇。全篇写得有光彩,也由于章节没有毛病;每章写得明白而细致,也由于句子没有毛病;句子写得清新挺拔,也由于每个字都不乱用;这好比摇动根干枝叶也跟着动摇,懂得基本的道理,各种各样的事例就都可以概括进去了。

①设、置:指安排,安顿。　情:感情,包括思想在内。　宅、位:指处所,情意和语言都要有个安顿的处所,就是分章句。　②局:局限,划定疆界,即把语言分划成多少句。　③区畛:区域。畛,田界。区域不同,道路相通,指章和句的范围不同,彼此密切相关。　④靡:细致。　玷:玉的斑点。

34.2　夫裁文匠笔⑤,篇有大小;离章合句,调有缓急;随变适会,莫见定准。句司数字,待相接以为用;章总一义,须意穷而成体。其控引情理,送迎际会⑥,譬舞容回环,而有缀兆之位⑦;歌声靡曼,而有抗坠之节也⑧。

创作韵文或散文,篇幅有大有小;章句或分或合,声调有缓有急;那得跟着内容变化加以调配,没有一定的规矩。一个句子管多少字,需要联接起来发挥作用;一章里有一个意思,需要把意思说完整了才构成一个段落。其中要掌握所表达的情意,有时放开,有时接住,要切合命意。比方舞蹈时的回旋,要保持一定的行列和位子,歌声摇曳,要有忽高忽低的节奏。

⑤文、笔:有韵为文,无韵为笔。　⑥际会:接合。　⑦舞容:即舞蹈。　缀兆:缀是舞蹈时的行列,兆是表位子。　⑧靡曼:细致而拉长,

指摇曳。　　　　抗坠:指高下。

34.3　寻诗人拟喻,虽断章取义[9],然章句在篇,如茧之抽绪,原始要终,体必鳞次。启行之辞,逆萌中篇之意,绝笔之言,追媵前句之旨[10];故能外文绮交,内义脉注,跗萼相衔[11],首尾一体。若辞失其朋,则羁旅而无友,事乖其次,则飘寓而不安。是以搜句忌于颠倒,裁章贵于顺序,斯固情趣之指归,文笔之同致也。

探讨诗人用诗句来打比方,虽是断章取义,然而章节和句子在全篇中,好像茧的抽丝,从开头到结尾,在体制上一定像鳞片那样紧密联接。开头的话,已经含有中篇意思的萌芽;结尾的话,呼应前文的意思;所以能够做到文字像织绮的花纹那样交接,意义像脉络那样贯通,像花房和花萼一般相衔接,首尾成一体。要是句子没有配合的话,便像在外作客孤独无友,叙事要是违反了顺序,便像在外飘泊而不安定。因此造句切忌颠倒,分章着重在合于顺序,这本来是表达情意的要求,无论韵文或散文都是一致的。

⑨断章取义:摘取全篇中的一章或几句借来表达自己的情意,不管它原来的意思。按:春秋时的外交官,念诗句来表达自己的心意,往往断章取义。但就创作说,却要求前后文紧密联系。　　　　⑩启行:开路,出发,指开头。逆萌:预先萌生。　　　绝笔:结尾。　　　媵(yìng 硬):陪嫁。古代嫁女常用女的妹或侄陪嫁称媵,转为陪衬。追媵,追上文作陪衬,即指呼应。　　　⑪跗:花萼下的花房。　　萼:花瓣的外部。

34.4　若夫笔句无常,而字有条数[12]:四字密而不促,六字格而非缓,或变之以三五,盖应机之权节也[13]。至于

310

"诗""颂"大体，以四言为正，唯《祈父》"肇禋⑭"，以二言为句。寻二言肇于黄世，《竹弹》之谣是也⑮；三言兴于虞时，《元首》之诗是也⑯；四言广于夏年，《洛汭之歌》是也⑰；五言见于周代，《行露》之章是也⑱。六言七言，杂出《诗》《骚》⑲；[而]两体之篇，成于[两]西汉⑳。情数运周㉑，随时代用矣。

　　至于文句的变化虽没有一定，可是每句字数多少的作用可以分别说明：四字句短，音节并不急促，六字句较长，音节并不迂缓，有的变为三字五字句，大概是适应情势变化的权宜节拍。至于《诗经》中《雅》《颂》那样郑重体裁，以四字句为标准，只有《诗经·小雅》中的《祈父》，和《周颂》中的"肇禋"，用两字句。考两字句开始于黄帝时代，《竹弹》的民谣便是；三字句在虞舜时代兴起，《元首》诗便是；四字句在夏禹时代多用，《洛汭之歌》便是；五字句出现在周代，《行露》章便是。六字句七字句，夹杂在《诗经》《离骚》中间，运用这两种句子的文体，到西汉时才完成。由于情势趋向复杂，表达要求得更周详，随着时代的进展，长句的运用遂逐渐代替短句了。

⑫条数：分条数说，分别说明。　⑬格：木长貌，指长。　应机：适应时机。　权节：权宜的节拍。《诗经》以四字句为主，三字五字句只是适应情势，加以变通。权，权宜，变通。　⑭《祈父》：同圻（qí 岐）父，镇守封圻（边疆）大臣。《诗·小雅·祈父》："祈父，予王之爪牙。"　肇禋（yīn 因）：开始祭祀。《诗·周颂·维清》："肇禋，迄用有成，维周之祯。"　⑮《竹弹》之谣：见《通变》注⑧。　⑯《元首》之诗："股肱（大臣）喜哉！元首起哉！百工（官）熙哉！"这诗"喜""起""熙"押韵，哉字是助词，所以说是三字句。　⑰洛汭（ruì 瑞）歌：夏时国君太康的弟弟在洛水边上唱的歌，即《五子之歌》，见《通变》注⑪。　⑱行露：《诗·召南·行露》："谁谓雀无角，何以穿我屋……？"

⑲《诗经》《离骚》中已有六言七言；如《诗经·豳风·鸱鸮》：“曰予未有室家。”《诗经·大雅·召旻》：“今也日蹙国百里。”《离骚》：“纷吾既有此内美兮（兮是助词，不算），又重之以修能。”　　⑳赵翼《陔馀丛考》二十三：“任昉云：六言始于谷永。”今已无考。七言诗，如《文选·西京赋》李善注引刘向七言：“博学多识与凡殊。”　　㉑数（shuò 朔）：屡，指复杂。　　周：周详。

34.5　若乃改韵从调，所以节文辞气。贾谊枚乘，两韵辄易㉒；刘歆桓谭，百句不迁㉓；亦各有其志也。昔魏武论赋，嫌于积韵，而善于资代㉔。陆云亦称，四言转句，以四句为佳。观彼制韵，志同枚贾。然两韵辄易，则声韵微躁；百句不迁，则唇吻告劳；妙才激扬，虽触思利贞，曷若折之中和㉕，庶保无咎。

至于诗赋的改换韵脚使适于情调，是为了用来调节文辞，配合辞气。像贾谊枚乘的赋，用了两个韵脚就转韵，刘歆、桓谭的赋，写了一百句还是不转韵，也是各有各的用意。从前曹操论赋，对同韵的字用得多了有所不满，却赞美转韵。陆云也说，四言诗转韵，四句一转韵比较好。看他用韵，却同枚乘、贾谊一样。可是用了两个韵脚就转韵，显得在声韵上稍见急躁；要是一百句都不转韵，念起来又会感到疲劳；富有才华的诗人感情激发，虽然在用韵上很好地接触情思，何如加以折中，近乎保持不出毛病。

㉒贾谊《吊屈原赋》《鵩赋》，都是用了两个韵脚就转韵。枚乘两韵辄易的赋已看不到，他的《七发》并不这样。　　㉓刘歆、桓谭一韵到底的赋也已看不见了。　　㉔资代：取代，指转韵。　　㉕贞：正。　　曷：何。　　折之中和：即不要用了两个韵脚就转韵，也不要老不转韵，求得适中。

34.6　又诗人以"兮"字入于句限㉖,《楚辞》用之,字出句外㉗。寻"兮"字成句,乃语助馀声。舜咏"南风㉘",用之久矣,而魏武弗好,岂不以无益文义耶! 至于夫惟盖故者,发端之首唱;之而于以者,乃劄句之旧体㉙;乎哉矣也,亦送末之常科㉚。据事似闲,在用实切。巧者回运,弥缝文体,将令数句之外,得一字之助矣。外字难谬,况章句欤!

又《诗经》的作者在句子内用"兮"字,《楚辞》在句子外用"兮"字。考究用"兮"字来构成句子,是用语助词来延缓语气。舜唱《南风》歌,早已用了,曹操却不喜欢用,难道不是因为在文义上没什么帮助吗? 至于夫、惟、盖、故,是句子开头的发语词;之、而、于、以,是造句时的常用虚字;乎、哉、矣、也,是句末的常用助词。照事理看它们好像多馀,就作用说却很切当。巧妙的作者加以运用,使文辞更加严密,将要在使用实词构成几句外,又得到一个虚字的帮助。实字外的虚字都不许用错,何况是实字所构成的章句呢?

㉖句限:句内,如《诗·蓼莪》:"父兮生我。""兮"用在句内。　　㉗句外:如《楚辞·桔颂》:"深固难徙,廓其无求兮。苏世独立,横而不流兮。"韵脚是"求"和"流","兮"字在韵脚后,所以说句外。　　㉘南风:"南风之熏兮,可以解吾民之愠兮;南风之时兮,可以阜吾民之财兮。"按:说南风歌是舜作,不可靠。　　㉙劄句:指嵌入句中的助词。劄,削竹刺入。　　㉚常科:常用的形式。

34.7　赞曰:断章有检,积句不恒㉛。理资配主,辞忌失朋。环情草调,宛转相腾。离合同异,以尽厥能㉜。

总结说:断章取义有一定的限制,积句成章也不是老一套的。内容要能配合主旨,辞忌孤零零失去联系。围绕着感情来起草音调相应的辞句,使文辞宛转,光彩飞腾。或离或合,或同或异,来显示运用章句的本领。

㉛检:规格。　　恒:久。　　㉜厥:其。

丽辞第三十五

　　《丽辞》是讲对偶的。六朝时候的文章讲究对偶，所以丽辞成为当时注意的问题。对于丽辞，历来有两种相反的见解：一派主张骈文的人，认为只有讲究对偶声律的骈文才算文，那些用散行写成的只是言，不算文；另一派主张古文的人，认为用散行写成的古文才是文章的正宗，骈文浮华无实，要加以排斥。这两种说法都有片面性。主张骈文的没有看到散行文中也有富有文采的作品，不能把它都排斥在文外；主张古文的人没有看到律诗也讲对偶，难道也能把律诗排斥在文（文学）外吗？刘勰生在崇尚骈文的时代，他的《文心雕龙》就是用骈文写的。对于对偶的看法，他一方面指出对偶是自然造成的，好像人的手足，天然成对。文章也一样，古代的文章并不讲究对偶，有些话却自然成对。另一方面又指出，诗人的诗章，外交官的辞令，单行和对偶的都有，只不过为了在表达上能够适应情势的变化，不是有意要做成对偶或散行。又说，对偶像一双璧玉，散行像各色佩玉，要交错地运用才好。这样的见解好像很对，其实是以偏盖全。因为刘勰是在讲丽辞，即骈文中的对偶，却用经书来证明骈文中的对偶出于自然。就经书看，是以散行为主，散行中夹杂少数对偶句，可以说出于语言的自然，不是有意造作。骈文以对偶为主，就不符合语言的自然，在语言中散行多，对偶少。所以骈文中的对偶是出于人为，不本于语言的自然，跟经书中的对偶不同。刘勰用经书中的对偶不是有意造作，来证明骈文的对偶出于自然，这是以偏盖全，并不确切的。

　　骈文的对偶出于人为，散行中的对偶不是有意造作，后一种对偶是可取的。不仅古代的文言跟口语有距离，容易形成对偶；就是现代的书面语里也有对偶。尤其是当作者把丰富的经验加以概括，并用语言表现出来的时候，往往形成对偶的形式。如："……
'分兵以发动群众，集中以应付敌人'。'敌进我退，敌驻我扰，敌疲
我打，敌退我追'。"这些话句句都对，这种对偶句，不仅含义丰富，
而且容易记住。因此，有些古文家反对对偶，写文章时有意避免用
对偶句，是不正确的；至于句句要写成对偶，只有像字数不多的对
联才可以，文章那样写，就违反语言的自然了。不过就诗歌说，当
时在趋向格律化，其中的一个要求就是对偶。讲究对偶，是符合诗
歌格律化的趋势的。

就对偶说，这里提出的四种，可分两组：一组是事对和言对。
用事的叫事对，不用事的叫言对，用事的要找两件事相配，所以较
难，不用事的不受这种束缚，所以较易。一组是正对和反对。正对
并列，反对反衬，反衬比较有力，所以说反对为优。其实正对并不
坏，只要找古今的名篇来看，正对多，反对少，就可作证。如杜甫的
"感时花溅泪，恨别鸟惊心"，"白日放歌须纵酒，青春作伴好还乡"，
绝大部分的对偶都是正对。这两组的对偶是交错的，事对、言对里
有正对、反对，正对、反对里有事对、言对。比方，"满招损，谦受
益"，是言对，又是反对。"冯唐易老，李广难封"，是事对，又是正
对，便是。对句中还有一种情况，就是两句话的词义完全重复，叫
合掌，应该避免。像这里举的"宣尼悲获麟，西狩泣孔丘"就是。

对偶和散行交错着用，这是符合整齐错综之美的。对偶显得
整齐，加上散行，又显得错综而不呆板。唐代的律诗，中间两联对
偶，首尾两联不需要对偶，正符合整齐错综之美。善于用对偶的，
字句是对偶，意思却连贯而下，叫流水对。如"白日依山尽，黄河入
海流。欲穷千里目，更上一层楼"。这两联是言对，又是正对，都不
用事。就意义说，第一联是并列的，一看就知道是对偶；第二联意
思联贯而下，读时不觉得它是对偶，却对得很工整。这种流水对，
整齐灵活，是更为可贵的。诗句中的对偶，比一般对偶要求更严

316

格,那就是限定字数,避免两句中的字重复(一句内的字可以重复),讲究平仄,像上面引的一首就是。字数都是五言,没有一字重复,"白日"对"黄河",仄对平,名词对名词,彩色对彩色,其他各词也都一一相对,很工整。

35.1　造化赋形,支体必双,神理为用,事不孤立[①]。夫心生文辞,运裁百虑,高下相须,自然成对。唐虞之世,辞未极文,而皋陶赞云[②]:"罪疑惟轻,功疑惟重。"益陈谟云[③]:"满招损,谦受益。"岂营丽辞,率然对尔。《易》之《文》《系》,圣人之妙思也[④]。序《乾》四德[⑤],则句句相衔;龙虎类感[⑥],则字字相俪;乾坤易简[⑦],则宛转相承;日月往来[⑧],则隔行悬合。虽句字或殊,而偶意一也。至于诗人偶章[⑨],大夫联辞[⑩],奇偶适变,不劳经营。自扬马张蔡,崇盛丽辞,如宋画吴冶[⑪],刻形镂法,丽句与深采并流,偶意共逸韵俱发。至魏晋群才,析句弥密,联字合趣,剖毫析厘。然契机者入巧,浮假者无功。

自然所赋与的形体,上下肢一定成双,这是造化的作用,显得事物不是孤立的。创作文辞,运思谋篇多方考虑,高低上下互相配合,自然构成对偶。唐虞时代,文辞没有讲究文采,可是皋陶赞助舜说:"罪状可疑的从轻处理,功劳可疑的从重奖励。"益贡献意见说:"自满的招致损害,谦虚的受到益处。"难道有意造成对偶吗?不经意自然相对罢了。《易经》中的《文言》《系辞》,是圣人精思的表现。阐述《乾卦》的四种德性,便句句相对;讲到同类的互相感应,像云龙风虎,便字字相对;讲到天地的道理平易简要,便婉转地互相承接;讲到日月往来,寒暑变化,便隔句相对。虽则句子的字数不一，可是用意构成对偶是一致的。至于《诗经》作者组合的章节，大夫联贯的辞令，有单句有偶句，都适应内容的变化，不劳费力安排。自从扬雄、司马相如、张衡、蔡邕等人，推崇对偶，大加运用，好像宋君的讲究绘画，吴国的讲究铸剑一样，注意文辞雕饰。对偶的句子和丰富的文采一起流传，并立的意思和高超的情韵一齐显耀。至于魏晋的许多作者，造句更加精密，文字的对偶，情趣的配合，辨析毫厘。然而用得合适的才巧妙，浮泛造作的却没有效果。

①神理：因为肢体成双是天生的，所以说是神理。　　②《尚书·伪大禹谟》里皋陶回答舜的话。皋陶是舜的大臣。　　③同上，益赞助禹说的话，益也是舜的大臣。　　谟：谋议。　　④《易经》的《乾卦》和《坤卦》后面都有《文言》，又六十四卦后面有《系辞》。《文言》《系辞》都是解释《易经》的，相传是孔子作。　　⑤序《乾》四德：《易·乾卦》："乾，元亨利贞。"《文言》曰："元者，善之长也；亨者，嘉之会也；利者，义之和也；贞者，事之干也。"元亨利贞即四德。　　⑥龙虎类感：《易·乾卦·文言》："同声相应，同气相求。水流湿，火就燥；云从龙，风从虎。"　　⑦俪：偶。　　乾坤易简：《系辞上》："乾道成男，坤道成女，乾知大始，坤作成物，乾以易知，坤以简能。"　　⑧日月往来：《系辞下》："日往则月来，月往则日来，日月相推而明生焉。寒往则暑来，暑往则寒来，寒暑相推而岁成焉。"　　⑨诗人偶章：如《诗经·陟岵》："陟彼岵兮，瞻望父兮。父曰：'嗟，予子行役。'"这里开头两句对偶，后两句不对。　　⑩大夫联辞：如《左传·僖公四年》管仲对楚使说："昔召康公命我先君太公曰：五侯九伯，汝实征之，以夹辅周室。赐我先君履：东至于海，西至于河，南至于穆陵，北至于无棣。"前几句不对，东西南北四句对偶。　　⑪宋画：《庄子·田子方》讲宋元君召集许多画家作画，大家都作揖而立着作画，只有一个回舍，解衣，伸着腿坐着。宋元君认为他是真画者。　　吴冶：《吴越春秋·阖闾内传》讲吴人干将、莫邪夫妇铸剑。

35.2　故丽辞之体，凡有四对：言对为易，事对为难，

反对为优，正对为劣。言对者，双比空辞者也；事对者，并举人验者也；反对者，理殊趣合者也；正对者，事异义同者也。长卿《上林赋》云，"修容乎礼园，翱翔乎书圃[12]"，此言对之类也；宋玉《神女赋》云，"毛嫱鄣袂，不足程式，西施掩面，比之无色[13]"，此事对之类也；仲宣《登楼》云，"钟仪幽而楚奏，庄舄显而越吟[14]"，此反对之类也；孟阳《七哀》云，"汉祖想枌榆，光武思白水[15]"，此正对之类也。凡偶辞胸臆，言对所以为易也；徵人之学，事对所以为难也；幽显同志，反对所以为优也；并贵共心，正对所以为劣也。又以事对，各有反正，指类而求，万条自昭然矣。

对偶的体例，大概有四种：言对是容易的，事对是困难的，反对是好的，正对是差的。言对是两句并列而不用事例，事对是要举出两件人事来做证验，反对是事理相反旨趣相合的，正对是事件不同意义相合的。司马相如《上林赋》说，"在礼仪的殿堂上修饰，在书籍的园地里飞翔"，这是言对之类；宋玉《神女赋》说，"美女毛嫱遮起袖子，自以不够标准，美人西施遮住面孔，比得没有光采"，这是事对之类；王粲《登楼赋》说，"楚人钟仪被晋国囚禁而奏楚音，越人庄舄做楚国大官而唱越调"，这是反对之类；张协《七哀》诗说，"汉高祖怀想家乡的枌榆社，光武帝思念故乡的白水县"，这是正对之类。只要把心里的话组成对偶就行，言对所以容易；要考验一个人的学问，事对所以困难。一隐一显不同却用来表达同一用意，所以反对是好的；两句都着重于表达相同的含意，所以正对是差的。事对也有反对和正对的分别，按照各类来考求，形形色色的对偶自然看得很清楚了。

⑫长卿:司马相如的字。这里是说,讲究礼仪和学问只是空说,不举事例,所以是言对。　　　⑬毛嫱:古代美女。　　袂:袖。这是说神女的美貌,使得毛嫱西施都自愧不如。这里举出事例,所以是事对。　　　⑭仲宣:王粲的字。这里说,钟仪是楚人,做了晋国的俘虏,庄舄(xi 细)是越人,做了楚国的大官,两人处境相反,但都唱家乡的音调,表示思乡的意思,所以是反对。幽:囚禁。钟仪在被囚中还奏楚音。庄舄是在病中思乡,唱越地的歌。⑮孟阳:晋代张协的字。这里的汉高祖和光武帝地位相同,写他们思乡也相同,所以是正对。　　　粉榆:乡名,是高祖的家乡,在丰县。　　白水:县名,在南阳,是光武家乡。

35.3　张华诗称"游雁比翼翔,归鸿知接翮"⑯,刘琨诗言"宣尼悲获麟,西狩泣孔丘"⑰,若斯重出,即对句之骈枝也⑱。

晋人张华《杂诗》说,"游雁的翅膀紧挨着飞,归鸿知道翅膀相接着飞",刘琨《重赠卢谌》诗说,"孔子听说捉住麒麟很悲伤,孔子听说在西郊打猎捉住麒麟而哭泣",像这类意思重复的句子,就是对句中重复多馀的部分。

⑯雁和鸿是同类的鸟,比翼和接翮是同意,所以重复。　　　⑰宣尼就是孔子,汉平帝追谥孔子为褒成宣尼公。西狩就是获麟,冬猎称狩。孔子听说猎人在西郊冬天打猎,捉到麒麟,悲伤他的道不行,因为当时人认为麟该在太平时出现,当时世乱而麟见,孔子所以悲伤。　　　⑱骈枝:骈拇枝指,见《熔裁》注⑥。

35.4　是以言对为美,贵在精巧;事对所先,务在允当。若两事相配,而优劣不均,是骥在左骖,驽为右服也[19]。若夫事或孤立，莫与相偶，是夔之一足，跰踔而行也[20]。若气无奇类，文乏异采，碌碌丽辞，则昏睡耳目。必使理圆事密，联璧其章。迭用奇偶，节以杂佩[21]，乃其贵耳。类此而思，理自见也。

　　因此言对好的，好在对得精巧；事对好的，好在用事恰当。要是两事相配，一好一坏不相称，好比驾车，千里马在左边，驽马在右边。要是只有孤零零的一件事，没有可以配对的，那像夔只有一只脚，跳着走路。要是意气没有独创，文辞缺乏文采，平庸的对偶，使人看了昏昏欲睡。一定要使对偶的句子理论圆转，用事贴切，像一对璧玉呈显文采。再加上交错地运用单句和偶句，像用各种佩玉来调节，这才可贵哩。类似这样去考虑，怎样用对偶的道理自然明白了。

　　⑲骖、服：古代驾车的马，在外的两匹马叫骖，居中的马叫服，这里借指左边的叫骖，右边的叫服。　　⑳夔（kuí 葵）：本是神话中的人物，相传只有一只脚，儒家称他为舜时主管音乐的官，说他不是"一足"，是"一而足"（一个人已够了）。　　跰踔（chěn chuo 碜戳）：状跳跃。　　㉑杂佩：包括各种不同的佩玉，有各种形式和名称。

　　35.5　赞曰：体植必两，辞动有配[22]。左提右挈[23]，精味兼载。炳烁联华，镜静含态。玉润双流，如彼珩珮[24]。

　　总结说：四肢天生，一定成双，文辞也往往有对。像左提右带，精华和韵味两样都备。像光采照耀，花开并蒂，像镜子明静，照影成双，像那佩玉温润，成双悬挂。

㉒植:立。　动:动辄,往往。　㉓挈(qiè妾):携。　㉔双流:犹双垂。　珩(héng衡)珮:成双的佩玉,上横的叫珩。

比兴第三十六

《比兴》讲比喻和起兴这两种修辞手法。刘勰认为"比显而兴隐"，他对兴的看法和有些人不一样。

先说比，比喻分比喻和被比的事物两部分，中间用"如""若"等喻词来表明。像"麻衣如雪"，"雪"是比喻，"麻衣"是被比的事物，"如"是喻词。比喻和被比的事物要截然不同，像麻衣和雪完全不同，所谓"物虽胡越"；但两者有一点极相似，如雪与麻衣都是白的，所谓"合则肝胆"。作品中有连用几个比喻来比事物的各个方面的，称博喻。像"有匪（斐）君子，如金如锡，如圭如璧"，连用四个比喻。金锡比锻炼得精纯，圭璧比品德的高洁。比喻也有不用喻词的，像"我心匪（非）席，不可卷也"。用喻词，应该说，"我心不像席"，用"像"字表明；这里说"我心不是席"，所以不用喻词。用喻词是"甲像乙"，不用是"甲是乙"。比喻一般是肯定的，但也可用否定词，像："我心匪席。"好的比喻，可以使得文章鲜明生动，所以说它具有"敷华（开花）""惊听"的作用。

兴是托物起兴。像《诗经·周南·关雎》："关关雎鸠，在河之洲。窈窕淑女，君子好逑（配偶）。"这跟比喻不同，因为雎鸠同淑女相比，比什么不清楚，要看了注才知道是雎鸠"挚而有别"，比淑女的用情真挚而专一。既是托物起兴，起兴的物要放在前面。这是《诗经》里的兴。所以刘勰说"比显而兴隐"，要"发注而后见"。说"兴隐"，是说起兴的事物是有用意的，只是这种用意比较隐微，不容易看出来。但也有一种说法，认为起兴的事物没有用意的。像《诗·王风·葛藟》："绵绵葛藟，在河之浒。终远兄弟，谓他人父。"像河岸的葛草蔓生，长而不断，这是兴；这个兴跟被兴的远离兄弟的那个诗人有什么关系呢？找出注来看也不清楚，所以有一种说法，认为

"

兴同被兴的事物无关。

另一种兴，像《离骚》里的兴跟《诗经》里的兴不同。《离骚》"鸾皇（凤）为余先驾兮"，王逸注："鸾皇以喻仁智之士。"这就是刘勰说的屈原"讽兼比兴"的兴。那末《离骚》里的兴是借喻，借鸾皇来比仁智之士，仁智之士没有说出，即用借喻来代替被比的事物，被比的事物没有说出来。借喻跟比喻不同，比喻是被比的事物说出来的；借喻跟《诗经》的兴也不同，《诗经》的兴是被兴的事物也说出来的。《离骚》里的借喻含义比较深刻。后来诗人推重的比兴手法，用比兴来寄托，就是从《离骚》的比兴来的。

赞里说"诗人比兴"，先提出"比"和"兴"来。接下来先讲"比"，"物虽胡越"，两物虽绝然不同，"合则肝胆"，两物有一点相合。再讲"兴"，"拟容取心"，即"关雎有别，故后妃方德"，以"关雎"比"后妃"（淑女），是"拟容"，以"挚而有别"来"方德"，是"取心"。刘勰认为"兴隐"，"发注而后见"。他说兴"称名小，取类大"，不是看了兴就知道的，要发注以后，才知道"关雎"是称名小，"挚而有别"是取类大。假使没有看注，根本不知道它的取类大。有时就是看了注，也不知道他取什么类。像上引的"绵绵葛藟"就是。因此这里的"拟容取心"，用来说明兴的特点，取心不是从拟容来的，挚而有别是取心，但这个取心，不是形象本身所呈现的，形象里只有"关关雎鸠"的和鸣，没有挚而有别的描写，"挚而有别"是在形象以外发注而后见的，或者发注不见，就不知取心了，所以它同通过形象来表达意义是不同的。刘勰又认为比是斥言，兴是托讽，斥言和托讽要有勇气，所以说"断辞必敢"，提出敢字来。

36.1 《诗》文宏奥，包韫六义①；毛公述传，独标"兴"体，岂不以"风"通而"赋"同，"比"显而"兴"隐哉②？ 故"比"者，附也；"兴"者，起也。附理者切类以指事，起情者依微以拟议。起情故"兴"体以立,附理故"比"例以生。"比"则畜愤以斥言,"兴"则环譬以[记]托讽③,盖随时之义不一,故诗人之志有二也。

《诗经》的内容深广,包含着风、雅、颂、赋、比、兴六项;可是毛公给《诗经》作注,只注明哪里是"兴",难道不是因为通贯全书按照风、雅、颂来分类,而赋的直陈手法,前后相同,比喻也很明显,只有托物起兴比较隐晦吗?"比"是比附,"兴"是起兴。比附事理的用打比方来说明事物,托物起兴的,依照含意隐微的事物来寄托情意。因为触物生情所以用"兴"的手法成立,因为比附事理所以比喻的手法产生。比喻是怀着愤激的感情来指斥,起兴是用委婉的譬喻来寄托用意,大概跟着时间推移情思不同,所以诗人言志的手法有这两种。

①《诗》文:《诗经》的作品。　　宏:大。　　奥:深。　　韫:藏。六义:见《明诗》注⑨。六义之三是赋、比、兴,是按表现手法分,直陈叫赋,比喻叫比,托物起兴叫兴。　　②毛公:相传战国末鲁人毛亨注诗,称《诗训传》,即《毛传》。　　传:经的注。　　"风"通:风指风、雅、颂,《诗经》用风、雅、颂分类,所以不必在每首诗下再注明是风或雅或颂。　　"赋"同:赋的直陈手法前后相同。"比"显:比喻手法明显。所以都不注明。这里把比和兴的分别,只看作显和隐的不同,不够确切,见说明。　　③畜愤:积愤,兼指激动的感情。　　斥言:指斥的话。　　环譬:婉转的譬喻。环,围绕。　　托讽:寄托劝喻。按这里把比说成"畜愤以斥言",把兴说成"环譬以托讽",是根据《周礼·春官·大师》的郑玄注:"比,见今之失,不敢斥言,取比类以言之;兴,见今之美,嫌于媚誉,取善事以喻劝之。"说比是借比喻来批评缺点,兴是借好事来赞美优点。其实比也可以赞美,兴也可以讽刺。刘勰在这里引用郑玄的话来说,只是把美刺同比兴结合起来说。

36.2　观夫兴之托谕，婉而成章，称名也小，取类也大④。关雎有别，故后妃方德⑤；尸鸠贞一，故夫人象义⑥。义取其贞，无〔从〕疑于夷禽⑦；德贵其别，不嫌于鸷鸟；明而未融⑧，故发注而后见也。且何谓为"比"，盖写物以附意，飏言以切事者也⑨。故金锡以喻明德⑩，珪璋以譬秀民⑪，螟蛉以类教诲⑫，蜩螗以写号呼⑬，浣衣以拟心忧⑭，席卷以方志固⑮：凡斯切象，皆"比"义也。至如"麻衣如雪"⑯，"两骖如舞"⑰，若斯之类，皆"比"类者也。楚襄信谗，而三闾忠烈⑱，依《诗》制《骚》，讽谦"比""兴"。炎汉虽盛，而辞人夸毗⑲，诗刺道丧，故"兴"义销亡。于是赋颂先鸣，故"比"体云构，纷纭杂遝，〔信〕倍旧章矣⑳。

　　观察"兴"的托物喻意，措词婉转而自成结构，它举的名物比较小，含义比较大。雎鸠雌雄成对各自有别，所以诗人用后妃来比这种贞洁的德行；鸤鸠住在鹊巢里用心专一，所以诗人用夫人来比拟这种专一的用心。在用意上只取它的专一，不在乎它是平凡的飞禽，在德性上只看重它配偶有别，不必嫌忌它是猛禽；话说得明白，但是含意不够显豁，所以要看了注才懂得。再说什么叫比喻，是用事物来打比方，明白而确切地说明用意。所以用金和锡来比喻美好的品德，用珪和半珪的配合来比教导人民，用细腰蜂良螟蛉来比教诲子弟，用蝉噪来比号呼，用衣脏不洗来比心忧，用我的心不像席那样可卷来比心志的坚牢：像这些切合的形象，都是比喻手法。至于麻布衣像雪样鲜洁，驾车的两马跑得像合于舞蹈节拍，如此之类，都属比喻。后来楚顷襄王听信谗言，屈原忠烈而遭到流放，他因而继承《诗经》来创作《离骚》，其中的讽喻兼用"比"和"兴"。汉朝的创作虽然兴盛，可是辞赋作家喜欢阿誉，《诗经》讽刺的传统丧

326

失了,起兴的手法也消失了。这时赋和颂首先得到发展,所以比喻手法像风起云涌,繁多而复杂,背离了过去比兴并用的法则了。

④取类:取相类事物来起兴,即取义。　　⑤关雎:见《诗·周南·关雎》。关,关关,状鸟叫;雎,雎鸠,雌雄配合后即有别。《毛传》误认为这诗赞美后妃之德。　　⑥尸鸠:即鸤鸠,布谷鸟,见《诗·召南·鹊巢》。郑玄注,鸤鸠居鹊巢而有专一之德,比夫人来嫁安于在夫家生活。　　⑦夷禽:即常禽。⑧融:大明。　　⑨飔言:扬言,大声宣言,明言。　　⑩金锡:《诗·卫风·淇奥》:"有匪(通斐,文采)君子,如金如锡。"　　⑪珪璋:玉名,上圆下方的叫珪,半珪叫璋。　　杨注:秀民当作"诱民",诱导人民。《诗·大雅·板》:"天之牖民……如璋如圭。"所言相合。　　⑫螟蛉:《诗·小雅·小宛》:"螟蛉(小青虫)有子,蜾蠃(guǒ luǒ 果裸,细腰蜂)负之,教诲尔子,式谷(用善)似之。"细腰蜂捕螟蛉小虫在巢内,产卵后用泥封住,幼虫孵出即吃螟蛉长大。诗人认为细腰蜂抚养螟蛉为子,螟蛉就化成细腰蜂。　　⑬蜩(tiáo 条)螗:蝉。《诗·大雅·荡》:"如蜩如螗,如沸如羹。"状饮酒号呼声。　　⑭浣衣:洗衣。《诗·郑风·柏舟》:"心之忧矣,如匪(不)浣衣(衣垢比心昏沉)。"　　⑮席卷:同上:"我心匪(非)席,不可卷也。"　　⑯麻衣:《诗·曹风·蜉蝣》:"麻衣如雪。"⑰两骖:《诗·郑风·大叔于田(打猎)》:"执辔如组,两骖如舞。"形容大叔驾驶的本领高强。骖,驾车时在左右两旁的马。　　⑱三闾:屈原为三闾大夫,主管昭、屈、景三家贵族的事。　　⑲炎汉:古用五行来讲朝代兴亡,说汉是火德,因称。　　夸毗(pí 皮):柔媚。　　⑳杂遝(tà 榻):杂乱。　　倍:即背。

36.3　夫"比"之为义㉑,取类不常:或喻于声,或方于貌,或拟于心,或譬于事。宋玉《高唐》云,"纤条悲鸣,声似竽籁"㉒,此比声之类也;枚乘《菟园》云,"[焱焱]焱焱纷纷,若尘埃之间白云"㉓,此则比貌之类也;贾生《鵩赋》云,"祸之与福,何异纠缠㉔",此以物比理者也;王褒《洞箫》云,"优柔温润,如慈父之畜子也",此以声比心者也;马融

327

《长笛》云，"繁缛络绎，范蔡之说也"[25]，此以响比辩者也；张衡《南都》云，"起郑舞，茧曳绪"[26]，此以容比物者也。若斯之类，辞赋所先，日用乎"比"，月忘乎"兴"，习小而弃大，所以文谢于周人也。至于扬班之伦，曹刘以下，图状山川，影写云物，莫不[纤]织综"比"义，以敷其华[27]，惊听回视，资此效绩。又安仁《萤赋》云，"流金在沙"，季鹰《杂诗》云，"青条若总翠"[28]，皆其义者也。故比类虽繁，以切至为贵，若刻鹄类鹜[29]，则无所取焉。

比喻这种手法，在用作比方的事物上没有一定：有的比声音，有的比形貌，有的比心思，有的比事物。宋玉《高唐赋》说，"细枝发出悲切的声音，好像吹竽"，这是比声音的例；枚乘《菟园赋》说，"众鸟在天上飞得快，像点点尘埃夹杂在白云里"，这是比形象之类；贾谊《鹏赋》说，"灾祸同幸福，跟三股绳纠结着没什么不同？"这是用物来比道理；王褒《洞箫赋》说，"优柔温和，像慈父的抚育儿子"，这是用声音来比用心；马融《长笛赋》说，"繁多丰富，连续不断，是范雎蔡泽的辩说"，这是用音乐来比辩说；张衡《南都赋》说，"跳起郑国的舞蹈，好像蚕茧的抽丝"，这是把舞姿比做事物。像这些类，辞赋争着用的，经常在用比喻，老是忘掉用起兴，熟习次要的比喻，抛弃主要的起兴，所以创作不及周人了。至于扬雄班固这班人，曹植刘桢以下的作家，他们描绘山川，摹状云物，没有不编织比喻，来施展文采；耸动视听的，全靠比喻来显示它的功效。又潘岳《萤赋》说，"像流动的金子在沙里闪烁"，张翰《杂诗》说，"青青的枝条像集合的翡翠毛"，都是用比喻手法。所以比喻的运用虽有各种各样，以用得十分切合的为好，要是把天鹅刻得像鸭，那便没有什么可取了。

㉑义:即六义之义,这里当手法讲。　　　㉒竽:形似笙,有三十六簧。籁:孔窍所发声。　　㉓焱焱(biāobiāo 标标):据杨注改。状飞快,形容鸟飞得快。焱焱(炎炎),状火光,用在此处不合。　　间:夹杂。　　㉔纠缠:用三股打成的绳。纠,同纠。　　㉕络绎:接连不断。　　范蔡:范雎相秦昭王,蔡泽代范雎作秦相,他们都是战国时的辨士。　　㉖曳:抽。　　㉗敷华:开花。　　㉘安仁:西晋作家潘岳的表字。　　季鹰:西晋作家张翰的表字。翠:指翡翠鸟羽。　　㉙鹄:天鹅。　　鹜:家鸭。

36.4　赞曰:诗人比兴,触物圆览。物虽胡越,合则肝胆。拟容取心,断辞必敢㉚。攒杂咏歌,如川之[涣]澹㉛。

　　总结说:诗人运用"比"和"兴"的手法,碰到事物加以周密的观察。比喻的两样事物虽然像北方的胡人和南方的越人那样绝不相关,有一点相合却像肝胆般相亲。起兴模拟外形,采取含意,措辞一定要果敢。聚集各种比兴的事物在歌咏里,使文辞像河水流动般生动。

　　㉚断辞必敢:见本书 324 页说明。　　㉛攒:聚集。　　澹:状水的动荡。

夸饰第三十七

　　《夸饰》讲夸张的修辞手法。文学和科学不同,科学要征实,文学要夸张。比方讲山高,科学就要准确地测量出山高多少米,文学可以凭作者的感觉说山高到碰着天。刘勰在这篇里对夸张的手法作了多方面的探索。

　　他先肯定夸张的必要,由于有些感情不容易抒写,有些事物不容易描摹,作者要达难显之情,写难状之物,这时候就往往要运用夸张。运用夸张,能够收到用简练的话达到激动人心的效果,所谓"莫不因夸以成状,沿饰而得奇"。通过夸张,可以把深厚的感情、难状的物象,有力地表达出来,使文辞飞动,所谓"发蕴而飞滞"。

　　刘勰又指出夸张有两种:一种是用得恰到好处,收到动人的效果;一种是夸张得不合理,弄得名实两乖。对这个问题,需要具体分析一下。

　　夸张得好的,像《诗·崧高》:"崧高维岳,骏极于天。"夸张地说明山的高。《诗·河广》:"谁谓河广?曾不容刀。谁谓宋远,曾不崇朝。"宋襄公的母亲被送回娘家卫国,按照当时的礼节,被送回娘家的妇女,同夫家永远断绝关系,不能再到夫家去。可是这个母亲迫切地想念她的儿子宋襄公,却不能去看他。所以说,谁说黄河广阔呢?连只小船也放不下。谁说宋国远呢?不要一个早上就到了。这里的夸张极写母子相离极近,从而反映出不能一见的痛苦。再像要赞美教育的作用,夸张地说连停在学宫里的猫头鹰叫得也好听了;夸张周原的土地肥美,连苦菜生在那里也变得甜了。刘勰赞美这些夸张是完全正确的。

　　夸张得不好的,如扬雄《羽猎赋》:"鞭洛水之宓妃,饷屈原与彭胥。"张衡《羽猎赋》:"困玄冥于朔野。"鞭打女神让她给屈原等送

330

饭，把水神拘囚在朔野。赋里驱使鬼神，本于《离骚》。《离骚》里驱使神灵替作者服务，是都有用意的，是写出作者要上天下地为国求贤的迫切心情。那样的夸张用法，是用来达难显之情的。至于扬雄的《羽猎赋》，是写汉帝打猎的，从打猎联系到入水采珠，于是说鞭打宓妃去送饭。这样写，同上下文都没有联系，也不知他的用意所在。至于打猎而拘囚水神，很难理解。这样的夸张是不好的。至于司马相如《上林赋》，说流星落到房里，长虹拖到栏杆里，这里夸张离宫别馆建筑在高山上，形容山上宫馆的多而高，还是有作用的。又说打猎捉到神鸟飞廉和凤凰，那是夸张地说捉到许多珍奇的鸟。再像说宫里有玉树，那是夸张树木的珍奇。说宫殿连鬼神都上不去要掉下来，那是夸张宫殿的高。说京城里有比目鱼、海若神，那是联系京城里有清渊海及三神山说的，夸张清渊海里的神灵。这些夸张还是有作用的，可以容许的。刘勰把上列《上林赋》等的夸张都加以排斥，就缩小了运用夸张的范围，这是并不恰当的。《上林赋》等的夸张所以可以容许，因为没有读者真会相信流星会落到房子里去，打猎会捉住神鸟，宫里会种有玉树，京里会有比目鱼和海若神，不会引起误会，都知道这是夸张，这是从消极方面说的。从积极方面说，夸张突出描写的对象，加强抒情的力量，所谓"光采炜炜而欲然（燃），声貌岌岌其将动"，具有极大的吸引人力量。

　　在《夸饰》里，刘勰指出形下之器和形上之道，通过"形器易写，壮辞可得喻其真"，即通过对形器的夸饰，来写出抽象的道理，这里提出用形象和夸张来表达情思，接触到文学作品的特点，那末他确实认识到文艺手法的特点，只是当时对文学作品的认识还有许多局限，因此他对这种认识也不能不受到限制。至于夸张的作用，可以摹难显之状，达难传之情，在这方面，他提到"发蕴而飞滞，披瞽而骇聋"，是有深刻的认识的。

37.1 夫形而上者谓之道,形而下者谓之器。神道难摹,精言不能追其极;形器易写,壮辞可得喻其真;才非短长,理自难易耳。故自天地以降,豫入声貌,文辞所被①,夸饰恒存。虽《诗》《书》雅言,风[格]俗训世②,事必宜广,文亦过焉。是以言峻则嵩高极天③,论狭则河不容舠④,说多则子孙千亿⑤,称少则民靡孑遗⑥,襄陵举滔天之目⑦,倒戈立漂杵之论⑧,辞虽已甚,其义无害也。且夫鸮音之丑,岂有泮林而变好⑨? 荼味之苦,宁以周原而成饴⑩? 并意深褒赞,故义成矫饰⑪。大圣所录,以垂宪章⑫。孟轲所云,"说诗者不以文害辞,不以辞害意"也⑬。

超乎形象而抽象的叫做道理,有形象而具体的叫做器物。神妙的道理难以描摹,用精美的语言也不能写出它的极妙处;具体的器物容易描绘,有力的文辞就可以显示它的真相;这不是作者的才华有高低,照理说来自有难易的区别。因此,从开天辟地以来,牵涉到声音形貌的,用文辞来表现,夸张的手法长期被运用着。虽然《诗经》《书经》用的是通行语言,用来教化世俗,训导世人,所用事例应该广博,文辞也要求有夸饰。因此,说高便说"山高碰着天",说狭便说"黄河里放不下一条小船",说多便说"子孙成千个亿",说少便说"人民没有一个留下来",说洪水上山提出"淹没天空"的话,讲前军倒戈提出"流血把木杵漂走"的话,话虽过分,在表达意义上并没有妨碍。再像猫头鹰的声音是难听的,哪有因为它停在学宫树上而变得好听呢? 苦菜的味道是苦的,哪有因为长在周家原野上而变成甜的呢? 这些话用意都在于加强赞美,所以在事理上变成夸饰。可它们是大圣人所采录,用作传世的典范的。这正如孟子说的,"讲诗的不要死扣文字来损害辞义,不要拘泥辞义来损害作者的用意"。

①豫：干预。　　被：及。　　②雅言：正言。雅指标准，是当时通行的话。　　风俗：据杨注改。风，教化。　　③嵩高：同崧高，见《诗·大雅·崧高》。崧，状高。　　极天：到天。　　④容舠：同容刀，见《诗·卫风·河广》。舠，小船。　　⑤千亿：句见《诗·大雅·假乐》。十万叫亿。　　⑥孑(jié 杰)遗：《诗·大雅·云汉》："周余黎民(百姓)，靡有孑遗(没有一个留下来)。"孑，孤零。　　⑦襄陵：上山，《书·尧典》："(洪水)荡荡怀(包)山襄陵，浩浩滔天(漫天)。"　　目：称说。　　⑧倒戈：《书·武成》："前徒倒戈，攻于后以北(因败)，血流漂杵。"周武王伐纣，纣前面的军队倒戈击纣。　　杵：舂米棒。⑨鸮音：《诗·鲁颂·泮水》："翩彼飞鸮，集(停)于泮林(学宫树上)，食我桑黮(葚，桑果)，怀(归)我好音。"鸮，猫头鹰。　　⑩荼(tú 图)味：《诗·大雅·绵》："周原朊朊(hū hū 乎乎，肥美)，菫(jǐn 谨：乌头，有毒)荼如饴(麦芽糖)。"荼，苦菜。　　⑪褒：奖。　　矫饰：夸饰。矫，改正。　　⑫大圣：指孔子删诗。垂：传下。　宪章：法度。　　⑬孟轲：孟子名。引文见《孟子·万章上》，"意"作"志"。

37.2　自宋玉景差，夸饰始盛，相如凭风⑭，诡滥愈甚。故上林之馆，奔星与宛虹入轩；从禽之盛，飞廉与鹪[鹩]明俱获⑮。及扬雄《甘泉》，酌其馀波，语瑰奇则假珍于玉树⑯，言峻极则颠坠于鬼神。至《[东]西都》之比目，《西京》之海若⑰，验理则理无[不]可验，穷饰则饰犹未穷矣。又子云《羽猎》，鞭宓妃以饟屈原，张衡《羽猎》，困玄冥于朔野⑱。秇彼洛神，既非罔两，惟此水师，亦非魑魅⑲；而虚用滥形，不其疏乎？此欲夸其威而饰其事，义睽剌也⑳。

自从宋玉景差以来，夸张开始大量运用，司马相如驾空立说，浮夸怪诞得更利害。所以写上林苑的宫馆，说流星和长虹进入窗户；写猎取飞禽的众多，神鸟飞廉和凤凰都已捉到。到扬雄作《甘泉赋》，受到他的影响，讲到树木的珍奇，便借用玉树，讲到宫殿极高，便说鬼神也上不去而掉下来。至于《西都赋》里谈到比目鱼，《西京赋》里谈到海若神，凭事理去检验既无从检验起，就极度夸张说，也谈不上夸张到极点。又扬雄《羽猎赋》说，"鞭打洛水宓妃，要她给屈原送饭"；张衡《羽猎赋》说，"把水神玄冥囚禁在北方的原野。"可是，那个美好的洛神既不是鬼怪，这个水神也不是妖魔，作者没有根据地加以浮夸的形容，不是太疏忽吗？这是想夸大它的声势和事件，却违反了事理。

⑭宋玉、景差：战国时楚国的辞赋家。　　凭风：解作继承这种风尚，也可以。　　⑮上林：上林苑，汉朝养禽兽供皇帝打猎的地方，见司马相如《上林赋》。　　宛虹：弯曲的长虹。　　轩：窗。　　飞廉：神鸟龙雀。　　鸑鷟：当作鷟明，凤属。　　⑯甘泉：汉朝的离宫（犹别墅）。　　酌：汲取。璙奇：瑰奇，珍奇。　　假：借。　　玉树：以珊瑚作枝、碧玉作叶的树。⑰《西都》：班固《两都赋》中的《西都赋》。西都在长安，那里没有比目鱼。《西京》：张衡《二京赋》中的《西京赋》。长安没有海，不会有海神。　　海若：海神名。　　⑱子云：扬雄的表字。　　宓（fú 伏）妃：相传是伏牺的女儿，淹死在洛水里，成为洛神。　　馕：同饷，送饭。　　困：拘留。　　玄冥：水神名。　　朔：北方。　　⑲娈（luán 鸾）：美好貌。　　罔两：水怪。　　水师：水神，指玄冥。　　魑（chī 吃）魅：鬼怪。　　⑳暌剌（kuílà 葵辣）：乖违。

37.3　至如气貌山海，体势宫殿，嵯峨揭业，熠燿焜煌之状[21]，光采炜炜而欲然，声貌岌岌其将动矣[22]。莫不因夸以成状，沿饰而得奇也。于是后进之才，奖气挟声，轩翥而欲奋飞，腾掷而羞蹰步㉓。辞入炜烨，春藻不能程其艳;言在萎绝㉔，寒谷未足成其凋;谈欢则字与笑并，论戚则声共泣偕，信可以发蕴而飞滞㉕，披瞽而骇聋矣。

至于描摹山海的气势形状，宫殿的格局形势，或突兀高耸，或富丽辉煌，光采照耀像要燃烧似的，形势巍峨像要飞动似的。没有不凭着夸张来构成惊心夺目的形状，顺着增饰来获得奇突的表现。因此后起之秀，仗着才气，凭着声势，展翅高举，要奋力飞腾，踊跃奔跑，以侷促小步为可耻。描写华采，春花不能比它鲜艳，形容枯萎，荒寒山谷不能比它的萧条;谈到欢乐，文字里面带着欢笑，讲到悲哀，声音里面带着哭泣。实在可以展露内心的奥秘，使郁积的感情飞腾起来，具有使瞎子开眼的光耀，使聋子震惊的声音了。

㉑嵯(cuó矬)峨:状突兀。　　揭业:状高耸。　　熠耀:状光明。　　焜煌:犹辉煌。　㉒炜炜:状光采。　　岌岌:高而可危。　　㉓轩翥(zhù注):高飞。　腾掷:跳跃。　蹰步:小步。　㉔炜烨(yè页):状光辉。程:衡量。　萎绝:枯死。　㉕戚:悲伤。　蕴:积蓄。　滞:郁塞。

37.4　然饰穷其要，则心声锋起，夸过其理，则名实两乖㉖。若能酌《诗》《书》之旷旨，翦扬马之甚泰㉗，使夸而有节，饰而不诬，亦可谓之懿也㉘。

要是增饰能够尽量抓住事物的要点，那末读者心里的共鸣就会蜂涌而起，夸张要是违反事理，那末语言和实际相背反了。倘能斟酌《诗经》《书经》深远的意旨，除去扬雄司马相如过分的形容，使夸张得有节制，增饰得不虚假，也可以说是美好哩。

㉖锋起:通"蜂起"。　　乖:背反。　　㉗旷:广远。　　泰:过度。
㉘懿:美。

37.5　赞曰:夸饰在用,文岂循检㉙? 言必鹏运,气靡鸿渐㉚。倒海探珠,倾昆取琰㉛。旷而不溢,奢而无玷㉜。

　　总结说:夸张在于得用,文辞哪有可依照的框框? 话一定要像大鹏那样飞腾,气势不要像鸿鸟逐步上升那样迂缓。要倒干海水来探寻珍珠,要翻转昆仑来采取宝玉。含意广大而不过分,语言夸张而无缺点。

㉙检:法式,规格。　　㉚鹏运:大鹏运行。　　鸿渐:鸿的上升,从水边到岸,从岸到树,是逐步上升的。见《易·渐卦》。　　㉛昆:昆仑山,产玉。琰:玉。　　㉜溢:过多。　　玷(diàn 电):玉的斑点,指毛病。

事类第三十八

　　事类讲文中引事引言问题。作者要说明一个意义，引用事例或有权威性的言论来作证，就是"据事以类义，援古以证今"。作者要说明一个道理，光讲道理嫌抽象，有时不能使人信服，有的不容易理解。这时候引事就很重要。引用事例来说明，使人结合事例来明白那个道理，就好理解。用事例来证明那个道理，更易使人信服。有了事例，文章就具体，不抽象，更生动，能吸引人。再说引言，有时要讲明甲，就得讲明乙，要讲明乙，又得讲明丙，可是文章各有重点，不可能那样写，也没有必要，这时引言就很重要。引了一句有权威性的话，就可以代替许多论证。有时候讲了许多道理，人家不一定相信，引了有权威性的话，人家就相信了。引事引言跟学问经历有关，假使没有学问，缺乏丰富经历，即使命意很好，把意思说出来时，既不会引用有力的事例，又不会引用有权威性的话，用来证明他的意思是正确的；那他的文章就会显得单薄而缺乏力量。同样的命意，在有学问和经历的人写来，可以引证许多有力的事例，引用许多经典的话，既有说服力，又显得内容充实丰富。从这里可见"事类"的重要。

　　举事徵义，就是引用事例来证明所要表达的意义；引辞明理，就是引用语言来说明所要表达的道理。这样引事引言，就等于结合许多经验来证明自己的意见，表明这个意见不是他一个人的，是许多人的智慧的集合，是经过许多事例证明的。不会引用事例和语言，只说自己的话，不仅文章显得单薄，在读者看来，那只是作者一个人的话，不是结合许多人的经验来的，说服力就不强。这里显出引事引言的作用。所以说"明理引乎成辞，徵义举乎人事，乃圣贤之鸿谟，经籍之通矩也"。这是就写作需要学问，需要"事类"来说的。刘勰在这里是兼包学问和经历说的。

另一方面，光有学问和经历还不行，还要有才能。有才能方能驾驭学问和经历，写出好文章来，这样说是对的。不过刘勰认为"文章由学，能在天资"，认为才能是天生的，这是指才能要受天生资质的限制说的，参见《体性》说明。因此，刘勰说的"学饱而才馁"，认为没有写作天才的人写不好文章；"才富而学贫"，认为有写作天才只是缺乏学问，只要有了学问就会写好。实际上，写作才能是在提高思想认识、丰富生活经历包括学问、掌握写作技巧和长期的写作实践中培养成的。

既有才，又有学，那末怎样引事引言呢？刘勰举出三种例子来：一、"虽引古事而莫取旧辞"，引用故事和语言，只是加以融化，不是照抄原文；二、取旧辞，只是"万分之一会"，引用原文，但引得极少，不过万分之一；三、综采，综合采摘，采得很多。这三种，一是把故事和语言加以融化，化成自己的血肉，所以在文章里看不出引用原文的痕迹，却写得内容充实深厚。二是原文引得极少，其他绝大部分文章，也和第一种一样，把原文融化了。第三种著明引用的言或事，不把所引的言或事融化在自己的文章里。这三种引事引言并无优劣之分。好的引事引言，不决定于明引或暗引，而决定于这些引事引言是为作者的论点服务的。作者有鲜明的论点，讨论的又是重大问题，理论极正确，这时引事引言来证明自己的论点，即使是明引，也是好的。作者自己没有意见，只是把别人的意见拼凑成文，那样的文章，明引不行，暗引也不行。

再说才驾驭学，具体方法在于："综学在博，取事贵约，校练务精，据理须核。"积累学问要博，博了才好选择合适的来用；选时不可贪多，所以贵约（这是指一般的文章说的，要是作者论证一个重大的思想问题，需要广博的例证，那又当别论了）。事例既要选得少而精，还要经过考校，要核实。这样，才能使选用的故事和语言，确切而有力地达意。"凡用旧合机，不啻自其口出"，用故事和引言用得合适，听起来好像是作者自己的话，不像引用，这样才好。要是引用得不恰当，那就会造成种种毛病，像曹植陆机的文和诗里也免不了有引事谬误的毛病，可见考订核实的重要。大概写大文章要引用广博的事例；篇幅少一些，事例也要相应减少，有些人炫耀他的博学，不恰当地过多地引用事例，使文章臃肿也不好。要是写抒情短诗等，有时就不宜引用事例，好比眼睛里容不得金屑一样，这点也该弄清楚。

38.1　事类者，盖文章之外，据事以类义[1]，援古以证今者也。昔文王繇《易》[2]，剖判爻位，《既济》九三，远引高宗之伐[3]，《明夷》六五，近书箕子之贞[4]：斯略举人事，以徵义者也。至若胤征羲和，陈《政典》之训[5]；盘庚诰民，叙迟任之言[6]：此全引成辞以明理者也。然则明理引乎成辞，徵义举乎人事，乃圣贤之鸿谟[7]，经籍之通矩也。《大畜》之象，"君子以多识前言往行"[8]，亦有包于文矣。

文章中的事例，是文章在达意抒情之外，援用事例来证明文义，引用古事来证明今义。从前周文王解释《易经》的卦，分别每卦六爻的位置，《既济》卦的第三个阳爻，在爻辞里引用遥远的商高宗征伐鬼方的事，《明夷》卦的第五个阴爻，在爻辞里记载近时箕子的坚贞：这是约略引用事例，用来证明含义的。至于像胤国国君去征讨羲和，引用了《政典》的教训；殷君盘庚告诫人民，叙述了迟任的话：这是全引现成的话来说明道理的。然则说明某一道理引用现成的话，证明某一意义引用有关事例，是圣贤的大文章，经书的通用规范。《易经·大畜》卦的象辞说，"君子要多记住从前人的言论行事"，这句话也包括到文辞的写作了。

①事类：犹事例。　　　类义：用同类事物来证明文义。　　　②繇（yóu由）《易》：解释《易经》中的卦辞爻辞，一卦六划称爻（yáo姚）。繇是引申阐发。相传文王作卦辞和爻辞。　　　③《既济》：卦名，作☲☵，共六划。九三，即倒数第三划是九（即—，阳爻），这爻的爻辞是"高宗伐鬼方（北方国名），三年克之（打败鬼方）。"　　　④《明夷》，卦名，作☷☲，共六划。六五，即倒数第五划是六（即--，是阴爻），这爻的爻辞是"箕子之明夷（伤），利贞（正）"。箕子明而受伤，指受纣王逼害，利于艰难以守正，在艰难中善于保持他的正义。⑤《尚书·胤征》，主管历法的羲、和两人沉醉废事，王命胤国君往讨伐。胤君引用《政典》的话："先时者杀无赦，不及时者杀无赦。"时指农业的时令节气，表示扰乱农时的要受严厉制裁。　　　⑥《尚书·盘庚》：盘庚在迁都，告诫人民，引用史官迟任的话："人惟求旧，器非求旧，惟新。"　　　⑦鸿谟：大的谋划，指大文章。　　　⑧《大畜》：六十四卦中的一卦。　　　象：是解释这一卦的话，作"君子以多识前言往行以畜（积蓄）其德"。

38.2　观夫屈宋属篇，号依诗人，虽引古事，而莫取旧辞。唯贾谊《鵩赋》，始用鹖冠之说⑨，相如《上林》，撮引李斯之书，此万分之一会也⑩。及扬雄《百官箴》⑪，颇酌于《诗》《书》，刘歆《遂初赋》，历叙于纪传，渐渐综采矣。至于崔班张蔡，遂捃摭经史，华实布濩⑫，因书立功，皆后人之范式也。

试看屈原宋玉的创作，称为仿照《诗经》，虽然引用故事，却没有采用原文。只有贾谊的《鵩赋》，开始采用《鹖冠子》的说法，司马相如的《上林赋》，摘引李斯的《谏逐客书》，这还只有很少的一部分。等到扬雄作《百官箴》，便很有一些采自《诗》《书》的话，刘歆作

《遂初赋》，则按次叙述本于史书中的纪传，渐渐综合采用各书了。
到了崔骃、班固、张衡、蔡邕，便采摘经史中的话，使文章写得好像
树上布满花果，这是依靠从书本里采摘来的功效，这些都成了后来
人写作的榜样。

　　⑨《鵩赋》有些话和《鹖(hé 河)冠子·世兵》篇相同。　　⑩《上林赋》里
引用了《谏逐客书》里"建翠凤之旗，树灵鼍之鼓"。　　万分之一：指极少。
会：合。　　⑪《百官箴》当作州官箴，扬雄作《十二州箴》《二十五官箴》。
⑫捃摭(jùn zhí 俊执)：采摘。　　布濩(hù 户)：分布。

38.3　夫薑桂因地，辛在本性；文章由学，能在天资。
才自内发，学以外成，有学饱而才馁，有才富而学贫。学
贫者迍邅于事义，才馁者劬劳于辞情⑬，此内外之殊分也。
是以属意立文，心与笔谋，才为盟主，学为辅佐，主佐合
德，文采必霸，才学褊狭，虽美少功。夫以子云之才，而自
奏不学⑭，及观书石室，乃成鸿采。表里相资，古今一也。
故魏武称张子之文为拙，[然]以学问肤浅，所见不博，专拾
掇崔杜小文，所作不可悉难，难便不知所出⑮，斯则寡闻之
病也。

　　薑和牡桂在地里生长，它们的辣味是本性具有的；文章需要学
问，才能在于天资。才能从本性发出，学问靠向外吸取，有的人富
有学问可是缺少才能，有的人富有才能却缺少学问。缺少学问的
在引证事义上发生困难，缺少才能的在表现文情上显得劳累，这是
内具才能和外求学问的不同。因此命意作文，心思和文笔打交道，
才能是主宰，学问是辅佐，主宰和辅佐同心一德，作品一定有文采

341

而称雄一时;才能和学问都不够,纵使有别的好处也很少成为成功之作。以扬雄的才华,还自称没有学问,等到读了皇家的藏书,才构成作品的丰富文采。外求学问和内具才能互相辅助,古今是一样的。所以曹操称张子的文章是拙劣的,因为他学问浅薄,所见不广,专门摘取崔杜两人短篇中的话来写作,所写的东西经不起一一去考问,一考问便不知道出处,这是浅见寡闻的毛病。

⑬迍邅(zhūn zhān 谆毡):状困难。　　劬:劳苦。　　⑭子云:扬雄的话见《答刘歆书》。　　⑮魏武句不知出处。　　张子:名字不详。　　崔、杜:杨注:"崔骃父子及杜笃皆有杂文。"

38.4　夫经典沉深,载籍浩瀚,实群言之奥区,而才思之神皋也⑯。扬班以下,莫不取资,任力耕耨,纵意渔猎,操刀能割,必[列]裂膏腴;是以将赡才力,务在博见,狐腋非一皮能温,鸡蹠必数千而饱矣⑰。是以综学在博,取事贵约,校练务精,捃理须核,众美辐辏,表里发挥。刘劭《赵都赋》云:"公子之客,叱劲楚令歃盟⑱;管库隶臣,呵强秦使鼓缶⑲。"用事如斯,可称理得而义要矣。故事得其要,虽小成绩,譬寸辖制轮,尺枢运关也⑳。或微言美事,置于闲散,是缀金翠于足胫,靚粉黛于胸臆也㉑。

经书的内容深厚,书籍的数量众多,它们确实是记载众多言论的宝库,表现才思的园地。从扬雄班固以下,作者没有不从中取用的,在这里,听凭人们去用力耕种,称心捕猎,如果握着刀子能够割,就一定去拣肥美的割;因此,要丰富作家的才力,务要看得广博,用狐腋的皮制裘不是一张皮所能制成,鸡脚掌定要吃几千只才饱哩。因此，综合学问在于广博，选取事例重在精简，考核提练力求精当，采摘理论须要核实，各种优点都汇集了，使所具的才能和学问都能发挥长处。三国时魏国刘劭的《赵都赋》说："平原君的门客毛遂，叱责强大楚国的国王，使他和赵国歃血结盟；管库房的小臣蔺相如，呼喝强大秦国的国王，使他给赵王击瓦器。"像这样用故事，可以说既合理又抓住要点了。所以引用事例能抓住要点，虽是小事也有效果，好比车轴头上寸把长的键能够管制车轮，尺把长的门臼能够转动大门。如果把精妙的言论，美好的事例，放在不关紧要的场合，那就如同把金宝翡翠带在脚脖子上，把花粉翠黛抹在胸脯上了。

⑤浩瀚：像水的广大。　　　　奥区：深奥的区域。　　　神皋：神明的界限。皋，界限。　　⑥狐腋：狐腋下的毛最能保暖，取很多狐腋缝成的皮裘称狐腋之裘。　　蹠：脚掌。　　⑦平原君赵胜，是赵国公子。当时秦围赵国，平原君到楚国去求救，要与楚结盟。楚王迟疑不决。平原君门客毛遂上去叱责楚王，使他和赵结盟。　　　　歃（shà霎）盟：古时喝牲口的血来结盟。　　　　⑧蔺相如本是赵国太监头缪贤家里的舍人。舍人是给缪贤管事的。秦王和赵王在渑池相会，秦使赵王给秦王弹瑟，所以蔺相如也要秦王给赵王击缶。管库：管库房。　　　隶臣：地位低微的当差者。　　　⑨辖：轴头上的铁键。关：大门。　　⑩靓（jìng静）：犹搽抹。　　黛：画眉的青色颜料。

38.5　凡用旧合机，不啻自其口出⑪；引事乖谬，虽千载而为瑕。陈思，群才之英也，报孔璋书云："葛天氏之乐，千人唱，万人和，听者因以蔑韶夏矣。"此引事之实谬也。按葛天之歌，唱和三人而已⑫。相如《上林》云："奏陶唐之舞，听葛天之歌，千人唱，万人和。"唱和千万人，乃相如［接人］推之；然而滥侈葛天，推三成万者，信赋妄书，致斯谬也。陆机《园葵》诗云："庇足同一智，生理合异端。"
夫"葵能卫足"，事讥鲍庄[24]；"葛藟庇根"，辞自乐豫[25]；若譬
"葛"为"葵"，则引事为谬，若谓"庇"胜"卫"，则改事失
真[26]：斯又不精之患。夫以子建明练，士衡沉密，而不免于
谬。曹[仁]洪之谬高唐，又曷足以嘲哉[27]！夫山木为良匠
所度，经书为文士所择，木美而定于斧斤，事美而制于刀
笔，研思之士，无惭匠石矣。

　　一切引用故事或旧文用得合适，跟从作者自己口内说出来的
话没有什么两样；要是把故事引用错了，即使传了千百年也还是毛
病。陈思王曹植，是许多才人中的杰出人才，他答陈琳的信里说：
"葛天氏的乐曲，千人唱，万人跟着唱，听的人因此蔑视舜的韶乐和
禹的夏乐了。"这样引用故事，实在是错误的。考葛天氏的歌，唱的
同应和的只有三个人罢了。司马相如在《上林赋》里说："演奏陶唐
的乐舞，听唱葛天氏的歌曲，千人唱，万人跟着唱。"唱的同应和的
有上千上万人，是司马相如夸大的说法；但是把唱葛天氏歌曲写得
那样浮夸，把三个人夸大成上千上万人，是相信司马相如赋里的胡
说而造成的错误。陆机《园葵》诗说："在庇护脚跟上具有同样的智
慧，在生理上该是各不相同的。"说"葵能保卫脚跟"，这是孔子用它
来讥笑鲍庄不能保卫他的脚：说"葛藟能够庇护本根"，这是宋国乐
豫用它来反对赶走公族的话；要是用葛藟来比葵，那应该说"庇护
本根"，说成"庇护脚跟"，就把引文搞错了；要是用"卫足"的话，认
为"庇"字胜过"卫"字，改成"庇足"，那末改动引文而失掉原样：这
是粗枝大叶的毛病。像曹植那样的高明成熟，陆机那样的深沉细
密，却不免有错误。那末，曹洪给曹丕的信里，把高唐绵驹的会唱
错成高唐王豹，又哪里值得嘲笑呢！山上的树木被优秀的工匠所

量度，经书被文人所采择，可是木材的美好决定于匠人的加工，事义的美好决定于作者的选择，精于运思的人，比起著名的匠石来才没有惭愧了。

　　㉒不啻(chì 赤)：不异。　　㉓《吕氏春秋·古乐》："昔葛天氏之乐，三人操牛尾以歌八阕(曲)。"　　㉔《左传·成公十七年》记载鲍庄子被齐灵公判罪，截去两只脚。孔子说："鲍庄子的聪明还不如葵，葵还能保卫他的脚。"这是指葵的叶子向着太阳，荫蔽它的下茎。　　㉕蘽(lěi 垒)：和葛相类的植物。《左传·文公七年》记载宋昭公要赶走宋国的许多公子。乐豫说："不能这样做。公子是国君的自族，好比枝叶，去了枝叶，本根就没有遮荫了。葛蘽还能庇护本根，何况国君呢？"　　㉖陆机的《园葵》诗说"庇足同一智，生理合异端"。倘用"葵能卫足"，那该作"卫足"；倘说葵像葛蘽一样，用"蘽能庇根"，那该作"庇根"。可是他作"庇足"，两无所据。这里指出引用成语不宜改字，改字会搞错的。　　㉗这是陈琳《为曹洪与魏文帝书》中的话，是陈琳写错的。

38.6　赞曰：经籍深富，辞理遐亘㉘。皓如江海㉙，郁若崑邓㉚。文梓共采，琼珠交赠。用人若己，古来无懵㉛。

　　总结说：经书的理论高深，内容丰富，文辞美好，源远流长。它皎洁得像在江海里洗濯过，茂盛得像昆仑山上的桃林。它好比有文理的梓树，让人们一起来采伐，它好比光耀的珠玉，可以用来互相赠送。运用别人的事例能像讲自己的话，从古以来的才人是做得不含糊的。

　　㉘遐：远，指源流远。　　亘：绵亘，连绵不断，含有流长的意思。　　㉙皓如江海：《孟子·滕文公》："江海以濯之，秋阳以暴之，皓皓乎不可尚已。"皓，皎洁，在江海里洗濯，太阳里晒，极为皎洁。　　㉚崑邓：夸父追日的神话，说夸父渴死后，他的手杖化为邓林，即桃林。　　㉛琼：美玉。　　懵(mèng 梦)：迷糊。

练字第三十九

　　这篇是讲写作中的用字。先从文字的演变讲起，接着指出前汉看重文字学习，作家懂得文字学，懂得声音通假，善于用文字来描摹形象声音。这种描摹形象声音的字，有一部分后来不用了，后人又不去研究这部分字的音义，所以读汉赋感到困难。这就说明文字和创作的关系。从晋代以后，用字求简易，在文字上也跟汉赋不同，不像汉赋中的字难识了。接着，刘勰正确地指出，文字难易和时代有关，当时通用的字，大家都识，即使古人所难认的，也是易识；当时所不用的字，即使古人认为易识的，也是难认。这里指出文字是跟着时代变的。

　　文字的难易既然古今不同，那末古代字书《苍颉篇》和《尔雅》里，自然包括了很多后代认为难认的字，对这些字书该怎样看呢？他主张"该旧而知新，亦可以属文"。不废旧的，"该旧"为了"知新"。因为新的文字是从旧的文字中演变来的，所以要"知新"也要"该旧"。这意见也是正确的。具体运用到写作中去，"义训古今，兴废殊用"。古今有兴废，那末写作自然该用今兴的字，不用今废的字，该用今义，不用或少用古义了。所以在用字上，首先提出"一避诡异"。诡异就是当时不通用的怪僻字。这样说，比起那些爱用古字来炫耀博学的就高明了。

　　此外，他又提出避免重复。这是对格律诗或骈文说的。格律诗或骈文要讲究对偶，在一联里面尽可能避免用重复的字。有些短诗，甚至在全篇中也要避免用重复字。他又指出："若两字俱要，则宁在相犯。"要是重复是必要的，宁可重复，不勉强避免。这样说才比较全面。他又指出，要避免联用偏旁相同的字，要调整文字笔画的多少，避免联用笔画少或笔画多的字。这可能和当时人讲究书法有关。当时的文章都是手写的，跟讲究书法结合起来，所以提出这样要求。这两点比较琐细，跟写作关系不大。最后讲到古书中的错字，指出作文的人不该爱奇而有意去用这些错字。

39.1　夫文象列而结绳移，鸟迹明而书契作①，斯乃言语之体貌，而文章之宅宇也。苍颉造之，鬼哭粟飞②；黄帝用之，官治民察。先王声教，书必同文，𬨎轩之使，纪言殊俗③，所以一字体，总异音。《周礼》保氏，掌教六书④。秦灭旧章，以吏为师⑤。〔乃〕及李斯删籀而秦篆兴，程邈造隶而古文废⑥。

文字的形成改变了结绳记事，兽蹄鸟迹的辨认才创造出文字来，它是语言的符号，构成文章的材料。相传苍颉造字，鬼夜哭，天上落下小米来；黄帝使用了文字，使百官办好事务，万民分清事物。前代王者传播教化，写的一定要用统一的字体，坐着轻车的使者，要到各地去记录方言，这些，是要统一字体，汇集各地不同的方音。《周礼》中的保氏官，掌管教授文字。秦朝烧掉旧书，学法令的请官吏做老师。到李斯删改籀文，秦朝的小篆兴起，程邈创造了隶书，而周代的古文字被废去。

①文象:文字形体。　　列:列举。　　结绳:上古没有文字时,人们结绳记事。　　鸟迹:相传苍颉根据兽蹄鸟迹的形象制成象形字。　　书契:文字。　　②苍颉:相传是黄帝的史官。《淮南子·本经训》:"昔者苍颉作书而天雨粟,鬼夜哭。"认为有文字会有诈伪,所以有鬼哭粟飞的怪异。　　粟:小米。　　③𬨎(yóu 尤)轩:使臣所乘的轻车。古代使臣曾到各地去搜集方言。　　④保氏:官名,见《周礼·地官》。　　六书:创造文字的六种方法:象形,画形状;指事,用符号示意;会意,两形合而示意;形声,形和声的结合;假

借,借用;转注,转化。　　⑤灭旧章:焚书。　　以吏为师:指向吏学法令。
⑥籀(zhòu 宙):籀文,周朝文字,笔划比较复杂。李斯把它稍加简化,称为小
篆。程邈是秦朝的狱吏,因狱中事繁,再把小篆简化,用于徒隶(牢里服役
的),称为隶书。于是籀文废弃不用。　　古文:指籀文。

39.2　汉初草律,明著厥法:太史学童,教试六体⑦;
又吏民上书,字谬辄劾。是以马字缺画,而石建惧死⑧,虽
云性慎,亦时重文也。至孝武之世,则相如撰篇⑨。及宣
[成]平二帝,征集小学,张敞以正读传业,扬雄以奇字纂
训,并贯练《雅》[颂]《颉》,总阅音义⑩。鸿笔之徒,莫不洞
晓。且多赋京苑,假借形声⑪;是以前汉小学,率多玮字,
非独制异,乃共晓难也⑫。暨乎后汉,小学转疏,复文隐
训,臧否[大]亦半⑬。

　　汉朝初年,萧何创制法律,写明有关文字法令:太史考试学生
背诵文字,又用六种文体来测验;又吏民上奏章,字写错了就要弹
劾。因此写马字少了一笔,石建吓得要死,虽说他的小心谨慎,也
由于当时看重文字。到了汉武帝时代,有司马相如作《凡将篇》。
到汉宣帝平帝,征集研究文字的学者,张敞跟他们学习正音释义,
扬雄从而采集奇字作《训纂篇》,都是熟习《尔雅》《苍颉》,全面掌握
音义。当时创作鸿篇巨制的人,没有不深通文字的。并且多写京
都苑囿的辞赋,用通假字来描绘形象声音;因此前汉讲文字的书,
往往多奇异的字,不仅当时的制度和后来不同,是当时大家都懂得
难字。到了后汉,文字研究反而疏忽,异体字和诡僻的解释都产生
了,正确的和不正确的各半。

　　⑦草:起草,创制。　　厥:其。　　太史:史官。汉朝考试文字,分两

种：一考识字多少，要背诵字书；二考六体，即古文（籀文）、奇字（古文的异体）、篆书（小篆）、隶书、缪篆（刻印字体）、虫书（写幡字体）。　　⑧石建写的奏章批下来，他看到其中的马字少了一笔，非常害怕，说要"获谴（责）死矣！"⑨司马相如作《凡将篇》，没有一个重复的字，像后来的千字文。　　⑩汉宣帝时，召集懂文字的学者读李斯编的《苍颉篇》，张敞跟他们学习。　　正读：正音释义。汉平帝时，召集爰礼等百多人讲文字，扬雄根据他们讲的作《训纂篇》。　　贯：通。　　练：熟。　　《雅》：《尔雅》，古代字书，是分类释义的字典。《颉》：《苍颉篇》。　　⑪京苑：如班固《两都赋》、司马相如《上林（苑）赋》等。　　假借：用通借字，用同声代替字。　　形声：绘形绘声。　　⑫玮字：奇异的字。　　制异：制度历代不同。　　⑬复文：异体字。　　隐训：怪僻的解说。　　臧否（pǐ 匹）：善恶，指正误。

39.3　及魏代缀藻，则字有常检⑭，追观汉作，翻成阻奥。故陈思称："扬马之作，趣幽旨深，读者非师传不能析其辞，非博学不能综其理⑮。"岂直才悬，抑亦字隐⑯。自晋来用字，率从简易；时并习易，人谁取难？今一字诡异，则群句震惊；三人弗识，则将成字妖矣。后世所同晓者，虽难斯易⑰；时所共废，虽易斯难；趣舍之间，不可不察。

到魏代作文，用字有一定规格，追上去看看汉代作品，转而成为艰难深奥。所以曹植说："扬雄司马相如的作品，旨趣深远，读者不是老师讲授不能辨析它的文辞，不是博学的不能掌握它的内容。"难道只是才学悬殊，也还是由于文字难识。从晋代以来，所用文字，大都要求简单平易；当时都用容易识的字，谁再去用难字呢？现在只要一个字怪异，就使人对许多句子都感到震惊；三个人不识的字，就要成为字妖了。只要后代人所都识的，即使是难字也成为容易；当时所不用的字，即使是容易的也成为难字；用和不用的分别,不可不考究。

⑭常:一定。　　检:规格。　　⑮综:总聚,总汇。　　⑯直:但,仅。
隐:生僻。　　⑰斯:是。

39.4　夫《尔雅》者,孔徒之所纂,而《诗》《书》之襟带也[18];《苍颉》者,李斯之所辑,而[鸟]史籀之遗体也[19]。《雅》以渊源诂训,《颉》以苑囿奇文,异体相资,如左右肩股,该旧而知新[20],亦可以属文。若夫义训古今,兴废殊用,字形单复,妍媸异体。心既托声于言,言亦寄形于字;讽诵则绩在宫商[21],临文则能归字形矣。

《尔雅》是孔子的后学所编纂,是《诗经》和《书经》的辅助读物,好比衣服的领子和带子。《苍颉篇》是李斯所编辑,保留着籀文的字体。《尔雅》是解释古语的渊源,《苍颉篇》是保存奇字的园地,它们体裁不同,互相配合,好比左边右边的肩和股,研究它们来总括旧学,也有助于懂得新意,在作文上也有用。至于字义分别古今,有新兴的,有废止的,作用不同;字形分简单复杂,排列起来有好看和难看的分别。心思既已通过声音用语言来表达,语言也通过字体用文字来记录;念起来动听在于音节的和谐,看起来美观在于字形的匀称。

⑱《尔雅》:相传是孔子学生编的,实际当是汉儒编的。　　孔徒:孔子的门徒。　　襟:衣领。　　⑲鸟:鸟虫书,像画鸟虫,是写在幡上字体,与籀文不同,当作史籀。　　史籀:籀文,相传周太史籀作籀文。　　遗体:遗留下来的字体。按《苍颉篇》是小篆,其中可能保存部分籀文。　　⑳诂训:古语的解释。　　苑囿:养禽兽处,指汇集。　　该旧:总括旧字。　　㉑讽诵:

350

朗诵。　　　　宫商：指音节谐调。

39.5　　是以缀字属篇，必须拣择：一避诡异，二省联边，三权重出，四调单复[22]。诡异者，字体瑰怪者也[23]。曹〔据〕摅诗称"岂不愿斯游，褊心恶呦嘁[24]"。两字诡异，大疵美篇，况乃过此，其可观乎！联边者，半字同文者也。状貌山川，古今咸用，施于常文，则龃龉为瑕，如不获免，可至三接，三接之外，其字林乎[25]！重出者，同字相犯者也[26]。《诗》《骚》适会，而近世忌同[27]，若两字俱要，则宁在相犯。故善为文者，富于万篇，贫于一字，一字非少，相避为难也。单复者，字形肥瘠者也[28]。瘠字累句，则纤疏而行劣；肥字积文，则黯黕而篇暗；善酌字者，参伍单复，磊落如珠矣[29]。凡此四条，虽文不必有，而体例不无。若值而莫悟，则非精解。

因此联字作文，一定要选择：第一要避免诡异，第二要减少联边，第三要衡量重出，第四要调整单复。诡异是字体怪异。曹摅诗称："难道不愿意参加这次游玩，只是褊狭的心胸讨厌那里的争吵。"诗里用"呦嘁"两个怪异的字，大大损害美好篇章，何况超过两字，难道还可看吗！联边是字的半边相同。描摹山水，古今都联用山旁或水旁字，用在平常的文章里，便显得不和谐而成为缺点，如果避免不了，可以用三个半边相同的字，三个以外，那要成为字书吧！重出是同一个字在句中复用。《诗经》《离骚》中偶然用重复的字，可是近来把重复的字看成犯忌；假使两个相同的字都是必要的，那末宁可重复。所以会写文章的，写上万篇文章才华还有富裕，有时要换一个重复的字却感到字汇贫乏，一个字不是少了不好找,是要避免重复的困难。单复是笔划的多或少。笔划少的字联接起来,就笔迹稀疏而行款单薄;笔划多的字联接起来,就笔迹繁密而篇章暗黑;善于调节字的笔划的,多少搭配,使字形圆转像连贯的珠子。所有这四条,虽然文章里不一定都碰到,可是就体例说不一定没有。要是碰上了还不觉得,那就不是精通练字了。

㉒诡异:指怪僻字,大家不识的。　　联边:偏旁相同的字。　　权:衡量。　　重出:重复的字。　　单复:笔划少和笔划多。　　㉓瓌(guī 归):奇特。　　㉔曹摅(shū 书):西晋良吏,引句无考。　　呦呶(xiōng náo 凶挠):争吵声。　　㉕施:用。　　龃龉(jǔ yǔ 举羽):牙齿不齐,喻不合。三接:用三个偏旁相同的字。如沈约《和谢宣城》:"别羽泛清源。"　　字林:犹字典,如木部水部中字,都是偏旁相同。　　㉖犯:抵触。一联或一诗中避免有相同的字,有了就发生抵触。　　㉗适会:偶合,偶然相同,不以为忌。近世:指晋以来。　　㉘肥瘠:笔划多,字肥;笔划少,字瘦。　　㉙黯黩(dǎn 胆):状黑。　　磊落:状圆转。

39.6　至于经典隐暧,方册纷纶[30];简蠹帛裂,三写易字[31],或以音讹,或以文变。子思弟子,"於穆不[祀]似"[者],音讹之异也[32]。晋之史记,"三豕渡河",文变之谬也[33]。《尚书大传》有"别风淮雨",《帝王世纪》云"列风淫雨"[34]。别列淮淫,字似潜移。淫列义当而不奇,淮别理乖而新异。傅毅制诔,已用"淮雨",元长作序,亦用"别风"[35];固知爱奇之心,古今一也。史之阙文,圣人所慎[36],若依义弃奇,则可与正文字矣。

至于经典中字义隐晦,书册中文字纷乱,书简被蛀,纸帛撕裂,几经传抄发生错误,或因音近而误,或因形近而误。子思的学生孟仲子把"於穆不已"说成"於穆不似",是音近而误。晋国的史记,把"己亥渡河"写成"三豕渡河",是形近而误。《尚书大传》有"别风淮雨",《帝王世纪》里作"列风淫雨"。别和列,淮和淫,字形相近,无意中抄错了。淫雨列风意义恰当并不新奇,淮雨别风意义不合却很新奇。傅毅作诔文,已经用了"淮雨",王融作序文,也用了"别风";可见文人爱奇,古今相同。要知史书中有缺字,圣人谨慎地对待它,倘使依照文义的合理,放弃好奇,那样的人就可以跟他订正文字了。

⑩隐暖:隐晦,字义不明。　　　方:木版。　　　册:竹简编联的书。纷纶:指文字纷乱。　　㉛三写:几次传抄。　　易字:抄错字。　　㉜子思:名伋,孔子孙。他的学生孟仲子把"於穆不已"误读成"於穆不似"。於(wū 乌),赞美词。穆,状深远。不已,不止。赞美天道深远无穷。见《诗经·周颂·维天之命》的《正义》。　　　㉝子贡听人读史记:"晋师三豕渡河。"他说,错了,是"己亥渡河"。见《吕氏春秋·察传》。　　㉞列风:同烈风,即暴风。淫雨:过多的雨。　　作"别风淮雨",见《尚书大传·周传》,当是抄错的。㉟淮雨:见后汉傅毅《靖王兴诔》。元长:南朝齐王融字。他用"别风"的序文已无考。　　㊱阙文:缺字。　　慎:慎言。

39.7　赞曰:篆隶相熔,苍雅品训㊲。古今殊迹,妍媸异分㊳。字靡[异]易流,文阻难运㊳。声画昭精,墨采腾奋㊵。

总结说:篆字和隶书是字形的转化,《苍颉》和《尔雅》有字义的多种训释。古今文字不同,用在文中它们的好坏是有分别的。用字顺适的易于流通,文笔艰深的难于通行。文字的笔画匀称,书写的墨采飞腾。

㉟相熔:互相熔化,如小篆减省籀文,隶书减省小篆,即籀文熔入小篆,小篆熔入隶书。　品训:多种训释。　㊳妍媸:好坏。如诡异、联边、重出就不好,避免这些就好。　㊴靡:顺适。　流:流通。　阻:艰深。运:运转。　㊵声画:扬雄《法言·吾子》:"书(字),声画也。"　昭:明。墨采:指书法,如避免诡异、联边、重出,调整单幅,使全篇抄写的书法好看。

隐秀第四十

　　隐就是含蓄，有馀味，耐咀嚼。秀就是突出，像鹤立鸡群，是一篇中的警句。隐秀就是修辞学里的婉曲和精警格。本篇对"隐秀"进行阐发，可惜这篇的原稿残缺不全。据黄侃考证，它在南宋时还是完整的。因为南宋人张戒在《岁寒堂诗话》里引了这篇中的话："情在词外曰隐，状溢目前曰秀。"这两句在本篇中没有。可见南宋人还看到全篇。纪昀说，明《永乐大典》中所收这篇已经残缺，缺的部分大概是明朝人补的。补的文字自然远远比不上原文，这里，在补文下加圆点以示区别。

　　先看刘勰的原文。隐是"文外重旨"，即文辞说出的意思外还含有另外一重意思，就是要有弦外之音，所以说以复意为工，义生文外，也就是话里有话。秀是独拔，拔出流俗，高出一般，所以以卓绝为巧。作品有了弦外之音，会"伏采潜发"，真如《文赋》说的，"石韫玉而山辉，水怀珠而川润"，文章也显得特别有光彩。秀句正如《文赋》说的"乃一篇之警策"，具有"动心惊耳"的作用。

　　不过含蓄的隐，同意义晦涩不同，同深奥也不同。含蓄的话耐人寻味，经过体味，会给人留下深刻难忘的印象。晦涩的话不好懂，深奥的话，有的用难字来吓唬人，有的内容高深，同含蓄都不同。

　　隐和秀都要自然。《论语·子罕》："岁寒然后知松柏之后凋也。"这句话不光讲松柏，还有含意，但并不点破，让读者自己体味，所以是隐。这句又是警句，是秀。这句也写得自然。所以说，秀句像"英华曜树"，是树上自然开出来的花朵，并不是人工装上去的。换言之，秀句是全篇中最精彩的话，是自然形成的。要是缺乏精彩的内容，把别人文章中的秀句摘下来装点在自己的文章上，那就好比把花朵摘下来装点在枯树上，就会立刻枯萎，不会有什么光彩了。

　　再看这篇中明人补充的话，举远山烟云、美女容华来比，主要在说明隐秀是自然形成，不靠人工装点。是美女，那末浓装是美的，淡装也是美的。"若把西湖比西子，淡装浓抹总相宜"，是决定于本身的美，也就是要自然，反对做作。但创作的所谓自然，并不是可以随便写成，还需要苦心经营。此外，还举出具体作品来做说明。像"行行重行行"等篇写得含蓄，"常恐秋节至"等句写得秀拔。这些例子是举得恰当的。比方"行行重行行"里，不说希望游子能够回来，不要忘了家乡，却说"胡马依北风，越鸟巢南枝"，见得马和鸟都是不忘胡越的。不说自己相思之苦，人都瘦了，却说"衣带日已缓"。不说自己的幽怨和真情，却说"弃捐勿复道，努力加餐饭"。这些话都说得很含蓄。再像"常恐秋节至"几句，即常怕自己成为秋扇而见弃，说明秀句确是全篇中最精彩的话，和内容密切结合的。最后，我们还看到补充的话有毛病，和刘勰论点不同。像说"呕心吐胆，不足语穷；锻岁炼年，奚能喻苦？"刘勰在《养气》篇里主张"逍遥以针劳（医治疲劳），谈笑以药倦"，反对"销铄精胆，蹙迫和气"。就是等文思酝酿成熟时再写，写不出时不要硬写，不要为写作损害精力，可见他是反对"呕心吐胆"的。

　　再说，刘勰在《明诗》《时序》《才略》里，不论是专门论诗的，或论历代文学的，或论历代作家的，都没有一个字提到陶渊明，而在补文里却提彭泽，使人感到奇怪；并且把士衡同彭泽并提，更为可疑。陆机在《明诗》等三篇里都提到，陶渊明既同陆机并提，不应在三篇里只字不提。再像补文中说"若篇中乏隐，等宿儒之无学"，把隐同学联系起来，也不恰当。

40.1　夫心术之动远矣^①，文情之变深矣，源奥而派

生，根盛而颖峻②，是以文之英蕤③，有秀有隐。隐也者，文
外之重旨者也；秀也者，篇中之独拔者也。隐以复意为
工④，秀以卓绝为巧，斯乃旧章之懿绩，才情之嘉会也。

意念的转动可以想得极遥远，文情的变化可以显得极深刻，源
头深远才能产生枝流，根柢盘屈才能使枝叶高大；因此文章的精
华，有秀有隐。隐是文外所含蓄的言外之意；秀是篇中最突出的
话。隐以文外含有另一层意思为工巧，秀以特出一般为巧妙，这是
前人文章中的美好成就，作者才情的很好表现。

①心术：本指运用心思的方法，这里指转念头。　　②奥：深远。
派：支流。　　颖：禾芒，比树梢。　　峻：高。　　③英蕤（ruí 绥）：指精华。
英，花瓣。蕤，状花叶下垂。　　④复意：犹两重意思，一是字面的意思，一是
言外之意。

40.2　夫隐之为体，义［主］生文外，秘响旁通，伏采潜
发，譬爻象之变互体，川渎之韫珠玉也⑤。故互体变爻，而
化成四象⑥；珠玉潜水，而澜表方圆⑦。始正而末奇，内明
而外润，使玩之者无穷，味之者不厌矣。

隐的特点，有文外的意思，像秘密的音响从旁传来，潜伏的文
采暗中闪耀，好比爻象的变化含蕴在互体里，川流里含蕴着珠玉。
所以，互体里变化爻象，化成四种象；珠玉藏在水里，波澜就有各种
变化。文章开始端正，末了奇特，又像内藏明珠，外现光润，使得赏
玩者馀味无穷，品尝者永不厌倦了。

⑤爻象：一个卦有六划，称六爻。每爻有解释的话，称爻象。　　　变互

体:《左传·庄公二十二年》:"陈侯使筮(用草占卜)之,遇观☶☷之否☶☷。曰:'是谓观国之光,利用宾于王。'"占卜时先找出《观卦》和《否卦》,每个卦有六爻,分上下两体。把两个卦的上下两体交互相比,找出其中倒数的第四爻不同,即变互体。再找《观卦》第四爻爻辞,是"观国之光,利用宾于王",根据这话来判吉凶。这话就包含在《观卦》里。　　渎(dú 毒):通海的河。
⑥四象:六十四卦中有实象、假象、义象、用象。　　⑦《淮南子·地形训》说,水中蕴藏着玉,水纹方而曲折;水中蕴藏着珠,水纹圆而曲折。

40.3　彼波起辞间,是谓之秀。纤手丽音,宛乎逸态,若远山之浮烟霭,姿女之靓容华[8]。然烟霭天成,不劳于妆点;容华格定,无待于裁熔;深浅而各奇,秾纤而俱妙,若挥之则有馀,而揽之则不足矣[9]。

那种文辞中突起的波浪,这叫做秀。又像灵巧的手弹出美好的音乐,呈现出一种飘逸的姿态,好比远山上浮动着烟云,美女的焕发着容光。烟云是天然形成的,不用人工妆点;容光是格调造成的,不用人工修饰;烟云的或深或浅各显奇景,容色的或浓或淡都到妙处,要是听其自然便见美好有馀,倘加以人为造作便显得不够了。

⑧宛乎:好像,仿佛。　　霭:云气。　　姿(luán 栾):美好。　　靓(jìng 敬):装饰。　　⑨挥之:舍去,即不加装点,听其自然。　　揽之:采取,即加上人工装点。

40.4　夫立意之士,务欲造奇,每驰心于玄默之表[10];工辞之人,必欲臻美[11],恒匿思于佳丽之乡。呕心吐胆,不足语穷;锻岁炼年,奚能喻苦? 故能藏颖词间,昏迷于庸

358

目;露锋文外,惊绝乎妙心。使酝藉者蓄隐而意愉,英锐者抱秀而心悦;譬诸裁云制霞,不让乎天工;斫卉刻葩,有同乎神匠矣⑫。若篇中乏隐,等宿儒之无学,或一叩而语穷;句间鲜秀,如巨室之少珍,若百诘而色沮:斯并不足于才思,而亦有愧于文辞矣。

善于立意的人,务必要创造奇特的命意,往往设想到极深微玄妙的境界;工于修辞的人,一定要创作美好的词语,常常深思到辞藻美丽的境域。像呕出心胆那样,还不够说明用心的困苦;经年累月地锻炼,哪能说明反复推敲的劳苦? 所以能够把光彩藏在文词中间,让眼光平庸的人感到迷糊,把锋芒在文辞里显露出来,让有识者大为震惊。这样,使得爱好含蓄的看到文中的含蓄处心里高兴,爱好警句的看到杰出的秀句心里喜悦。比方裁制云霞,并不比天工造物差一点;雕刻花卉,跟自然造物几乎相同了。要是全篇里缺乏含蓄的意思,跟老儒的没有学问一样,有时一问就露了底;句子中间缺乏警句,好像大户的缺少珍宝,倘使多问问就神色沮丧:这些缺点都由于才思不够,在辞藻上也显得有愧色了。

⑩玄默之表:指极深沉。玄默,犹静默,指深沉。表,外。　　⑪臻:到达。　　⑫斫卉刻葩:《列子·说符》:"宋人有为其君以玉为楮叶者,三年而成;丰杀茎柯,毫芒繁泽,乱之楮叶之中而不可别也。"这里暗用这典。

40.5　将欲徵隐,聊可指篇:古诗之离别,乐府之长城,词怨旨深,而复兼乎比兴。陈思之黄雀。公幹之青松,格刚才劲,而并长于讽谕⑬。叔夜之□□赠行,嗣宗之□□《咏怀》⑭,境玄思淡,而独得乎优闲;士衡之□□疏放,彭泽之□□豪逸⑮，心密语澄，而俱适乎□□壮采。

　　将要就含蓄来举例，姑且可以举出篇目来：《古诗十九首》的"行行重行行"，乐府诗的《饮马长城窟》，词怨意深，又兼用比喻起兴手法。陈思王曹植的《野田黄雀行》，刘桢的"亭亭山上松"，风格刚健，才力坚劲，都善于讽谕。嵇康的《赠秀才入军》诗，阮籍的《咏怀》，境界深微，思想淡泊，独具优闲的姿态；陆机的疏放，陶渊明的豪逸，思想绵密，语言清澄，又都具有壮丽的文采。

　　⑬讽谕：借物喻意。　　　⑭□□：这两字缺。按嵇康有《赠秀才入军》，因此给补上"赠行"。一本在阮籍下补《咏怀》。　　　⑮彭泽：东晋末陶渊明曾做过彭泽令。一本给补上"疏放""豪逸"四字。下句一本补"壮采"二字。

40.6　　如欲辨秀，亦惟摘句："常恐秋节至，凉飙夺炎热"，意凄而词婉，此匹妇之无聊也⑯。"临河濯长缨，念子怅悠悠"⑰，志高而言壮，此丈夫之不遂也。"东西安所之，俳徊以旁皇"⑱，心孤而情惧，此闺房之悲极也。"朔风动秋草，边马有归心"⑲，气寒而事伤，此羁旅之怨曲也。

　　如果要辨别突出的警句，也只有从篇中摘一些句子来看看："常常怕秋天到来，凉风夺去了炎热"，意悲苦而词婉转，这是一个妇人怕无依无靠的话。"在河里洗长帽带，想到你很感惆怅"，志趣高而话豪壮，这是丈夫的不得志。"或东或西向哪儿去，俳徊而彷徨"，心情孤独而恐惧，这是闺中妇人的极度悲哀。"北风吹秋草，边地的马有回去的想法"，语气寒苦而事极可哀，这是在外作客者的怨歌。

360

⑯见《文选》班婕好《怨歌行》。婕好，宫中女官名。她把自己比作扇子，怕秋风一起，自己成了秋扇被捐弃。　　　无聊：无依靠。聊，依赖。　　　⑰见《文选》李陵《与苏武》诗。　　　⑱《文选》乐府《伤歌行》。　　　⑲《文选》王赞《杂诗》。

40.7　凡文集胜篇，不盈十一；篇章秀句，裁可百二：并思合而自逢，非研虑之所[求]课也⑳。或有晦塞为深，虽奥非隐，雕削取巧，虽美非秀矣。故自然会妙，譬卉木之耀英华；润色取美，譬缯帛之染朱绿。朱绿染缯，深而繁鲜；英华曜树，浅而炜烨；隐篇所以照文苑，秀句所以[照文苑]侈翰林㉑，盖以此也。

大抵文集中的优秀作品，不满十分之一；篇章中的突出警句，仅约百分之二：这些都是情思和文辞的结合而自然造成的，不是苦心经营所能达到的。有的以用意隐晦算深，虽然深奥却不是含蓄；有的靠雕琢来求得工巧，虽然美好却不是警句。所以自然合乎妙处，好比草木的花朵光彩照耀；加上色彩来求美好，好比丝绸的染上红绿。用红绿染丝绸，颜色深而花色繁多鲜艳；花朵在树上照耀，颜色浅而富有光彩；含蓄的篇章所以照耀文坛，突出的警句所以夸耀艺苑，大概就因为这样。

⑳裁：仅。　　　课：考核。　　　㉑据詹锳先生引梅庆生六次校定本补。

40.8　赞曰：深文隐蔚，馀味曲包㉒。辞生互体，有似变爻。言之秀矣，万虑一交㉓。动心惊耳，逸响笙匏。

总结说：深刻的文辞含蓄而多采，言外的馀味曲折地包含着。

文辞从《易卦》的互体里产生，如同《易卦》中有变爻。语言的挺拔，是各种各样的思虑交织在一起之后产生的。它使人听了惊心动魄，像笙匏发出嘹亮的高音。

㉒蔚：草木盛，指文采丰富。　　㉓一爻：犹一得。

指瑕第四十一

瑕是玉上的斑点，比喻毛病。这篇是指出写作中的毛病。刘勰把毛病分为两类：一是文章中的毛病，二是注解中的毛病。

文章中的毛病，他举出四条：一，用词不当。曹植用"永蛰"来指曹操，好像指昆虫；曹植又用"轻浮"来称曹叡，好像指蝴蝶。二，思想错误。封建社会里极其推重孝道，左思在文中反对孝，在当时就成了思想错误。三，违反词语的特定用法和感情色彩。像"感口泽"只能用来纪念去世的母亲，"心如疑"只能用来悲悼并依恋刚死去的父母。潘岳用它来哀悼同辈和小辈就不恰当。四，比拟不当。黄帝虞舜，儒家尊为圣帝，崔瑗把他们用来比拟不著名的李公，就不恰当。李斯贪恋权位被赵高所害，向秀用他来比反对司马氏而被杀的嵇康，也不恰当。

刘勰又指出用字上的毛病，这方面也可归入用词不当里去。比方在隆重庄严的场合，就不宜用轻佻的词，在友好的会见时，不宜用对方所忌讳的词。文章举出了因用词犯讳，触怒对方的例子。这里又指出"赏际""抚叩"中"赏""抚"的用法问题。"赏际"是欣赏际会，即彼此的欣赏相合，"抚叩"是击节叹赏，看来并没有问题。刘勰却认为"赏"是赏赐，不能作欣赏，"抚"是握住，不能作击节，说是把字用错了。其实，同一个字，由于时代不同，它的含义也会引申发展，引申义虽和原义不同，却不能说是错了。

注解的毛病，他指出两点：一是把人搞错了，把勇士错作太监。二是文字的误解。如车两的两（今作辆），由于车有正副相配，所以称两。马匹的匹，由于驾车的马居中的和居外的相配（古代一车驾三马或四马），所以称匹，匹是从匹配来的。这样注解，能够探究字的本义和它的演变，是好的注解。应劭不清楚匹的本义，所以注错了。

此外，这篇里也谈到抄袭，有全抄的，有摘抄的，那已不属于写作上的错误问题了。不过抄袭和借用不同，应该分清。作者自己有命意，借用别人文中的事例来说明自己的命意，这是借用，是可以的；自己没有命意，把别人的文章，包括命意和事例，都抄下来作为自己的，这便是抄袭了。

41.1　管仲有言："无翼而飞者声也，无根而固者情也。"①然则声不假翼，其飞甚易；情不待根，其固匪难；以之垂文，可不慎欤？古来文才，异世争驱；或逸才以爽迅，或精思以纤密，而虑动难圆，鲜无瑕病。陈思之文，群才之俊也，而《武帝诔》云，"尊灵永蛰"，《明帝颂》云，"圣体浮轻"。浮轻有似于蝴蝶，永蛰颇疑于昆虫，施之尊极，岂其当乎？左思《七讽》，说孝而不从，反道若斯，馀不足观矣。潘岳为才，善于哀文，然悲内兄，则云感口泽②，伤弱子，则云心如疑③。礼文在尊极，而施之下流，辞虽足哀，义斯替矣④。

《管子·戒篇》说："没有翅膀而到处飞传的，是语言，没有根柢而能牢牢固结的，是感情。"既然语言不靠翅膀，而很容易飞传；感情不靠根柢，而固结不难；那么用文字把它们流传下来，可以不慎重吗？从古以来的作家，在不同时代争着前进；有的才华卓越而豪爽奋迅，有的思虑精纯而用心细密，可是在运思上往往难以周到，很少没有毛病。陈思王曹植的文章，是许多作家中的杰出的，可是他的《武帝诔》说，"尊严的神灵永远蛰伏"，《明帝颂》说，"圣王的身体浮轻"。浮轻好像蝴蝶，蛰伏很像昆虫，用来指极尊贵的帝王，难

道是恰当的吗？左思的《七讽》，讲到孝道却不赞成，像这样违反圣
人之道，别的就不值得看了。潘岳的文才，长于写哀悼文字，然而
悲悼内兄，便说感叹他用的杯子上还留着口液，哀伤夭折的孩子，
便说好像疑心他还活着。按照礼制，适用在极尊敬者的文字，把它
加到同辈或小辈身上，文辞虽然写得够悲哀，原来的含义却因此丧
失了。

  ①声:语言。 情:指同舟共济的感情。《管子·戒篇》注:"出言于门
庭,千里必应,故曰'无翼而飞'。同舟而济,胡越不患异心,故曰'无根而
固'。" ②《礼记·玉藻》:"母没而杯圈(杯盏等物)不能饮焉,口泽之气存焉
尔。"口泽是对纪念死去的母亲说的,用指妻兄不合。 ③《礼记·檀弓》:孔
子观送葬者曰:"善哉为丧乎! ……其往也如慕,其反也如疑。"孝子对父母感
情深厚,送父或母丧时像还在依恋不舍,回来时像疑心死者还没有死。这是
对父母丧说的,用指孩子不合。 ④替:废去。

41.2 若夫君子拟人,必于其伦,而崔瑗之诔李公⑤,比行于黄虞,向秀之赋嵇生,方罪于李斯⑥;与其失也,虽宁僭无滥⑦,然高厚之诗,不类甚矣⑧。

  至于君子比拟人,一定要是同类的,可是崔瑗作诔哀吊李公,
把他的德行比做黄帝虞舜,向秀作赋哀悼嵇康,把他的受刑情况比
做李斯;虽然与其比得过坏,宁可比得过好,然而像高厚念的诗那
样,比得太不伦不类了。

  ⑤杨注:崔瑗的诔文已佚,李公不知是否李固,李固曾做太尉,有盛名,对
崔瑗也极推崇。 ⑥晋向秀《思旧赋》纪念老友嵇康,说:"昔李斯之受罪
兮,叹黄犬而长吟;悼嵇生之永逝兮,顾日影而弹琴。"秦赵高诬陷李斯叛乱,

把他杀死。李斯临死时，叹息自己要像从前带了猎犬去打猎也办不到了。嵇康和司马氏不合作被杀，临死时，问兄要琴，回头看看日影，知道快要被杀，弹了一曲《广陵散》，叹道："《广陵散》从此失掉了！"向秀拿李斯来比嵇康，很不恰当。李斯贪恋权位，在争权夺利中被杀。嵇康品格高尚，李斯不能同他相比。　　⑦宁僭(jiàn荐)无滥：宁可赏赐过分(功小赏大)，不要刑罚过分(罪小罚重)。僭，超过名分。　　⑧《左传·襄公十六年》记晋国和诸侯会盟，会上各人赋诗，齐国高厚念的诗不类。不类是不善，不恰当。

41.3　凡巧言易标，拙辞难隐，斯言之玷，实深白圭⑨。繁例难载，故略举四条。

一切工巧的话容易举出来，拙劣的文辞难于隐藏，这些语言上的毛病，实在比白玉的瑕点更难磨灭。繁多例证难于尽载，所以只约略地举出四条来。

⑨圭：上尖下方的玉。玉上有斑点可以磨去，话说错了，不容易磨灭。《诗·大雅·抑》："白圭之玷，尚可磨也；斯言之玷，不可为也。"

41.4　若夫立文之道，惟字与义。字以训正，义以理宣。而晋末篇章，依稀其旨，始有"赏际奇至"之言，终[无]有"抚叩酬[即]酢"之语⑩，每单举一字，指以为情。夫"赏"训锡赉⑪，岂关心解？"抚"训执握，何预情理？雅颂未闻，汉魏莫用，悬领似如可辩，课文了不成义⑫，斯实情讹之所变，文浇之致弊。而宋来才英，未之或改，旧染成俗，非一朝也。

至于作文的方法，只是运用文字和确立题义。文字凭解释来规定含义,题义用理论来加以说明。可是晋朝末年的文章,意旨模糊,开始有"赏际奇至"(欣赏奇特情致)的话,最后有"抚叩酬酢"(击节叹赏,互相倡和)的话,往往只举出一个字,用来说明情意。"赏"字的字义是赏赐,难道跟内心的理解有关?"抚"字的字义是握住,跟文章的情理有什么关系?在《诗经》的雅颂里没听说有这种用法,从汉到魏没有谁这样用过,凭空领会好像可以辨认,考核文字完全没有这种意义,这实在是感情不正所造成的,是文风浮夸的弊病。可是宋以来有才华的作家,没有谁能够改正,旧的坏习气构成风俗,不是一朝一夕的缘故。

⑩依稀:仿佛,不明确。　　赏际:欣赏际会,欣赏的趣味相合。　　奇至:奇致,奇特的情致。　　抚叩:犹击节叹赏;抚,拍。　　酬酢:应答。　⑪锡赉(lài 赖):赏赐。　⑫课:考核。

41.5　近代辞人,率多猜忌,至乃比语求蚩⑬,反音取瑕⑭,虽不屑于古,而有择于今焉。又制同他文,理宜删革,若[排]掠人美辞,以为己力,宝玉大弓⑮,终非其有。全写则揭箧,傍采则探囊,然世远者太轻,时同者为尤矣⑯。

近代的文人,大都讳忌过多,甚至有从谐音中挑毛病,从反切里找缺点,这些虽然在古人是不屑一顾的,可是在现在却应该注意。又写得同别人的文章一般,照理应该删去,倘使掠取别人的美好文辞,作为自己所创,那就像偷取宝玉大弓,到底不是自己所有。全抄便是打开箱笼抢劫,摘抄便是摸袋袋,然而时代遥远的问题不大,同时的就成罪状了。

⑬比语：同音比拟的字。梁代费旭诗："不知是耶非。"殷沄诗："飘飏云母舟。"简文帝说："旭既不识其父，沄又飘飏其母！"把"是耶非"谐音成"是爷非"，把"云母"的"母"作为母亲。　　蚩：同嗤，讥笑。　　⑭反音：反切。如鲍照诗："伐鼓早通晨。"伐鼓正言是佳词，伐鼓反切成腐，鼓伐反切成骨，即腐骨是坏词。何僧智在任昉坐赋诗，任说："卿诗可谓高厚。"何大怒曰："遂以我为狗号（叫）！"因高厚切狗，厚高切号。　　⑮宝玉大弓：鲁国的宝器，被阳货偷走。孔子著《春秋》，在定公八年写明"盗窃宝玉大弓"，来贬斥阳货的罪状。⑯尤：过错。

41.6　若夫注解为书，所以明正事理；然谬于研求，或率意而断。《西京赋》称中黄育获之畴，而薛综谬注谓之阉尹⑰，是不闻执雕虎之人也。又《周礼》井赋，旧有匹马，而应劭释匹，或量首数蹄⑱，斯岂辩物之要哉？

　　至于书的注解，是为了正确地说明事理；可是也有在研究上发生谬误，或者轻率地作出判断。张衡《西京赋》中写到中黄伯那样的力士，夏育、乌获那样的勇士，薛综却错误地把他们注作太监头，这是不知道他们是捉斑斓猛虎的人。又《周礼》按井纳税，十井三十家按旧例出一匹马。应劭解释"匹"字，认为或说量马头计马蹄，这难道是辨明事物的正确解释吗？

　　⑰中黄伯、夏育、乌获，都是古代力士。　　薛综：三国时吴人，注《二京赋》。他的注保存在《文选》李善注里，不过这个注错处已经李善改正。　　阉尹：太监的首领。　　⑱据《周礼·地官·小司徒》疏，一井九百亩，有九夫（男劳力）；十井本该有九十夫；可是十井里房屋道路占去三分之一，只有六十夫耕地。由于当时轮番耕作，所以三夫受六夫之地，三十夫受六十夫之地，因此十井只有三十夫，即三十家，出马一匹。应劭的解释，已无考。

41.7　原夫古之正名，车"两"而马"匹"，"匹""两"称目，以并耦为用。盖车贰佐乘，马俪骖服[19]，服乘不隻，故名号必双，名号一正，则虽单为匹矣。匹夫匹妇，亦配义矣。夫车马小义，而历代莫悟；辞赋近事，而千里致差；况钻灼经典，能不谬哉？夫辩［言］匹而数［筌］首蹄，选勇而驱阉尹，失理太甚，故举以为戒。丹青初炳而后渝，文章岁久而弥光，若能櫽括于一朝[20]，可以无惭于千载也。

推源古代的端正名称，车称"辆"而马称"匹"，用"匹"和"辆"来作名称，含有两两相配的意思。车子用副车跟正车相配，驾车的马用在两旁的骖马和居中的服马相配，服马和车子都不是单一的，所以名称一定成双，名称确定后又有变化，那末虽只一个也称为匹了。其实匹夫匹妇，也含有相配的意思。像车和马的名称含义很小，可是历代也搞不清楚；像辞赋里讲的是浅近的事，却差之毫厘谬以千里；何况钻研经书，能够不发生谬误吗？辨别"匹"字却去计算马的头和蹄，挑选勇士却驱使太监，太违反常理，所以举出来引以为戒。丹青的颜色开始鲜明而后来变暗，文章越久却越显出光彩，倘使能够在一朝加以校正，可以流传千年也没有惭愧了。

[19]古代的车子有正副，所以称两。古代一车四马，中间的两匹马称服马，居外的两匹马称骖马。　　[20]櫽括：校正。

41.8　赞曰：羿氏舛射[21]，东野败驾[22]。虽有俊才，谬则多谢[23]。斯言一玷，千载弗化。令章靡疚，亦善之亚[24]。

总结说：后羿的箭射得发生差错，东野稷的驾驶出了毛病。虽有杰出的才能，发生谬误便多感惭愧。话一有缺点，经历千年也不能改变。写了好文章没有什么抱疚，也是次于作善事了。

㉑《史记·夏本纪》正义引《帝王世纪》，说后羿和吴贺一起出游，吴贺要他射雀左目，后羿射中了右目，他低头感到惭愧，终身不忘。　　㉒《庄子·达生》说，东野稷驾驶马车的技术非常高明，能使它盘旋进退，像编织花纹那样。他后来把马的气力用完了，因而失事。　　㉓谢：惭愧。　　㉔令：美好。亚：次。

养气第四十二

　　养气是保养精力，反对劳神苦思、呕尽心血来写作，这是同刘勰主张写作要自然的理论一致的。用心过度，写作过劳，会损害精力，他都不赞成。他认为写作要从容宽舒，写不出不要硬写，文思来了，有话要说才写；文思不来，没话可说，就不写。这是一。写作有时和作家的才性有关，比方有的长于写得婉转曲折，有的长于写得慷慨激昂；有的长于写诗，有的长于作文，不妨各人保持各自的特长。要是惭凫企鹤，不会写诗的感到惭愧，羡慕会写的，硬要写诗，好比把鹤的长脚截下装在鸭的短脚上，鹤和鸭都完了。像那样不适当地模仿，用心很苦，弄到精疲力竭，是违反养气的，这是二。《神思》里提到"桓谭感疾于苦思，王充气竭于思虑"，也是不满意苦思的话。

　　这里讲的是创作，不是学习，学习还是要刻苦钻研的；所以文中讲到学习，提到"锥股自厉"。这里也不是讲习作，我们在习作时，各种体裁都要练习，不会作诗的也该练习写。这里是对有了修养的作家说的。主张养气，实际就是要等作品酝酿成熟后写，瓜熟自然蒂落的意思。它跟李贺的"呕出心肝"有矛盾。"呕出心肝"指劳神苦思说，那是刘勰所反对的。李贺的成就，主要是在构思和想象上，在用辞造句上，都用尽全力。刘勰在《神思》里主张"规矩虚位，刻镂无形"；《练字》里指出"富于万篇，贫于一字"等等，都说明在构思想象、用字造句上一点不能含糊，也要用全力，不过他反对苦虑劳情，主张自然酝酿，这是两者的不同处。

　　结合写作来谈养气，当推本于孟子。孟子在《公孙丑上》里谈到知言养气。他说的养气就是培养一种正义感，这种正义感的培养，"是集义所生者"，就是自己的一言一动都是要合乎正义的，长期这样作，就是"集义"，因而培养成一种反对不义的精神，碰到不义的人和事，这种精神自然表现出来，话自然理直气壮。

韩愈用养气来讲写作。他在《答李翊书》里提出"行之乎仁义之途"，就是"集义"。集义以后理直气壮，凭着气势来写作，说："气，水也；言，浮物（浮在水上的东西）也；水大而物之浮者大小毕浮。气之与言犹是也，气盛则言之短长与声之高下者皆宜。"他在讲古文，所以他要用气盛来解决言之短长与声之高下。那末怎样才能气盛呢？他说："将蕲（求）至于古之立言者，则无望其速成，无诱于势利，养其根而竢（待）其实，加其膏其希其光。根之茂者其实遂，膏之沃者其光晔，仁义之人其言蔼如也。"把自己培养成仁义之人，才能发出仁义之言。能够这样，"然后浩乎其沛然矣。"这样看来，古文家的养气说，把思想行动跟理直气壮跟语言文辞结合起来，也就是跟文思和文辞扣紧，跟写作关系密切结合。刘勰讲养气，跟文思和文辞结合得不密切，这是韩愈胜过刘勰处。

42.1　昔王充著述，制养气之篇①，验己而作，岂虚造哉！夫耳目鼻口，生之役也；心虑言辞，神之用也。率志委和②，则理融而情畅，钻砺过分，则神疲而气衰：此性情之数也。

从前王充著《养性》书，写出论养气的篇章，是自己经过体验后作出的，难道是凭空造作的吗？耳目鼻口，是为生存服务的；心思语言，是属于精神活动的。要是心意和顺，便理路明白心情舒畅；钻研得过分，便精神疲倦气力衰耗：这是属于体气性情方面的变化。

①王充：东汉著名学者。他著养性书，讲养气自守，见《论衡·自纪》篇。
②率志：顺着心意。　　委和：和顺。

42.2　夫三皇辞质，心绝于道华③；帝世始文，言贵于敷奏④；三代春秋，虽沿世弥缛，并适分胸臆，非牵课才外也⑤。战代枝诈，攻奇饰说；汉世迄今，辞务日新，争光鬻采⑥，虑亦竭矣。故淳言以比浇辞，文质悬乎千载；率志以方竭情，劳逸差于万里；古人所以馀裕，后进所以莫遑也⑦。

　　三皇时代语言质朴，思想和华靡绝缘；五帝时代开始具有文采，进奏时着重语言；从夏商周三代到春秋，虽然时代更趋向文华，但话还从心中发出，分量恰当，不是勉强扯到才力外去。战国时代思想分歧而好谲诈，研究奇辞，文饰论说；从汉代到现在，文辞天天在力求新奇，互争光芒，炫耀文采，心思也用空了。所以朴实的话比起浮夸文辞来，文华质朴相差千年；顺着心志比起用空心情来，劳苦和安逸相差万里；这是古人所以从容，后辈所以忙迫的原因。

③道华：道理所开放的花朵，指文采。　　④敷奏：进言。敷，陈。奏，进。　　⑤牵课：勉强。　　⑥枝诈：杨注：疑当作权诈。　　鬻：卖，卖时往往夸耀货物好，指炫耀。　　⑦莫遑：没有空瑕。

42.3　凡童少鉴浅而志盛，长艾识坚而气衰⑧，志盛者思锐以胜劳，气衰者虑密以伤神，斯实中人之常资，岁时之大较也。若夫器分有限，智用无涯，或惭凫企鹤，沥辞镂思⑨；于是精气内销，有似尾闾之波⑩；神志外伤，同乎牛山之木；怛惕之盛疾⑪，亦可推矣。

　　一切青少年见识较浅而志气旺盛，老年人识力坚定而体气衰弱，志气旺盛的思想敏锐不感劳苦，体气衰弱的思虑周到便损伤精神，这实是一般人经常的资质，由于年岁大小而产生的大概情况。至于各人的才具是有限的，智力的运用是无穷的，有的因鸭的脚胫短而羞愧，羡慕鹤的脚胫长，练辞运思，呕尽心血，于是精力消耗，好像水波流到无底洞里；神志斫丧，同牛山的树被砍光一样，这样因悲苦惊恐而造成疾病，也是可以推想的。

　　⑧少：古以三十岁以前为少，即青年。　　艾：头发灰白如艾，指老人。⑨《庄子·骈拇》："是故凫胫虽短，续之则忧；鹤胫虽长，断之则悲。"鸭的脚胫（小腿）短，鹤的脚胫长，都是天生的，勉强改变不得。　　沥：水下滴，指榨出文辞来。　　镌：雕刻。　　⑩尾闾：排泄海水处，见《庄子·秋水》。　　⑪牛山：在齐国东南部，山上的树被砍光。见《孟子·告子上》。　　怛：悲伤。惕：惊恐。

　　42.4　　至如仲任置砚以综述⑫，叔通怀笔以专业⑬，既暄之以岁序⑭，又煎之以日时，是以曹公惧为文之伤命，陆云叹用思之困神⑮，非虚谈也。

　　至于像王充在屋内到处安放笔砚用来写作，曹褒怀抱着纸笔专研礼仪，既按年按节来自己督促自己，又按时按日来自己逼迫自己，因此曹操怕作文会缩短生命，陆云感叹运思的损害精神，并非空话。

　　⑫王充，字仲任。在家里到处备有笔砚，以便想到什么就写。　　⑬曹

褒,字叔通。要给后汉制定一套礼仪,专精研究。　　⑭暄:和暖,这里犹煎迫。　　⑮曹操语不详。陆云语见《与兄平原书》。

42.5　夫学业在勤,[功庸弗怠],故有锥股自厉,[和熊以苦之人]⑯;志于文也,则ㄞ申写郁滞;故宜从容率情,优柔适会。若销铄精胆,蹙迫和气,秉牍以驱龄,洒翰以伐性,岂圣贤之素心,会文之直理哉!

学习业务在于勤奋,所以有用锥子刺股来激励自己的;有志于作文不一样,那要舒畅心头郁闷,应该从容不迫地顺着感情,宽舒不急地适应时会。倘使消耗精力,损伤和顺的体气,拿着稿纸来催促寿命,挥笔来损害本性,难道是圣贤平常的心愿,作文的正确理论吗!

⑯括号中的话当删。　　锥股:苏秦在学习疲倦时用锥刺股,见《战国策·秦策·苏秦以连横说秦》。　　和熊:柳仲郢母韩氏用熊胆和丸药,让仲郢吞食以助他勤学。见《新唐书·柳仲郢传》。这个典故是后人加上去的。

42.6　且夫思有利钝,时有通塞,沐则心覆⑰,且或反常,神之方昏,再三愈黩⑱。是以吐纳文艺,务在节宣,清和其心,调畅其气,烦而即舍,勿使壅滞,意得则舒怀以命笔,理伏则投笔以卷怀,逍遥以针劳,谈笑以药倦,常弄闲于才锋,贾馀于文勇⑲,使刃发如新,凑理无滞⑳,虽非胎息之[迈]万术㉑,斯亦卫气之一方也。

况且文思有快有慢,时机有通有塞,洗头时弯着身子,心的位置翻覆，甚至会违反常情去考虑问题，精神正在迷糊时，再三用它就会越加昏乱。因此抒写文辞，专在调节疏导，使内心清明和顺，体气调和舒畅，心烦乱就放开，不让思路阻塞，文意成熟便用笔抒怀，文思潜伏便放下笔不再思索，逍遥自得来苏息疲劳，谈笑风生来赶走倦怠，常常有空暇来培养才华的锋芒，在写作上保持多馀的精力，使得刀口像新磨过的，宰牛时解开肌肉的纹理没有一点儿迟钝，这虽然不是气功的技术，也是养气的一个方法。

⑰《左传·僖公二十四年》晋文公的小使叫头须的求见，文公不见，说在洗头。小使说："沐则心覆，心覆则图（打算）反，宜吾不得见也。"洗头时心的位置不正，思想颠倒，所以不肯见我。　　⑱黩（dú 毒）：昏乱。　　⑲《左传·成公二年》齐国高固冲入晋军中，夺取兵车，俘虏敌人回来，说："欲勇者贾余余勇（要勇敢的来购买我的多馀的勇敢）。"　　⑳《庄子·养生主》讲庖丁解牛，说他的刀用了十九年，宰了数千头牛，刀口还像新磨过似的。　　腠理：同腠理，指宰牛时顺着肌肉的纹理割。　　㉑胎息：即气功。　　万术：多种技术，指技术。

42.7　赞曰：纷哉万象，劳矣千想。玄神宜宝，素气资养。水停以鉴，火静而朗㉒，无扰文虑，郁此精爽㉓。

总结说：纷乱啊各种现象，劳苦啊种种思虑。玄妙的精神应该宝爱，平常的体气有赖保养。水静了可用来照影，火静了更显得明亮。不要扰乱文思，培养这种清明的精神。

㉒火静：指没有风，火焰就亮。　　㉓精爽：指精神清明。

376

附会第四十三

　　《附会》讲附辞会义，即内容的情意同文章的章句紧密配合，附会就是调整配合的意思。它同《熔裁》《章句》都是讲文章作法的，只是三篇各有侧重罢了。比较起来，《熔裁》侧重练意练辞，《章句》侧重分章造句，《附会》侧重辞义配合，但三者又是联系的。在分章时就要考虑练意会义，在造句时就要考虑练辞附辞，在会义时也要考虑分章练意，在附辞时也要考虑练辞造句。比较起来，附会更全面地考虑写作问题，所以说："总文理，统首尾，定与夺，合涯际"，要考虑情志、事义、辞采、宫商，考虑开头结尾，以及修改等。

　　附会根据内容情理来确定纲领，根据纲领来安排章节，就有条理，不颠倒了，话虽然很多，也不会紊乱了。根据纲领来写，不要想一段写一段，想一句写一句，尺接寸附。后一种没有考虑好全篇纲要，写来容易缺乏条理，脉络不贯通，容易乱。

　　除了拟好纲要外，还得注意修辞。修辞要注意两点：一是语言要贴切情意，写得贴切才亲切有味，写得不贴切，跟所要表达的情意有距离，就不行。不贴切的原因，有的是理事不明，道理没有讲明白，事情没有讲清楚，自然不贴切；有的是词旨失调，就是用词不当。理事不明的，要把理事搞清楚了再写过；用词不当的，要改正不当的词，那得根据要表达的情意，找到最确切的词。二是首尾相援，就是开头和结尾要相称，开头要精彩，结尾也要精彩，否则，就会造成偏枯。首尾相称跟全篇的安排有关。作好了全篇的安排，那末文势很顺，文气一贯，首尾贯通，没有作好这样安排，文势断断续续，文气不贯，到结尾就显得无力。反过来说，结尾无力，文势文气就不能贯注下去。结尾要求写得有含意，有情味，才显得有力。

43.1　何谓"附会"①？谓总文理，统首尾，定与夺，合涯际，弥纶一篇，使杂而不越者也②。若筑室之须基构，裁衣之待缝缉矣③。夫才[量]童学文，宜正体制，必以情志为神明，事义为骨髓，辞采为肌肤，宫商为声气；然后品藻玄黄，摛振金玉④，献可替否，以裁厥中：斯缀思之恒数也⑤。

什么叫"附会"？是说统率文章命意，联系首尾段落，决定去取，组合章节，包举全篇，使它内容丰富而不散漫。好像建筑须要打好基础，竖起屋架，裁衣有待细针密缝了。学童习作，应该端正文体，一定要以抒写的思想感情为精神，内容的事义为骨骼，文章的辞采为肌肤，语言的音调为声气，然后在色彩上加意润饰，像音乐注意谐和，选用好的去掉坏的，使它恰到好处：这是谋篇运思的经常方法。

①附会：附辞会义。附辞，调整辞语，使语言不混杂重复。会义，安排情意，使情意有条理不颠倒。　②与夺：赞与剥夺，犹去取。　涯际：边际，指节和节之间。　弥纶：包举。　杂而不越：复杂而不松散，内容丰富而结构严密。越，散。　③缉：缝得细密。　④事义：即引事引言。《事类》："据事以类义，援古以证今。"　宫商：详"声律"。　品藻：品评，这里指润饰。　摛振金玉：摛辞（作文）振金玉。金如钟，玉指石，如磬，振动金石，奏乐，先鸣金，后击石，指始终有条理。　⑤可：好的。　替：废去。裁：判断。　厥中：其中。中指恰好。　恒数：经久不变的方法。

43.2　凡大体文章，类多枝派，整派者依源，理枝者循干。是以附辞会义，务总纲领，驱万塗于同归，贞百虑于一致，使众理虽繁，而无倒置之乖，群言虽多，而无棼丝之乱[6]；扶阳而出条，顺阴而藏迹；首尾周密，表里一体[7]：此附会之术也。夫画者谨髮而易貌，射者仪毫而失墙，锐精细巧，必疏体统[8]。故宜诎寸以信尺，枉尺以直寻，弃偏善之巧，学具美之绩：此命篇之经略也[9]。

一切文章，从大体看来，往往像树木的多分枝，江河的多支流，整理支流要依靠源头，理清分枝要遵从本幹。因此调整辞语，安排情意，务必要抓住全篇纲领，使千万条路通向同一目的，改正百种念头达到一致，使得段落大意虽极繁多，却没有前后倒置的错乱，全篇语言虽极丰富，却不像乱丝那样纠结；明显的像向着太阳而抽出枝条，含蓄的像顺着暗处而隐藏踪迹；首尾周密，内外一致：这是附会的方法。假使画师只注意画头发会把面貌画得走样的，射手只对准细微处会失掉大的目标，把精神集中在微细处，一定会在大体上疏忽。所以应该保证一尺的正确，不必拘泥于一寸，保证一丈的正确，不必拘泥于一尺，宁可放弃枝节的细巧，争取具体的完美：这是谋篇的总安排。

[6]贞：正。　乖：不合。　棼(fén 焚)：乱。　[7]阳：阳光。　出条：抽发小枝。　阴：暗处。　[8]易：改变。　仪：审视。　毫：毫毛。　锐精：集中精神。　疏：忽略。　[9]诎：同屈。　信：同伸。　枉：屈。　直：伸。　偏：片面。　具：完备。　绩：功绩。　经略：谋篇的规画。

43.3　夫文变[多]无方，意见浮杂，约则义孤，博则辞叛；率故多尤，需为事贼[10]。且才分不同，思绪各异，或制首以通尾，或尺接以寸附；然通制者盖寡，接附者甚众。若统绪失宗[11]，辞味必乱；义脉不流，则偏枯文体[12]。夫能悬识凑理，然后节文自会⑬，如胶之粘木，[豆]石之合[黄]玉矣。是以骊牡异力，而六辔如琴⑭；[并驾齐驱，而一毂统辐；]驭文之法，有似于此。去留随心，修短在手，齐其步骤，总辔而已。

文章的变化没有定规，因为作者对写作的意见容易浮泛杂乱；主张简省的不免意义孤单，主张繁博的往往辞语杂乱；写得快的不免草率而多毛病，写得慢的又往往迟疑不决，也会害事。况且各人的才具不同，想法各异，有的从开头贯通到结尾，有的一尺一寸枝枝节节连接起来；然而作通盘考虑的较少，枝节连接的很多。倘使各种头绪失去主宰，文辞的意味一定紊乱；意义的脉络不贯通，那末文体就显得是半边瘫痪了。能够深切认识文章的肌肉纹理，然后章节结构自会合理，像胶的粘木，玉和石的结成璞玉了。因此，驾车的四匹马的气力虽然不一样，马缰绳却能拉得像琴弦那样和谐，驾驭文章的方法，和这类似。或去或留随着作者的心意，或长或短凭着作者的手笔，调整四匹马的步调，只在于抓住缰绳罢了。

⑩方：常，一定。　约：简单。　叛：离开中心，乱。　率：率尔，草率。　尤：毛病。　需：迟疑。　贼：害　⑪统绪：总束头绪。宗：主。　⑫偏枯：半身不遂。　⑬悬：远，深。　凑理：肌肉纹理。会：合。　⑭骊牡：四匹雄马。　六辔：六个辔头。《书·五子之歌》："若朽索之驭六马。"骊马和六辔只是指驾车的马和马缰绳，并不是说四匹马有六个辔头。

43.4　故善附者异旨如肝胆，拙会者同音如胡越⑮。改章难于造篇，易字艰于代句，此已然之验也⑯。昔张汤拟奏而再却⑰，虞松草表而屡谴⑱，并理事之不明，而词旨之失调也。及倪宽更草，钟会易字，而汉武叹奇，晋景称善者，乃理得而事明，心敏而辞当也。以此而观，则知附会巧拙，相去远哉！

所以会调整文辞的，能把不同的用意结合得像肝胆那样亲近，不会安排命意的，却把和谐的音调写得像北胡南越那样背离。改文章有时比写文章更难，换一个字有时比换一句更难，这是已经经过证实了的。从前张汤起草奏章一再被退回，虞松起草章表屡次受到指责，都由于事理没有说明白，文理没有安排好。等到倪宽替张汤另行起草，钟会替虞松换了几个字，因而汉武帝赞美，晋景帝叫好，那是说理得当，叙事明白，心思灵敏，措辞恰当。由此看来，便知附会的巧妙和拙劣，相差很远了！

⑮同音：和谐的音调。　　⑯已然：已经这样。　　⑰张汤做廷尉（最高的司法官），有疑难案件上奏，两次上去都被汉武帝退回。主管文书的不知怎么办。倪宽给他们出主意，他们便请倪宽起草奏章，送上去立即得到批准。却：退回。　　⑱司马师命令虞松起草表章，两次送上去都不满意，叫虞松修改。虞松用尽心思想不出怎样改。钟会拿来看了，替他改了五个字，送给司马师。司马师说："不正该这样写吗？"

43.5　若夫绝笔断章⑲，譬乘舟之振楫；会词切理，如引辔以挥鞭。克终底绩，寄深写远⑳。若首唱荣华，而媵句憔悴，则遗势郁湮㉑，馀风不畅。此《周易》所谓"臀无肤，其行次且"也㉒。惟首尾相援，则附会之体，固亦无以加于此矣。

至于收笔结尾，一章结句，好比划船打桨要有力；调整辞语切合情理，好比拉住缰绳来挥鞭的得心应手。那便能够有始有终地收到功效，使文章寄托深意，具有情味。要是开头有光彩，承接的句子却拙劣，便使文势阻塞，文气不舒畅。这就像《易经·夬卦》里说的："屁股上没有皮肉，走不动路。"只要全篇首尾相称，那末附辞会义的作用，确实没有超过它的了。

⑲绝笔断章：与首唱荣华相对，首唱指开头，所以知绝笔指全篇结尾，断章指一章结句。　⑳克终：从"靡（无）不有初，鲜克（少能）有终"来，指能够有始有终，即全篇都好。克，能。　底绩：即致绩，收到功绩。　写远：当作写送，写得有情味。　㉑媵句：陪衬句。这里对首唱说，指承接句。　湮（yan 烟）：塞。　㉒臀（tún 屯）：屁股。　肤：肌肤。　次且（zī jū 资居）：同趑趄，走路困难。

43.6　赞曰：篇统间关，情数稠迭㉓。原始要终，疏条布叶㉔。道味相附，悬绪自接。如乐之和，心声克协。

总结说：全篇的统一安排很不容易，因为内容抒写的情意很繁杂。从开头到结尾，要分条布叶，疏密不乱。只要道理和情味相互结合着，章节中的头绪自然衔接。像音乐的和谐那样，反映心声的文章也能够作到协调。

㉓篇统：全篇各种头绪的总的安排。统，统绪。　间关：艰难。稠：密。　迭：重迭。　㉔原：追溯。　要：归结。　疏：疏通。布：分布。

总术第四十四

　　《总术》相当于创作论的序言，本书把《序志》放在全书的末了，所以也把《总术》放在创作论的末了。创作论承接文体论，文体论论文序笔，所以《总术》一开头就谈文笔问题，承接文体论而转入创作论。全篇分三部分：第一部分论文笔，第二部分讲修辞和研术的关系，第三部分讲研术的重要和要求。

　　先说文笔，当时颜延之(字延年)有文、笔、言三分法，认为有韵文是文，无韵文是笔，这两类都是文，因为都讲究文采；还有一类不讲究文采的叫言。因此认为经书除了《诗经》是有韵文外，其余都是言。照这样说，经书绝大部分不是文，论文就不好宗经了。因此刘勰要反对这个说法。他提出《易经》中有《文言》，证明经书是文不是言，这是一。口头语叫言，经书已经离开口头语而成为笔，这是二。他的第一个理由不充足，因为他只能指出《文言》是文，不能证明《文言》以外的经书都是文。第二个理由是，口头语叫言，经书不是口头语，不能称言，所以归入笔。当时认为有文采的是笔，经书没有文采，不好称为笔。不过刘勰认为有文采的是笔，没有文采的也是笔，所以他认为经书是笔。他的看法同当时人不同，可以自圆其说。三分法把经书说成是言，这就把口头语和书面语混淆了，刘勰对这点是驳得对的。当时萧统也有三分法，不过没有像颜延之那样提得明确。他把经史子都排斥在文外，相当于颜说的"言"；他选了诗骚赋，相当于颜说的"文"，即有韵文；他选了有辞采文华的无韵文，相当于颜说的笔。不过颜认为"传记则笔而非言"，这个"传记"跟"经典"相对，当时指解经的书，如《春秋》是经，是言；《左传》是传记，是笔。但萧统不认为传记是笔，没有选，这是颜和萧的不同处。刘勰则以这三类都是文，那他所谓文兼包文学的和非文学的，但以文学的为主。萧统的所谓文，即文学，以文采为主，他把经史子排斥在文外，认为经史子缺少文采，他把史中的赞论序述称为文，称为"赞论之综缉辞采，序述之错比文华"，所以是文。他的所谓文，即文学，不以形象为主。颜延之以释经的传记为文，也不以形象为主，也以文采为主，认为像《左传》《礼记》等书为有文采。刘勰以经史子为文；他不但以有文采的为文，还以有情理的为文，《徵圣》说："精理为文，秀气成采。"理论精辟的是文，有警句的也是文。这样，没有文采而有精理秀气的都是文学了。他讲情采，认为有真情的就是文。因此，他讲的古代应用文，他认为这些应用文或者有精理秀气，或者有情，都是文学。像他讲《诏策》，说"义炳重离之辉"，"气含风雨之润"，"笔吐星汉之华"，"声有洊雷之威"，"文有春露之滋"，"辞有秋霜之烈"。认为诏策有情理，所以具有那样动人或威慑力量，这就是文学。这样讲文学是有道理的，因为当时所谓文学，以诗文为主。古代的诗主要是抒情的，抒情而没有形象的诗是文学，那末具有感情，具有动人的威慑力量的应用文，为什么不是文学呢？因此，他把古代的应用文看作文，即文学。

第二部分由文笔转到创作，他认为光注意练辞而不注意创作方法是不对的。练辞只在字句上用工夫，也可以把字句修饰得相当漂亮，骗过一些人，但骗不了识者的鉴别。好比光洁的石子，可以骗一些人说它是玉，但骗不了琢玉器的工人。同样是短文章，识者会辨别，哪些是写得精练，哪些是内容贫乏；同样是长文章，识者会辨别，哪些是学识渊博，内容丰富；哪些是烦芜，等等。能够对文章的写作技巧作全面的研究，掌握了它的条理，在写作上才有把握。从而说明他要全面地考虑创作技巧的必要性。

再讲研术的重要和要求。不研究写作技巧，有时也偶然碰上，好比赌博的碰运气。碰运气的，前面写好了，后面可能就写坏。为什么掌握技巧的人，写出来的文章水平比较稳定，比较高；没有掌握技巧的人，写出来的文章水平不稳定，忽高忽低。他指出这里有"恒数"、"情会"、"时机"。文章要写好有一定的要求，这是恒数；作者对所写的内容要有体会认识和激情，要等情和理的会合，这是情会；然后考虑适当的体裁风格，于是文思泉涌，这是时机。这时候一切都考虑成熟了，从情理到体裁、结构、表现手法都考虑成熟了，再加上创作的激情，这时候才写。所谓掌握技巧，就是主动地准备这些条件，等这些条件具备后再写，这样写出来的文章，水平自然比较稳定。

最后，他指出掌握技巧要注意全面，就是一些看上去次要的部分也不能忽略，正在这些部分上会招致写作的失败。比方驾车的马缰绳长一点，这好像是不关重要的细节。但就是因了这个细微的缺点，影响千里马不能够在规定的时间里跑一千里路。这说明在写作上，不仅大的地方像谋篇结构等不能忽略，就是在用字造句等小节上也不能忽略。他在这里，是全面地说明研术的重要，作为创作论的序言，不是对创作论所讨论的具体问题像剖情析采作出总结。

44.1 今之常言，有"文"有"笔"①，以为无韵者"笔"也，有韵者"文"也。夫文以足言，理兼《诗》《书》，别目两名，自近代耳②。颜延年以为："笔"之为体，"言"之文也；经典则"言"而非"笔"，传记则"笔"而非"言"③。请夺彼矛，还攻其楯矣④。何者？《易》之《文言》，岂非"言"文；若"笔"[不]为"言"文，不得云经典非"笔"矣。将以立论，未见其论立也⑤。予以为：发口为"言"，属[笔]翰曰[翰]"笔"⑥，常道曰经，述经曰传。经传之体，出"言"入"笔"，"笔"为"言"使，可强可弱⑦。[分]六经以典奥为不刊⑧，非以"言""笔"为优劣也。昔陆氏《文赋》，号为曲尽，然泛论纤悉，而实体未该⑨。故知九变之贯匪究⑩，知言之选难备矣。

今人常常说：文章有"文"有"笔"，认为无韵的是"笔"，有韵的是"文"。文和笔都有文采，文采是用来丰富语言的，照理应该包括《诗经》《尚书》在内；至于分成"笔"和"文"两种名称，是从晋代来的。颜延年认为"笔"这种文体，是有文采的"言"；经书是"言"而不是"笔"，传记是"笔"而不是"言"。请借用他的矛，转过来攻击他的盾。怎么说呢？《易经》里有《文言》，难道不是有文采的"言"吗？要是"笔"是有文采的"言"，便不能说经书不是"笔"了。要用它来立论，实在看不到这个论点能够确立。我认为说出来的是"言"，写出来的是"笔"；讲恒久不变的道理的是经书，解释经书的是传记。经书和传记的体制，脱离"言"而进入到"笔"，"笔"受到"言"的影响，文采可以多些，也可少些。六经因内容的正确和深入而不可改变，不是用"言"或"笔"来分优劣的。从前陆机的《文赋》，论到文章称为详尽，但只一般地谈琐细的问题，对主要文体却谈得不完备。因此，认识到文体的变化无穷，懂得这种变化的人可算是难得了。

①今：即下文的"近代"，指晋代以后。　　文：有韵文。　　笔：无韵文。
②文以足言：按照刘勰分法，《诗经》押韵，是"文"；《书经》不押韵，是"笔"。
③颜延年：名延之，晋宋间作家。他讲"文""笔""言"，除文外，无韵而有文采的叫"笔"，没有文采的叫"言"。　　④矛楯（盾）：见《定势》注⑩。　　⑤颜氏认为经书没有文采，是"言"。刘氏举出《易经》中有《文言》，《文言》是有文采的，用来驳颜氏。　　⑥属翰：用笔写文。属，缀；翰，笔。刘氏认为语言叫"言"，写下的文章叫"笔"，与颜氏分法不同。　　⑦出"言"入"笔"：指经书是笔不是言。　　使：用。　　可强可弱：强指文采多一些，弱指文采少一些，

386

也就是质一些。　　　⑧典:常,常道,指正确规律。　　　⑨曲:详尽。　　　该:即赅,完备。　　　⑩九变之贯:变化多端的事。九,指多。贯,事。　　　匪:非。

44.2　凡精虑造文,各竞新丽,多欲练辞,莫肯研术。落落之玉,或乱乎石;碌碌之石,时似乎玉⑪。精者要约,匮者亦鲜;博者该赡,芜者亦繁;辩者昭晰,浅者亦露;奥者复隐,诡者亦[典]曲⑫。或义华而声悴⑬,或理拙而文泽。知夫调钟未易,张琴实难⑭。伶人告和,不必尽窕槬[桄]之中⑮;动[用]角挥[扇]羽,何必穷初终之韵⑯;魏文比篇章于音乐⑰,盖有徵矣。夫不截盘根,无以验利器;不剖文奥,无以辨通才⑱。才之能通,必资晓术,自非圆鉴区域⑲,大判条例,岂能控引情源,制胜文苑哉!

一切精心写作的,各自争取文章的新颖藻丽,多要求练辞,不肯去研究写作方法。因此,光润的玉,有时和石子相混;洁白的石,有时像玉。同样,精练的写得扼要简短,内容贫乏的也写得短小;渊博的写得完备详尽,芜杂的也写得繁多;辩析的写得明白,浅薄的也写得显露;深入的写得层迭曲折,怪异的也写得曲折。有的意义美好而缺乏声情,有的命意拙劣而文辞光润。从这里知道要使钟声协调并不容易,要使琴音谐和实在困难。乐师说音调谐和了,不一定都是音的大小高低恰到好处;乐师说弹出各种音调,哪能一定从头到尾都合于韵律;魏文帝讲篇章用音乐来比,是有根据的。不截断盘结的树根,无从检验斧子的锋利;不能分析文章的奥妙,无从辨别是否具有精通创作的才能。能够精通创作一定要靠懂得方法,除非能作全面的鉴察,尽量分析各种条理和例证,哪能够控制情理，在文坛上取得优胜啊！

⑪落落：状玉的美好。　　碌碌：状石。　　⑫约：简练。　　匮：短少。
鲜(xiǎn 险)：少。　　赡：富足。　　昭晰(xī 夕)：明白。　　隐：深奥。
曲：曲折。　　⑬悴：微弱。　　⑭调钟：古代用编钟，由十六个钟构成，所以
敲击时要调整音律。　　张琴：琴弦不调，要重新安装过。张，指施弦。
⑮伶人：音乐师。　　宛桃(tiāo huà 佻化)：音的细小和宏大。讲钟音和谐，
本于《国语·周语下》和《左传·昭公二十一年》，都是讲周景王铸无射钟的故
事。这是说，有时音乐和谐，是偶然碰上的，不一定真能掌握奏乐技巧。
⑯动角挥羽：原作"动用挥扇"，据杨注改。角羽指音调，动挥指弹奏。《说苑·
善说》篇讲雍门周弹琴，"徐动宫徵，挥角羽，切(初)终而成曲"。　　穷：尽。
⑰曹丕《典论·论文》："文以气为主，气之清浊有体，不可力强而致。譬诸音
乐，曲度虽均，节奏同检，至于引气不齐，巧拙有素，虽在父兄，不能以移子
弟。"　　⑱盘：弯曲盘绕。　　通才：深通创作方法的人。　　⑲资：凭藉。
圆鉴：全面考察。　　区域：指写作的各个方面。

44.3　是以执术驭篇，似善弈之穷数⑳；弃术任心，如
博塞之邀遇㉑。故博塞之文，借巧傥来，虽前驱有功，而后
援难继；少既无以相接，多亦不知所删，乃多少之并惑，何
妍蚩之能制乎㉒？若夫善弈之文，则术有恒数，按部整伍，
以待情会，因时顺机，动不失正㉓。数逢其极㉔，机入其巧，
则义味腾跃而生，辞气丛杂而至。视之则锦绘，听之则丝
簧，味之则甘腴，佩之则芬芳：断章之功㉕，于斯盛矣。

因此掌握技巧来驾驭篇章，好像善于下棋的深通棋术；抛弃技
巧凭着主观，好像赌博的碰运气。所以像赌博那样的写作，只靠碰
巧偶然碰上，虽然前面这样做有了功效，可是后面却难以继续下

去;写少了既不知怎样补充,写多了也不知怎样删削,不论多了少了都感到迷惑,怎么能够掌握写作的好坏呢? 至于像善于下棋那样写作,那末技巧有一定法则,按部就班,等待情理酝酿成熟,顺着时机总不离开正轨。技巧运用得很好,时机又是巧合,那末意义和情味跳跃般涌现出来,辞采和气势蜂踊到来。看上去文采像织锦彩绘,听上去音节像合奏丝簧,品评起来事义的滋味甘美丰润,玩赏起来情志所发出的气味芬芳:写作所能收到的效果,到这样才算是很好了。

㉒弈:下围棋。　　数:技巧。　　㉑博塞:古赌博名,分五道赌胜负。掷琼(犹骰子)的称博,不掷的称塞。　　㉒侥米:意外得米。　　前驱、后援:犹前面、后面,前面偶然碰上,但后面难继,一文中前后不统一。　　妍蚩:美丑。　　㉓恒数:一定方法,一定变化。　　情会:情思会合。　　动:每,往往。　　㉔极:中正。　　㉕丝:弦乐器。　　簧:有簧的乐器,如笙。腴(yú鱼):肥美。　　断章:裁断篇章,指写作。

44.4　夫骥足虽骏,缰牵忌长,以万分一累,且废千里㉖。况文体多术,共相弥纶,一物携贰㉗,莫不解体。所以列在一篇,备总情变;譬三十之辐,共成一毂㉘,虽未足观,亦鄙夫之见也。

千里马虽然跑得快,但缰绳忌太长,缰绳长只是万分之一的小缺点,尚且妨碍跑千里路。何况文章的各种体裁有各种要求,讲创作理论需要共同配合,一个方面不协调,就会破坏整体。所以把讲创作理论的文章排列在一部里面,全面地总结各种情理变化;好比车轮中的三十条横木,一起合在车毂上组成一个轮子,那样讲写作虽然不值得称美,也是浅陋者的一得之见。

㉖缳(mò 莫)：缳绳。《战国策·韩策三》说，王良的学生驾着千里马，却跑不了千里路。造父的学生对他说："您的缳绳太长。"缳绳长是万分之一的小问题，却妨碍跑千里路。　　㉗弥纶：组合。　　携贰：不协调，　　㉘一篇：刘勰把全书分为上篇下篇，这里指下篇，即下一部。　　辐(fú 福)：车轮中的直木。　　毂(gǔ 古)：众辐会聚的车轮中心圆木。

44.5　赞曰：文场笔苑，有术有门。务先大体，鉴必穷源。乘一总万，举要治繁。思无定契，理有恒存㉙。

总结说：文章的园地里，有技巧有门路。首先致力总体，观察一定要探索源头。根据原则来总结多种多样变化，掌握要点来处理繁多的现象。文思虽然没有定规，写作的道理却有一定。

㉙契：契约，指规则。　　恒存：永远存在。

文　学　评　论

（文学史、作家论、鉴赏论、作家品德论）

《序志》里说："崇替于《时序》，褒贬于《才略》，怊怅于《知音》，耿介于《程器》。"这四篇包括文学史、作家论、鉴赏论、作家品德论。现在为了说明的方便，合称为文学评论。

《时序》着眼在从文学史的角度来立论。他提出历代文学演变的规律："文变染乎世情，废兴系乎时序。"这个规律的提出，是同文体论结合，是从文体论里归纳出来，又加发展的。文体论对各种文体"原始以表末"，即分体文学史。在分体文学史里已经写了世情和文变的关系，像《明诗》里写的"正始明道，诗杂仙心"的浮浅；"宋初文咏，体有因革，庄老告退，而山水方滋"。这种演变，是同世情有关的。再像《诗经》的"雅颂圆备"，到战国的"《离骚》为刺"，到汉朝的"古诗佳丽"，到建安的"慷慨以任气"，到晋代的"稍入轻绮"，这里就同时序结合。这个规律也同"文之枢纽"有关，"变乎骚"就讲文学的发展的。《辨骚》里讲"自风雅寝声"，"奇文郁起"，这就是"废兴"；这种废兴，"风杂于战国"，这就同战国的世情结合。归结到"酌奇而不失其贞，玩华而不坠其实"，就是从文学演变中归结出来的创作标准。这个规律又同创作论有关。创作论里的《通变》，指出"九代咏歌"的流变，是讲时序的，"竞今疏古，风昧气衰"，是讲世情的。"斟酌乎质文之间"，是讲时序的，"櫽括乎雅俗之际"，是讲世情的。这里说明这个规律是贯彻到全书，但各有侧重，有的侧重在流变，有的侧重在分体文学，有的侧重在创作。在这篇里从文学史的角度来论这个规律，就作了进一步的论述了。

在这里，说明时代和世情给与文学的影响。讲到时代跟文学的影响时，提出"世积乱离，风衰俗怨"，造成建安文学的"慷慨以任气，磊落以使才"。讲世情包括文化学术思想的影响在内，像东汉文学的"斟酌经辞"，东晋文学的"中朝贵玄，江左称盛"，都影响作品。又指出政治跟文学的关系，是"风动于上而波震于下"；还有文学作品的影响，像西汉的"辞人九变，而大抵所归，祖述《楚辞》"。这些都是可取的。他又指出历代文学的特色，如战国的屈原宋玉，是"炜烨之奇意，出乎纵横之诡俗也"。西汉文学是"灵均余影，于是乎在"。东汉文学，"华实相附，斟酌经辞"。建安文学"雅好慷慨"，"并志深而笔长，故梗概而多气也"。正始文学"篇体轻淡"。西晋文学"结藻清英，流韵绮靡"。能够极概括地说出各代文学的特色。

《才略》是历代作家论，着重讲历代作家的突出成就和优缺点，像枚乘邹阳的"膏润于笔，气形于言"。司马相如有"洞入夸艳，致名辞宗"的特点，又有"覆取精意，理不胜辞"的缺点。扬雄"涯度幽远，搜选诡丽，理赡而辞坚"。"桓谭著论，富号猗顿"，这是特色；但"集灵诸赋，偏浅无才"，是缺点。"王逸博识有功"，是特色，"而绚采无力"，是缺点。陆机"思能入巧"，是特色，"而不制繁"，是不足处。对历代作家作出极扼要的评论。讲历代作家论，突出的是指出文气在创作上的作用。

这篇作家论，跟文体论密切相关。像"诸子以道术取资，屈宋以《楚辞》发采"，就同《诠赋》《诸子》有关；"乐毅报书"，"范雎上书"，"李斯奏"，就同《奏启》《书记》有关；枚乘《七发》，同《杂文》有关；"李尤赋铭"，"王朗序铭"，同《铭箴》有关；"琳瑀符檄"，同《檄移》有关；"丁仪邯郸论述"，"嵇康师心遣论"，同《论说》有关；"固文优彪"，"孙盛干宝，文胜为史"，同《史传》有关。作家论不仅跟文体论结合，也跟创作论相关。如《体性》提到作家的风格，如"贾生俊发"，"长卿傲诞"，"子云沉寂"，"仲宣躁锐"，"嗣宗俶傥"，"叔夜俊侠"，"安仁轻敏"，"士衡矜重"，这些就是作家论。本篇称"贾谊才颖，陵轶飞兔"；"相如洞入夸艳"，"子云涯度幽远"，"仲宣捷而能密"，"嵇康师心"，"阮籍使气"，"潘岳敏给"，"陆机才欲窥深"，这些都可和作家风格论互相印证。作家论评论的标准，又同《宗经》有关，《宗经》里提出六义，即情深、风清、事信、义贞、体约、文丽。本篇谈到贾谊的赋清，子云的"辞义最深"，马融的"华实相扶"，张衡的"通赡"，"刘桢情高以会采"，张华的"清畅"；评陆机的"思能入巧而不制繁"，即不能"体约"，评王逸"绚采无力"，即不能"文丽"。这些评论是和六义结合的。

再就鉴赏论说，刘勰在《知音》里综合前人的意见，指出鉴赏的困难，由于贵远贱近，贵古贱今；文人相轻，崇己抑人；信伪迷真，学不逮文；知多偏好，人莫圆该。又结合知多偏好的缺点，提出博观和比较来加以纠正。"凡操千曲而后晓声，观千剑而后识器"。"阅乔岳以形培塿，酌沧波以喻畎浍"。经过博观和比较，也有助于纠正贵古贱今，崇己抑人，信伪迷真等缺点。对具体作品的鉴赏，他提出六观：一观位体，观察体裁风格；二观置辞，观察辞采；三观通变，观察作品的继承和革新；四观奇正，观察怎样执正以驭奇；五观事义，观察怎样引事引言；六观宫商，观察声律。通过六观来理解文情。这六观也是同文体论创作论密切结合的，这里就不多谈了。刘勰的文学评论，综合前人的论点，又有了新的发展，像《时序》里有的论点便是。

刘勰讲《程器》，即作家品德，是这一组中跟文学关系比较少的一篇。提出要"摛文必在纬军国，负重必在任栋梁"，尤重"任栋梁"，不是创作的事。其实品德和创作是有关系的，像"有德者必有言"，说明德和言的关系。刘勰讲品德，主要是表达他用世的心情和"穷则独善以垂文"的感慨。

时序第四十五

《时序》是讲文学跟着时代变化，提出"文变染乎世情，废兴系乎时序"的文学发展规律。他在这篇里想说明两个问题，第一是历代文学怎样演变的，他提出十代九变来。第二是要说明文学演变的原因。第二点更其重要。

刘勰指出文学演变的原因：一，政治教化的作用。他认为治世的歌不怨不淫，乱世的歌怒而且哀，是风动于上，波震于下。二，学术风气的影响。楚国辞赋受纵横家学派的影响。东汉提倡经学，所以创作渐靡儒风。东晋崇尚玄言，所以有玄言诗。三，文学作品的继承和发展。屈宋艳说则笼罩雅颂，西汉辞人祖述《楚辞》。四，君主的提倡。汉武帝润色鸿业，辞藻竞骛。魏武父子雅爱诗章，体貌英逸，故俊才云蒸。五，时代风气的影响。建安文学雅好慷慨，良由世积乱离，风衰俗怨。六，天才的杰出成就。刘邦《大风》《鸿鹄》之歌，"亦天纵之英作也"。

在这里，刘勰的杰出成就主要有三点：第一是讲作品受政治教化的影响，像"风动于上而波振于下"。这可补《物色》的不足，在《物色》里，好像他只注意到作品同自然景物的关系，没有谈到作品同社会生活的关系，尤其同政治的关系。在这篇里，他强调作品同政治和世运的密切相关，这就显出他对作品跟社会生活、跟政治的关系是有认识的。这就超出于当时玄言诗、山水诗和追求文采声律者之上，认识到文学跟政治教化和世运的关系。第二是讲作品受世情的影响，有积极方面的，像《楚辞》的造成了新变，这是文学的发展。另一方面，有消极方面的，像玄言诗，同时代脱节，这不符合文学发展的要求。这点是刘勰超出当时文学理论家的卓越见解，说明他对文学贵乎创造这点是有深刻认识的。第三，他注意创

394

作的杰出成就和形成时代风格的密切相关，这点表现在他对建安文学特色的说明上。这也说明他对文学的杰出成就是确有认识的。能够说明历代文学演变盛衰的原因。

以上举出的后两点，就是他根据历代文学的演变，提出来的"文变染乎世情，废兴系乎时序"，指出文学的演变和废兴由于"世情"和"时序"。他讲的世情，包括学术风气在内。像"中朝贵玄"，"流成文体"，东晋清谈的风气影响创作就是。像"历政讲聚"，"渐靡儒风"，后汉的崇儒，也影响创作。前者虽处乱世，而"辞意夷泰"；后者"文章之选，存而不论"。这种学术风气，给创作带来消极影响。至于楚骚的杰出成就，"屈平联藻于日月，宋玉交采于风云"，"故知晔烨之奇意，出乎纵横之诡俗也"。这也是一种世情，即纵横诡俗。屈原宋玉的创作受到纵横家游说夸张的影响。像《招魂》写东南西北各方的怪异，同纵横游说夸张东南西北各方的形势相似，就是《离骚》的上天下地到处流转，也受到纵横游说夸张讽喻的影响。这是世情对文学作品起到了发展作用。同样是学术风气，为什么有的产生消极影响有的起到促进作用，这可能和作品的特点有关。不论是儒家思想或道家思想，当作家依傍这种思想来创作，把这种思想作为作品的思想内容，妨碍他从生活中发掘思想内容，妨碍他的想象飞腾时，就会给创作带来不利影响。至于纵横游说的夸张讽喻手法，有助于创作的夸张讽喻，所以对创作起到促进作用。这说明同是世情，何以有的对创作有利，有的对创作不利。

再就时代的影响说，建安文学世积乱离，风衰俗怨，故慷慨而多气。但在其他各代的乱世，就不一定能产生那样的文学。这由于建安文学的形成又有其他条件，如曹氏父子的笃好斯文，网罗作家，加以提倡。再加上曹氏父子本人创作上的杰出成就，以及吸取民间乐府的成就等等。再如战国时代的楚国在诗歌上有杰出成就，但其他各国就不行。这除了世积乱离、风衰俗怨以外，与屈原的志事和抱负以及他遭受的排挤打击所激发的愤激怨抑有关，同他在创作上的杰出成就有关，也同屈原吸取楚国民歌的艺术成就来创作新形式有关。这样，把本篇中讲历代文学的演变，结合起来看，可以帮助我们说明历代文学演变的原因。

刘勰对《楚辞》在文学上的新变是"染乎世情"的认识，同他对建安文学的推崇，同样是非常杰出的。尤其是指出楚骚出乎纵横诡俗的认识，是发前人所未发，后来也一直不为人所注意，直到清朝章学诚写《文史通义·诗教》篇，才对这点作了进一步的阐发。这是刘勰用时代和世情来说明文学的演变的杰出成就。

45.1　时运交移，质文代变①，古今情理，如可言乎！昔在陶唐，德盛化钧②，野老吐"何力"之谈，郊童含"不识"之歌③。有虞继作，政阜民暇，熏风[诗]咏于元后，"烂云"歌于列臣④。尽其美者何？乃心乐而声泰也⑤。至大禹敷土，九序咏功，成汤圣敬，"猗欤"作颂⑥。逮姬文之德盛，《周南》勤而不怨⑦；大王之化淳，《邠风》乐而不淫⑧。幽厉昏而《板》《荡》怒⑨，平王微而《黍离》哀⑩。故知歌谣文理，与世推移，风动于上⑪，而波震于下者也。

时代风气在交替着发生变化，崇尚质朴或文采各代不同，古往今来作品中的情和理，好像可以谈谈的吧！从前在唐尧时代，道德高尚，教化普及，老农说出"尧有什么功德"的话，儿童唱着"不识不知"的歌谣。虞舜接着起来，政治清明，人民安闲，元首唱出《南风歌》，众臣唱出《卿云歌》。这些作品为什么会极其美好呢？是心情快乐声音和畅啊。到大禹治理水土，使九种有益民生的事物发挥功用而加以歌颂,商汤圣明恭敬,后人作出"美啊"的颂辞。到了周文王道德高尚,教化普及,《周南》的民歌里表达出勤劳而不怨的精神;在周太王的教化下,民风淳厚,《邠风》的民歌里表达出欢乐而不过分的心情。幽王厉王昏乱,《板》诗《荡》诗表达了愤怒的感情,平王时周朝衰弱,《黍离》诗表达出哀怨的感情。因此知道歌谣的文采和情理跟着时世转变,政治教化像风那样在上面吹动,歌诗便会像水波那样在下面震荡起来。

①运:气运,风气。　　交移:如《通变》:"黄唐淳而质",到"虞夏质而辨",即是。　　质文:质朴和文华,朴实和文采。　　②陶唐:尧号陶唐氏。钧:均。　　③《论衡·艺增》:传曰:"有年五十击壤(玩具,木制,象鞋)于路者。观者曰:'大哉,尧德乎!'击壤者曰:'吾日出而作,日入而息,凿井而饮,耕田而食,尧何等力?'"　　含:衔,指老在嘴里唱。《列子·仲尼》篇说,儿童在康衢(大路)唱童谣:"不识不知,顺帝(天)之则。"　　④阜:盛。相传虞舜唱《南风歌》,有"南风之熏兮"句,见《孔子家语·辩乐解》。　　"烂云":即《卿云歌》,见《通变》注⑩。　　⑤泰:安舒。　　⑥敷土:平治水土,一作划分土地,即分为九州。敷,分布。　　九序:见《原道》注㉕。　　成汤:商汤的谥法叫成。《商颂·那》篇赞美汤,说"猗(yī 医)与(欤)那(nuó 挪)与!"美啊多啊!　　⑦逮:及。　　姬文:周文王姓姬。　　《周南》:《诗经》中国风之一,在周的南面地区的民歌。　　⑧大(太)王:周文王的祖父。　　《邠(bīn 彬)风》:同《豳风》,《诗经》中国风之一。邠,在陕西旬邑县。　　⑨《诗·大雅》中的《板》和《荡》都是讽刺周厉王的,这里说"幽厉",因幽王、厉王都使政治昏乱,历史上往往并称。　　⑩幽王时犬戎进攻,西周灭亡。平王东迁洛邑(洛阳),周朝衰弱。周大夫重过西周京城,看到宫室变成田地,长起禾黍,因作《黍离》诗来哀悼。　　⑪风动于上:指诗歌受政教影响。

45.2　春秋以后,角战英雄,六经泥蟠⑫,百家飙骇。方是时也,韩魏力政⑬,燕赵任权;五蠹六虱⑭,严于秦令;

唯齐楚两国，颇有文学，齐开庄衢之第，楚广兰台之宫[15]，孟轲宾馆，荀卿宰邑[16]；故稷下扇其清风，兰陵郁其茂俗[17]，邹子以谈天飞誉，驺奭以雕龙驰响[18]，屈平联藻于日月，宋玉交彩于风云[19]。观其艳说，则笼罩雅颂，故知晔烨之奇意[20]，出乎纵横之诡俗也。

    春秋以后，战国七雄用战争来争胜，六经被抛弃，百家像狂飚卷起使人吃惊。当这个时候，韩魏用武力争夺，燕赵任用权谋；秦国把文学看做五种蛀虫或六种虱子中的一种，命令严加禁止；只有齐楚两国，富有文化学术，齐国在四通八达的大路上建设大公馆，楚国扩建了兰台宫，用来接待文人学士，孟子作为齐国贵宾住在客馆里，荀卿做了楚国县官；所以齐国稷门下煽起了清新的学风，楚国兰陵县培养成良好的风俗，邹衍因为能谈天说地声名飞扬，驺奭具有像雕刻龙纹那样的文采因而出名，屈原的作品可以同日月争光，宋玉描写风和朝云的赋都富有文采。看到他们艳丽的文辞，就要罩盖住《诗经》中的雅颂，所以知道文采照耀的瑰异文思，是从战国时纵横变化的诡异风俗中产生出来的。

[12]角：较量胜败。　英雄：指强国。　泥蟠：屈在泥里。　[13]力政：力征。　[14]五蠹、六虱：见《诸子》注㉚。　[15]文学：指学术文化。庄衢：四通八达的大路。　第：分等级的大房子。　兰台宫：相传在今湖北钟祥县。　[16]荀卿在楚国做兰陵（在今山东峄县）令。　宰：主宰。[17]稷下：在齐国京城，在今山东临淄县。　郁：积。　茂：美。　[18]邹衍的话极夸大，推求天地未生以前，所以当时人称他为"谈天衍"。驺奭（shì是）的话很有文采，称"雕龙奭"。　[19]屈平：屈原名平。宋玉有《风赋》，又有《高唐赋》，是写朝云的。　[20]晔烨（wěi yè 伟业）：光彩照耀。

45.3　爰至有汉，运接燔书，高祖尚武，戏儒简学[21]。虽礼律草创，《诗》《书》未遑[22]，然《大风》《鸿鹄》之歌，亦天纵之英作也[23]。施及孝惠，迄于文景[24]，经术颇兴，而辞人勿用；贾谊抑而邹枚沉，亦可知已[25]。逮孝武崇儒，润色鸿业，礼乐争辉，辞藻竞骛[26]：柏梁展朝讌之诗，金堤制恤民之咏[27]，徵枚乘以蒲轮，申主父以鼎食[28]，擢公孙之对策，叹倪宽之拟奏[29]，买臣负薪而衣锦，相如涤器而被绣[30]；于是史迁寿王之徒，严终枚皋之属，应对固无方，篇章亦不匮[31]，遗风馀采，莫与比盛。

　　到了汉朝，处在秦始皇焚书以后，汉高祖尊重武功，戏弄儒生，怠慢学者。虽则礼仪和法律已在开始制作，还没来得及讲究《诗经》《尚书》，然而像高祖的《大风歌》和《鸿鹄歌》，也可说是天才的杰作了。传到孝惠帝，直到文帝、景帝，经学稍稍兴起，可是文人还不被任用；看到贾谊被贬斥，邹阳、枚乘很不得志，也可以知道了。到了孝武帝尊重儒家，要用文辞来粉饰他的大功业，于是制礼作乐，争着显出光采，文辞也争着追求华采：武帝在柏梁台上和朝臣开宴联句，在黄河堤上作了忧民的诗，用安稳的车子去聘请枚乘，满足主父偃过豪华生活的要求，公孙弘对策好，把他提拔起来，倪宽草拟奏章好，很加赞叹，朱买臣穷得背柴卖，让他穿着锦衣还乡，司马相如穷得洗酒器，让他穿着绣衣做使节；这时候，像司马迁、吾丘寿王这些人，严安、终军、枚皋这辈人，有的对答起来确实会随机应变，有的文章也写得不少，风流文采遗传下来，没有比那时更兴盛的了。

　　[21]爰：发语词。　　　有：助词。　　　运：时运。　　　燔（fán 凡）：烧。

简:怠慢。汉高祖常常把儒生的帽子脱下来撒尿。　　㉒汉初,叔孙通起草礼仪,萧何起草法律。　　遑:暇。　　㉓汉高祖胜利还乡时作歌,有"大风起兮云飞扬"句。他要废掉太子刘盈,改立幼子如意,看到商山四位老人出来辅佐刘盈,说他羽翼已成,不能废掉了,因此作歌,有"鸿鹄高飞,一举千里"句。　　天纵:即天使他这样。　　㉔施:延。　　孝惠:汉惠帝刘盈,高祖子。汉朝以孝治天下,所以称孝。　　迄:到。　　文:汉文帝刘恒,高祖子。景:汉景帝刘启,文帝子。　　㉕贾谊要汉朝改革制度,被大臣所反对,贬为长沙王太傅。邹阳在梁国,被谗下狱。枚乘在吴国梁国作客,也曾在汉朝做小官,很不得志。　　㉖孝武:汉武帝刘彻,景帝子。　　润色:修饰。鸿:大。　　骛(wù 物):奔驰。　　㉗相传汉武帝与群臣在柏梁台上联句。谦:同宴。　　金堤:状黄河堤的坚固。武帝时,黄河在瓠子(河北濮阳县南)决口,武帝发动数万人去堵口,作歌道:"瓠子决兮将奈何,浩浩洋洋(状水大)虑殚为河(担心平地尽变成河)!"见《汉书·沟洫志》。　　㉘武帝用安车蒲轮去聘请枚乘。蒲轮,用蒲草裹住车轮,减少颠簸。主父偃说:"丈夫生不五鼎食,死则五鼎烹耳!"五鼎:富贵人家吃饭时用五个鼎盛菜。　　㉙擢:提拔。公孙弘对武帝策问,即他的《对贤良策》,武帝取作第一名。　　倪宽:见《附会》注⑰。　　㉚朱买臣靠卖柴为生,武帝用他作会稽太守,让他衣锦还乡。司马相如在临邛开酒店,亲自洗酒器。后来武帝派他做使节,到西南去,蜀人以为光荣。　　㉛司马迁善著作,吾丘寿王、严安、终军善于对策,枚皋善于作赋。　　方:一定规格。　　匮:缺乏。

45.4　越昭及宣,实继武绩㉜;驰骋石渠,暇豫文会㉝,集雕篆之轶材,发绮縠之高喻㉞。于是王褒之伦,底禄待诏㉟。自元暨成,降意图籍㊱,美玉屑之谈㊲,清金马之路㊳,子云锐思于千首,子政雠校于六艺㊴,亦已美矣。爰自汉室,迄至成哀,虽世渐百龄,辞人九变㊵,而大抵所归,祖述《楚辞》,灵均馀影,于是乎在㊶。

　　经过昭帝到宣帝,确实继承了武帝的事业;学者在石渠阁展开对经学的论辩,文士在文会上从容讨论,既聚集了创作辞赋的杰出人才,又发出贬低辞赋尊重经学的高论。在这时候,像王褒这些人,凭着文才等待诏书,取得俸禄。从元帝到成帝,注意图书,赞美像珠玉般美好的谈吐,扫清了通向金马门的路,因此扬雄对着上千篇赋用心精思,刘向对那六经加意校订,都作得很到家。从汉武帝看重辞赋起,直到成帝哀帝,虽则时代已经过了百多年,辞赋家的创作有了很多变化,可是从总的趋向看,还是继承了《楚辞》的传统,屈原的深远影响,在这里可以看到。

　　㉜昭:昭帝刘弗陵,武帝子。　　宣:宣帝刘询,武帝曾孙。　　绩:功绩。　　㉝驰骋:指展开论辩。　　石渠:汉朝藏书处。汉宣帝召集群儒在石渠阁上讨论经学。　　暇豫:从容宽裕。　　㉞雕篆:雕虫篆刻,指创作辞赋。　　轶材:杰出人才。　　绮縠(hú 胡)之高喻:扬雄认为辞赋好比雾縠(极细的丝织品),会妨碍女工,这是他提倡经学反对辞赋的话,调子高,所以说高喻。这里的雕篆轶材指文学家,承上文会说;绮縠高喻指经学家,承上石渠讲学说。　　㉟王褒:西汉文学家。　　底禄:致禄,得到俸禄,做官。待诏:等待皇帝诏书,准备接受任命。　　㊱元:汉元帝刘奭,宣帝子。成:汉成帝刘骜,元帝子。　　降意:关心。　　㊲玉屑:把玉碾成末子,这里指珠玉般谈吐,喻谈吐美好。　　㊳汉朝宦署门旁有铜马,称金马门。被汉朝征召来的人,在金马门待诏。　　㊴子云:扬雄的字,他认为读千赋才能写好赋。见桓谭《新论·道赋》篇。　　子政:刘向的字。他整理汉朝藏书。雠校:校正各种版本。　　㊵从汉武帝建元元年(前140)到哀帝建平元年(前6),计一百三十五年,故称进于百年。　　渐:进。　　龄:年。　　九变:多种变化。汉赋有抒情的,有描绘宫殿山川和打猎的,有咏物的等等,有多种变化。　　㊶祖述:继承。　　灵均:屈原小字。　　于是:于此。

45.5　自哀平陵替,光武中兴,深怀图谶㊷,颇略文

华。然杜笃献诔以免刑，班彪参奏以补令，虽非旁求，亦不遐弃[43]。及明[帝]章叠耀，崇爱儒术，肄礼璧堂，讲文虎观[44]；孟坚珥笔于国史，贾逵给札于瑞颂，东平擅其懿文，沛王振其通论[45]，帝则藩仪，辉光相照矣。自[安和]和安以下，迄至顺桓[46]，则有班傅三崔，王马张蔡，磊落鸿儒，才不时乏，而文章之选，存而不论[47]。然中兴之后，群才稍改前辙，华实所附，斟酌经辞，盖历政讲聚，故渐靡儒风者也[48]。降及灵帝，时好辞制，造[羲]皇羲之书，开鸿都之赋[49]；而乐松之徒，招集浅陋[50]，故杨赐号为驩兜，蔡邕比之俳优，其馀风遗文，盖蔑如也[51]。

自从哀帝平帝时汉朝趋向没落，到光武帝中兴，非常推重图谶，稍稍忽略文辞。然而杜笃献《吴汉诔》得免刑罚，班彪参预窦融的奏章得补县官，虽然不是广泛地搜求文才，但也不远远抛弃。到了明帝章帝先后继美，推崇经学，明帝在大学里学习礼仪，章帝在白虎观里讲论经义；班固带着笔去写国家的历史，贾逵接到纸笔去写祥瑞的《神雀颂》，东平王刘苍擅长写美好的礼文，沛献王刘辅发挥他的《五经论》，皇帝作出法则，藩王作出规范，像光辉般互相照耀。自从和帝安帝以下，直到顺帝桓帝，便有班固、傅毅、崔骃、崔瑗、崔寔三代，王逸、王延寿父子，马融、张衡、蔡邕，众多的大学者，时时产生，并不缺少，至于选录文章，放在一边不谈。然而从光武中兴以后，许多才人稍稍改变从前的路子，在文采和内容的结合中，酌量采用经典中的辞藻，这大概是因为几代以来都聚集学者讲经，所以逐渐感染了儒家的风气。下传到灵帝，时常爱好作赋，编了本讲文字的书《皇羲篇》，开鸿都门来接待辞赋家；像乐松之流又招集浅陋不学的人，所以杨赐称他们为像驩兜那样的坏人，蔡邕把他们比做小丑，他们留下来的习气和文字，是不值得讲的。

㊷平：汉平帝刘衎(kàn 瞰)，哀帝弟。　　陵替：像丘陵倒塌，指没落。
光武：后汉光武帝刘秀。　　图谶：一种预言式的迷信文字，统治者造来欺骗人民的。　　㊸诔(lěi 垒)是赞美死者功德的文字。杜笃被美阳令捆送京城，碰上大司马吴汉病死，他在狱中作《吴汉诔》，受到光武称赞，得到释放。班彪在河西窦融手下，他劝窦融归顺光武，参预窦融所写的章奏，受到光武赞赏，派他做徐县县令。　　旁：广。　　遐弃：远远抛开。　　㊹明：后汉明帝刘庄，光武帝子。　　章：后汉章帝刘炟(dá 达)，明帝子。　　肄：学习。璧堂：辟雍，明堂。辟雍，古代大学，四周环绕着水，所以称璧。明堂，宣明政教的堂。　　虎观：章帝在白虎观讲经。　　㊺孟坚：班固的字。　　珥(ěr 耳)笔：古史官把笔插在耳边帽上。　　国史：指班固著《汉书》。明帝时，有神雀飞到宫殿上，冠羽有五采。明帝叫人把笔札给贾逵，要他写《神雀颂》。札，木简。东平王刘苍议定礼乐制度。沛献王刘辅编写《五经论》。　　㊻和：后汉和帝刘肇，章帝子。　　安：后汉安帝刘祜，清河孝王刘庆子。顺：后汉顺帝刘保，安帝子。　　桓：后汉桓帝刘志，章帝曾孙。　　㊼班傅三崔，王马张蔡：据《才略》指班固、傅毅、崔骃、崔瑗、崔寔、王逸、王延寿、张衡、蔡邕。　　磊落：状众多。文章之选，存而不论：按《诠赋》里提到"孟坚《两都》"、"张衡《二京》"，"延寿《灵光》"，《明诗》里提到傅毅，《诔碑》里提到蔡邕等，并不是"文章之选，存而不论"的。这里可能是指"渐靡儒风"的文章，都"存而不论"。　　㊽靡：披靡，倒下去，指受影响。　　㊾灵帝：刘宏，章帝玄孙。　　皇羲：杨注：灵帝造《皇羲篇》五十章，见《后汉书·蔡邕传》。是文字书。　　鸿都：汉朝藏书处。　　㊿乐松：被招到鸿都门来的文士。　　51杨赐：灵帝时司空。　　驩兜(huàn dōu 欢都)：尧时凶人，为舜所流放。俳(pái 牌)优：弄臣。　　蔑(miè 灭)如：状无，指不足称道。

45.6　自献帝播迁，文学蓬转，建安之末，区宇方辑[52]。魏武以相王之尊，雅爱诗章[53]；文帝以副君之重[54]，妙善辞赋；陈思以公子之豪，下笔琳琅[55]；并体貌英逸，故俊才云蒸[56]。仲宣委质于汉南，孔璋归命于河北[57]，伟长从宦于青土，公幹徇质于海隅[58]，德琏综其斐然之思，元瑜展其翩翩之乐[59]。文蔚休伯之俦，于叔德祖之侣，傲雅觞豆之前，雍容衽席之上[60]；洒笔以成酣歌，和墨以藉谈笑[61]。观其时文，雅好慷慨，良由世积乱离，风衰俗怨，并志深而笔长，故梗概而多气也[62]。

自从汉献帝流离迁徙，文士像蓬草那样吹落四方，到建安末年，北方方才安定。魏武帝曹操以宰相和魏王的崇高地位，一向爱好诗篇；文帝曹丕以太子的重要地位，极善于写辞赋；陈思王曹植以公子的豪华，文辞写得珠玉般美好；他们都殷勤地接待杰出的文士，所以一时文才极盛。王粲在汉南来归顺，陈琳在河北来归附，徐幹从青州来作官，刘桢从海边来投奔，应玚综合他辞采斐然的文思，阮瑀施展他风度翩翩的书记才能。路粹繁钦之类，邯郸淳杨修等人，在杯酒前吟咏诗篇，在坐席上从容谈艺，挥笔写成酣畅的歌，蘸墨写作来帮助谈笑。观察那时的文章，一向喜欢慷慨，实在因为当时长期战乱，风气败坏，人民愁怨，文士都有深远的用心，写出富有含意的文辞，所以写得慷慨而富有气势。

[52]献帝：刘协，灵帝子。　　播迁：迁徙。董卓逼献帝迁都长安，曹操又把他迁到许。　　建安：献帝年号(196—220)，当时由曹操执政。　　区宇：宇内，国内，指北方。　　辑：安集，安定。　　[53]相王：曹操是丞相，又是魏王。　　雅：一向。　　[54]副君：指太子。　　[55]琳琅(lín láng 林郎)：美玉，指美好。[56]体貌：礼敬，有礼貌地接待。　　云蒸：像云那样多，喻人才多。[57]仲宣：王粲的字。他本在荆州刘表手下避难，曹操下荆州时，他归向曹操。委质：犹托身，古代做官时向君献进见礼物(即质)，表示托身。　　孔璋：陈琳的字。他本在河北袁绍手下，曹操灭袁绍，他归向曹操。　　归命：归顺。

㊽伟长:徐幹的字。　　　青土:青州。徐幹原籍北海(山东寿光)。　　　公幹:
刘桢的字。　　　徇质:犹委质。　　　海隅:刘桢原籍东平(山东东平)。
㊾德琏:应玚的字。　　　斐然:状文采。　　　元瑜:阮瑀的字。　　　翩翩:状
风度好。　　㊿文蔚:路粹的字。　　　休伯:繁钦的字。　　　于叔:邯郸淳的
字。　　德祖:杨修的字。　　　俦:侣。　　　傲雅:啸傲风雅,傲有不受拘束
意,指吟诗。　　觞:酒杯。　　豆:盛菜器。　　雍容:从容。　　衽:席。
㈄藉谈笑:有助谈笑。　　㈅梗概:即慷慨。

45.7　　至明帝纂戎㈥,制诗度曲;徵篇章之士,置崇文
之观,何刘群才,迭相照耀㈦。少主相仍㈧,唯高贵英雅,顾
盼[合]含章,动言成论。于时正始馀风,篇体轻淡,而嵇阮
应缪㈨,并驰文路矣。

　　到了明帝继承祖业,作诗制曲;召集文章的作者,设立崇文观
来接待,何晏刘劭等有才华的文士,文采互相照耀。以后少主相继
即位,其中只有高贵乡公有才华学问,一盼望间就孕育成文章,一
发言就成为议论。在这时受到正始风气影响,文体轻浮淡薄,只是
嵇康、阮籍、应璩、缪袭,显得不同,都在文学的大路上奔跑前进了。

　　㈥明帝:曹叡(ruì 瑞),曹丕子。　　　纂戎:缵戎,《诗·大雅·烝民》:"缵戎
(大)祖考。"继承光大祖和父的事业。　　　㈦崇文观:明帝招集文士处。
何:何晏。　　刘:刘劭。　　　迭:轮流。　　　㈧少主:年轻的君主。明帝后
有齐王曹芳、高贵乡公曹髦、陈留王曹奂,都是少主。　　　相仍:相继。
㈨正始:魏明帝子齐王曹芳年号(240—249 年),当时文坛受何晏的影响。嵇
康、阮籍、应璩、缪袭,他们的诗和何晏的不同。

45.8　　逮晋宣始基,景文克构㈩;并迹沉儒雅,而务深

方术⑱。至武帝惟新，承平受命⑲，而胶序篇章，弗简皇虑⑳。降及怀愍，缀旒而已㉑。然晋虽不文，人才实盛：茂先摇笔而散珠，太冲动墨而横锦，岳湛曜联璧之华，机云标二俊之采㉒，应傅三张之徒，孙挚成公之属，并结藻清英，流韵绮靡㉓。前史以为运涉季世，人未尽才，诚哉斯谈，可为叹息。

到了晋宣帝司马懿开始打下开国基础，景帝司马师文帝司马昭能够继承父志；他们在行动上忽略儒学和风雅，致力于深沉的权术。到武帝建立新王朝，在太平时代称帝，可是学校和辞章，还没有引起他的注意。传到怀帝愍帝，皇帝只成了装饰品罢了。晋朝虽然不看重文辞，人才却实在众多：张华摇笔像会落下珍珠，左思创作好比展开锦绣，潘岳夏侯湛像双璧般光采照耀，陆机陆云显示出两位才人的文采，应贞、傅玄、张载、张协、张亢三兄弟这些人，孙楚、挚虞、成公绥之辈，文章都辞藻清新英俊，有风韵而华艳细密。以前史家认为时代进入末世，这些人都没有尽量发挥才华，这话是确实的，可以使人感叹。

㉗晋宣：司马懿，开始篡夺政权。　　景文：司马师、司马昭进一步巩固政权。　　克构：能够构造，指父奠基，子构造。三人的帝号都是死后追加。㉘方术：指阴谋权术，司马懿父子三人用阴谋来篡夺政权。　　㉙武帝：司马炎，司马昭子。　　惟新：《诗·大雅·文王》："周虽旧邦，其命维新。"指建新王朝。　　受命：受天命，指称帝。　　㉚胶序：周朝称大学叫东胶，称乡学叫庠，殷朝叫序。　　简：考察，关注。　　㉛怀：怀帝司马炽，武帝子。愍：愍帝司马邺（yè 业），武帝孙。怀帝愍帝都被汉刘聪所俘虏，他们即位时晋朝已快崩溃。　　缀旒（liú 流）：连在旗上的装饰品，指国君没有权力，只作装饰品。　　㉜茂先：张华的字。　　太冲：左思的字。　　岳：潘岳。

湛(zhàn 站):夏侯湛。　　　联璧:当时人称岳湛为联璧。　　　机:陆机。
云:陆云。　　二俊:张华说:"伐吴之役,利获二俊。"指得到陆机陆云,比得
到吴国更有利。　　⑬应:应贞。　　傅:傅玄。　　三张:张载、张协、张亢
兄弟。　　孙:孙楚。　　挚:挚虞。　　成公:成公绥。　　靡:细密。

45.9　元皇中兴,披文建学⑭;刘刁礼吏而宠荣,景纯
文敏而优擢⑮。逮明帝秉哲,雅好文会,升储御极,挚挚讲
艺⑯,练情于诰策,振采于辞赋⑰;庾以笔才逾亲,温以文思
益厚,揄扬风流⑱,亦彼时之汉武也。及成康促龄,穆哀短
祚⑲,简文勃兴,渊乎清峻⑳,微言精理,函满玄席,淡思浓
采,时洒文囿㉑。至孝武不嗣,安恭已矣㉒;其文史则有袁
殷之曹,孙干之辈㉓,虽才或浅深,珪璋足用。

东晋元帝中兴,提倡文章,兴办学校,刘隗刁协是精通礼法的
官,受到尊重,郭璞文思敏捷,得到提升。到了明帝,天资聪明,向
来爱好文会,从立为太子及登位,不知疲倦地讲论六经,在诰令策
问上注意研讨,在辞赋上发挥文采;庾亮因为有书记才华越发得到
亲近,温峤因为有文才越发受到厚待,提倡文学,也是东晋时代的
汉武帝。到了成帝康帝寿命短促,穆帝哀帝在位不久;简文帝突然
兴起,气度深沉,风格清峻,微妙的语言,精微的道理,充满在清谈
上;道家的思想,浓重的文采,时常传布到文学园地上来。到了孝
武帝,没有好的继承人,政权转移,到安帝恭帝,东晋完结了。这时
候的文学兼史学家,有袁宏、殷仲文之流,孙盛、干宝之辈,虽则才
学有浅有深,也像美玉般够朝廷采用了。

⑭元皇:东晋元帝司马睿。　　　中兴:西晋灭亡后,晋元帝南渡,建立东
晋。　　披:开。　　⑮刘:刘隗(wěi 委)。　　刁:刁协。　　礼吏:懂礼法的

官。　　　景纯:郭璞的字。　　　优擢:晋元帝选拔郭璞做著作佐郎。　　　⑯
明帝:司马绍,元帝子。　　　储:储君,太子。　　　御极:登位,即位。　　　孳
孳(zī 资):不倦。　　　⑰诰:上对下的文告。　　　策:指策问。　　　⑱庾:庾
亮。　　　温:温峤。两人皆东晋大臣而有文才者。　　　揄扬:称扬,指提倡。
风流:犹风雅,指文学。　　　⑲成:成帝司马衍。　　　康:康帝司马岳。两人
都是明帝子。　　　穆:穆帝司马聃(dān 丹),康帝子。　　　哀:哀帝司马丕,
成帝子。　　　祚:位。　　　⑳简文:简文帝司马昱(yù 玉),元帝子。　　　渊:
深。　　　㉑淡思:清微淡远的思想。　　　文囿:文学园地。　　　㉒孝武:孝武
帝司马曜,简文帝子。　　　不嗣:孝武帝时,东晋政权就落到刘裕手里。
安:安帝司马德宗,是呆子,一切举动都听人指使。　　　恭:恭帝司马德文。
两人都是孝武帝子,两人都是刘裕所立,又都被刘裕所杀。　　　㉓袁宏是文
学家兼历史家。殷仲文是文学家。孙盛、干宝,是历史家,会写散文。

45.10　自中朝贵玄,江左称盛㉔,因谈馀气,流成文
体。是以世极迍邅,而辞意夷泰㉕;诗必柱下之旨归,赋乃
漆园之义疏㉖。故知文变染乎世情,兴废系乎时序,原始
以要终,虽百世可知也。

　　自从晋朝看重清谈,到东晋南渡后更为流行,由于清谈风气的
影响,造成新的文风。因此时势虽极艰难,文辞却写得平静宽缓;
诗一定写《老子》、《庄子》的思想,赋是给《老子》、《庄子》做讲解。
所以知道文章的变化受到时代情况的感染,不同文体的兴衰和时
代有关,推求它的开始,归结到它的结束,即使是百世的文学流变
也是可以推知的。

㉔中朝:指西晋。　　　玄:当时的清谈,提倡《老子》《庄子》《易经》,称为
三玄。　　　江左:江东,指东晋。　　　㉕迍邅(zhūn zhān 谆沾):艰难。
夷泰:平安。　　　㉖柱下:殿柱下,老子做周柱下史。　　　漆园:庄子做漆园

408

吏。　　义疏:讲解的文辞。

　　45.11　自宋武爱文,文帝彬雅[87];秉文之德,孝武多才,英采云构[88]。自明帝以下,文理替矣[89]。尔其缙绅之林,霞蔚而飚起[90]。王袁联宗以龙章,颜谢重叶以风采[91];何范张沈之徒,亦不可胜数也[92]。盖闻之于世,故略举大较[93]。

　　自从宋武帝爱好文学,到宋文帝彬彬儒雅;宋孝武帝具有宋文帝的德行,多才多艺,辞采丰富。从宋明帝以下,文辞儒学都衰落了。宋代士大夫中,文士像云霞般众多,狂风般突起。王僧达袁淑两家宗族中联接地产生文才,颜延之谢灵运两家也都好几代以文采著名,何逊、范云、张邵、沈约这些人,多得不可能全部列举。这里只就在当时著名的,约略说个大概。

　　[87]宋武:宋武帝刘裕。　　文帝:刘义隆,武帝子。　　彬雅:彬彬儒雅,彬彬是有文有质,指既有文才,又好儒学。　　[88]孝武:孝武帝刘骏,文帝子。云构:状众多。　　[89]明帝:刘彧(yù 玉),文帝子。　　替:废。　　[90]缙(jìn 近)绅:赤色带,指士大夫。　　蔚:盛。　　[91]王袁:王家如王诞、王僧达、王微,袁家如袁淑、袁湛、袁凯、袁粲,同一宗族中有好多文才。颜家如颜延之、颜竣、颜测,谢家如谢灵运、谢瞻、谢惠连、谢庄等,都几代出文才。重叶:几代。　　龙章、风采:比文采。　　[92]何:何承天。　　范:范晔(yè 业)。　　张:张邵。　　沈:沈约。　　[93]闻:著名。　　大较:大概。

　　45.12　暨皇齐驭宝,运集休明[94]:太祖以圣武膺箓,[高]世祖以睿文纂业,文帝以贰离含章,[中]高宗以上哲兴运[95],并文明自天,缉熙景祚[96]。今圣历方兴,文思光被⑨，海岳降神⑱，才英秀发。驭飞龙于天衢⑲，驾骐骥于万里；经典礼章，跨周轹汉，唐虞之文，其鼎盛乎⑩！鸿风懿采，短笔敢陈；飏言赞时，请寄明哲⑩。

　　到大齐建国，国运昌盛：高帝因圣武受命，武帝因明智继位，文帝因像《离卦》有两重明察，含蕴文采，明帝因上智兴国，都是文雅明智，是天生的，光照皇位。现在国运正在兴隆，文教遍及各地，海和山降下神灵，人才突出。像驾驭飞龙在天上飞，驾着骐骥跑万里路；经书、礼乐、文章，超过周朝，压倒汉朝，像唐虞的文章，是正在兴盛了吧！美好而丰富的风采，拙劣的笔岂敢陈述；大声赞美当代，请交给高明者。

㉔暨：及。　　皇：美。　　驭宝：掌握统治权。宝，指皇位。　　运：时运。　　休：美。　㉕太祖：齐高帝萧道成。　　膺箓：即受天命，指即位。世祖：齐武帝萧赜(zé 则)，高帝子。　　睿：聪明。　　文帝：即齐武帝长子萧长懋为文惠太子，病死，其子萧昭业为帝，号称文惠太子为文帝。　　贰离：《易·离卦》："明两作离。"离是火，双重明亮，是储二，即指太子。　　高宗：齐明帝萧鸾(luán 栾)。　㉖缉熙：光明。　　景祚：犹大位，指皇位。㉗圣历：指国运。　　光被：广被。　㉘降神：指生下人才。《诗·大雅·崧高》："维岳降神，生甫及申。"山岳降下神灵，生下周朝的大臣甫侯、申伯。㉙飞龙：龙飞在天，指登皇位。　　　㉚轹(lì 力)：车轮辗过。　　鼎盛：方盛，正盛。　　㉛敢：岂敢。　　飏言：大声。

45.13　赞曰：蔚映十代，辞采九变㉜。枢中所动，环流无倦。质文沿时，崇替在选㉝。终古虽远，[旷]傥焉如面㉞。

410

总结说：文采照耀十代，辞章有多种变化。在一定范围中间变动，像循环流转没有停止。从质到文顺着时代转变，有时发展有时倒退，在乎善于选择。古代虽然遥远，又仿佛就在面前。

⑩十代：唐、虞、夏、商、周、汉、魏、晋、宋、齐。　　九：指多。　　⑩枢中：中心关键。　　崇替：兴废。　　⑩终古：古昔，远古。　　俣焉：状仿佛。刘勰主张宗经。这是说，六经离开当时虽远，贯彻宗经主张后就不远了，好像就在眼前，可以作为范例。

物色第四十六

　　《物色》是讲情景的关系，提出"情以物迁，辞以情发"。外界景物影响人的感情，由感情发为文辞，说明外界景物对于创作的关系。情和景既是密切结合着，所以要"既随物以宛转"，"亦与心而徘徊"。一方面要贴切地描绘景物情状，一方面也要表达出作者对景物的感情，达到"情貌无遗"，是情景交融。《神思》里提到"物以貌求，心以理应。刻镂声律，萌芽比兴"。这"物以貌求"就是"随物宛转"，"与心徘徊"就是"心以理应"，"情貌无遗"就是《神思》里的"神与物游"的"物无隐貌"。因此《物色》是创作论中的一篇，应该列在"刻镂声律"的《声律》前。

　　再讲怎样恰好地描写景物呢？刘勰认为《诗经》中的写景可作标准。像"'灼灼'状桃花之鲜，'依依'尽杨柳之貌，'杲杲'为出日之容，'瀌瀌'拟雨雪之状，'喈喈'逐黄鸟之声，'喓喓'学草虫之韵；'皎日''嘒星'，一言穷理；'参差''沃若'，两字连形：并以少总多，情貌无遗矣。""灼灼"有明艳如火的意思，显示桃花的鲜艳，同时写出新嫁娘火热的心情。"依依"有柔弱的意思，既形容柳条的柔软，也写出了出征战士与家人依依不舍的感情。"杲杲"描写日出的光耀，也写出了思妇望天下雨像望出征的丈夫回来，却看到太阳照耀的失望的心情。"瀌瀌"形容大雪纷飞，诗人认为雪看到阳光应该消掉，好比王听到谗言应该不信，可是只看到大雪纷飞不消，有王听信谗言不明的感叹。"喈喈"是描写黄鸟的叫声，也写出了妇人听见黄鸟叫声想回家探望父母的迫切心情。"喓喓"描写了草虫的声音，又写出了思妇听见草虫鸣声，感到时节变化，引起怀念丈夫的感情。"皎日"描写阳光的明亮，也用来反映作者意志的鲜明。"嘒星"描写星光的微弱，也反映诗人地位微贱的感叹。"参差"形容水草的长短不齐，也反映追求淑女不得的心情。"沃若"形容桑叶的滋润，反映那个女子出嫁时肤色的丰润。所以既写了物貌，又写了心情，做到"情貌无遗"。

刘勰又指出"功在密附"，要写得贴切，贴切了才能显示景物的特点，不是泛泛的形容。景物按时变化，但在同一个季节里，同一个风景还是有一定的形态的，那末怎样写得各有各的特色呢？他指出"物有恒姿，思无定检"。景物的形态虽有一定，作者的情思却是各不相同的，只要能够情景相生，就可以写得各具情态。但要写得既切合景物，又表达情思，需要从景物的触发中引出独特的感受，化为情思，这样才能够做到"物色尽而情有余"。由于情有余，把情感的色采加到物色上，物色也变化无穷了。刘勰又指出"物色尽而情有馀者，晓会通也"。讲会通，要借鉴前人的描写，这又跟通变相应，所以提到"参互以相变，因革以为功"。因袭的是前人怎样触景生情、缘情写景的方法，革新的是根据自己的情景相生，写出独特的感受。

这里又指出《诗经》里的描写比较简单，《楚辞》里的描写比较复杂，那他有没有贬低《楚辞》的意味呢？没有。他说"《诗》《骚》所标，并据要害"，认为《楚辞》同《诗经》的描写，虽或简或详，都是好的。那他贬低的"辞人丽淫而繁句"，是指辞赋家，不指《楚辞》。他又称"近代以来，文贵形似"，那是指谢灵运等山水诗，《明诗》里说的："情必极貌以写物，辞必穷力而追新。"它的特点是"窥情风景之上，钻貌草木之中"。上面讲的"情貌无遗"，是给景物着上感情色采，写出情景交融的作品来。这里是"窥情风景之上"，这个情是作者从风景中窥测到的，认为景物本身所具有的各种情态把它写出来，不是把作者的感情色采加到景物上去的。这样的描写又有它的特色。正像"山沓水匝"，这里的沓和匝，是山水本身所具有的情态，不是诗人把感情色采加上去的结果。

46.1 春秋代序,阴阳惨舒①,物色之动,心亦摇焉。盖阳气萌而玄驹步②,阴律凝而丹鸟羞③,微虫犹或入感,四时之动物深矣。若夫珪璋挺其惠心④,英华秀其清气,物色相召,人谁获安? 是以献岁发春,悦豫之情畅;滔滔孟夏⑤,郁陶之心凝⑥;天高气清,阴沉之志远;霰雪无垠,矜肃之虑深。岁有其物,物有其容;情以物迁,辞以情发。一叶且或迎意,虫声有足引心,况清风与明月同夜,白日与春林共朝哉!

　　春和秋交替着,阴沉的天气使人感到凄凉,阳和的天气使人感到舒畅,景物的变化,使人的心情也跟着动荡起来。冬至后阳气萌生,黑蚁开始走动,八月里阴气凝聚,螳螂吃着蚊子,微小的虫子还感受到气候的变化,可见四季的影响外物是很深远了。至于人,智慧的心灵比美玉更卓出,清明的气质比花朵更清秀,对景物的感召,谁能无动于衷呢? 因此新年春气发扬,情怀欢乐而舒畅;初夏阳气蓬勃,心情烦躁而不畅;秋天天高而气象萧森,情思阴沉而深远;冬天大雪纷纷渺无边际,思虑严肃而深沉。一年四季有不同的景物,不同的景物具有不同的形貌,感情由于景物而改变,文辞由于感情而产生。一张叶子掉下来尚且引起感想,虫声也能够引起情思,何况既有清风明月的良夜,又有丽日春林的朝晨啊!

①春秋:这里用春秋来指四季。　　阴阳:阴指秋冬,阳指春夏。这句即阴惨阳舒。　　②阳气萌:冬至后阳气开始萌生。　　玄驹:蚂蚁。　　步:走动。　　③阴律凝:阴历八月里阴气凝聚。古乐有十二律,阳律六,阴律六,用来配十二月,八月属阴律。　　丹鸟羞:螳螂吃(蚊子)。羞,吃。

④珪璋:美玉。　　挺:挺拔。　　惠:慧。　　⑤献岁:进入新年。　　滔滔:阳气盛。　　⑥郁陶:郁闷而心情不畅。阳气极盛以后阴气就要萌生,所

以心情不畅。

46.2　是以诗人感物，联类不穷；流连万象之际，沉吟视听之区。写气图貌，既随物以宛转；属采附声，亦与心而徘徊⑥。故"灼灼"状桃花之鲜⑦，"依依"尽杨柳之貌⑧，"杲杲"为出日之容⑨，"瀌瀌"拟雨雪之状⑩，"喈喈"逐黄鸟之声⑪，"喓喓"学草虫之韵⑫；"皎日""嘒星"，一言穷理⑬；"参差""沃若"⑭，两字[穷]连形：并以少总多，情貌无遗矣。虽复思经千载，将何易夺？及《离骚》代兴，触类而长，物貌难尽，故重沓舒状⑮，于是"嵯峨"之类聚，"葳蕤"之群积矣⑯。及长卿之徒，诡势瑰声⑰，模山范水，字必鱼贯，所谓诗人丽则而约言，辞人丽淫而繁句也⑱。

因此诗人对景物的感触，所引起的联想是无穷的；在多种多样的现象中流连玩赏，在看到听到的范围内吟味体察。描绘天气和事物的形状，既然要跟着景物而曲折回旋；运用辞藻和摹状声音，又要联系着自己的心情来回斟酌。所以用"灼灼"形容桃花色彩的鲜艳，"依依"曲尽杨柳轻柔的情态，"杲杲"是太阳出来时光明的形状，"瀌瀌"是雪下得大的样子，"喈喈"摹仿黄鹂的声音，"喓喓"仿照草虫的叫声；用"皎"字状太阳的明亮，用"嘒"字状星光的微小，是用一个字写出它的形状；用"参差"来形容不整齐，用"沃若"来形容润泽，是用两个字连起来形容：都是用少数字来概括复杂的情状，把情思和形状没有遗漏地描绘出来了。虽然此后经过千年来作家们的思考，也难以用别的什么字来代替。等到《楚辞》代《诗经》起来，触类旁通而加以引申，事物的形状难以完全描摹出来，所以用复叠的文词形容不同的事物，因此"嵯峨"这类的词聚集起来，

"葳蕤"这类的词联接起来了。到了司马相如这些人,注意奇异的形势,瑰丽的声容,刻画山水的形貌,形容词像游鱼般连接着,这就是所谓诗人用词简练,清丽而有法度;辞赋家用词繁多,艳丽而浮靡。

⑥气:天气,如日出。　宛转:曲折回旋。　属:联缀。　徘徊:来回走动,指反复考虑。　⑦灼灼:状桃花的色彩鲜明。见《诗·周南·桃夭》:"桃之夭夭,灼灼其华(花)。"　⑧依依:状杨柳枝条的柔软,见《诗·小雅·采薇》:"昔我往矣,杨柳依依。"　⑨杲杲(gǎo gǎo 稿稿):状太阳出来的明亮,见《诗·卫风·伯兮》:"其雨其雨,杲杲日出。"　⑩瀌瀌(biāobiāo 彪彪):状雪下得大。　雨雪:下雪。见《诗·小雅·角弓》:"雨雪瀌瀌,见晛(日光)曰消。"　⑪喈喈(jié jié 皆皆):状和鸣声。见《诗·周南·葛覃》:"(黄鸟)其鸣喈喈,……归宁父母。"　⑫喓喓(yāo yāo 夭夭):状虫声。见《诗·召南·草虫》:"喓喓草虫,……未见君子,忧心忡忡。"　⑬皎:(jiāo 饺):光明。见《诗·王风·大车》:"谓予不信,有如皦(皎)日。"　嘒(huì 惠):状微小。见《诗·召南·小星》:"嘒彼小星,……实命不同。"　一言:一字。　⑭参差(cēn cī 岑疵):状不整齐。见《诗·周南·关雎》:"参差荇菜,……窈窕淑女……求之不得。"　沃若:状柔润。见《诗·卫风·氓》:"桑之未落,其叶沃若。"　⑮长:引申。　重沓:重复,指多用复词。　⑯嵯峨(cuó é 矬俄):状山石高耸。见《楚辞·招隐》:"山气茏苁(状高)兮石嵯峨。"　葳蕤(wēi ruí 威绥):状花叶茂盛下垂。见《楚辞·七谏·初放》:"上葳蕤而防露兮。"　⑰诡:奇异。　瓌:珍奇。　⑱扬雄《法言·吾子》:"诗人之赋丽以则,辞人之赋丽以淫。"

46.3　至如《雅》咏棠华,"或黄或白"⑲;《骚》述秋兰,"绿叶""紫茎"⑳;凡摛表五色,贵在时见㉑,若青黄屡出,则繁而不珍。

至于《小雅》歌咏郁李花，"有的黄有的白"；《楚辞》歌咏秋兰，
"绿的叶"，"紫的茎"；一切色彩的描写，可贵在于及时看到，要是青
黄等颜色屡次出现，便繁杂而不可贵了。

⑲棠华：棠棣花，即郁李花。见《诗·小雅·裳裳者华》："裳裳（状光明）者
华（花），或黄或白。"　　⑳《楚辞·九歌·少司命》："秋兰兮青青，绿叶兮紫
茎。"　　㉑摛表：描写。　　时见：适时地看到。

46.4　自近代以来㉒，文贵形似，窥情风景之上，钻貌
草木之中。吟咏所发，志惟深远，体物为妙，功在密附。
故巧言切状，如印之印泥，不加雕削，而曲写毫芥㉓。故能
瞻言而见貌，[印]即字而知时也。然物有恒姿，而思无定
检，或率尔造极㉔，或精思愈疏。且《诗》《骚》所标，并据要
害，故后进锐笔，怯于争锋。莫不因方以借巧，即势以会
奇，善于适要，则虽旧弥新矣㉕。是以四序纷回，而入兴贵
闲㉖；物色虽繁，而析辞尚简；使味飘飘而轻举，情晔晔而
更新㉗。古来辞人，异代接武，莫不参伍以相变，因革以为
功，物色尽而情有馀者，晓会通也㉘。若乃山林皋壤，实文
思之奥府，略语则阙，详说则繁㉙。然则屈平所以能洞监
《风》《骚》之情者㉚，抑亦江山之助乎？

自从刘宋以来，作品描写重在逼真，从风景里观察它的情态，
从草树里钻研它的形状。歌诗的创作，情志只求深远，对事物描绘
得好，功效只在于贴切。所以巧妙的语言贴切事物的形状，像在封
泥上盖印，不用雕琢，却详尽地把极细微处都写出来了。因此看了
这些语言就像看到景物的面貌一样，就这些文字便知道时节的变

化。然而景物有一定的形状，思想却没有一定的框子，因此，有的不经意却达到极妙的境界，有的用尽心思却离开得越远。《诗经》和《楚辞》中所显示的写景名句，都能抓住景物的要害，所以后来才思锐敏的文笔，都不敢和它们较量。没有不是凭着成规，借用技巧，顺着发展趋势，求得新奇，只要善于适应主要变化，那末虽是借用成规也可以写得更新鲜了。因此，四季虽然变化纷繁，可是引起诗人的兴味着重在心地的闲静；物色虽极繁复，但用辞却重在简练；使得兴味飘飘地自然升起，情思鲜明而变得清新。从古以来的作家，时代不同先后继承，没有不是错综地求变化，又继承又革新地收到效果，景物的形貌虽有穷尽，情思却写不尽，这是懂得继承前人再求通变的道理。至于山林原野，实在是启发文思的宝库，但用语简略便不完备，说得详尽便繁琐。那末屈原所以能够深切地领会民歌《国风》和《九歌》所写的情态的，也还是靠江山的帮助吧？

㉒近代：指刘宋代。　　㉓印泥：泥封在信口上，在上盖印。　曲：详尽。芥：小草，喻细微。　㉔率尔：随便。　造极：达到极好处。　㉕虽旧弥新：承"因方借巧"说，那旧指旧的手法，可用来得到新的效果。就"物色尽"说，那旧指常见的景物，也可写得更新，因为"情有馀"。两说都可通。　　㉖入兴：进入创作。兴，创作的兴致。　闲：闲静。　㉗晔晔(yè yè 夜夜)：状鲜明。　㉘接武：接步，指继承。武，步子。　参伍：错综。　因：沿袭。会通：融会贯通。　㉙皋(gāo 高)壤：水边地。　阙：同缺。这里指描写应该详略适中，太详或太略都不好。　　㉚屈平：屈原名平。　洞监《风》《骚》：深察《国风》和《九歌》，《九歌》是楚地民歌，为屈原写《九歌》所本。洞，深。《骚》，本上文"《骚》述秋兰"，指《九歌》。

46.5　赞曰：山沓水匝㉛，树杂云合。目既往还，心亦吐纳。春日迟迟，秋风飒飒㉜。情往似赠，兴来如答。

418

总结说：山岭重叠，流水回绕，树枝交错，云气聚集。眼睛既然反复地观察，内心也有所感受而要倾吐。春天的太阳舒缓融和，秋天的风萧萧瑟瑟。用感情来看景物，像投赠；景物引起创作兴会，像酬答。

㉛匝(zā 杂)：围绕。　　㉜飒飒(sà sà 萨萨)：状风声。

才略第四十七

　　《才略》是刘勰的作家论，主要是指出历代作家在创作上的成就，或评论作家创作的优缺点。他的作家论的杰出见解，超出于当时的文学理论的，当是他提出的文气论吧。他说枚乘邹阳"气形于言"，"孔融气盛于为笔"，"阮籍使气以命诗"，加上"刘琨雅壮而多风"，这个"多风"也该是指气盛。这个气指气势，与曹丕《典论·论文》的"文以气为主，气之清浊有体，不可力强而致"的"气"讲作家个人的风格的不一样。把气势的气引入到论文中来，这是一种新的提法，在讲究声律的齐梁文学是不讲文气的。因为讲声律是按照四声来调节音节，不是按照语气所表达的情绪来讲气势。讲文气，注意情绪，情绪激昂的，语调昂扬，有气势。这种激昂的情绪，又往往和表达的思想有关，这就接触到情理。刘勰讲文，正是注意情理，注意气势。所以他讲建安文学，特别提到"梗概而多气"，在《诸子》里讲《列子》提到"气伟而采奇"。从文气的角度来讲作家，在当时是新的提法。后来古文家论文章，就是从文气的角度来讲的。

　　刘勰论历代作家，他的评论有不同于前人的，象对曹丕和曹植的评价。他既指出曹丕的不足处，即力缓而不竞于先鸣，也指出曹丕胜过曹植处，像"乐府清越，《典论》辩要"，这里显出他高出于前人的眼光。他对历代作家，不光指出他们的成就，对有些作家还进行褒贬。像对相如，既称他为汉赋之宗，辞赋夸艳，又批评他理不胜辞。称桓谭学富才贫，长于讽谕，不及丽文。王逸博识有功而绚采无力。陆机思能入巧而不制繁。孙绰赋伦序而寡状。殷仲文、谢叔源虽滔滔风流而大浇文意。这样既看到他们的优点，又看到他们的缺点，这是好的。不仅这样，他对有些作家，还进一步点出

420

他们所以有成就或优缺点的原因。像说扬雄涯度幽远，搜选诡丽，竭才以钻思，所以理赡而辞坚。马融由于思洽识高，吐纳经范，所以作品华实相扶。陆机才欲窥深，辞务索广，所以思能入巧而不制繁。陆云朗练有识力，所以布采鲜净。刘琨因时势关系，所以雅壮多风。袁宏高骧，所以卓出多偏。孙绰遵守规矩，所以伦序而寡状。殷仲文解散辞体，所以大浇文意。这样说明，更有助于认识这些作家。

《才略》的不足之处，是对历代作家的评价还有可商酌的。像讲战国散文，讲到了乐毅、范雎、苏秦、李斯，却没有提到庄周、孟轲。在历史散文上没有提左丘明的《左传》，也是忽略。对司马迁只提到他的《士不遇赋》的告哀，没有提《史记》。班固的辞赋和史学超过班彪，却说"难得而逾本"。论建安文学不提曹操，反而赞美不足称道的路粹，是不够恰当的。

从论文学的角度来论述历代作家，应该注意历代作家在文学开创方面的特殊贡献，刘勰对这点未免忽略了。比方在历史散文上，《左传》开辟了新的境界，超过前人；司马迁在传记上的独特成就；班固使历史散文趋向整练，赵壹、王粲开创了汉末抒情小赋，曹丕陆机开辟了文学理论等等，在这篇里都没有着重说明，使人感到不足。倘能从文学创新的角度来评论历代作家，探索他们所以能够开创一种新文体的原因，有助于理解文学的发展。刘勰论文，既注意文体论，又要原始表末。他在《辨骚》里指出《离骚》的"奇文郁起"，是看到《离骚》的创新作用的。要是他用这个观点来论述历代作家，是可以看到他们在创新方面的成就的。但他没有注意这点，这也是《才略》的不足处。

47.1　九代之文①，富矣盛矣；其辞令华采，可略而详也。虞夏文章，则有皋陶六德，夔序八音，益则有赞，五子作歌②。辞义温雅，万代之仪表也。商周之世，则仲虺垂诰，伊尹敷训，吉甫之徒，并述诗颂③。义固为经，文亦足师矣。

九代的文章，是很丰富了；它的语言文采，可以总括起来较仔细地说说。虞代和夏代的文章，有皋陶讲的六德，夔主管的八音，伯益有赞，五子作歌。它们的文辞温和，意义正确，是万世的标准。商朝周朝的时代，仲虺传下告诫的话，伊尹陈述教训的话，尹吉甫这些人，都作诗来歌颂功德。它们在意义上固然成为经书，在文辞上也是值得效法的。

①《时序》赞里讲到十代，这里去掉齐代，所以称九代。　　②皋陶（yáo摇）：虞舜时的刑法官。　　六德：《尚书·皋陶谟》里，皋陶讲了九德，即："宽而栗（严肃），柔而立，愿（朴实）而恭，乱（整治）而敬，扰（驯顺）而毅，直而温，简而廉，刚而塞（质实），彊（强）而义。"又说每天在九德中任意选六德来实行，就可办好政治。　　夔（kuí 逵）：舜臣，主管音乐。　　序：序列。　　八音：金、石、丝、竹、匏、土、革、木。　　益：舜臣。《尚书·伪大禹谟》说益赞（助）禹说："满招损，谦受益。"　　五子作歌：见《尚书·伪五子之歌》。　　③仲虺（huǐ 悔）：汤臣，曾经向汤进行告诫。见《尚书·伪仲虺之诰》。　　伊尹：汤臣。汤死后，太甲即位，伊尹向太甲陈述教训。见《尚书·伪伊训》。　　敷：陈述。　　吉甫：尹吉甫，周宣王时大臣，作《崧高》《江汉》等诗。

47.2 及乎春秋大夫，则修辞聘会，磊落如琅玕之圃，焜耀似缛锦之肆④。蒍敖择楚国之令典，随会讲晋国之礼法，赵衰以文胜从飨，国侨以修辞扞郑，子太叔美秀而文，公孙挥善于辞令⑤，皆文名之标者也。

到了春秋的大夫,在聘问和集会时,修饰辞令,丰富得像美玉的宝库,光彩照耀得像锦绣的店铺。蒍敖编选楚国的优秀法典,随会讲究晋国的礼法,赵衰因为熟悉礼仪跟着重耳去赴宴,子产因善于措辞扞卫了郑国,子太叔风姿秀美而有文采,公孙挥善于辞令,都是以文采著名的。

④磊落:状众多。　琅玕:美玉。　焜耀:光辉照耀。　⑤蒍(wěi 伟)敖:楚庄王臣。他修订楚国法典。　令:善。　随会:晋国大夫。他修订晋国的礼法。　赵衰:晋国大夫,他熟悉礼仪,陪公子重耳去赴秦穆公的宴会。在会上教导重耳行礼致辞。　文胜:擅长礼仪。　飨:款待。　国侨:郑国大夫子产。　修辞扞郑:见《徵圣》注⑥。　子太叔、公孙挥:郑国大夫。

47.3　战代任武,而文士不绝。诸子以道术取资⑥,屈宋以《楚辞》发采。乐毅报书辨以义,范雎上书密而至,苏秦历说壮而中,李斯自奏丽而动⑦。若在文世,则扬班俦矣。荀况学宗,而象物名赋⑧,文质相称,固巨儒之情也。

战国时代任用武力,可是文人不断产生。诸子百家用学说供人采择,屈原宋玉用《楚辞》来发扬文采。乐毅《报燕惠王书》明辨是非而立论正大,范雎《上秦昭王书》措辞含蓄而用意深切,苏秦游说各国文辞有力而切合情势,李斯《谏逐客书》富有文采而能打动人心。要是在崇尚文章的时代,那末他们就成了扬雄班固那样的作家了。荀子是学术界的领袖,却摹状事物称它为赋,文辞和内容相称,确实表达出大儒的情思。

⑥取资:取用,供人采用。　⑦乐毅:燕昭王臣,为燕昭王攻破齐国。

昭王死，惠王即位，听信齐人反间，派骑劫去代乐毅。乐毅逃到赵国。惠王去信责问，乐毅回信辩解，见《战国策·燕策二》。范雎上书不说明外戚专权，但话很深切，所以说"密而至"。见《论说》注㊹。苏秦游说各国的话见《战国策》中。李斯上书见《论说》注㊹。　　⑧荀况的赋，见《诠赋》注⑧。

47.4　汉室陆贾，首发奇采，赋孟春而［选典诰］进《新语》⑨，其辩之富矣。贾谊才颖，陵轶飞兔，议惬而赋清⑩，岂虚至哉！枚乘之《七发》，邹阳之上书，膏润于笔，气形于言矣⑪。仲舒专儒，子长纯史，而丽缛成文，亦诗人之告哀焉⑫。相如好书，师范屈宋，洞入夸艳，致名辞宗⑬。然［覆］纂取精意，理不胜辞，故扬子以为"文丽用寡者长卿"⑭，诚哉是言也！王褒构采，以密巧为致，附声测貌，泠然可观⑮。子云属意，辞［人］义最深，观其涯度幽远⑯，搜选诡丽，而竭才以钻思，故能理赡而辞坚矣。

前汉陆贾，首先发出不平凡的文采，作赋写早春，又给刘邦讲《新语》，他的辩论的话是很丰富的了。贾谊才华杰出，超越千里马，他的议论恰切，辞赋清新，难道是凭空造成的吗！枚乘的《七发》，邹阳的《狱中上梁王书》，笔酣墨饱，气势旺盛。董仲舒是专门的儒者，司马迁是纯正的史学家，却写出繁艳的文章，也是属于诗人诉说哀愁这类。司马相如喜欢读书，学习屈原宋玉的辞赋，功夫深入，文辞夸张艳丽，成为辞赋中的领袖。然而考核他的作品中的精义，情理不能胜过辞采，所以扬雄认为"文辞艳丽而不切实用的是司马相如"，这话是确实的！王褒创作的文采，以细致精巧为特点，绘貌绘声，巧妙而可看。扬雄命意谋篇，含意最为深刻，看他的作品内容深广，选辞奇丽，用尽全力来深入思考，所以能够做到内容丰富文辞确切不移了。

⑨陆贾:汉高祖臣。他的赋孟春,已无考。　孟春:初春。　《新语》:陆贾向高祖讲历史上成败兴亡的书。　杨注:"选典诰",可能指《孟春赋》从典诰中选词,本不误。　⑩颖:禾芒,指才华杰出。　陵轶:超过。　飞兔:千里马名。　贾谊有《陈政事疏》等。他的赋见《诠赋》。　⑪枚乘的代表作《七发》,举出七件事来,启发吴太子,竭力铺张描绘。　邹阳在吴国,上书吴王濞陈说利害,暗示他不要反叛,吴王不听。他到梁国,被毁谤下狱,他在狱中上梁王书,替自己辨明,得释。　膏:指文采。　气:气势。　⑫子长:司马迁的字。董仲舒有《士不遇赋》,司马迁有《悲士不遇赋》。　诗人告哀:《诗经·小雅·四月》有"维以告哀"句。　⑬洞:深。　致:到达。　宗:主,宗匠。　⑭覈:同核,考核。扬雄语见《法言·吾子》。　⑮密巧:指王褒《圣主得贤臣颂》写得对偶工巧。　泠(líng灵)然:状轻妙。　⑯子云:扬雄的字。　涯:边,指广度。　度:测深,指深度。　幽:深。

47.5　桓谭著论,富号猗顿,宋弘称荐,爰比相如⑰;而集灵诸赋,偏浅无才⑱,故知长于讽论,不及丽文也。敬通雅好辞说,而坎壈盛世⑲;显志自序,亦蚌病成珠矣⑳。二班两刘,奕叶继采㉑;旧说以为固文优彪,歆学精向,然《王命》清辩,《新序》该练,璠璧产于昆冈㉒,亦难得而逾本矣。傅毅崔骃,光采比肩,瑗寔踵武,能世厥风者矣㉓。杜笃贾逵,亦有声于文,迹其为才,崔傅之末流也㉔。李尤赋铭,志慕鸿裁,而才力沉膇㉕,垂翼不飞。马融鸿儒,思洽识高,吐纳经范㉖,华实相扶。王逸博识有功,而绚采无力㉗;延寿继志,瑰颖独标㉘,其善图物写貌,岂枚乘之遗术欤?张衡通赡,蔡邕精雅,文史彬彬㉙,隔世相望。是则竹柏异心而同贞,金玉殊质而皆宝也。刘向之奏议,旨切而调缓[30]；赵壹之辞赋，意繁而体疏[31]；孔融气盛于为笔，祢衡思锐于为文[32]，有偏美焉。潘勖凭经以骋才，故绝群于锡命[33]；王朗发愤以托志，亦致美于序铭[34]。然自卿渊已前，多[俊]役才而不课学，雄向以后，颇引书以助文，此取与之大际[35]，其分不可乱者也。

后汉桓谭著作论文，多得像猗顿的财富，宋弘推荐他，把他比做司马相如。可是他写的集灵宫等赋，内容偏狭浅薄，没有才华，所以知道他善于写讽谕议论，不擅长辞赋。冯衍一向爱好游说，可是他在盛明时代很不得志，他自序生平的《显志赋》，也像蚌病了才产生明珠。后汉的班彪班固，跟前汉的刘向刘歆，两代文采先后相继，以前认为班固的文章胜过班彪，刘歆的学问超过刘向，然而班彪的《王命论》清新而善辩论，刘向的《新序》内容丰富而文辞精练，美玉既在昆仑山上出产，那是很难超过它的出产地的。傅毅崔骃，文才像肩挨着肩，崔瑗崔寔跟着赶上，他们的文风能世代相继。杜笃贾逵，在文章上也有名望，考究他们的文才，应该排在崔傅两家的后面。王莽将李尤的辞赋铭文，有志追求巨大的体裁，可是才力滞钝，搭拉着翅膀飞不动。后汉马融是一代大儒，思想博通，见解高超，发言成为规范，华采内容互相配合。王逸在学问识力上都有成就，可是运用文采却缺乏才力；王延寿继承父志，才华独出，他的善于描摹物态，难道是掌握了枚乘传下来的技巧吗？张衡学识明通，文才丰富，蔡邕学识精纯，文辞雅正，都是文学和史学并美，隔代并称。这是竹子和柏树性质不同，同样耐寒，金子和宝玉质地不同，都是宝物。刘向的奏章，用意切合，语调迂缓；赵壹的辞赋，辞意复叠，体制疏阔；孔融章奏，意气昂扬，祢衡作赋，文思敏捷，各有一方面的优点。潘勖依傍经学来驰骋文才，所以《策魏公九锡文》

成为超越群才的作品；王朗发愤著作，来寄托意志，也在序和铭
文上具有优点。然而从司马相如王褒以前，多数运用文才而不考
求学问，扬雄刘向以后，多引用书句来写文章，这是取舍的大概，
它的分别是不能混淆的。

⑪桓谭：东汉初学者。　猗顿：春秋富商。说桓谭的著作多得像猗顿财
富，见《论衡·佚文》篇。《后汉书·宋弘传》，称桓谭几乎能及扬雄刘向父子，不
说比相如。　　⑫集灵宫，在华阴。桓谭看到集灵宫，作《仙赋》。集灵即集
仙。　　⑬敬通：冯衍的字。他曾劝说王莽将廉丹起义，没有成功。他又劝
刘玄将鲍永安抚北方。刘玄死后，他归附光武帝刘秀。刘秀怨他归附得慢，
不再信用。　坎壈：状不得志。　　⑭显志（赋）：是冯衍自序生平的赋。
蚌病成珠：指因不得志而写出好文章来。　　⑮奕叶：累代，指两代。　　⑯
《王命论》，见《论说》注⑪。　《新序》：前汉刘向著，叙录可供封建统治作借鉴
的遗文故事。　璠璧：精美璧玉。　昆冈：产玉处。　　⑰傅毅、崔骃、崔瑗、
崔寔：都是后汉作家。　比肩：指齐名。　踵武：继步，前后相接。　世：世代
相继。　厥：其。　　⑱杜笃、贾逵：后汉作者。笃有《论都赋》，逵有《神雀
颂》，在当时有名。　迹：考。　末流：后列。　　⑲李尤：王莽手下将军。著
有《函谷关赋》《函谷关铭》等。　沉腿（zhuì 坠）：指滞钝。腿，足肿。　　⑳
马融有《广成颂》。　鸿：大。　洽：博通。　吐纳：指发言。　　⑴王逸著
《楚辞章句》，有学识。　绚：文采。　　⑵延寿：王逸子，著《鲁灵光殿赋》。
璨颖：瑰奇突出。颖，禾芒，指秀出。　　⑶张衡作《两京赋》，学博才富。蔡
邕以碑铭著称。　彬彬：状有文有质。　　⑷刘向奏议，感叹外戚王氏专权，
言极痛切，反复申明。　　⑨赵壹《刺世疾邪赋》，同一意思反复申说；赋中多
用诗句，体裁不严密。　　⑩孔融奏章写得有气势。祢衡在酒席上写《鹦鹉
赋》，文不加修改而成。　　⑪潘勖写《策魏公九锡文》，摹仿经书。　锡命：
九锡的命令。九锡是天子赐给诸侯的九样事物。汉以后，大臣篡位前都有九
锡。　　⑫王朗：三国魏臣，著有奏议论记。杨注：《铭箴》称王朗"约文举要，
宪章戒铭"，是他有铭文的。　　⑬司马相如（长卿）王褒（子渊）的作品都不
引用经传，扬雄刘向的作品都引经传，见《事类》。　际：犹分界。

47.6　魏文之才，洋洋清绮[36]。旧谈抑之，谓去植千里；然子建思捷而才儁，诗丽而表逸，子桓虑详而力缓[37]，故不竞于先鸣；而乐府清越，《典论》辩要，迭用短长，亦无懵焉[38]。但俗情抑扬，雷同一响，遂令文帝以位尊减才，思王以势窘益价，未为笃论也[39]。仲宣溢才，捷而能密，文多兼善，辞少瑕累，摘其诗赋，则七子之冠冕乎[40]？琳瑀以符檄擅声，徐幹以赋论标美，刘桢情高以会采，应场学优以得文，路粹杨修颇怀笔记之工，丁仪邯郸亦含论述之美，有足算焉[41]。刘劭《赵都》，能攀于前修，何晏《景福》，克光于后进[42]；休琏风情，则《百壹》标其志，吉甫文理，则《临丹》成其采[43]；嵇康师心以遣论，阮籍使气以命诗[44]，殊声而合响，异翮而同飞。

魏文帝曹丕的文才，才力充沛而文采清丽。旧说抑低他，说比曹植相差极远；虽然曹植文思敏捷，才华卓越，诗歌清丽，表章杰出，曹丕思虑周详，思力迟缓，所以在抢先方面不能跟曹植争胜；可是他的乐府诗音节嘹亮，《典论》辩论得当，屡次运用他的长处，也不该不看到。可是世俗喜欢加以抑低或抬高，同声附和，便使曹丕因地位尊贵减少了他的才华，曹植因处境窘迫增加身价，那不是确切的评价。王粲才力富裕，文思敏捷，而又绵密，兼长各体，文辞很少毛病，选出他的诗赋代表作来看，那是建安七子中的首位吧？陈琳阮瑀以擅长章表檄文著名，徐幹因善写辞赋议论称美，刘桢情志高尚，而兼有文采，应场学问优秀、又有文才，路粹杨修很有书记的才能，丁仪邯郸淳也具备论著的美才，这是值得计数的。刘劭的《赵都赋》，能追上前辈作家，何晏的《景福殿赋》，能够照耀后辈作家；应璩的情思，有《百壹诗》来标举他的心志，应贞的文理，有《临

丹赋》构成他的文采；嵇康创造性地发挥议论，阮籍凭着气势来作
诗，像用不同的声音来合奏，像张开不同的翅膀来一起飞。

㊱洋洋：状广大。　　㊲儁：同俊。　　逸：卓越。　　子桓：曹丕的字。
㊳曹丕乐府《燕歌行》是魏七言诗的创始。　　《典论·论文》为魏文论的创
始。　　迭：屡。　　短长：指长处；短是陪衬字。　　懵：不明。　　㊴雷
同：雷响时各物同应，指人云亦云。　　笃论：确论。　　㊵仲宣：王粲的字。
瑕累：疵累。　　七子：指孔融、陈琳、王粲、徐幹、阮瑀、应玚、刘桢。　　冠
冕：居首。　　㊶符：符命，歌功颂德的文字，这里指章表。徐幹著《中论》和
《玄猿赋》。刘桢文有气势和文采。应玚富有才学。路粹杨修工于书记。丁
仪邯郸淳善于论述。　　算：计数。　　㊷刘劭《赵都赋》，见《事类》注⑱。
前修：前贤。　　《景福》：何晏作《景福殿赋》。　　㊸休琏：应璩的字。
《百壹》诗，见《明诗》注㉜。　　吉甫：晋应贞的字。他作《临丹赋》。临丹，在
出丹砂的水上。　　㊹嵇康著有《养生论》《声无哀乐论》。　　师心：指独
创。　　阮籍志气宏放，著有《咏怀》诗八十余首。

47.7　张华短章，奕奕清畅，其《鹪鹩》寓意，即韩非
之《说难》也㊺。左思奇才，业深覃思，尽锐于《三都》，拔萃
于《咏史》，无遗力矣㊻。潘岳敏给，辞自和畅，锺美于《西
征》，贾馀于哀诔，非自外也㊼。陆机才欲窥深，辞务索广，
故思能入巧而不制繁；士龙朗练，以识检乱，故能布采鲜
净，敏于短篇㊽。孙楚缀思，每直置以疏通；挚虞述怀，必
循规以温雅；其品藻《流别》，有条理焉㊾。傅玄篇章，义多
规镜；长虞笔奏，世执刚中；并桢幹之实才，非群华之韡萼
也㊿。成公子安，选赋而时美，夏侯孝若，具体而皆微，曹
摅清靡于长篇，季鹰辨切于短韵，各其善也[51]。孟阳景阳，
才绮而相埒，可谓鲁卫之政，兄弟之文也[52]。刘琨雅壮而

多风，卢谌情发而理昭，亦遇之于时势也⑤。

西晋张华的短篇，有神采而文理清畅，他的《鹪鹩赋》的命意，就是韩非的《说难》。左思才华突出，用思极深，在《三都赋》里用尽了气力，在《咏史》诗里显示了卓越才能，全部才力都用上了。潘岳下笔敏捷，文辞和顺畅达，在《西征赋》里汇集了他的美才，在哀诔里显示了具有富馀的才情，不是自以为不足。陆机在文才上要求深入，在文辞上力求广博，所以文思巧妙却不能约制文辞的繁多。陆云文思明朗，用思精练，用识力来制止文思散乱，所以能够使文采鲜明洁净，善于写短篇。孙楚构思，往往直率地措辞，文辞疏朗通达；挚虞陈述怀抱，一定按照规矩，措辞温雅，他评论作品的《文章流别》，是有条理的。傅玄的文章，内容多鉴戒的话；他的儿子傅咸的奏章，继承上代，写得刚直中正。他们都是建筑的重要材料，不是众花的花托。成公绥选题作赋，常有美好篇章；夏侯湛模仿《诗经》《书经》，具备各种体材，只是规模小些；曹摅的长篇作品，文辞清通而细致；张翰的短诗，明辨而确切：各有它的优点。张载张协才华绮丽相等，可以说像鲁国卫国的政治，是文章中的兄弟。刘琨诗雅正雄壮，多有讽谕；卢谌文抒发情感，理论明通，也是遭逢时势所造成的。

⑤奕奕：有神采。　　张华有《鹪鹩赋》，序里说，鹪鹩是平凡的小鸟，不像孔雀翡翠那样因有文采而遭人捕捉，指出有才的容易被害。《韩非子·说难》指出向君主进谏，会因触犯他而被杀，两者有相通处。　　⑥罩：深。左思《三都赋》，化了十二年搜集材料。　　左思《咏史》诗，是杰出作品。⑦敏给：敏捷。　　钟：聚。　　潘岳的《西征赋》，表现他的才华。　　贾馀：出卖多馀的才力，指文才有馀。　　潘岳以哀诔著名。　　自外：自以为外，即自以为不足。　　⑧陆机的文辞繁富。　　士龙：陆机弟陆云，文章短

430

小精练。　　⑭孙楚缀思:指他的诗,如"零雨之章"。　　直置:直书其事,置之句中,即不用典。据杨注。　　品藻:品评。　　《流别》:挚虞的《文章流别》,见《序志》注⑳。　　⑩规镜:鉴戒。　　长虞:傅咸字。　　世:世代,指傅玄、傅咸父子两代。　　桢幹:筑泥墙时,在两头竖木叫桢,在两边拦木叫幹,喻重要才具。　　铧(wěi 伟):状光采。　　萼:花瓣的外部。　　⑪子安:成公绥字。　　孝若:夏侯湛字。他仿《尚书》作《昆弟诰》,补《诗经》中亡失的《南陔》《白华》等诗。　　具体而微:具备《诗经》《尚书》的体裁,只是规模小些。　　靡:细致。　　季鹰:张翰字。　　短韵:短篇。　　⑫孟阳:张载字。　　景阳:张协字。　　埒(lè 勒):等。　　鲁卫之政:《论语·子路》:"鲁卫之政,兄弟也。"兄弟比喻不相上下。　　⑬刘琨要恢复中原,后被鲜卑族段匹磾所拘禁。他作诗给卢谌,希望卢能救他出险。　　风:讽谕,诗中引用古事来寓意。　　刘琨被害死后,卢谌上表东晋朝廷,替刘申诉,写得情发理昭。

47.8　　景纯艳逸,足冠中兴,郊赋既穆穆以大观,仙诗亦飘飘而凌云矣⑭。庾元规之表奏,靡密以闲畅;温太真之笔记,循理而清通⑮:亦笔端之良工也。孙盛干宝,文胜为史,准的所拟,志乎典训;户牖虽异⑯,而笔彩略同。袁宏发轸以高骧,故卓出而多偏;孙绰规旋以矩步,故伦序而寡状⑰。殷仲文之孤兴,谢叔源之闲情,并解散辞体,缥渺浮音;虽滔滔风流,而大浇文意⑱。

东晋郭璞辞采艳丽,才华卓越,够得上成为中兴第一。《南郊赋》既已庄严而非常可观,《游仙诗》也飘飘然高出云上。庾亮的奏章,文思细密而从容畅达,温矫的笔札,有条理而文辞清通,也是写作中的能工巧匠。孙盛干宝,以善于文辞作历史,所追求的标准,在于《尚书》;他们所走的路虽然不完全一样,但文笔辞采大体相同。袁宏发端高昂，所以文辞杰出而有不够处；孙绰在规矩中回旋，所以有条理而少描摹。殷仲文的咏孤兴，谢混的写闲情，都是解散文辞的体制，成为虚浮缥缈的音辞，虽是滔滔不断的清谈的风气，却是大大地使文意浮薄。

�554景纯：郭璞字。　郊赋：《南郊赋》。　穆穆：状庄敬。　仙诗：《游仙》诗。　�555元规：庾亮字。　靡：细。　太真：温峤字。　�556孙盛干宝：都是史家。　史：指文胜过质。　典训：《尚书》中的典和训。　户牖：犹门户途径。　�557发轸：开车。　高骧：马昂头快跑。　卓出多偏：指袁宏作品前半杰出，后面稍弱。　寡状：孙绰《天台山赋》对山水缺少描摹。　�558孤兴：未详。　叔源：谢混字。　闲情：未详。孤兴、闲情两篇，都不合规格，因它们宣扬清谈的风流，使文意浮薄。

47.9　宋代逸才，辞翰鳞萃，世近易明，无劳甄序�559。

宋代的卓越文才，作品多得像鳞片汇集，时代相近容易明白，不烦加以诠评叙述。

�559萃：聚。　甄：审察区别。

47.10　观夫后汉才林，可参西京；晋世文苑，足俪邺都�560；然而魏时话言，必以元封为称首；宋来美谈，亦以建安为口实�561；何也？岂非崇文之盛世，招才之嘉会哉？嗟夫，此古人所以贵乎时也！

看到后汉的众多作家，可以和西汉相比；晋代的文坛，能够和魏国相配；然而魏时的谈论，一定首推汉武帝元封年代文学；宋代

以来的美称，也以建安文学为佳话；为什么呢？难道它们不是崇尚
文学的盛世，招集才人的盛会吗？唉，这是古人所以看重时代啊！

　　⑩俪：配，偶。　　　邺都：魏建都在邺，在今河南临漳县西。　　　⑪元封：
汉武帝年号。　　　口实：谈话的资料。

47.11　赞曰：才难，然乎⑫？性各异禀。一朝综文，
千年凝锦。馀采徘徊，遗风籍甚⑬。无曰纷杂，皎然可品。

　　总结说：人才难得，不是这样吗？各人的性情各有不同。一朝
组织成文辞，经历千年聚集成锦绣。富馀的文采很有影响，流传的
文风极为显著。不要说作品纷杂，还是可以很明白地加以品评的。

　　⑫《论语·泰伯》："子曰：'才难，不其然乎！"　　　⑬徘徊：指影响存在着。
籍甚：著名。

知音第四十八

　　《知音》是刘勰的鉴赏论。他指出，在评价作品时要避免三种缺点：一，不要贵古贱今；二，不要崇己抑人，文人相轻是一种坏习气；三，不要信伪迷真，乱说一通。除了这三种缺点以外，还要避免个人的偏爱，以免作出不正确的评价。比方有的爱好音调慷慨，有的喜欢内容含蓄，有的爱好文采绮丽，有的喜欢文辞奇诡，合乎口味的就加赞美，不合口味的就加贬抑，这也不是正确的态度。

　　为避免偏爱，他提出博观。博观主要是欣赏，但又不限于欣赏。刘勰指出，会演奏一千首曲子的自然懂得音乐，观察过一千把剑的自然识剑。看多了就好比较，分出泰山和土堆的高低，大海和田沟的大小，避免受偏爱的蒙蔽。那末博观不光是听音乐，还要演奏音乐，也就是不光是欣赏作品，还要从事创作实践，要多看多作。这样博观，才有利于提高欣赏力，有利于纠正偏爱。经过这样的博观和比较，那末对于崇己抑人、信伪迷真的毛病，也许可以减轻些。不过怎样分别真伪，怎样正确地评价古今作品，是很复杂的问题，不是可以容易解决的。

　　再谈到对一篇作品的鉴赏，他提出六观说：一观位体，作者根据所要抒写的情理来确定体裁风格，读者因此先看作品的体裁和风格。二观置辞，作者是"情动而辞发"，读者是"披文以入情"，所以要观察文辞的安排。三观通变，观察作品是否"资于故实"，"酌于新声"，就是既借鉴前人作品，又加以变化。四观奇正，"奇正虽反，必兼解以俱通"，观察作者怎样执正驭奇的表现手法。五观事义，观察在"据事以类义，援古以证今"上，是否显示作品内容的丰富充实。六观宫商，观察文章的音节美。在这六观里，位体、置辞、通变、奇正都离不开内容，要结合内容来观察体裁、文辞、变化、奇正的。不过六观的重点不在研究内容的情理，这是因为已有《情采》来专篇讨论情理问题，所以这里从略了。在作品的内容上，刘勰虽然注意情真理正，可是怎样才能使情理正确，这个问题他还不可能解决。因此他的"选文以定篇"，虽然经过博观和比较，还有不够正确和不够恰当处。

48.1　知音其难哉[①]！音实难知，知实难逢，逢其知音，千载其一乎！夫古来知音，多贱同而思古，所谓"日进前而不御，遥闻声而相思"也[②]。昔《储说》始出，《子虚》初成，秦皇汉武，恨不同时；既同时矣，则韩囚而马轻[③]，岂不明鉴同时之贱哉！至于班固傅毅，文在伯仲[④]，而固嗤毅云："下笔不能自休。"及陈思论才，亦深排孔璋，敬礼请润色，叹以为美谈[⑤]，季绪好诋诃，方之于田巴[⑥]；意亦见矣[⑦]。故魏文称"文人相轻"，非虚谈也[⑧]。至如君卿唇舌，而谬欲论文，乃称"史迁著书，谘东方朔"[⑨]，于是桓谭之徒，相顾嗤笑。彼实博徒，轻言负诮[⑩]，况乎文士，可妄谈哉！故鉴照洞明，而贵古贱今者，二主是也；才实鸿懿，而崇己抑人者，班曹是也；学不逮文，而信伪迷真者，楼护是也。酱瓿之议，岂多叹哉[⑪]！

知音多么困难啊！音确实难以理解，知音确实难以碰到，碰到知音，千年中只有一次吧！从古以来的知音，多数看轻同代人而怀念古代人，所谓"每天在面前不信用，老远听见名声便想念"。从前韩非的《内外储说》开始传播，司马相如的《子虚赋》方才作成，秦始皇汉武帝看到了，怨恨不能和作者同时；后来知道是同时人了，那末韩非被囚禁，司马相如遭到轻视，难道不是明显地看到对同时人的看轻吗？至于班固傅毅，文章不相上下，可是班固讥笑傅毅道："一下笔就不能自己收住。"到曹植评论文才，也极力贬低陈琳；丁廙请他修饰文辞，他赞赏而认为佳话，刘修喜欢批评文章，他就把刘修比做田巴：他的用意也可看到了。所以魏文帝说"文人相轻"，不是空话。至于楼护以为有口才，却荒谬地想谈论文章，说什么"司马迁著书，请教东方朔"，因此桓谭等人带着讥笑的态度互相对望着。他本来没什么地位，轻率地发言被人耻笑，何况是文人，难道可以乱说吗？所以观察得深切明白，却又看重古代看轻当代的，两位君主便是；文才实是博大美好，却抬高自己贬低别人的，班固曹植便是；学问够不上谈文，却把谬误的当成是真实的，楼护便是。耽心著作给后人用来盖酱瓮，这难道是多馀的感叹吗？

①知音：懂得音乐中的含意，能欣赏音乐，借来指能够欣赏和评价作品。②御：用。　声：名声。这两句引文见《鬼谷子·内楗(jiàn 建)》篇。　　③《史记·韩非传》说，韩非著作《孤愤》《五蠹》《内外储说》等篇，传入秦国。秦王(即后来的秦始皇)看了《孤愤》《五蠹》，说："唉！我能看到这人，跟他交往，死都甘心！"后来韩非到了秦国，李斯等害他，把他关在牢里，逼他自杀。《汉书·司马相如传》说，汉武帝读《子虚赋》，说："我却不能跟这人同时啊！"后来召见司马相如，却把他看作像倡优那样的弄臣。　　④班固看轻傅毅的话，见曹丕《典论·论文》。　伯仲：老大老二，指不相上下。　　⑤曹植《与杨德祖书》，说陈琳(孔璋)不善于写辞赋，却自比司马相如，好比画虎不成反类狗。又说：丁廙(敬礼)请我改文章，说："后世有谁知道我，能够改定我的文章呀！"并认这话为美谈。美谈，佳话。　　⑥曹植又说："刘修(季绪)不善创作，却好批评。从前田巴好攻击人，给鲁仲连驳倒，从此不敢再开口。刘修也会像田巴那样的。"　方：比拟。　　⑦意亦见矣：指曹植爱听好话，讨厌批评，有文人相轻之意。　　⑧见曹丕《典论·论文》。　　⑨楼护(君卿)见《论说》篇注⑩。　唇舌：有口才。　谘：询问。　　⑩博徒：赌徒，指微贱的人。诮：讥讽。　　⑪《汉书·扬雄传赞》记刘歆看了扬雄的《太玄》，对扬雄说："我

怕后人只用它来盖酱瓮(当时的书是写在木版上的)。"这里含有知音难得的
感叹。

48.2 夫麟凤与麏雉悬绝,珠玉与砾石超殊,白日垂其
照,青眸写其形[12];然鲁臣以麟为麏,楚人以雉为凤,魏氏
以夜光为怪石,宋客以燕砾为宝珠[13]。形器易徵,谬乃若
是;文情难鉴,谁曰易分?

麒麟凤凰和麏鹿野鸡相差极远,珠宝同石子完全不同,在阳光
照耀下,有明亮的眼睛观察它们的形态;然而鲁臣把麒麟当作麏
鹿,楚人把野鸡当作凤凰,魏人把夜光璧当作怪石,宋人把燕国的
石子当作宝珠。具体的东西容易考查,却还发生这样的谬误,文情
难以鉴别,谁说容易分别?

[12]麏(jūn 君):麕的别名,鹿属,似鹿而小。 砾石:小石子。 青眸:黑
的瞳仁。 [13]《公羊传·哀公十四年》:鲁人获麟,说是麏而有角。《尹文子·
大道下》说楚人有挑着山雉的,路人问:"是什么鸟?"那人骗他是凤凰,他真把
它当作凤凰买下了。又说:魏国农民得宝玉,夜里发光,去问邻人,邻人骗他
是怪石,他便把它抛了。《艺文类聚》卷六引《阙子》说,宋人把燕国石子当作
珠宝。

48.3 夫篇章杂沓,质文交加,知多偏好,人莫圆
该[14]。慷慨者逆声而击节,酝藉者见密而高蹈[15];浮慧者观
绮而跃心,爱奇者闻诡而惊听。会己则嗟讽,异我则沮
弃[16],各执一隅之解,欲拟万端之变,所谓东向而望,不见
西墙也。

篇章复杂，质朴和文华交结着，人的爱好多有所偏，不能全面
地观察问题。性情慷慨的人碰到激昂的声调击节赞赏，有涵养的
人看到细致含蓄的就高兴；喜欢浮华的人看到绮丽的就动心，爱好
新奇的人听到奇异的就耸动。合乎自己爱好的便赞叹诵读，不合
口味的便看不下去，加以抛弃，各人都执着一偏的见解，要想适应
多种多样变化，正像面向东望，看不见西面的墙。

⑭沓(tà踏)：重复。　该：兼备。　⑮逆：迎着。　酝藉：有涵养。
高蹈：举足高，指高兴。　⑯讽：诵读。　沮：阻止。

48.4　凡操千曲而后晓声，观千剑而后识器⑰；故圆
照之象⑱，务先博观。阅乔岳以形培塿，酌沧波以喻畎
浍⑲。无私于轻重，不偏于憎爱，然后能平理若衡⑳，照辞
如镜矣。是以将阅文情，先标六观：一观位体，二观置辞，
三观通变，四观奇正，五观事义，六观宫商㉑。斯术既形，
则优劣见矣。

会演奏上千个曲子而后才懂得音乐，观察了上千把剑而后才
会识别宝剑；所以全面观察的方法，务必先要看得多。看了高山更
显出土堆的小，经过沧海更识得沟水的浅。没有忽轻忽重的私心，
没有忽憎忽爱的偏见，然后才能够像天平般称量内容的高下，像镜
子样照见文辞的美恶了。因此，要审察文章的情思，先举出观察的
六个方面：第一看体制安排，第二看文辞布置，第三看继承变化，第
四看或奇或正的表现手法，第五看运用事类，第六看声律。这个方
法实行了，那末文章的优劣就显出来了。

438

⑰操:犹奏乐。　　器:器物,指剑。　　⑱照:观察。　　象:犹法。　　⑲
乔岳:高山。　　培塿(pǒu lǒu 剖娄):小土堆。　　酌沧波:汲取沧海水。　　喻:
懂得。　　畎浍(quǎn kuài 犬快):田间小水沟。　　⑳衡:秤。　　㉑事义:
即事类,指文中引用材料,如事件、典故、引文。　　宫商:音律,如平仄节奏。

48.5　　夫缀文者情动而辞发,观文者披文以入情,沿
波讨源,虽幽必显㉒。世远莫见其面,觇文辄见其心㉓。岂
成篇之足深? 患识照之自浅耳。夫志在山水,琴表其情,
况形之笔端,理将焉匿㉔? 故心之照理,譬目之照形,目瞭
则形无不分,心敏则理无不达㉕。然而俗监之迷者,深废
浅售㉖,此庄周所以笑《折杨》,宋玉所以伤《白雪》也㉗。昔
屈平有言:"文质疏内,众不知余之异采。"㉘见异唯知音
耳。扬雄自称:"心好沉博绝丽之文"。㉙其不事浮浅㉚,亦
可知矣。夫唯深识鉴奥,必欢然内怿,譬春台之熙众人,
乐饵之止过客㉛。盖闻兰为国香,服媚弥芬㉜;书亦国华,
玩[泽]绎方美㉝;知音君子,其垂意焉。

作者先有了情思再发为文辞,读者先看了文辞再了解情思,沿
着波流向上追溯源头,即使隐微的也一定会使它显露。年代相隔
遥远,虽然没有谁看见作者的面貌,看了文章却往往看到作者的心
情。难道篇章过于深奥吗? 只怕识鉴的浅薄罢了。奏乐的心在山
水,琴音就表达了他的感情,何况在文字上表达出来,情理哪能隐
藏得住呢? 所以心的观察情理,好比眼的观察形貌,眼睛明亮那末
形貌没有不能分别,心思敏慧那末情理没有不理解的。然而世俗
的糊涂读者,对内容深沉的反而抛弃,浅薄的反受赏识,这是庄周
所以讥笑人们爱听《折杨》歌,宋玉所以感叹《白雪》歌不受重视。

439

从前屈原说:"外表不加华饰,内质朴实,众人看不到我的卓越光彩。"看到卓越光彩的只有知音罢了。扬雄自已说:"心里爱好深沉渊博绝顶美丽的文辞。"他的不喜浮浅也可以知道了。只有鉴识深远的人,看到作品的深奥处,一定感到内心的喜悦,好比春天登台使众人和悦,音乐和美味能留住过路客人。听说兰花是国内最好的香花,喜爱地佩戴着它会感到更芬芳;好作品也是国内最好的香花,要反复体味它才感觉美;知音的人们,还是好好留意这些吧。

㉒讨:探索。　　幽:隐微。　　㉓觇(zhān 沾):观。　　辄:往往。㉔《吕氏春秋·本味》说伯牙弹琴,一时志在泰山,一时志在流水。钟子期一听琴音,就能知道。　　焉:安,怎么。　　匿:隐藏。　　㉕瞭:眼明。达:通晓。　　㉖监:鉴察,观察。　　售:得售,得到赏识。　　㉗《庄子·天地》篇说:古乐俗人听不进去,听到《折杨》等俗曲便高兴地笑。宋玉《对楚王问》说,国中能够和着唱《白雪》歌的只有数十人。言能赏识的人少。　　㉘屈原《九章·怀沙》,"文质疏内",即文疏质讷。外表疏疏落落,不加修饰;内质朴实。　　内:同讷,朴实。　　㉙扬雄的话见《答刘歆书》。　　㉚"不"字原脱。　　事:从事。　　㉛怿(yì 义):悦乐。　　《老子》:"众人熙熙(状和乐),如登春台。"又:"乐(音乐)与饵(食品),止过客。"　　㉜服:服用,指佩戴。　　媚:爱好。　　㉝翫:同玩,赏玩。　　绎:推求义蕴。

48.6　赞曰:洪锺万钧,夔旷所定[34]。良书盈箧,妙鉴乃订[35]。流郑淫人[36],无或失听。独有此律,不谬蹊径[37]。

总结说:三十万斤的大钟,是古代乐师夔和师旷等所制定的。优良的作品充满书箱,经过高妙的鉴赏者才能评定。放荡的靡靡之音会迷惑人,千万不要失掉正确的听觉。只有遵循知音这个规律,才不会陷入迷途。

㉞洪:大。　　锺:同钟。　钧:三十斤。　夔:尧舜时的音乐官。　旷:师旷,晋国的音乐官。　㉟箧(qiè怯):箱。　订:校定。　㊱流:流荡。郑:郑国的靡靡之音。　淫人:使人迷惑。淫,过分。　㊲蹊(xī西):路。

程器第四十九

这篇讨论作家的品德才干问题，要求作家"擒文必在纬军国，负重必在任栋梁"。认为光会写文章还不够，还要"达于政事"，能文能武。这样讲，虽已超出讲文学的范围，但他是有为而发的，是针对当时崇尚清谈的流弊说的。

本篇讲作家的品德，既是从"负重必在任栋梁"着眼，不是从品德同创作的关系着眼，那末从创作的角度来考虑，对这些问题，本可存而不论。只是刘勰既经提出来了，也可以说一点，即他所指责的，有的不是品德问题。像扬雄嗜酒而少算，孔融的反对曹操，祢衡的傲视权贵，王粲的轻脆躁竞，陈琳的草率粗疏，傅玄的攻击台臣，孙楚的跟石苞互相控诉，相如跟卓文君同归，都不属于品德问题。此外，还可指出一点。他说："彼扬马之徒，有文无质，所以终乎下位也。"认为他们品德不好，所以不能任栋梁。那末文士要"负重必在任栋梁"，需要有好品德，换言之，只有品德好的才可以任栋梁。可是他又说"古之将相，疵咎实多"，那末古代的将相的品德也不好。他指责古代将相的品德，实际上是为文人抱不平，也是感叹自己的不得志。

在这篇里，他主要是针对当时的世家大族，爱好浮文，崇尚清谈，不达于政事，不懂军事，所以他要提出达于政事，要好文练武，崇尚品德才干，想来改变当时的风气。

其实，品德和创作不是没有关系的，《论语·宪问》："子曰：'有德者必有言，有言者不必有德。'"《易·乾·文言》："君子进德修业，忠信所以进德也，修辞立其诚，所以居业也。"有德者的话是确有体会的，是修辞立诚的，是从肺腑中流出的，是有内容有感情的，是真切感人的；无德者的话，不是真有体会的，也许是不真诚的，是虚假的,是袭取来的,是哗众取宠的,缺乏真切感人的力量,是没有生命的。在重要的关键时刻,有德者的话敢于破除各种假象,敢于说出人人不敢说的话,敢于披逆鳞,敢于指出有关国家民族的大问题,无德者只能说些装点门面的话,只能顺着风向说假话。历代大作家的大作品,都跟品德有关。可惜刘勰不从这个角度来讲作家的品德。

49.1 《周书》论士,方之"梓材"①,盖贵器用而兼文采也。是以朴斫成而丹雘施,垣墉立而雕杇附②。而近代词人,务华弃实③。故魏文以为":古今文人[之]类不护细行。"④韦诞所评,又历诋群才⑤。后人雷同,混之一贯,吁,可悲矣⑥!

《周书》议论士人,用木工选材、制器、染色作比,是看重实用而兼文采。因此,木材砍削成器,而后染上朱红漆,墙壁筑成而后再加粉饰。可是后代作家,力求华采,放弃实际。所以魏文帝认为:"古今文人大都不顾小节。"韦诞的批评,又对许多作家一一指摘。后人随声附和,混淆好坏,一例指责,唉,可悲啊!

①梓材:《尚书》中的《周书·梓材》篇,讲木工选材制器,再加染色,泥水匠砌墙再加粉刷。　　②朴:整治木材。　　斫(zhuó 浊):砍削。　　丹雘(huò 或):朱红色颜料。丹,红砂。雘,红石脂。　　垣:低墙。　　墉:高墙。雕杇(wū 乌):指粉刷墙壁。　　③近代:从下文看,这个近代包括汉朝在内。华实:这里指虚名和实际。　　④类:大都。　　护:爱护,注意。　　细行:细节。引文见曹丕《与吴质书》。　　⑤韦诞:三国时人。他对王粲、陈琳、阮瑀等人一一指摘,见《三国志·王粲传》注。　　⑥雷同:指人云亦云。　　一贯:一例,一同。　　吁:表感叹。

49.2 　略观文士之疵：相如窃妻而受金[7]，扬雄嗜酒而少算[8]，敬通之不循廉隅[9]，杜笃之请求无厌[10]，班固谄窦以作威[11]，马融党梁而黩货[12]，文举傲诞以速诛[13]，正平狂憨以致戮[14]，仲宣轻[脆]锐以躁竞[15]，孔璋偬恫以粗疏[16]，丁仪贪婪以乞货[17]，路粹餔啜而无耻[18]，潘岳诡祷于愍怀[19]，陆机倾仄于贾郭[20]，傅玄刚隘而詈台[21]，孙楚狠愎而讼府[22]。诸有此类，并文士之瑕累[23]。文既有之，武亦宜然。

约略地观察文人的毛病：司马相如勾引卓文君而又接受贿赂，扬雄贪酒而不会安排生活，冯衍不遵守轨矩，杜笃向官府请托不知满足，班固谄媚窦宪，又作威作福，马融投靠梁冀而又贪污，孔融傲慢狂妄招致杀害，祢衡狂放痴迷招来杀戮，王粲轻脱锋利，急躁竞进，陈琳草率而粗疏，丁仪贪污求财，路粹贪吃无耻，潘岳阴谋暗害愍怀太子，陆机倒向权门贾谧郭彰，傅玄刚愎偏窄咒骂台官，孙楚凶狠刚愎控告上级。诸如此类，都是文人的缺点。文人既经有这些缺点，武人也应该是这样。

[7]前汉司马相如弹琴挑诱新寡的卓文君，跟他一起逃跑。后来他出使到蜀地，又接受贿赂。　[8]前汉扬雄好喝酒。家贫，没有馀粮。　少算：不会给家庭经济打算。　[9]敬通：后汉冯衍字。他把妻子赶走，引起当时人的不满。　廉隅：方正。　[10]后汉杜笃跟美阳县官交友，屡次向他请托，不知满足。　厌：满足。　[11]后汉班固做大将军窦宪手下的中护军和参议。他放任子侄辈在外横行不法。　[12]后汉马融替豪门梁冀起草奏章攻击大臣李固，又收受贿赂。　黩（dú 毒）货：贪污。　[13]文举：后汉末孔融字。他用傲慢的态度讥刺曹操，发言狂妄，被曹操所杀。　速：召致。　[14]正平：后汉末祢衡字。他因得罪曹操，曹操把他送给刘表。又因态度傲慢，刘表把

他送给江夏太守黄祖。他因出言不逊,被黄祖所杀。　憨(hān 酣):痴。
⑮仲宣:魏王粲字。　轻锐:轻脱有锋芒。　躁竞:急躁求进。　⑯孔璋:
魏陈琳字。　偬恫(zǒng dòng 总洞):匆忙草率。　⑰魏丁仪贪污。　婪
(lán 拦):贪。　货:货币。　⑱魏路粹贪吃。　铺:吃。　啜(chuò 辍):
喝。他替曹操陷害孔融,是无耻。　⑲西晋潘岳替贾后起草一篇祷神文,
中有叛逆意。贾后把太子灌醉,逼他照抄一份,就根据它来废掉太子。　诡
诪(zhōu 州):阴谋。　愍(mǐn 闽)怀:晋惠帝太子。　⑳西晋陆机依附权
门贾谧郭彰。　倾仄:倒向。　㉑西晋傅玄官做司隶校尉,按旧制,在殿
外,司隶校尉坐在卿上,在殿内,司隶校尉坐在卿下。掌礼官以崇训宫为殿
内,让傅玄坐在卿下,说这是尚书安排的。傅玄大怒,咒骂尚书以下官。
隘:狭仄。　詈(lì 利):骂。　台:尚书台。　㉒西晋孙楚到骠骑将军石苞
幕府里去工作,他见石苞作揖不拜,说:"天子命我参卿军事。"两人因此不和,
互相控诉。　狠:凶狠。　讼府:和将军府控诉。　㉓瑕(xiá 侠):玉的斑
点,指缺点。

49.3　古之将相,疵咎实多㉔:至如管仲之盗窃㉕,吴
起之贪淫㉖,陈平之污点㉗,绛灌之谗嫉㉘。沿兹以下,不
可胜数。孔光负衡据鼎,而仄媚董贤㉙,况班马之贱职,潘
岳之下位哉? 王戎开国上秩,而鬻官嚣俗,况马杜之磬
悬㉚,丁路之贫薄哉? 然子夏无亏于名儒,浚冲不尘乎竹
林者㉛,名崇而讥减也。若夫屈贾之忠贞,邹枚之机觉㉜,
黄香之淳孝㉝,徐幹之沉默,岂曰文士,必其玷欤㉞?

　　古代的将相,毛病确实是很多的:像管仲的偷窃,吴起的贪财
好色,陈平的行为有污点,周勃灌婴的诽谤好人,妒忌贤才。从此
以下,例子多到数不完。孔光位为丞相,却向董贤献媚,何况班固
马融的职位卑微,潘岳的地位低下呢? 王戎是开国大臣,却卖官纳

贿，随波逐流，何况司马相如杜笃家里空空像挂起的磬，丁仪路粹
那样的贫穷呢？然而这些并不损害孔光的称为名儒，也不妨碍王
戎的列入竹林七贤，那是因为名位高了，就减少了人家对他们的讥
讽。至于屈原贾谊的忠直贞正，邹阳枚乘的机警，黄香的极孝，徐
幹的沉静淡泊，难道说文人一定是有缺点的吗？

㉔咎：过失。　　㉕春秋齐相管仲，相传他贫困时曾偷窃过。　　㉖春
秋时魏将吴起贪财好色。　　㉗西汉陈平得到刘邦信任，周勃灌婴说他在家
时与嫂有私，又接受诸将金钱。　　㉘西汉绛（jiàng 匠）侯周勃和灌婴毁谤
贾谊，加以排斥。　谗（chán 蝉）：毁谤好人。　　㉙西汉哀帝派他宠爱的董
贤去见丞相孔光，孔光知道哀帝要抬高董贤地位，就亲自迎送拜见。　负衡：
表持平，指居相位。衡，秤。　据鼎：指居相位。鼎，三足，喻三公。　厌：不
正。　　㉚西晋王戎因灭吴功封侯，他收受刘肇贿赂，在作官时随波逐流，无
所表现。　秩：禄位。　鬻：卖。　嚣俗：跟世俗沉浮。嚣，通遨，遨游。　磬
悬：室内空空，家徒四壁像悬磬。　　㉛子夏：孔光字，他以儒者居相位。
无亏：无损。　浚（jùn 郡）冲：王戎字。　不尘：不玷污。　竹林者：山涛、阮
籍、嵇康、向秀、刘伶、阮咸、王戎称为竹林七贤。　　㉜西汉的邹阳枚乘都在
吴国作客，他们警觉地感到吴王刘濞阴谋叛变，都离开了吴国。　　㉝后汉
黄香，九岁时死了母亲，悲痛到极点。　　㉞魏徐幹沉静淡泊，不求名利。
玷（diàn 店）：玉的斑点，指缺点。

49.4　　盖人禀五材，修短殊用，自非上哲，难以求
备㉟。然将相以位隆特达，文士以职卑多诮；此江河所以
腾涌，涓流所以寸折者也㊱。名之抑扬，既其然矣，位之通
塞，亦有以焉㊲。盖士之登庸，以成务为用㊳。鲁之敬姜，
妇人之聪明耳，然推其机综，以方治国㊴，安有丈夫学文，
而不达于政事哉？彼扬马之徒，有文无质，所以终乎下位

446

也。昔庾元规才华清英，勋庸有声，故文艺不称；若非台岳，则正以文才也^㊵。文武之术，左右惟宜。郤縠敦书，故举为元帅^㊶，岂以好文而不练武哉？孙武《兵经》^㊷，辞如珠玉，岂以习武而不晓文也？

人各具有五种材质，但在多少上各有不同；要不是圣人，很难完备。然而将相因为地位崇高特别显达，文人因职位卑微多受到讥讽；这正像大江大河所以波浪腾涌，小沟小水所以水流曲折的。名声的受到贬抑和推崇，既是这样；职位的高低，也是有原因的。大概士人的被录用，凭他能够办事来作准则的。鲁国的敬姜，是个聪明的妇人罢了，但是她能够就织机加以推论，来比喻治理国家；哪有丈夫学了文章，却不懂得政事的呢？像扬雄司马相如那些人，有了文才而缺乏品德，所以终于处在低下的职位。从前庾亮文才清新，功勋卓著，所以他的创作不被称扬；倘他不做大官，那末正该以文才著名。文才武略，像左右手那样可以配合。郤縠爱好《诗》《书》，所以被选拔做元帅，难道因为爱好文学就不熟悉兵法吗？孙武的《孙子》，文辞像珠玉般美好，难道因为熟习兵法就不懂得文辞吗？

㉟五材：五行，金、木、水、火、土。刘邵《人物志》认为人具有的五行，构成仁义礼智信五种品德，但各人所具有的品德不够完备。　修短：长短。指各人所具备的德行有多有少。　㊱隆：高。　特达：特别显达。　诮：讥讽。腾涌：喻将相的声名显著。　涓：小水。　寸折：多转折，喻文士的被讥诮。㊲抑扬：犹隐显。　其：助词。　然：这样。　通塞：犹高低。　以：原因。㊳登庸：拔用。　成务：成事。　㊴敬姜子文伯相鲁，敬姜对他说：治国好比织丝。布帛的边要牢靠；经线纬线的交织要端正。　机综：织机的经纬交织。　方：比喻。　㊵元规：东晋庾亮字。　勋庸：功勋。　称：著称。

台:三台星,喻三公。　　岳:四岳,四方诸侯之长。　　㊶郤縠(xīhú 细湖):春秋时晋元帅。　　敦书:崇尚《诗经》《书经》。赵衰说他爱好《诗经》《书经》,推举他做元帅。　　㊷孙武:春秋时著名军事家。《兵经》指《孙子》兵法。

49.5　是以君子藏器㊸,待时而动,发挥事业;固宜蓄素以弸中,散采以彪外,楩柟其质,豫章其干㊹。摛文必在纬军国㊺,负重必在任栋梁,穷则独善以垂文,达则奉时以骋绩。若此文人,应《梓材》之士矣。

　　因此君子具备了才德,等待时机来加以施展,建立一番事业;本该培养才德来充实内在的美,散播文采来显示外在的美,具有楩柟那样坚实的质地,豫章那样高大的材干。那末,作起文章来一定要规划军国大事,担负起重任来一定要成为栋梁;不得志便培养品德,著作传世,得志就及时建功立业。像这样的文人,才适合《梓材》篇所说的人才了。

　　㊸器:才具,才德。　　㊹素:质地,指才德。　　弸(péng 彭)中:充满于中。　　彪外:文采显著于外。　　楩(pián 骈):黄楩树。　　柟:楠树。它们都质地坚实。　　豫章:樟树类大木名。　　㊺纬:经纬,组织,规划。

49.6　赞曰:瞻彼前修,有懿文德㊻。声昭楚南,采动梁北㊼。雕而不器,贞干谁则㊽?岂无华身,亦有光国?

　　总结说:看看那些从前的贤人,具有美好的文才和品德。声名和文采扬溢在南方的楚地,文采和声名震动了北面的梁国。假使光有雕饰文采而没有品德,才具不够还能做谁的榜样?难道文章没有显耀身名,也有为国争光吗?

㊻前修:前贤。指有德有文的作家。　懿:美。　㊼昭:明。　楚南:指屈原贾谊。　梁北:指邹阳枚乘。　㊽贞幹:同桢幹,指品德。　则:仿效。

序志第五十

　　《序志》是全书的总序，排在最后。它先解释书名。"文心"是讲作文的用心，这是一；"雕龙"指雕刻龙文，比作文的要讲究文采，但不要光讲究文采，这是二。讲作文的用心，就把讲作文的纲领，讲创作论、文体论、文学评论都包括进去了。讲文采，就把当时南朝人看重文采的特点显示出来了。那末本书所谓"文"，是指什么呢？是指诗文。诗文中的文，以文学为主，非文学为次。不仅诗赋是文学的，不少古代应用文，在刘勰看来也是文学的，参见《总术》说明。所以本书是古典文学理论的杰作。

　　接着，讲本书的写作目的：一是希望留名后世，这是儒家的传统想法。文中突出地写他对孔子的崇拜。二是说明文章的功用，并结合它来挽救当时走上歧路的文风。他认为文章的功用，在于用来完成礼制、法典等制作，并宣扬政绩，记载军国大事，是经典的支流。曹丕在《典论·论文》里指出"盖文章经国之大业，不朽之盛事"。陆机《文赋》里说，"济文武于将坠，宣风声于不泯"，即继承周文王、武王的教化，加以宣扬。这些都和刘勰的论点一致，不过刘勰讲得更具体充分些。他还要拿这种理论来挽救当时浮靡的文风，这就有了意义。三是不满于从魏晋以来论文章的著作，这些著作总的说来，只看到一角，不能作全面的论述，缺乏穷源到流的考察。像《典论·论文》、《与杨德祖书》、《文赋》、《翰林论》都没有穷源到流作史的考察；像《文质论》、《文章流别论》虽作了史的考察，又不能在写作上作全面的论述。刘勰既作了全面论述，又作了史的考察，这是他在论文章上超过以上诸家的地方，所以《文心雕龙》能够成为体大思精之作。

　　接下来讲全书的结构。全书分三部分：第一部分是"文之枢纽”，相当于文章纲领，包括《原道》《徵圣》《宗经》《正纬》《辨骚》五篇。这部分要说明文章的根源是道，刘勰认为，最能认识道的是圣人，所以要向圣人学习。圣人在经书里用各种不同的体裁来阐明道，所以要从经书里考察各种文体。文章还要写得有文采，所以要从纬书里去吸取文采；文章还要因时变化，所以要学习从《诗经》到《离骚》的变化。这样，从文章根源、学习对象、文体源流到文采、变化都讲到了。第二部分是文体论，包括从《明诗》到《书记》二十篇，这二十篇分为两部分，前一部分讲有韵文的是十篇，后一部分讲无韵文的也是十篇。这部分讲各种文体起源和流变，解释各种文体的名称意义，选出各种文体的代表作品来加以论述，说明各体文的写作方法。总论和文体论，这两部分合称上篇，就是上部，共二十五篇。第三部分是创作论，这部分分析情理和文采，讲究写作的系统条理，研究文思、风格、体势、变通、谋篇、修辞、声律、章句等创作问题。第四部分讨论文学史观、作家论、鉴赏论、作家品德论。这两部分从《神思》到《程器》共二十四篇，加上总序《序志》，合二十五篇，称为下篇，就是下部。上下部合成五十篇，对写作的各个方面作了全面而系统的论述。

最后再说一下每篇末了的赞。于篇末加赞有两种情形：一是别出新意的，有些意思不宜于写入篇中，就在篇末的赞里说，像《史记》篇末的"太史公曰"就是。一是总结上文，像《后汉书》传后的赞就是，这种赞是从佛经的"偈"演化出来的。本书中的赞这两种都有，以后一种为多。本篇的赞指出人生有涯，外物无穷，所以"逐物实难，凭性良易"，这是属于前一种，即赞里别出新意。值得注意的是，这篇总序的赞，主张"凭性良易"，即顺着个性去完成作家和作品的风格比较容易，这就与第一篇《原道》的主张"自然"相应了。

50.1　夫"文心"者，言为文之用心也。昔涓子《琴心》，王孙《巧心》①，心哉美矣，故用之焉。古来文章，以雕缛成体，岂取驺奭之群言雕龙也②。夫宇宙绵邈，黎献纷杂③，拔萃出类，智术而已。岁月飘忽，性灵不居④，腾声飞实，制作而已。夫[有]人肖貌天地，禀性五才，拟耳目于日月，方声气乎风雷⑤，其超出万物，亦已灵矣。形同草木之脆，名逾金石之坚，是以君子处世，树德建言。岂好辩哉？不得已也！

　　"文心"是讲作文的用心。从前，涓子写过《琴心》，王孙子写过《巧心》，"心"是太灵巧了，所以用它来做书名。从古以来的文章，靠修饰和文采来构成，大概是效仿修饰语言有如雕刻龙纹一般的驺奭吧。宇宙无穷，常人和贤才混杂，拔尖的，超出一般的，只靠才智罢了。时间飞快过去，人的才智不能永存，要使声名和事功留传下去，只有靠创作罢了。人的容貌像天地，天性具有仁义礼智信，耳目好像日月，声气好像风雷，他超出万物，也已经算是灵智了。可是他的形体同草木一样脆弱，只有声名胜过金石的坚固，可以不朽，因此君子在世，要立德立言。这样立言难道是喜欢辩论吗？是为了不朽而不得已啊！

　　①涓子：战国楚人，亦作蜎子，即环渊，是道家，著有《琴心》。　　王孙子：是儒家，著有《巧心》。　　②雕缛：修饰和文采。缛，文采丰富。　　驺奭(zōu shi 邹式)：战国时齐人，他善于修饰语言，像雕刻龙纹，当时人称他为"雕龙奭"。李庆甲《文心雕龙书名发微》认为这句里的"岂"，同《辨骚》的"岂去圣之未远，而楚人之多才乎"的"岂"同，没有否定意。今从之。　　③绵邈：遥远。黎：黎民，百姓。　　献：贤人。　　④性灵：人的秉性灵秀。　　居：停留。⑤把人的耳目呼吸比做日月风雷，这是汉朝人的迷信说法。《汉书·刑法志》："夫人肖天地之貌，怀五常之性。"　　五才：本指五行，这里承"五常之胜"来，

指仁义礼智信。又五行既指金木水火土，也指五常。

50.2 予生七龄，乃梦彩云若锦，则攀而采之。齿在逾立，则尝夜梦执丹漆之礼器，随仲尼而南行⑥。旦而寤，迺怡然而喜⑦。大哉圣人之难见哉，乃小子之垂梦欤⑧！自生人以来，未有如夫子者也⑨！敷赞圣旨，莫若注经，而马郑诸儒⑩，宏之已精；就有深解，未足立家。唯文章之用，实经典枝条；五礼资之以成，六典因之致用⑪，君臣所以炳焕，军国所以昭明，详其本源，莫非经典。而去圣久远，文体解散，辞人爱奇，言贵浮诡，饰羽尚画，文绣鞶帨，离本弥甚，将遂讹滥⑫。盖《周书》论辞，贵乎体要⑬；尼父陈训，恶乎异端⑭；辞训之异，宜体于要，于是搦笔和墨⑮，乃始论文。

我在七岁时，竟梦见彩云像锦绣，便扳上去采它。过了三十岁，曾经在夜梦中拿着朱红漆的祭器，跟着孔子向南走去。早上醒来，就很高兴。伟大的圣人是很难见到的，竟降临在小子的梦中！自从有人类以来，没有像夫子那样的人！要阐明圣人意旨，最好是注释经书，可是马融、郑玄许多大儒，发挥得已很精辟；我即使有深刻的理解，也够不上自成一家。只有文章的作用，确是经典的旁枝，五种礼制靠它来完成，六种法典靠它来施行；君臣的政绩得以照耀，军国的大事得以显明，都离不了文章。推究到根源，各种文章没有不是从经典里来的。可是由于离开圣人太遥远，文章的体制遭到破坏，作家爱好新奇，看重浮靡诡异的语言，好比在彩色鲜明的羽毛上涂上颜色，在不用刺绣的皮带上去刺绣，离开根本越来越远，将要造成乖谬和浮滥。《周书》讲到文辞，重在体会要义，孔子陈述教训,憎恨异端;要从孔子的教训里辨别异端,应该从《周书》的话里体察作文的要义,因此握笔调墨,才开始论文章。

　　⑥孔子称"三十而立"(《论语·为政》),所以"逾立"为过三十岁。　　礼器:祭祀用的笾(竹制圆器)豆(木制,像高脚盘子)。　　仲尼:孔子的表字。⑦寤:睡醒。　　迺:同乃。　　怡然:状喜悦。　　⑧垂梦:示梦,在梦中显现。⑨夫子:老师,指孔子。　　⑩敷赞:敷衍赞明,即发挥说明。　　马、郑:皆为后汉大儒。马融注《孝经》《论语》《诗》《易》《书》《三礼》等。　　郑玄,马融学生,注《易》《诗》《书》《礼》《仪礼》《论语》《孝经》等。　　⑪五礼:吉、凶、宾、军、嘉。六典:治典(指治理,即政治)、教典(指教化)、礼典(指礼乐)、政典(指平定天下,即军事)、刑典(指刑法)、事典(指生养,即经济)。见《周礼·大(太)宰》)。　　⑫鞶(bān 般):皮带。　　帨(shuì 税):佩巾。皮带上不好刺绣,也不需要刺绣;帨字可能只作陪衬用。　　讹(é 俄):谬谈,指颠倒文句等,见《定势》篇。　　⑬指《尚书》中周朝的书《伪毕命》:"辞尚体要。"　　⑭孔子字仲尼,尊称为尼父。《论语·为政》:"(孔)子曰:'攻乎异端,斯害也已!'"　　⑮辞训之异,宜体于要:当是互文,即陈训恶异,论辞体要。　　搦:握。

50.3　详观近代之论文者多矣:至于魏文述典⑯,陈思序书⑰,应场文论⑱,陆机《文赋》⑲,仲洽《流别》⑳,弘范《翰林》㉑。各照隅隙,鲜观衢路;或臧否当时之才,或铨品前修之文㉒,或泛举雅俗之旨,或撮题篇章之意。魏典密而不周㉓,陈书辩而无当㉔,应论华而疏略㉕,陆赋巧而碎乱㉖,《流别》精而少[巧]功㉗,《翰林》浅而寡要㉘。又君山公幹之徒,吉甫士龙之辈㉙,泛议文意,往往间出,并未能振叶以寻根,观澜而索源。不述先哲之诰,无益后生之虑。

　　细看近代论文的作家是不少了：如魏文帝曹丕的《典论·论文》，陈思王曹植的《与杨德祖书》，应场的《文质论》，陆机的《文赋》，挚虞的《文章流别论》，李充的《翰林论》。它们各自看到一角，很少有看到四通八达的大路的；有的褒贬当时的人才，有的品评前贤的文章，有的一般地谈雅和俗的旨趣，有的约略举出文章的用意。《典论·论文》论点严密，可是不完备；《与杨德祖书》善于辩论，可是不够恰当；《文质论》有文采，可是粗疏；《文赋》巧妙，可是碎乱；《文章流别论》精粹，可是不切实用；《翰林论》浅薄，又不得要领。再像桓谭、刘桢之流，应贞、陆云等辈，泛泛地讨论文章的用意，往往轮替着出来，都不能从枝叶追寻到根本，从观察波澜去探寻源头。不叙述前贤的教训，对后辈的探讨文章没有益处。

　　⑯魏文：魏文帝曹丕，著有《典论·论文》，是著名的文学论。　　⑰陈思：魏曹植封陈王，死后谥号为思，称陈思王。他的《与杨德祖书》讨论文学。
⑱应场（cháng 畅）：建安七子之一。著有《文质论》，讲文和质的关系。
⑲陆机：西晋初著名作家，著有《文赋》。这是一篇较系统地讨论文章的赋。
⑳仲治：晋初作家挚虞，字仲治，著《文章流别论》。《文章流别》是一个分题的选本，已失传。这个选本对每类文章都作了论述，称《文章流别论》。　　㉑弘范：西晋作家李充，字弘范，著有《翰林论》。《翰林》也是个选本，论是论述所选的文章。　　㉒臧否（pǐ 匹）：褒贬。　铨：衡量。　品：品评。　　前修：犹前贤。　　㉓密而不周：这是指《典论·论文》讲才气等比较严密，讲文体比较简单，所以说不周到。　　㉔这是说《与杨德祖书》评论当时作家显得能言善辩，但轻视辞赋便不够恰当。　　㉕这是指《文质论》写得有文采，但没有论文章，显得疏漏。　　㉖这是说《文赋》论创作有见地，文辞精美，所谓工巧，但内容琐碎而杂乱。这是由于受到赋这种体裁的限制。　　㉗这是指《文章流别论》讲各体文章的起源是精当的，但没有讲写各体文章的要求，所以不切实用。　　㉘这是指《翰林论》讲得比较一般化，所以浅而不得当。
㉙君山：后汉学者桓谭，字君山。　　公幹：魏代刘桢，字公幹，建安七子之一。

吉甫：应贞字吉甫。　士龙：晋代陆云，字士龙，陆机弟。他们都有论文章的话，都没有考求源流演变。

50.4　盖《文心》之作也，本乎道，师乎圣，体乎经，酌乎纬，变乎骚[30]：文之枢纽，亦云极矣。若乃论文叙笔，则囿别区分[31]；原始以表末，释名以章义，选文以定篇，敷理以举统：上篇以上[32]，纲领明矣。至于［割］剖情析采，笼圈条贯：摛神性，图风势，苞会通，阅声字，崇替于《时序》，褒贬于《才略》，怊怅于《知音》，耿介于《程器》[33]，长怀《序志》，以驭群篇：下篇以下，毛目显矣。位理定名，彰乎大易之数，其为文用，四十九篇而已[34]。

《文心雕龙》的写作，在根本上探索到道，在师法上仿效圣人，在体制上探源经书，在文采上酌取纬书，在变化上参考楚骚：文章的关键，也可以说探索到极点了。至于论述有韵文和无韵文，那是按文体分别，推求各体的来源，叙述它的流变；解释各体的名称，显示它的意义；选取各体的文章来确定论述的篇章，陈述各体的写作理论构成系统：本书上部的以上各篇，纲领是明显了。至于剖析情理，研讨文采，全面考虑写作条理：推论《神思》和《体性》，考虑《风骨》和《定势》，包括《附会》和《通变》，观察《声律》和《练字》；从《时序》上看到文章的兴废盛衰，在《才略》中褒贬历代作家，在《知音》里惆怅感叹，在《程器》里发挥感慨，而在《序志》里抒写出远大怀抱，用来驾驭各篇：本书下部的各篇，细目明显了。按照理论排列，确定各篇名称，明显地合于《易经》的大衍之数五十，不过其中说明文章功用的，只有四十九篇罢了。

㉚纬：纬书，见《正纬》。　《骚》：见《辨骚》。　　㉛文：指有韵文。　笔：指无韵文。　囿：园林，指文体范围。　　㉜上篇：本书分为上下两部分，称上篇，下篇。上一部分二十五篇，讲文章纲领和文体论；下一部分二十四篇，讲创作论和文学评论；最后《序志》：合共五十篇。　　㉝摛（chī 痴）：发布，引申。　图：描绘，指申说。　苞：同"包"，包括。　阅：检阅。　崇替：兴废盛衰。　怊怅：感叹。　耿介：耿耿在心，不能忘怀，有感愤、感慨的意思。㉞《易·系辞上》："大衍之数五十，其用四十有九。"这里指全书五十篇，除去序言，正文四十九篇。大衍之数：指天地的数字，汉人马融认为包括太极、两仪（天地）、日月、四时、五行、十二月、二十四气，合共五十。用四十九，指除去太极说。

50.5　夫铨序一文为易，弥纶群言为难㉟，虽复轻采毛发，深极骨髓；或有曲意密源，似近而远，辞所不载，亦不胜数矣。及其品列成文，有同乎旧谈者，非雷同也，势自不可异也；有异乎前论者，非苟异也，理自不可同也。同之与异，不屑古今㊱，擘肌分理，唯务折衷㊲。按辔文雅之场㊳，环络藻绘之府，亦几乎备矣。但言不尽意㊴，圣人所难；识在瓶管，何能矩矱㊵。茫茫往代，既沉予闻，眇眇来世，倘尘彼观也㊶。

评价一篇文章比较容易，总论历代文章比较困难，虽然注意到毛发那样微细，探索到骨髓那样深入；有的用意曲折，根源细密，看似浅近，却很深远，这些在本书中所没有讲到，也是多到无法计算的。等到评量作品，有的话说得跟前人相同，不是人云亦云，实在是不能不同；有的话说得和前人相异，不是随便立异，按理是不能不异。有的相同有的相异，不必介意这些说法是古人的还是今人的，只是分析文章的组织结构，力求恰当。漫步在文学的园地，环

行在藻采的场所，也几乎是全做到了。但是，语言不能把用意完全
表达出来，这也是圣人所难办到的；加上识见浅陋，怎么能够讲出
创作的标准来呢！遥远的古代，已经使我沉陷在各种知识里，渺茫
的将来，这本书也许要迷惑他们的眼睛吧。

㉟弥纶：包举一切。　　㊱不屑：不介意。　　㊲肌理：肌肉文理，指组
织结构。　折衷：求至当，求恰当。　　㊳按辔：拉住辔头，让马缓行。
㊴《易·系辞上》："(孔)子曰：'书不尽言，言不尽意。'"　　㊵瓶管：用瓶汲水，
用管窥天，比喻识见短小。矩矱（yuē 约）：规矩，标准。　　㊶沉：沉陷。
眇眇：渺茫。　尘：污。

50.6　赞曰：生也有涯，无涯惟智。逐物实难，凭性良易。傲岸泉石，咀嚼文义㊷，文果载心，余心有寄。

总结说：人生是有尽的，知识是无穷的。用有尽的人生来追逐
无穷的外物实在是困难的，凭着天性做去倒是容易的。那么，还是
高傲地在泉石间隐居，推敲文义吧。文章真的能够抒写心意，我的
心也就有了寄托了。

㊷傲岸：高傲。岸，高　　咀嚼：咬嚼，体味。

文心雕龙词语简释

例　　言

一,《文心雕龙》的各种注释,对词语的理解颇有不同。如《原道》的"道",黄侃《札记》引《韩非子·解老》:"道者,万物之所然也。"即万物所以然的道理。刘永济《校释》称"文心原道,盖出自然"。"首标文德侔天地之义,是文之原夫道也"。范文澜注:"所谓道者,即自然之道。"三家所注好像是一致的,即认为刘勰的所谓道,是唯物的。但刘勰《原道》称"人文之元,肇自太极",在天地未分以前的太极,开始有了最早的人文。当时还没有人,这个最早的人文是先验的,所以称为"神理",这是客观唯心主义而非唯物。即就黄、范两家注说,亦有不同。如《札记》认为道是万物之所然,非"一家之道",作为一家之道,"文章之事,不如此狭隘也。"范注:"彦和所称之道,自指圣贤之大道而言,故篇后承以《徵圣》《宗经》二篇,义旨甚明,与空言文以载道者殊途。"《札记》认为道不是一家之道,包括所有的万物所以然的道,范注却说道指儒家之道,即一家之道,好像在驳《札记》所说是"空言文以载道"。那末前贤所释有不确切的,有互相矛盾的,需要通观全书再作解释。讲《文心雕龙》的,也颇以解释的纷歧为憾,要求做术语解释,因此做词语简释。

二,这里称"词语简释"而不称释术语,因为解释时对所释的词要通观全书中所有这个词。如"道",有时作一般词语用,有时作术语用。如《诸子》:"诸子者,入道见志之书。"这个"道"即一般词语。但《原道》中以"道"为"神理",表现在"人文之元,肇自太极",这是刘勰的独特理解,属于术语范围。解释时既要通观全书中所有的"道"字,不能局限于术语,要注意"道"的一般词语和术语的解释,这两者又不能绝然分开，因此这里称词语而不称术语。又对这类术语，倘要穷源竟委来作解，那末它的源就要推究到刘勰以前，它的委就要推究到刘勰以后，对每个词的解释将成为一篇论文，这样的解释不免过繁了。因此，只作简释，所释限于《文心雕龙》，不穷源竟委。

三，这里称"词语简释"，也由于术语与一般近于术语的词语界限不容易划清。倘限于术语，那末一些接近术语的词似不宜收入。称作词语，不仅术语可以收入，一些近于术语的词也可收入，范围可以放宽些。但对于术语和近于术语的词以外的词不收。

四，这里所释词语，包括这些词语的一般意义和作为术语的意义，因此先对这些词作简注，再作简释，简注同于字典的注，简释才是对词语的简释。

五，简注里引文中用的～即代所注的词，引文下注的数字，是篇次和段落次第。如"一"下引"故《春秋》～字以褒贬。2/2"，～代所注的词"一"字。2/2 指本书第二篇《徵圣》的第二段。

六，简注所收的词比较少，一定会有应收而未收者。注释有的比较简略，甚或有不恰当者，希望专家和读者多加指正。

目　次

一　　画

一

　　① 数之始。故《春秋》～字以褒贬。2/2　《春秋》辨理，～字见义。3/2

　　② 同。其褒德显容，典章～也。9/2　虽句字或殊，而偶意～也。35/1

　　③ 统一。子贡云"心以制之，言以结之"，盖～辞意也。22/4　博而能～，亦有助乎心力矣。26/5

一（多）释

　　一和多是相反的两个概念，刘勰已把这两个概念引入创作中去，只是他不称为一多罢了。《诠赋》称"然讽一劝百，势不自反"，用一和百来指一多，指出讽少劝多，造成汉赋的缺点。《诏策》称"魏文帝下诏，辞义多伟，至于'作威作福'，其万虑之一弊乎！"用万和一指多和一，指多数是好的，少数有弊病，也该改正。《神思》称"贯一为拯乱之药，博而能一，亦有助乎心力矣。"用一和乱、博和一来指一和多，提出用一来救博乱之弊。《章句》称"振本而末从，知一而万毕矣。"用一和万相对，要万中知一，比抓住根本。《事类》称"唯贾谊《鵩赋》始用鹖冠之说，相如《上林》，撮引李斯之书，此万分之一会也。"用万和一来说明在辞赋中引用成文比较合适的例子是极少的，但又赞美极少的例子用得合适。《隐秀》称"言之秀矣，万虑一交。"用万和一来指精警的句子的形成，要靠多方考虑才有一句相合。《总术》称"夫骥足虽骏，缰牵忌长，以万分一累，且废千里。"用万分一累，指出创作中虽作了多方考虑，只要有一点疏忽，也会影响创作的成就。又称"乘一总万，举要治繁"，用一和万比要和繁，抓住要害，来处理繁多的现象，来完成创作。从这里看到刘勰在创作中对一和多的关系作了多方面的考虑，并能结合各种不同的具体情况提出解决的意见。

二　画

入

①　进入，归属。所以百家腾跃，终～环内者也。3/4　出～由门，关闭当审。25/9　至于轩岐鼓吹，汉世铙挽，虽戎丧殊事，而并总～乐府。7/6

②　契合。夫《易》惟谈天，～神致用。3/2　是以枚贾追风以～丽。5/4

入释

刘勰称创作要切合某种要求为"入"。《辨骚》称"是以枚贾追风以入丽"，指追求《楚辞》的"惊采绝艳"，可使创作切合艳丽的要求。《诔碑》称"潘岳构意，专师孝山，巧于序悲，易入新切。"潘岳学习后汉作家苏顺，工于叙述悲哀，作品切合新切的要求。《诸子》称"述道言治，枝条五经，其纯粹者入矩"，诸子书的述道言治从五经分出来的纯粹而切合规矩。《论说》称"范雎之言事，李斯之止逐客，并顺情入机，动言中务"，用范雎李斯作例，说明乘着情势说话，能切合时机。《定势》称"自以模经为式者，自入典雅之懿"，指出模经为式可以切合典雅的风格。这样根据不同作品来提出不同的要求。

人文

①　文学、文化。察～～以成化。1/5

②　与①稍异，兼有神理意。～～之元，肇自太极。1/3

力

①　气力。任～耕耨。38/4　是以驷牡异～,而六辔如琴。43/3

②　力量。～柔于建安。6/5　辞必穷～而追新。6/5

③　用力。逮及七国～政,俊乂蠭起。17/2　气之清浊有体,不可～强而致。28/3

④　效果。岂非追观易为明,循势易为～欤。21/4　捶字坚而难移,结响凝而不滞,此风骨之～也。28/2

力释

作品感动人的力量或效果称"力",怎样收到这种力?《辨骚》称"若能凭轼以倚雅颂,悬辔以驭楚篇,酌奇而不失其贞,玩华而不坠其实,则顾盼可以驱辞力,欬唾可以穷文致。"即以《诗经》的雅正为标准,学习《楚辞》的奇伟,奇不失正;学习《楚辞》的艳丽,又有内容,花果都採,那就可以发挥诗歌创作的力量,收到效果了。《封禅》称班固《典引》"历览前作","故称'《封禅》靡而不典,《剧秦》典而不实',岂非追观易为明,循势易为力欤?"这是说班固《典引》所以容易收到创作的效果,因为他读了以前人的同类作品,吸取他们的优点,去掉他们缺点的结果。《风骨》称"若丰藻克赡,风骨不飞,则振采失鲜,负声无力。"作品富有文采,没有动人力量,由于缺乏风骨,文采也不鲜明,音调也浮弱无力。"捶字坚而难移,结响凝而不滞,此风骨之力也",要收到风骨的动人力量,就要在捶字、结响上用工夫,捶字要练字,使所用的字能确切地表达情意,一个字都不能移动;结响要注意声律,使所用的字句构成声律之美,跟所要表达的情调一致,不能改换,这才"凝而不滞",收到感人的力量。

三　画

大要

主要要求。其取事也必核以辨，其摛文也必简而深，此其～～也。11/4　此立体之～～也。14/2　此纲领之～～也。24/3

大略

①　大概情况。或桷文以为妙，或流靡以自妍，此其～～也。6/5　斯则得百氏之华采，而辞气之～～也。17/6

②　主要要求。眚灾肆赦，则文有春露之滋；明罚敕法，则辞有秋霜之烈：此诏策之～～也。19/4　辨要轻清，文而不侈，亦启之～～也。23/4

大略释

大要、大略、大体，就写作看，都指出一种要求来。如《铭箴》："其取事也必覈以辨，其摛文必简而深，此其大要也。"用大要来说明铭箴在写作上的主要要求是什么。如《杂文》讲到东方朔《答客难》、扬雄《解嘲》，说："身挫凭乎道胜，时屯寄于情泰，莫不渊岳其心，麟凤其采，此立体之大要也。"这个大要，不光指出这一类文章的写作要求，并指出作者写这类文章所需要的修养，虽然身挫时屯，还要道胜情泰，才能写好这类文章。又如《诏策》："故授官选贤，则义炳重离之辉；优文封策，则气含风雨之润；敕戒恒诰，则笔吐星汉之华；治戎燮伐，则声有洊雷之威；眚灾肆赦，则文有春露之滋；明罚敕法，则辞有秋霜之烈；此诏策之大略也。"这个大略所指的主要要求，不是要怎样写作，是要求所写的文章可以收到什么样的效果。这里所讲的几种效果都是形象的，像重离指日月，像风雨、星汉、洊雷、春露、秋霜都是。这是提出诏策不光要把事理说清楚，还要具有那样动人的力量。又如《诠赋》："丽辞雅义，符采相胜,如组织之品朱紫,画绘之著玄黄,文虽杂而有质,色虽糅而有本,此立赋之大体也。"这个大体,不仅指出作赋的要求在丽辞雅义,符采相胜,还指出文采的杂糅,像朱的正色,可以同紫的间色夹杂着,只要有质有本就可以了。这个大体还要把赋的特点讲出来。又如《颂赞》里讲颂:"敷写似赋,而不入华侈之区;敬慎如铭,而异乎规戒之域;揄扬以发藻,汪洋以树义,虽纤曲巧致,与情而变,其大体所底,如斯而已。"这个大体,指出颂跟赋和铭哪些相似,哪些不同;又哪些是一致的,哪些是与情而变的。又像《通变》里讲"规略文统,宜宏大体",这个大体就更包举一切,像"博览精阅","总纲纪","拓衢路,置关键,长辔远驭"了。

大际

大的分界。此取与之　,其分不可乱 者也。47/5

大体

①　主要体制。文虽新而有质,色虽糅而有本,此立赋之～～也。8/6　其～～所底,如斯而已。9/3

②　大致,一般。凡～～文章,类多枝派。43/2

山水

①　刘宋谢灵运的山水诗。庄老告退 ,而～～方滋。6/5

②　伯牙弹琴的心志。夫志在～～,琴表其情。48/5

山水释

刘勰在《辨骚》里论《楚辞》说:"论山水则循声而得貌。"谈到《楚辞》里写山水,称为按照辞的声韵得到形貌。在《物色》里说:"及《离骚》代兴,触类而长。物貌难尽,故重沓舒状,于是嵯峨之类聚,葳蕤之群积矣。"指出《楚辞》里的描写物象,用的描状词多了,跟《诗经》的简要不同。像屈原《九歌·湘夫人》:"嫋嫋兮秋风,洞庭波兮木叶下。"又《九歌·山鬼》:"余处幽篁兮终不见天,路险难兮独后来。表独立兮山之上，云容容兮而在下。”这些描写水和山，实际是陪衬，好比背景，用来衬托所写的对象。写得很有情思，是情景的结合，用山水来衬托情思。在《物色》里说：“及长卿之徒，诡势瑰声，模山范水，字必鱼贯，所谓诗人丽则而约言，辞人丽淫而繁句也。”这里提出“模山范水”，是说有专门描绘山水的部分，不是以山水作背景来衬托情思了。像司马相如的《上林赋》主要是讲打猎，其中有对山水的描绘。他写水“荡荡乎八川分流，相背而异态。东西南北，驰骛往来”，描写了八条水的位置和流经的地区。描写水流的各种形态，如“触穹（大）石，激堆埼（曲岸），沸乎暴怒，汹涌彭湃”，写水触石和岸激起的声音和腾涌的浪花。“横流逆折”，写水的回旋。“穹隆云桡”，写浪的涌起转折。“蹂波趋浥”，写后浪超过前浪流向深渊。“沉沉隐隐”，写水的深沉和广大。总之对水波作了各种描绘。写山也对山峰的各种形态做了描写，像斗绝的，颓靡的，中空的等，成了模山范水。但称“丽淫而繁句”，有贬意，即认为专写山水的形貌，没有写出诗人的感情，感到不足。

《明诗》里说：“庄老告退而山水方滋，俪采百字之偶，争价一句之奇，情必极貌以写物，辞必穷力而追新，此近世之所竞也。”这是讲刘宋谢灵运的山水诗。《物色》里说：“自近代以来，文贵形似，窥情风景之上，钻貌草木之中。吟咏所发，志惟深远；体物为妙，功在密附。故巧言切状，如印之印泥，不加雕削，而曲写毫芥。”他认为谢灵运的山水诗有它的特点，即“情必极貌以写物，辞必穷力而追新”，“窥情风景之上，钻貌草木之中。”这种写法，跟《诗经》《楚辞》不同，跟司马相如也不同了。《诗经》《楚辞》的写山水景物，是情景交融，用作陪衬的。司马相如的写山水，是刻画山水的形貌，没有抒写自己的感情。谢灵运的山水诗有他的特点，他写山水的形貌，从山水景物中看到外物本身所具有的情态，即“窥情风景之上”。如谢灵运《石壁精舍还湖中作》：“芰荷迭映蔚，蒲稗相因依。”写芰荷的互相映照，蒲稗的互相依傍，写出植物本身的亲近，是写植物本身所具有的情态。再像《过始宁墅》："白云抱幽石，绿篠媚清涟。"抱和媚都是有感情的词，是写白云和绿篠的感情。大概他在欣赏山水景物时，不仅认为山水景物是美的，也认为山水景物是有情的，写出山水景物的情态来，这确是新的写法。"情必极貌以写物"，这是"极貌以写物"的情。

才

①　才能，构成风格的重要条件之一。然～有庸儁。27/1　～力居中，肇自血气。27/3　～由天资。27/4

②　才人，诗人。晋世群～，稍入轻绮。6/5　安和政弛，礼阁鲜～。19/3

才分

犹才具。且～～不同，思绪各异。43/3

才释

《体性》里提出"才有庸俊"是造成风格的条件之一。又说："才力居中，肇自血气。"认为才跟血气有关。又说："才由天资。"指才由于天生的资质而成。这种才指先天的解剖生理特点的素质，如歌唱家所具有的好嗓子。有没有这种好嗓子，即是"才有庸俊"的分别。有了好嗓子还需要刻苦锻炼，所以称"因性以练才"。这种锻炼要根据天性，如好嗓子的声音高，可以练唱高音。像"气有刚柔"，气质刚强的可以发展作品的阳刚之美，气质柔婉的，可以发展作品的阴柔之美。气质的刚柔加上习染形成个性，影响作家的风格，跟才有关。"是以贾生俊发，故文洁而体清；长卿傲诞，故理侈而辞溢。"俊发和傲诞指性格说，洁清和侈溢指风格说，风格的形成受到性格的影响，这跟才有关。才既同性格有关，故称"因性以练才"，根据不同的个性来锻炼文才。从才同个性有关说，是"才由天资"，从才需要锻炼说，才又跟后天的学习相关。那末作家的风格，偏于刚健或柔婉，这是同"才由天资"有关；作家的辞理或庸或俊，这是同后天的学习有关。对这点，《事类》里作了发挥。"文章由学，能在天资。才自内发，学以外成。有学饱而才馁，有才富而学贫；学贫者迍邅于事义，才馁者劬劳于辞情，此内外之殊分也。"这是说才由天资，但"才馁者劬劳于辞情"，文辞和情理要靠后天的学习和感受，这又有待于后天的学习了。所以又说："夫以子云之才，而自奏不学，及观书石室，乃成鸿采"；"是以将赡才力，务在博见"。要使才力丰富，得靠后天的博见了。

《总术》里提出"通才"来，"夫不截盘根，无以验利器；不剖文奥，无以辩通才。才之能通，必资晓术，自非圆鉴区域，大判条例，岂能控引情源，制胜文苑哉！"利器靠截盘根来检验，通才靠剖文奥来辨别，还得靠后天的锻炼，包括圆鉴研讨，才能控引情理，才有待于锻炼。《才略》称"贾谊才颖，陵轶飞兔，议惬而赋清"，他的才力突出，从议惬赋清显出，议惬是从他具有丰富卓越的学识来的，赋清跟他的个性有关，都依靠后天的锻炼。《定势》称"旧练之才，则执正以驭奇"，旧练之才，能够分清奇正，要执正驭奇，也靠后天的学习来的。《神思》称"人之秉才，迟速异分"，才思敏捷，由于"骏发之士，心总要术，敏在虑前，应机立断"，这个心总要术，应机立断，也是靠后天的学习和锻炼来的，所以要"酌理以富才"。创作需要才力，刘勰认为才力的培养要注意两方面，一是因性练才，要审察自己的个性加以发展；一是后天的锻炼，酌理富才。他这样看，是比较全面的。对于才力的培养，他又注意走正路。《通变》称"今才颖之士，刻意学文，多略汉篇，师范宋集，虽古今备阅，然近附而远疏矣。"他从文学史的观点看，认为"宋初讹而新"，因此学习宋集，陷入浮讹的毛病，还不如多学汉篇，吸取其中优秀的部分，有利于培养才力。这样看也是比较正确的。

义

① 意义。或明理以立体,或隐～以藏用。2/2 《春秋》辨理,一字见～。3/2

② 犹要求。故文能宗经,体有六～。3/5 参见"六义"②。

义释

刘勰讲到义同写作的关系。《宗经》称"四则义直而不回","直",唐写本作"贞",即正,要求义正。违反义正不行。《杂文》称摹仿《七发》的作品:"或文丽而义暌"。义暌即义不正,是违反义正的要求。《论说》称"辞辨者反义而取通,览文虽巧,而检迹知妄"。文章写得巧妙,但是违反义正,还是不行的。因为核对事迹就知道妄言。《比兴》称"尸鸠贞一,故夫人象义。义取其贞,无从于夷禽"。用尸鸠有贞一的好品性来比夫人的贞一德性,在意义上是正的,所以不妨用禽鸟来比夫人,说明义正的重要。但在《夸饰》里称:"荼味之苦,宁以周原而成饴;并意深褒赞,故义成矫饰。"要赞美周原,说周原的苦菜像饴糖。这样说,是"义成矫饰",不正确,但意在赞美周原,还是好的。这是对"义成矫饰"的一种特殊用法。再就义的表达法说,《隐秀》称"或义生文外",义没有说明,有弦外之音,是一种婉曲的写法。《诠赋》称"情以物兴,故义必明雅"。是一种明显的写法。

四　　画

中和

中正和平,指雅乐。～～之响,阒其不还。7/2

互体

一卦中含有别卦。譬爻象之变～～。40/2 故～～变爻。40/2

五材

亦作五才,仁义礼智信。盖人禀～～。49/4　禀性五才。50/1

今

指竞尚新奇文风的宋齐时代。新奇者,摈古竞～,危侧趣诡者也。27/2　竞～疏古,风昧气衰也。29/2

六义

①　《诗经》的风、雅、颂、赋、比、兴。～～环深。6/2　《诗》总～～,风冠其首。28/1

②　写作的六种要求。故文能宗经,体有～～:一则情深而不诡,二则风清而不杂,三则事信而不诞,四则义贞而不回,五则体约而不芜,六则文丽而不淫。3/5

六义释

在《文心雕龙》的体系中,《宗经》是很重要的。宗经既不要用儒家的思想来写作,又不要用经书的语言来写作,那末他要取法什么呢? 它的关键就在"文能宗经,体有六义"。"六义"实是全书中很重要的论文标准,这也是他不同于萧统、高出于当时论文的人的地方。萧统选文注重文采,不要经书,认为经书文采不足,把它排斥在文外。锺嵘《诗品》最推重的"词采华茂","粲溢古今",所以极力推重曹植,列于上品,把曹丕列于中品,曹操列于下品。刘勰在《才略》里称"魏文之才,洋洋清绮",推重他的"乐府清越",认为与曹植两人互有短长。他用"清绮""清越"来推重曹丕,就从六义中"二则风清而不杂"来的。这说明《宗经》六义在文论中的重要性。

这六义既是贯彻到经书，又是他论文的标准，是贯彻全书的。就"文之枢纽"说，他在《徵圣》中称"志足而言文，情信而辞巧"；在《宗经》中称"根柢槃深，枝叶峻茂，辞约而旨丰，事近而喻远。"在志足、情信、根深、旨丰、事近里，已有情深、风情、事信、义贞的含意，在言文、辞巧、辞约里已有体约、文丽的意思，已经把宗经的六义包括在内，指出了写作的要求。但当时人认为经书的语言辞采不足，那他又怎么看呢？他在《徵圣》中说："精理为文，秀气成采。"经书中说理精辟的，语言警策的，即精理秀气就构成文采。在创作论的《情采》里也阐发了这个看法。他说："夫铅黛所以饰容，而盼倩生于淑姿；文采所以饰言，而辩丽本于情性。"他认为不光铅黛饰容是文采，"巧笑倩兮，美目盼兮"，美人的一笑一盼更有文采，这就是精理秀气的文采了，经书里是富有这样的文采的。他能够看到这样的文采，就胜过以铅黛饰容为文采了。他在《风骨》里提到"风清骨峻，篇体光华"，"练于骨者，析辞必精，深乎风者，述情必显"，这里实际上已包括宗经的六义了。因为风清里已包含情深，骨峻里已包含事信、义贞、体约了；《风骨》里也提到文采。至于文体论里，提到六义的也不少。像《明诗》的"舒文载实"，"义归'无邪'"，即事信、义贞；像"嵇志清峻，阮旨遥深"，即情深风清。"景纯仙篇，挺拔而为俊矣"，即含有体约文丽在内。他的评论历代作家作品，也用六义这个标准，像上引评曹丕曹植即是。这个宗经六义，是贯彻全书的。

六观

六种阅读作品的观察和要求。是以将阅文情，先标～～：一观位体，二观置辞，三观通变，四观奇正，五观事义，六观宫商。48/4

六观释

六观是鉴赏论，《知音》称"斯术既形，则优劣见矣"，要用来分别作品的优劣的。这个六观又要用来避免个人的偏爱，"慷慨者逆声而击节，酝藉者见密而高蹈，浮慧者观绮而跃心，爱奇者闻诡而惊听"；又要避免片面性，"各执一隅之解，欲拟万端之变"。六观同创作论有关，但思考的先后次序不同。"夫缀文者情动而辞发，观文者披文以入情"，创作是先情动，再创作；六观是先读作品，再体会作者的情思。试看六观。

一观位体。《熔裁》称创作先要"设情以位体"，根据情理来确定体制。这个体有两种，《通变》称"设文之体有常"，即确定文体；《定势》称"因情立体"，即确定风格。观位体，即看作品中所表达的情理，是否适宜于它的文体和风格。那就同创作论中的《体性》《定势》《熔裁》有联系，也同文体论有联系。先有了文体论的知识，再有风格和怎样按照情理来选择文体和风格的知识才好观位体。观位体就是观作品的内容跟它的形式是否适应，倘不适应就不行。二观置辞，看它的文辞是否恰当。《熔裁》称"立本有体，意或偏长；趋时无方，辞或繁杂。"这个辞实际是兼指辞意说的，即根据作品的内容，看它在语言运用上是否恰当，看它的练辞练意做得怎样。辞有没有繁杂，意有没有偏颇或多馀，即前后段落安排词句运用是否得当。《章句》称"宅情曰章，位言曰句"。看它分章造句是否和所要表达的情理适合。《附会》称"总文理，统首尾，定与夺，合涯际，弥纶一篇，使杂而不越。"二观置辞，就同《熔裁》《章句》《附会》有关。

三观通变，四观奇正。通是继承，要继雅正的体制。变是新变，要变的是求新，重在创新。《通变》称"凡诗赋书记，名理相因，此有常之体也；文辞气力，通变则久，此无方之数也。"选择什么文体有定规，运用什么文辞气力没有定规。通是"参古定法"，变是"望今制奇"。参古是求正，望今是制奇，所以通变和奇正是结合的。这里需要有文学史的观点，结合古今新旧来看。按照作品的内容来选择体制，注意正确性；按照情理的表达来运用语言和手法，注意新变，是不是适于今的。《辨骚》里提出"酌奇而不失其贞，玩华而不坠其实。"酌奇玩华就是有取于新变，不失正而不坠实就是要求雅正。《楚辞》的"自铸伟辞"，"气往轹古，辞来切今，惊采绝艳，难与并能"，就是在文辞气力上望今制奇。这就跟《辨骚》《通变》有联系。《时序》称"文变染乎世情，废兴系乎时序"，世情指望今制奇，看作品是否结合世情；时序看文体的废兴，要参古定法，要从文学演变的角度来确定体制。

五观事义，即看引事引言。《事类》称"据事以类义，援古以证今"，"明理引乎成辞，徵义举乎人事"。观察作品中的引事引言，即《事类》称"综学在博，取事贵约"，"将赡才力，务在博见"，即要观测作者的才力学识。六观宫商，即看作品的音律是否协调。《声律》称"凡声有飞沉，响有双叠。双声隔字而每舛，叠韵杂句而必睽；沉则响发而断，飞则声飏不还"，会造成吃文的毛病。讲声律使音节谐和，可以避免吃文，增加音律的美好。文辞的音节同风骨有关。《风骨》称"风骨不飞，则振采失鲜，负声无力"；"结响凝而不滞，此风骨之力也"。没有风骨，不能发扬声韵之美；有了风骨，声韵跟情思结合，通过声韵来表达情思，跟着情思的变化引起声韵的变化更增加声韵之美。这样，六观对作品作了多方面的观察，才有助于分别作品的优劣。

反

　　① 回到正路。然讽一劝百，势不自～。14/3　势流不～，则文体遂弊。30/7

　　② 反对，违背。爱奇～经之尤。16/3 辞辨者，～义而取通。18/5

　　③ 转。而无补于汉晋，～为仇雠。10/7　固知翠纶桂饵，～所以失鱼。31/7

478

反对

对偶的一种,事例不同,情趣一致,即事异义合。仲宣《登楼》云"钟仪幽而楚奏,庄舄显而越吟",此～～之类也。 35/2 ～～为优。35/2 ～～者,理殊趣合者也。35/2

天

① 天道,自然现象联系社会现象。夫《易》惟谈～,入神致用。3/2 词深人～。18/11

② 天帝。玄牡告～。10/2 祀～之壮观矣。21/2

天文

① 与人文相对,指天然造成的文章,即河图洛书、龙图龟书。取象乎《河》《洛》,问数乎蓍龟,观～～以极变,察人文以成化。1/5 龙 图献体,龟书呈貌;～～斯观,民胥以效。1/6

② 结合自然界的阴阳变化来谈政治。驺子养政于～～。17/2

③ 天象变异。若高堂 ～～。23/2 ?

引

① 乐曲体裁的一种。观其北上众～,秋风列篇。7/3 或曲操弄～。14/5

② 文体之一,引申发挥的话。诠文则与叙～共纪。 18/2 ～者胤辞。18/2。

心

① 思想。有～之器,其无文欤? 1/2 千载～在。2/4

② 主宰,头脑。故知诗为乐～,声为乐体。7/4 乐～在诗,君子宜正其文。7/4

③　本质。是则竹柏异～而同贞,金玉殊质而皆宝也。47/5

心术

犹性情、心灵。夫乐本～～,故响浃肌髓,先王慎焉,务塞淫滥。7/2　～～既形,英华乃赡。31/8

心实

志意。虽发其情华,而未极其～～。13/2

心释

《原道》称分天地后,"惟人参之,性灵所钟,是为三才。为五行之秀,实天地之心。"作为天地之心的人,不是一般人,是圣人。"人文之元,肇自太极",这种在天地未分以前开始的"人文之元",只有圣人懂得来作《易》象,来作十翼。"而《乾》《坤》两卦,独制《文言》。言之文也,天地之心哉!"这个《文言》,是圣人深通神明之道来制作的,所以成为天地之心。这个天地之心,或指可以同天地相配的圣人,或指圣人阐发神明之道的《文言》。这个心不指一般人的心,是指"天地之心",也不同于一般作家的心。

《物色》称"物色之动,心亦摇焉"。这个心指一般人的心,跟情志结合。"是以献岁发春,悦豫之情畅;滔滔孟夏,郁陶之心凝,天高气清,阴沉之志远;霰雪无垠,矜肃之虑深。"在景物描写上,这个心"既随物以宛转","亦与心而徘徊",做到情貌无遗的情景交融。《哀吊》称"悲实依心","隐心而结文则事惬,观文而属心则体奢。"这个心里有了悲痛才能创作出有真实感情的作品,没有悲痛为了创作去表示哀痛就浮夸。"必使情往会悲,文来引泣,乃其贵耳。"说明心情同创作的关系。《杂文》称"莫不渊岳其心",指思如渊的深静,志如山的高峻,才能写好《客难》一类的文章。《诸子》称"标心于万古之上,而送怀于千载之下,金石靡矣,身其销乎!"讲著作的用心,要上追远古,下念未来,不为个人和眼前考虑,这才能成为不朽的著作。《论说》称"必使心与理合,弥缝莫见其隙;辞共心密,

敌人不知所乘。"用思切合理论,文辞绵密,无隙可寻。《情采》称
"心定而后结音,理正而后摛藻,使文不灭质,博不溺心。"内心的情
理定了,再运用辞藻,才能写好。否则"心非郁陶,苟驰夸饰"声钓世",内心
没有深厚感情的郁积,为追求名声而创作就不行。这里说明心与
创作的关系。

文

① 色采形体,亦称形文,像天玄地黄,天圆地方,日月山川的
色采形象称道之文。夫玄黄色杂,方圆体分;日月叠璧,以垂丽天
之象;山川焕绮,以铺理地之形:此盖道之～也。1/1 一曰形～,
五色是也。31/2

② 音节,亦称声文,像林籁和泉声。至于林籁结响,调如竽
瑟;泉石激韵,和若球锽:故形立则章成矣,声发则～生矣。1/2
二曰声～,五音是也。31/2

③ 言辞。言立而～明,自然之道也。1/1 故知道沿圣以垂
～。1/5 三曰情～,五性是也。31/2

④ 包括色采、形体、音节、言辞,即包括形文、声文、情文。故
立～之道,其理有三:一曰形文,五色是也;二曰声文,五音是也;三
曰情文,五性是也。31/2

⑤ 天地之心,圣人深通神明之道的创作。而《乾》《坤》两
位,独制《文言》。言之～也,天地之心哉! 1/3

⑥ 有韵文。今之常言,有～有笔,以为无韵者笔也,有韵者
～也。44/1

⑦ 文采。逮及商周,～胜其质。1/4 唯陈寿三志,～质辨
洽。16/5

文德

① 形文声文的属性。～之为～也大矣,与天地并生者何哉?

夫玄黄色杂,方圆体分。1/1

　② 礼乐教化的功用。秉～之～。45/11

　③ 文人的德行。瞻彼前修,有懿～～。49/6

文心

讲作文的用心。夫～～者,言为文之用心也。50/1

文采

　① 加在器物上的采色。盖贵器用而兼～～也。49/1

　② 辞藻。～～所以饰言,而辩丽本于情性。31/4　才为盟主,学为辅佐,主佐合德,～～必霸。38/3

　③ 内容所显示的光采,不同于辞藻。精理为～,秀气成～。2/4

文思

　① 创作构思。是以陶钧～～,贵在虚静。26/2　若乃山林皋壤,实～～之奥府。46/4

　② 作品情思的美好。庾(亮)以笔才逾亲,温(矫)以～～益厚。45/ 9　今圣历方兴,～～光被。45/12

文风

作品所具有的生气和感动人的力量。意气骏爽,则～～清焉。28/1

文章

　① 采色花纹。荀卿以为"观人美辞,丽于黼黻～～,亦可以喻于斯乎?"22/4

　② 圣贤的辞令或记载。虞夏～～,则有皋陶六德,夔序八音,益则有赞,五子作歌。47/1　圣贤书辞,总称～～。31/1

　③ 文辞。无益经典而有助～～。4/5

文骨

文辞的精练端直。结言端直,则～～成焉。28/1　而腴辞弗

剪,颇累～～。24/2

文象

文字。夫～～列而结绳移。39/1

文势

文章的力量。乱以理篇,写送～～。8/4

文艺

创作。昔庾元规才华清英,勋庸有声,故～～不称。49/4　是以吐纳～～,务在节宣。42/6

文体

① 文章的体裁。傅毅所制,～～伦序。12/2　而去圣久远,～～解散。50/2

② 风格。才性异区,～～繁诡。27/5

文释

刘勰讲文,主要是讲创作,即情文、文辞,那为什么在《原道》里讲"文之为德也大矣,与天地并生者"呢? 在天地始分时,还没有人,怎么有文德呢? 这个文德,即指有天地即有玄黄之色,方圆之体。这个文指形文。有了天地以后,又有"林籁结响","泉石结韵",这指声文。讲形文声文都同文辞无关,为什么这样讲呢?《原道》又说:"人文之元,肇自太极。"最早的人文,开始于天地未分以前的元气。那比与天地并生更早了。原来刘勰论文,用《易》传说。《易·系辞上》说:"是故易有大极,是生两仪。"《易·说卦》:"昔者圣人之作易也,幽赞于神明而生蓍。"又说:"立天之道曰阴与阳,立地之道曰柔与刚,立人之道曰仁与义,兼三才而两之,故《易》六画而成卦。"刘勰根据《易》传说法,提出太极、天地(即两仪)、三才,"幽赞神明,《易》象惟先"。《易》传里提出"幽赞神明"来,不过这个神明同文没有联系。刘勰把圣人的"幽赞神明"同乾坤两卦的《文言》联系起来,这就同文联系起来了。于是这个"神明"就成了最早的人文。在天地未分以前的太极就有了最早的人文,这个最早的人文就是神明或神理,圣人深通这个神明,用《易》来表达,用《文言》来解释,这就成了人文。《易》传里只说圣人"幽赞神明",没有说最早的人文在太极时就有了。《易》传里说太极生两仪,没有说文德与天地并生(参见"道释")。刘勰为什么要这样说呢?出于对文的极力推重。

　　刘勰宣扬的文,实际上是当时流行的骈文,即讲究对偶、辞藻、声律的诗文。他认为这样的文是符合自然之道的。像有了天地就有玄黄的色采,方圆的形体;"龙凤以藻绘呈瑞,虎豹以炳蔚凝姿";加上"云霞雕色","草木贲华",这些都说明对偶和藻采是合于自然的。加上"林籁结响","泉石激韵",说明声律也是合于自然的。但他认为这样说还不够,把"人文之元"同神理结合起来,只有圣人深通这种神理。这种神理表现在哪里呢?是河图、洛书。伏羲根据河图来制八卦,大禹根据洛书来制九畴,孔子根据乾坤两卦来制《文言》。这样把人文同神理结合,进一步推重人文。为什么推出《文言》呢?《丽辞》说:"序乾四德,则句句相衔;龙虎类感,则字字相俪。"如《文言》:"元者善之长也,亨者嘉之会也,利者义之和也,贞者事之干也。""云从龙,风从虎"。也是讲对偶辞藻声律的,是句句相对,云龙风虎是讲辞藻和声律的。《丽辞》又说:"造化赋形,支体必双,神理为用,事不孤立。"把对偶说成是神理的作用。这样论文,归到神理,正是对文的极度推重。结合神理来讲文,只有圣人才能深通神理来著文,所谓"道沿圣以垂文"。因此这样的文是"天地之心"。

　　这样讲文有两方面。一方面联系神理,用自然界的对偶、文采、声律来说明骈文的对偶、文采、声律是合于自然之道。这样说是不正确的。文辞从语言来,语言以散行为主,对偶比较少见;语言比较质朴,有它自然的音节,不同于骈文的声律。因此,骈文的对偶、文采、声律是出于人为，不符合语言的自然，所以他的说法是不正确的。另一方面，在《序志》里说："唯文章之用，实经典枝条，五礼资之以成，六典因之致用，君臣所以炳焕，军国所以昭明，详其本源，莫非经典。"这样提出宗经，要纠正"文体解散"的缺点，纠正当时文风"浮诡""讹滥"的毛病，因而提出宗经，要求把文章写得有内容、有文采而切合实用，这是正确的。

文笔释

《总术》说："今之常言，有'文'有'笔'，以为无韵者'笔'也，有韵者'文'也。"即认为"文"是有韵文，"笔"是无韵文。又说："颜延年以为：'笔'之为体，'言'之文也；经典则'言'而非'笔'，传记则'笔'而非言。"颜延之提出三分法："言"指经典的文辞，即《易经》《书经》《周礼》《仪礼》《春秋》；"笔"指传记的文辞，即《左传》《礼记》等；"文"指有韵文，即《诗经》《楚辞》等。认为"言"是没有文采的，"笔"是有文采的无韵文，"文"是有文采的有韵文，诗当然是文。这样分，实际上是把多数经书排斥在文笔之外，即排斥在文学之外，不承认它们是文学作品。刘勰说："《易》之《文言》，岂非'言'文，若'笔'为'言'文，不得云经典非'笔'矣。"刘勰认为经典也是'笔'，不是'言'，他举出《易经》乾卦和坤卦中的《文言》，认为《文言》属于经典，却是合于对偶、辞藻、声律的，是"笔"不是"言"，因而说经典是"笔"。不过刘勰这个说法却是不确切的。《文言》不属于《易经》正文，是《易》传，即传记，颜延之认为"传记则'笔'而非'言'"，本来认为"笔"的。颜延之这样的分法，与后来萧统的编《文选》也不一致。萧统把经书、子书、史书都排斥在文外。他在《文选序》里认为"方之篇翰，亦已不同。若其赞论之综缉辞采，序述之错比文华。事出于沉思，义归乎翰藻。"他把有辞采文华、沉思翰藻的称为文，即文笔，不承认传记是笔。这样看来，刘勰把经书归入笔内，笔的范围最宽；颜延之把经书排斥在笔内，承认传记是笔，较严；萧统把传记也排斥在笔外，最严。

　　刘勰把经书列在文内，即笔内，他和颜、萧两家的主要不同，即两家认为经书没有文采，刘认为经书有文采，两家把辞藻看作文采，刘勰在《徵圣》里称"精理为文，秀气成采"。只要理精气秀，就是文采，不必要用辞藻，所以他认为经书有文采。就理精说，《徵圣》称"夫子风采，溢于格言"，格言正指经书的话是理极精的。在格言中还充满着孔子的风采，这也说明孔子的话是文，是文学的。又说："则圣人之情，见乎文辞矣。"他认为孔子的话所以是文，是文学的，更由于圣人之情见于文辞，他认为文和非文的区别，很重要的一点是情，认为表达了情的是文。又称"情欲信，辞欲巧"，情信辞巧就是文。再看"气秀"，《杂文》称"辞盈乎气"，气指气势或生气，如《体性》称"意气骏爽"，又说"务盈守气"，即指有生气，他认为有了气势或生气就是文。这样，他把理精、有感情或情真辞巧，有气势或生气为文，即认为经书是文。再看《诸子》，他指出："孟荀所述，理懿而辞雅；管晏属篇，事覈而言练；列御寇之书，气伟而采奇；邹子之说，心奢而辞壮。"指出诸子书各具有一定的风格，加上有的理精气盛采奇辞练，也是属于文的，是文学的。再看《史传》，称"腾褒裁贬，万古魂动。"能使万古读者灵魂震动，这正说明它的理精气秀，才有那样感人力量，也是属于文的。因此，刘勰把经、子、史列入文内，是看到经、子、史中确有他认为具备精理秀气和情信辞巧的动人的力量，是文学的。这样来分别文与非文是有道理的。因为诗是文学的，但古代的诗以抒情为主，描写人物形象的叙事诗比较少。所以诗的成为文学，不决定于写人物形象，而决定于抒情。刘勰论文，也从抒情的角度，再加精理秀气认为是文，跟以诗为文学的是一致的。

　　刘勰在《序志》里谈到"若乃论文叙笔，则囿别区分"。他把文体论分为论文、叙笔两部分，即认为有韵无韵都是文，即文学的。

就是他列入古代应用文的各体文，也认为是文而非言，即是文学的，不是非文学的。像《诔碑》，称诔"论其人也，暧乎若可觌；道其哀也，悽焉如可伤。"睹文如见其人，又加上哀伤的感情，是具有真情，这是文学的。称碑："标序盛德，必见清风之华；昭纪鸿懿，必见峻伟之烈。"叙德能见清风，叙功能见峻伟，这是精理秀气，是文学的。再像《诏策》：要求"义炳重离之辉"，"气含风雨之润"，"笔吐星汉之华"，"声有洊雷之威"，"文有春露之滋"，"辞有秋霜之烈"。具有这样作用的诏策，也是属于文学的。像《檄移》，对檄文的要求，"使声如冲风所击，气似欃枪所扫"，"使百尺之冲，摧折于咫书，万雉之城，颠坠于一檄者也。"檄文具有这样的威力。移文"移风易俗，令往而民随"，有的"文晓而喻博"，有的"辞刚而义辨"，也是文学的。总之，刘勰把它的文体论，归入文或笔，即认为是文学的，因此他的文论是讨论文学理论，不是讨论非文学的"言"。当然，在《书记》篇后，讲到谱籍簿录、方术占式等，那是属于"言"而非"笔"，是非文学的，不过那只是附带述及，不是文体论的主要部分。

比

① 比喻。故～者，附也；兴者，起也。36/1　附理故～例以生。36/1

② 借类似的事物来指斥。～则畜愤以斥言。36/1

③ 讽谦～兴。36/2

比兴释

刘勰在《比兴》里对比兴作了总的说明。比有三种：一是比喻，像"麻衣如雪"，用雪的白来比麻衣的白，但麻衣跟雪完全不同，所谓"物虽胡越"，只有一点相同，即都是白的，即"合则肝胆"。这种比喻，"或方于貌，或拟于心"，像"枚乘《菟园〔赋〕》：'焱焱纷纷，若尘埃之间白云。'此比貌之类也。"指鸟类纷纷高飞，像尘埃混在白云里，这是比形貌。"王褒《洞箫（赋）》云：'优柔温润，如慈父之畜子也。'此则以声比心者也。"指箫声的柔和，像慈父对子女的感情，是以声比心。"张衡《南都（赋）》云：'起郑舞，茧曳绪'，此以容比物者也。"《南都赋》说："坐南歌兮起郑舞，白鹤飞兮茧曳绪。"指郑国舞女的舞蹈像白鹤在飞舞，动作的连续像茧的抽丝，这是以容比物。二是"比则蓄愤以斥言，兴则环譬以托讽。"本于《周礼·大师》郑玄注："比，见今之失，不敢斥言，取比类以言之；兴，见今之美，嫌于媚谀，取善事以喻劝之。"在这里把比兴跟美刺结合，实际上是互文，即说比兼兴，说兴兼比，即比兴不敢斥言，嫌于媚谀，不是把比指刺，兴指美，所以"诗刺道丧，故兴义销亡"，用兴来指刺了。不过这个说法，跟他下面的举例不结合，如"麻衣如雪"，并无美刺意味。但唐朝白居易《与元九书》称："李（白）之作，才矣奇矣，人不逮矣，索其风雅比兴，十无一焉。"这里提的"风雅比兴"，即指《诗经》中用比兴来进行美刺说的，同郑玄和刘勰的说法一致。郑玄和刘勰把比兴同美刺结合的说法，没有引起人们的注意，直到白居易提出"风雅比兴"，再把比兴同美刺结合，才引起人们的看重和赞美，却又忘掉郑玄和刘勰已经提出来过了。三是比兴结合。"楚襄信谗，而三闾忠烈，依诗制骚，风兼比兴。"王逸《离骚经章句》："《离骚》之文，依诗取兴，引类譬喻。故善鸟香草以配忠贞，恶禽臭物以比谗佞，灵修美人以媲（配）于君，宓妃佚（美）女以譬贤臣，虬龙鸾凤以托君子，飘风云霓以为小人。"在这里，王逸认为善鸟香草既是"取兴"，又是"譬喻"，是比兴结合。《离骚》里的用善鸟香草与恶禽臭物，确实跟《诗经》中的用比或兴不一样，实际是借喻，借善鸟香草来配忠贞，比什么没有说，兴什么也没有说。这是刘勰讲的三种比。

再看兴，《比兴》里指出《诗经》毛传标明兴体。"兴者，起也。""起情者依微以拟议。"起兴的事物它的含义隐微。"称名也小，取类也大。关雎有别，故后妃方德；尸鸠贞一，故夫人象义。"《诗·周南·关雎》："关关雎鸠，在河之洲。"毛传："兴也。""鸟挚而有别。""后妃说（悦）乐君子之德"，"若关雎之有别焉"。说关雎是兴，因为关雎这种鸟成对后，感情深挚和别的关雎分别，具有贞洁的德性，所以后妃用来作比。《诗·召南·鹊巢》："惟鹊有巢，惟鸠居之。"毛传："兴也。"郑笺："兴者，鸤鸠（布谷鸟）因鹊成巢而居有之，而有均一之德，犹国君夫人来嫁，居君子之室，德亦然。"用关雎起兴，比后妃有贞一的德性。用鸤鸠起兴，比夫人有均一的德性。用鸟来起兴，是称名小，用来比贞一和均一的德性，是取类大。这种含义，要看了注才明白，"故发注而后见也。"《诗经》中的兴是触物起兴，都放在诗的开头。有时同一个兴有不同含义，更难捉摸。如《诗·邶风·柏舟》："汎彼柏舟，亦汎其流。"毛传："兴也。"郑笺："舟载渡物者，今不用而与众物汎汎然俱流水中"，"喻仁人之不见用而与群小人并列。"《诗·鄘风·柏舟》："汎彼柏舟，在彼中河（河中）。"毛传："兴也。"郑笺："舟在河中，犹妇人之在夫家，是其常处。"这种难以捉摸的兴，后来很少用。刘勰认为汉朝"辞人夸毗，讽刺道丧，故兴义销亡。"这话是不确的。因为《楚辞》是有讽刺的，但它已不用《诗经》中起兴手法，改用借喻了。直到魏晋之际，阮籍《咏怀》是有讽刺的，也不用《诗经》这种起兴手法。这种起兴被借喻所代替，因为它的含意不明，诗人不用，并不由于"讽刺道丧"。刘勰称赞用比喻有"以敷其华，惊听回视"的作用，收到开花和使读者震惊注视，这是讲得很好的。但认为"辞赋所先，日用乎比，月忘乎兴，习小而弃大，所以文谢于周人也"，这样说是不确切的。他认为比小兴大，比既有"比心"的，就不能说小于兴。再说刘勰既承认《楚辞》中已用了新的比兴，即借喻，这种手法还保留在后来的辞赋里，就不必说"月亡乎兴"和"文谢周人"了。总的看来，他赞美比的作用，称赞《离骚》的"风兼比兴"，称赞兴的"称名小，取类大"，都是值得称道的。至于把"称名小、取类大"归之于兴，其实有的兴不知取什么类，如《比兴》说明里引葛藟起兴，说"谓他人父"，不知取什么类。就比说，"金锡以喻明德"，金锡是称名小，明德是取类大，比也有这类，不是兴所独具的。

还有赞曰："物虽胡越，合则肝胆"指比。如"麻衣"与"雪"像胡越的悬隔；"麻衣如雪"都是白的，像肝胆的亲近。"拟容取心，断辞必敢"指兴。通过雎鸠来比淑女，用布谷鸟来比夫人，这是拟容。用"挚而有别"来比德性，用"均一"来比德性，是取心。在"关关雎鸠"里，看不出有"挚而有别"的意思；在"维鹊有巢，维鸠居之"里，也看不出有"均一"之德。所以"取心"的"挚而有别"和"均一"之德，只有"发注而后见"，看了注才知道。这个"取心"不是从"拟容"里来的。"拟容取心"跟通过形象来表达情意不同。倘写一双雎鸠，一头死了，另一头不再和别的雎鸠相配，这才写出"挚而有别"，表达"均一"之德也一样。这里没有写出"挚而有别"和"均一"之德的形象，因此，拟容取心同通过形象来表达含意还是不同的。

气

① 空气，天气。天高～清，阳沉之志远。46/1　写～图貌，既随物以宛转。46/2

② 体气，生气。钻砺过分，则神疲而～衰。42/1　～衰者虑密以伤神。42/3　情之含风，犹形之包～。28/1

③ 气势。枚乘之《七发》，邹阳之上书，膏润于笔，～形于言矣。47/4　孔融～盛于为笔。47/5

④ 气质。～有刚柔。27/1　风趣刚柔，宁或改其～。27/1

⑤ 风格。论徐幹，则云"时有齐～"；论刘桢，则云"有逸～"。28/3

气释

　　刘勰有《养气》篇，指保养体气，避免用思过度，"销铄精胆，蹙迫和气"，这跟他提出自然的宗旨是一致的。《神思》称"神居胸臆，而志气统其关键"，"关键将塞，则神有遁心。"这里讲的气还是体气，体气同精神的关系，《孟子·公孙丑上》说："夫志，气之帅也；气，体之充也。""志壹则动气，气壹则动志也。今夫蹶者趋者，是气也而反动其心。"一个人的行动以志为主，志统帅体气，志专一影响体气，体气专一也会影响志，好比蹶了一交会影响心志。即人的体气健康，心志可以运思写作；体气受到损害，病了影响精神，没有心思来考虑写作，这就是"关键将塞，则神有遁心。"

　　孟子又讲养气，主要讲"我善养吾浩然之气"。这种气"以直养而无害"，"是集义所生者，非义袭而取之也，行有不慊于心，则馁矣。""直养"即用正直的行动来培养，"集义"指一直做正义的事，才能培养这种气，即正义感，不是做一件正义的事所能袭取的，做了一件不义的事，气就馁了。刘勰讲气，有没有讲这种气呢？看来还是有的。《祝盟》称："然义存则克终，道废则渝始"，"若夫臧洪歃辞，气截云蜺"，在这里的气，跟道义相联系，臧洪的盟辞，是为诸侯讨董卓而作，是充满正义的，这个气同孟子的养气应该是一致的。只是刘勰对这样的养气没有作阐发，那有待于古文家去阐发了。

　　刘勰讲气，主要是从风格的角度来讲气质。他讲风格的形成，本于才气学习，《体性》称"气有刚柔"，这就讲气质。又称："才力居中，肇自血气；气以实志，志以定言，吐纳英华，莫非情性。"那末气质很重要，它同才力有关，又充实情志，构成代表各人性情的风格。这里"气有刚柔"的说法比较重要。《风骨》称"魏文称文以气为主，气之清浊有体，不可力强而致"，气之清浊不如气有刚柔的影响大。后来桐城派姚鼐讲风格，也提到阴阳刚柔，刚柔成为分别两种风格的重要标帜。他在《风骨》里也多次提到气，说明气与风的关系。这个气有指体气的，如称风是"志气之符契"；有指生气的，如"意气骏爽,则文风清焉";有指气刚的,如"务盈守气,刚健既实,辉光乃新";有指风格的,如"齐气""逸气"。总之,就风骨中的风来说,抒情要求鲜明,作品要求有生气,有感化力量,意气骏爽,刚健而有辉光,都离不开气。这个气从体气来,保养好体气,使精神充沛;再发挥气质的特点,养成刚健的风格,使生气勃勃,把情志表达到生动有力,能感动人,这就是他讲气和写作的关系。

刘勰讲气的形成,在《辨骚》里说:"故《骚经》《九章》,朗丽以哀志;《九歌》《九辩》,绮靡以伤情;《远游》《天问》,瑰诡而惠巧;《招魂》《大招》,耀艳而深华;《卜居》标放言之致,《渔父》寄独往之才:故能气往轹古,辞来切今。"这里讲的《楚辞》的气可以压倒古代的作品,这是指孟子的"浩然之气",即正气,才构成"气往轹古"的,这是对气的另一看法。

风

①　似风。惊才～逸。5/5　腴辞云构,夸丽～骇。14/1

②　风气。益稷陈谟,亦垂敷奏之～。1/4　体宪于三代,而～杂于战国。5/3

③　风俗。移～易俗,令往而民随者也。20/4　良由世积乱离,～衰俗怨。45/6

④　影响。～末力寡,辑韵成颂。21/4　～动于上,而波震于下者也。45/1

⑤　民歌。自－雅寝声,莫或抽绪。5/1　化偃一国谓之～,～正四方谓之雅。9/1

⑥　风格。二则～清而不杂。3/5　子云《甘泉》,构深玮之～。8/5。

风骨释

刘勰的讲风骨,是从文体论中归纳出来的。如《明诗》论建安文学"慷慨以任气，磊落以使才"，讲气的慷慨即指风。"驱辞逐貌，唯取昭晰之能"，讲辞的昭晰即指骨。《祝盟》称"臧洪歃辞，气截云蜺。"气即指风。《诔碑》称"观杨赐之碑，骨鲠训典"，即指骨。《杂文》称宋玉对问，"放怀寥廓，气实使之。"气指风。《诸子》称"管晏属篇，事覈而言练；列御寇之书，气伟而采奇。"言练即指骨，气伟即指风。《封禅》称扬雄《剧秦美新》"骨制靡密，辞贯圆通"，是有骨。又"至于邯郸受命，攀响前声，风末力寡，辑韵成颂，虽文理成序，而不能奋飞"。风末力寡而不飞，即没有风骨。又"陈思魏德，假论客主，问答迂缓"是无骨；"飈焰缺焉"，是无风。《章表》称"文举之荐祢衡，气扬采飞"，即有风。又"孔璋称健，则其标也"，即有骨。《风骨》里也称："昔潘勖锡魏，群才韬笔，乃其骨髓峻也；相如赋仙，气号凌云，蔚为辞宗，乃其风力遒也。"

这些例子跟《风骨》里讲的，大体是一致的。"是以怊怅述情，必始乎风；沉吟铺辞，莫先于骨。故辞之待骨，如体之树骸；情之含风，犹形之包气。结言端直，则文骨成焉；意气骏爽，则文风清焉。"风是对述情说的，"斯乃化感之本源，志气之符契也。"述情要求有生气，能感动人，使人受到感化。但这种述情，还要符合志气，即情志结合，不是光讲缘情的，所以称意气骏爽，意和志结合，即情理的结合，生气蓬勃，骏迈豪爽。骨是对铺辞的要求，象体之树骸，这就要同理意结合，离开了理意很难铺辞，也难树立。《附会》称"必以情志为神明，事义为骨髓，辞采为肌肤。"那末风结合情志说，辞结合事义说，都和内容有关。骨要结言端直，也跟事义结合。根据这些对风骨的说明，再结合具体作品来看对风骨的要求。

说建安文学有风骨，臧洪歃辞意气激昂有风，宋玉《对楚王问》生动有气，即有风，说管晏言练，列子气伟，孔融《荐祢衡表》"气扬采飞"，有风骨，蔡邕的杨赐碑模仿训典来写，有骨，这些都可理解。从风骨跟情志事义的结合来看，这些文辞从情志到事义都有可取处，有的是有生气的，有感人的，有的是文辞凝练的。再看扬雄《剧秦美新》，班固《典引》称它"典而无实"。潘勖《策魏公九锡文》，九锡是权臣夺取政权时歌颂权臣的文辞。司马相如《大人赋》鄙视西王母的穴处，是描写在天地间游行具有广大神通的神仙。这几篇被推为有骨或有风的文辞，它们在情志事义上并不可取，也缺乏感动人的力量，为什么被推重呢？

原来刘勰讲风是"化感之本源，志气之符契"，这种化感靠情志，"深乎风者，述情必显"。这种情是和志结合的，是有动人力量的。因此他推"相如赋仙，气号凌云"，为"风力遒"。《史记·司马相如传》："相如既奏大人之颂，天子大说（悦），飘飘有凌云之气，似游天地之间意。"这说明《大人赋》感动了汉武帝，这就符合化感的要求。它鄙视在山泽间的仙人，形容枯瘦，"非帝王之仙意也"。用来讽谏，这就有志。这说明刘勰对情志和感化的要求是不高的。相如虽然鄙视山泽间的仙人，但他称的大人，实际上是役使神仙、在天地间游行的更大仙人，并没有破除对神仙的迷信。他只能感动迷信神仙的武帝，那他的情志和感化都不足取。所以刘勰讲的情志感化是不高的。他对骨的要求，是"事义为骨髓"，跟事义有关，并不要求感化和情志。他认为扬雄《剧秦美新》有骨，又引班固称它"典而亡实"，典指文辞典雅，亡实指引用的事例不确实。那末他说的"事义为骨髓"，只要文辞典雅就可称骨了。潘勖的《册魏公九锡文》被称为"思摹经典"是"骨髓峻"。这篇赞美曹操的功业，虽有些夸张，大体上还是确切的，像写他讨董卓，"首启戎行"，首先进军；与官渡之战，"王师寡弱，天下寒心"，曹操"运诸神策"，"大歼丑类"等。在事义上胜过"剧秦美新"。

从刘勰讲风骨的意义说，要求从情志到事义，都具有感化作用。在抒情上要有生气，凝定而不板滞，凝定是贴切具体，不板滞是活泼生动。在文辞上要求坚实难移，坚实是切合事义，难移是不能改动。从而达到刚健笃实，有新的光辉，意气骏爽，有飞腾力量。风骨虽然不同于文采，但没有风骨，都不能使文采鲜明。风骨虽然和声韵不同，但没有风骨，不能使声韵激越。因为"深乎风者，述情必显"，有了动人的感情，加上文采，才能使文采鲜明。有了动人的感情，配上声韵，才能使声韵激越。有了风骨，篇体光华，才能使文采声韵鲜明有力。

五　　画

正

①　正确。今经～纬奇。4/2　风雅序人，事兼变～。　9/1

②　端正，改正。～末归本，不其懿欤？3/5　乐心在诗，君子宜～其文。7/4

③　证。祈幽灵以取鉴，指九天以为～。10/8

正对

用事不同，含义相同的对偶。孟阳《七哀》云，"汉祖想枌榆，光武思白水'，此～～之类也。35/2

正释

《宗经》里提到"故文能宗经，体有六义"，"四则义贞而不回"，《辨骚》称"酌奇而不失其贞"，贞即正。《定势》称"奇正虽反，必兼解以俱通。"《知音》里提出六观，"四观奇正"。无论从创作的体有六义说，提出义正，从创作的标准说，提出不失其正，他对正看得很重要。把正跟邪相对，《诸子》称"弃邪而采正"；把正与奇相对，《体性》称"雅与奇反"，雅即正。不过在奇和正上，《定势》称"旧练之才，则执正以驭奇；新学之锐，则逐奇而失正。"是奇有两种，一种由正来驾驭的奇，像《离骚》的"奇文郁起"是好的；一种是失正的奇，就不好了，这更说明正的重要了。他在《哀吊》称"哀而有正，则无夺伦矣。"《史传》称"若任情失正，文其殆哉！"《章表》称"必使繁约得正，华实相胜"，才是"中律"。《情采》称"理正而后摛藻"，才可得情采之美。这些都说明正的重要。

末

① 末梢。然逐～之俦，蔑弃其本。8/6　正～归本。3/5

② 终。春秋之～，群经方备。4/2　建安之～，文理代兴。19/3

③ 结尾。诔首而哀～。10/5　文皇诔～，百言自陈。12/2

④ 微弱。风～力寡，辑韵成颂。21/4

本

① 根本。振～而末从，知一而万毕矣。34/1

② 主要，正确。若夫四言正体，则雅润为～。6/6　是以楚艳汉侈，流弊不还，正末归～，不其懿欤？3/5

③ 本于，根据。夫乐～心术，故响浃肌髓。7/2　然则策～书赠。10/5

本体

体裁。但～～不雅，其流易弊。15/2　然繁辞虽积，而～～易总。17/4

本释

刘勰把本看作创作的根本要求，《序志》称"本乎道"，认为文以道为根本。《原道》称"圣因文而明道"，说明圣人抓住文的根本。《序志》称"辞人爱奇，言贵浮诡，饰羽尚画，文绣鞶帨，离本弥甚，将遂讹滥。"他认为追求浮华诡怪，造成讹滥的文弊，就由于离本，离开了创作的根本要求。他很看重本，对本作了具体说明。《熔裁》称"刚柔以立本"，就是按照情理，在风格上初步分为刚柔。后来桐城派论文，姚鼐《与鲁洁非书》提出把文章分为阳刚阴柔来，刘勰很早就提出刚柔立本了。把这认为确立风格的根本要求，姚鼐对此作了进一步的阐发。他在《情采》称"文采所以饰言，而辩丽本于情性。"认为运用文采的根本要求，在根据情性，就是在抒写真实感情的基础上，才能运用文采，离开了抒写真实感情来用文采，就不行。像"巧笑倩兮，美目盼兮"，这个倩盼的美，是从巧笑和美目中来的，即以情性为本。又称"贲象穷白，贵乎反本"。贲是文饰，即文采。《易经》贲卦的象从文饰发展到顶点又回到白色，可贵在于反本，反本就是回到表达情理，即以表达情理为创作根本要求，不能用文采来掩盖。《奏启》称"夫奏之为笔，固以明允笃诚为本。"《论说》称"披肝胆以献主，飞文敏以济辞，此说之本也。"这是结合不同文体提出在写作上的不同要求。这些，都说明本指创作中的根本要求。

六　　画

华

　　①　花。草木贲～，无待锦匠之奇。1/2　　圣文之雅丽，固衔～而佩实者也。2/3

　　②　采色，文采。丹文绿牒之～。1/3　　凡群言发～。10/6

　　③　光华。敕戒恒诰，则笔吐星汉之～。19/4

　　④　荣耀。岂无～身，亦有光国？49/6

华释

　　刘勰把华实并提来指文采和情理，《徵圣》称"然则圣文之雅丽，固衔华而佩实者也"，《辨骚》称"玩华而不坠其实"，《诸子》称"览华而食实"，都是兼指华实的。同样具有华实，属于同一文体的作品，又有风格的不同。《明诗》称："若夫四言正体，则雅润为本；五言流调，则清丽居宗。华实异用，惟才所安。故平子得其雅，叔夜含其润，茂先凝其清，景阳振其丽。"这四家的诗都是兼有华实的，却是风格不同。《章表》称孔融《荐祢衡表》"气扬采飞"，诸葛亮《出师表》"志尽文畅"，是"华实异旨，并表之英也。"也是都有华实，但风格不同。就华实分开来讲，以实为主。《议对》称"空骋其华，固为事实所摈"，是不行的。《风骨》称"于是习华随侈，流遁忘反"，也不行。反过来说，《封禅》称"光武勒碑，则文自张纯"，"华不足而实有馀矣。"这里有个问题，他认为张纯这篇实有馀而华不足，对诸葛亮的表称"志尽文畅"，有实有华，那他所讲的华有两种，一种是有辞采的，像孔融的表"气扬采飞"；一种是缺少辞采的，像诸葛亮的表"志尽文畅"，但他在文畅中自有一种光华。所以《风骨》称有风骨而没有辞采的作品，"风清骨峻，遍体光华"，也是有光华的。《定势》称"若爱典而恶华，则兼通之理偏，似夏人争弓矢，执一不可以独射也。"这里的华也不限于辞采，没有辞采还可以为文。这个华与典相对，典指旧的传统，华指新的华采，爱典恶华，爱旧恶新，不能发展，所以不行。《总术》称"或义华而声悴"，也不行。义指理，属实，与文采指华不同，这里称"义华"，指理美，即实美，实美而没有光采，与上面讲的实美而有光采的华又不同了。

夸饰

　　夸张。自宋玉景差，～～始盛。37/2　莫不因～以成状，沿～而得奇也。37/3

肌肤

　　辞藻。观其骨鲠所树，～～所附，虽取熔经意，亦自铸伟辞。5/3　辞采为～～，宫商为声气。43/1

自然

①　指天生，非人为。云霞雕色，有逾画工之妙；草木贲华，无待锦匠之奇：夫岂外饰，盖～～耳。1/2

②　指天性，非矫揉造作。感物吟志，莫非～～。6/2　察其为才，～～而至矣。12/6

自然释

《原道》里把有了天地就有"玄黄色杂，方圆体分"，说成是"道之文"。接下来把天地人称为"三才"，说："心生而言立，言立而文明，自然之道也。"这个"自然之道"，包括"道之文"在内。即有天地自然产生玄黄的颜色，方圆的形体，是自然形成的。有心自然有言，有言自然有文，也是自然形成的。再像有龙凤自然有藻绘，有虎豹自然有炳蔚，有林籁自然结响，有泉石自然激韵，这些都属于自然之道。不过这里有分别，有物自然有色和形，不过色和形还有不同，有的色采鲜艳，有的质朴；有的形象美好，有的丑陋。再就动物说，有各种鸣声，但不能产生言语和文辞，人则有言语和文辞。因此把"言立而文明"，说成"自然之道"，有合理的一面，也有不合理的一面。纪昀批："齐梁文藻，日竞雕华，标自然以为宗，是彦和吃紧为人处。"刘勰的标举自然，用来反对当时浮靡和矫揉造作的文风，认为不符合自然，这是著作《文心雕龙》来纠正文风的重要旨趣，所以称为"吃紧为人处"，是合理的。但人类的语言文辞，是属于意识形态的范畴，从天地、龙凤到泉石的形文或声文，都是客观存在，这两者不是一回事。把它们混淆起来都说成是"自然之道"，是不确切的。因此，龙凤的色采，草木的开花，"夫岂外饰，盖自然耳"，这个自然，同"心生而言立，言立而文明，自然之道也"的自然不是一回事。

就反对讹滥和矫揉造作的自然说，《明诗》称"感物吟志，莫非自然"，《诔碑》称蔡邕，"察其为才，自然而至矣"；《体性》称由于性情的不同构成不同风格，"岂非自然之恒资，才气之大略哉"；《定势》称"因情立体,即体成势",像"机发矢直,涧曲湍回,自然之势也";《丽辞》说"岂营丽辞,自然对耳";《隐秀》称"故自然会妙,譬草木之耀英华"。从引起情思到构思、到确定体裁、形成风格等都需要顺乎自然,这样讲是合理的。但联系刘勰的提倡对偶辞藻声律说,还有问题。从语言文辞说,语言中有散行有对偶,以散行为主;有朴素的,有华藻的,以朴素的为主;有符合声律的,有顺着语言自然的,以顺着语言自然的为主。因此,像不讲对偶、华藻、声律的古文,其中也可包括少数对偶、华藻、声律的,是合于自然的。但讲究对偶、华藻、声律的骈文反而不符合语言的自然。刘勰没有注意这点,是不足的。因此,后来唐代韩愈的提倡古文,反对骈文,是更合于语言的自然的。

血气

气质。才力居中,肇自～～。27/3　声合宫商,肇自～～。33/1

壮

①　雄伟。邹子之说,心奢而辞～。17/6　故观电而惧雷～。20/1

②　健。陈琳之檄豫州,～有骨鲠。20/2　～与轻乖。27/2

壮丽

宏伟而有文采。～～者,高论宏裁,卓烁异采者也。27/2

色

①　颜色。夫玄黄～杂。1/1　云霞雕～,有逾画工之妙。1/2

②　女色。以为:《国风》好～而不淫。5/1　极蛊媚之

声～。　14/3

　　③　形态,风貌。回互不常,则新～耳。30/6

七　　画

体

　　①　形状。方圆～分。1/1　夫百节成～,共资荣卫。32/4

　　②　体裁。扬雄讽味,亦言～同《诗·雅》。5/1　故其陈尧舜之耿介,称禹汤之祗敬,典诰之～也。5/2

　　③　与用相对,见于外者为用,见于内者为体。或明理以立～,或隐义以藏用。2/2

　　④　风格。铭兼褒赞,故～贵弘润。11/4　是以贾生俊发,故文洁而～清。27/3

　　⑤　体察。铺采摛文,～物写志也。8/1　故～情之制日疏,逐文之篇愈盛。31/5

体释

　　《体性》称"故宜摹体以定习,因性以练才";又称"才性异区,文体繁诡"。体指风格,性指个性,把体和性结合,用来说明风格。他讲"体式雅郑",即把风格分为雅正和淫靡,这是一种分法。又说:"若总其归涂,则数穷八体。"从作品的风格看,主张分为八种,即"雅与奇反,奥与显殊,繁与约舛,壮与轻乖",就作品风格说,他认为"若夫八体屡迁,功以学成",八种风格都可以学习,但还要"因性以练才",根据自己的情性确定一种风格为主。这就从作品的风格转到作家的风格了。对作家风格,他讲了十位作家的十种风格:贾谊清俊,司马相如侈诞,扬雄深沉,刘向简易,班固雅靡,张衡淹密,王粲躁竞,刘桢褊壮,阮籍俶逸,嵇康高俊,潘岳轻发,陆机繁重。这里,刘勰是把体性分开说的,如贾生俊发,指性,故文洁而体清,指体，现在合成清俊，说明他个人的风格，也是体和性的结合。

　　刘勰讲风格，除了一般讲相对八体，是作品的风格外，又结合体性讲作家的风格，还在文体论里讲各种体裁的风格，显出风格的多样化。《明诗》讲古诗，"观其结体散文，直而不野，婉转附物，怊怅切情。"这是讲古诗的风格。讲建安文学"慷慨以任气，磊落以使才"，是建安文学的风格。讲正始文学，何晏浮浅，嵇康清峻，阮籍遥深，是不仅结合作家和文体来谈风格，还结合时代来谈风格。最后又总称四言雅润，五言清丽，结合文体提出风格的要求。再像《诠赋》，称宋玉夸丽，枚乘新要，相如繁艳，班固雅绚，扬雄深玮，这是结合文体和作家来讲风格。最后总结"丽词雅义，符采相胜"，认为赋的风格特点是雅丽。《颂赞》称"颂主告神，义必纯美。"对赞称"约举以尽情，昭灼以送文，此其体也。"即重在灼约，即简明。《铭箴》称"铭兼褒赞，故体贵弘润"，指义弘文润。褒赞的话，要讲意义，有文采，故称弘润。《诔碑》称"陈思叨名，而体实繁缓，文王诔末，旨言自陈，其乖甚矣。"曹植的《文帝诔》凡千馀言，所以文繁体缓，加上结尾的百言是自己陈述，不合体裁。这是讲《文帝诔》的风格和诔文的要求不合。《哀吊》称"隐心而结文则事惬，观文而属心则体奢。奢体为文，则虽丽不哀。"痛心而写哀辞，便情事切合；为了写哀辞而表示痛心，便浮夸而不实。《杂文》称枚乘《七发》要求夸丽，扬雄连珠，要求明润，这是对不同文体提出的不同要求。这方面的意见不包括在《体性》里，也是他讲风格的重要部分。

声

　　①　声音。若乃汤之问棘，云蚊睫有雷霆之～。17/4

　　②　声调，音乐。乐府者，"～依永，律和～"也。7/1　凡操千曲而后晓～。48/4

　　③　声名，声气。并独步当时，流～后代。18/4　遥闻～而相

502

思。48/1　褒贬任～,抑扬过实。5/1

　　④　声势。治戎燮伐,则～有浒雷之威。19/4　听～而惧兵威。20/1

声释

　　《声律》里对声的音乐性和它在诗文格律中的作用,作了较全面的说明。"夫音律所始,本于人声",音乐本于人声,是根据人声来制定的。这是从先有徒歌,后才有乐府,有配乐的歌来的。从"声含宫商"里,把人声分为五音,又把五音一分为二,这是由乐府转为格律的关键。把人声分为五音或七音,这是音乐方面的事,应用到诗文格律上去,要求简化。"夫徵羽响高,宫商声下",这就把五音分为高下两种。这高下又称为飞沉,"凡声有飞沉,响有双叠","沉则响发而断,飞则声扬不还。并辘轳交往,逆鳞相比。"要求飞和沉交错配合。又指出"和体抑扬",配合得好称为和,要求抑扬得当。从高下到飞沉,从飞沉到抑扬,从抑扬求和,这已经指出诗文格律所走的路了。后来律诗和格律文就是按照这条路子,把抑扬分为平仄,确定平仄的调配而成的。因此,刘勰论声,对诗文格律的形成,起到了指导作用。

　　《辨骚》里提出"论山水则循声而得貌",提出声貌来,这是从创作角度来论声了。《诠赋》称"及灵唱骚,始广声貌","极声貌以穷文",指出辞赋里发挥了写声貌的作用。在描写山水景物,提出"循声而得貌",说明描绘声音的作用,可以唤起物色来的。《物色》称"虫声有足引心","沉吟视听之区",都提到声。联系到《诗经》,"喈喈逐黄鸟之声,喓喓学草虫之韵",称为"并以少总多,情貌无遗矣"。在对声音的描写里,表达了诗人的感情,和他想象中的物色,所以跟情貌结合着。再像宋玉《九辩》称"雁雍雍而南游兮,鹍鸡啁哳而悲鸣。独申旦而不寐兮,哀蟋蟀之宵征"。这里描绘了声音,也反映了作者的心情,比《诗经》更生动了。又称"及长卿之徒,诡势瑰声，模山范水”。像司马相如的《子虚赋》，写坐船出发，“拢（击）金鼓，吹鸣籁（箫），榜（船）人歌，声流喝（嘶）。水虫骇，波鸿沸，涌泉起，奔扬会，礧石相击，硠硠磕磕，若雷霆之声，闻乎数百里之外。”对声音的描写更丰富了。《才略》“王褒构采，以密巧为致，附声测貌，泠然可观。”王褒《圣主得贤臣颂》称“故世必有圣智之君而后有贤明之臣，虎啸而谷风冽，龙兴而致云气，蟋蟀俟秋吟，蜉蝣出以阴。”这就是“附声测貌”，借声貌来作比了。那同《诗经》《楚辞》的描绘声貌又不同了。

形

① 身。～在江海之上，心存魏阙之下。26/1

② 形状，形式。山川焕绮，以铺理地之～。1/1　故～立则章成矣，声发则文生矣。1/2　故知繁略殊～，隐显异术。2/2

③ 表现。理～于言，叙理成论。18/11　心术既～，英华乃赡。31/8

形文

色采。一曰～～，五色是也。31/2

形似

形状相似，犹形象。自近代以来，文贵～～。46/4

形释

《原道》里举龙凤、虎豹、云霞、花朵的色采，称为“形立则章成矣”。指有了这种色采才构成龙凤虎豹等具体的文采，如虎有虎文，凤有凤文等是。所以《情采》说：“一曰形文，五色是也。”这个形着重指色采，还不指形象。《徵圣》说：“故知繁略殊形，隐显异术。”这里指文章篇幅有繁有简，这个形指形式。《祝盟》说，“利民之志，颇形于言矣。”情志通过语言来表现。《论说》：“理形于言。”理通过言来表现。这个形指表现。到《定势》里说：“是以绘事图色，文辞

尽情，色糅而犬马殊形，情交而雅俗异势。"这个"犬马殊形"就指形
象了。"绘事图色"，指用色采来画形象，但这个形象只是用来比
"文辞尽情"，不指创作。《丽辞》说："如宋画吴冶，刻形镂法，丽句
与深采并流，偶意与逸韵俱发。"宋画的刻形，也指刻画形象，不过
这个形象还是用来比丽采，讲对偶，不讲用形象来创作。《知音》
说："夫麟凤与麏雉悬绝，珠玉与砾石超殊，白日垂其照，青眸写其
形。"这个形也是形象，但还不是讲创作。《神思》说："规矩虚位，刻
镂无形。"这是讲构思的，从无形经过刻镂到有形，用来比构思的从
无到有，也不是讲形象的创作。看来通过形象来表达情思这个看
法，刘勰还没有。只是在《比兴》里提到"贾生《鵩赋》云：'祸之与
福，何异纠缠。'"用几股绳索的纠结来比祸福的纠结。"王褒《洞
箫》云：'优柔温润，如慈父之畜子也。'"用箫声的优柔温润来比慈
父畜子的感情，接触到了形象与情思。不过那还是比喻，还跟通过
形象来表达情思不一样。

　　抛开了通过形象来表达情思，那末刘勰在讲比喻里是讲到用
形象作比的，像用几个绳的纠结来比祸福的纠结就是。此外，在
《物色》里讲到"自近代以来，文贵形似"，即描写山水景物的形貌，
也是一种形象，不过是写景物。如谢朓《直中书省》："玲珑结绮钱，
深沉映朱网。"用绮钱朱网的形象来指窗户上的花纹。至于《夸饰》
中的"河不容舠"，用容不下小船来比河狭，那还是比喻。可贵的已
经看到描写景物的形象，这是刘勰论文的成就。

志

　　①　志向。元首载歌，既发吟咏之～。1/4《诗》主言～。3/2
　　②　用意。及孙绰为文，～在于碑。12/6　准的所拟，～乎
典训。/47/8
　　③　意。辞为肌肤，～实骨髓。27/5

志释

《明诗》称"诗言志","是以在心为志，发言为诗。"这是《诗大序》说的："诗者，志之所之也。在心为志，发言为诗。情动于中而形于言，言之不足故嗟叹之，嗟叹之不足故永歌之，永歌之不足不知手之舞之足之蹈之也。情发于声，声成文谓之音。治世之音安以乐，其政和；乱世之音怨以怒，其政乖；亡国之音哀以思，其民困。故正得失，动天地，感鬼神，莫近于诗。先王以是经夫妇，成孝敬，厚人伦，美教化，移风俗。"这里对"诗言志"作了全面的说明，诗是表达志的所向，在心为志，但这个志又同情结合的，诗表达志，又表达情，"情动于中而形于言"。正因为情动于中，所以嗟叹永歌到手舞足蹈。要是诗只是言志而没有情动于中，就不可能有动情的手舞足蹈了。诗言志离不开声，可是"情发于声"，声又是情所发的。"声成文谓之音"，这个音，不论是"安以乐"，"怨以怒"，"哀以思"，都充满着情。那末诗言志的志，不论是"经夫妇，成孝敬，厚人伦，美教化"，都是跟"声成文谓之音"的音有关，即跟"情发于声"有关。因此，不能说诗言志是"经夫妇，成孝敬，厚人伦，美教化"，都跟情无关。正因为情在起作用，才对"经夫妇，成孝敬，厚人伦，美教化"能起到作用。刘勰讲的诗言志，正是发挥《诗大序》的说法。

《辨骚》称"故《骚经》《九章》朗丽以哀志"，称志为哀，正是志和情的结合。《明诗》称"人秉七情，应物斯感，感物吟志，莫非自然"，吟志从情的感物而来，也是情志结合。《诗大序》提出"发乎情止乎礼义"，说明发乎情不一定符合礼义，所以要求止乎礼义。刘勰的言诗也是这样，他认为志也不一定符合礼义。《辨骚》称"依彭咸之遗则，从子胥以自适，狷狭之志也。"《乐府》称"志不出于滔荡，辞不离于哀思"。《铭箴》称"而水火井灶，辞繁不已，志有偏也。"他认为志有偏的，有狷狭的，有滔荡的，即也有不符合礼义的。志跟情一样，也需要止乎礼义。因此在《明诗》里称"诗者，持也，持人情性"，也就是不论言志与抒情，都要求止乎礼义，志与情是结合的。在《物色》里，他认为"情以物迁，辞以情发"，情是受外界景物的影响的；但"献岁发春，悦豫之情畅"，"天高气清，阴沉之志远"，在这里志和情都受景物的影响了。《知音》称"夫志在山水，琴表其情"，这个情就是在山水的志了。这些都说明他对志和情结合的看法。

沉瘝

脚肿，比滞重不飞动。扬雄吊屈，思积功寡，意深反骚，故辞韵～～。13/5　李尤赋铭，志慕鸿裁，而才力～～，垂翼不飞。47/5

秀

精警。～也者，篇中之独拔者也。40/1　～以卓绝为巧。40/1

言

没有文采的文辞。经典则～而非笔，传记则笔而非～。44/1　见文释。

言对

不用故事的对子。～～者，双比空辞者也。35/2　长卿《上林赋》云，"修容乎礼园，翱翔乎书圃"，此～～之类也。35/2

八　画

事

①　事件。言中～隐。3/2　～近而喻远。3/3
②　故事，典故。～丰奇伟，辞富膏腴。4/5

事对

用事件作对偶。～～者，并举人验者也。35/2　宋玉《神女

赋》云：“毛嫱鄣袂，不足程式，西施掩面，比之无色”，此～～之类也。35/2

事类

引事引言。～～者，盖文章之外，据事以类义，援古以证今者也。38/1

典

① 经书。秦皇灭～，亦造仙诗。6/2　乖道谬～，4/4
② 雅正。《赤雁》群篇，靡而非～。7/2　义～则弘，文约为美。11/5

典雅

雅正。～～者，熔式经诰，方轨儒门者也。27/2　是以模经为式者，自入～～之懿。30/2

势

① 形势。圆者规体，其～也自转；方者矩形，其～也自安。30/1
② 趋向。然讽一劝百，～不自反。14/3
③ 势力。从横参谋，长短角～。18/8

势释

刘勰论创作，《定势》称“因情立体，即体成势”。他主张因情立体，根据情理即内容来确定体裁和风格，不同的内容，采用不同的体裁和风格，顺其自然的趋势，这就是势。像河床陡，水流急，河床平坦，水流缓，水流的缓急由河床来决定，这就是自然之势。内心激动的发言激昂，内心平静的发言平稳，这也是自然形成的趋势。但各人的情趣不同，作品的变化各异，就要根据不同的情趣，不同的变化，来因情立体，即体成势。内容不同，体裁和风格自然也跟

508

着不同，这也是一种势。他这样讲势，目的在纠正当时的一种"讹势"，就是要求新变，"颠倒文句"，"失体成怪"。新变应该是从内容的新变来的，有了新变的内容，才有新变的形式，它还是因情立体，即体成势，即体成势的原则不变。讹势是违反了即体成势的原则，没有新变的内容而要求新变的形式，因此失体成怪。他要纠正讹势，来维护即体成势的原则。就新变说，他提出"变乎骚"。像《离骚》的内容非常丰富，不是《诗经》的短篇抒情诗的形式所能容纳，这种新变的内容，自然产生新变的形式，就是"循体而成势"。

在《定势》里，他提出"宫商朱紫，随势各配"，"势有刚柔，不必壮言慷慨乃称势也。"就音乐说，有宫商等音，配什么音，要适应音调所表达的情味的趋势；就色采说，有朱紫等色，配什么色，要适应所绘物象的色调的趋势。在风格上，有刚健和柔婉，或刚或柔，要适应作者所反映的情调的趋势。这个势不同于气势，所以情绪激昂，构成刚健的风格是势，情思婉转，构成柔婉的风格也是势。认识了势，就可以根据内容来确定最适应的体裁和风格。刘勰又引刘桢说的："文之体势，实有强弱，使其辞已尽而势有馀，天下一人耳。"这里讲的"势有馀"，就同"馀味曲包""馀音袅袅"相似了。这也就是"情在词外曰隐"，"含不尽之意见于言外"了。就势讲，就是馀势或馀力了。像车子在开行中，突然煞车，车子虽然已经煞住，还要开出一些路，这就是馀势，因为它的力还没有尽，还有馀势。作品到结尾时，突然停止，意犹未尽，让读者自己去考虑，但这个未尽的含意已经包含在前面的情节中。这也是馀势，这种馀势，可能是作者深厚的感情所孕育的。

味

①　滋味，情趣。子云沉寂，故志隐而～深。27/3　使～飘飘而轻举。46/4

②　体会。至于张衡《怨》篇,清典可～。6/3　　～之则甘腴。
44/3

味释

　　《通变》称:"故论文之方,譬诸草木,根干丽土而同性,臭味晞阳而异品矣。"不同草木的花叶气味不同,在阳光照射下由于本性的差别造成的。这正像体性的讲作家风格,由于作家个性的不同,形成不同的风格。《体性》称:"子云沉寂,故志隐而味深;子政简易,故趣昭而事博。"这里提出"味深"和"趣昭",即两种不同的趣味,一深隐,一明显,和两人不同的性格有关。这样讲味,不仅要辨别作品的滋味,还要辨别作品的不同风格,到作者的不同个性,需要作深入的体味了。在体会作品的滋味时,他又指出怎样的作品有味,怎样没有。《情采》称"繁采寡情,味之必厌。"只有辞藻,缺乏感情,就没什么可体味的。《附会》称"若统绪失宗,辞味必乱。"这是指篇章没有组织好,自然辞味乱了。《总术》称"数逢其极,机入其巧,则义味腾跃而生,辞气丛杂而至","味之则甘腴,佩之则芬芳。"这也指篇章结构安排得好,把作品中芬芳的气味,甘腴的滋味,尽量发挥出来,收到好的效果。这里说明美好的滋味也需要作好篇章结构的安排。不过滋味的产生还得依靠感情。《物色》称"物色之动,心亦摇焉",这种感情从外界接触来的。"情以物迁,辞以情发",有了这种感情,能够感染人,这才有味。"使味飘飘而轻举,情晔晔而更新"。要有鲜明的新的感情,才有飘飘而轻举的味。这种新的感情,是接触外物后引起的独特感受,是真实的。是像《情采》称"志思蓄愤而吟咏情性",是"为情而造文"。这样的情是"吟咏情性",既是真实感受,又同个性结合,是有作者个人的风格的。所以可供体味,味飘飘而轻举。就写景物说,要把作者的感情色采著到景物上去,使"物色尽而情有馀",做到"既随物以宛转,亦与心而徘徊",使"情貌无遗",情景交融。要产生这样鲜明更新的

510

情味，还要注意"入兴贵闲"。在与外界接触时，等到"情以物迁"，有真实的感受时才写，不宜强求，也就是所谓"伫兴而作"，这就是"入兴贵闲"的说法。

命

① 天命，古人认为国家的政权由天所制定。《诗》云"有～自天"。19/8　洎周～维新。16/1

② 令。舜～八元。22/1　昔晋文受册，三辞从～。22/3

③ 称谓。斯盖别诗之原始，～赋之厥初也。8/2

④ 使。意得则舒怀以～笔。42/6　阮籍使气以～诗。47/6

和

① 音节谐调。泉石激韵，～若球锽。1/2　乐府者"声依永，律～声也。7/1

② 声调的调配得当。异音相从谓之～。33/2　～体抑扬，故遗响难契。33/2

③ 顺，指气的和顺。率志委～，则理融而情畅。42/1

④ 调和。于是搦笔～墨，乃始论文。50/2

和释

刘勰论创作，从音律方面讲和。《声律》称："异音相从谓之和，同声相应谓之韵。韵气一定，故馀声易遣；和体抑扬，故遗响难契。属笔易巧，选和至难。"对和，他提出异音相从，既是异音，是有矛盾的，又是相从，是统一的，这样讲和，是抓住了和的特点。《左传·昭公二十年》晏子论和，用"和羹"和"和五声"来说。和羹要用水火来烹鱼和肉，水火是矛盾的，是异。要是舍异取同，"若以水济水，谁能食之"。就和声说，像五声六律是有异的，要是舍异取同，"若琴瑟之专一，谁能听之"，舍五声的异，只用一声的同，就不成曲调了。

但异外还要相从，即相配合，水火相从才能烹饪，异音相从才能成乐。就声律说，"声有飞沉"这是异，专用沉，"沉则响发而断"，专用飞，"飞则声飚不还"，所以不能用同，要用异，即飞沉都用。异音还要相从，相调配，怎样调配，当时还没有确定，即声律还没有定，所以他只能提出相从的原则来。"和体抑扬，故遗响难契。和的相从，即声调的抑扬调配。并"辘轳交往，逆鳞相比"，辘轳像水车那样运转，即抑扬跟着抑扬运转，逆鳞像鳞片是逆的不是顺的，即抑同扬相接，不是抑同抑或扬同扬相接。后来到了唐朝，诗的格律确定用平仄来表抑扬，正像他说的，"辘轳交往，逆鳞相比"了。

就和说，不光声律讲和，对偶也讲和。《丽辞》称"反对为优，正对为劣"。"反对者，理殊趣合者也；正对者，事异义同者也。"理殊既异，趣合即相从，即异理相从的和。事异是异，义同是相从，即事异义同的和。对偶以理为主，所以异理而趣相从为优，异事而义相从为次。文章也讲和，上引《左传》晏子论和，说："君臣亦然。君所谓可而有否焉，臣献其否以成其可，君所谓否而有可焉，臣献其可以去其否，是以政平而不干，民无争心。故《诗》曰：'亦有和羹，既戒既平。'"这就是在政治上的献可替否。《章表》称："至太甲既立，伊尹书诫，思庸归亳，又作书以赞，文翰献替，事斯见矣。"指出伊尹同太甲之间，就是献可替否的。这篇赞又说："敷奏绛阙，献替黼扆"，即在朝廷上臣对君就要献可替否的，即要和的。他在《论说》讲成功的游说："并顺情入机，动言中务，虽批逆鳞，而功成计合。"批逆鳞即触犯君主，即异，顺情中务，即相从，也即异言相从，即和。

他在《神思》里讲创作构思，指出"意翻空而易奇，言微实而难巧"，开始设想时觉得要写的情意非常多，这是翻空；到下笔时觉得这也不行，那也不行，这是言微实。空和实是异，要求翻空之意与微实之言相从，产生主旨，使意言结合，即意言相异而相从，也是和。有时意言不能配合，产生不出主题，他主张"秉心养术，无务苦虑"即要"率志委和"的养气和顺，那是另一种和了。

奇

① 奇异，不平凡。～文郁起，其《离骚》哉！5/1　列御寇之书，气伟而采～。17/6

② 奇怪，不正确。今经正纬～。4/2　爱～反经之尤。16/3

奇释

刘勰论"奇"有三种意义：一是好的，一是坏的，一是居中的，即可好可坏的。《原道》称"草木贲华，无待锦匠之奇"，锦绣得像真花，这是奇。《诸子》称"列御寇之书，气伟而采奇"，这是指文采的奇。《附会》称"及倪宽更草，锺会易字，而汉武叹奇，晋景称善"，这是称改得好的奇。这三个奇都指不平常，手艺奇，文采奇，文章改得好，都显得高超，所以是好。

《神思》称"意翻空而易奇"，这是说"登山则情满于山，观海则意溢于海"，这时还没有进入构思，只是空想，所以这个奇无所谓好坏，即可好可坏，居中间。《通变》称"望今制奇，参古定法"。这个奇也是居中间的，可好可坏，所以要加以限制，即加选择，经过选择的奇就是好的，不经过选择的奇可能是坏的。又称"旧练之才，则执正以驭奇"，这个奇需要驾驭，经过驾驭就好，不经过驾驭就不好，所以也是可好可坏的。

《正纬》称"今经正纬奇，倍摘千里"，这个奇与正相对，指不正，是坏的。《史传》"爱奇反经之尤"，这个奇跟经相反，也是坏的。《体性》称："新奇者，摈古竞今，危侧趣诡者也。"这个奇危侧趣诡，是不好的。《定势》称"效奇之法，必颠倒文句，上字而抑下，中辞而外出。"这样的颠倒文句，是讹滥，是不好的。又称"新学之锐，则逐奇而失正"，失正当然不好。

刘勰在《序志》里把"变乎骚"列入"文之枢纽"，主张变，变就是把过去认为正确的作品，适应时代的需要，创造出新的内容和新的形式，即《辨骚》里称"自风雅寝声，莫或抽绪，奇文郁起，其《离骚》哉!"这种适应时代需要的新变称为奇文。《时序》称"故知文变染乎世情，废兴系乎时序，原始以要终，虽百世可知也。"这种染乎世情的变，系乎时序的旧废新兴，就是"奇文郁起"，这样的奇文是好的。又称"辞人爱奇，言贵浮诡"，"离本弥甚，将遂讹滥"，这种浮诡讹滥的奇是坏的，是要纠正的。就奇本身说，是不平凡的，不一般的，不常见的，其中有坏有好，好坏混杂，适应时代需要的新变的奇是好的，不适应时代需要而追求浮诡讹滥的奇是坏的。所以他在《辨骚》里提出"酌奇而不失其贞"，这个贞就是"文变染乎世情，废兴系乎时序"，这样的奇才是不失正的奇，好的奇。

学

① 学习。所以通人恶烦，羞～章句。18/6

② 学者。平子恐其迷～，奏令禁绝。4/5　新～之锐，则逐奇而失正。30/7

③ 学问。积～以储宝。26/2　若～浅而空迟。26/5

学释

《神思》谈到创作构思，把才和学并提。"若学浅而空迟，才疏而徒速，以斯成器，未之前闻。"认为学浅，虽费时很多，不一定能创作好。《事类》称："文章由学，能在天资。才自内发，学以外成，有学饱而才馁，有才富而学贫。学贫者迍邅于事义，才馁者劬劳于辞情，此内外之殊分也。"这是讲作品中引事引言的，那需要学问。缺乏学问的在引事引言方面感到困难，写不好作品。他又说："才为盟主，学为辅佐，主佐合德，文采必霸;才学褊狭，虽美少功。"创作以才为主，但还需要学做辅佐，缺乏学问，虽有才能也会给创作带来损害。"是以将赡才力，务在博见，狐腋非一皮能温，鸡蹠必数千

514

而饱矣。是以综学在博，取事贵约。"这里讲的博学，已经不限于引事引言了。像《红楼梦》所写的，被称为百科全书。没有百科全书式的丰富学问，那就捉襟见肘，写不好这样的大作品，也会由于知识不足，造成种种错误，给作品带来损害。所以《神思》称"积学以储宝"，"研阅以穷照"，学问和阅历都属于学，要加以积累和研究。积累了丰富的学问，在创作时是不是尽量用上去来卖弄自己的博学呢？不是的。"综学在博，取事贵约"，综合各种学问要博，运用到创作中去又要约，要适应创作的需要，不能卖弄博学。

要

① 重要，要点。至于潘勖《符节》，～而失浅。1/3　辞尚体～，弗惟好异。2/3

② 约定，要挟。时有～誓，结言而退。周衰屡盟，以及～劫。10/7

要释

《徵圣》称"辞尚体要"，"体要所以成辞"；《诠赋》称"然逐末之俦，蔑弃其本，虽读千赋，愈惑体要"；《启奏》称"是以立范运衡，宣明体要。必使理有典刑，辞有风轨"；《序志》称"《周书》论辞，贵乎体要"，"辞训之异，宜体于要"。刘勰多次提到体要，认为体察要点在文辞写作上的重要，它是"成辞"的要求，这是一；不懂得体要，就会舍本逐末，使"繁华损枝，膏腴害骨"，重形式而轻内容，这是二；甚至"离本弥盛，将遂讹滥"，形成一代的文弊，这是三。因此，他认为在文辞上体认这个"要"非常重要。"要"是创作上必须具备的条件。《明诗》称"撮举同异，而纲领之要可明矣"。这个"纲领之要"是指概括诗歌的各种风格，即以雅润清丽为认识诗歌风格的必要条件。《史传》称"务信弃奇之要"，指出史文的写作，以务信弃奇为必要条件。《论说》称"义贵圆通，辞忌枝碎；必使心与理密，弥缝莫见其隙,辞共心密,敌人不知所乘,斯其要也。"指出从义理到文辞圆密,作为论说的必要条件。《檄移》称"必使事昭而理辨,气盛而辞断,此其要也。"这里指出从理气到事辞怎样才成为檄文的必要条件。《风骨》称"能鉴斯要,可以定文",指出"骨髓峻"和"风力遒"成为"定文"的必要条件。《物色》称"善于适要,则虽旧弥新矣"。即把描绘景物,要注意"物色尽而情有馀",情景相生来写,适应这个要点,作为写景的主要条件。在创作中注意这些"要",才能有成就。

变

变化。观天文以极～。1/5　降及七国,未～古式。22/1

变释

《序志》里把"变乎骚"列入"文之枢纽",是刘勰看到文学在变上的重要。他写《辨骚》来讲变,称"奇文郁起,其《离骚》哉!"称"奇"指新,《体性》称为"新奇",不过这个新奇是好的,即新变的意思。有了这个新变,才能"气往轹古,辞来切今,惊采绝艳,难与并能矣",即压倒《诗经》。在《时序》里根据历代文学的新变,总结出"故知文变染乎世情,废兴系乎时序,原始以要终,虽百世可知也。"这里的"文变"就同"变乎骚"联系,"屈平联藻于日月,宋玉交采于风云。观其艳说,则笼罩雅颂,故知炜烨之奇意,出乎纵横之诡俗也。"指出《离骚》的新变,是吸取了纵横家夸张声貌的游说手法,这就是"文变染乎世情"了。《颂赞》称"风雅序人,故事兼变正",这里就提到变风变雅。《时序》称"幽厉昏而《板》《荡》怒,平王微而《黍离》哀。故知歌谣文理,与世推移。"这就是"废兴系乎时序"的变了。

《明诗》称"故铺观历代,而情变之数可监",提出"情变"来。《诠赋》称"则触兴致情,因变取会"。变跟情有关,触兴引起的情不同，产生了各种变化。《颂赞》称"虽纤曲巧致，与情而变"，内容所表达的纤曲巧致，都是跟着情的不同而变的。《哀吊》称潘岳的哀辞，"虑瞻辞变，情洞悲苦"，"体旧而趣新"，由情感的悲苦极深，造成辞变，情趣是新的。《章表》称曹植的表"应物制巧，随变生趣"，这种情趣的变化，又同外物的变化有关。《神思》称"神用象通，情变所孕"。情变的孕育，通过物象来表达，即通于物象。《风骨》称"洞晓情变，曲昭文体，然后能莩甲新意，雕画奇辞。"把情变同文体结合，就可以产生新意奇辞，这里情变是主，所以"晓变则辞奇而不黩"了。《通变》称"变则堪久"，穷则变，变则通，通则久了。《通变》又称"随变而立功者也。"说明"因情立体，即体成势"是可以立功。但"自近代辞人，率好诡巧，原其为体，讹势所变"，这是违反因情立体的变，是"穿凿取新"的变，成为讹滥的弊病。

性

　　①　性情。随～适分，鲜能通圆。6/6　昔楚庄齐威，～好隐语。15/4

　　②　特色。孔氏卓卓，信含异气，笔墨之～，殆不可胜。28/3

性灵

　　①　天性灵智。～～所钟，是谓三才。1/1　洞～～之奥区。3/1

　　②　性情。若乃综述～～，敷写器象。31/1　岁月飘忽，～～不居。50/1

　性释

　　《体性》称作家风格的形成本于才、气、学、习。"才力居中，肇自血气；气以实志，志以定言，吐纳英华，莫非情性。"认为才和气本于性。"才由天资"，"气有刚柔"，指气质。刘勰把作家风格的形成跟气质联系，称为性，即由作家的气质形成个性，由个性形成他的风格，这里还得加入后天的学习。像"贾生俊发"，跟他的才和气有关，"故文洁而体清"，形成他的风格。在作家风格的形成上，他不仅认为构成风格的"习"是后天的工夫；就是性情也可以陶冶，《徵圣》称"陶铸性情，功在上哲"。《宗经》又称"义既挺乎性情"，认为性情可以变化是好的。《体性》又称"才性异区，文体繁诡"，认为才性不同，构成不同风格。《明诗》称"随性适分，鲜能通圆"，认为各人的气质不同，或刚或柔，因此各人的风格也有不同，很少能兼擅各种风格，因此主张"因性以练才"，根据个性来锻炼文才。《情采》称"三曰情文，五性是也"，"五性发而为辞章"。五性指仁义礼智信。把五性说成天生的性，这是用孟子性善的说法，《孟子·告子》上："仁义礼智，非由外铄我也，我固有之也。"《养气》称"率志委和，则理融而情畅，钻砺过分，则神疲而气衰，此性情之数也。"在创作上，又提出养气，保持精力的充沛，这是适应性情的需要，反对"秉牍以驱龄，洒翰以伐性"。

《情采》称"夫水性虚而沦漪结，木体实而花木振，文附质也"，这里把水性和木体对称，都指质来说。水性虚所以有沦漪，木体实所以开花，沦漪和花比文，水性木体比作家的个性，个性不同，作品的风格也不同。又称"综述性灵，敷写器象"，归结到"为情而造文"。指发挥性灵的作品，以表达真情为主，这个真情是结合性灵来的，这个性灵又经陶冶的，性灵既正，情感又真，才能写出富有情采的作品来。

实

①　果。夫以草木之微，依情待～。31/6

②　指内容。然则圣文之雅丽，固衔华而佩～者也。2/3　玩华而不坠其～。5/4

③　实际，与名相对。褒贬任声，抑扬过～。5/1　循名课～，

518

以文为本者也。22/4

　　④　确是。《书》～记言。3/2　　情理～劳。5/5

　　⑤　充实。气以～志,志以定言。27/3

宗

　　①　尊崇者。然其文辞丽雅,为词赋之～。5/1

　　②　尊崇。故文能～经,体有六义。3/5　　辞～丘明,直归南董。16/11

物

　　①　万物。夫以无识之～,郁然有彩。1/2　　辩雕万～。31/3

　　②　景物。人秉七情,应～斯感,感～吟志,莫非自然。6/2

　　③　事物。象其～宜,则理贵侧附。8/4　　张衡《南都》云,"起郑舞,茧曳绪",此以容比～者也。36/3

　　④　写作要求。一～携贰,莫不解体。　44/4

44/4

物释

　　《神思》里谈到创作构思,提出"故思理为妙,神与物游"。神与物游,"物沿耳目,而辞令管其枢机。枢机方通,则物无隐貌"。通过耳目所观察到的物,用辞语来写,有描绘物的形状的,如司马相如《子虚赋》,写山是"交错纠纷,上干青云",形容山的峰峦盘错和高;写矿产是"众色炫耀,照烂龙鳞",形容它的色采。这样可以算描写物貌了。称"情以物兴","物以情观",作为表达了感情,描写了物貌。

　　作品中写物也指物色,即景物。《物色》称:"物色之动,心亦摇焉。"作品中的描写物色,"写气图貌,既随物以宛转;属采附声,亦与心而徘徊。故灼灼状桃花之鲜,依依尽杨柳之貌。"并以少总多,情貌无遗矣"。这里指出景物引起人的情感，又指出怎样描绘景物的形貌，做到"情貌无遗"，也就是使"物无隐貌"。像《诗·周南·桃夭》："桃之夭夭，灼灼其华。"又《小雅·采薇》："昔我往矣，杨柳依依。"用了"灼灼""依依"，只写桃花的红艳灼灼，柳条的柔软依依就是图貌了；用灼灼来指新娘的心情热烈，用依依来写依依不舍的感情，这就是与心。因此，用了灼灼依依，就达到情貌无遗了。

物也指事物。《丽辞》称："宋玉《神女赋》云：'毛嫱障袂，不足程式，西施掩面，比之无色。"这是事对，借毛嫱西施来衬出神女更美，突出神女，又反映作者心情，也是图貌与心。《事类》称："刘劭《赵都赋》云：'公子之客，叱劲楚令歃盟；管库隶臣，呵强秦使鼓缶。'用事如斯，可称理得而义要矣。"这里举的两件事，突出了赵国的人才和在外交上的胜利，反映了作者对赵国赞美的感情，《诠赋》里所谓"象其物宜，则理贵侧附"，物指事物，是借事物来明理的。以上这些，都是在创作中写物的例子。

采

辞藻。精理为文，秀气成～。2/4　～缛于正始，力柔于建安。6/5

采释

《序志》里把创作论称为"剖情析采"，说明"采"在创作论中是极重要的。《明诗》里讲晋代的诗，"采缛于正始，力柔于建安"，是用采和力来比西晋诗和建安诗的不同的。采指文采，力指风骨。《风骨》里说："若风骨乏采，则鸷集翰林　采乏风骨，则雉窜文囿。"说明采跟风骨不同，有采而没风骨，就不能飞腾；有风骨而没采，也不能成为鸣凤。说明采不如风骨重要，这是跟风骨相对的采。

《风骨》又说"若骨采未圆，风辞未练"，容易造成危败。在这里，"骨采"结合。"结言端直，则文骨成焉。"骨是指结言端直说的，采也是指辞说，这两者又怎样结合呢？《情采》说："夫铅黛所以饰容，而盼倩生于淑姿；文采所以饰言，而辩丽本于情性。"这里说明采有两种：一种是饰容的铅黛，一种是淑姿的盼倩。铅黛是采，是辞藻；巧笑倩兮，美目盼兮，在巧笑和盼睐中所显示出来的光采，更胜过铅黛，这也是一种采，这种采是可以和骨结合的。《徵圣》称："精理为文，秀气成采。"这种精理秀气所构成的采，就是巧笑倩盼所构成的采。《情采》说："是以联辞结采，将欲明理；采滥辞诡，则心理愈翳。"离开了精理秀气，只讲涂饰的辞藻，会使心理愈翳，采滥成了涂饰过多的浮辞。再像《物色》里讲"属采附声，亦与心而徘徊"，这个采与心情结合，能使"情貌无遗"。《练字》里的"声画昭精，墨采腾奋。"这个采即指用字时避免诡异、联边，调整单复，使字体美观的采。这些都不是外加涂饰的采，这是都值得注意的采。

九　　画

俗

①　凡庸不雅。正音乖～，其难也如此。7/2　驭权变以拯～，而非刻薄之伪论。24/5

②　世俗。～称乖调，盖未思也。7/5　颇亦负～。14/1

③　犹大众，普及。斯斟酌乎质文之间，而櫽括乎雅～之际，可与言通变矣。29/3　情交而雅～异势。30/3

律

①　音律。乐府者，"声依永，～和声"也。7/1　乐胥被～。7/1

②　格律，文辞的音节。观其体赡而～调。22/3　声萌我心，更失和～。33/1

律释

《乐府》里称："乐府者，声依永、律和声也。"这指乐律。乐律属于音乐，论诗文的可以不谈。《诔碑》里说："孝山崔瑗，辨洁相参，观其序事如传，辞靡律调，固诔之才也。"这里讲诔文写得"辞靡律调"，这个律指文辞的音节。孝山是苏顺字，苏顺和崔瑗都有《和帝诔》，看他们怎样写得"律调"？

苏顺《和帝诔》："恭惟（平平）大行，配天（仄平）建德。陶元（平平）二化，风流（平平）万国。"当时虽已提出"声有飞沉"，要求飞沉调配得当。但还没有平仄的名称，飞沉与平仄相当。假定用平仄来代飞沉，那末上引苏顺的四句，就是每句的节拍都是平起（平起仄起以第二字为准），不仅按照沈约的八病说是犯"平头"病，按照后来的格律诗文来说也是失黏。再看崔瑗的《和帝诔》："三载（平仄）四海，遏密（仄仄）八音。如丧（平仄）考妣，擗踊（仄仄）号吟。"四句的节拍都是仄起，也犯了"平头"病。那末刘勰说的"辞靡律调"，在飞沉的调配上，并不符合要求。

刘勰在《章表》里说："陈思之表，独冠群才。观其体赡而律调，辞清而志显。"看曹植的《求自试表》："而位窃（仄仄）东藩、爵在（仄仄）上列，身被（平仄）轻煖、口厌（仄仄）百味。"除"而"字不算，四句的节拍都是仄起，就不符合他自己提出飞沉调配的要求。

《声律》又说："瑟资移柱，故有时而乖贰；籥含定管，故无往而不壹。陈思潘岳，吹籥之调也；陆机左思，瑟柱之和也。"他认为籥上有孔，吹出来的音有一定；瑟上有短柱系弦，要调整短柱，有时不合。即认曹植潘岳之作合调，陆机左思之作有时不合调。看曹植《赠白马王彪》："太谷（仄仄）何寥廓，山树（平仄）郁苍苍。霖雨（平仄）泥我涂，流潦（平仄）浩纵横。"四句的节拍都是仄起，并不协调。再看潘岳《悼亡》诗："荏苒（仄仄）冬春谢，寒暑（平仄）忽流易。之子（平仄）归穷泉，重壤（平仄）永幽隔。"四句的节拍都是仄起，也不协调。这样看来，刘勰的所谓"律调"，即不用沈约说，也不同于后来律体的要求，可能指像古体诗那样念起来还是顺口说的。

思

① 想。文章可见,胡宁勿～。2/3　扬雄覃～文阁,业深综述。14/1

② 创作构思。然诗有恒裁, ～无定位。　6/6　唯士衡运～,理新文敏。14/4

思理

想象。吟咏之间,叶纳珠玉之声;眉睫之前,卷舒风云之色;其～～之致乎? 故～～为妙,神与物游。26/1

思释

思指文思,是创作构思开始时的种种设想。《神思》称"文之思也,其神远矣"。这种设想是结合想象,超越时空的限制,所以称远。"夫神思方运,万途竞萌",正见设想的广远。"是以意授于思,言授于意。"提出思——意——言,思是设想,由设想到构成全篇主旨,再到写成文辞。这中间有通塞的分别,"理郁者苦贫,辞溺者伤乱。然则博见为馈贫之粮,贯一为拯乱之药。"从思到意,即从创作构思的设想到形成主旨,需要博见,见多识广,就可从"神与物游"所引起的设想中确定一个主旨,从思到意都通了。要是识见短浅,虽有设想却形成不了主旨,这就是从思到意受到阻塞了。因此,提出"积学以储宝,酌理以富才,研阅以穷照,驯致以绎辞",来解决从思到意的通塞问题。对于这种文思,《明诗》称"然诗有恒裁,思无定位,随性适分,鲜能通圆",文思按照"情理设位"(《熔裁》)看,由于情理不同,所以没有定位,那还得按照文思所形成的情理来确定体裁和风格了。《论说》称"次及宋岱郭象,锐思于几神之区",运思到达事物的先兆和神变的区域,才能"独步当时,流声后代"。《风骨》称"思不环周，牵课乏气，则无风之验也"，文思考虑得不周到，勉强形成主旨，写得没有生气，就没有风。《物色》里又指出另一种情况，"然物有恒姿，而思无定检，或率尔造极，或精思愈疏。"景物有一定的形态，文思没有一定的范围，有时不经意达到最好处，有时越精思离开得越远。这是指描绘物色，情景交融说的，要是"物色之动，心亦摇焉"，文思自然达到情景交融；要是物色不能动情，用心来描绘，反而离开情景交融远了。这是又一种思和情景的关系。

指

①　指点。士女杂坐，乱而不分，～以为乐。5/2　　～九天以为正。10/8

②　引举。造怀～事，不求纤密之巧。6/4　　魏武称作敕戒，当～事而语，勿得依违。19/5

指归

旨趣。斯固情趣之～～，文笔之同致也。34/3

音

①　声音，声调。标情务远，比～则近。33/5　　排比声音。异～相从谓之和。33/2

②　音乐。～实难知，知实难逢，逢其知～，千载其一乎！48/1

③　乐歌。总赵代之～。指赵代的民歌。7/2　　至于涂山歌于候人，始为南～。7/1

④　作品的音节。足使义明而词净，事圆而～泽（指连珠）。14/4　　～以律文。33/4

美

①　美好，美好的事。或～才而兼累。13/4　顺～匡恶，其来久矣。6/2

②　艺术美。亦有疏通之～焉。11/2　义典则弘，文约为～。11/5

③　赞美。武仲之～显宗。9/2　颂者，容也，所以～盛德而述形容也。9/1

美释

刘勰讲美，有从美学角度来讲的。如《徵圣》：“《易》称‘辨物正言，断辞则备’。”“辞成无好异之尤，辩立有断辞之美。”这里指出，经过辩论作出正确的论断，这种文辞，具有论断之美。《祝盟》称：“至于张老成室，致美于歌哭之祷。”《礼记·檀弓》下，张老赞美新屋说：“美哉轮（状高大）焉！美哉奂（状光采）焉！歌于斯，哭于斯，聚国族于斯！”认为这样赞美，符合贵族筑新屋之美。《铭箴》：“至于始皇勒岳，政暴而文泽，亦有疏通之美焉。”李斯替秦始皇写的刻石文，有疏通之美。《礼记·经解》：“疏通知远，《书》教也。”《铭箴》又说：“义典则弘，文约为美。”这是说，铭箴这种文辞，具有简约之美。《杂文》：“陈思《七启》，致美于宏壮。”指曹植《七启》具有宏壮之美。《章表》：“所以魏初表章，指事造实，求其靡丽，则未足美矣。”这是说，表章要求按照事实来说，倘要求靡丽，就不符合指事造实之美。《议对》说：“文以辨洁为能，不以繁缛为巧；事以明覈为美，不以环隐为奇。”这是说，议对以辨洁明覈为美。

刘勰在这里，指出不同的文体，具有不同的美学要求。像对章表要求造实之美，反对靡丽，议对要求辨洁明覈之美，反对繁缛环隐。这样讲美，就认为美是主客观的结合。就各种文体说，《熔裁》称“情理设位”，“设情以位体”，根据内容来确定体制和风格；《定势》称“因情立体，即体成势”，根据内容来确定体势。《情采》里要

"为情而造成文"，《物色》称"物色之动,心亦摇焉"。即《神思》里的"神与物游"。内容的形成是主客观的结合,根据内容来确定体制风格,也是主客观的结合。像据"机发矢直、涧曲湍回"的势来定体制,这个势里就有客观成分在内。对于不同的情理所确定的不同体制风格要提出不同的美学要求。从情理看,还要确定哪种风格是美的,哪种是不美的。这样来作细致辨别,这是刘勰在写作上提出美学要求的贡献。

刘勰又指出美的另一方面要求,《通变》说:"桓君山云:'予见新进丽文,美而无采;及见刘扬言辞,常辄有得。'"这里指出新进丽文是美的,但这种美显得浅薄,不够,不如刘扬的深厚。《事类》里说:"才为盟主,学为辅左,主佐合德,文采必霸;才学褊狭,虽美少功。"新进丽文是才学不足,虽美少功。又指出"木美而定于斧斤,事美而制于刀笔。"有了美的题材,要写成美文,还有待于运用好的表现手法。

响

①　音。至于林籁结～,调如竽瑟。1/2　夫乐本心术,故～浃肌髓。7/2

②　声誉。骖骥以雕龙驰～。45/2　席珍流而万世～。1/4

③　韵味。嗣宗俶傥,故～逸而调远。27/3　结～凝而不滞。28/2

神

①　天神。颂主告～,**义必纯美。** 9/1　天地定位,祀遍群～。10/1

②　微妙难穷的境界。夫鉴周日月,妙极机～。2/2　夫《易》惟谈天,入～致用。3/2

526

③ 神圣的,绝对的。动极～源,其般若之绝境乎? 18/4 皇帝御宇,其言也～。19/1

④ 精神。故思理为妙,～与物游。～居胸臆,而志气统其关键。26/1

神思

想象,又近乎构思。古人云:"形在江海之上,**心存魏阙之下**。"～～之谓也。26/1 夫～～方运,万**涂**竞萌。26/3

神理

先验的道。玉版金镂之实,丹文绿牒之华,谁其尸之,亦～～而已。1/3 道心惟微,～～设教。1/6

神释

刘勰在《原道》里提出"神理",用来说明河图洛书是怎样来的,即天生的,属于先验的道。又认为圣人按照神理来设教。这是客观唯心主义的说法。在《论说》里,他认为贵无崇有,都有片面,"动极神源,其般若之绝境乎!"认为佛家的般若说,不片面,达到最高境界,称为"神源",探索到绝对的源头。这是反映了他的佛教思想,不过他的文论,还是不用佛教的理论。像《徵圣》的"夫鉴周日月,妙极几神",《宗经》的"夫《易》惟谈天,入神致用",是用儒家《易》的理论。《论说》的"次及宋岱郭象,锐思于几神之区",即推重道家的理论。他的文论,还是以儒家为主,兼采道家的。

他在创作论上提到神的,最重要的是"神思",他称"神与物游",这个神相当于精神。精神的作用,是通过耳目的视听观察,接触外物,再由"志气统其关键","辞令管其枢机",才能把观察到的用文辞来表达。神与物游,产生情思,这跟志气有关;情思用文辞来表达,这跟辞令即语言有关。在这里,他又提出"澡雪精神"来。在神与物游,观察外物时,要排除主观成见,避免粗心浮气,这就要澡雪精神。这里讲到神跟创作的关系。他又提出:"文之思也,其神远矣。故寂然凝虑，思接千载；悄焉动容，视通万里。"在构思时还需要驰骋想象。又提到"神用象通"，精神通过物象进入创作。在这里，他把神与物游推到极高的境界，不但要"积学以储宝，酌理以富才，研阅以穷照"，还要"鉴周日月，妙极几神"。即在观察外物时，不但需要学问、理论、经历，还要看到"几神"，"几"是事物还没有出现以前的预兆，这是一般人看不到的，这种预兆是神奇的。把这种预兆指出来，使作品有先见之明，达到"入神致用"。像江统《徙戎论》，预先指出五胡乱华来就是。他又在《养气》里提到的"心虑言辞，神之用也。"说明精神对写作的重要作用。

骨

①　骨头。吹毛取瑕，次～为戾。23/3　虽有次～，无或肤浸。23/6

②　体干。遂使繁华损枝，膏腴害～。8/6　相如之《难蜀老》，文晓而喻博，有移檄之～焉。20/4

骨鲠

体干。观其～～所树，肌肤所附。5/3　陈琳之檄豫州，壮有～～。20/2

骨髓

①　主要、精华。洞性灵之奥区，极文章之～～者也。3/1　辞为肌肤，志实～～。27/5　事义为～～。43/1

②　犹心灵。甘意摇～～，艳词洞魂识。14/3

十　　画

真

①　伪之反。～虽存矣，伪亦凭焉。4/1　仲豫惜其杂～，未

许煨燔。4/5

② 真实情况。故为情者要约而写～。31/5　而后之作者,采滥忽～。31/5

③ 正确。若谓《庀》《胜》卫,则改事失～。38/5

圆

① 圆形。方～体分。1/1　～者规体,其势也自转。30/1

② 完全。自商暨周,《雅》《颂》～备。6/2　足使义明而词净,事 ～而音泽。14/4

圆释

刘勰谈创作,用圆来作说明。先就观察说,《总术》称"自非圆鉴区域,大判条理,岂能控引情源,制胜文苑哉!"观察的范围要圆,做到控引情源,制胜文苑。情源即《物色》的"物色之动,心亦摇焉",使心摇动的物色,产生感情,要"情晔晔而更新",这样创作出来的作品才能制胜文苑。在观察时,注意使自己激动的景物,作细致深入的观察,这才是圆鉴。经过圆鉴,有了感情,在构思时,要"思转自圆"。《体性》说:"沿根讨叶,思转自圆,八体虽殊,会通合数,得其环中,则辐辏相成。"构思时考虑充分表达情思,由内容到形式,从根本到枝叶,在形式上注意到体制和风格。修辞的风格有八体,要会运用八体,来恰好地表达情思,在描绘情貌时,有时要细致繁丰,有时要简约明快等,这才是思转自圆。在构思时,还要"义贵圆通"。《论说》称:"故其义贵圆通,辞忌枝碎;必使心与理合,弥缝莫见其隙;辞共心密,敌人不知所乘;斯其要也。"考虑文思的合于理论,没有一点疏漏。要"迹坚求通,钩深取极;乃百虑之筌蹄,万事之权衡也。"要考虑得深,破除各种表面现象,经过多方考虑,得出正确结论,像经过权衡,得到平正结论,才做到"义贵圆通"。

在创作时,他提出"事圆"。《杂文》讲连珠,称"文小易周,思闲可赡。足使义明而词净，事圆而音泽，磊磊自转，可称珠耳。"连珠把一件件事串连起来，像一颗颗珠子，每件事都像珠子那样圆转。事怎么会像珠子那样圆呢？《文选》李善注引傅玄《序连珠》："其文体，辞丽而言约，不指说事情，必假喻以达其旨，而览者微悟。"这里说"不指说事情"，同刘勰说的"事圆"好像不一致，其实是相通的。连珠里讲了几件事，不过这些事具有比喻作用。讲一件事是一回事，这件事是比喻另一回事，比喻所指的含意更广，这就是事圆，圆是圆满，一件事不仅是一回事，它的含意更广，使这件事的意义更圆满，所以称圆。《丽辞》称"必使理圆事密，联璧其章"。这里的"理圆"与"事密"结合，即在创作时考虑用事的严密，这种用事的严密构成考虑的周到。这里本指对偶，事密理圆都指对偶用事说的。但也可用来指创作中的用事说。

就谋篇说，《熔裁》称"首尾圆合，条贯统序"。即谋篇时对章节安排都考虑好，使有条理，前后连贯，这就首尾圆合了。就鉴赏说，《知音》称"故圆照之象，务先博观"。照是观照，也要求圆，圆是周遍。"凡操千曲而后晓声，观千剑而后识器"，要博观，通过博观来进行比较，分出高下优劣来，这才是圆照，才能提高鉴赏力。

流

① 水移动，流水。辞如川～，溢则汛滥。32/5　若择源于泾渭之～。31/4

② 传播。席珍～而万世响。1/4　风～二南。6/7

③ 枝派。班固称"古诗之～也"。8/1汉初词人，顺　～而作。8/3

④ 流动，生动。安仁轻敏，故锋发而韵～。27/3　义脉不～，则偏枯文体。43/3

流制

流行的体裁。士衡子安,底绩于～～。8/5

流调

流行的调子。五言～～,则清丽居宗。6/6

笔

①　写字工具。执～左右。16/1　相如含～而腐毫。26/4

②　文。徵贿鬻～之愆。16/4　散文的有文采的。今之常言,有文有～。44/1

致

①　推极到。夫《易》惟谈天,入神～用。3/2　～化惟一,分教斯五。3/6

②　发出。河间荐雅而罕御,故汲黯～讥于《天马》也。7/2 贾谊《鵩鸟》,～辨于情理。8/5

③　情态意趣。此圣文之殊～。3/2　《卜居》标放言之～。5/3

通

①　通达。～塞应详。25/9　唯君子能～天下之志。18/5

②　贯通。钻坚求～,钩深取极。18/5　**辞辨者**,反义而取～。18/5　迁固～矣,而历诋后世。16/10

③　通晓。至变而后～其数。26/6

十　一　画

隐

①　隐藏。或～义以藏用。2/2　《春秋》则观辞立晓,而访义

方～。3/2

　　②　难懂，深奥。岂直才悬，抑亦字～。39/3

　　③　婉曲。～也者，文外之重旨者也。40/1　　～以复意为工。40/1

　　④　隐语。观夫古之为～，理周要务。15/4

　　⑤　穷民疾苦。警郡守以恤～。19/5

隐释

　　隐是修辞学里的婉曲格。刘勰讲隐，有的是不说明白，要靠读者去推求的。像《徵圣》称"四象精义以曲隐，五例微辞以婉晦，此隐义以藏用也"。《易经》的四象，即实象、假象、义象、用象，在《易经》的卦辞爻辞里没有指明，是靠后人推求出来的。《春秋》的五例，微而显，志而晦，婉而成章，尽而不污，惩恶而劝善，在《春秋》的正文里也没有点明，是后人归纳出来的。四象五例，是对《易经》和《春秋》的用意从全书中归纳出来的，这是一种隐。《宗经》称"故系称旨远辞文，言中事隐。"《易·系辞》下称"其事肆而隐"，即事显而理微。如《左传·僖十五年》秦晋的韩之战，秦国占卜，得蛊卦："千乘三去，三去之馀，获其雄狐。"千乘指诸侯，诸侯三次离去时，捉到雄狐。这是事显。但它的意义是什么，不清楚。原是指晋君三次战败，秦军捉住晋君。这是理隐。

　　主要的隐还在《隐秀》中讲的，张戒《岁寒堂诗话》引刘勰云"情在词外曰隐"，即"隐也者，文外之重旨者也。"像"朔风动秋草，边马有归心"，写的是秋草边马，表达的是在作客中思归的哀怨。再像《古诗十九首》中"胡马依北风，越鸟巢南枝"，含有游子怀念故乡的感情。再像《比兴》称"关雎有别，故后妃方德；尸鸠贞一，故夫人象义"，有别和贞一的含义，诗里没有说，就是隐。《夸饰》称鸮音变好，荼味成饴，意在赞泮林和周原，这个赞美的意思也是隐的。

情

①　感情。则圣人之～,见乎文辞矣。2/1　～欲信,辞欲巧。2/1

②　情理,内容。履端于始,则设～以位体。32/2　夫设～有宅,置言有位;宅～曰章,位言曰句。34/1

③　情趣。窥～风景之上,钻貌草木之中。46/4

情释

刘勰论情,本于《诗大序》"情动于中而形于言","情发于声,声成文谓之音","故变风发乎情,止乎礼义"(参见"志释")。因此,他认为情志结合,不采用陆机《文赋》"诗缘情而绮靡"的说法。《熔裁》称"履端于始,则设情以位体",这个情指情志或情意,即内容,即据内容来确定体裁和风格。《知音》称"夫缀文者情动而辞发,观文者披文以入情",这个情也指情志或情理。《体性》称"夫情动而言形,理发而文见",分说即是情理,合起来即称情。《情采》称"昔诗人篇什,为情而造文",这个情即指情理,即内容。

《诗大序》称"发乎情,止乎礼义",即情有不止乎礼义的,所以需要止乎礼义。刘勰也这样,《史传》称"若顺情失正,文其殆哉!"可见情有失正的。《情采》称"辞人赋颂,为文而造情","为文者淫丽而烦滥",这种情是假的,如"志深轩冕,而泛咏皋壤";热中做官,却吟咏隐居。因此提出"为文者要约而写真",提出"真"字,反对"采滥忽真"。求真,要"文质附乎性情"。认为"盼倩生于淑姿","辩丽本于情性"。这种真是从情性中来的,好比"巧笑倩兮,美目盼兮",是从淑姿来的,这才是真情真美。《徵圣》称"情欲信,辞欲巧",这个信也是真。刘勰讲的真情有两方面:一方面是感情的真,即"为情者要约而写真";一方面是景物的真,即《物色》里的"文贵形似,窥情风景之上,钻貌草木之中"。这里讲的情貌是指风景草木的情貌,诗人从风景草木中窥见这种情貌,是风景草木本身所具有的，不是诗人之情(参见"山水释")。

就作者写真情说，《情采》称"繁采寡情，味之必厌。"不仅没有真情的不行，寡情而用繁采来掩饰的，也使人厌倦。《章表》称"浮侈者情为文屈"，有了真情，但用浮侈的华文来写，使真情受到损害也不行。刘勰写骈文，这个毛病更易犯，他能注意这点，是不容易的。《神思》称"覃思之人，情饶岐路，鉴在疑后，研虑方定。"用思深的人，他的情思要作多方考虑，不易决定，那还得等考虑成熟后再写。《熔裁》称"情苦芟繁"，作者对"庸音足曲"，难于删削，他认为还是应该删去。这些也是讨论怎样处理情的问题。就写作说，《宗经》称"体有六义，一则情深而不诡"，以情深不诡为六义之首。不诡即求情真，更要求情深，情深更重于真。王国维《人间词话》称《古诗十九首》："'荡子行不归，空床难独守'，'何不策高足，先据要路津'，可谓淫鄙之尤。然无视为淫词鄙词者，以其真也。"那末情真的还不免浮鄙。《辨骚》称"故《骚经》《九章》，朗丽以哀志；《九歌》《九辩》，绮靡以伤情"，"故其叙情怨，则郁伊而易感；述离居，则怆怏而难怀"，不仅情真，并且情深。《史记·屈原传》称《离骚》："其志洁，故其称物芳；其行廉，故死而不容自疏；濯淖汙泥之中，蝉蜕于浊秽，以浮游尘埃之外，不获世之滋垢，皭然涅而不滓者也。推此志也，虽与日月争光可也。"屈原的情深，又与志洁行芳有关，所以更胜于情真。

深

① 浅之对。虽浅～不同，详略各异。9/2　学有浅～。27/1

② 甚，甚于。四时之动物～矣。46/1　实～白圭。41/3

清

① 浊之对。气之～浊有体。28/3　天高气～，阴沉之志远。

②　肃清。若乃按劾之奏，所以明宪～国。23/3　美玉屑之谈，～金马之路。45/4

清释

《宗经》称"体有六义"，"二则风清而不杂"，风清当指风格的清新。《熔裁》称："至如士衡才优，而缀辞尤繁；士龙思劣，而雅好清省。及云之论机，亟恨其多，而称清新相接，不以为病，盖崇友于耳。"这里讲的清省，还是指文辞的简省说的，它同陆云的思劣结合，还不够风清。陆云称陆机清新，刘勰认为陆机才华富艳，也够不上清新，可见风清的难得。《才略》里称"魏文之才，洋洋清绮"，"子桓虑详而力缓"，"而乐府清越"，用清绮来称曹丕的才，赞他的乐府诗清越，当指清新卓越。曹丕的《燕歌行》用七言写思妇柔情，是新的，是卓越的，但他是风清力缓的。《诔碑》称蔡邕的碑文，"清词转而不穷，巧义出而卓立。"在《才略》里提到"蔡邕精雅，文史彬彬"，这里称词清不说风清。又称班彪的"《王命》清辩"，即文清，当指风清。在《论说》里称"及班彪《王命》，严尤《三将》，敷述昭情，善入史体"，称《王命论》敷述昭情，把情理说得鲜明。更有对贾谊的评价比较突出。《哀吊》称"自贾谊浮湘，发愤吊屈，体周而事露，辞清而理哀，盖首出之作也。"称贾谊《吊屈原文》为吊文中的首出之作，就由于"辞清而理哀"，这里还指辞清不指风清。《才略》称"贾谊才颖，陵轶飞兔，议惬而赋清，岂虚至哉！"这里的"赋清"，当指他的赋是风清的。这种风清，同曹丕的清绮不同，曹丕是力缓，贾谊是"陵轶飞兔"，才力越过千里马，是力强，胜过曹丕。《体性》论作家风格，称"是以贾生俊发，故文洁而体清"。文洁指语言的洁净，与体清指风清分别，上文的辞清理哀，辞理相对，则辞清当与风清有稍别。这里两次提到贾谊的风清。这种风格的形成，是由于"俊发"。《汉书·贾谊传》："每诏令下，诸老先生未能言，而谊尽为之对，人人各如其意所出。诸生于是以为能。"贾谊能代诸老先生对答诏书，既是老先生所不能对，又是各如其意所欲出，说出了他们想说而说不出的话，这正是俊发，才俊发越。

《风骨》对风清又作了发挥，"意气骏爽，则文风清焉。"这正同贾谊的"陵轶飞兔"相应，骏快即超越千里马，加上明爽，显示风清力健。又称："若能确乎正式，使文明以健，则风清骨峻，篇体光华。"称贾谊"意气骏爽"，骏正指健，爽正指明，这就是文明以健，风清骨峻了。又称"刚健既实，辉光乃新"，刚健正是从俊发来的，辉光正是从明爽来的，显示了风清同风骨的关系。这里又把"风清骨峻"称做"确乎正式"，可和《明诗》相联系。《明诗》："若夫四言正体，则雅润为本，五言流调，则清丽居宗。"刘勰就宗经说，以《诗经》为主，称为正体，称五言为流行的调子。但从写作的"体有六义"说，"二则风清而不杂"，"六则文丽而不淫"，风清指风格，文丽指文辞，称五言则"清丽居宗"，是五言诗在六义中占其二，四言以雅润为本，雅润在六义中合于"四则义贞而不回"，贞即正，即雅正。就体有六义说，还是对五言诗极为推重，也就是对风清的推重。

理

① 道理。或明～以立体。2/2 《春秋》辨～，一字见义。3/2

② 使有条理，总结。山川焕绮，以铺～地之形。1/1 乱以～篇，写送文势。8/4 楚人～赋。8/4

③ 治。远奥者，**馥**采典文，经～玄宗者也。27/2

理释

《宗经》的"体有六义"里，"四则义贞而不回"，提出义贞来。《哀吊》称"固宜正义以绳理"，那末义贞即指理正。《熔裁》称"情理设位"，用情理来指内容，有时单称情，有时单称理。《情采》称"夫

能设模以位理,拟地以置心,心定而后结音,理正而后摛藻。"这里
的"位理",即"情理设位",理兼情理,即指内容,按内容来确立体裁
和风格。《序志》称"位理定名,彰乎大《易》之数",这是指根据全书
的内容来确定各篇的名称,这个理的含义所包更广了。《宗经》称
"《春秋》辨理,一字见义"。如《春秋·隐公元年》"郑伯克段于鄢",
用一个"克"字来贬郑伯蓄意要攻弟公叔段,这个理指一字的含义,
所指的范围较小。

就写作说,《徵圣》称"或明理以立体",《情采》称"设模以位
理",这是以理为情理,为内容,要根据内容来确定体裁或风格。
《章句》称"理资配主",《丽辞》称"必使理圆事密",这是说在安排章
节时,所考虑的事理要能配合主旨;在对偶时,所选择的事理要圆
满贴切。《比兴》称"附理者切类以指事",《夸饰》称"夸过其理,则
名实两乖",《指瑕》称"义以理宣",这是指在运用比喻时要符合情
理用得恰当,运用夸张时不能超越情理引起误解,用词的含义要能
表达情理。《附会》称"理枝者循干",《才略》称相如"理不胜辞",这
是说在考虑全篇纲领时,整理枝干要按照树干来考虑,一切服从主
旨;要是枝叶过繁,掩盖了主旨,那就得做些修改。《论说》称"理形
于言",《情采》称"理正而后摛藻",《序志》称"擘肌分理",即有了理
论要用语言来表达,这里包含运用各种手法在内;在表达理论时要
先考虑理论的正确,正确了才运用辞藻来表达;那就得对理论作细
致的分析。总之,这里所讲的理,有指理论的,有指情理或事理的,
它在写作中都很重要,不论在修辞上,构思上,表达上,都要考虑理
在文中的主导作用,刘勰谈到理的地方是比较多的,说明他对理的
看重。

章

① 文采,文采显著。其在文物,赤白曰~。22/2 《诗》云

"为～于天"。22/2

 ② 文章。莫不原道心以敷～。1/5

 ③ 章节。邠诗联～以积句。2/2 子夏监绚素之～。6/2

 ④ 彰显。君子之处世,疾名德之不～。17/1 恶文太～。31/7

 ⑤ 章表。～以谢恩。22/2

十 二 画

象

 ① 形状。日月叠璧,以垂丽天之～。1/1 流连万～之际。46/2

 ② 《易经》卦辞,按照卦象所在。《易》之《姤》～(即姤卦的卦)辞),"后以施命诰四方"。19/1 取～于夬。25/1

 ③ 物象。神用～通,情变所孕。26/7

 ④ 取象,效法。故～天地。3/1 荀况学宗,而～物名赋。47/3

象释

 刘勰多次提到《易》象,《原道》称"幽赞神明,《易》象惟先";《诏策》称"《易》之姤象,'后以施命诰四方'";《书记》称"取象于夬,贵在明决而已";《情采》称"贲象穷白,贵乎反本"。《易》象指作卦辞的,观察卦的形象制定卦辞,即称为象辞。王弼《周易略例·明象章》:"意以象尽,象以言著。故言者所以明象,得象忘言;象者所以存意,得意忘象。"王弼的意思,认为读《易经》可以通过语言来明白卦象,通过卦象来了解圣人的用意。所以懂得了卦象就可忘掉语言,懂得了圣人的用意就可忘掉卦象。刘勰论文讲《易》象,当是受了王弼的影响。他在《论说》里提到"辅嗣之《两例》",称为"论之英

538

也"。但他的引《易》象，是借象来说明象的含意，不是要忘言忘象，这是他和王弼不同处。他把象运用到创作上去，在《神思》赞曰里提出"神用象通，情变所孕。物以貌求，心以理应。"这从"神与物游"来，"神居胸臆，而志气统其关键；物沿耳目，而辞令管其枢机。枢机方通，则物无隐貌；关键将塞，则神有遁心。"关键和枢机都通了，这就构成物象。这个象，已经不是耳目所接触到的外物，已经是经过情思的变化所孕育的象，是进入构思中的物象，已经是物无隐貌的象。《物色》称"流连万象之际，沉吟视听之区；写气图貌，既随物以宛转，属采附声，亦与心而徘徊"。"图貌""与心"，达到"情貌无遗"。"图貌"即"物以貌求"，"与心"即"心以理应"，"情貌无遗"地进入构思，就是"神与象通"了。这个象已经不是"沉吟万象"之象，而是进入构思中"情貌无遗"的象了。所以《神思》称"独照之匠，窥意象而运斤。"神用象通之象，是情貌结合、情景交融的象，所以称为意象，这是构思中的意象，所以要根据它来运斤，来创作了。因为"登山则情满于山，观海则意溢于海"，情满意溢并不都能进入作品，所以需要运斤，据什么来运斤呢？就是"窥意象而运斤"，这才能构成作品。

雅

① 《诗经》中的一体。～颂所被，英华日新。1/4　自风～寝声，莫或抽绪。5/1

② 雅正，高雅。习有～郑。27/1　故平子得其～。6/6　情交而～俗异势。30/3

③ 常，素。魏武以相王之尊，～爱诗章。45/6　观其时文，～好慷慨。45/6

④ 《尔雅》。及景纯注～，动植必赞。9/4　～以渊源诂训。39/4

雅释

　　刘勰宗经，有些保守。《宗经》称：“若禀经以制式，酌雅以富言，是即山而铸铜，煮海而为盐也。”酌雅同禀经并称，这个雅主要指《诗》的风雅，实即指《诗经》。孔子讲“不学诗，无以言”（《论语·季氏》），是指学做外交官说的，当时的外交官都要在集会上诵《诗》。在刘勰时代，还说富言靠酌雅，是用典了。《辨骚》称“虽取熔经意，亦自铸伟辞”，那就不是“酌雅以富言”了。《时序》称美屈宋，说“观其艳说，则笼罩雅颂，故知昞烨之奇意，出乎纵横之诡俗也。”这里指出屈宋艳说，不但不取自雅颂，还罩盖雅颂，出于战国时的纵横家的诡俗，这是他的卓见，实际上是推翻了酌雅以富言，只有从当时的诡俗中采取艳说，才能罩盖雅颂，这是完全正确的。但他既称“诡俗”，《辨骚》又称《楚辞》为“雅颂之博徒，而词赋之英杰也。”赞语极对，说成博徒，还是尊《诗经》而贬低《楚辞》，显出他的保守来。

　　在这点上，《乐府》里更显得突出。《乐府》称“自雅声浸微，溺音腾沸”，纪昀评：“八字贯下十馀行，非单品秦汉。”那他认为汉魏的乐府诗都不雅正了，这就说得不恰当了。他称曹操曹丕的“北上众引，秋风列篇，或述酣宴，或伤羁戍，志不出于滔荡，辞不离于哀思；虽三调之正声，实韶夏之郑曲也。”即乐调虽是正声，但乐府诗还是郑曲。这样贬低曹操曹丕的乐府诗是不确的。又称“然俗听飞驰，职竞新异，雅咏温恭，必欠伸鱼睨；奇辞切至，则拊髀雀跃：诗声俱郑，自此阶矣。”他认为世俗爱好的新乐新歌，都是淫靡的郑声；只有听了使人打瞌睡的古乐，才算雅乐雅歌。这样贬低世俗的爱好，不加分别地贬低新乐新歌，是保守的。

　　他在讲风格时，在《体性》里称“习有雅郑”，“体式雅郑，鲜有反其习”，“故童子雕琢，必先雅制”。童子学习时，要分清雅正的或淫靡的，先学雅正的。这样说是正确的。《定势》称“情交而雅俗异势"，"若雅郑而共篇，则总一之势离。"认为雅正和淫靡不能混杂，要求风格的纯正，是正确的。但《谐讔》称《滑稽列传》为"本体不雅，其流易弊"，这是片面的看法。

十 三 画

意

① 意思。荒淫之～也。5/2　潘岳构～，专师孝山。12/2
② 文意。是以～授于思，言授于～。26/3

意释

刘勰在《神思》称："是以意授于思，言授于意，密则无际，疏则千里；或理在方寸，而求之域表，或义在咫尺，而思隔山河。"在这里，他把意跟思分开，思是思想，意是文思，即把思想提炼为全篇的主旨，这个主旨是从思想里来的，所以称"意授于思"，根据这个主旨用语言来表达，叫"言授于意"。有时思想形成了主旨，是密则无际；有时思想很乱，不能形成主旨，即疏则千里。这里的"理在方寸"，"义在咫尺"的理或义，就是指思想。说明思想和主旨的关系有密和疏的不同。但在"登山则情满于山，观海则意溢于海"，这个意又指思想。所以"暨乎篇成，半折心始"，意溢于海的意，写成文辞要打个对折，可见这个意还不是主旨。"意翻空而易奇"，这个意也是思想，还没有提炼成主旨。

再就意和文的关系看，《杂文》称"庾敳《客咨》，意荣而文悴"。纪昀评："意荣文悴，老手之颓唐，惟能文者有此病。"文意丰富，文辞却憔悴，意和辞不相称，那要在文辞上加工。《谐讔》称"大者兴治济身，其次弼违晓惑。盖意生于权谲，而事出于机急"，这是讲隐语，它的用心是好的，就表达文思的手法说是权谲的，它适应当时的时机是好的。《风骨》称："洞晓情变，曲昭文体，然后能孚甲新意，雕画奇辞。"这里指出运用新奇的文思，要懂得情变和文体，才能辨别这种新变的文思是否恰当，才能酝酿这种新奇的文思。才能像《定势》称"密会者以意新得巧"，不同于"苟异者以失体成怪"了。这些，是创作中对意所应注意的事。

道

① 道理。虐民搆敌，亦亡之～。13/4　或狷忿以乖～。13/4

② 说述。～其哀也，悽焉如可伤。12/4

道释

刘勰论文，第一篇就是《原道》。《原道》里讲的道，主要是本于《易经》，像"三才"见《易·说卦》，太极本于《易·系辞》，庖牺画卦、河图洛书同，《文言》本于《易·乾卦·坤卦》。据《河图》《洛书》等称为"神理"，是先验的理，接下去讲"唐虞文章""夏后氏兴"，"逮及商周"，到"夫子继圣"，都用儒家的说法。那末刘勰所讲的道，实是儒家的道。不过儒家没有讲"文之为德""与天地并生"，也没有讲"人文之元，肇自太极"，即最早的人文，开始于天地未分以前的太极，怎么说本于儒家呢？吉川幸次郎"认为'与天地并生'语当本《左传·昭公二十六年》：'礼之可以为国也久矣，与天地并。'"又"肇自太极"，"持天地未分之时已有礼之论，《礼运》'礼必本乎大一'即是明证。"（见王元化同志编《日本研究〈文心雕龙〉论文集》31—32页）大一即天地未分以前的元气。那末刘勰这两个论点也是从儒家来的。说"人文之元，肇自太极"，这个人文之元当然不是人为的，是神理所造成的，是先验的。这是刘勰所讲的道属于客观唯心主义的主要证据。

从《原道》看，他讲的道主要是儒家之道，所以"道沿圣以垂文，圣因文而明道"，就开出"徵圣""宗经"来，圣是儒家的圣人，经是儒家的经书。这样，他讲的文之枢纽的"本乎道，师乎圣，体乎经"，都本于儒家。但从全书看，他讲的道又不限于儒家。像《诸子》称"至鬻熊知道，而文王谘询"，"及伯阳识礼，而仲尼访问"，是圣人文王孔子不知"道"，要从鬻熊老子问"道"了。《原道》称从庖牺到孔子这些儒家所尊崇的圣人"莫不原道心以敷章，研神理而设教"，推原道心，研究神理，懂得了道，道是通过儒家圣人来传播的，"故知道沿圣以垂文，圣因文而明道"。怎么又变成文王孔子不知"道"，要请教诸子中的鬻子、老子，鬻子、老子反而知"道"呢？这就是刘勰的唯心观点与客观事实所造成的矛盾。实际上，刘勰认为诸子是"入道见志之书"。认为诸子各家中各有各的道，其中他推崇的是道家的道和佛家的道。《原道》称"心生而言立，言立而文明，自然之道也"，"夫岂外饰，盖自然耳"，《明诗》称"感物吟志，莫非自然"，《体性》称"岂非自然之恒资，才气之大略哉"，这些自然，实本于《老子》的"道法自然"。所以刘勰的讲道，又有道家自然之道的意思。不过具体到这些自然之道的内容，像"言立而文明"，又与道家的"绝圣弃智"的主张不同，所以他对道家只取自然这一点。《论说》称："然滞有者全系于形用，贵无者专守于寂寥，徒锐偏解，莫诣正理；动极神源，其般若之绝境乎！"崇有是儒家，贵无是道家，他认为各得一偏，只有佛家的般若最高。但按照佛家的理论，那末他的文论都要破除，不能执着，显然他也不能用佛家之说来论文。

从原道到宗经，就论文说，只能用儒家。只有儒家的经书可供论文之用。就儒家的思想说，他只能取其可用的，对道家也一样，他不赞同用儒家或道家的思想来创作。《时序》称"自中朝贵玄，江左称盛，因谈馀气，流成文体。是以世极迍邅，而辞意夷泰，诗必柱下之旨归，赋乃漆园之义疏。"这是他反对用道家思想来创作。《诸子》称"夫自六国以前，去圣未远，故能越世高谈，自开户牖；两汉以后，体势浸弱，虽明乎坦途，而类多依采。"这是他反对用儒家思想来著作或创作。《论说》里要求"师心独见，锋颖精密"，他是懂得创作要求独创，不能依傍那一家的，这是他原道论文的创见。

辞

① 文辞。情欲信，～欲巧。2/1　～尚体要，弗惟好异。2/3

② 辞赋。相如赋仙，气号凌云，蔚为～宗。28/2

③ 辞谢，辞让。昔晋文受册，三～从命。22/3

④ 辞别。孔明之～后主，志尽文畅。22/3

辞令

① 语言。公孙挥善于～～。47/2

② 文辞。九代之文，富矣盛矣；其～～华采，可略而详也。47/1

辞释

《徵圣》里引《礼记·表记》："情欲信，辞欲巧。"又称"辞尚体要，不惟好异"。《明诗》称"观其二文，辞达而已"。这里，刘勰对辞提出三个要求：对用文辞来抒情说，情求诚实，文辞要巧妙；对文辞的作用说，要求体察要点，不求奇异；对尧舜时的诗歌说，要求辞达。他在《通变》里称"虞夏质而辨，商周丽而雅"，"辞达"指唐虞的质朴说，从"丽而雅"说，还要文采，跟"辞欲巧"一致。不论质朴和巧丽，都要求体要。《宗经》提出"体有六义"，"六则文丽而不淫"，就归到丽而雅。《诠赋》称"物以情观，故词必巧丽。丽词雅义，符采相胜"。把情和雅，丽和巧相结合，在雅义里自然具有体要，这就是刘勰对文辞的要求。《原道》称："《易》曰：'鼓天下之动者存乎辞。'辞之所以能鼓天下者，乃道之文也。"这里引《易·系辞》下，《正义》说："鼓天下之动存乎辞者，鼓谓发扬，天下之动，动有得失，存乎爻卦之辞，谓观辞以知得失也。"刘勰在这里只取辞能鼓动天下的意思。《诏策》称"诰命动民，若天下之有风矣"，就是这个意思，说明辞的最大作用。

刘勰提到修辞，《祝盟》称"修辞立诚，在于无愧"。又称"立诚在肃，修辞必甘"。修辞要立诚，立诚要做到无愧辞，要甘于立诚，不出于勉强。《后汉书·郭泰传》："蔡邕谓卢植曰：'吾为碑铭多矣，皆有惭德，唯《郭有道》无愧色耳。"修辞要做到无愧是不容易的，要甘于立诚，更为难得。辞跟理的关系，是以理为主。《明诗》称应璩《百一》诗，"辞谲义贞，亦魏之遗直也。"因为义正，虽辞谲也是好的。《杂文》称枚乘《七发》"始邪末正，所以戒膏粱之子"，理是可取的，所以不妨"腴辞云构"。《谐讔》称《史记·滑稽传》"以其辞虽倾回，意归义正也"，所以辞的倾回也无害。但同时也指出《哀吊》的"奢体为辞，则虽丽不哀"，辞的奢丽妨害哀吊的文章。《定势》称"故文反正为乏，辞反正为奇"，这种反正的颠倒文句是不好的。这就看到辞也会影响内容，看得比较全面了。

韵

①　收声相同的字。同声相应谓之～。33/2　盘桓乎数～之辞。9/5

②　风韵，气度。并结藻清英，流～绮靡。45/8　动角挥羽，何必穷初终之～。44/2

十 五 画

德

①　道德，功德。太康败～，五子咸怨。6/2　至于秦政刻文，爰颂其～。9/2

②　本身所具有的属性。文之为～也大矣，与天地并生者何哉？1/1

德释

《原道》说：“文之为德也大矣，与天地并生者何哉？”这个德称为大，大到包括“道之文”与“自然之道”两部分。对“道之文”说，这个德就是韩愈《原道》里说的“足乎己无待于外之谓德”，即指物的属性；对“自然之道”的人文说，这个德就是功用。

先看“道之文”的德。“夫玄黄色杂，方圆体分；日月叠璧，以垂丽天之象，山川焕绮，以铺理地之形，此盖道之文也。”有天地就有天玄地黄，天圆地方，天有日月，地有山川，这些是天地本身所具有的属性，好像有物一定有色和形，色和形是物本身所具有的属性，这就是德。下文讲龙凤的藻绘，虎豹的炳蔚，云霞的雕色，草木的花的颜色，这些即是龙凤虎豹云霞花朵本身所具有的色采，是它们本身的属性。林籁泉石的声韵也一样。

再看自然之道，其中所讲的人文，“心生而言立，言立而文明，自然之道也”。这里讲的文明，还包括“乾坤两位，独制《文言》”，即《易》的《文言》，还包括“唐虞文章”，夏后氏的“业峻鸿绩”，以及商周的“文胜其质”。这里的人文实际包括礼乐教化在内，这个德指功用，“文之为德”即礼乐教化的功用了。

刘勰讲文之为德的两个意义，是为了论文。他把德作属性，即有文就有文本身所具有的属性，像有天地就有玄黄方圆，他称这为形文；有林籁就有结响，有泉石就有激韵，这是声文；有人就有五性，发为文章，这是情文。玄黄方圆好比辞采，结响激韵好比音律，玄黄方圆又是构成对偶的。把这些说是文德，即文本身所具有的属性，这也就说明骈文的讲究辞采、音律、对偶是文本身所具有的属性，像物的有形和色那样，不是人们强加上去的，用它来推尊骈文出于自然，这是并不确切的。因为语言文词还是以散行为主，骈文是后起的，是加上人工的造作，不完全是出于自然。

他把文德解释作礼乐教化的功用，这同《徵圣》《宗经》一致，他的论文，就是用文来推广礼乐教化的，这就把文德同写作结合了。论写作，先谈德行，《诸子》称"太上立德"，"君子处世，疾名德之不章"。先指出要立德。《时序》称"昔在陶唐，德盛化钧"，"逮姬文之德盛，《周南》勤而不怨"。文德既要宣扬礼乐教化的功用，要先有德行，才好宣传。这样立德和德盛就同写作联系起来了。《宗经》称"迈德树声，莫不师圣"，勉励德行，建立声誉，这就把德行和写作同宗经结合了。《明诗》称"太康败德，五子咸怨"，败德的行为也同创作联系了。《颂赞》称"至于秦政刻文，爰颂其德"，《铭箴》称"箴惟德轨"，《诔碑》称"铭德纂行，文采允集"，《哀吊》称"昭德而塞违"，这就用不同的文体来赞美各种德行，包括怨恨败德的事，就把德和写作结合了。

后　记

　　1961 年,《新闻业务》编者丛林中同志找我选译《文心雕龙》。按照他的要求,译文要便于和原文对照,起到句解作用,简化注释,因此把段落分得短些,译文就排在正文下,简注附后。为了便于阅读,在每篇前加一些说明。在这年《新闻业务》第 5 期上开始发表,直到 1963 年第 8 期止。译文发表了一段时期,人民文学出版社古典文学编辑室约我注释《文心雕龙》,不要译文。这个注释自然比译文的简注详些。接着,中华书局文学编辑室要我把选译交给他们。选译和注释在文革前都交去了。文革后,中华和人民文学对拙稿提了意见,嘱我修改。我在修改时,由于在文革的十年中,根本没有碰过《文心雕龙》,在校注方面认为可改的不多。1978 年 4月,我去昆明参加古典文学理论学会,和四川大学杨明照先生住一间房。看见杨先生随身携带他著的《文心雕龙校注》,在书的天地头和旁边的空白处,写满了蝇头细楷。杨先生在重庆大学读书时,就对范文澜同志注作补订。他在燕京大学,就用《文心雕龙校注》作为毕业论文。到 1957 年,再加补订,由古典文学出版社出版。《校注》出版后,杨先生继续校订,注满在这本书上,先后相继,已经经过了四十多年,杨先生对《文心雕龙》校注所下的功力,当是无与伦比的了。当时杨先生告诉我,他有一篇补订范注的文章,投寄中华书局。我说回京后,想找这篇文章来读,用来补订我的注释,请求杨先生同意,杨先生慷慨地同意了。这样,我就把杨先生文中补订条目可采的引入我的注中,注明杨注,减少拙注的误缺,谨在这里对杨先生表示深切感谢。杨先生的补订稿,已在 1982 年 12 月由上海古籍出版社出版，称《文心雕龙校注拾遗》。

选译和注释出版后，觉得两书的注虽有详略，总不免重复，感到不安。中华书局文学编辑室要我把选译改为全译。我也感到选译对文体论二十篇，只译了文和笔两部分的前三篇，说明对文体论的认识不够。现在看来，《文心雕龙》能够建立一个完整体系，正像他在《序志》批评各家文论的"各照隅隙"，他要"弥纶群言"，经史子集四部没有不包举的。也像他的编定经藏，"区别部类"，在弥纶群言时，"论文叙笔，则囿别区分"，先从文体论入手。在文体论里"敷理以举统"，敷陈各体文的创作理论，再归纳为创作论。因此，创作论是从文体论中概括出来的；"文之枢纽"的论文体系，是从文体论和创作论中归纳出来的，没有文体论就没有创作论，也没有全书的完整体系，因此补译文体论是必要的。补译时对选译部分也作了一些修订。

补译了文体论，又感到全译跟注释不免有重复，想在全译外再加点新的东西。想到在参加古典文学理论学会和文心雕龙学会时，听到有些同志要求编《文心雕龙》术语解释，他们认为对《文心雕龙》的术语解释颇有纷歧，影响对《文心雕龙》的正确理解。假使对这些术语，就它们在书中出现的次数，总起来看，作些解释，是适应读者的需要的。因此尝试来做一下。由于书中术语，就它在书中出现的次数总起来看，有时作一般词语用，有时作术语用，这两者又有关，解释时对这两者都要注意到，又术语的范围不容易确定，因此称作"词语简释"。这个今译和词语简释当有不少缺点和错误，希望得到专家和读者的指正。

周振甫　　1983.11